SANDRA BROWN

Ein Hauch von Skandal

AF626202

Buch

Die 17-jährige Jade hat große Pläne für ihre Zukunft: Sie hofft auf ein Stipendium an einer renommierten Universität, zusammen mit ihrem Freund Gary Parker. Sie möchte sich ein Leben mit ihm aufbauen, weg von der beengten Kleinstadt im Süden Amerikas, wo sie lebt. Doch ihre Mutter hat andere Vorstellungen, sie will, dass Jade Neal Patchett heiratet, den Sohn des Großunternehmers Ivan Patchett. Dieser regiert mit seiner Textilfabrik die ganze Stadt, und sein Sohn tut alles, um in die Fußstapfen des Vaters zu treten – vor allem was sein arrogantes Verhalten angeht. Jade und Gary können Neal und sein Verhalten überhaupt nicht ausstehen, und so kommt es eines Tages zum Streit zwischen Gary und Neal, aus dem Neal gedemütigt hervorgeht. Er sinnt auf Rache – und sucht sich dafür Jade aus ...

Autorin

Sandra Brown arbeitete als Schauspielerin und TV-Journalistin, bevor sie mit ihrem Roman »Trügerischer Spiegel« auf Anhieb einen großen Erfolg landete. Inzwischen ist sie eine der erfolgreichsten internationalen Autorinnen, die mit jedem ihrer Bücher die Spitzenplätze der »New York Times«-Bestsellerliste erreicht! Ihr endgültiger Durchbruch als Thrillerautorin gelang Sandra Brown mit dem Roman »Die Zeugin«, der auch in Deutschland zum Bestseller wurde. Seither konnte sie mit vielen weiteren Romanen ihre Leser und Leserinnen weltweit begeistern. Sandra Brown lebt mit ihrer Familie abwechselnd in Texas und South Carolina.

Von Sandra Brown bei Blanvalet erschienen (Auswahl):

Schöne Lügen · Ein Hauch von Skandal · Verliebt in einen Fremden · Zum Glück verführt · Wie ein Ruf in der Stille · Ein skandalöses Angebot · Lockruf des Glücks · Eine sündige Nacht · Eine unmoralische Affäre · Verruchte Begierde · Gefährliche Sünden · Zur Sünde verführt · Unschuldiges Begehren · In einer heißen Sommernacht · Wie ein reißender Strom · Tanz im Feuer · Feuer in Eden · Stachel im Herzen · Schwelende Feuer · Jenseits der Vernunft · Verhängnisvolle Nähe · Blinder Stolz · Im Haus meines Feindes

Sandra Brown

Ein Hauch von Skandal

Roman

Aus dem Amerikanischen
von Gabriela Prahm

blanvalet

Die Originalausgabe erschien 1991
unter dem Titel »Breath of Scandal« bei
Warner Books Inc., a Time Warner Company, New York.

Der Verlag behält sich die Verwertung des urheberrechtlich
geschützten Inhalts dieses Werkes für Zwecke des Text- und
Data-Minings nach § 44b UrhG ausdrücklich vor.
Jegliche unbefugte Nutzung ist hiermit ausgeschlossen.

MIX
Papier | Fördert
gute Waldnutzung
FSC® C014496

Penguin Random House Verlagsgruppe FSC® N001967

4. Auflage
Copyright der Originalausgabe © 1991
by Sandra Brown Management Ltd.
Copyright © 1993 der deutschsprachigen Ausgabe
by Penguin Random House Verlagsgruppe GmbH,
Neumarkter Straße 28, 81673 München
Copyright © 2017 dieser Ausgabe
by Blanvalet in der Penguin Random House Verlagsgruppe GmbH
produktsicherheit@penguinrandomhouse.de
(Vorstehende Angaben sind zugleich Pflichtinformationen nach GPSR.)

Umschlaggestaltung und -abbildung:
© Johannes Wiebel | punchdesign,
unter Verwendung eines Motivs von photocase.de
LH · Herstellung: wag
Satz, Druck und Bindung: GGP Media GmbH, Pößneck
Printed in Germany
ISBN: 978-3-7341-0456-5

www.blanvalet.de

Prolog

New York City, 1990

Es stand fest. Sie würde nach Palmetto zurückkehren.

Jade Sperry schob die Jalousien am Fenster ihres Büros zur Seite und schaute hinunter auf die Straße. Zwanzig Stockwerke unter ihr toste der Verkehr rund um das Lincoln Center.

Ein kalter, scharfer Wind jagte um die Straßenecken, mit demselben Ungestüm wie die Linienbusse, die ihre stinkenden Abgaswolken in die Luft bliesen. Taxis kurvten wie aufgeschreckte gelbe Käfer umher und wechselten von einer verstopften Fahrspur auf die nächste. Zwischen ihnen schoben sich Fußgänger hindurch, unbeirrt, ihre Habseligkeiten an sich gepreßt.

Jade war es anfangs schwergefallen, sich an das Tempo in New York zu gewöhnen. Allein die Straße zu überqueren war schon eine lebensgefährliche Unternehmung. Nichts war schlimmer für sie gewesen, als an einer Bordsteinkante in Manhattan zu stehen und sich zu fragen, wer oder was sie zuerst niedermähen würde – ein Taxi, ein Bus oder die Horden von Menschen, die von hinten stießen und drängelten und immer ungeduldiger wurden mit dieser Auswärtigen, die so langsam sprach und sich so zögerlich vorwärtsbewegte.

Wie stets hatte Jade zunächst den Kopf eingezogen und

sich dann der Herausforderung gestellt. Sie ging nicht so forsch wie die Einheimischen, sie verstand und sprach nicht so schnell wie sie, aber sie war auch nicht eingeschüchtert von ihnen – nur eben anders als sie. Solche Hektik und Betriebsamkeit war sie einfach nicht gewohnt. Jade Sperry war in einer Umgebung aufgewachsen, wo an einem Sommertag das einzige emsige Wesen eine über dem Sumpf schwirrende Libelle war.

Als sie nach New York kam, war sie bereits an harte und aufopferungsvolle Arbeit gewöhnt gewesen. So hatte sie sich mit der Zeit akklimatisiert und überlebt, weil für einen Dickkopf aus South Carolina wie sie nicht nur ihr Akzent charakteristisch war, sondern ebenso ihr Stolz.

Und nun hatte sich alles ausgezahlt. Unzählige Stunden, in denen sie gegrübelt, geplant und hart gearbeitet hatte, waren schließlich und endlich belohnt worden. Niemand ahnte auch nur, wie viele Jahre und Tränen sie in die Rückkehr in ihre Heimatstadt investiert hatte.

Es gab dort einige, die für ihre Sünden büßen sollten, und Jade würde dafür sorgen, daß dies geschah. Die Vergeltung, von der sie geträumt hatte, war zum Greifen nahe. Sie hatte nun die Macht, für ihr Recht zu kämpfen.

Sie schaute noch immer aus dem Fenster, doch sie nahm kaum etwas von der Szenerie unten auf der Straße wahr. Statt dessen sah sie das wogende hohe Gras von Küstenweiden, roch die salzige Luft, den betörenden Duft von Magnolien und schmeckte die Speisen ihrer ländlichen Heimat. Die Wolkenkratzer wurden zu hohen Pinien, die breiten Straßen zu Kanälen.

Sie erinnerte sich an das belebende Gefühl, diese schwere Luft einzuatmen, in der sich nicht einmal das matte, graue

Spanische Moos in den Wipfeln der uralten Lebenseichen bewegte.

Sie würde nach Palmetto zurückkehren.

Und dann würde dort die Hölle los sein.

Kapitel 1

Palmetto, South Carolina, 1976

»Du spinnst doch!«

»Ich schwör's bei Gott.«

»Du bist ein Lügner, Patchett.«

»Was sagst du, Lamar? Lüge ich oder nicht? Kann eine gute Nutte das Gummi nur mit dem Mund überstülpen oder nicht?«

Lamar Griffiths Blick wanderte unsicher zwischen seinen beiden besten Freunden, Hutch Jolly und Neal Patchett, hin und her. »Keine Ahnung, Neal. Kann sie's?«

»Ach, was frage ich dich überhaupt«, zischte Neal verächtlich. »Du warst sowieso noch nie bei 'ner Nutte.«

»Aber du...«, lästerte Hutch.

»Ja, *ich.* Und mehr als einmal.«

Die drei High School Seniors hatten eine Nische in der örtlichen Milchbar in Beschlag genommen. Hutch und Lamar teilten sich eine der Vinylbänke, Neal lümmelte sich auf der anderen, zwischen ihnen die Tischfläche.

»Ich glaub' dir kein Wort«, sagte Hutch.

»Mein alter Herr hat mich mitgenommen.«

Lamar mußte bei der Vorstellung grinsen. »War dir das nicht peinlich?«

»Scheiße, nein!«

Hutch warf Lamar einen höhnischen Blick zu. »Er lügt,

du Vollidiot.« Wieder Neal zugewandt fragte er: »Und wo soll dieser Puff sein?«

Neal musterte sein Spiegelbild im Fenster. Sein hübsches Gesicht starrte ihm entgegen. Sein dunkelblonder Pony über den sexy grünen Augen hatte genau die richtige Länge. Die rotbraun-weiße High-School-Lederjacke war angemessen abgewetzt und hing ihm lässig über die Schultern.

»Ich hab' nicht gesagt, daß er mich in einen Puff geschleppt hat. Er hat mich zu einer Nutte mitgenommen.«

Hutch Jolly war lange nicht so attraktiv wie sein Freund Neal. Er war ein hochaufgeschossener Junge mit breiten knochigen Schultern, hellrotem Haar und ausgeprägten Segelohren. Hutch bewegte sich vor und leckte sich über die fleischigen Lippen. Dann flüsterte er verschwörerisch: »Du willst mir also weismachen, daß es hier in unserer Stadt eine Nutte gibt? Wer ist sie? Wie heißt sie? Wo wohnt sie?«

Neal schenkte seinem Freund ein träges Lächeln. »Ihr glaubt doch nicht im Ernst, daß ich das ausgerechnet euch verraten würde. Als nächstes hör' ich dann, daß ihr zwei an ihrer Tür klopft und einen verdammten Narren aus euch macht. Ich müßte mich ja schämen, mit euch in Verbindung gebracht zu werden.«

Er winkte die Kellnerin heran und bestellte eine neue Runde Cherry Coke. Sobald die prickelnde Erfrischung auf dem Tisch stand, langte Neal in die Innentasche seiner Jacke, fischte einen Flachmann heraus und bediente zuerst großzügig sich selbst, bevor er dann die Flasche weiterreichte. Hutch goß sich von dem Bourbon ein.

Lamar lehnte ab. »Danke. Ich hab' genug.«

»Kinderkacke«, meinte Hutch und stieß seinem Freund den Ellenbogen in die Seite.

Neal ließ den Flachmann wieder in der Jackentasche verschwinden. »Mein alter Herr sagt immer, von zwei Dingen kann man nie genug haben. Von Whiskey und von Frauen.«

»Amen.« Hutch gab Neal immer recht.

»Und was meinst du, Lamar?« stichelte Neal.

Der dunkelhaarige Junge zuckte mit den Achseln. »Klar.«

Neal runzelte unzufrieden die Stirn und ließ sich gegen die Rückenlehne fallen. »So langsam, aber sicher fange ich an, mir deinetwegen Sorgen zu machen, Lamar. Wenn du nicht mitziehen kannst, müssen wir eben auf dich verzichten.«

Lamars dunkle Augen füllten sich mit Furcht. »Was meinst du mit ›mitziehen‹?«

»Was ich meine? Ich meine *aufmischen*. Bumsen. Saufen.«

»Seine Mama hat es aber gar nicht gern, wenn ihr Junge so böse Dinge tut.«

Hutch faltete affektiert die großen, roten Hände unter dem Kinn und klimperte mit den Wimpern. Sein Falsett und seine Miene wirkten albern, doch Lamar nahm die Spöttelei ernst.

»Habe ich mir Freitag etwa nicht, genau wie ihr beiden, die Seele aus dem Leib gekotzt?!« platzte er heraus. »Und im Sommer die Wassermelonen geklaut, wie du's wolltest, Neal? Und wer hat die Farbe für den Spruch an der Post besorgt, he?«

Hutch und Neal fingen an zu lachen. Neal langte über den Tisch und tätschelte Lamars Wange. »Stimmt. Warst ein braver Junge. Wirklich brav.« Er konnte nicht ernst bleiben und lachte wieder los.

Hutchs knochige Schultern zuckten vor Lachen. »Du hast

mehr gekotzt als wir beide zusammen, Lamar. Was hat deine Mama übrigens zu deinem Kater gestern morgen gesagt?«

»Sie hat's nicht gemerkt. Ich bin im Bett geblieben.«

Die drei langweilten sich. Die Sonntagabende waren immer langweilig. Die scharfen Girls erholten sich von den wüsten Feiern des Samstagabends und wollten nicht belästigt werden. Und die braven Girls gingen zur Kirche. Sonntags standen keine Sportereignisse auf dem Programm. Zum Krebse sammeln oder Angeln hatten sie an diesem Abend keine Lust.

Und so hatte Neal, stets ihr Anführer und Stratege, die beiden in seinen Sportwagen verfrachtet, war mit ihnen durch die Straßen Palmettos gekreuzt und hatte Ausschau gehalten nach etwas, was sie amüsieren könnte. Aber auch nach ein paar Runden war weit und breit nichts in der Stadt zu entdecken gewesen.

»Wollen wir hoch zu Walmart und uns umsehen?« hatte Lamar vorgeschlagen.

»Nein!« hatten die beiden anderen im Chor gestöhnt.

»Ich hab's.« Neal war eine Idee gekommen. »Los, wir fahren zu einer der Nigger-Kirchen. Das bringt's immer.«

»Mmm-mm.« Hutch hatte seinen roten Schopf geschüttelt. »Mein Alter hat gesagt, er zieht mir das Fell ab, wenn wir das noch mal machen. Beim letzten Mal ging's haarscharf an 'nem Rassenkrawall vorbei.« Hutchs Vater, Fritz Jolly, war der Sheriff im County und schon bei unzähligen Gelegenheiten das Gewissen der Jungs gewesen.

Ihnen war also nichts übriggeblieben, als in die Milchbar einzukehren und zu hoffen, daß etwas passieren würde. Solange sie etwas bestellten und sich benahmen, würde der

Wirt sie nicht rauswerfen. Sollte sich Neal allerdings mit dem Flachmann erwischen lassen, würde die Hölle los sein.

Als Neal losgefahren war, hatte sein Vater, Ivan, ihn ermahnt, diesmal das Bier zu Hause zu lassen. »Wieso?« hatte Neal gefragt.

»Weil mich gestern morgen Fritz angerufen hat. Er war völlig außer sich. Hutch ist Freitagnacht sturzbetrunken nach Hause gekommen, und du sollst das Bier besorgt haben. Er hat gesagt, der Sohn des Sheriffs könne es sich nicht leisten, besoffen durch die Stadt zu fahren und die Sau rauszulassen. Dora Jolly war kaum wieder zu beruhigen. Ich hab' ihm versprochen, mich drum zu kümmern.«

»Und?«

»Und?! Genau das werde ich tun! Laß das Bier heute stehen!« hatte Ivan gepoltert.

»Verdammt.« Neal war aus dem Haus gestürmt. In seinem Wagen hatte er sich grinsend auf die Jacke geklopft, in der er den silbernen Flachmann mit dem teuren Bourbon versteckt hatte. Ivan würde es nie im Leben merken.

Doch jetzt war die Schadenfreude über seinen alten Herrn abgeklungen. Hutch war dabei, seinen zweiten Hamburger zu vertilgen. Neal fand Hutchs Tischmanieren abstoßend. Er verschlang jedes Essen, als wäre es sein letztes, biß riesige Happen ab, rülpste laut und dachte gar nicht daran, die Unterhaltung zu unterbrechen, während er kaute.

Was Lamar betraf – der war einfach nur ein Schlappschwanz. Ständig hatte er Schiß, und Neal duldete ihn nur wegen seiner Büßerrolle. Es war eben amüsant, einen Trottel dabeizuhaben, über den man sich lustig machen konnte. Lamar war gutmütig und sah nicht schlecht aus, doch Neal brauchte ihn lediglich als Punchingball.

Heute abend war Lamar, wie immer, reizbar und nervös. Er ging jedesmal an die Decke, wenn er nur angesprochen wurde. Neal vermutete, daß Lamar so daneben war, weil er alleine mit seiner Mutter lebte. Der alte Drachen würde jeden nervös machen.

Myrajane Griffith hielt sich für was Besonderes, weil sie eine geborene Cowan war. Die Cowans waren früher mal mit die größten Baumwollpflanzer zwischen Savannah und Charleston gewesen. Aber das lag schon Urzeiten zurück. Der Glanz der Cowans war erloschen; die meisten von ihnen waren inzwischen verstorben. Das alte Farmhaus an der Küste stand zwar immer noch, aber es war schon vor vielen Jahren verlassen und verriegelt worden.

Doch Myrajane klammerte sich noch immer an ihren Mädchennamen wie eine Ertrinkende an den Strohhalm. Jetzt arbeitete sie als Angestellte auf der Sojabohnenplantage der Patchetts, wie fast alle anderen in der Nachbarschaft auch, und das Seite an Seite mit Farbigen und Leuten, die sie in besseren Zeiten noch nicht einmal angespuckt hätte. Ihrem Mann hatte sie so lange zugesetzt, bis er schließlich starb. Als Ivan ihn im Sarg liegen sah, hatte er bemerkt, daß der arme alte Kerl zum erstenmal seit Jahren lächelte.

Jesus, dachte Neal, *kein Wunder, daß Lamar so schlottert. Die Hexe macht jeden fertig*.

Neal war froh, daß seine Mutter gestorben war, als er noch ein Baby war. Er war von etlichen, vorwiegend farbigen Kinderschwestern aus der Umgegend Palmettos großgezogen worden, bis er zu alt zum Versohlen wurde und zurückschlug. Seine Mutter, Rebecca Flory Patchett, war blond gewesen, blaß und der schlechteste Fick, den Ivan jemals gehabt hatte – so ähnlich hatte Ivan es ausgedrückt, als Neal ihn nach seiner Mutter gefragt hatte.

»Rebecca war ein süßes kleines Püppchen, aber sie zu fikken, das war, als würde man sein Ding in einen Eisblock schieben. Was soll's. Sie hat mir gegeben, was ich wollte.« Dabei hatte er seinen Sohn leicht ans Kinn geboxt. »Einen Sohn.«

Neal fand, daß ein Elternteil, bei dem man sich rechtfertigen mußte, schlimm genug war, obwohl Ivan für gewöhnlich eher milde reagierte und ein Auge zudrückte, wenn sein Sohn Ärger machte. Er bezahlte Neals Strafzettel und übernahm die Rechnungen für die Sachen, die sein Sohn zerstörte oder stahl.

»Verdammt noch mal, wissen Sie nicht, wer mein Daddy ist?!« hatte Neal erst kürzlich den Verkäufer in der Eisenwarenhandlung angeschrien, als dieser ihn beim Klauen erwischte.

Sheriff Fritz Jolly hatte Ivan kommen lassen, um die Angelegenheit aus der Welt zu schaffen. Und Neal war aus dem Laden spaziert, mit dem Jagdmesser in der Hand und einem selbstgefälligen Grinsen im Gesicht, das den ohnehin frustrierten Verkäufer noch wütender machte. Später sollte der arme Bursche alle vier Reifen an seinem Wagen zerstochen vorfinden.

Neal wünschte, irgend etwas in der Art würde auch heute abend auf ihn warten.

»Scheint, der Gottesdienst ist zu Ende.« Lamars Bemerkung riß Neal aus seinen Gedanken.

Ein Pulk junger Leute strömte in die Milchbar. Für Neal waren die Jungs Jesus-Freaks und daher seiner Aufmerksamkeit unwürdig, doch er schenkte jedem der Mädchen einen heißen Blick. Es wirkte Wunder für das Selbstbewußtsein der Girls und verhalf ihnen zu angenehmen Träumen.

Ganz abgesehen davon konnte es nie schaden, von Zeit zu Zeit das Revier zu ordnen. Wer weiß, vielleicht würde er in einer einsamen Nacht eines dieser Mädchen gut brauchen können. Falls er dann bei einer anrief, würde sie sich garantiert an seinen lüsternen Blick erinnern. Einmal hatte er damit geprahlt, eine Kirchenchor-Sopranistin innerhalb von fünf Minuten zu einer Schlampe machen zu können. Es war kein leeres Versprechen geblieben.

»Hallo, Neal, hi, Lamar, hi, Hutch.«

Donna Dee Monroe blieb an ihrer Nische stehen. Neal ließ, anders als gewöhnlich, den Blick über ihren Körper schweifen. »Hi, Donna Dee. Na? Bist du heute abend errettet worden?«

»Das bin ich schon lange. Aber du wirst garantiert in der Hölle schmoren, Neal Patchett.«

Er lachte. »Darauf kannst du wetten! Und ich werde jede Minute davon genießen. Hi, Florene.«

Florene, eine von Donna Dees Freundinnen, war vor einigen Wochen beim Valentins-Tanz aufgekreuzt. Die Auswahl an diesem Abend war nicht gerade berauschend gewesen, und Neal hatte mit ihr geflirtet, obwohl er sie unter normalen Umständen keines Blickes gewürdigt hätte. Er tanzte mit ihr, bis sie dahinschmolz – buchstäblich. Als er sie nach draußen führte und seine Hand zwischen ihre Schenkel gleiten ließ, bekam er feuchte Finger. Allerdings kam, gerade als es interessant wurde, Florenes Vater raus und suchte nach ihr.

Jetzt fragte Neal mit halbgeschlossenen Augen und rauchiger Stimme: »Und, hast du heute abend etwas zu beichten, Florene? Hast du in letzter Zeit vielleicht unkeusche Gedanken gehegt?«

Das Mädchen errötete bis in die Haarspitzen, murmelte etwas Unverständliches und flüchtete zu der Gruppe, die mit ihr aus der Kirche gekommen war.

Donna Dee blieb. Sie war ein frecher Typ mit dunklen, blitzenden Augen und scharfer Zunge. Leider sah sie nicht besonders gut aus. Ihr Haar war glatt und dünn. Sie trug es mit Mittelscheitel, weil sich nichts anderes damit anfangen ließ. Ihre Lippen berührten beinahe die Nasenflügel. Das, die vorstehenden Zähne und die stechenden Augen gaben ihr das Aussehen einer freundlichen Ratte. Sie schwärmte für Hutch, doch der ignorierte sie für gewöhnlich.

»Sieh mal an, wen wir da haben«, sagte Hutch und lenkte Neals Aufmerksamkeit auf den Parkplatz. »Mr. Schülersprecher höchstpersönlich.«

Sie beobachteten, wie Gary Parker seinen Wagen in eine der Parklücken bugsierte. Seine Freundin, Jade Sperry, saß dicht neben ihm auf dem Beifahrersitz.

»Und die heißeste Schülerin hat er gleich mitgebracht.«

Neal warf Lamar einen scharfen Blick zu und versuchte zu ergründen, ob Lamar sich über ihn lustig machte. Bestimmt nicht. Neal hatte sein Interesse an Jade Sperry bisher vor allen geheimgehalten.

»Seine Karre ist ein Haufen Scheiße«, kommentierte Hutch, ohne einen von ihnen direkt anzusprechen.

»Scheint Jade aber nichts auszumachen«, bemerkte Lamar.

»Natürlich nicht, du Fiesling«, sagte Donna Dee. »Sie liebt ihn. Es ist ihr egal, ob er arm wie eine Kirchenmaus ist. Ich werd' mal rübergehen und hi sagen. Bis später dann.«

Neals Blick war finster, als er Gary und Jade hinter dem Fenster beobachtete. Gary hatte offensichtlich etwas Lustiges gesagt, denn Jade lachte, lehnte sich an ihn und rieb ihre Schläfe an seinem Kinn.

»Scheiße, ist die heiß«, stöhnte Hutch. »Er ist ein verdammter Bauerntrampel. Was findet die an dem nur so scharf?«

»Seinen Verstand«, sagte Lamar.

»Wahrscheinlich eher seinen großen Pflug«, witzelte Hutch.

Lamar lachte. Neal schwieg. Völlig regungslos, ohne mit der Wimper zu zucken, sah er zu, wie Gary Jade sanft auf die Lippen küßte, bevor er die Wagentür öffnete und ausstieg. Es war ein verhaltener, schüchterner Kuß gewesen. Neal fragte sich plötzlich, ob sie jemals von einem geküßt worden war, der wußte, was Sache war – von einem wie ihm.

Jade war unbestritten das hübscheste Mädchen auf der Palmetto High School. Das hübscheste Mädchen sollte eigentlich Neal Patchett gehören, genau wie die besten Klamotten und die schärfste Karre. Sein alter Herr war der mächtigste und reichste Mann der Gegend. Das allein gab ihm bereits das Recht zu kriegen, was er wollte. Doch offensichtlich hatte noch niemand Jade Sperry davon unterrichtet.

Ganz gleich, wie hoch Garys IQ sein mochte, Neal würde nie verstehen können, warum Jade einen bettelarmen Farmersohn wie Gary ihm vorzog. Zudem schien sie nicht nur kein Interesse an Neal zu haben, er hatte sogar das Gefühl, daß sie ihn abstoßend fand. Irgendwie betrachtete sie ihn mit unerklärlichem, verdrehtem Snobismus als Abschaum. Oh, sie war stets höflich – Jade war grundsätzlich höflich –, doch hinter ihrer ganzen Höflichkeit spürte Neal eine geringschätzige Haltung, die an ihm nagte.

Vielleicht wußte sie gar nicht, was ihr entging. Vielleicht war ihr nicht klar, daß sie sich mit weniger als dem Besten zufrieden gab. Vielleicht war es an der Zeit, daß es ihr endlich jemand sagte.

»Los, kommt«, forderte Neal plötzlich die anderen auf und erhob sich von der Bank. Er warf das Geld für die Drinks und Hutchs Burger auf den Tisch und schlenderte zur Tür.

Draußen ging er zu dem Fenster, wo die Kunden sich etwas zum Mitnehmen bestellen konnten. Er brauchte Hutch und Lamar nicht zu fragen, ob sie mitkamen. Sie folgten ihm ohnehin wie ein Schatten.

* * *

Donna Dee öffnete die Beifahrertür von Garys Wagen und ließ sich neben ihre Freundin gleiten. »Ich wußte gar nicht, daß du auch herkommst«, sagte Jade. »Du hättest mit uns fahren können.«

»Als das berühmte fünfte Rad? Nein danke.«

Donna Dee klang nicht eingeschnappt. Die beiden Mädchen waren seit dem Kindergarten unzertrennlich. Obwohl es für jeden Außenstehenden ersichtlich war, daß Jade das andere Mädchen in den Schatten stellte, hegte Donna Dee keine feindseligen Gefühle für ihre attraktive, makellose Freundin.

»Wie fandest du die Predigt heute abend?« fragte Donna Dee. »Hast du auch jedesmal, wenn der Priester das Wort *Unzucht* in den Mund nahm, Gottes Atem in deinem Nacken gespürt?«

Jade hatte sich tatsächlich bei der Predigt unbehaglich

gefühlt, doch sie antwortete gleichgültig: »Es gibt nichts, weswegen ich mich schuldig fühlen müßte.«

»Noch nicht«, sagte Donna Dee.

Jade seufzte. »Ich hab's gewußt. Ich hätte dir nie erzählen dürfen, daß Gary und ich darüber gesprochen haben.«

»Oh, wie schlimm!« rief Donna Dee. »Seit drei Jahren geht ihr jetzt miteinander. Die ganze Welt glaubt, daß ihr's schon tausendmal getrieben habt.«

Jade biß sich auf die Unterlippe. »Meine Mutter auch. Vorhin haben wir uns deswegen gestritten, bevor Gary mich abgeholt hat.«

»Und?« Donna Dee borgte sich den Lippenstift aus der Handtasche ihrer Freundin und legte ihn auf. »Du streitest dich doch andauernd mit deiner Mom. Ich sag's ungern, Jade, aber deine Mom ist wirklich 'ne alte Hexe.«

»Sie will einfach nicht kapieren, daß ich Gary liebe.«

»Sicher kapiert sie's. Das ist ja das Problem. Sie will nicht, daß du ihn liebst. Sie glaubt, du kannst 'ne bessere Partie machen.«

»Es gibt keinen Besseren.«

»Du weißt, wie ich's meine.« Donna Dee kramte weiter in Jades Tasche. »Sie will dich mit jemandem verkuppeln, der reich ist, der Einfluß hat – zum Beispiel mit Neal Patchett.«

Jade schüttelte sich angewidert. »Keine Chance.«

»Was glaubst du – hat er echt Florene auf dem Valentines-Tanz angegrapscht? Oder hat sie nur angegeben? Sie prahlt manchmal ganz schön rum.«

»Ich finde nicht, daß von Neal Patchett angegrapscht zu werden was zum Prahlen ist.«

»Tja, das findest aber auch nur du.«

»Ja, zum Glück.«

»Neal sieht echt klasse aus«, meinte Donna Dee.

»Ich kann ihn nicht ausstehen. Sieh ihn dir an! Er findet sich ungeheuer cool.«

Die beiden Mädchen beobachteten, wie Neal und seine Freunde Gary einkreisten, der in der Schlange vor der Ausgabe stand. Neal boxte Gary ein paarmal gegen die Schulter, und als Gary ihm sagte, er solle damit aufhören, ging Neal in Kampfposition.

»Er ist so ekelig«, sagte Jade mit Abscheu in der Stimme.

»Stimmt. Ich wünschte, Hutch würde sich nicht so an ihn hängen.«

Es war kein Geheimnis, daß Donna Dee sich schrecklich in Hutch Jolly verliebt hatte. Sie trug ihr Herz auf der Zunge. Insgeheim fand Jade, daß Hutch sich wie ein Trampel aufführte und auch so aussah, doch das würde sie Donna Dee gegenüber nie zugeben, weil sie die Gefühle ihrer Freundin nicht verletzen wollte.

Sie hatte Donna Dee auch nie erzählt, daß Hutch sie schon unzählige Male angerufen und gefragt hatte, ob sie mit ihm ausginge. Jade hatte wegen Gary immer abgelehnt, doch selbst wenn sie keinen festen Freund gehabt hätte, wäre sie nie mit Hutch ausgegangen. Allein schon wegen Donna Dee.

»Du kannst Hutch nicht leiden, stimmt's, Jade?« fragte Donna Dee.

»Natürlich kann ich ihn leiden.« Die Wahrheit war, daß Jade sich in seiner Gegenwart unbehaglich fühlte. Sie hatten zusammen einen Trigonometrie-Kurs, und sie ertappte ihn oft dabei, wie er sie anstarrte. Wenn sich ihre Blicke dann trafen, errötete Hutch erst bis zu den Sommersprossen, um gleich darauf möglichst arrogant dreinzuschauen und die peinliche Situation zu kaschieren.

»Was soll an ihm so schlecht sein?« Donna Dee ging in die Defensive.

»Gar nichts. Ehrlich. Nichts, außer der Gesellschaft, mit der er sich abgibt.«

»Meinst du, er lädt mich zum Schülerball ein? Ich sterbe, wenn er's nicht tut.«

»Du stirbst nicht«, entgegnete Jade müde. Donna Dee reagierte so geknickt auf Jades Gleichgültigkeit, daß diese sofort einlenkte. »Tut mir leid, Donna Dee. Natürlich hoffe ich für dich, daß er dich fragt. Wirklich, ganz echt.«

Für Jade war der Oberstufen-Ball im Mai schon jetzt langweilig und albern. Er stellte lediglich eine weitere Verzögerung für sie und Gary dar, mit ihrem eigenen Leben voranzukommen. Vielleicht war sie aber auch nur deshalb nicht aufgeregt, weil ihr Partner bereits feststand. Anders als Donna Dee, brauchte sie die Erniedrigung nicht zu fürchten, an diesem bedeutsamen Abend ohne Begleitung dastehen zu müssen.

»Ich wüßte nicht, wen Hutch sonst fragen würde – du etwa?« fragte Donna Dee besorgt.

»Nein, ich wüßte auch niemanden.« Jade sah auf ihre Armbanduhr. »Wieso dauert das denn solange? Ich muß um zehn zu Hause sein, meine Mutter macht mir sonst die Hölle heiß.«

»Vergiß nicht, ihr braucht auch ein wenig Zeit zum Parken...« Donna Dee sah ihre Freundin an und flüsterte: »Wenn du mit Gary fummelst, bist du dann so angeturnt, daß du's kaum aushältst?«

»Ja«, gab Jade zu. Sie fröstelte leicht. »Das Schlimmste ist, daß wir immer mittendrin aufhören müssen.«

»Müßt ihr ja nicht.«

Jade runzelte die Stirn über ihren schmalen, dunklen Brauen. »Wenn Gary und ich – wenn wir uns lieben, wie kann es da schlecht sein, Donna Dee?«

»*Ich* habe das nie behauptet.«

»Aber der Priester. Und in der Bibel steht's. Und meine Mutter sagt es. Alle sagen es.«

»Alle sagen, daß Unzucht...«

»Nenn es nicht so. Das ist ein häßliches Wort.«

»Wie würdest du's denn nennen?«

»Miteinander schlafen.«

Donna Dee zuckte die Achseln. »Kommt aufs selbe raus. Sicher, alle sagen, vor der Hochzeit miteinander zu schlafen ist eine Sünde, aber meinst du wirklich, daß sie sich ernsthaft daran halten?« Donna Dee schüttelte die dunklen, glatten Haare. »Ich glaube nicht. Ich glaube, alle außer uns sind fleißig am Sündigen und haben viel Spaß dabei. Ich an deiner Stelle würde es auch tun.«

»Würdest du?« fragte Jade. Die Bestätigung aus dem Mund ihrer Freundin tat ihr gut.

»Kannst du deinen süßen Arsch drauf verwetten. Wenn Hutch mich fragen würde – sofort.«

Jades Blick wanderte zu Gary, und sie spürte einen prikkelnden Schauer und gleichzeitig Angst. »Vielleicht ist es keine Sünde. Vielleicht sollten Gary und ich aufhören, auf den Priester zu hören, und unseren Gefühlen folgen. Ach, ich weiß es einfach nicht«, seufzte sie. »Wir haben schon unzählige Male darüber geredet, mit dem Ergebnis, daß wir jedesmal hinterher frustrierter waren als vorher.«

»Ach, ihr habt's aber auch schwer...« lästerte Donna Dee. »Ich gehe wieder rein. Bis später.«

»Warte, Donna Dee. Bist du sauer?«

»Nein.«

»Du klingst aber so.«

»Weißt du, Jade, manchmal wünsche ich mir, ich hätte deine Sorgen. Ich wünschte, ich hätte dein schwarzes welliges Haar und deine makellose Haut. Ich wünschte, ich hätte große blaue Augen und zehn Meter lange Wimpern. Ich wünschte, ich hätte einen Freund, der ganz geil auf meinen Körper ist *und* mich respektiert. Ich wünschte, ich hätte super Noten und ein Stipendium fürs College.«

»Ich hab' das Stipendium ja noch gar nicht«, versuchte Jade, Donna Dees zweifelhafte Komplimente herunterzuspielen.

»Oh, tatsächlich. Na ja, du wirst es aber kriegen. Nur eine Frage der Zeit. Bei dir klappt immer alles, Jade. Deshalb macht mich dein Scheißgejammere so wütend. Was hast du schon für Probleme?

»Du bist großartig, ohne daß du dich anstrengen mußt. Du bist intelligent. Du bist beliebt. Du wirst wahrscheinlich die Abschiedsrede unserer Klasse halten und falls doch nicht, dann wird sie der Junge halten, der den Boden unter deinen Füßen anbetet und die Luft, die du atmest. Wenn ihr zwei also bis zur Besinnungslosigkeit vögeln wollt – bitte. Wenn nicht, dann laßt es eben. Aber hör endlich mit dem Gejammer auf, okay?«

Donna Dees Ausbruch war vorbei. Sie fügte etwas milder hinzu: »Du solltest mich für den Job als deine beste Freundin bezahlen, Jade. Ist manchmal ziemlich harte Arbeit.«

Sie schnappte sich ihre Handtasche und stieg aus dem Wagen.

* * *

»Hi, Gary.« Neal klang betont freundlich. Lamar und Hutch ahmten ihn sofort nach.

»Hallo, Leute.« Garys Lächeln war offen und ohne Argwohn. »Was läuft denn so?«

»Nicht viel«, antwortete Neal. »Schon 'ne Nachricht vom Stipendium gekriegt?«

»Noch nicht. Jade auch noch nicht. Rechne allerdings jeden Tag damit.«

»Möchtest du Nüsse auf dein Eis, Gary?« fragte die Kellnerin hinter dem Tresen.

»Gerne.«

»Gerne«, äffte Neal ihn nach. Er sah zum Auto rüber, in dem Jade saß. »Jade liebt Nüsse. Je größer, desto besser.«

Hutch schüttelte sich vor Lachen. Lamar kicherte.

Garys Lächeln verschwand. »Laß den Scheiß, Neal«, sagte er barsch und schaute über die Schulter zum Wagen.

Neal hob die Hände in gespielter Unschuld. »War doch nur ein Witz, Mann. Kannst du keinen Witz ab?« Dann boxte er Gary leicht gegen die Schulter.

Gary wich verärgert zurück. »Nein, nicht wenn's um Jade geht.«

»Bitte schön, Gary«, sagte die Bedienung und reichte ihm zwei Becher durch das Fenster. »Einmal Butterscotch, einmal Schokolade. Macht einen Dollar fünfzig, bitte.«

»Danke.« Gary bezahlte, zog zwei Servietten aus dem Spender und nahm in jede Hand einen Becher. Dann wandte er sich zum Gehen um, doch Neal versperrte ihm den Weg, flankiert von Lamar und Hutch.

»Welches ist das für Jade?«

Gary verstand den Hintergrund von Neals scheinbar

harmloser Frage nicht und antwortete achselzuckend: »Butterscotch.«

Beide Becher wurden von großen roten Kirschen gekrönt. Neal nahm eine von dem Berg Schlagsahne herunter, steckte sie in den Mund und zog mit einer dramatischen Geste den Stiel heraus. Er rollte sie mit der Zunge und nahm sie schließlich zwischen die Vorderzähne, so daß sie zu sehen war. Dann blickte er Jade direkt in die Augen und biß aufreizend in die Frucht, kaute lasziv, bevor er sie schließlich runterschluckte.

Dann wandte er sich grinsend an Gary. »Sag deiner Freundin, daß ich ihre Kirsche wirklich genossen habe.«

»Du dreckiges Arschloch. Genieß das...«

Gary drückte einen der Becher in Neals selbstgefälliges Gesicht.

Neal, den das völlig überraschte, stolperte rückwärts und prustete unter der Pampe, die ihm das Gesicht verklebte. Gary nutzte den Moment und stellte ihm mit dem Absatz ein Bein. Neal fiel rücklings auf den Bürgersteig.

Gary stellte sich über ihn. »Keine dreckigen Witze über Jade – kapiert?« Er schleuderte das zweite Eis in Garys Schoß und ging zu seinem Wagen.

Neal sprang auf die Füße und spuckte Drohungen aus. »Dafür bring' ich dich um, Parker. Niemand, der mich so fickt, kommt mit dem Leben davon.« Plötzlich wurde er sich seiner eigenen Lächerlichkeit bewußt und lenkte seine Wut auf seine beiden Freunde, die wie gelähmt dagestanden und schockiert zugesehen hatten, als er untergegangen war. »Verdammte Scheiße! Wie lange wollt ihr noch mit dem Daumen im Arsch dastehen? Helft mir gefälligst!«

Hutch und Lamar eilten zu ihm, reichten ihm Taschentücher und Servietten. Während Neal sich das Gesicht abwischte, sah er Garys davonfahrendem Wagen nach. Der Bauerntrampel glaubte vielleicht, er hätte es ihm gezeigt – aber da täuschte er sich gewaltig.

Kapitel 2

»Ich hätte ihm die Scheiße aus dem Leib prügeln sollen.«

»Ach, Gary, ich finde, du hast es ihm ganz schön gegeben.« Jade mußte lachen beim Gedanken an Neals verblüfften Gesichtsausdruck, als ihm das klebrige Eis von der Nase getropft war.

»Wieso nur hab' ich ihm nicht das verpaßt, was er verdient hat...«

»Weil du eben kein Neandertaler bist wie er. Eine Prügelei ist doch nun wirklich unter deiner Würde. Abgesehen davon waren sie in der Überzahl. Du hättest es auch noch mit Hutch und Lamar zu tun gekriegt.«

»Vor denen hab' ich keinen Schiß.«

Jade war der Ansicht, daß es lächerlich war, soviel Energie an hohles Machogehabe zu verschwenden, aber sie wollte Garys Ego schmeicheln. »Hör jetzt auf, dich zu ärgern. Das ist Neal doch gar nicht wert.« Nach einer kurzen Pause fragte sie: »Was hat dich eigentlich so auf die Palme gebracht?«

»Ach, einer von Neals typischen Sprüchen«, antwortete Gary ausweichend. »Eine seiner schleimigen Anspielungen. Er hat einfach nur Mist im Kopf. Na ja, er hat was Beleidigendes über dich gesagt.« Gary knallte die Faust in die hohle Hand. »Gott, er ist so ein Arschloch. Scheiß auf sein Geld, er ist Abschaum.«

»Wenn dir das klar ist, warum lassen wir uns dann die Laune von ihm verderben? Ich muß bald zu Hause sein.«

Gary hatte weiches braunes Haar und sanfte, bernsteinfarbene Augen. Normalerweise stand ihm eher Sanftmut als Zorn ins Gesicht geschrieben, und auf Jades Bemerkung hin entspannte sich seine Miene und gewann den vertrauten, milden Ausdruck zurück. Er streichelte ihre Wange. »Du hast recht. Neal würde es diebisch freuen, wenn er wüßte, daß er uns den Abend verdorben hat. Aber ich hasse es einfach, wenn er deinen Namen in seinen dreckigen Mund nimmt.«

Sie strich ihm mit den Fingern durchs Haar. »Ich liebe dich, Gary Parker.«

»Ich liebe dich auch.«

Er küßte sie leidenschaftlich, preßte die Hand gegen ihren Rücken und zog ihren Körper so nahe an sich, wie das auf der beengten Vorderbank des Wagens möglich war. Er hatte in einer abgelegenen Straße in der Nähe des Damms geparkt.

Die Februarluft draußen war kühl und feucht. Im Innern des Wagens aber stieg die Temperatur. Innerhalb von Minuten waren die Fenster beschlagen. Jade und Gary atmeten schwer, ihre jungen Körper waren von der Lust entflammt, die der Priester vorhin noch verdammt hatte. Gary grub die Finger in Jades üppiges, pechschwarzes Haar. Die andere Hand ließ er unter ihren Pulli gleiten. »Jade?« Sie sah zu ihm auf, ihre Augen waren erfüllt von Verlangen. »Du weißt, daß ich dich liebe, oder?«

Sie nahm seine Hand und führte sie an ihre Brust. »Ich weiß, daß du mich liebst.«

Seit dem zweiten Jahr an der High School gingen sie miteinander. Davor hatte Jade schon andere Jungs gekannt und sich von ihnen zu Tanzveranstaltungen und Parties begleiten lassen, meist mit den Eltern als Anstandswauwaus im Schlepptau. Sie hatte sich mit Jungs zum Kino oder Theater verabredet, doch jedesmal war Donna Dee dabei gewesen. Abgesehen von Händchenhalten und manchmal einem schüchternen Gute-Nacht-Kuß hatte Jade vor Gary keinerlei sexuelle Erfahrungen mit dem anderen Geschlecht gemacht. Sie hatte es nicht gewollt.

Bei ihrem zweiten Rendezvous hatte Gary ihr einen Zungenkuß gegeben. Manche Mädchen behaupteten, sie würden es lieben; andere fanden allein schon den Gedanken daran unmöglich. Nach diesem Rendezvous war Jade fest davon überzeugt, daß die zweite Gruppe aus denen bestand, die niemals einen Zungenkuß bekommen hatten. Das Gefühl von Garys Zunge in ihrem Mund war das Aufregendste, was sie je erlebt hatte.

Viele Monate lang blieb es zwischen ihnen bei diesen tiefen, befriedigenden Küssen. Ihre Intimität steigerte sich langsam, in dem Maße, wie ihre Gefühle füreinander erwachsener wurden. Jade hatte sich schon lange, bevor er es wagte, danach gesehnt, seine Hand auf ihrer Brust zu spüren. Nachdem er sie immer nur durch ihre Kleidung hindurch gestreichelt hatte, war er nun soweit, daß er ihre nackte Haut liebkoste. Und jetzt füllte ihre Brust seine sanfte Hand. Sie zügelten die Leidenschaft, mit der sie sich küßten, damit sie die prickelnde Lust seines Streichelns voll auskosten konnten. Seine Lippen lösten sich von ihren, als ihre Hand unter seine Lederjacke glitt und die Knöpfe seines Hemds öffnete. Jade streichelte die weiche Haut seiner breiten Brust. Garys Hand wanderte zu ihrem Rücken, dann hakte er den Verschluß ihres BHs auf. Er streichelte ihre Brustwarzen. Sie wurden steif unter seiner Berührung.

Jade seufzte lusterfüllt. Als Gary ihre Brust küßte und mit der Zunge an ihr spielte, stöhnte sie vor Leidenschaft auf. »Gary, ich will mit dir schlafen.«

»Ich weiß, ich weiß.«

Ihr Slip saß eng, doch seine Hand schlüpfte unbeirrt unter den Stoff und zu den dichten Locken, die ganz flachgedrückt waren. Ihr Entschluß, in ihrer Leidenschaft so weit zu gehen, war erst wenige Wochen alt, und es war noch immer ein neues, wunderbares Gefühl für Jade, Garys Finger an der geheimsten Stelle ihres Körpers zu spüren.

Sie biß sich auf die Unterlippe, um nicht aufzustöhnen. Gary kitzelte mit der Zunge ihre empfindlichen Brüste. Sie hätte weinen können vor Lust, ihren Körper mit ihm zu teilen. Heute nacht, so hatte sie sich entschlossen, würde sie ihm etwas von der Lust wiedergeben, die er ihr so selbstlos schenkte. Sie liebte seinen schlanken, athletischen Körper und wollte ihn besser kennenlernen. Verlegen, noch zögerlich, preßte sie die Hand zwischen seine Beine.

Garys Kopf zuckte zurück. Er atmete heftig ein. Seine Hand verharrte in ihrem Slip.

»Jade?«

Sie war verlegen, ließ jedoch die Hand entschlossen, wo sie war, anstatt sie zurückzuziehen. »Hmm?«

»Du mußt das nicht tun. Ich meine – ich will nicht, daß du denkst, ich würde es von dir erwarten.«

»Ich weiß. Aber ich will es.« Sie verstärkte den Druck.

Er flüsterte wieder und wieder ihren Namen, öffnete die Gürtelschnalle, den Knopf, den Reißverschluß und führte dann behutsam ihre Hand. Die Haut unter seinen Shorts war heiß. Sein Schaft war hart. Jade nahm ihn in die Hand und erschrak über seine Größe. Natürlich hatte sie ihn schon früher gespürt, doch eine unbestimmte Härte durch die Kleider an ihrem Bauch zu fühlen, war eben etwas ganz anderes, als Garys aufgerichtetes Geschlecht wirklich mit der Hand zu umfassen.

Während Gary sie leidenschaftlich küßte, erforschte sie schüchtern seine Erektion. Als sie die Hand vorsichtig auf und ab gleiten ließ, stockte Gary der Atem. Er murmelte ihren Namen und schob seinen Finger zwischen das weiche Fleisch ihrer Schamlippen.

Diese Berührung weckte ein Gefühl, das anders war als alles, was Jade bis dahin gekannt hatte. Sie hob die Hüften und reckte sich ihm entgegen. Gary wiederholte die Bewegung. Es war, als würde sie von den Sternen eines Feuerwerks berührt werden. In ihren Lenden stieg ein Prickeln auf.

»Gary?« Es war eine wundervolle Entdeckung. Jade wollte sie mit ihm teilen. »Gary?« Ihre Hand schloß sich fest um seinen Penis.

Mit einem tiefen frustrierten Seufzer löste sich Gary von ihr und setzte sich auf. Er schob ihre Hand aus seinem Schoß. »Hör lieber auf, sonst kann ich mich nicht länger beherrschen.«

»Ist mir egal«, flüsterte Jade.

»Mir aber nicht.« Er kreuzte die Arme auf dem Steuerrad und preßte die Stirn gegen die weißen Knöchel. »Jade, ich bin diesen Scheiß so furchtbar leid. Ich will es so gerne...«

Das vielversprechende Prickeln in Jades Lenden verebbte langsam, was sie bedauerte. Es war so aufregend, atemberaubend, fast beängstigend gewesen, und sie wollte wissen, wohin es führte. War das ein Orgasmus?

Doch ihre Hauptsorge galt jetzt Gary, denn sie wußte, daß er viel frustrierter war als sie. Sie kuschelte sich an ihn und streichelte ihm das Gesicht.

»Ich weiß nicht, was schlimmer ist...« Seine Stimme klang rauh. »Dich gar nicht anzufassen oder dich bis zu dem Punkt anzufassen, an dem ich dich so sehr will, daß es weh tut.«

»Ich glaube, gar nicht anfassen wäre schlimmer. Für mich jedenfalls.«

»Ja, ich würd's auch nicht aushalten. Aber *so* können wir auch nicht weitermachen.«

»Müssen wir auch nicht.«

Er hob den Kopf und sah sie an. Einen Augenblick lang forschten seine braunen Augen in ihrem Gesicht. Dann senkte er den Blick und schüttelte bedauernd den Kopf. »Das können wir nicht tun, Jade. Du bist das Beste, was mir je passiert ist. Das kann ich nicht einfach so ruinieren.«

»Wieso würde Liebe es ruinieren?«

»Was ist, wenn du schwanger wirst?«

»Werde ich nicht. Nicht, wenn wir aufpassen.«

»Das ist nicht sicher. Und dann würde unsere Chance, all dem hier zu entkommen, gleich Null sein. Ich würde Sojabohnen für Ivan Patchett anpflanzen, und du müßtest in dieser verdammten Fabrik schuften. Alle würden sagen, daß ich genau so ein Idiot bin wie mein Dad, und sie hätten recht damit.«

Aufgrund der stetig steigenden Anzahl von kleinen Parkers machte in der Stadt der Witz die Runde, Garys Vater

Otis wisse nicht, wann man aufhören muß. Gary zog Jade an seine Brust und stützte das Kinn auf ihren Kopf. »Wir können unsere Chance auf ein besseres Leben nicht einfach so verspielen.«

»Aber wenn wir miteinander schlafen, muß das doch nicht gleich heißen, daß unser Leben im Elend versinken wird.«

»Trotzdem macht es mir angst, das Schicksal herauszufordern. Ich fühle mich nur dann wirklich gut, wenn du bei mir bist, Jade. Den Rest der Zeit bin ich so einsam. Klingt verrückt, was? Wie kann man mit sechs jüngeren Geschwistern im Haus einsam sein? Ist aber so.

Manchmal glaube ich, ich bin ein Findelkind, ich gehöre nicht wirklich zu meinen Eltern. Mein Dad findet sich mit Feldern ab, auf denen die Saat überflutet wird und verfault, um dann seine Ernte in einer Ausbeuterstadt wie Palmetto zu verkaufen. Er haßt es, arm und dumm zu sein, aber er unternimmt von sich aus nichts dagegen. Er frißt jeden Scheiß, den ihm Ivan Patchett vor die Füße schaufelt. Und er bedankt sich auch noch dafür.

Gut, ich bin arm – aber sicher nicht dumm. Ich lasse mich nicht von den Patchetts verarschen. Ich werde bestimmt nicht wie mein Dad, der total resigniert hat, nur weil alles schon immer so war. Ich werde etwas aus meinem Leben machen.

Ich weiß, daß ich's schaffen kann, Jade, wenn du zu mir hältst.« Er nahm ihre Hand, drückte sie an seine Lippen und ließ sie dort, als er hinzufügte: »Aber manchmal habe ich Angst, ich könnte dich enttäuschen auf dem Weg dahin.«

»Du könntest mich niemals enttäuschen.«

»Vielleicht denkst du, daß es die Mühe nicht wert ist. Vielleicht entscheidest du dich für einen, der keinen so weiten

Weg zu gehen hat, der nichts beweisen muß. Einen wie Neal.«

Jade zog die Hand zurück und sah ihn mit funkelnden Augen an. »Sag so was nie wieder. Du hörst dich an wie meine Mutter, und du weißt, wie sauer ich werde, wenn sie anfängt, mein Leben für mich zu planen.«

»Vielleicht hat sie aber in manchen Dingen recht, Jade. Ein Mädchen, das so aussieht wie du, verdient einen Mann mit Geld und Ansehen, jemanden, der ihr die Welt zu Füßen legt. Genau das habe ich vor – aber was ist, wenn du die Geduld verlierst, bevor ich soweit bin?«

»Jetzt paß mal auf, Gary Parker. Ich scher' mich einen Dreck um Ansehen. Ich will kein Luxusleben. Ich habe meinen eigenen Ehrgeiz, und meine Liebe zu dir hat damit nichts zu tun. Das Stipendium zu kriegen ist der erste Schritt von ganz vielen. Meine Herkunft ist auch nicht gerade rühmlich. Die einzige Welt, die ich zu meinen Füßen will, ist die, die ich mir selber schaffe.« Sie schlang ihm die Arme um den Hals und fügte in etwas sanfterem Ton hinzu: »Die, die wir beide uns schaffen.«

»Du bist mir schon eine...« Gary schloß die Augen und flüsterte beschwörend: »Gott, bin ich froh, daß du mich genommen hast.«

* * *

Das Haus, das Jade mit ihrer Mutter teilte, war kurz nach dem Zweiten Weltkrieg gebaut worden, als man dringend Unterkünfte für heimkehrende Kriegsteilnehmer benötigte. Seitdem war das Viertel sichtbar runtergekommen. Die pastellfarbenen Fassaden hatten nichts mehr von ihrem früheren Schick, sie wirkten billig und kaputt.

Das gepflegte Haus der Sperrys stellte allerdings eine Ausnahme dar. Es war klein, hatte nur zwei Schlafzimmer und ein Bad. Das Wohnzimmer war rechteckig, vor den Fenstern hingen schwere Gardinen. Es war das einzige Zimmer mit Teppich im ganzen Haus. Die Einrichtung war nicht teuer, aber blitzsauber, weil Velta Sperry jede Form von Schmutz leidenschaftlich haßte. Nicht einmal Pflanzen duldete sie in ihrem Haus, weil damit offene Töpfe voller Erde verbunden waren. Der einzige Komfort im Wohnzimmer war ein Fernseher, den Velta auf Raten bei Sears gekauft hatte.

Sie sah fern, als Jade hereinkam. Velta musterte ihre Tochter mißtrauisch. Sie suchte nach Spuren, die ihr verraten würden, daß sich Jade mit diesem Parker-Jungen eingelassen hatte. Sie konnte nichts entdecken, denn Jade war zu clever, um sich erwischen zu lassen.

Statt einer Begrüßung sagte Velta: »Kommst du schon wieder zu spät?«

»Ich bin nicht zu spät, es ist gerade mal zehn.«

»Die Kirche ist schon seit Stunden aus.«

»Wir waren noch in der Milchbar. Alle waren da.«

»Wahrscheinlich ist er wieder gerast, um rechtzeitig hier zu sein.« Velta mochte Gary nicht und vermied es, seinen Namen auszusprechen.

»Er ist nicht gerast. Gary fährt sehr vorsichtig. Das weißt du doch, Mama.«

»Widersprich mir nicht ständig.« Velta klang aufgebracht.

»Dann hör auf, Gary schlechtzumachen.«

Velta mochte Jades Freund nicht, weil – wie sie behauptete – ihre Tochter zuviel Zeit mit ihm verbrachte, anstatt sich um Velta zu kümmern. Doch der eigentliche Grund war seine Herkunft. Er war der Sohn eines Sojabohnenfarmers. Die Parkers hatten ohnehin schon zu viele Kinder und bekamen alle zehn Monate oder so noch ein Baby.

Otis Parker war bei der Kreditunion ständig in den roten Zahlen. Velta wußte das, weil sie als Schreib- und Archivkraft im Kreditbüro arbeitete. Sie hatte für niemanden, dem es an Geld fehlte, etwas übrig.

Es würde dem Parker-Jungen ähnlich sehen, Jade zu schwängern. Sie hoffte, daß Jade schlau genug war, das zu verhindern, aber sie wußte auch, daß ihre Tochter nicht nur das gute Aussehen, sondern leider auch die romantische Ader ihres Vaters geerbt hatte.

Veltas Blick wanderte zu dem gerahmten Foto auf der Anrichte. Ronald Sperrys lachende blaue Augen, die denen von Jade so ähnelten, starrten zurück. Die Soldatenkappe saß keck auf seinen dunklen Locken. Er trug die Ehrenmedaille des Kongresses um den Hals. Weitere Auszeichnungen zierten die Brusttasche seiner Uniform, als Anerkennung für seinen mutigen Einsatz im Korea-Krieg.

Velta war sechzehn gewesen, als Palmettos große Berühmtheit heimkehrte. Die kleine Stadt hatte selten jemanden zu feiern, und so war die gesamte Bevölkerung am Bahnsteig aufmarschiert. Ein roter Teppich war für den Helden ausgerollt worden, der geradewegs aus Washington D. C. kam, wo er ausgezeichnet und bewirtet worden war. Dem Präsidenten persönlich hatte er die Hand geschüttelt.

Ronald wurde Velta auf dem Ball vorgestellt, der ihm zu Ehren in der VFW-Halle veranstaltet wurde. An diesem Abend, als sie zu Songs von Frank Sinatra und Patti Page tanzten, beschloß Velta, Ronald Sperry zu heiraten.

In den folgenden zwei Jahren verfolgte sie ihn schamlos und beharrlich, bis er schließlich um ihre Hand anhielt. Aus Furcht, irgend etwas könne dazwischenkommen, sorgte Velta dafür, daß sie schon eine Woche nach seinem Antrag verheiratet waren.

Unglücklicherweise gab es in Palmetto keine nordkoreanischen Kommunisten. Noch Jahre nach seiner triumphalen Rückkehr wußte Ronald nicht, was er mit dem Rest seines Lebens anfangen sollte. Er war kein Mann mit großen Ambitionen. Obwohl er außergewöhnlich attraktiv war, dachte er nicht daran, aus der Ehrenmedaille Kapital zu schlagen. Anders als beispielsweise Audie Murphy strebte Ronald keine Filmkarriere an.

Er war als Waise und ohne einen Pfennig in der Tasche in die Armee eingetreten, nur um einen Platz zum Schlafen und etwas zu essen zu haben. Er war der ideale Soldat gewesen, weil es immer jemanden gab, der ihm sagte, was er zu tun und zu lassen hatte. Die Vorgesetzten hatten ihm befohlen, mit den Kommies kurzen Prozeß zu machen, und weil er ein ausgezeichneter Schütze war, hatte er genau das getan. Eines Nachmittags löschte er zweiundzwanzig Koreaner aus; er dachte dabei nicht im mindesten daran, dafür einen Orden zu erhalten.

Er war sehr beliebt. Er besaß Charisma und eine Art, von der sich die Menschen automatisch angezogen fühlten. Alle mochten Ron Sperry. Allerdings – mit den Kumpeln rumzuhängen und amüsante Anekdoten in der Billardhalle auszutauschen brachte nichts ein, und so ließ er sich von einem zukunftslosen Job zum nächsten treiben.

Jedesmal, wenn er eine Stelle antrat, schöpfte Velta neuen Mut. Dieser Job würde sie sicher endlich reich machen. Aber die Ehrenmedaille garantierte ihnen nur Respekt und brachte nie den Reichtum und das Ansehen, nach dem Velta sich sehnte. Selbst eine Ehrenmedaille reichte nicht, um sich in der Südstaaten-Society zu etablieren, wenn man keinen mächtigen Großvater und kein damit einhergehendes Familienerbe vorweisen konnte.

Velta war das vierte von elf Kindern. Ihr Vater war Farmpächter, bis er eines Tages hinter seinem Pflug tot zusammenbrach. Er hinterließ seine Frau mit einer Schar von Kindern, die noch nicht verheiratet waren. Von da an war die Familie auf die Almosen anderer angewiesen.

Doch mehr noch als Armut und Hunger fürchtete Velta Spott. Als Rons Heiligenschein allmählich verblaßte, mutmaßte sie, daß die Leute sich hinter ihrem Rücken lustig machten. Immer wieder warf sie Ron vor, ihre Chance zu verspielen. Sie versuchte es mit Drohungen und Schmeicheleien, doch ihm fehlte ganz einfach der Ehrgeiz zum Geldverdienen. Daß er sich zum Militär zurückmeldete, ließ Velta nicht zu. Es wäre zu erniedrigend, eine Bankrotterklärung, sagte sie damals.

Am Ende ihrer Weisheit angelangt, beschloß sie, ihn zu verlassen, doch dann wurde sie, nach sechs Jahren kinderloser Ehe, überraschend schwanger. Sie klammerte sich an die Hoffnung, das Baby würde ihrem Ehemann den entscheidenden Anstoß geben, an seinen Ruhm als Soldat anzuknüpfen, doch als Jade schließlich da war, war es Velta, die in Ivan Patchetts Fabrik arbeiten ging.

Die letzten zehn Jahre in Rons Biographie bestanden hauptsächlich aus unzähligen Jobs, aus großen Träumen, die niemals wahr wurden, und Versprechen, die in immer größeren Mengen Alkohol ertränkt wurden.

Eines Tages, als Velta bei der Arbeit und Jade in der Schule war, starb er, während er sein Gewehr reinigte. Jedenfalls schrieb Sheriff Jolly das barmherzigerweise auf den Totenschein. Der örtliche Verband der Kriegsveteranen bezahlte die Überführung zum Arlington National Friedhof, damit Velta und Jade Ronald Sperry ein Heldenbegräbnis ausrichten konnten.

Als sie jetzt sein Foto betrachtete, empfand Velta nicht die Spur von Sehnsucht nach ihm. Sicher, Ron war bis zu dem Tag, an dem er starb, gutaussehend, leidenschaftlich und fabelhaft gewesen – aber was hatte ihr das genutzt?

Jade jedoch vermißte ihn bis heute. Velta nahm ihrer Tochter übel, daß sie ihren Vater derart verherrlichte. Schon damals, als er noch lebte, war sie auf die gegenseitige, blinde Bewunderung der beiden eifersüchtig gewesen.

Oft hatte er Jade auf den Schoß genommen und gesagt: »Dir wird es einmal gutgehen. Du hast mein Aussehen und das Rückgrat deiner Mutter geerbt. Du darfst nur niemals Angst haben, dann wird schon alles gutgehen.«

Jade sollte es mehr als gutgehen. Wenn es nach Velta ging, würde ihre Tochter einmal eine viel bessere Partie machen als sie selbst.

»Neal Patchett hat vor einer Weile angerufen«, sagte sie, und zum erstenmal, seitdem Jade nach Hause gekommen war, lächelte sie. »Er ist wirklich ein kleiner Charmeur.«

»Er ist ein Schleimer.«

Velta war von Jades barscher Reaktion überrascht. »Es ist häßlich, so etwas zu sagen.«

»Neal ist häßlich.«

»Häßlich? So? Dutzende von Mädchen auf der High School würden einen Arm dafür geben, daß er sie anruft.«

»Dann sollen sie ihn doch haben.«

»Ich finde, du könntest ihn um diese Zeit durchaus noch zurückrufen.«

Jade schüttelte den Kopf. »Ich muß bis morgen noch ein Kapitel im Geschichtsbuch lesen.«

»Jade«, rief Velta mahnend ihrer Tochter nach, die sich anschickte, auf ihr Zimmer zu gehen. »Es ist unhöflich, einen Anruf unbeantwortet zu lassen, besonders wenn es sich um jemanden wie Neal Patchett handelt.«

»Ich will aber nicht mit Neal sprechen, Mama.«

»Aber mit dem Parker-Jungen kannst du stundenlang am Telefon quatschen, wie?«

Jade biß sich auf die Lippe. Nach einer Weile antwortete sie ganz ruhig: »Ich muß noch lernen. Gute Nacht.«

Velta schaltete den Fernseher aus, folgte ihrer Tochter und schlüpfte durch die Tür, bevor Jade sie schließen konnte. »Du lernst viel zuviel. Das ist nicht normal.«

Jade zog Rock und Pullover aus und hängte beides sorgsam in den schmalen Schrank. »Ich muß schließlich meinen guten Notendurchschnitt halten, wenn ich das Stipendium bekommen will.«

»Das Stipendium«, zischte Velta. »Kannst du an nichts anderes mehr denken?«

»Nein. Denn nur so kann ich mir das College leisten.«

»Wenn du mich fragst, ist das sowieso die reinste Zeitverschwendung für ein Mädchen wie dich.«

Jade drehte sich um und sah ihrer Mutter in die Augen. »Mama... nicht schon wieder. Ich werde aufs College gehen. Ob du es willst oder nicht.«

»Es geht nicht darum, ob ich es will. Ich glaub' einfach nicht, daß es sein muß.«

»Muß es aber, wenn ich einmal Karriere machen will.«

»Du wirst nur viel Geld und Zeit verschwenden, um dann sowieso zu heiraten.«

»Heutzutage kann man als Frau beides haben.«

Velta durchquerte das Zimmer, nahm Jades Kinn, hob es hoch und verzog angewidert die Miene, als sie einen Knutschfleck entdeckte. »Weißt du nicht, daß dich kein anständiger Mann mehr nehmen wird, wenn du dir von diesem Parker-Jungen ein Kind anhängen läßt?«

»Gary wird mir kein Kind anhängen. Außerdem ist er der anständigste Mensch, den ich kenne. Ich werde Gary heiraten, Mama.«

»Jade, Jungen versprechen Mädchen das Blaue vom Himmel, nur um sie ins Bett zu kriegen. Wenn du dich an diesen Jungen verschenkst, wird dich kein anderer mehr wollen.«

Jade ließ sich auf die Bettkante sinken und schüttelte traurig den Kopf. »Mama, ich habe mich bisher an niemanden verschenkt. Und wenn ich es tue, dann wird Gary derjenige sein, weil wir uns lieben.«

Velta schnaubte verächtlich. »Was weißt du schon von Liebe? Du bist noch viel zu jung.«

Jades Augen verfärbten sich dunkelblau, ein Zeichen, daß sie wütend wurde. »Wenn Neal Patchett mein Freund wäre, würdest du doch ganz anders reden. Du würdest mich drängen, ihn mit allen Mitteln festzunageln – selbst mit Sex.«

»Zumindest wärst du jemand in dieser Stadt, wenn du ihn heiratest.«

»Ich *bin* jemand!«

Velta stemmte die Hände in die Hüften. »Du bist genau wie dein Vater – nur Flausen im Kopf. Eine echte Idealistin.«

»Was ist falsch daran, Ziele zu haben?«

»Ziele?« höhnte Velta. »Dieses Wort paßt wohl kaum im Zusammenhang mit deinem Vater. Er hatte nicht ein einziges Ziel in seinem Leben. Während unserer gesamten Ehe hat er nichts von Wert geschaffen.«

»Er hat mich geliebt«, erwiderte Jade scharf. »Ist das etwa nichts von Wert?«

Velta drehte sich um und stolzierte zur Tür. Bevor sie das Zimmer verließ, sagte sie: »Als ich in deinem Alter war, habe ich den Helden der Stadt geheiratet. Und jetzt ist das dein Gary. Er ist gutaussehend, ein toller Sportler, Schülersprecher, alles, was ein Mädchen sich nur wünscht.«

Sie lachte spöttisch auf. »Und sieh mich jetzt an. Helden sind nicht von Dauer, Jade. Sie verblassen wie billige Gardinen. Geld ist das einzige, was wirklich zählt. Egal, wie viele Auszeichnungen der Parker-Junge noch bekommt, er wird nie mehr als Otis Parkers Erstgeborener sein. Und das ist mir nicht genug für dich.«

»Nein, Mama – es ist *dir selbst* nicht genug«, verbesserte Jade sie leise.

Velta schlug die Tür hinter sich zu.

* * *

Jade saß auf einem hohen Hocker und knabberte an einem Butterkeks. Sie hatte sich mit den Absätzen in die Chromstange eingehakt, die den Fuß des Hockers umspannte. Auf ihrem Schoß lag das aufgeschlagene Chemiebuch.

Nach der Schule und samstags den halben Tag arbeitete Jade im Laden der Jones Brothers. Während der Woche kam sie für gewöhnlich um vier und blieb, bis Velta sie auf dem Rückweg von der Arbeit um sechs abholte.

Es war keine lange Schicht, aber so hatte Pete, der letzte noch lebende von drei Brüdern, die Möglichkeit, einige Stunden mit seiner kranken Frau im Pflegeheim zu verbringen. Und Jade verdiente sich etwas Taschengeld.

Der Laden war ein Relikt aus alten Zeiten. Die Bodendielen waren durch jahrzehntelanges Bohnern mit einem wachsartigen Film überzogen. An kalten Winternachmittagen versammelten sich die alten Männer der Stadt um den Kanonenofen im Hinterzimmer und diskutierten bei Schnupftabak und Domino den Zustand der Welt. Heugabeln hingen mit dem Stiel nach unten von Schraubhaken in der Decke. Wer hier hereinkam, fand alles, für sein Pferd wie für sein Baby. Man konnte ein Blatt Karten, Würfel oder die Bibel kaufen. Die Waren dieses Ladens waren so unterschiedlich wie seine Kunden, und das ließ die Arbeit nie langweilig werden.

Jade versuchte, sich auf das Buch zu konzentrieren, das sie las, doch ihre Gedanken schweiften immer wieder von der Chemie zu ihren persönlichen Problemen. Vor allem dachte sie an ihre Mutter, die sich hartnäckig weigerte, ihre Liebe zu Gary und ihren festen Entschluß, mehr als nur Ehemann, Heim und Kinder vom Leben zu haben, zu akzeptieren.

Sicher, eine Familie war wichtig, und Jade wollte auch eine haben. Aber sie wollte noch mehr. Die meisten Mädchen in ihrer Klasse hatten sich bereits damit abgefunden, in Ivan Patchetts Fabrik zu arbeiten, bis sie heirateten und Kinder bekamen, die dann wiederum wahrscheinlich einmal für Neal Patchett arbeiten würden. Doch Gary und sie waren fest entschlossen, diesen Teufelskreis zu durchbrechen.

Ob absichtlich oder nicht, Ron Sperry hatte seiner Tochter den Ehrgeiz eingepflanzt, den er selbst nicht besessen hatte; er war es gewesen, der in ihr den unbedingten Willen zu einem besseren Leben geweckt hatte.

Der zweite Grund für ihre Grübeleien an diesem trüben Nachmittag war Gary. Weder sie noch er hatten bisher Nachricht wegen der Stipendien, um die sie sich beworben hatten. Das, dazu ihre steigende sexuelle Frustration und Neal, der ihnen wegen des Zwischenfalls an der Milchbar die Hölle heiß machte, führten zu ständigen Reibereien zwischen ihnen.

Sie brauchten dringend Zerstreuung. Vielleicht konnten sie, wenn das Wetter am Wochenende mitspielte, einen Ausflug zum Strand unternehmen oder eine lange Fahrt mit dem Auto, irgend etwas, was sie entspannen und die Dinge wieder geraderücken würde.

Die Ladenglocke ertönte. Jade blickte von ihrem Buch auf und sah Donna Dee hereinpoltern. Ihre Wangen waren gerötet, und sie rang nach Luft.

Jade sprang auf, und das Chemiebuch fiel mit einem lauten Knall zu Boden. »Was um alles in der Welt ist passiert?«

Ihre Freundin fächerte sich mit den Händen Luft zu und atmete ein paarmal tief durch. »Ich komme gerade aus der Schule. Patterson hat mich gebeten, noch ein paar Akten einzuordnen.«

»Und?«

»Du hast es. Du hast dein Stipendium!«

Jade schlug das Herz bis zum Hals. Sie traute ihren Ohren nicht und wiederholte ungläubig: »Ich habe es? Ein Stipendium?«

Donna Dee nickte heftig. »Für die South Carolina State.«

»Woher weißt du das? Bist du ganz sicher?«

»Der Brief lag auf Mr. Pattersons Tisch. Er sah sehr offiziell aus, weißt du, mit Goldsiegel, Schnörkel und so. Dein Name stand drauf, und irgendwie fiel er runter, als ich gerade eine Akte…«

»Donna Dee!«

»Okay. Also, ich hab' ihn jedenfalls gelesen. Der Dekan, glaube ich, gratuliert unserem Direktor, daß die Palmetto High zwei so vorzügliche Schüler hervorgebracht hat.«

Jades Augen weiteten sich. *»Zwei?«*

Donna Dee breitete die Arme aus und brüllte: »Gary hat auch eins!«

Sie kreischten beide los, fielen sich in die Arme und hüpften so lange auf und ab, bis die Geleebohnengläser auf den Regalen anfingen zu klirren.

»O Gott! Ich glaube es einfach nicht! Wie hoch? Haben sie geschrieben, wie hoch?«

»Es stand ›Vollstipendium‹ drin. Bedeutet das irgendwas?«

»Ich weiß nicht. Ich hoffe. Oh, ich bin so froh, egal, wieviel es ist«, jubelte Jade ganz außer Atem. »Ich muß es sofort Gary sagen. War er noch in der Schule? Hast du ihn auf der Bahn gesehen? Die Leichtathletikmannschaft trainierte jeden Tag nach der Schule für die Sommersaison.«

»Nein. Ich hab' Patterson gesagt, mir sei schlecht und ich müsse gehen. Dann bin ich rüber zum Stadion und hab' Gary gesucht. Ich wollte ihn eigentlich mitbringen und es euch zusammen sagen.«

»Vielleicht war er im Umkleideraum.«

Donna Dee schüttelte den Kopf. »Ich hab' gefragt. Marvie Hibbs hat gesagt, daß er schon weg sei.«

Jade warf einen Blick auf die Pendeluhr an der Wand. Sie war eingerahmt von Kuckucksuhren, die jeden Moment halb sechs schlagen würden. »Manchmal kommt Mr. Jones schon früher zurück. Er läßt mich bestimmt gehen, wenn ich ihn frage.«

»Wieso?«

»Ich will zu Gary.«

»Warum rufst du ihn nicht an?«

»Ich will's ihm persönlich sagen. Fährst du mich hin? Ach, bitte, Donna Dee...«

»Vielleicht weiß er's ja schon«, sagte ihre Freundin. »Der Dekan hat euch bestimmt benachrichtigen lassen. Wahrscheinlich wartet zu Hause schon ein Brief auf dich.«

»Stimmt. Aber die Parkers liegen auf der Landroute und kriegen die Post manchmal später. Abgesehen davon, ich muß Gary einfach sehen. Heute. Jetzt. Bitte, Donna Dee.«

»Okay. Aber was ist mit deiner Mom? Holt sie dich nicht ab?«

»Mr. Jones kann ihr doch sagen, wo ich bin.«

»Sie wird schäumen, wenn sie es erst nach Gary erfährt.«

»Soll sie doch. Gary muß es als erster wissen.«

Der alte Mr. Jones wußte nicht, was er davon halten sollte, als Jade ihm ein paar Minuten später mit ausgestreckten Armen entgegengelaufen kam. Sie umarmte ihn und küßte seine faltigen Wangen.

»Mr. Jones, es ist was ganz Wichtiges passiert. Ich weiß, es ist noch nicht sechs – aber darf ich schon gehen? Ich arbeite die Zeit ein anderes Mal nach. Bitte...« Die Worte sprudelten nur so aus ihrem Mund.

»Nun, da du offensichtlich gleich platzt – in Ordnung.«

»Danke! Ich danke Ihnen!«

Sie küßte ihn nochmals und lief dann ins Hinterzimmer, um ihre Bücher, den Mantel und die Handtasche zu holen. Vor Aufregung spürte sie die Kälte nicht. Sie hielt den Mantel einfach vor der Brust zusammen, hob das Chemiebuch auf und stürmte zur Tür. Donna Dee hatte sich für einen Moment von einer neuen Kollektion matten Lidschattens ablenken lassen, und Jade mußte sie zur Tür zerren.

»Bis morgen dann, Mr. Jones. Würden Sie bitte meiner Mutter ausrichten, daß ich mit Donna Dee weg bin und in einer Stunde nach Hause komme? Ach, und daß ich eine gute Nachricht habe?«

»Wird gemacht.«

»Danke noch mal. Bye-bye.«

»Paßt auf euch auf, Mädchen, hört ihr?«

Jade und ihre Freundin stolperten hastig aus dem Laden und auf die Straße, wo Donna Dees Wagen stand. Jade warf ihren Kram auf die Rückbank, während Donna Dee sich hinters Steuer setzte. Nach ein paar Minuten hatten sie die wenigen Ampeln der Stadt bereits hinter sich und brausten den zweispurigen Highway entlang. Es war ein trüber, dunstiger Nachmittag, sie ließen die Scheiben oben und stellten das Radio auf volle Lautstärke.

Je weiter sie sich vom Stadtgebiet entfernten, desto trostloser wurde die Landschaft. Sie kamen an Bruchbuden vorbei, die derart verfallen waren, daß sie der Bezeichnung »Haus« kaum mehr gerecht wurden. Die Dächer und Veranden eingesunken, die Fenster mit Papier verkleidet, die Zaungatter aus den Angeln gehoben. Autowracks und Traktoren rosteten auf den Vorhöfen und dienten dem dürren Federvieh als Behausung. Und so blieb es den ganzen Weg bis zur Atlantikküste.

Die isolierten Gemeinden hier paßten nicht ins zwanzigste Jahrhundert. Armut war allgegenwärtig. Nicht selten fehlte es an Wasserleitungen. Zwischen den Inseln und der Küste lagen Brackwassergebiete, eine ideale Brutstätte für Insekten, die Krankheitserreger übertrugen und der ohnehin schon benachteiligten Bevölkerung enorm zusetzten. Mangelhafte Ernährung und katastrophale hygienische Zustände führten zu Krankheiten, die es in den meisten westlichen Ländern schon längst nicht mehr gab.

Jade fand das wirtschaftliche Klima in dieser Gegend beklemmend. Kein Wunder, daß Gary angesichts der hier herrschenden sozialen Ungerechtigkeit oft den Mut verlor. An normalen Maßstäben gemessen waren die Parkers arm, doch verglichen mit denen, die hier hausen mußten, lebten sie noch wie die Könige.

Die Industrie, die in Piedmont, dem nordwestlichen Teil South Carolinas, florierte, bekam im Flachland noch immer keinen Fuß auf die Erde. Der Tourismus stellte entlang der Küste die Haupteinnahmequelle dar, und oft widersetzten sich die Bürgermeister einer geplanten Industrieansiedlung aus Angst, die damit verbundene Umweltbelastung könnte ihrem Tummelplatz für die Reichen schaden. Und deshalb mußten sich Farmer wie Otis Parker auf abgewirtschafteten Feldern abmühen, die ständig von der Flut überspült wurden, und deshalb konnten auch Despoten wie Ivan Patchett regieren, die davon lebten, allen anderen das Blut auszusaugen.

Dem mußte ein Ende gemacht werden. Vielleicht waren Gary und sie die Vorläufer der ersten Generation für einen neuen Süden, die Pioniere von…

»Oh, Mist!«

Donna Dee riß Jade aus ihrem Tagtraum.

»Was ist los?«

»Kein Benzin mehr.«

»Was?« Ungläubig starrte sie auf die Tankanzeige.

»Stottere ich etwa? Der Sprit ist alle.«

Donna Dee ließ den Wagen am Straßenrand ausrollen. Jade fauchte ihre Freundin an: »Wieso hast du nicht getankt?«

»Weil ich's in der Aufregung vergessen habe.«

»Und was sollen wir jetzt machen?«

»Warten, bis einer mit 'nem Kanister vorbeikommt, schätze ich.«

»Na, super!« Jade ließ den Kopf gegen die Rückenlehne fallen und rieb sich die Nase.

Nach einem kurzen Schweigen sagte Donna Dee: »Okay, ich habe einen Fehler gemacht. Jeder Mensch – natürlich außer Gary und dir – macht mal einen Fehler. Ich weiß, du willst unbedingt zu Gary, kann ich ja verstehen. Tut mir leid.«

Jade schämte sich, als sie Donna Dees Entschuldigung hörte.

»Nein, *mir* tut es leid.« Sie zupfte ihre Freundin so lange am Ärmel, bis diese sich zu ihr umdrehte. Jade lächelte entschuldigend. »Ich wollte dich nicht so anmachen.«

Donna Dees Mund, der viel zu klein für ihr Gebiß war, verzog sich zu einem Grinsen. »Schon gut.« Dann prusteten sie beide los. »Was für 'ne Szene!« lachte Donna Dee. Sie steckte den Kopf aus dem Fenster und rief theatralisch: »Zu Hilfe! Hilfe! Zwei wunderschöne Ladies sitzen in der Falle!«

»Du Spinnerin, komm sofort wieder rein. Dein Haar wird ja ganz naß.«

Donna Dee knipste die Beleuchtung aus, damit die Batterie nicht auch noch schlappmachte, dann lehnten sie sich zurück und warteten darauf, daß jemand vorbeikam. Als fünfzehn Minuten verstrichen, ohne daß ein einziges Fahrzeug auftauchte, wurde Jade langsam unruhig.

»So kalt ist es gar nicht, und der Regen hat auch aufgehört. Vielleicht sollten wir zur Stadt zurücklaufen.«

Donna Dee starrte sie an, als hätte ihre Freundin den Verstand verloren. »Das sind aber mehrere Kilometer…«

»Wir könnten ja bis zum nächsten Haus gehen und von da aus telefonieren.«

Donna Dee warf einen ängstlichen Blick über die Schulter. »Du willst doch nicht im Ernst in eine von diesen Nigger-Bruchbuden stolzieren! Ohne mich. Wir könnten für immer verschwinden.«

»Nur weil es Schwarze sind, müssen sie nicht gefährlich sein. Trampen ist viel gefährlicher. Man weiß nie, wer anhält.«

»Das Risiko nehme ich aber lieber in Kauf.«

Sie stritten sich, bis Donna Dee schließlich auf die Straße deutete. »Da – Scheinwerfer!« Sie stieß die Tür auf, rannte zur Straßenmitte, ruderte mit den Armen und rief: »Huuuhuuu! Halloooo! Anhalten!«

Der Fahrer des Sportwagens erhöhte die Geschwindigkeit. Donna Dee blieb wie angewurzelt auf dem Mittelstreifen stehen. Erst wenige Zentimeter vor ihr kam der Wagen zum Halten.

»Neal Patchett, du Arschloch!« rief sie. »Du hättest mich glatt umbringen können!«

Neal nahm den Fuß von der Bremse und fuhr Donna Dee langsam mit dem Kühler gegen die knochigen Knie. Sie wich fluchend zurück. Drinnen im Wagen schüttelten sich Lamar und Hutch vor Lachen.

Neal entdeckte Jade hinter dem offenen Fenster von Donna Dees Auto. »Was habt ihr zwei Hübschen denn vor?«

»Wir wollten zu Gary, und dann ist uns das Benzin ausgegangen«, erklärte Donna Dee. »Habt ihr vielleicht 'nen bißchen Sprit für uns?«

Hutchs Rülpser kam so laut wie ein Kanonenknall. »Tja, leider alles alle...«

Donna Dee warf ihm einen vernichtenden Blick zu. »Könnt ihr uns dann wenigstens in die Stadt mitnehmen und an der Tankstelle rauslassen? Von da kann ich meinen Daddy anrufen, er kann uns wieder herfahren.«

Hutch öffnete die Beifahrertür und stemmte seinen langen Körper aus dem Schalensitz. »Schön bitte bitte sagen...«

Lamar, der wie immer auf der Rückbank saß, lehnte sich vor: »Weißte, bei uns gibt's nämlich nichts umsonst...«

»Ach, das ist aber schade«, erwiderte Donna sarkastisch. »Ich kann mich ja kaum noch beherrschen, wie süß ihr seid.«

Mit Entsetzen sah Jade, wie Neal ausstieg, an Donna Dee vorbeiging und auf sie zukam. Er ignorierte den Matsch am Straßenrand, ging zur Beifahrertür und öffnete sie.

»Steig aus.«

»Du stinkst wie 'ne ganze Brauerei«, bemerkte Jade, als sie sich erhob.

»Na und? Wir haben uns nach der Schule ein paar Bierchen gegönnt. Braucht man beim Angeln.«

»Und? Was gefangen?«

»Noch nicht... bis jetzt jedenfalls.«

Jade gefiel der Ton dieser Bemerkung nicht, doch sie

sagte nichts. Bemüht, Neal nicht zu berühren, ging sie an ihm vorbei zu den anderen. Seit jenem Abend vor der Milchbar hatte Neal keine Gelegenheit ausgelassen, Jade zu provozieren. Ständig rief er bei ihr zu Hause an und versperrte ihr auf den Korridoren der Schule den Weg. Sie mied ihn, wo es ging. Er machte ihr angst, und seit dem bewußten Sonntagabend vor ein paar Wochen machte sie aus ihrer Abneigung gegen ihn auch kein Hehl mehr.

Neal Patchett war mit Privilegien auf die Welt gekommen, die er für völlig selbstverständlich hielt und nicht zu schätzen wußte. Jade war diese Haltung zuwider, erst recht, wenn sie bedachte, daß ein talentierter Mensch wie Gary um jede winzige Chance kämpfen mußte. Neal war faul in der Schule und störte permanent den Unterricht; er forderte die Lehrer geradezu heraus, ihn zu tadeln oder durchfallen zu lassen, weil er genau wußte, daß sie eben das niemals tun würden, denn die meisten von ihnen hatten Verwandte oder Ehepartner, deren Jobs auf irgendeine Art von seinem Vater abhingen.

Jade war überzeugt, daß hinter Neals Gehabe mehr als nur der pubertäre Hang zur Aufrührerei steckte. Manche seiner Streiche waren mehr als frech und grenzten schon an Gemeinheit. In allem, was er sagte und tat, lag eine Spur angeborener Schlechtigkeit, eine Grausamkeit des Geistes. Er war gefährlicher, als die meisten glaubten, fand Jade.

»Wie sollen wir bitteschön alle da reinpassen?« fragte Donna Dee mit einem zweifelnden Blick ins Innere des Sportwagens.

»Kein Problem«, sagte Neal. Er klappte den Fahrersitz nach vorn. »Du kletterst nach hinten zu Lamar«, wies er Jade an.

Eigentlich gab es gar keine Rückbank, lediglich so etwas wie eine Lücke unter dem schrägen Rückfenster. Jade zögerte. »Vielleicht sollte ich besser in Donna Dees Wagen warten.«

»Ganz allein?« kreischte Donna Dee.

»So lange kann's doch nicht dauern«, sagte Jade. »Höchstens eine halbe Stunde. Macht mir wirklich nichts aus.«

»Steig ein.«

»Neal hat recht, Jade«, bettelte Donna Dee. »Du kannst doch nicht ganz allein hier draußen im Dunkeln warten. Steig schon nach hinten zu Lamar. Ich setz' mich bei Hutch auf den Schoß.« Die Vorstellung schien ihr zu gefallen.

Jade teilte die Vorfreude ihrer Freundin allerdings nicht, denn sie hatte ein ungutes Gefühl. Sie wollte jedoch nicht albern sein und beschloß, daß es – auch wenn Neal wie ein Henker fuhr – immer noch sicherer war, bei den anderen zu bleiben als allein auf dem verlassenen Highway zu sitzen, abends, im Regen.

Sie kletterte über den Sitz nach hinten zu Lamar, der, so gut es ging, für sie zur Seite rückte. »Hi Jade.«

»Hi.« Sie lächelte ihn an. Er wirkte immer so bemüht zu gefallen. Irgendwie tat er ihr leid. Es war ihr völlig schleierhaft, wieso er ständig mit Hutch und Neal rumhing.

Neal ließ sich hinters Steuer gleiten und schloß die Tür. »Hutch, steig ein.«

Hutch gehorchte aufs Wort.

Donna Dee ging zur Beifahrerseite des Wagens. Doch ehe sie einsteigen konnte, sagte Neal zu Hutch: »Mach die Tür zu.«

Hutch klappte die Tür zu und sah Neal neugierig an. »Was ist mit Donna Dee?«

Neal startete den Motor. »Die bleibt hier.«

Donna Dee langte nach dem Türgriff, doch Neal war schneller, beugte sich über Hutch und drückte den Knopf runter.

»Laß mich einsteigen, du Blödmann!« Donna Dee trommelte gegen das Fenster.

Hutch sagte unsicher: »Neal, wir können sie doch nicht hierlassen...«

»Halt's Maul.«

»Laß sie rein!« Jade zwängte sich zwischen die Vordersitze, beugte sich über Hutchs Schoß und langte nach dem Türgriff. »Mach auf, Donna Dee! Schnell!« Sie zog den Knopf nach oben, doch bevor Donna Dee reagieren konnte, trat Neal aufs Gaspedal, und der Wagen schoß nach vorn. »Wenn sie nicht mitkommt, will ich auch aussteigen!« schrie Jade.

Wieder langte sie nach dem Türgriff, doch diesmal, weil sie selber raus wollte.

»Halt ihr die Hände fest, Hutch.« Neal klang völlig gelassen, obwohl er gerade ein waghalsiges Wendemanöver auf dem nassen, glitschigen Highway ausführte. Seine Eiseskälte versetzte Jade in Schrecken.

»Nein!« Sie fing an, sich gegen Hutchs Umklammerung zu wehren, fuchtelte mit den Armen, schlug nach seinen Händen und versuchte, sich zwischen die Vordersitze zu zwängen und den Türgriff zu erreichen.

Dabei traf sie Neal mit dem Ellenbogen am Ohr. »Verdammt! Lamar, halt sie gefälligst fest! Wie soll ich dabei fahren!«

Lamar umklammerte ihre Taille. Jade schrie und trat mit dem Absatz gegen das Rückfenster. Dann griff sie nach dem

Wagenheber, doch Lamar versetzte ihr einen Karatehieb auf das Handgelenk, und ihre Hand wurde taub. Für einen kurzen Augenblick sah Jade Donna Dee im Scheinwerferlicht. Sie stand blinzelnd mitten auf der Straße.

»Donna Dee! Hilf mir doch!«

Hutch schnappte sich Jades Handgelenke, Lamar hielt sie an der Hüfte. Der Wagen donnerte in die Dunkelheit.

»Laßt mich sofort raus!«

»Was hast du vor, Neal?« fragte Hutch.

»Wir werden jetzt ein bißchen Spaß haben ...« Er schaltete in den fünften Gang.

»Das ist nicht lustig, du Arsch!« schrie Jade. »Bring mich sofort zu Donna Dee zurück! Du kannst sie doch nicht so stehenlassen. Sie hat bestimmt Angst.«

»Es ist wirklich ziemlich dunkel da draußen, Neal«, sagte Lamar beklommen.

»Willst du aussteigen?«

»Nein, ich wollte nur ...«

»Dann halt's Maul!«

Neals Kumpel verstummten gehorsam. Jade versuchte, sich zusammenzureißen und ihre Angst in den Griff zu bekommen. Die drei waren schließlich keine Fremden – sie kannte sie schon ihr ganzes Leben. Lamar und Hutch waren dumm, aber im Grunde harmlos. Neal dagegen konnte gemein sein.

»Neal, das ist aber nicht der Weg zur Stadt«, fiel Hutch auf. »Wo bringst du sie hin?«

»Sie wollte doch zu Gary, oder?«

»Wir fahren also zu Gary?« fragte Lamar zögerlich.

»Hutch, würdest du bitte endlich meine Hände loslassen?« fragte Jade in ruhigem Ton. »Du tust mir weh.«

»Sorry.« Er ließ los. Lamar lockerte ebenfalls den Griff.

»Wir fahren dich nur eben zu Gary, Jade«, sagte er mit einem aufgesetzten Lachen. »Er kann dich dann zu Donna Dee bringen. Sein Dad hat bestimmt Sprit, er hat doch Traktoren.«

Sie sah Lamar an, ohne jedoch sein klägliches Lächeln zu erwidern. Danach sagte keiner mehr etwas. Jade mißtraute dem Schweigen. Wenn schon Neals besten Kumpeln unwohl zumute war, dann hatte sie allen Grund, sich Sorgen zu machen.

»Da vorne kommt die Abfahrt«, sagte Hutch. Neal gab weiter Gas. »Ungefähr noch fünfzig Meter, rechts, Neal.«

Der Wagen preschte an der schmalen Seitenstraße, die zur Parker Farm führte, vorbei.

»Was machst du?« fragte Jade. »Laß mich raus. Ich gehe den Rest zu Fuß.«

»Neal, was, zum Teufel, soll das?« fragte Hutch.

»Ich will erst noch wohin.«

Jade schlug das Herz bis zum Hals. Noch vor einer Stunde hatte sie die gute Nachricht vom Stipendium gefeiert, jetzt waren ihre Handflächen naß vor Angstschweiß.

Neal bog links ab. Hohes, abgestorbenes Unkraut überwucherte zwei schmale Spuren, die nicht geteert und sehr holprig waren. Die Scheinwerfer schwankten wie die Lichter einer Boje bei hohem Seegang.

»Fahren wir zum Kanal zurück?« fragte Lamar.

»Genau.«

»Warum?«

»Hab' was vergessen.«

Mißtrauisch starrte Hutch seinen Freund an, sagte jedoch nichts. Je näher sie dem Wasser kamen, desto sumpfiger wurde der Untergrund. Neal hielt an. Er stellte den Motor ab, ließ aber die Scheinwerfer brennen. »Los, alle raus.«

Er öffnete die Tür und stieg aus. Hutch zögerte einen Moment, ehe er ihm folgte. Jade hörte, wie er fragte: »Was willst du hier, Neal? Was hast du vergessen?«

Lamar schubste Jade. »Steig besser aus. Wenn Neal sich was in den Kopf gesetzt hat, dann macht man besser, was er will. Sonst flippt er total aus.«

»Soll er doch. Ist mir egal.«

Neal ging um den Wagen zum Kofferraum und öffnete die Klappe. »Aussteigen, hab' ich gesagt.«

»Fahr zur Hölle.«

»Lamar, hilf mir mal.«

Neal ergriff Jades Arm. Sie hatte nicht damit gerechnet und schrie auf, als er sie brutal herauszog. Lamar schob von hinten. Wenn sie nicht schon die Füße draußen gehabt hätte, wäre sie kopfüber in den Matsch gefallen.

Sie richtete sich auf, starrte Neal in die Augen und kämpfte sich den Arm frei. »Nimm deine dreckigen Pfoten weg.«

»Oder was? Verprügelt uns dein Freund sonst mit Eiscreme?« Er lachte höhnisch auf, drehte sich um und ging zu einer Kühlbox, die von hohem Unkraut fast verdeckt wurde. »Ein Bierchen vielleicht?«

»Nein.«

»Hutch? Lamar?«

Neal öffnete die Box, nahm drei Dosen heraus und warf zwei davon, ohne eine Antwort abzuwarten, seinen Freunden zu. Er zog den Verschluß von seiner Dose und nahm einen tiefen Schluck. Hutch und Lamar folgten seinem Beispiel wie Marionetten.

Jade lehnte sich an die Autotür, tat, als würde sie die drei ignorieren, und rieb sich in der feuchten Brise fröstelnd die Arme. Sie hatte nicht daran gedacht, ihren Mantel und die Bücher aus Donna Dees Wagen mitzunehmen.

Es war eine pechschwarze Nacht. Jade konnte das träge Plätschern des nahen Kanals hören, doch über das Licht der Scheinwerfer hinaus war nichts zu erkennen. Es wehte ein leichter, aber schneidend kalter Wind.

Neal trank sein Bier aus. Er knüllte die Dose in der Faust zusammen und warf sie ins Unterholz, das die vier vom Kanal trennte.

»Können wir jetzt wieder fahren?« Jade versuchte, bestimmt zu klingen, obwohl ihre Stimme zitterte.

Neal kam auf sie zugeschlendert. »Noch nicht.«

»Warum nicht?«

»Nun, bevor wir fahren«, antwortete er in schleppendem Ton, »werden wir drei dich ficken.«

Kapitel 3

Donna Dee steckte in der Zwickmühle. Es schien ihr nicht richtig, sicher zu Hause zu sitzen, während Jade überall und nirgends sein konnte. Wenn ihre Freundin schon daheim wäre, würde sie doch bestimmt anrufen.

Donna Dee hatte nur fünf Minuten in ihrem liegengebliebenen Wagen warten müssen, dann war sie von einer Farmersfamilie in die Stadt mitgenommen worden. Ihr Vater war zur Tankstelle gekommen, hatte einen Kanister vollgetankt und sie zu ihrem Auto gebracht. Weniger als zwanzig Minuten, nachdem die Jungs mit Jade weggefahren waren, war sie wieder in Palmetto gewesen.

Der Gedanke, einfach stehengelassen worden zu sein, nagte noch an ihr. Wie hatten sie nur ohne sie fahren können? Und warum hatten sie Jade nicht rausgelassen, als die ihnen klarmachte, daß sie nicht alleine mitfahren wollte? Man sollte Neal Patchett gegen eine Wand stellen und erschießen lassen...

Und Hutch hatte Neals Befehle wie immer ohne jeden Protest befolgt. Es kränkte Donna Dee, daß es Hutch offensichtlich egal war, was mit ihr geschah, so egal, daß er sie einfach auf der Straße stehenließ, ohne sich darum zu kümmern, wer sie auf dem verlassenen Highway aufgabelte. Der Gedanke, von Hutch Jolly geschnappt und in die dunkle Nacht entführt zu werden, war für sie ungeheuer romantisch und eine ihrer Lieblingsphantasien. Obwohl Neal und Lamar kein Teil dieser Vorstellung waren, beneidete Donna Dee Jade um das Abenteuer, »gekidnappt« worden zu sein.

Jetzt, als sie allein in ihrem Zimmer saß, fragte sich Donna Dee, was sie wegen Jade unternehmen sollte. Ob Neal sie wohl zu der Stelle zurückgebracht hatte, an der sie liegengeblieben waren, oder ob er sie zu Gary gefahren hatte? Es gab nur eine Möglichkeit, das herauszufinden. Donna Dee griff zum Telefon und wählte die Nummer der Parkers. Aber was, wenn Jade gar nicht dort war? Sie mußte an den Streit neulich vor der Milchbar denken – Gary würde bestimmt ausflippen, wenn er erfuhr, was Neal gemacht hatte...

Donna Dee wollte nicht, daß Jade Ärger mit Gary oder mit ihrer Mutter bekam. Und ebensowenig wollte sie, daß sie selbst mit jemandem Ärger bekam. Andererseits würde sie erst ruhig schlafen können, wenn sie wußte, was geschehen war. Schließlich rang sie sich zu einem Anruf durch.

* * *

»Sie sind schon weg?«

»Ja, Velta«, sagte Pete Jones. »Kurz vor sechs bin ich vom Pflegeheim gekommen. Jade und die kleine Monroe waren praktisch schon auf dem Sprung. Ich habe Jade erlaubt, früher zu gehen – und weg waren sie. Ich soll Ihnen ausrichten, daß Jade in einer Stunde zu Hause ist und daß sie gute Neuigkeiten hat.«

Velta haßte Überraschungen, selbst wenn sie angenehm waren. Besonders an diesem Abend. Sie war müde. Ihr Kreuz schmerzte vom langen Sitzen an ihrem Schreibtisch. Sie hatte Hunger. Sie wollte nur noch nach Hause, etwas essen, ein Bad nehmen und danach ins Bett.

Velta war erst vierzig, doch man sah ihr jeden Tag ihres Alters an, erst recht, wenn sie wie jetzt verärgert die Lippen spitzte. »Sieht Jade gar nicht ähnlich, ohne meine Erlaubnis auszugehen.«

Pete Jones kicherte. »War irgendeine große Sache am Gange. Jade war völlig aus dem Häuschen.«

»Hat sie gesagt, was die gute Neuigkeit ist?«

»Nein.«

»Na ja, sie wird schon bald kommen«, sagte Velta mit gespielter Gleichgültigkeit. Nur nicht die Gerüchteküche anheizen. »Vielen Dank, Mr. Jones. Schönen Abend noch.«

Auf der Fahrt nach Hause hielt Velta Ausschau nach Donna Dees Wagen. Wahrscheinlich war das Ganze sowieso Donna Dees Idee gewesen. Seit die von ihren Eltern diese verdammte Klapperkiste bekommen hatte, machten die Mädchen, was sie wollten. Deshalb gab Velta Jade nie den Wagen, wenn sie nicht genau wußte, wofür und wie lange ihre Tochter ihn brauchte. Mädchen, die zuviel Freiheit hatten, waren nicht gut angesehen. Als Velta schließlich zu Hause ankam, war ihre Laune auf den Nullpunkt gesunken. Der Briefkasten quoll über vor Post, aber sie war zu müde, um sie durchzusehen, und warf sie einfach auf den Küchentisch. Dann wärmte sie sich etwas Suppe auf. Gerade als sie aus der Badewanne kam, klingelte das Telefon.

»Hallo?«

»Hallo, Mrs. Sperry. Ich bin's, Donna Dee. Könnte ich bitte Jade sprechen?«

»Wie? Mr. Jones hat mir gesagt, ihr seid zusammen weg!«

»Äh, na ja, waren wir auch. Ist Jade noch nicht zu Hause?«

»Donna Dee, ich will wissen, was hier eigentlich los ist. Jetzt. *Sofort*. Jade ist um kurz vor sechs aus dem Laden, und jetzt ist es fast neun. Wo steckt sie?«

»Wir wollten zu Gary, aber dann ist uns das Benzin ausgegangen.«

»Was habt ihr denn um die Uhrzeit bei den Parkers gewollt?«

»Jade wollte Gary etwas sagen.«

»Und das konnte sie nicht am Telefon tun?«

»Mrs. Sperry, bitte fragen Sie mich nicht danach, okay?« bat Donna Dee. »Das muß Jade Ihnen selber sagen. Na ja, uns ging also auf halber Strecke das Benzin aus. Dann kam Neal Patchett mit seinem Sportwagen an. Hutch und Lamar waren auch dabei. Sie... äh... sie haben Jade im Wagen mitgenommen.«

»Wohin mitgenommen?«

»Weiß ich nicht. Sie sind einfach weggefahren und haben mich stehenlassen. Sollte wohl witzig sein, ich fand's aber ziemlich mies von Neal.«

»Und von wo aus rufst du jetzt an? Von zu Hause?«

»Ja, ich bin schon eine ganze Weile zu Hause.« Sie erklärte, wie sie in die Stadt zurückgekommen war. »Ich hab' gedacht, daß Jade jetzt eigentlich schon da sein müßte – daß Neal oder Gary sie heimgefahren hätten. Das letzte, was ich von ihnen sah, war, daß sie in Richtung der Parker-Farm fuhren.«

»Nun, hier ist sie jedenfalls nicht. Und gemeldet hat sie sich auch noch nicht.«

»Glauben Sie, daß was passiert ist?« fragte Donna Dee beklommen.

»Wenn Neal sie zu Gary gebracht hat, hat sie wahrscheinlich nur die Zeit vergessen. Ist ja neuerdings keine Seltenheit bei ihr.«

»Aber warum ist sie dann nicht zu meinem Auto zurückgekommen?«

»Wie lange hast du denn dort gewartet?«

»Nicht sehr lange.«

»Dann habt ihr euch wahrscheinlich verpaßt.«

»Ja, wahrscheinlich. Aber vielleicht sollte lieber jemand bei den Parkers anrufen und fragen, ob sie da ist. Ich habe mich noch nicht getraut, weil Gary Neal nicht ausstehen kann. Er würde fuchsteufelswild werden, wenn er erfährt, daß Jade mit Neal gefahren ist.«

»Na ja, wenn Jade da ist, dann wird er es bereits wissen, oder nicht?«

»Stimmt«, antwortete Donna Dee. Daran hatte sie noch

gar nicht gedacht. »Vielleicht ist Gary sauer, und Jade versucht ihn zu beruhigen…«

»Laß mal, Donna Dee. Ich kümmere mich schon drum. Ich rufe selber bei den Parkers an. Gute Nacht.«

Velta überlegte, ob sie die Parkers tatsächlich anrufen sollte, entschied sich dann jedoch dagegen. Wenn Jade bei Gary war, konnte nichts passieren. Und wenn sie bei Neal Patchett war – warum dann schlafende Hunde wecken? Was Gary nicht wußte, würde ihn auch nicht aufregen.

Ein Lächeln umspielte Veltas Mundwinkel, und ein seltenes Funkeln trat in ihre grauen Augen. Jade war also mit Neal zusammen – um so besser. Einen Abend in seiner Gesellschaft konnte so einiges in ihrer Tochter bewirken. Vielleicht würde sie endlich darauf kommen, wie wichtig es war, mit den richtigen Leuten zusammen zu sein, und wieviel Spaß es machte, einen reichen Freund zu haben.

Wenn sie es genau bedachte, war es das Beste, was Jade passieren konnte.

* * *

Jade wollte im Morast am Kanal liegenbleiben, bis sie vor Hunger, Durst oder Erschöpfung starb. Doch ihr Überlebenstrieb war zu stark. Sie konnte nicht sagen, wie lange sie schon, zusammengekrümmt wie ein Embryo, in der Dunkelheit gelegen hatte, benommen von der Gewalt, die ihr angetan worden war.

Der Nebel, der sich den ganzen Tag über gehalten hatte, war zu einem Dauerregen geworden. Durchgefroren, beschämt und wütend raffte sie sich schließlich auf und kroch auf allen vieren einige Meter, bis sie einen ihrer Schuhe fand, den sie irgendwann während des Kampfes verloren hatte. Sie tastete in der Dunkelheit nach dem zweiten, konnte ihn aber nicht finden. Es war auch nicht wichtig. Nichts war wichtig. Sie konnte ebenso gut sterben wie leben.

Nein, das stimmte nicht ganz. Denn stärker noch als ihr Wille zu überleben war der Wunsch, Hutch Jolly, Lamar Griffith und Neal Patchett für das, was sie ihr angetan hatten, bestraft zu sehen.

Mit diesem Gedanken, der wie eine Fackel in ihrer Seele brannte, richtete sie sich auf und versuchte vergeblich, sich die Bluse wieder anzuziehen. Die Knöpfe waren abgerissen. Sie konnte lediglich ihren BH wieder zuhaken. Ihre Brüste fühlten sich wund an.

Die Wolken über ihr verdeckten den Mond. Es gab nichts, was das Dunkel um sie herum aufhellte. Mit seitlich ausgestreckten Armen tapste sie wie eine Blinde vorwärts. Erst, als sie über die tiefen Spuren stolperte, die Neals Wagen im sumpfigen Boden hinterlassen hatte, wußte sie, wo sie war.

Sie ließ sich erneut auf Hände und Knie sinken und tastete sich an der Reifenspur entlang, um zum Highway zurückzufinden. Ein Tier huschte aus dem Gebüsch und kreuzte ihren Weg. Jade zuckte zurück, kauerte sich zusammen und hielt ängstlich lauschend den Atem an. Mehrere Minuten verstrichen. Als sie nichts mehr als ihren eigenen rasenden Herzschlag hörte und auch nichts im hohen Gras am Wegrand sehen konnte, kroch sie wieder der Reifenspur nach und setzte erst die eine, dann die andere Hand auf den kalten, feuchten Untergrund. Sie zog die Knie nach, bis auch diese so wund waren wie der Rest ihres Körpers. Regen rann ihr in den Kragen, den Rücken hinunter, durchnäßte ihr Haar bis auf die Kopfhaut.

Von Zeit zu Zeit war sie nahe dran aufzugeben. Sie wollte

sich einfach hinlegen und sterben, denn innerhalb weniger Stunden war ihr Leben plötzlich häßlich und leer geworden. Sie wollte nicht darüber nachdenken, was ihr angetan worden war; sie wollte sich nicht mit den Folgen auseinandersetzen.

Doch wenn sie aufgab, würden ihre Vergewaltiger ungeschoren davonkommen.

Und so kroch sie weiter. Hand, Knie, Hand, Knie, Hand…

Nach Stunden, so kam es ihr vor, erreichte sie den Graben, der entlang dem Highway verlief. Sie krabbelte weiter, bis sie den Asphalt unter den Händen spürte. Mit einem kehligen, glücklichen Schrei ließ sie sich bäuchlings auf die Straße sinken, als wolle sie den Boden umarmen. Der Straßenbelag fühlte sich hart an ihrer Wange an, trotzdem blieb sie liegen, um sich auszuruhen. Wenn sie es so weit geschafft hatte, dann konnte sie es auch bis zur Stadt, bis zum Krankenhaus und bis zum Büro des Sheriffs schaffen. Sie dankte Gott. Sie hatte überlebt, um das Verbrechen zu melden. Es würde nicht schwer werden, Hutch, Lamar und Neal ausfindig zu machen. Sie würden innerhalb kürzester Zeit hinter Schloß und Riegel sitzen.

Lange bevor sie sich ausreichend erholt hatte und wirklich in der Lage war aufzustehen, zwang sie sich auf die Füße. Getrieben von dem Gedanken, ihre Peiniger bestraft zu sehen, quälte sie sich zur Straßenmitte. Es würde einfacher sein, der weißen Markierung zu folgen, als sich den unebenen Seitenstreifen entlangzumühen.

Während sie sich vorwärtsschleppte, überlegte sie, wie lange sie wohl bis Palmetto brauchen würde. Oder sollte sie vielleicht zum nächsten Haus gehen? Von da aus könnte sie Hilfe rufen.

Ihre Mutter war sicher schon ganz verrückt vor Sorge um sie. Velta mußte immer genau wissen, wo Jade war. Bestimmt hatte Donna Dee ihre Entführung bereits gemeldet – außer sie war auch vergewaltigt worden.

»O Gott, bitte nicht«, murmelte Jade zu sich selbst.

Sie klammerte sich an die Vorstellung, daß Freiwillige auf der Suche nach ihr das Gelände durchkämmten. Vielleicht waren die drei Verbrecher schon in Haft, wenn sie die Stadt erreichte.

Die Scheinwerferkegel hatten sie beinah schon erfaßt, als sie den Wagen endlich bemerkte. Sie war dermaßen in Gedanken versunken gewesen, daß sie die warnenden Lichter nicht gesehen hatte.

Neal! Er war zurückgekommen. Er war noch nicht verhaftet worden. Er war wiedergekommen, um ihr wehzutun, vielleicht, um sie zu töten, damit sie ihn nicht anzeigen konnte.

Jade stolperte über den Highway und sprang in den Graben. Sie stand knietief in übelriechendem Wasser. Ihre Zehen versanken in kaltem Schlamm. Doch ihre Angst war stärker als der Ekel.

Voller Panik und leise wimmernd wühlte sie sich durch das Gestrüpp und durch den Schlamm, der sie am Saum ihres Rockes zurückzuhalten schien. Sie erreichte den Stacheldrahtzaun auf der anderen Seite, kauerte sich an einen Pfosten und versuchte, sich unsichtbar zu machen.

Der Wagen wurde langsamer, kroch auf der Seitenspur entlang. Als das Scheinwerferlicht auf sie fiel, hielt er an.

»Nein, nein!« Sie zog den Kopf zwischen die Schultern und verschränkte schützend die Arme, die mit blutenden Kratzern übersät waren, vor der Brust.

»Misses, Misses, was machense bloß hier um diese Uhrzeit?« Es war die Stimme eines Schwarzen. Schwarze Hände streckten sich nach Jade aus. »Misses, sindse verletzt?«

Er berührte ihre Schulter. Jade zuckte zurück. Sofort zog er die Hände wieder weg. »Ich tu Ihnen doch nix, Misses. Was is' denn bloß passiert?«

Er war kaum mehr als eine Silhouette im Licht der beiden Scheinwerferkegel, doch Jade konnte erkennen, daß er einen Overall und einen Schlapphut aus Filz trug. Wieder streckte er die Hände nach ihr aus. Diesmal wich sie nicht zurück. Er faßte Jade bei den Oberarmen, richtete sich vorsichtig auf und zog Jade mit sich aus dem Graben.

Er öffnete die Tür auf der Beifahrerseite und half Jade in seinen alten Lastwagen. Die Tür fiel mit dem lauten Klappern rostigen Metalls ins Schloß; Jade zuckte zusammen. Hier drinnen war es trocken, aber es gab keine Autoheizung. Jade fing an, unkontrollierbar zu zittern.

»Wo wolltense denn hin, Misses?« fragte der Mann, als er hinter das Lenkrad rutschte. »Wohnense hier in der Nähe?«

»Würden Sie mich bitte ins Krankenhaus bringen?« Ihre eigene Stimme kam ihr fremd vor, ganz heiser vom Schreien. Neal hatte sie geschlagen, weil sie geschrien hatte. Hutch hatte ihr mit seiner großen Hand den Mund zugehalten. Ihr Schreien hatte Lamar angst gemacht.

»Ins Krankenhaus? Aber klar doch, Misses. Ruhn Se sich jetzt mal aus. Wird schon alles werden.«

Jade befolgte den Rat des Mannes. Sie ließ den Kopf gegen die Lehne sinken und schloß die Augen. Tränen strömten ihr über das Gesicht. Sie weinte leise vor sich hin, während der klapperige Kleinlaster über den Highway rumpelte.

Sie mußte eingenickt sein, vielleicht war sie auch ohnmächtig geworden, jedenfalls kam es ihr vor, als hielt der Laster fast im nächsten Augenblick schon wieder an. Der Mann stieg aus, ging um den Wagen und öffnete ihr die Tür.

»Danke«, flüsterte Jade, als er ihr heraushalf. Sobald ihre Füße den Boden berührten, begann ihr Unterleib zu schmerzen. Sie schwankte und suchte Halt an einem Pfeiler. Mit geschlossenen Augen, an das kalte Metall gelehnt, wartete sie, bis das Schwindelgefühl nachließ. »Danke, vielen Dank«, flüsterte sie.

Sie wandte sich dem Mann zu, der ihr so selbstverständlich geholfen hatte, doch er setzte bereits mit seinem Laster zurück. »Nein, warten Sie...« Sie schirmte mit der Hand das grelle Scheinwerferlicht ab und konnte die Marke des Wagens nicht erkennen. Zudem hatte er kein Nummernschild. Der Fahrer schaltete hoch, sobald er die Hauptstraße erreichte, und der Wagen rumpelte in die regnerische dunkle Nacht. Jade vermutete, daß der Mann Angst vor den Verdächtigungen derjenigen hatte, die ihn als Schwarzen sofort mit der Vergewaltigung eines weißen Mädchens in Verbindung bringen würden. Unglücklicherweise gab es in Palmetto noch immer zu viele Vorurteile.

Zögernd ging sie auf die Glastüren zu, über denen in rotem Neon NOTAUFNAHME stand. Die Türen öffneten sich automatisch. Das blauweiße gleißende Licht dahinter war abschreckend. Sie fürchtete, von dieser Helligkeit entblößt zu werden, also blieb sie bei der Tür stehen und hoffte, daß jemand sie bemerkte. Zwei Schwestern und ein Mann, der dem Aussehen nach der Hausmeister sein mußte, plauderten und lachten am Tresen.

Jade hatte geglaubt, es würde sie erleichtern, die Tat zu

melden, doch jetzt wurde ihr nur allzu bewußt, daß sie Angst hatte. Und dies war nur der erste Schritt von vielen, die sie gehen mußte, wenn sie Gerechtigkeit wollte. Doch sie würde alle Schwierigkeiten und Demütigungen meistern, um ihr Ziel zu erreichen, dessen war sie sich sicher.

Sie nahm all ihren Mut zusammen und ging zum Tresen, dabei hinterließ sie eine Schlammspur auf dem Boden. »Entschuldigen Sie.« Drei Augenpaare richteten sich auf sie. »Können Sie mir bitte helfen?«

Für einen Augenblick stand der Schock ihres Anblicks den Angesprochenen ins Gesicht geschrieben. Dann trat der Hausmeister einen Schritt zur Seite, eine der Schwestern griff nach dem Telefon, und die andere kam um den Tresen herum, um Jade zu stützen.

»Was ist denn mit Ihnen passiert, Kleines? Hatten Sie einen Unfall?«

»Ich bin vergewaltigt worden.«

Die Schwester warf ihr einen scharfen Blick zu. »Vergewaltigt? Hier, in Palmetto?«

»Am Kanal, beim Küstenhighway.«

»Großer Gott...«

Jade spürte den Blick des Hausmeisters, der jedes ihrer Worte aufzusaugen schien und unverwandt auf ihre Brüste unter der zerrissenen Bluse starrte. Die zweite Schwester telefonierte. »Dr. Harvey, Sie werden in der NA gebraucht. Ein junges Mädchen, sie sagt, sie sei vergewaltigt worden.«

»Ich *wurde* vergewaltigt.« Jades Stimme kippte. Sie war den Tränen nahe. Sie wünschte, der Hausmeister würde endlich aufhören, sie anzustarren.

»Kommen Sie, Kleines. Sie können hier drinnen auf den Doktor warten. Soll ich jemanden für Sie anrufen?«

»Nein, ich will mich erst waschen.«

Die Schwester führte Jade in ein kleines Untersuchungszimmer. Der Vorhang, den sie um den Tisch zog, war dünn und blähte sich auf wie ein gelber Fallschirm. »Mein Gott, mein Gott, Sie hat man aber wirklich übel zugerichtet. Ziehen Sie sich aus. Alles. Der Doktor wird Sie untersuchen müssen, das ist Ihnen ja bestimmt klar. Ziehen Sie das hier über.« Sie reichte Jade einen blau-weiß gestreiften Krankenhauskittel.

»Können Sie das nicht machen?« fragte Jade mit zitternder Stimme.

»Was machen, Kleines?« Die Schwester legte das Stahlbesteck bereit. Es sah beängstigend, abstoßend aus.

»Die Untersuchung.« Jade glaubte, es nicht ertragen zu können, von einem Mann berührt zu werden. Sie glaubte, sie würde es nicht überleben, vor einem Mann die Beine zu spreizen und sich seinen Blicken auszusetzen.

»Tut mir leid, Kleines, aber das kann ich nicht. Hat *er* Ihnen die Schrammen auf den Armen zugefügt?«

»*Sie*. Es waren drei.«

Voller Entsetzen flüsterte die Schwester: »Schwarze?«

»Nein, Weiße.«

Sie schien erleichtert. »Ich werde den Sheriff benachrichtigen. Der Doktor wird gleich hier sein.«

Die Schwester ließ Jade hinter dem Vorhang allein. Langsam und unter Schmerzen zog Jade sich aus. Sie legte die zerrissene, triefend nasse Bluse, BH und Rock auf den Boden. Ihr Slip und die Strumpfhose waren weg, ebenso ihre Schuhe.

Sie betrachtete ihren Körper in dem schonungslosen Licht und preßte die Faust gegen den Mund, um nicht aufzuschreien. Sie war völlig verdreckt. Von den Knien abwärts klebte Schlamm an ihren Beinen. Auf den Armen hatte sie lange, blutende Schrammen. Ihre Knie und Handballen waren unter mehreren Schichten Schmutz wundgescheuert und offen.

Doch am schlimmsten war die schleimige, klebrige, von ihrem eigenen Blut rosagefärbte Flüssigkeit auf ihrem Bauch und zwischen den Beinen. Sie ekelte sich vor sich selbst. Sie mußte würgen und hastete zu dem Stahlwaschbecken an der Wand.

»Miss… äh… Sperry?«

Die männliche Stimme war ganz nah, direkt hinter dem Vorhang. Sie sah die Silhouette durch den Stoff. Jade würgte, hustete und räusperte sich die rauhe Kehle frei.

»Ich muß Sie untersuchen, Mrs. Sperry.«

»Moment… einen Moment noch, bitte.« Ungeschickt fummelte sie an dem Kittel herum, doch schließlich gelang es ihr, ihn über den Kopf zu ziehen. Er reichte ihr kaum bis zu den Oberschenkeln. Sie kletterte auf den Untersuchungstisch und zog den Stoff, so gut es ging, über die Hüften. »Okay.«

Sie erlebte eine weitere unangenehme Überraschung: Der Arzt war noch sehr jung. Er hatte ein frisches Gesicht, das dringend einer Rasur bedurfte, und strahlende, fragende Augen. Sie hatte sich jemanden erhofft, der dem freundlichen Familienarzt auf alten Bildern ähnelte – einen grauhaarigen, älteren Gentleman mit gemütlichem Bauchansatz und einer Nickelbrille. Der Arzt spürte offensichtlich ihre Abneigung. Er gab sich alle Mühe, möglichst mitfühlend zu klingen und zu wirken. Wahrscheinlich war das Letzte, was er wollte, ein hysterisches Mädchen. »Die nächsten Minuten werden nicht angenehm sein, Miss Sperry. Ich werde Sie untersuchen, einige Polaroids machen und Ihnen ein paar Fragen stellen müssen. Die eine oder andere könnte Ihnen, fürchte ich, peinlich sein. Fangen wir an, damit wir's hinter uns bringen, einverstanden?«

Ohne weitere Verzögerung machte er sich an die Arbeit, klappte den Metalldeckel einer Krankenakte auf und zog einen Kugelschreiber aus der Brusttasche seines Arztkittels.

»Name?«

»Jade Elizabeth Sperry.«

»Alter?«

»Achtzehn.«

»Geburtsdatum?«

Er notierte ihre Antworten, dann wurden die Fragen peinlicher. »Datum der letzten Periode?«

»Das weiß ich nicht mehr.«

»Das ist aber wichtig. Ich brauche zumindest ein ungefähres Datum.«

Jade rieb sich die Schläfen und versuchte, sich zu konzentrieren. Dann nannte sie ihm ein Datum, das ihr wahrscheinlich schien. Der Arzt notierte es.

»Irgendwelche Geschlechtskrankheiten?«

Die Frage verblüffte sie. »Wie bitte?«

»Haben oder hatten Sie jemals eine Geschlechtskrankheit oder Verkehr mit jemandem, der eine solche hatte?«

Irgend etwas rastete in ihr ein, und sie wurde wütend: »Ich war bis heute abend Jungfrau!« In diesem Moment begriff Jade, daß sie in dieser Nacht in mehr als einer Hinsicht ihre Unschuld verloren hatte.

»Ich verstehe. In Ordnung.« Der Arzt machte einen Vermerk in der Akte. »Hat der Mann...?«

»*Die Männer.* Ich habe schon der Schwester gesagt, daß sie zu dritt waren. Hat sie es Ihnen nicht gesagt?«

»Nein, tut mir leid, hat sie nicht. Drei Männer?«

»Drei.«

»Haben alle drei die Penetration erreicht?«

Ihre Unterlippe fing an zu zittern. Sie biß darauf. »Ja.«

»Sind Sie sicher?«

»Ja!«

»Sind alle drei zur Ejakulation gekommen?«

Die Übelkeit kehrte zurück. Erneut mußte Jade schlukken und krächzte dann: »Ja.«

»Sind Sie sicher, Miss Sperry?« hakte er skeptisch nach. »Ich meine, wenn Sie noch Jungfrau waren, dann könnte es doch sein, daß Sie es nicht genau wissen.«

Sie starrte ihn an, war aber zu erschöpft, um ihre Wut lange zu halten. Ihre Schultern sackten nach vorn. »Alle drei haben… das getan.«

Der Arzt klappte den Deckel der Akte zu und ließ den Kugelschreiber wieder im Kittel verschwinden. Dann steckte er den Kopf durch den Vorhang und rief nach der Schwester, die ihm assistieren sollte. Sie half Jade, sich hinzulegen, und hob dann Jades Beine auf die metallenen Kniestützen. Der Arzt zwängte die Hände in Gummihandschuhe, nahm auf einem niedrigen Hocker am Fußende des Tisches Platz und richtete ein blendend grelles Licht auf Jade. Dann spreizte er ihre mit blauen Flecken übersäten Schenkel weiter auseinander. Jade stöhnte leise auf.

»Ich habe Sie gewarnt, es wird nicht angenehm sein, Miss Sperry. Ich werde versuchen, Ihnen nicht weh zu tun.«

Sie konnte ihm nicht in die Augen sehen, als er zwischen ihren Schenkeln zu ihr aufblickte. Statt dessen kniff sie die

Augen zu, als sie spürte, wie er etwas Hartes, Kaltes, Unangenehmes in sie einführte, und umklammerte die Kanten des gepolsterten Tisches.

»Versuchen Sie, sich zu entspannen. Sie haben genau das Richtige getan, wissen Sie... Nur gut, daß Sie nicht zuerst nach Hause gelaufen sind und geduscht haben.«

Sie konnte einfach nicht mit ihm reden, so entblößt, wie sie sich ihm und der Schwester gegenüber vorkam. Ihre Haut fühlte sich klamm und kalt an, und doch war sie von Schamesröte überzogen. Ihr Kopf pochte, und sie konnte ihren eigenen Herzschlag hören.

»Glauben Sie, Sie könnten die Männer identifizieren?«

»O ja. Ich kann sie identifizieren.«

»Nun, das zumindest ist sehr gut. Die werden dafür büßen. Vorausgesetzt, Sie verlieren nicht die Nerven und ziehen die Anzeige zurück, ehe es zu einer Verhandlung kommt.«

»Ich werde nicht die Nerven verlieren«, schwor sie, mehr sich selbst, mit zusammengebissenen Zähnen.

»So, schon fertig. Nur noch ein bißchen Schamhaar. Es ist fremdes Schamhaar dabei. Ich werde etwas davon einsammeln. Wird auch mit ins Labor geschickt.«

Jade erschauderte und hielt die Augen geschlossen, bis die Schwester ihre Beine von den Stützen nahm und ihr half, sich aufzurichten. Der Arzt säuberte ihre Fingernägel mit einem Stäbchen, zog dann die Gummihandschuhe aus und warf sie in den Abfalleimer.

»Stellen Sie sich bitte vor den Vorhang«, sagte er zu Jade, als er nach der Polaroidkamera griff. Er gab der Schwester Anweisungen, wie sie Jades Kittel halten sollte.

In den nächsten Minuten wurde Jade von allen Seiten fotografiert. Sie war dabei nie ganz nackt, aber sie hätte es ebensogut sein können. Er machte Aufnahmen von ihrem Gesicht, den Schultern, Brüsten, Schenkeln, ihrem Po und Bauch und von allen Partien, auf denen sich blaue Flecke oder Wunden befanden. Es gab nicht viele. Darauf hatte Neal geachtet.

»Was ist mit den Kratzern auf Ihren Armen und Knien?«

Sie schüttelte den Kopf. »Die habe ich mir geholt, als ich zum Highway gekrochen bin.«

»In Ordnung. Ich werde meinen Bericht schreiben und dies hier zum Labor schicken lassen. Heute nacht wird dort niemand mehr sein, aber sie werden sich morgen früh als erstes drum kümmern. Die Schwester wird Ihnen jetzt die Dusche zeigen. Wir geben Ihnen einen OP-Kittel. Ihre Kleider kommen ebenfalls mit ins Labor.«

Jade nickte. »Danke.«

Er eilte mit den Beweisstücken fürs Labor hinaus.

»Mir nach, Kleines.« Die Schwester zog den Vorhang auf und ging zur Tür. Jade zögerte und zupfte unbehaglich an ihrem kurzen Kittel. »So, wie ich bin? Er bedeckt ja kaum meinen Po.«

»Wir sind in einem Krankenhaus. Niemand wird darauf achten.«

Der Hausmeister, dachte Jade, würde sehr wohl darauf achten. Doch ihr blieb augenscheinlich keine Wahl. Sie folgte der Schwester hinaus auf den Korridor und machte so kleine Schritte wie möglich, damit der Kittel nicht wehen konnte.

»Sie haben Glück. Unser Doc Harvey kommt aus einem Krankenhaus in der Stadt. Er weiß, was man in solchen Fällen tun muß«, bemerkte die Schwester.

Sie gingen durch eine Schwingtür, auf der NUR FÜR KRANKENHAUSPERSONAL stand, und kamen in einen Aufenthaltsraum, in dem mehrere Schwestern Kaffee tranken und sich aus Automaten etwas zu essen zogen. Neugierig blickten sie Jade nach, als sie hinter der Schwester den Raum durchquerte.

»Gleich dort drinnen«, sagte die Schwester und öffnete die Tür zum Umkleideraum. »Handtücher und alles, was Sie sonst brauchen, finden Sie im Schrank neben der Duschkabine. Auch eine Vaginaldusche.«

Jade wünschte, die Schwester würde leiser sprechen. »Ich habe noch nie so eine – Dusche benutzt«, flüsterte sie.

»Nichts weiter dabei. Die Anleitung steht auf der Packung.«

Jade schlüpfte durch die Tür. Sie fand alles, was sie brauchte, im Schrank, wie die Schwester gesagt hatte. Sie zog den Kittel aus und stieg in die Duschkabine. Gott sei Dank, das Wasser war heiß. Jade stellte es so ein, daß es fast siedend war. Sie ließ es so und genoß den prasselnden Strahl. Das Wasser war reinigend, läuternd. Sie wollte die drei und ihre ekelhaften Rückstände von ihrem Körper abspülen. Es erstaunte sie, daß sie sie so lange auf ihrer Haut ertragen hatte, ohne ihren Verstand zu verlieren.

Nachdem sie sich dreimal eingeseift hatte, stellte sie einen Fuß auf den Seifenhalter und wusch den Bereich zwischen ihren Schenkeln. Es schmerzte so sehr, daß ihr Tränen in die Augen stiegen, doch sie schrubbte, bis ihre Haut wund war. Unbeholfen benutzte sie die Vaginaldusche und war froh, als sie es getan hatte. Schließlich shampoonierte sie sich das Haar, wusch den Schlamm heraus und spülte sich dann mehrmals den Mund mit heißem Wasser aus.

Danach ging es ihr besser, obwohl ihr klar war, daß sie sich nie wieder wirklich rein fühlen würde. Sie war beschmutzt worden – geistig, körperlich und emotional. Sie würde nie wieder so wie früher sein. Dieser Gedanke machte sie traurig und wütend.

Nachdem sie sich abgetrocknet hatte, wickelte sie ein grobes Handtuch um ihr Haar. Ganz oben im Schrank lagen mehrere grüne Operationskittel. Der zweite paßte einigermaßen. Sie fand Papierslipper, die eigentlich als Überschuhe gedacht waren, und zog sie über die nackten Füße.

Zaghaft öffnete sie die Tür und lugte hinaus in den Aufenthaltsraum. Die Schwester war allein, sie wartete auf dem Sofa und sah sich eine Talk Show im Fernsehen an. Als sie Jade bemerkte, stand sie auf. »Möchten Sie etwas zu trinken haben? Einen Kaffee? Oder Cola?«

»Nein, danke.«

»Die Aufnahme hat angerufen. Der Deputy ist jetzt da, um mit Ihnen zu sprechen.«

»Ich bin bereit.«

Die Papierschuhe knisterten unter ihren Füßen. Der Deputy tratschte gerade mit dem Hausmeister und Dr. Harvey, als Jade und die Schwester die Aufnahme betraten. Der Vertreter des Gesetzes setzte sich augenblicklich den Hut auf, nahm Haltung an und beäugte Jade mißtrauisch.

»Miss Sperry?«

»Ja.«

»Setzen Sie sich doch bitte.«

Zaghaft nahm Jade auf der Kante des lilafarbenen Plastiksofas Platz. Der Deputy, kaum älter als Dr. Harvey, zückte einen Notizblock aus der Brusttasche seiner Uniformjacke.

»Dr. Harvey hier sagt, Sie würden behaupten, heute nacht vergewaltigt worden zu sein.«

Jade sah ungläubig von einem zum anderen. »Warum sagt hier eigentlich jeder, ich würde ›behaupten‹ oder ›sei angeblich‹ vergewaltigt worden. Glauben Sie, daß ich lüge?«

»Moment mal. Niemand bezichtigt Sie hier der Lüge. Ich versuche nur herauszufinden, was geschehen ist. Also, beruhigen Sie sich, in Ordnung?«

Jade versuchte sich zusammenzureißen, was ihr nicht ganz leicht fiel. Sie mußte ihre ganze noch verbliebene Selbstbeherrschung aufbringen, um nicht loszuschreien. Der Hausmeister und die Schwestern steckten hinter dem Tresen erneut die Köpfe zusammen. Jade war sicher, daß sie über sie flüsterten. Von Zeit zu Zeit warf ihr einer aus dem Grüppchen einen schnellen Blick zu, um dann die verstohlene Unterhaltung fortzusetzen.

»Ihr voller Name?« fragte der Deputy.

Das Bild vor ihren Augen verschwamm. Sie spürte Tränen in sich aufsteigen. »Ich wurde vergewaltigt«, preßte sie hervor. »Meine Vergewaltiger laufen da draußen frei herum, während ich mich beleidigen und erniedrigen lassen muß.« Sie rang nach Luft. »Ich habe bereits dem Doktor hier meinen vollen Namen, meine Adresse, Geburtsdatum und so weiter gegeben. Wollen Sie nicht lieber wissen, was heute nacht geschehen ist und wer das Verbrechen verübt hat?«

»Alles zu seiner Zeit«, antwortete er unbeeindruckt von ihrem tränenreichen Ausbruch. »Ich muß mich nach den polizeilichen Vorschriften richten und ordnungsgemäß vorgehen. Sie wollen doch sicher nicht, daß die Anklage – falls es zu einer Verhandlung kommt – wegen Verfahrensfehlern abgeschmettert wird, oder, Miss Sperry?«

»Warum beantworten Sie nicht einfach die Fragen, Miss Sperry?« versuchte es der Arzt in ruhigem, höflichem Ton. »Um so schneller werden Sie's hinter sich haben. Soll ich Ihnen vielleicht etwas zu trinken holen?«

»Nein, danke.«

»Ich kann Ihnen auch ein Beruhigungsmittel geben, wenn Sie möchten.«

Jade schüttelte den Kopf. Dann wandte sie sich wieder dem Deputy zu und beantwortete emotionslos die Routinefragen.

»Und jetzt zu heute abend«, sagte er schließlich, nachdem er sich geräuspert hatte. »Sie haben Dr. Harvey gesagt, daß Sie von drei Männern angegriffen und vergewaltigt wurden.«

»Das ist wahr.«

»Waren die Männer bewaffnet?«

»Nein.«

»Nein? Man hat Sie nicht mit einem Gewehr oder ähnlichem bedroht?«

»Sie haben mich überwältigt und auf den Boden gedrückt.«

»Hmmm. Haben alle drei die Penetration erreicht?«

»Das steht alles in meinem Bericht, Deputy«, kam Dr. Harvey Jade zu Hilfe.

»Ich führe hier die Befragung durch, Doc. Beantworten Sie bitte meine Fragen, Miss Sperry.«

»Ja«, sagte Jade. »Sie sind alle drei... eingedrungen und... haben den Akt vollzogen.«

»Sind Sie zum Analverkehr gezwungen worden?«

»Nein«, wieder antwortete der Arzt für Jade, denn sie war zu geschockt von der Frage, um zu sprechen.

»Wurden Sie zum Oralsex gezwungen?«

Jade antwortete mit gesenktem Kopf: »Nein.«

»Und wo fand dieser mutmaßliche Angriff statt?«

Der *mutmaßliche*? Dieser Ausdruck ärgerte Jade, doch sie beantwortete die Frage. »Am Kanal, nahe beim Küstenhighway. Ich glaube nicht, daß die Abzweigung einen Namen hat. Es ist nur ein Schotterweg. Ich kann Sie hinführen. Meine Kleidung kann ich Ihnen auch zeigen, wenn die sie nicht mitgenommen haben.«

»Können Sie die mutmaßlichen Täter beschreiben?«

»Ich kann mehr als das, Deputy. Ich kann Ihnen die Namen nennen.«

»Sie kennen ihre Namen?«

»O ja.«

»Nun, das erleichtert uns die Sache natürlich ungemein.« Er wartete gespannt, den Bleistift über dem Notizbuch.

»Lamar Griffith.«

Der Stift flog geräuschvoll übers Papier. Dann neigte der Deputy sichtlich verwirrt den Kopf und starrte ungläubig auf den Namen, den er soeben notiert hatte. Er sah Jade an.

»Myrajane Griffiths Sohn?«

»Lamar Griffith«, wiederholte Jade bestimmt. »Neal Patchett.« Dem Deputy wich das Blut aus dem Gesicht. Nervös befeuchtete er seine Lippen. »Und Hutch Jolly.«

Einen Moment lang starrte er Jade nur an. Dann beugte er sich vor, bis sich ihre Nasenspitzen beinahe berührten, und flüsterte: »Sie wollen mich auf den Arm nehmen, stimmt's?«

Jade riß ihm den Notizblock samt Stift aus den Händen und schrieb die drei Namen auf das Formular. Sie pochte mit der Bleistiftspitze auf das Papier und schrie: »Das sind die

Namen der Männer, die mich vergewaltigt haben! Es ist Ihre Pflicht, sie zu verhaften und ins Gefängnis zu stecken.«

Er mußte sichtbar schlucken, dann warf er dem Doktor einen fast hilfesuchenden Blick zu. »Miss… äh… äh…«

»Sperry!« schrie sie.

»Miss Sperry, sie meinen doch nicht ernst, was Sie da behaupten…«

»Ich meine es bitterernst!«

»Sie müssen sich irren.«

»Neal, Hutch und Lamar haben mich aus dem Wagen meiner Freundin entführt, haben mich an diese abgelegene Stelle gebracht und vergewaltigt. Alle drei. Danach haben sie mich dort allein zurückgelassen.« Sie sprang auf. »Warum sitzen Sie hier noch tatenlos rum und starren mich blöd an? Finden Sie Donna Dee! Suchen Sie die Jungs! Legen Sie ihnen Handschellen an! Stecken Sie sie ins Gefängnis!«

»Miss Sperry…« Der Arzt ergriff ihren Arm, führte sie zum Sofa zurück und gab der Schwester ein Zeichen. »Bringen Sie ihr besser ein Valium.«

»Ich werde es nicht nehmen«, fauchte Jade und schüttelte seinen Arm ab. An den Deputy gewandt, sagte sie: »Wenn Sie unfähig sind, die Verbrecher zu verhaften, dann finden Sie gefälligst jemanden, der es kann.«

»Verdammt, Lady. Sie nennen den Jungen meines Bosses einen Vergewaltiger…«

»Das stimmt. Er war als Zweiter dran. Und er war der Gröbste von allen. Und auch der Größte. Er hat mich fast erdrückt.« Sie merkte nicht, wie stark sie die Fäuste zusammenballte, bis sie anfingen zu schmerzen. Sie starrte auf ihre Hände hinunter und entdeckte vier Halbmonde in ihren wunden Handflächen.

»Sie sollten besser den Sheriff benachrichtigen«, riet Dr. Harvey dem Deputy.

»Gute Güte«, sagte dieser und erhob sich widerwillig. Dann rieb er sich mit der Hand über das junge, runde Gesicht. »Mir schwant Böses. Wenn ich Sheriff Jolly erzähle, daß sein Sohn und der Junge von Ivan Patchett der Vergewaltigung beschuldigt werden, dann ist die Scheiße am Dampfen...«

* * *

Eine Stunde später saß Jade allein im Verhörraum. Es roch nach Angstschweiß und Tabakqualm. Der Deputy hatte sie unverzüglich ins Gerichtsgebäude gefahren und in dieses Zimmer gesteckt, als wolle er sich von der ganzen schmutzigen Sache so schnell wie möglich reinwaschen.

Jade war sich sicher, daß es noch viel schmutziger werden würde, bevor es vorbei war. Die rechtliche Seite war schon verzwickt und unangenehm genug, aber sie war nichts gegen die persönlichen Auswirkungen, die die letzte Nacht für sie haben würde. Wie sollte sie es nur Gary sagen?

Sie konnte jetzt nicht darüber nachdenken, oder sie würde verrückt werden. Sie mußte sich auf das Hier und Jetzt konzentrieren – zum Beispiel auf Donna Dee. Jade machte sich Sorgen um ihre Freundin. Es war nicht unwahrscheinlich, daß die drei, nachdem sie mit ihr fertig gewesen waren, zu Donna Dee zurückgefahren waren und ihr dasselbe angetan hatten. Vielleicht war das Teil von Neals Plan gewesen – sie zu trennen und damit völlig wehrlos zu machen. Donna Dee konnte verletzt sein, irgendwo bewußtlos am Straßenrand liegen... oder sogar tot sein.

Sheriff Fritz Jolly betrat den Raum und riß Jade aus ihren

Gedanken. Er trug Jeans und ein Pyjamaoberteil aus Flanell unter einer Tarnjacke statt seiner Uniform. Offensichtlich kam er direkt aus dem Bett. Rostrote Bartstoppeln sprossen auf seinem Kinn und seinen Wangen.

»N'abend, Jade.«

»Hallo, Sheriff Jolly.«

Sie verkaufte ihm manchmal Kautabak im Laden. Stets waren sie freundlich miteinander umgegangen. Jetzt ließ er seinen massigen Körper auf den Stuhl gegenüber ihrem sinken und faltete die Hände über dem zerkratzten Tisch.

»Ich habe gehört, du bist heute nacht in Schwierigkeiten geraten?«

»Ich bin nicht in Schwierigkeiten geraten, Sheriff Jolly.«

»Na, dann erzähl mal.«

»Kann ich warten, bis meine Mutter da ist?« Sie wollte die Geschichte nicht noch einmal wiederholen müssen. »Der Arzt im Krankenhaus hat versprochen, sie anzurufen und sie hierher zu schicken.« Der Deputy hatte ihr keine Zeit gelassen, den Anruf selbst zu tätigen.

»Velta sitzt bereits hinten, im Revier, wartet und will wissen, was los ist«, sagte er. »Ich würde gerne hören, was du zu sagen hast, bevor wir sie reinbringen.«

»Warum hat man mich hier in den Verhörraum gebracht?«

»Weil es hier ruhig ist und wir ungestört sind.«

Jade starrte ihn mißtrauisch an. »*Ich* habe nichts Falsches gemacht.«

»Das hat niemand behauptet. Was ist passiert?«

Er gewann das Wettstarren. Jade senkte den Blick auf ihre geballten Fäuste und holte tief Luft. »Neal, Hutch und Lamar kamen mit dem Wagen vorbei, als Donna Dee und ich ohne Benzin liegengeblieben waren. Sie haben mich gegen meinen Willen in Neals Auto mitgenommen. Sie haben mich an eine Stelle gebracht, an der sie am Nachmittag Angeln und Bier trinken waren. Und sie...« Jade hob den Kopf und sah ihm in die Augen. »Sie haben mich nacheinander vergewaltigt.«

Eine Weile starrte er sie an, sagte aber nichts.

Jade fügte hinzu: »Ich habe Angst, daß Donna Dee auch vergewaltigt worden sein könnte...«

»Der Deputy hat mir bereits gesagt, daß du nach ihr gefragt hast. Ich habe bei ihr zu Hause angerufen. Ihr ist nichts passiert.«

Jade seufzte erleichtert auf. »Gott sei Dank.«

Seine Stimme klang tief und vertrauenerweckend, als er sagte: »Das ist eine sehr schwerwiegende Anschuldigung, die du gegen die Jungs erhebst, Jade.«

»Vergewaltigung ist ein schweres Verbrechen.«

»Es fällt mir nicht leicht zu glauben, daß die so was tun könnten.«

»Es fiel auch mir nicht leicht. Gestern um diese Zeit hätte ich es auch nicht für möglich gehalten.«

»Nun«, sagte er, »warum erzählst du mir dann nicht, was wirklich passiert ist?«

Kapitel 4

In Neals Zimmer war es noch dunkel, als Ivan Patchett die Tür aufriß und hereinstürmte. Er polterte zum Bett, zog die Decke weg und versetzte Neals blankem Hinterteil einen harten Schlag.

»Du kleines Stück Scheiße!«

Neal rollte sich zur anderen Seite und sprang auf. Vater und Sohn starrten sich über das zerwühlte Bett an. Neal war nackt. Ivan trug Boxershorts und ein altmodisches weißes Unterhemd. Vereinzelte Strähnen seines eisgrauen Haares standen vom Kopf ab. Dennoch gab er alles andere als eine komische Figur ab – sein finsterer Blick war zum Fürchten.

»Was, zum Teufel, ist in dich gefahren?« Neal stemmte die Hände in die schmalen Hüften. Er sah verschlafen und mißmutig aus. Den schlanken, sportlichen Körper verdankte er eher seinen Erbanlagen als hartem Training. Er machte sich nicht schlecht auf dem Sportplatz, doch Neal setzte ihn nur ein, wenn es unbedingt nötig war. Er fand, ihm stand dieser makellose Körper, wie alles andere auch, einfach zu.

»Fritz hat angerufen«, sagte Ivan.

»Tatsächlich? Es ist mitten in der Nacht. Ich leg' mich wieder hin.«

»Den Teufel wirst du tun!«

Neals Kopf lag schon beinahe wieder auf dem Kissen, als Ivan ihn beim Schopf packte und hochzog. Ohne Vorwarnung trat er ihm ins Kreuz. Neal prallte gegen die Wand. Er schwang herum, die Fäuste zum Kampf erhoben.

»Hast du dieses Mädchen gestern abend vergewaltigt?«

Sofort ließ Neal die Fäuste sinken. »Zum Teufel, ich weiß nicht, wovon du redest.«

»Ich rede von Jade Sperry, die in diesem Moment im Gerichtsgebäude sitzt und dich der Vergewaltigung beschuldigt. Davon rede ich.« Ivan pochte mit dem Zeigefinger auf Neals Brust. »Du wirst mir jetzt die Wahrheit sagen, Junge.« Ivans Dröhnen hätte selbst Tote geweckt.

Neals Blick schweifte durch den dämmerigen Raum, verweilte kurz auf einigen Gegenständen, bis er schließlich auf Ivans furchteinflößendem Gesicht haften blieb. »Wenn sie behauptet, daß es 'ne Vergewaltigung war, dann ist sie 'ne verdammte Lügnerin.«

»Also weißt du sehr wohl, wovon ich rede, du verlogener kleiner Hurenbock.«

»Ich lüge nicht!« rief Neal. »Hutch, Lamar und ich haben sie zum Fischen mitgenommen. Wir hab'n paar Bierchen gekippt. Paar Witze gerissen. Sie wurde zutraulich – ich meine *wirklich* zutraulich, Daddy. Sie hat drum gebettelt – also haben wir's ihr besorgt.«

Ivan starrte ihn an, und in seinen Augen spiegelte sich die Morgendämmerung wie in Glasscherben. »Blödsinn. Die kleine Sperry ist keine von der leichten Sorte. Sie und der Parker-Junge kleben doch wie Pech und Schwefel zusammen. Was sollte sie von euch drei Nichtsnutzen wollen?«

Neal fluchte in sich hinein und strich sich durchs pomadige Haar. »Ich schwör's dir, Daddy. Sie hat's drauf angelegt. Sie tut immer so, als hätte sie nur Augen für Parker, aber bei jeder Gelegenheit wackelt sie mir mit ihrem kleinen Arsch vor der Nase rum. Und wenn ihr Typ dann auftaucht, tut sie affig und behandelt mich wie 'nen Stück Hundescheiße.

Meinst du, ich lass' mir das einfach so gefallen von der kleinen Schlampe? Nein, verdammt! Ich fand, es war an der Zeit, ihr zu zeigen, was 'nen richtiger Kerl ist. Wenn sie das 'ne Vergewaltigung nennt, dann ist das ihr Problem.«

»Von wegen!« brüllte Ivan. Bis dahin hatte er den Erklärungen seines Sohnes erstaunlich ruhig zugehört. Jetzt knirschte er allerdings mit den Zähnen. »Es ist eben nicht *ihr* Problem! Sie hat's zum Problem des Sheriffs gemacht. Und damit ist es jetzt meins!«

Neal kratzte sich im Schritt. »Und was hast du jetzt vor?«

»Überhaupt nichts.«

»Hä?« Neals gleichgültige Haltung bröckelte zusehends.

»Gar nichts werde ich tun, bis du mir erzählst, was wirklich vorgefallen ist. Hast du dieses Mädchen zum Sex gezwungen?«

Neal zuckte unbehaglich mit den Schultern. »Na ja, ist schon 'nen bißchen wild zugegangen.« Eilig fügte er hinzu: »Aber sie hat's drauf angelegt, ehrlich!«

»Was ist mit Hutch und Lamar?«

»Die wollten auch 'nen Häppchen abhaben.« Er grinste. »Wie heißt es so schön: Man soll immer abgeben...«

Ivan war drauf und dran, ihm eine zu kleben, doch dann fand er, daß es den Aufwand nicht lohnte und ließ die Hand sinken. »Hutch – bei dem kann ich mir das vorstellen. Aber Myrajanes Muttersöhnchen soll ihr zwischen die Beine gegangen sein? Das glaub' ich einfach nicht.«

»Wir mußten 'nen bißchen nachhelfen bei Lamar, aber dann hat er's voll gebracht.«

Es klopfte. Sie drehten sich um und sahen Eula, die Haushälterin, in der Tür stehen. »Möcht'n Sie jetzt wohl Ihr'n Morgenkaffee, Mr. Patchett?«

»Nein!« bellte Ivan. »Ich sag' schon Bescheid, wenn ich meinen Kaffee will!«

»Jawohl, Sir. Wollte nur mal fragen.«

Eula zog sich zurück. Einen Moment lang starrte Ivan auf die leere Türschwelle, dann sagte er zu Neal: »Warum seid ihr nicht in die Niggerstadt gefahren und habt euch eine gesucht, die die Klappe hält? Warum mußte es unbedingt die kleine Sperry sein?«

»Sie hat's drauf angelegt. Deshalb.«

»Gott, was für eine beschissene Klemme.«

Neal, der sich noch immer lässig gab, ging zum Bett und stieg in die Jeans, die er am Abend zuvor übers Fußende geworfen hatte. »Was wirst du jetzt unternehmen, Daddy?«

»Weiß ich noch nicht. Laß mich nachdenken.« Ivan schritt vor dem Bett hin und her. »Für Vergewaltigung können die dich eine ganze Weile einlochen, ist dir das klar?«

»Ach, ist doch Quatsch«, stammelte Neal. »Bullshit ist das. Die können mich doch nicht dafür einlochen, daß ich 'ne Schlampe gebumst habe, die's unbedingt mal nötig hatte ...«

Ivan sagte: »Ich weiß das, und du weißt das. Aber wir müssen dafür sorgen, daß es der Rest der Welt auch so sieht.«

»In den Knast kriegt mich keiner. Soviel steht fest. Im Knast ficken die Nigger die weißen Jungs in den Arsch. Du mußt etwas unternehmen, Daddy.«

»Halt die Klappe und laß mich nachdenken«, knurrte Ivan. Dann schlug er Neal unvermittelt ins Gesicht. »Du kleiner Bastard. Hast mir den ganzen Tag versaut!«

* * *

Jade saß im Verhörraum. Müde ließ sie den Kopf auf die Arme sinken. Ihre Lider fühlen sich heiß an und brannten.

Die ganze Nacht hatte man sie im Gericht behalten. Nur einmal war ihr erlaubt worden, auf die Toilette zu gehen, wobei sie auf dem Weg hin und zurück von einem Deputy eskortiert worden war. Es kam ihr vor, als stünde sie unter Arrest. Hingegen war ihres Wissens noch nichts unternommen worden, um ihre Vergewaltiger zu verhaften.

Zweimal hatte sich Sheriff Jolly die Geschichte von ihr erzählen lassen, doch Jade war unbeirrt bei ihrer Version geblieben. Beim zweiten Mal hatte sie sich exakt an die erste Aussage gehalten. Ihr bemerkenswertes Gedächtnis hatte sich schon oft in der Schule bewährt, heute hatte sie es einsetzen müssen, um den genauen Ablauf des Verbrechens zu schildern. Wie peinlich die Details auch sein mochten, sie hatte keines ausgelassen.

Ohne direkt beleidigend zu wirken, hatte der Sheriff versucht, Jade aus dem Gleichgewicht zu bringen. »Jade, Hutch war bereits zu Hause, als ich vorhin ging.«

»Kann sein, aber das ist nicht wichtig. Wichtig ist, wo er gestern abend um sieben Uhr war.«

»Ist das die Uhrzeit, um die es passiert sein soll?«

»Um die es passiert *ist*. Und da war Hutch noch nicht zu Hause, stimmt's?«

»Er kam gegen neun und sagte, er sei mit Neal und Lamar unterwegs gewesen.«

»Das war er auch. Sie haben mich vergewaltigt.«

Fritz hatte sich mit seiner großen Hand über das rote Gesicht gestrichen und die faltige Haut gedehnt. »Wie erklärst du dir die große Zeitspanne zwischen sieben Uhr, als die angebliche Vergewaltigung stattgefunden haben soll, und deiner Ankunft im Krankenhaus, um...« er blätterte im Notizblock des Hilfssheriffs, »um elf Uhr dreißig.«

»Nachdem sie weg waren, habe ich eine ganze Weile einfach dagelegen. Dann bin ich auf allen vieren zum Highway gekrochen. Als der Wagen hinter mir auftauchte…«

»Hast du nicht gesagt, es war ein Laster?«

»Ja. Es war auch ein Laster. Aber zuerst habe ich gedacht, daß es Neals Wagen ist. Ich bin in Panik geraten und habe versucht, mich im Graben zu verstecken. Der Schwarze hat mich dann überredet rauszukommen. Dann hat er mich zum Krankenhaus gefahren.«

»Er hat dir nicht seinen Namen genannt?«

»Nein.«

»Kannst du den Mann beschreiben?«

»Es war dunkel. Ich weiß nur, daß er einen Hut und einen Overall trug.«

»Die Beschreibung paßt auf nahezu jeden Schwarzen im Süden. Ich frag' mich, wenn er doch so nett zu dir war, warum ist er dann nicht mit ins Krankenhaus rein? Warum hat er sich einfach in Luft aufgelöst?«

»Wenn Sie ein Schwarzer hier aus der Gegend wären und ein weißes Mädchen, das offensichtlich vergewaltigt worden ist, in die Notaufnahme bringen würden – wären Sie dann dageblieben?«

Er besaß zumindest soviel Anstand, bekümmert auszusehen, doch dann sagte er: »Manche weißen Frauen würden lieber sterben, als von einem Schwarzen vergewaltigt zu werden.«

Jade schnellte hoch, umrundete den Stuhl, griff ihn bei der Lehne und ging in Kampfstellung. »Sie denken also, ich wurde von einem Schwarzen aufgelesen, vergewaltigt und würde jetzt Ihren Sohn und die anderen als Sündenböcke benutzen, richtig? Ist das Ihre Theorie?«

»Ich muß alle Möglichkeiten in Betracht ziehen, Jade. Und ganz besonders, wenn mein eigener Sohn eines schweren Verbrechens beschuldigt wird.«

»Nun, warum stellen Sie dann nicht Hutch diese Fragen, anstatt mich zu verhören?«

»Das werde ich auch tun.«

Kurz danach erlaubte er Velta hereinzukommen. Jade war geschockt, ihre Mutter, die für gewöhnlich tadellos aussah, so durcheinander und zerzaust zu sehen. Velta rauschte in den Verhörraum und schubste beinahe Sheriff Jolly zur Seite.

»Jade! Was ist passiert? Keiner wollte mir etwas Genaues sagen. Wo bist du gewesen?«

Das letzte, was Jade in diesem Moment gebrauchen konnte, waren noch mehr Fragen. Sie wollte in den Arm genommen und getröstet werden. Statt dessen verlangte ihre Mutter Antworten. Jade dachte, daß sie an ihrer Stelle vielleicht genauso reagiert hätte, doch das machte die Situation nicht besser.

Velta verzog keine Miene, als Jade ihr berichtete, was geschehen war. Nach mehreren Sekunden bloßen Starrens wiederholte Velta wie betäubt: »Vergewaltigt?«

»Ja, Mama.«

Betreten strich sie ihrer Tochter die lockigen Strähnen aus dem Gesicht. »Wer war es?«

Als Jade es ihr sagte, zog Velta die Hand zurück, als hätte Jades Haar ihr einen elektrischen Schlag versetzt. »Das ist... das ist verrückt, Jade. Du kennst diese Jungs dein ganzes Leben lang. Die würden so etwas niemals tun.«

»Sie haben es aber getan.« Jades Augen füllten sich mit Tränen. »Glaubst du mir etwa nicht, Mama?«

»Natürlich glaube ich dir, Jade. Natürlich.«

Jade zweifelte an der Antwort, doch ihr fehlten der Wille und die Energie, ihre Mutter zu überzeugen. Auf Drängen des Sheriffs erzählte sie die Geschichte noch einmal für Velta. Als sie fertig war, verließ er den Raum und sagte, er käme bald zurück. Velta und ihre Mutter hatten sich nichts zu sagen, als sie allein waren. Velta fragte sie, ob es ihr gut ginge, und weil die Frage so absurd war, antwortete Jade schlicht mit Ja. Das kurze Streicheln über das Haar blieb ihre einzige Berührung.

Bei Tagesanbruch erschien ein Hilfssheriff mit einer Tasse Kaffee für Velta. Jade bat um ein Sodawasser, um ihre rauhe Kehle zu befeuchten. Das Schlucken war schmerzhaft, nicht zuletzt wegen der ungeweinten Tränen, die sich in ihrer Kehle stauten.

Plötzlich schwang die Tür des Raumes auf. Jade schreckte hoch, sie mußte vor Erschöpfung eingenickt sein. Sie stieß einen kleinen, ängstlichen Schrei aus, als sie sah, daß Neal Patchett in der Tür stand.

Ihr Atem ging flach und kurz, als wäre sie gerannt. »Was tut er hier?«

Ivan Patchett und Sheriff Jolly zwängten sich hinter Neal ins Zimmer. »Du wirfst mit ganz schön wüsten Beschimpfungen um dich, junge Dame«, sagte Ivan zu Jade. »Als Fritz mich anrief und mir sagte, was hier los ist, habe ich darum gebeten, daß du es meinem Jungen direkt ins Gesicht sagst. Hi, Velta.«

Velta reagierte auf Ivans Erscheinen beinahe genauso, wie Jade auf Neals reagiert hatte. »Hallo, Ivan.«

»Diese beiden jungen Hüpfer machen uns heute morgen 'nen schönen Ärger, was?«

»Ja.«

»Ich mache überhaupt keinen Ärger!« protestierte Jade gegen Ivans Versuch, ihre Mutter zu seiner Verbündeten gegen zwei ›ungezogene Gören‹ zu machen. »Es wurde *mir* etwas angetan. Ich habe keine Schuld!«

»Ach, komm schon, Jade«, sagte Neal. »Du glaubst doch nicht im Ernst, daß dir irgendwer hier 'ne Vergewaltigung abkauft…«

»Ich muß gar nichts beweisen. Die Fotos, die im Krankenhaus aufgenommen worden sind, reichen als Beweis. Der Laborbefund wird bestätigen, was ich sage.«

Neal setzte sich auf die Tischkante. »Ich behaupte ja nicht, daß da nichts gelaufen ist«, sagte er sanft. »Ich sage nur, daß du die Tatsachen ein bißchen verdrehst.«

»Das tue ich nicht!« Wenn die Stuhllehne es zugelassen hätte, wäre sie noch weiter vor Neal zurückgewichen. So gut wie er einerseits aussah, so sehr fühlte sie sich andererseits von ihm abgestoßen.

»Das reicht jetzt, setzen wir uns.« Sheriff Jolly übernahm das Kommando. »Neal, du kommst besser hierher.« Er bedeutete auf einen Platz an der Wand. »Ivan, du kannst diesen Stuhl nehmen.«

Ivan setzte sich. Er sah Velta an. »Sie kriegen den Tag selbstverständlich bezahlt.«

»Danke.«

Jade funkelte ihre Mutter an. Veltas unterwürfiges Verhalten gegenüber Ivan Patchett machte sie wütend.

»Nun, Jade«, sagte Fritz und zog ihre Aufmerksamkeit auf sich. »Erzähl die Geschichte bitte noch mal für Neal und Ivan.«

Jade schien das eine unglaubliche Aufforderung. Sie

wußte nicht, ob sie in der Lage sein würde, die Details der Vergewaltigung in Anwesenheit der beiden laut auszusprechen. Aber dann sagte sie sich, daß ihr Publikum bei einer Verhandlung weit größer sein würde.

Ivan sah Jade teilnahmsvoll an, doch sie ließ sich von diesem Blick nicht täuschen. Sie spürte deutlich die Hinterhältigkeit darin. Neal lehnte mit verschränkten Armen an der gegenüberliegenden Wand. Er grinste selbstgefällig.

»Ja, Jade. Ich würde wirklich gerne hören, wie ich dich vergewaltigt habe…«

Sein hämischer Ton spornte sie nur an. Er würde nicht ungeschoren davonkommen, und wenn sie die Geschichte tausendmal wiederholen mußte.

Also nahm sie zuerst einen Schluck von dem lauwarmen Sodawasser und erzählte dann alles ganz von vorn bis zu ihrer Ankunft im Krankenhaus. »Alles andere steht im Bericht«, sagte sie zum Schluß leise.

»Hast du diesen mysteriösen Nigger schon ausfindig gemacht?« wollte Ivan von Fritz wissen.

Der Sheriff schüttelte den Kopf. »Ihre Beschreibung reicht nicht aus.«

Ein zufriedenes Grinsen umspielte Ivans Lippen.

»Es gibt ihn aber«, beharrte Jade. »Wie soll ich denn sonst in die Stadt zurückgekommen sein, in dem Zustand, in dem ich war?«

»Tja, genau das will mein Dad ja damit sagen«, meinte Neal. »Dein ›Zustand‹ war bei weitem nicht so schlimm, wie du tust. Du hattest jede Menge Zeit, in die Stadt zurückzuspazieren. Und genau das hast du auch getan. Dann hast du kalte Füße gekriegt, hast an Parker-Baby gedacht und was der wohl zu unserer kleinen Party sagen könnte…«

Jade sprang auf. »Wag es nicht noch einmal, seinen Namen zu erwähnen! Dazu hast du kein Recht! Zieh bloß nicht Gary in die Sache rein!«

»Jade, um Himmels willen, setz dich wieder hin.« Velta zog sie am Ärmel auf den Stuhl zurück.

Ivan zündete sich eine Zigarre an und warf das Streichholz auf den Boden.

Sheriff Jolly sagte: »Neal, du mußt jetzt keine Aussage dazu machen.«

»Warum nicht? Sie lügt.«

»Ivan, bist du sicher, daß du nicht lieber deinen Anwalt anrufen willst?«

»Darin waren wir uns doch schon einig, Fritz. Warum sollten wir ihn in aller Herrgottsfrühe aus dem Bett klingeln? Wir haben nichts zu verbergen. Du kannst dem Jungen jede verdammte Frage stellen, die du willst.«

Fritz wandte sich Neal zu. »Was genau ist passiert, als ihr Jade und Donna Dee getroffen habt?«

»Es war so, wie Jade gesagt hat«, antwortete Neal. »Wir haben ihr angeboten, bei uns mitzufahren. Sie ist freiwillig eingestiegen. Sie mußte ja sogar über den Vordersitz klettern, um zu Lamar zu kommen.«

»Ihr habt sie nicht gezwungen einzusteigen?«

»Verdammt, nein.«

»Aber nur, weil ich dachte, daß Donna Dee auch mitfährt«, warf Jade schnell ein. »Als mir klar wurde, daß sie vorhatten, sie dazulassen, wollte ich raus. Sie haben mich festgehalten. Sie haben Donna Dee nicht einsteigen und mich nicht aussteigen lassen.«

Neal lachte. »War nur ein Spaß. Wir haben rumgejuxt, haben so getan, als würden wir sie entführen...«

Er redete weiter. Schließlich erzählte er seine Version von der Szene am Kanal. »Jade stieg aus und setzte sich zu uns, na ja, wir haben ein paar Bierchen gekippt.«

»Wo sollte ich denn sonst hin?« warf Jade ein. »Als du gesagt hast, was du mit mir vorhast, bin ich weggerannt. Sag's ihnen, Neal. Du weißt, daß es wahr ist. Ich wollte weglaufen.«

»Neal, was genau hast du zu ihr gesagt?« fragte Fritz.

»Ich hab' gesagt, daß wir sie ficken werden.«

Velta legte die Hand auf die Brust und schlug die Beine übereinander. Ivan zog an seiner Zigarre. Fritz rieb sich die Schläfen. »Das bestätigt Jades Aussage.«

»Ich habe mich umgedreht und bin in Richtung Highway gerannt«, sagte Jade. »Ich bin nicht weit gekommen. Neal hat mich an den Haaren gepackt und zu Boden gezerrt.«

Neal zuckte gleichgültig mit den Schultern. »Sie hat irgendwas gesagt wie ›Den Teufel werdet ihr tun‹, aber sie hat gelacht dabei.«

»So was hab' ich nie gesagt, und ich habe bestimmt nicht gelacht. Ich hatte furchtbare Angst.«

»Vor wem denn? Vor deinen drei Freunden?« spottete Ivan ungläubig.

»Stimmt, sie ist weggerannt«, sagte Neal. »Aber nicht sonderlich schnell, eher so, als *wollte* sie gefangen werden. Ich hab' sie an den Haaren erwischt. Wir haben so rumgerangelt. Sie hat so getan, als würde sie sich wehren – alles nur Show.«

»Das ist eine Lüge«, flüsterte Jade heiser und schüttelte heftig den Kopf. »Das ist eine Lüge. Er hat mir wehgetan. Er hat mir meinen...« Plötzlich fiel ihr etwas ein. Sie sah auf Neals schmutzige Jeans, dieselben, die er gestern abend getragen hatte. »Er hat mir die Strumpfhose und den Slip runtergerissen. Er hat sie in seine Hosentasche gesteckt. Sehen Sie nach…«

»Neal?« Fritz wies den Jungen an, die Taschen zu leeren.

Ivan sah über die Schulter zu Neal, der aus seiner rechten Hosentasche einen gelben Slip fischte. Velta erkannte ihn sofort und schlug die Hand vor den Mund, um nicht aufzuschreien.

Neal sah Jade mit einem bedauernden Blick an. Dann sagte er leise: »Das hast du mir als Souvenir gelassen, schon vergessen, Schätzchen?«

»Er lügt!« Jade schnellte hoch, rannte um den Tisch und ging mit den Fäusten auf Neals sardonisches Gesicht los. Fritz packte sie bei den Hüften und hielt sie zurück.

Die Tür ging auf, der Deputy spähte ins Zimmer. »Alles in Ordnung, Sheriff?«

»Ja, alles okay«, versicherte Fritz seinem Mitarbeiter.

»Äh, Sheriff… wegen des Berichts vom Labor…«

»Ja, was ist damit? Ich will ihn haben, sobald er eintrifft.«

»Darum geht es ja, Sheriff Jolly.« Nervös trat er von einem Fuß auf den anderen. »Das wollte ich Ihnen ja gerade sagen. Der Abstrich und das andere sind aus Versehen in den Müll geraten. Die ganze Akte von Miss Sperry ist heute morgen mit dem Krankenhausmüll verbrannt worden.«

Als Jade das hörte, verließ sie der Mut. Sie sackte in Sheriff Jollys Armen zusammen und ließ sich von ihm zurück an ihren Platz führen. Mit einem gepeinigten Schluchzen brach sie zusammen. Das gesamte Beweismaterial war vernichtet. Selbst wenn der Arzt von der Notaufnahme aussagen würde, er konnte lediglich bestätigen, daß sie Geschlechtsverkehr gehabt hatte und daß es offensichtlich dabei ziemlich grob zugegangen sein mußte. Im Kreuzverhör konnte seine Aussage abgelehnt werden. Abgesehen davon würde er ihre Vergewaltiger nicht identifizieren können.

Nichts, was in diesem Raum gesagt worden war, würde vor Gericht als Beweis anerkannt werden – nicht einmal Neals Eingeständnis, daß er Sex mit ihr gehabt hatte. Er würde die Geschichte völlig umdrehen und sogar leugnen können, daß er überhaupt an dem Vorfall beteiligt war. Von jetzt an hieß es nur noch: Ihr Wort gegen seines.

Doch durch den schwarzen Nebel der Verzweiflung, der Jade zu ersticken drohte, blitzte auf einmal ein Lichtstrahl neuer Hoffnung. Sie hob abrupt den Kopf und sagte: »Donna Dee.«

»Was?« Sheriff Jolly sah sie an.

»Rufen Sie Donna Dee an. Sie wird bestätigen können, daß ich mich gewehrt habe. Sie hat gesehen, daß ich aus Neals Wagen raus wollte. Sie wird bezeugen, daß ich nicht freiwillig mitgefahren bin.«

Fritz warf einen Blick auf seine Armbanduhr und wies dann den Hilfssheriff an: »Rufen Sie bei den Monroes an. Versuchen Sie, das Mädchen noch vor der Schule abzufangen. Sagen Sie ihr, daß ich sie hier sprechen will, aber sagen Sie ihr nicht, worum es geht.«

Der Hilfssheriff grüßte und ging. Sie warteten. Velta nahm Jades Slip vom Tisch und steckte ihn in die Handtasche. Ivan bestellte Kaffee, der ihm von einer unterwürfigen Angestellten serviert wurde. Neal zog sich eine Coke aus dem Automaten im Wachraum. Um ihn nicht ansehen zu müssen, ließ Jade den Kopf erneut auf ihre verschränkten Arme sinken und schloß die Augen.

Sie sehnte sich nach Schlaf. Sie wollte endlich den grünen

OP-Kittel und die lächerlichen Papierschuhe loswerden. Sie wollte sich das Haar kämmen und die Zähne putzen. Sie wollte allein sein, um weinen zu können um das, was sie für immer verloren hatte – ihre Unschuld. *Gary, Gary* seufzte sie still. Er würde ihr nicht die Schuld an der Vergewaltigung geben, doch sie war auch nicht so naiv zu glauben, daß die Ereignisse keine Auswirkung auf ihre Freundschaft haben würden. Der Gedanke daran war so quälend, daß sie versuchte, sich auf etwas anderes zu konzentrieren.

»Wie lange arbeiten Sie jetzt schon für mich, Velta?« hörte sie Ivan fragen. Er paffte noch immer seine scheußliche Zigarre. Der Qualm verursachte Jade Übelkeit.

»Schon sehr lange.«

»Wär' doch wirklich schade, nicht wahr, wenn dieses dumme Mißverständnis dazu führen würde, daß sich unsere Wege trennen…«

Jade hob den Kopf und sah Ivan an. »Versuchen Sie nicht, sie einzuschüchtern, Mr. Patchett. Ich hoffe, meine Mutter arbeitet keinen einzigen Tag mehr in Ihrer stinkenden Fabrik. Ich will nicht, daß sie mit Ihrem dreckigen Geld mein Essen und meine Kleider bezahlt.«

Unter normalen Umständen hätte Jade niemals so mit einem Erwachsenen gesprochen. Aber sie war Opfer eines grausamen und gemeinen Verbrechens geworden und schlug zurück wie ein verletztes Tier.

Ivan schnippte die Asche seiner Zigarre auf den Boden. Ernsthaft beleidigt runzelte er die Stirn. »An Ihrer Stelle, Velta, würde ich diesem Mädel einen Maulkorb verpassen. Die riskiert eine ganz schön kesse Lippe.«

Velta drehte sich zu Jade und flüsterte: »Sei doch still. Warum willst du alles nur noch schlimmer machen?«

In diesem Moment schob Sheriff Jolly Donna Dee zur Tür herein. Sie schaute einen nach dem anderen an. Schließlich blieb ihr Blick auf Jade haften. »Was ist hier los? Was ist passiert? Warum hast du diese Sachen an?«

»Bitte geh rein, Donna Dee.« Der Sheriff drängte sie vorwärts und zog den einzigen freien Stuhl für sie heran. »Setz dich. Wir möchten dir ein paar Fragen stellen.«

»Worüber?« Ihre Stimme zitterte vor Angst. »Was ist passiert? Ist irgend jemand gestorben oder so was?«

»Nein, nichts dergleichen«, versicherte Fritz ihr. Er versuchte, das nervöse Mädchen zu beruhigen. »Es gab Ärger gestern abend. Du könntest vielleicht einige Unklarheiten dabei zurechtrücken.«

»Ich? Was denn für Ärger?«

»Gestern, nachdem euch das Benzin ausging, ist etwas passiert«, sagte er.

»Ich bin ohne Schwierigkeiten nach Hause gekommen.«

»Jade aber nicht.«

Donna Dee sah Jade an. »Was ist passiert, du siehst furchtbar aus…«

»Ich wurde vergewaltigt.«

Donna Dee zog scharf den Atem ein. Ihre kleinen Augen waren weit aufgerissen. »Vergewaltigt? O mein Gott, Jade, wirklich? *Vergewaltigt?*«

»Das behauptet sie«, spottete Neal.

Donna Dee keifte ihn an: »Du warst bei ihr! Wie konnte das passieren?«

»*Er* war es! Er, Hutch und Lamar haben mich vergewaltigt!«

Das war der zweite Schock für Donna Dee. »Hutch hat dich vergewaltigt?« wimmerte sie.

»Sie lügt«, sagte Neal.

»Sei still!« Sheriff Jollys Stimme knallte wie ein Peitschenhieb. »Das gilt für euch alle. Dies hier ist mein Revier. Hier bin ich der Boß. Ich stelle die Fragen.« Er wartete einen Moment, um sicherzugehen, daß die Warnung bei Jade und Neal angekommen war, und wandte sich dann wieder Donna Dee zu, die Jade heftig blinzelnd anstarrte.

Jade spürte, wie der Blick ihrer Freundin über ihren OP-Kittel, die Schrammen auf den Armen und das zerzauste Haar wanderte.

»Vergewaltigt?« Sie formte das Wort mit den Lippen, sprach es jedoch, entweder aus Angst vor dem Sheriff oder aus purem Unglauben, nicht laut aus. Jades Kehle war wie zugeschnürt. Sie nickte schwach.

»Donna Dee?« Der Sheriff wartete, bis das Mädchen sich wieder gesammelt hatte. »Jade behauptete, daß die Jungs vorbeikamen, als ihr beide ohne Benzin auf dem Küstenhighway standet. Sie sagt, sie hätten sie überredet, in Neals Wagen einzusteigen, und als klar wurde, daß sie vorhatten, dich dazulassen, wollten sie sie nicht wieder aussteigen lassen. Jade sagt, es hätte ein ganz schönes Hin und Her im Wagen gegeben. Sie sagt, sie hätte geschrien und gegen das Rückfenster getreten. Neal behauptet, daß es Spaß gewesen ist. Er sagt, Jade hätte gewußt, daß sie sich einen Witz erlaubten.

Nun, ich weiß, daß du nichts darüber sagen kannst, was danach passiert ist, aber ich möchte, daß du uns erzählst, in welcher Stimmung die Jungs waren, als sie mit Jade wegfuhren.«

Ivan lehnte sich über den Tisch und legte die Hand auf Donna Dees Arm. »Wir behaupten ja nicht, daß die Jungs nicht ihren Spaß gehabt haben, wenn du weißt, was ich meine…« Donna Dees Blick schnellte zu Jade. Sie sah sie lange und durchdringend an. »Sie sind alle mal drangekommen. Das hat Neal zugegeben. Aber anscheinend hat es sich Jade inzwischen anders überlegt und behauptet jetzt, die Jungs hätten sie mit Gewalt gezwungen. Findest du das fair?«

»Ivan«, unterbrach Fritz scharf. »Ich übernehme von hier an.«

Mit wachsender Beunruhigung beobachtete Jade, wie sich die Miene ihrer Freundin langsam wandelte. Beim Betreten des Zimmers hatte Donna Dee verwirrt und verängstigt ausgesehen. Als sie dann erfahren hatte, was Jade angetan worden war, hatte sie sie voller Mitgefühl angeschaut. Jetzt allerdings verriet ihr Blick so etwas wie Mißtrauen. Und Ivan Patchett hatte dieses Mißtrauen geschürt, indem er bei seiner Schilderung die sexuelle Seite betont und die Gewaltanwendung heruntergespielt hatte. Er wußte, wie alle anderen auch, was Donna Dee für Hutch empfand, und hatte erfolgreich ein Feuer der Eifersucht in ihr entflammt.

»Donna Dee, ich konnte nichts dafür«, beschwor Jade sie mit brüchiger Stimme. »Ich habe sie nicht ermuntert. Ich wollte ja noch nicht einmal allein mit ihnen mitfahren. Du warst dabei. Du weißt es. Sie haben mich gezwungen.«

»Donna Dee?«

Sie hielt den Blick auf Jades flehendes Gesicht gerichtet, selbst dann noch, als sie den Kopf bereits Sheriff Jolly zuwandte. Dann sah sie ihn schließlich an. »Sie hatten getrunken, glaube ich.«

»Das hat Neal auch bereits zugegeben. Sind sie ausfallend geworden, haben sie euch bedroht, irgendwas in der Art?«

Donna Dee leckte sich nervös die Lippen. »Nein. Sie waren wie immer. Haben sich aufgespielt. Sie wissen schon. Na, eben so wie immer.«

»Erzähl, wie sie mich ins Auto gelockt haben«, drängte Jade. »Sag ihnen, daß ich mich gewehrt habe, Donna Dee.«

Sie warf Jade einen ungeduldigen Blick zu, ehe sie antwortete: »Das stimmt.«

Erleichtert sank Jade zusammen. Sie schloß die Augen und atmete auf. Endlich gab es jemanden, der auf ihrer Seite stand und ihre Version bestätigte.

»Nachdem Jade eingestiegen ist«, sagte Donna Dee, »hat sie gegen die Fensterscheiben getrommelt.«

»Das stimmt. Ich habe vorhin schon erzählt...«

»Würdest du sagen, daß sie unbedingt raus wollte?« Der Sheriff ignorierte Jade völlig.

»Mmm-mm. Lamar hat sie hinten festgehalten. Sie versuchte, zwischen die Vordersitze und an den Türgriff oder den Knopf zu kommen. Neal hat ihre Hände abgewehrt. Ich glaube, Hutch hat sie an den Handgelenken gepackt.«

»Das hat er auch. Bitte!« Jade hielt ihre Hände hoch. An beiden Gelenken befanden sich Druckstellen.

Sheriff Jolly runzelte die Stirn, als er das sah. Dann senkte er den Blick auf seine Stiefelspitzen und biß sich auf die Unterlippe. Schließlich sah er zu Ivan. »Also haben sie Gewalt angewendet.«

»Ja!« schrie Jade.

»Das habe ich nicht gesagt.«

Donna Dees Worte gingen in Jades Aufschrei fast unter.

»Was?« Ungläubig starrte Jade ihre Freundin an.

»Es gab einen Kampf im Wagen«, beeilte sich das andere Mädchen zu sagen, »aber die Jungs haben nur rumgealbert, wissen Sie? Sie wollten Jade ärgern, so, wie sie mich ärgern wollten, indem sie mich zurückließen.«

Jade fuhr hoch. »Was sagst du da, Donna Dee?«

»Setz dich, Jade.«

»Gib endlich auf, okay?« sagte Neal in gelangweiltem Tonfall.

»Jade, du verhältst dich unvernünftig«, sagte Velta.

»Sie sagt die Unwahrheit, und sie weiß es!« Jade, die völlig außer sich war, zeigte anklagend mit dem Finger auf ihre Freundin.

Da das gesamte Beweismaterial zerstört worden war – und Jade glaubte nicht an einen Zufall –, war diese Augenzeugin ihre letzte Hoffnung auf eine Anklage. Zwar konnte Donna Dee die eigentliche Tat nicht bezeugen, doch sie konnte Jades Behauptung, mit Gewalt in Neals Wagen festgehalten worden zu sein, untermauern. Das, in Verbindung mit der Aussage des Arztes, würde jeder Jury genug Anlaß zum Zweifel bieten.

Jade schlug mit ihren wunden Handflächen auf die Tischplatte und beugte sich zu Donna Dee vor. »Ich weiß, du willst Hutch in Schutz nehmen, aber er ist ein Vergewaltiger. Er hat mich vergewaltigt.« Sie betonte sorgfältig jedes einzelne Wort.

»So was würde Hutch niemals tun.«

»Er hat es aber getan!«

Donna Dee wich vor Jade zurück und sah Sheriff Jolly an. »Mehr weiß ich nicht. Kann ich jetzt gehen?«

»Donna Dee, tu mir das nicht an«, flehte Jade, als der Sheriff aufstand, um Donna Dee zur Tür zu begleiten. Sie griff nach dem Arm ihrer Freundin, doch Donna Dee schüttelte Jades Hand ab. »Hutch verdient es nicht, daß du ihn in

Schutz nimmst«, schrie Jade. »Er hat mich vergewaltigt! Um Himmels willen, Donna Dee, bitte sag ihnen die Wahrheit!«

Donna Dee fuhr herum, ihre Augen funkelten. »Die Wahrheit? Okay, ich werde ihnen die Wahrheit erzählen.« Sie wandte sich den anderen zu. »Vor ein paar Wochen hat Jade mir erzählt, daß sie keine Lust mehr hat, mit dem Sex bis zur Heirat zu warten. Sie hat gesagt, sie würde sich wünschen, sie könnte Gary endlich überreden.« Sie warf Jade einen vernichtenden Blick zu. »Ich schätze, gestern abend hast du endlich gekriegt, was du wolltest, stimmt's? Und gleich dreimal! Einmal von Neal, einmal von Lamar und einmal von... von Hutch.«

Jade öffnete den Mund, um etwas darauf zu antworten, doch was sie gehört hatte, war so unglaublich, daß ihr die Worte fehlten. Donna Dee warf ihr einen letzten haßerfüllten Blick zu, bevor sie die Tür öffnete und hinausstürmte.

Als das Knallen der Tür verhallt war, trat lähmende Stille ein. Neal ergriff als erster das Wort. »Ich hab's ja gesagt – sie war total scharf drauf.«

Der Sheriff warf ihm einen vielsagenden Blick zu, doch Jade war zu benommen, um es zu registrieren. »Neal«, sagte Fritz, »du kannst gehen. Ivan, warte draußen auf mich. Ich möchte noch kurz was mit dir besprechen, bevor du gehst.«

Ivan stand auf und legte Velta tröstend eine Hand auf die Schulter. »Ist schon 'ne echte Schande, was uns unsere Bälger da durchmachen lassen, was?« Dann folgte er Neal hinaus.

»Du hast noch immer die Möglichkeit, Anzeige zu erstatten, Jade.«

Es dauerte einen Moment, bis sich die Worte des Sheriffs

gesetzt hatten. Jade war noch immer wie betäubt von dem Verrat ihrer Freundin.

»Was?«

»Willst du noch immer gegen die Jungs Anzeige erstatten?«

»Ja.«

Fritz sah Velta und dann wieder Jade an. »Denk lieber noch mal drüber nach, bevor du die Formulare unterschreibst.«

»Da gibt es nichts nachzudenken«, erwiderte Jade. »Sie haben mich vergewaltigt. Und sie sollen dafür bezahlen.«

Donna Dees Verleumdung hatte sie beinahe ebenso verletzt wie die Vergewaltigung selbst. Deshalb schloß sie Donna Dee mit ein, als sie sich jetzt Rache schwor.

Sheriff Jolly seufzte müde und ging zur Tür. »In Ordnung. Geht jetzt nach Hause. Ich lasse den Papierkram vorbereiten und schicke ihn nachher rüber.«

Kapitel 5

Sheriff Jolly stürmte durchs Office. Es herrschte Hochbetrieb, seit die Tagschicht ihren Dienst aufgenommen hatte, doch jeder ging ihm aus dem Weg, so sehr stand ihm die schlechte Laune ins Gesicht geschrieben. Alle taten ungeheuer geschäftig und mieden seinen Blick, als er zu seinem Büro stapfte, wo Ivan Patchett auf ihn wartete.

Fritz betrat das Büro und schloß die Tür hinter sich. Ivan war dabei, einen Doughnut zu verschlingen. Er tunkte ihn in den Kaffee und schlang ein gutes Drittel mit einem Bissen runter. »Verdammt gute Doughnuts, Fritz.«

»Wie kannst du an einem Morgen wie heute an Doughnuts denken, Ivan?«

Fritz ließ sich in seinen Stuhl fallen. Er stützte die Ellenbogen auf den Tisch und fuhr sich mit den Fingern durch das volle wellige Haar. Auf der High-School hatte ihm einmal irgendein Klugscheißer »Hey, Rotschopf« nachgerufen – und es beinahe nicht überlebt. Seitdem hatte niemals wieder jemand gewagt, diesen Spitznamen auszusprechen.

Ivan Patchett jedoch zeigte sich weder von Fritz' Muskeln noch von seiner Position beeindruckt. Ein Zwinkern von Ivan, und Fritz war sein Amt los. Sie beide wußten das.

Von der Statur her war Ivan weit weniger beeindruckend als sein Gegenüber. Sein Haar lichtete sich, wenn auch noch nicht besonders stark. Er war durchschnittlich groß und schwer, nicht besonders muskulös, aber auch nicht schwächlich. Er kleidete sich weder besonders konservativ noch extravagant, eher leger.

Doch Ivans Durchschnittlichkeit hörte bei seinen Augen auf. In ihnen spiegelte sich das Wissen, daß er der unumstritten reichste und auch einflußreichste Mann der Gegend war, und daß er wie ein Diktator nach Belieben herrschen konnte, wenn er wollte. Seine Augen glänzten wie Eis und brannten wie Feuer. Dieses Feuer war eine Manifestation der Habgier, die ihn antrieb.

Ivan Patchett gefiel, wer und was er war, und er tat alles, um die absolute Kontrolle zu verteidigen, mit der er über sein Königreich herrschte. Er liebte es, gefürchtet zu sein, er liebte es sogar mehr als Sex, Glücksspiel oder Geld. Und er hatte seinen Sohn zu seinem Ebenbild erzogen.

Er leckte sich den Zuckerguß von den unberingten Fingern. Seiner Meinung nach trugen nur Tunten Schmuck. »Fritz, Fritz... ich muß dir leider sagen, daß mir gar nicht gefällt, was ich da sehe.«

»Ach, und was siehst du?«

»Deine Augenbrauen zucken. Und immer, wenn du dir wegen etwas Sorgen machst, zucken deine Brauen.«

»Na, das tut mir ja furchtbar leid, Ivan«, spottete Fritz, »aber du mußt schon entschuldigen, denn zufällig ist mein eigener Sohn gerade der Vergewaltigung beschuldigt worden...«

»Und? Die Anzeige kannst du doch in der Pfeife rauchen.«

»Kann ich das? Ich weiß nicht, ich habe ihr die Story beinah abgekauft. Jade ist nicht irgendeine kleine weiße Schlampe, die versucht, drei prominente Jungs in die Pfanne zu hauen. Warum sollte sie so etwas erfinden? Sie ist hübsch und clever und auf dem besten Weg, etwas aus sich zu machen. Was würde sie gewinnen, wenn sie Staub mit einer Geschichte aufwirbelt, die sich später als erfunden herausstellt?«

»Woher, zum Teufel, soll ich das wissen?« Ivan zeigte erste Anzeichen von Verärgerung. »Vielleicht steht sie gern im Mittelpunkt... was weiß ich. Oder sie hat sich mit ihrem Freund in der Wolle gehabt und wollte sich rächen.«

»Das glaubst du doch selber genausowenig wie ich, Ivan. Du weißt sehr gut, daß da mehr dran ist. Es war kein harmloser Scherz, der etwas außer Kontrolle geraten ist.« Fritz sah ihn eindringlich an. »Jemand drüben im Krankenhaus war dir wohl noch einen Gefallen schuldig, was? Und heute morgen hat er dir diesen Gefallen getan.«

Ivan zuckte nicht mit der Wimper. »Bist du sicher, daß du

eine Antwort auf diese Frage willst, Sheriff? Willst du's wirklich wissen?«

»Ich hasse die Vorstellung, daß mit polizeilichem Beweismaterial rumgepfuscht wird. Das find' ich wirklich zum Kotzen.«

Ivan lehnte sich vor. Seine Augen funkelten. »Willst du, daß Hutchs Name in Zusammenhang mit einer Vergewaltigung steht?«

»Verdammt, natürlich nicht.«

»Dann entspann dich.« Ivan ließ seine Worte wirken, dann lehnte er sich zurück und nahm einen weiteren Schluck Kaffee. »Ich werde mich drum kümmern. In ein, zwei Tagen ist der ganze Spuk vorbei.«

Fritz warf einen nervösen Blick zur Tür. »Dieses Mädel will aber Anzeige erstatten.«

»Sie wird's sich anders überlegen.«

»Und was, wenn nicht?«

»Sie wird.«

»Was, wenn nicht?« wiederholte Fritz. Er schrie beinah.

Ivan lachte leise. »Wenn sie die Anklage nicht fallen läßt, stellen wir sie einfach als herumhurende Lügnerin hin.«

Fritz spürte, wie langsam Übelkeit in ihm aufstieg. »Niemand würde das bei Jade glauben.«

»Wenn ich mit der fertig bin«, sagte Ivan mit einem gefährlichen Unterton, »werden Dutzende von Typen beschwören, daß sie mit ihnen gebumst hat, und die Leute werden jede kleine schmutzige Einzelheit davon gierig aufsaugen.«

Fritz war schlecht, und er mußte an die frische Luft. Er stand auf. »Entschuldige mich bitte, Ivan. Ich bin seit Mitternacht hier. Ich muß nach Hause, duschen, was essen.«

Ivan erhob sich ebenfalls. »Weißt du, was mich bei der ganzen Sache am meisten wundert? Daß der kleine Scheißer Lamar einen hochgekriegt hat. Ich hätte glatt Eintritt bezahlt, um das zu sehen.« Lachend schlug er Fritz auf die Schulter. Fritz mußte sich zusammenreißen, um die Hand nicht abzuschütteln. »Neal sagt, Hutch sei wie 'n verdammter Rammler zur Sache gegangen. Was hat dein Junge zu seiner Verteidigung vorzubringen?«

»Ich habe noch nicht mit ihm gesprochen. Ich habe Dora angerufen und ihr gesagt, sie soll ihn heute nicht zur Schule lassen. Darum will ich ja nach Hause. Ich will von Hutch persönlich hören, daß er das Mädchen nicht gezwungen hat.«

Ivan packte Fritz am Arm und zog ihn herum, obwohl Fritz ihn um einiges überragte. »Jetzt hörst du mir mal zu, *Sheriff*«, zischte er. »Es ist mir scheißegal, was Hutch dir erzählt oder nicht erzählt. Es wird keine Aussage geben – weder auf der Anklage- noch auf der Zeugenbank, nicht im Beichtstuhl einer Kirche und auch nicht sonst irgendwo. Hast du kapiert? Hast du das endlich gefressen?«

»Ivan, wenn sie aber schuldig sind...«

»Schuldig? Beim Arsch meiner Urgroßmutter... schuldig wegen was? Wegen Ficken? Seit wann ist es ein Verbrechen, wenn junge Burschen geil sind und ficken wollen? Das Mädchen hat doch hinterher nur Schiß gekriegt.« Er zuckte mit den Achseln. »Kann man ja verstehen. Unsere Jungs sind wahrscheinlich nicht gerade zart mit ihr umgesprungen. Aber es ist ihr nichts passiert. Wenn unsere Jungs in den Knast wandern, ist ihr Leben ruiniert.«

Er kam mit dem Gesicht ganz nahe an Fritz heran. »Mein Junge wird wegen einem Stück wackelnden Arsches keinen verdammten Tag im Knast verbringen. Es ist mir egal, ob Hutch das Gewissen schlägt oder wie sehr du dich in deiner *Moral* getroffen fühlst. Du wirst diesen kleinen Zwischenfall vergessen, Fritz. Und zwar *jetzt.*«

Ivan ließ ihn los und wich zurück. Er fuhr sich mit den Fingern durchs pomadige Haar und rollte die Schultern, um sie zu entspannen. Dann öffnete er mit einem breiten Grinsen die Tür und schlenderte raus ins Office.

Fritz schaute ihm nach. Er haßte Ivan für seine Selbstsicherheit, er verachtete ihn für seinen Mangel an Moral – und er bewunderte seine unendliche Dreistigkeit. Fritz bellte einen Namen. Augenblicklich meldete sich ein Officer zur Stelle.

»Ja, Sir?«

»Wenn Sie diese Anzeige hier fertig getippt haben, fahren Sie rüber zu den Sperrys. Geben Sie sie dort ab«, ordnete Fritz an. Dann setzte er seine grimmigste Miene auf und sah dem Officer in die Augen. »Und danach vergessen Sie das Ganze. Wenn mir jemals zu Ohren kommen sollte, daß Sie etwas über diese Anzeige ausgeplaudert haben, werden Sie es bitter bereuen – und zwar bis ans Ende Ihrer Tage.«

Der Untergebene schluckte.

Fritz nickte; er wußte, daß seine Warnung angekommen war. »Wenn jemand nach mir fragt, ich bin in einer Stunde zurück.«

Fritz brauchte nur fünf Minuten bis zu seinem Haus. Er wohnte wenige Blöcke vom Revier entfernt in Palmettos Innenstadt, in der das höchste Gebäude, die Citizen First National Bank, ganze sechs Stockwerke hatte. Die Stadt selber zählte zehntausend Einwohner, doch ungefähr zehnmal soviel lebten im Umland.

Die Jollys wohnten in einem netten Viertel. Fritz und Dora hatten als Frischvermählte das geräumige Haus gekauft, weil sie Kinder gewollt hatten. Unglücklicherweise bekam Dora kurz nach Hutchs Geburt einen Tumor in den Eierstöcken und mußte sich einer Totaloperation unterziehen. Danach richtete sie sich in einem der vielen Kinderzimmer einen Nähraum ein, ein anderes diente Hutch und Fritz als Stauraum für Angel- und Jagdausrüstungen.

Dora war in der Küche und wusch das Geschirr ab, als Fritz durch die Hintertür hereinkam. Er legte seine Weste ab. »Hallo. Ist der Kaffee noch frisch?«

Dora Jolly war eine große, schlanke Frau. Bei ihrer Heirat war sie ein lebensfrohes Mädchen gewesen, doch ihre Fröhlichkeit war nach der Operation der Verbitterung und der Resignation gewichen. Sie war eine gute Hausfrau, aber schon lange nicht mehr das liebenswerte, lustige Mädchen, das Fritz einmal gekannt hatte.

Sie wischte sich die nassen Hände an einem Handtuch ab. »Was geht hier eigentlich vor, Fritz? Warum bist du mitten in der Nacht ins Gericht gerufen worden? Warum sollte Hutch heute nicht zur Schule?«

Fritz schenkte sich Kaffee ein. »Wo steckt er?«

»Oben auf seinem Zimmer. Er benimmt sich genauso merkwürdig wie du. Ich habe ihm Frühstück gemacht, aber er hat kaum was angerührt. Irgend etwas ist doch mit euch beiden los. Ich will wissen, was es ist.«

»Nein, das willst du nicht, Dora. Glaub mir – das willst du nicht. Frag nicht weiter.«

Er stellte seine Tasse auf die Spüle und ging aus der Küche. Die Tür zu Hutchs Zimmer im zweiten Stock war geschlossen. Fritz klopfte einmal kräftig und ging dann hinein.

Hutch war angezogen. Er saß auf seinem ungemachten Bett, den Rücken ans Regal gelehnt, und starrte düster ins Leere. Unter seinen Sommersprossen wirkte er noch blasser als sonst. Letzte Nacht hatte er behauptet, daß der lange Kratzer auf seiner Wange von einem Ast stammte. Jetzt, da Fritz es besser wußte, drehte sich ihm beim Anblick der Schramme der Magen um.

Hutch beäugte seinen Vater mißtrauisch, als dieser näher kam und sich auf die Bettkante setzte.

»Deine Mutter hat gesagt, du hast dein Frühstück kaum angerührt.«

»Stimmt, Sir.«

»Bist du krank?«

Hutch nestelte am Saum der Überdecke und zuckte stumm mit den Schultern. Fritz hatte schon zu viele Verdächtige verhört, um Schuld nicht zu erkennen, wenn er ihr begegnete. Seine Magenschmerzen wurden schlimmer.

»Nun, Junge, was ist dann los mit dir?«

»Nichts.«

»Warum hörst du nicht auf mit dem Versteckspiel und erzählst mir davon?« fragte Fritz streng.

»Wovon?«

Fritz verlor die Geduld. »Ich muß mich stark zusammenreißen, um dir nicht die Scheiße aus dem Leib zu prügeln. Besser, du machst jetzt den Mund auf. Erspar dir die Schläge. Ich hoffe, daß du sie nicht verdient hast.«

Hutchs Widerstand brach. Er fing unkontrolliert an zu schlucken. Seine breiten Schultern bebten. Es sah aus, als würde er entweder in Tränen ausbrechen oder sich übergeben müssen. Schließlich stotterte er: »Ich schätze, du weißt von der Sache mit Jade.«

»Ich weiß, daß sie gestern abend um elf Uhr dreißig im Krankenhaus ankam.«

»Um halb zwölf?« rief Hutch.

»Sie sagt, ein nicht identifizierter Schwarzer hätte sie in seinem Pickup aufgelesen und dorthin gebracht. Sie sagt, daß ihr sie vergewaltigt habt, du, Lamar und Neal.«

Hutch zog die Knie an, legte die Ellenbogen darauf und preßte die Handflächen gegen die Augen. »Ich weiß nicht, was in mich gefahren ist, Daddy. Ich schwör's bei Gott, ich weiß nicht, was ich tat, bis es vorbei war.«

Fritz fühlte sich, als würde sich ein Zentner Beton auf seine Brust senken. Der letzte Funken Hoffnung, daß das Mädchen gelogen haben könnte, erlosch. Müde rieb er sich das Gesicht. »Du hast sie vergewaltigt?«

»Ich wollte es nicht«, schluchzte Hutch. »Irgendwie ist es über mich gekommen, über uns alle. Es war, als würde ich danebenstehen und mir selber dabei zusehen. Ich konnte nicht glauben, daß ich es tat, aber ich konnte auch nicht aufhören.«

Dann ließ sich Fritz die ganze Geschichte von Hutch erzählen. Jedes einzelne Wort traf ihn wie eine Speerspitze. Hutchs Version stimmte nahezu wörtlich mit Jades überein.

»Und ihr habt sie einfach dagelassen?« fragte Fritz, als Hutch fertig war.

»Was hätten wir denn machen sollen? Neal hat gesagt...«

»Neal hat gesagt«, polterte Fritz. »Fällt dir nichts besseres ein als ›Neal hat gesagt‹? Hast du keinen eigenen Grips im Kopf? Neal sagt ›Laßt uns die kleine Sperry vergewaltigen‹, und schon holst du deinen Schwanz raus. Wenn Neal gesagt hätte ›Schneid dir die Eier ab und friß sie auf!‹ – hättest du das auch gemacht?«

»Und? Mit dir und Ivan ist es doch auch nicht anders, oder?«

Fritz setzte zu einem Schlag an. Er hatte schon die Hand erhoben, zog sie dann jedoch wieder zurück. Die Wahrheit in Hutchs Worten hielt ihn davon ab. Wen hätte er geschlagen? Hutch – oder sich selbst und sein schlechtes Gewissen? Niedergeschlagen ließ er den Kopf sinken.

Nach einer Weile sagte Hutch: »Tut mir leid, Daddy. Ich hab's nicht so gemeint.«

»Schon gut, mein Sohn. Wir sollten uns heute morgen die Wahrheit sagen, egal, wie häßlich sie auch sein mag.«

»Hast du Mom von... von Jade erzählt?« Fritz schüttelte den Kopf. »Muß ich jetzt ins Gefängnis?«

»Nicht, wenn ich es verhindern kann. Ich will nicht, daß dir ein Knastbruder das antut, was du und deine Freunde gestern abend Jade angetan habt.«

Hutchs großes, männliches Gesicht nahm die Züge eines Babys an. Er fing laut und kehlig an zu schluchzen. Mitleidig nahm Fritz ihn in die Arme und klopfte ihm auf den Rükken.

»Ich wollte es nicht, Daddy. Ich schwör's. Es tut mir leid.«

Fritz glaubte ihm. Er vermutete sogar, daß Hutch insgeheim in Jade verliebt war und daß ihr wehzutun das Letzte war, was er wollte. Sein Sohn hatte in seinem ganzen Leben noch nichts wirklich Schlechtes getan. Geschweige denn eine Gewalttat begangen. Aber er war mit Neal zusammen gewesen. Neal war der Anführer gewesen. Er war es immer. Fritz hatte eine Situation wie diese schon lange kommen sehen. Nur hatte er nicht geahnt, welche Ausmaße es annehmen würde. Er hätte nie geglaubt, daß die Folgen so verheerend sein könnten.

Neals Seele war gespalten. Ivan hatte ihm eingehämmert, daß er etwas Besonderes war, und der Junge hatte irgendwann angefangen, es zu glauben. Er kannte keine Skrupel. Er nahm sich einfach, was er wollte, und mußte sich für seine Handlungen nie rechtfertigen. Die Folge war, daß Neal glaubte, daß Gesetze nur für alle anderen Menschen und nicht für ihn galten.

Es wunderte Fritz kaum, daß Neal sich gerade Hutch und Lamar als seine Freunde ausgesucht hatte. Zum einen waren sie die einzigen Jungs in der Klasse, die ihn ertragen konnten. Zum anderen waren sie formbare Charaktere. Nie muckten sie auf, immer taten sie, was Neal von ihnen verlangte. Sie fürchteten ihn mehr als alle anderen Autoritätspersonen, ihre Eltern eingeschlossen. Neal schmeichelte ihrem Ego und nutzte gerissen ihre Unsicherheiten aus, so daß sie ihm absoluten Gehorsam und hundertprozentige Loyalität entgegenbrachten.

Fritz wußte, daß Ivan den Fall in der Versenkung verschwinden lassen konnte. Er hatte seine schmutzigen Machenschaften schon zu oft beobachtet, um daran zu zweifeln. Selbst wenn dieser Fall zur Verhandlung kommen sollte – was höchst unwahrscheinlich war –, die Jungs würden in Palmetto niemals verurteilt werden. Viele der Geschworenen würden Angestellte von Patchett sein, und die anderen würde Ivan einfach bestechen. Jades Ruf würde in aller Öffentlichkeit vernichtet werden. Nein, Hutch würde nicht ins Gefängnis kommen. Aber ein Fehltritt dieses Kalibers ließ sich nicht einfach wie ein Kreidestrich wegwischen. Fritz war religiös genug, um die Hölle zu fürchten. Aber er bezweifelte, daß man erst sterben mußte, um in die Hölle zu kommen. Ein Sünder konnte sie schon auf Erden erleben.

»Ich schätze, es wird dir noch viel mehr leid tun, bevor das alles vorbei ist, Junge. Ich möchte nicht in deiner Haut stekken.«

Fritz war sich bewußt, daß er moralisch falsch handelte, was seinen Sohn betraf. Außerdem tat er diesem Mädchen furchtbar unrecht. Die Alternative war jedoch, Hutchs Leben wegen eines dummen Fehlers zerstört zu sehen. Konnte das irgend jemand von einem Vater erwarten? Nein, das war zuviel verlangt. Fritz konnte nur hoffen, daß er nicht den Tag erleben würde, wenn Hutch Rechenschaft ablegen mußte.

»Du hältst deinen Mund«, befahl er seinem Sohn. »Sprich mit niemandem über die Sache. Je weniger davon wissen, desto besser. Ivan und ich werden uns drum kümmern.«

* * *

Es war kühl und feucht im Haus, trotz der vagen Sonnenstrahlen, die durch die hohe, dünne Wolkendecke brachen. Jade drehte den Thermostaten auf. Die warme Luft, die aus der Heizung strömte, roch nach verbranntem Staub.

Jade ging den Korridor entlang zu ihrem Zimmer. An der Türschwelle zum Wohnzimmer hielt sie inne und warf einen Blick hinein. Nichts hatte sich hier in den letzten vierundzwanzig Stunden verändert. Nichts, außer ihr selbst. Unwiderruflich.

Das Bewußtsein ihres Verlustes traf sie ein weiteres Mal wie eine Flutwelle. Dieses Gefühl der Bestürzung wurde ihr langsam vertraut, und doch war es noch so frisch, daß es sie jedesmal mit enormer Wucht niederschmetterte. Sie würde lernen müssen, sich dagegen zu wappnen, damit umzugehen.

»Jade, kann ich dir irgend etwas bringen? Kakao? Etwas zu essen?«

Sie drehte sich um und sah ihre Mutter an. Velta wirkte gefaßt, doch ihre Augen waren leer. Lediglich der Form halber gab sie sich fürsorglich. Jade sehnte sich nach ihrem Vater und danach, auf seinem Schoß zu sitzen und sich von ihm in dem alten, knarrenden Schaukelstuhl wiegen zu lassen. *Du darfst niemals Angst haben.*

»Nein danke, Mama. Ich werde mir später etwas holen, wenn ich gebadet und mir etwas anderes angezogen habe.«

»Ich finde, wir sollten darüber sprechen.«

»Findest du?«

»Werd nicht frech, Jade.« Velta wich eingeschnappt zurück. »Ich bin in der Küche, wenn du mich suchst.« Sie machte auf dem Absatz kehrt und stolzierte davon.

Jade schloß die Tür hinter sich und streifte den OP-Kittel ab. Dabei sah sie kurz ihr Bild im Spiegel des Schminktisches. Sie wollte ihren nackten Körper vor dem eigenen Blick schützen und wickelte sich hastig ein Tuch um.

Sie ging ins Badezimmer, ließ heißes Wasser in die Wanne, tauchte bis zum Kinn unter und steckte dann auch den Kopf unter Wasser. Sie spielte mit dem Gedanken, einen tiefen Atemzug zu nehmen, ihre Lungen mit dem heißen Wasser zu füllen und einfach ihrem Leben ein Ende zu setzen.

Aber das konnte sie natürlich nicht. Es war nicht Mut, der ihr zum Selbstmord fehlte, sondern Frieden. Sie würde so lange keinen Frieden mehr finden, bis ihr Gerechtigkeit widerfahren war. Als sie dies erkannte, wußte sie, was sie zu tun hatte.

Als Jade aus ihrem Zimmer kam, wartete Velta bereits in

der Küche auf sie. Sie saß an dem kleinen quadratischen Tisch und rührte in ihrem Becher mit Instantkaffee. Jade goß sich ein Glas Milch ein und setzte sich zu ihr.

»Das hat eben ein Hilfssheriff vorbeigebracht. Er sagte, du sollst es dir durchlesen, bevor du es zum Gericht zurückschickst.«

Jade starrte auf den großen weißen Umschlag auf dem Tisch, sagte aber nichts.

»Ich weiß nicht, wie du da reingeraten konntest, Jade«, begann Velta. »Ich weiß es wirklich nicht.«

Jade nahm einen Schluck von der Milch.

»Aber du solltest etwas, das schon schlimm genug ist, nicht noch schlimmer machen, indem du die drei Jungs wegen Vergewaltigung anzeigst.« Velta zog ein Papiertuch aus dem Spender und wischte den Kaffee vom Tisch.

Jade fixierte das Glas Milch, das vor ihr stand und ließ die Worte ihrer Mutter wie Wasser an einem glatten Stein abperlen. Sie konnte diese Situation nur überleben, indem sie sich auf eine Zukunft konzentrierte, in der die Dinge anders aussahen.

»Kannst du dir vorstellen, welche Folgen eine Verhandlung für uns hätte?« Velta rieb sich die Arme. »Diese Sache wird dir dein ganzes Leben lang nachhängen. Die Leute werden vergessen, daß dein Daddy eine Tapferkeitsmedaille bekommen hat. Jedesmal, wenn dein Name fällt, wird es im Zusammenhang mit diesem unglücklichen Zwischenfall sein.«

Die beschwörenden Worte ihrer Mutter rissen Jade aus ihrer Konzentration. Sie schloß die Augen und ließ den Kopf in den Nacken fallen. Mit großer Anstrengung hielt sie die Antworten zurück, die ihr auf der Zunge brannten.

»Jade, der Sheriff hatte ganz recht. Ich glaube, er hat nur dein Bestes gewollt. Wirklich. Wenn die Sache bekannt wird, werden wir alle darunter zu leiden haben. Ivan wird mir kündigen. Er wird nicht zulassen, daß ich weiterhin für ihn arbeite, wenn unsere Kinder sich vor Gericht gegenüberstehen. Was soll ich denn nur tun, wenn ich meinen Job verliere?«

Velta hielt inne, um Atem zu schöpfen und einen Schluck Kaffee zu nehmen.

»Nur ihr vier wißt wirklich, was dort draußen geschehen ist. Diese Jungs werden eine völlig andere Geschichte erzählen, Jade. Ihre Aussage wird gegen deine stehen. Drei gegen einen. Was meinst du, wem die Leute glauben werden? Sie werden sagen, daß du es nicht anders wolltest, als du in Neals Wagen gestiegen bist.

Ein Vergewaltigungsopfer kriegt immer die Schuld. Das mag falsch sein, aber so ist es eben. Die Leute werden sagen, du bist hübsch und hast es drauf ankommen lassen. Sie werden sagen, du hast den Jungs so lange den Kopf verdreht, bis sie ihn verloren haben.

Leute, die dich bisher für ein nettes Mädchen, eine gute Schülerin, eine gute Christin gehalten haben, werden dich in ganz neuem Licht sehen. Manche verbreiten vielleicht sogar Lügen über dich, um sich selbst interessant zu machen. Es wird nicht lange dauern, und wir werden nicht mehr erhobenen Kopfes durch die Stadt gehen können.«

Velta seufzte. »Die Hoffnung, daß du einmal eine gute Partie machst, ist sowieso dahin. Hättest du nur daran gedacht, bevor du herumgeflirtet hast!«

Jade stand auf, ging zur Spüle und schüttete den Rest ihrer Milch in den Ausguß. Dann drehte sie sich um und sah ihrer Mutter in die Augen. »Ich habe es mir anders überlegt, Mama. Ich werde keine Anzeige erstatten.«

Veltas Mund klappte auf, dann lächelte sie zum erstenmal. »Oh, Jade, ich…«

»Warte, Mama, bevor du irgendwas sagst, will ich dir erklären, warum ich es nicht tun werde. Ich habe meine Meinung nicht wegen deiner oder Sheriff Jollys Ratschläge geändert. Und es ist mir absolut egal, ob Ivan Patchett dich noch heute rausschmeißt oder nicht. Ehrlich gesagt, würde ich mir wünschen, daß er es tut, wenn du nicht selber soviel Anstand hast, hinzugehen und zu kündigen. Ich hasse den Gedanken, von seinem Geld abhängig zu sein.

Mir ist auch egal, ob ein Verfahren meinem oder deinem Ruf schaden könnte. Es ist mir egal, was die Leute denken. Jeder, der glaubt, daß ich derart böswillig lügen könnte, ist bei mir sowieso unten durch.

Der einzige Grund für meinen Rückzug ist Gary. Unsere Beziehung würde in aller Öffentlichkeit breitgetreten werden. Wildfremde Leute würden darüber diskutieren, wie eng wir zusammen waren. Ich ertrage den Gedanken nicht, daß etwas so Reines und Klares wie unsere Liebe zu etwas Häßlichem und Schmutzigem gemacht werden würde.

Ich liebe ihn zu sehr, als daß ich ihm das zumuten könnte. Kannst du dir vorstellen, wie er sich fühlen wird, wenn er erfährt, daß drei Jungs sich… sich in mir entleert haben?« Tränen rannen ihr über die Wangen. Ein Riß schien sich in ihrer Brust zu öffnen, und Jade stöhnte leise auf. »Nein, Mama. Du kannst dir nicht vorstellen, was das für Gary bedeuten würde, aber ich kann es. Er würde sie umbringen wollen. Er würde es wahrscheinlich wirklich versuchen und damit seine ganze Zukunft aufs Spiel setzen.

Ein cleverer Verteidiger – und Ivan kann sich die Besten leisten – könnte Gary als Zeugen vorladen lassen. Dann müßte er entweder intime Details über uns verraten oder einen Meineid leisten. Dazu werde ich es nicht kommen lassen.« Entschlossen wischte sie sich die Tränen von den Wangen. »Und außerdem ist mir klargeworden, daß eine Verhandlung doch nur das Unvermeidliche hinauszögern würde.«

»Was meinst du damit?« fragte Velta.

»*Ich* bin diejenige, die dafür sorgen muß, daß sie büßen. Eines Tages werde ich meine Entschädigung bekommen.« Augenblicklich hörte sie auf zu weinen. »Warum sollte ich vor Gericht gehen, wenn sie sowieso schon jetzt so gut wie freigesprochen sind? Warum sollte ich es Gary zumuten? Er wird verletzt genug sein, wenn ich mich von ihm trenne. Und das muß ich tun, um ihn zu schützen...«, fügte sie leise hinzu. »Ach übrigens, Mama, wir haben die Stipendien bekommen. Die Nachricht kam gestern. Ich war auf dem Weg zu Gary, um es ihm zu sagen, als Donna Dee und ich liegenblieben.« Ihre Trauer war zu überwältigend und lähmend. Jade brach über der Spüle zusammen.

Velta erhob sich von ihrem Stuhl und ordnete sich verlegen das Haar. »Nun, welche Gründe du auch immer haben magst, es freut mich zu hören, daß du in die Zukunft schaust. Das Beste, was du tun kannst ist, die ganze Sache so schnell wie möglich zu vergessen.«

Jades Kopf schnellte hoch. Tief in ihren blauen Augen glühte eine gefährliche Energie. Ihr Körper war gestrafft und bebte, obwohl sie ganz still dastand, und ihre Stimme klang ruhig und überlegt, als sie sagte: »Ich werde es niemals vergessen.«

Lamars Hemd war naßgeschwitzt. Er war unruhig und machte sich Sorgen.

Neal und Hutch waren nicht zur Schule gekommen. Schon deshalb fühlte er sich unsicher. Er hatte darüber nachgedacht, zu Hause zu bleiben, aber dann hätte er sich eine Ausrede für seine Mutter einfallen lassen müssen. Er ging Myrajane aus dem Weg, wo es nur möglich war, und ganz besonders, wenn er etwas zu verbergen hatte. Sie konnte eine Lüge auf eine Entfernung von zwanzig Metern riechen.

Auf der morgendlichen Vollversammlung hatte der Direktor, Mr. Patterson, vor der gesamten Schülerschaft verkündet, daß Jade Sperry und Gary Parker ein Vollstipendium erhalten hatten. Alle hatten applaudiert.

»Ich weiß, daß ihr diesen beiden herausragenden Schülern eure Glückwünsche aussprechen möchtet«, hatte der Direktor über Lautsprecher gesagt. »Aber leider fehlt Jade heute. Denkt daran, ihr zu gratulieren, wenn sie wieder in der Schule ist.«

Als Lamar hörte, daß Jade fehlte, brach ihm der Schweiß aus. In der Pause lief er auf dem Flur Gary Parker über den Weg, doch er tat, als hätte er ihn nicht gesehen, damit er nicht mit ihm sprechen mußte. Würde er Gary jemals wieder in die Augen sehen können nach dem, was er seiner Freundin angetan hatte?

Gestern abend noch war Lamar insgeheim stolz auf seine sexuelle Leistung gewesen, doch im kalten Tageslicht erinnerte er sich daran, daß dieser Erfolg auf Jades Kosten gegangen war.

Als Lamar sah, wie Gary voller Stolz die Glückwünsche seiner Mitschüler entgegennahm, wurde er von Schuldgefühlen überwältigt. Voller Scham und Ekel zog er den Kopf ein, rannte auf die nächste Jungentoilette und übergab sich.

Die vierte Stunde hatte er zusammen mit Donna Dee Monroe. Er war erleichtert, als er sie an ihrem Pult sitzen sah, doch dieses Gefühl sollte nicht lange währen. Als sie ihn ansah, drehte sich ihm erneut der Magen um.

Sie wußte es.

Er konnte es an dem forschenden Blick erkennen, den sie ihm zuwarf. Irgendwie mußte sie herausgefunden haben, was geschehen war, nachdem sie auf dem Highway zurückgelassen worden war. Ihr Blick war vernichtender als die endlosen Tiraden seiner Mutter, die er wegen seiner Mängel über sich ergehen lassen mußte. Lamar fühlte sich durchschaut und entblößt. Am liebsten hätte er sich irgendwo verkrochen. Statt dessen mußte er fünfundvierzig Minuten Englischunterricht über sich ergehen lassen. Es waren quälend lange Minuten.

Wer hatte es Donna Dee gesagt? Vermutlich Jade. Aber wann? Und wie? Als er Jade das letzte Mal gesehen hatte, hatte sie zusammengekrümmt, mit angezogenen Knien im Schlamm gelegen. Er erinnerte sich, daß er gedacht hatte, das Beste wäre, sie würde einfach sterben. Dann würde es keinen Zeugen geben. Seine Mutter würde es nie herausfinden.

Natürlich hatte Lamar diesen Gedanken ganz schnell wieder fallengelassen, so schnell, daß Gott ihn nicht hören konnte, um ihn zu strafen.

Offensichtlich war Jade doch nicht so schwer verletzt, wie sie ausgesehen hatte. Aber wie war sie in die Stadt zurückgekommen? Hatte sie irgend jemandem erzählt, was am Kanal geschehen war? Anscheinend ja, woher sollte es Donna

Dee sonst wissen? O Gott... wenn Donna Dee es wußte, würden es bald auch andere erfahren. Seine Mutter. Es würde ein Nachspiel haben, egal, wie vehement Neal das bestritt. Es mußte so kommen.

Wahrscheinlich wußte es Sheriff Jolly auch schon. Und der war ein integrer Mann, er würde nach Recht und Gewissen handeln, auch wenn sein eigener Sohn beteiligt gewesen war. Jeden Moment konnte ein Polizist durch die Tür stürmen und ihn, Lamar Griffith, im Klassenzimmer verhaften.

Das Blut wich ihm so schnell aus dem Gesicht, daß er den Kopf auf den Tisch legen mußte, um nicht ohnmächtig zu werden. Seine Haut fühlte sich klamm an. Ihm war übel.

Lamar spielte ernsthaft mit dem Gedanken, aus dem Klassenzimmer zu stürmen, in die Stadt zu rennen und sich dem Staatsanwalt auszuliefern. Lieber seine Freunde verraten und sich der Gegenseite stellen, lieber Ivan Patchett auf ewig zum Feind haben, lieber mit Zuhältern, Dieben und Serienmördern eingesperrt sein, als den Zorn seiner Mutter zu spüren.

Lamar schreckte aus seinen Fluchtplänen hoch. Während die anderen Schüler Alexander Pope lasen, ging Donna Dee zum Lehrerpult und bat flüsternd um die Erlaubnis, ins Krankenzimmer gehen zu dürfen.

»Was fehlt dir denn?« fragte die Lehrerin.

»Mir geht's nicht so gut. Sie wissen schon...« Sie sah die Lehrerin mit dem Blick an, den Frauen austauschen, um zu sagen, daß sie ihre Periode haben.

»Natürlich, Liebes. Geh ruhig nach Hause und leg dich mit einer Wärmflasche ins Bett.«

Verstohlen beobachtete Lamar Donna Dees Abgang. Als sie die Tür hinter sich zuzog, sah sie ihm direkt in die Augen, doch er wußte ihre stille Botschaft nicht ganz zu deuten. Es kam ihm vor, als habe sie ihn anweisen wollen, den Mund zu halten.

Als die Schule endlich aus war, trugen ihn seine wackeligen Knie kaum bis zum Auto. Weil er nicht wußte, was er sonst tun sollte, um eine Antwort auf seine Fragen zu bekommen, fuhr er zu Neal.

Das Patchett-Haus lag auf einem erhöhten Grundstück. Ein Schotterweg führte vom Highway durch dichten Wald dorthin. Der gepflegte Rasen, der das Anwesen umgab, hatte die Ausmaße eines Fußballfeldes.

Das zweigeschossige Ziegelsteingebäude war beeindrukkend, obwohl Myrajane oft verächtlich sagte: »Der alte Rufus Patchett hat keinen Funken Geschmack besessen. Er mußte unbedingt acht Säulen für die Veranda haben, sechs hätten es auch getan. Aber Rufus wollte deinen Daddy ja mit seinem Haus übertrumpfen. Diese Protzerei ist so billig ...«

Doch seit kurzem widersprach sie sich des öfteren selbst, indem sie sagte: »Es ist eine Schande, daß Ivan das schöne Haus so verfallen läßt. Da fehlt eben die Frau im Haushalt. Er hätte längst wieder heiraten sollen. Diese Eula taugt doch überhaupt nicht als Haushälterin. Sie ist faul und schlampig.«

Lamar war dann schlau genug, den Mund zu halten und nicht zu fragen, woher seine Mutter diese Informationen hatte. Denn soweit er wußte, hatte Myrajane niemals einen Fuß in das Patchett-Haus gesetzt. Sie hatte ihn, Lamar, zwar oft dort abgesetzt, war aber nie hereingebeten worden.

Ivans Vater Rufus hatte ein Vermögen mit Baumwolle gemacht. Er war ein cleverer Mann und reagierte schnell, als der Baumwollmarkt zusammenbrach. Während sich seine

Konkurrenten mit Händlern herumschlugen und um jeden Penny kämpften, stellte er den Anbau auf Sojabohnen um. Die meisten Baumwollpflanzer verloren alles, wie Myrajanes Familie auch. Sie mußten ihre Parzellen für Centbeträge an Rufus verkaufen.

Rufus riß gierig rechts und links alles Land an sich. Er ignorierte den Spott der anderen und pflanzte stur weiter Soja an. Später baute er eine Fabrik, um die Nebenprodukte selbst herzustellen. Als Rufus starb, erbte Ivan das Land, die Fabrik und die Macht, die damit einherging. Und eines Tages würde Neal dies alles erben. Und danach Neals Sohn.

Lamar war nicht eifersüchtig auf seinen Freund, eher erleichtert, daß er selbst keine derartige Verantwortung trug. Er war mit dem halsstarrigen Familienstolz der Cowans groß geworden und fand diese Haltung dumm und destruktiv. Was hatte es den Cowans genutzt? Die Familie bestand nur noch aus ein oder zwei entfernten Cousins und Myrajane selbst, die habgierig, verbittert und besitzergreifend war. Sie hatte Lamars Vater, den er noch immer vermißte, das Leben zur Hölle gemacht. Vielleicht wären sie alle glücklicher geworden, wenn sie schon immer arm gewesen wären.

Als Lamar um die Ecke bog, sah er, daß er nicht der einzige Gast war. Hutchs Wagen stand bereits in der Auffahrt.

Eula öffnete ihm die Tür. Lamar trat sich gewissenhaft die Füße ab, bevor er die Marmorhalle betrat. »Hi, Eula. Ist Neal da?«

»Er ist oben auf seinem Zimmer, mit Hutch.«

Lamar lief die Stufen in den zweiten Stock hoch und öffnete die zweite Tür rechts hinter der Galerie. Neal saß auf dem Boden und lehnte sich mit dem Rücken gegen das Bett.

Hutch lag in einem Sessel. Neal sah erstaunlicherweise aus wie immer. Hutchs Sommersprossen hingegen schienen über Nacht dunkler geworden zu sein. Oder war die Haut darunter nur außergewöhnlich blaß? Der Kratzer auf seiner Wange stach besonders hervor.

»Hi«, sagte Neal. »Komm rein, Bierchen gefällig?«

»Nein, danke.«

Hutch sagte nichts. Sie tauschten kurze Blicke aus, doch Lamar fand es schwer, seinen Freunden in die Augen zu schauen, jetzt, da sie ein so schlimmes Geheimnis teilten. Offensichtlich ging es Hutch nicht anders.

Neal dagegen schien unverändert. »Wie war's heute in der Schule, Lamar?«

»Schätze okay.«

»Irgendwas Besonderes gewesen?« Er nahm einen Schluck aus der Dose.

»Nein.« Nach einer kurzen Pause fügte er hinzu: »Mr. Patterson hat bekanntgegeben, daß Gary und... und Jade das Stipendium gekriegt haben.« Er warf Hutch einen flüchtigen Blick zu. Hutch war noch blasser als vorher.

»Was du nicht sagst...« frotzelte Neal. »Ist das nicht schön für die beiden?«

Hutch stand auf, ging zum Fenster hinüber und fluchte dabei vor sich hin. Neal nahm einen Schluck Bier und beobachtete Hutch. »Was steckt dir denn quer im Arsch? Freust du dich etwa nicht, daß sie die Stipendien gekriegt haben?« Er grinste.

Wütend drehte Hutch sich um. »Wollen wir nicht wenigstens darüber reden? Willst du wirklich weitermachen, als sei nichts passiert?«

Lamar war froh, daß Hutch das Thema aufgebracht hatte

und daß er endlich mit jemandem darüber reden konnte. »Mann, eh. Ich hatte vielleicht 'ne Scheißangst den ganzen Tag.«

»Angst? Wovor denn?« fragte Neal verächtlich.

»Na ja, vor dem Ärger, was glaubst du denn?«

Neal setzte sich auf und schüttelte den Kopf, als würde er Lamars Bedenken überhaupt nicht verstehen. »Was hab' ich euch gestern abend gesagt? Wir werden keinen Ärger kriegen. Hörst du mir etwa nicht zu, wenn ich dir was sage, Lamar? Wir haben nichts Schlimmes getan.«

Lamar sah Hutch an. Der war sich offensichtlich nicht ganz so sicher wie Neal, aber er würde nichts sagen, um nicht vor Neal als Feigling dazustehen. Lamar war auf sich allein gestellt.

Er nahm seinen ganzen verbliebenen Mut zusammen und sagte: »Manche Leute könnten das aber vielleicht ganz anders sehen, Neal.«

»Welche Leute?«

»Leute, die davon hören.«

»Und wer sollte es ihnen erzählen? Jade vielleicht?« Er schnaubte. »Wohl kaum.«

Hutch sagte: »Sie hat es aber meinem Daddy gesagt.«

»Sie hat's deinem Daddy gesagt?« Lamars Stimme überschlug sich fast. Seine Knie gaben nach, und er sackte mit einem dumpfen Geräusch zu Boden. »Und was hat er gemacht?«

»Einen Scheißdreck hat er gemacht!« Neal, offensichtlich wütend, stand auf und riß sich eine weitere Dose Bier aus dem Sechserpack. Als er sie öffnete, lief ihm der Schaum über die Finger. Er schüttelte die Hand und sagte: »Ihr beide geht mir ganz schön auf die Eier, wißt ihr das? Wenn ihr euch weiter benehmt, als würdet ihr Schuld haben, findet ihr bestimmt noch jemanden, der auch das glaubt.«

»Vielleicht sind wir ja schuldig.« Neals Blick schoß zu Lamar. Lamar fühlte sich wie ein Insekt, das aufgespießt wird, doch er mußte sich einfach Luft machen. »Egal, was du denkst, Neal, ich glaube nicht, daß Jade wollte... daß sie wollte, daß wir es tun.«

»Bist du bekloppt?« Die Worte schossen heraus, als hätte Hutch einen inneren Druck nicht mehr ertragen. »Natürlich wollte sie nicht, daß wir es tun, du Idiot. Sie hat sich wie der Teufel gewehrt. Wir haben sie vergewaltigt. So einfach ist das.«

»O Gott.« Lamar rollte zur Seite. Er hatte Bauchweh. Er hatte Angst, er könnte sich naßmachen. Er hatte Angst, er könnte sich übergeben. Aber was machte es schon aus, wenn er sich blamierte? Er würde sowieso in der Sekunde sterben, in der seine Mutter von der Sache Wind bekam.

»Haltet die Klappe!« zischte Neal. »Alle beide.« Er bleckte die Zähne. »Hört zu, ihr blöden Flachwichser, Mädchen ziehen doch immer die gleiche Show ab. Klar, sie hat getan, als würde sie's nicht wollen. Glaubt ihr denn im Ernst, sie würde zugeben, daß sie sich freiwillig hat bumsen lassen? Sie hat sich doch nur so aufgeführt, damit wir den andern Jungs nicht erzählen, wie leicht sie die Beine breit macht. Kapiert ihr das nicht?«

Hutch wirkte verzweifelt genug, um sich an jeden Strohhalm zu klammern, der sich ihm bot. Auch Lamar wollte Neal nur allzu gerne glauben, doch jedesmal, wenn Neal ihn fast überzeugt hatte, erinnerte er sich, wie sehr sich Jade gewehrt hatte und wie verängstigt sie ausgesehen hatte, als er und Hutch sie für Neal festgehalten hatten.

Hutch wischte sich mit dem Handrücken den Schweiß von der Stirn. Seine Haut hatte die Farbe von Kalk, gesprenkelt mit rostroten Sommersprossen. »Wir hätten sie nicht einfach da liegenlassen sollen.«

»Sie hat's doch zur Stadt geschafft, oder etwa nicht?«

»Wie ist sie zurückgekommen?« fragte Lamar.

Neal erzählte ihm, was er am Morgen im Gericht aufgeschnappt hatte. »Ich hab' gleich gemerkt, daß Donna Dee es wußte«, sagte Lamar, als Neal fertig war.

»Donna Dee hat sich für uns verbürgt«, sagte Neal. »*Sie* wußte genau, worauf Jade sich einließ, als sie in einen Wagen mit drei halb besoffenen Typen einstieg. Vielleicht hätten wir Donna Dee auch zu unserer kleinen Party einladen sollen.« Er grinste und schnalzte mit der Zunge. »Obwohl ich stark bezweifle, daß sie so gut wie ihre kleine Freundin gewesen wäre. Das war die leckerste Pussy, die ich je hatte.«

Lamar sah auf seine Hände, die schlaff in seinem Schoß lagen. Er hatte das dringende Bedürfnis, sie zu waschen.

»Donna Dee war ganz schön sauer, daß du Jade gebumst hast«, sagte Neal zu Hutch. »Mann, die hat ja mächtig gedampft. Die ist wirklich heiß auf dich. Sei nett, Hutch... warum gibst du ihr nicht 'nen klein bißchen von dem, was du Jade gegeben hast?«

Hutchs große Hände waren zu Fäusten geballt. Er lief krebsrot an. Hutch war bekannt dafür, schnell an die Decke zu gehen, ausgenommen Neal gegenüber, aber es gab schließlich für alles ein erstes Mal. Lamar hielt in ängstlicher Erwartung die Luft an.

Doch dann besann sich Hutch und beschloß, daß es keinen Sinn hatte, sich Neal noch mehr zum Feind zu machen. Sein Gesicht nahm wieder eine normale Farbe an, und die Fäuste entspannten sich. »Ich fahr' jetzt nach Hause.« Er stapfte durch das Zimmer, doch bevor er die Tür erreichte, stellte Neal sich ihm in den Weg.

»Ich wäre doch sehr enttäuscht, wenn sich meine beiden besten Kumpel als Hosenscheißer erweisen. Jade hat heute morgen in 'nen Wespennest gestochen, aber jetzt ist alles gegessen. Mein alter Herr hat mich vorhin angerufen und mir gesagt, daß sie die Anzeige fallen läßt. Das ist so gut wie 'n Eingeständnis, daß sie's gewollt hat.« Als er keine Antwort darauf bekam, fragte er: »Oder etwa nicht?«

Die beiden anderen sahen sich unsicher an. Schließlich murmelte Lamar: »Wenn du meinst, Neal.«

»Okay, und jetzt entspannt euch wieder.«

Hutch sagte: »Mein Dad hat mir für die nächsten Wochen Stubenarrest aufgebrummt. Wir sehen uns.«

Als er weg war, hob Neal die Hände über den Kopf, streckte sich und gähnte ausgiebig. »Mein alter Herr hat mich vor Sonnenaufgang aus dem Bett geholt. Ich hab' 'nen echten Durchhänger.« Er nahm das Bier und trank den Rest in einem Zug aus. »Lust, 'n paar Körbe zu werfen oder so?«

»Nein, ich, äh, ich muß nach Hause.« Lamar stand auf. Er spielte nervös mit dem Reißverschluß seiner Jacke, steckte die Hände in die Taschen und zog sie wieder heraus. »Meinst du, meine Mutter kriegt das raus, Neal?«

»Wieso?« Neal grinste wie ein Alligator. »Schiß, hä?«

»Ja, verdammt noch mal«, gab Lamar mit einem unglücklichen Lachen zu.

Neal schlug ihm auf die Schulter. »Sie wird's nicht rauskriegen. Und wenn doch – was soll's? Du hast Jade gebumst. Na und? Ist noch keiner von gestorben.«

Dann griff er Lamar plötzlich an den Hintern und flüsterte: »Du hast ihr wirklich 'ne Ladung verpaßt, Alter. Ich bin verdammt stolz auf dich.«

Neal kniff in das weiche Fleisch, ließ Lamar los und ließ dabei sein typisches, sorgloses Lachen hören.

Lamar verabschiedete sich und ging zur Treppe. Die hohen Decken des Hauses vermittelten ihm das Gefühl, winzig und gefangen zu sein. Er blieb stehen und rang nach Luft. Als er an der Ballustrade lehnte, merkte er, daß ihm erneut der Schweiß ausbrach. Kleine Perlen sammelten sich auf seiner Oberlippe. Seine Hände waren feucht und kalt.

Und er machte noch eine Entdeckung: Sein Schwanz war steif. Sehr steif. Neals Bemerkung über seine sexuelle Leistung am Abend zuvor hatte diese Reaktion ausgelöst. Er wußte nicht, ob er stolz sein oder sich übergeben sollte.

Kapitel 6

Gary wartete schon, als Donna Dee Monroe nach der Schule über den Parkplatz zu ihrem Wagen ging. Er hatte bereits vermutet, daß sie ihm absichtlich aus dem Weg ging. Jetzt ließ sie bei seinem Anblick beinahe ihre Bücher fallen.

»Gary! Wie... Warum bist du nicht beim Training?«

»Ich wollte mit dir reden, Donna Dee.«

»Worüber?« Sie warf die Bücher auf die Rückbank und setzte sich hinters Steuer. Sie wollte so schnell wie möglich weg. Gary langte durchs Fenster und zog den Schlüssel aus dem Zündschloß.

»Hey, was...?«

»Ich will wissen, was mit Jade los ist.«

»Mit Jade?« wiederholte Donna Dee.

»Ja, mit Jade. Jade Sperry, deiner besten Freundin, falls du dich erinnern kannst.«

»Und?« Ihr Gesicht nahm plötzlich feindselige Züge an. »Was soll mit ihr sein?«

»Warum ist sie schon so lange nicht mehr zur Schule gekommen? Was ist los mit ihr? Wenn ich bei ihr anrufe, höre ich immer nur von ihrer Mutter, daß sie krank ist. Jade will nicht mit mir sprechen. Ist sie wirklich so krank? Hast du sie gesehen?«

»Nicht seit letzter Woche«, antwortete sie knapp. »Wenn ihre Mutter sagt, daß sie krank ist, dann wird sie wohl auch krank sein.«

»Hast du mit ihr telefoniert?«

»Nein.«

»Das glaube ich einfach nicht, Donna Dee. Du bist doch ihre beste Freundin.«

»Und du bist ihr Freund. Wenn sie schon mit dir nicht sprechen will, warum sollte sie dann mit mir sprechen? Gib mir jetzt bitte die Schlüssel zurück. Ich muß nach Hause.« Sie hielt die ausgestreckte Hand aus dem Fenster. Gary ignorierte sie.

»Willst du damit sagen, du hast versucht sie anzurufen, und sie wollte nicht mit dir sprechen?«

Donna Dee sah unsicher und gereizt aus. »Hör zu, Gary, du weißt genau, daß wir uns gestritten haben und nicht mehr miteinander reden.«

Er schaute sie ungläubig an. »Du machst Witze…«

»Nein, mache ich nicht.«

»Und weshalb habt ihr euch gestritten?«

»Das kann ich dir nicht sagen. Bitte...« Sie griff nach dem Schlüsselbund, doch er hielt es außer Reichweite. »Gary, gib mir sofort die Schlüssel!«

»Nicht, bis du mir endlich sagst, was hier eigentlich los ist!«

Gary war sonst eher ein ruhiger Typ. Seine Wut war mehr die Folge von Frustration und Angst. Schon seit Tagen spürte er, daß etwas nicht stimmte. Seine Mitschüler warfen ihm fragende Blicke zu. Wenn er irgendwo auftauchte, verstummten schlagartig die Gespräche. Jade hatte eine mysteriöse Krankheit. Seit dem Tag, an dem er von dem Stipendium erfahren hatte, war nichts mehr normal. Obwohl er keinen konkreten Anlaß dazu hatte, wurde er das Gefühl nicht los, daß es irgend etwas mit ihm zu tun hatte.

»Was ist mit Jade?« fragte er.

»Wenn du's wirklich wissen willst, warum fragst du sie nicht einfach selbst?« Donna Dee schnappte sich die Schlüssel, ehe Gary reagieren konnte.

Er langte durchs Fenster und hielt sie am Arm fest. »Hat Neal irgendwas damit zu tun?«

Donna Dees Kopf zuckte so schnell herum, daß ihr Nakken dabei knackte. »Wie kommst du darauf?«

»Weil er sich total merkwürdig benimmt. Er behandelt mich plötzlich wie seinen besten Kumpel. Wenn er nicht so leicht zu durchschauen wäre, würde ich mir glatt Sorgen machen. Ich komme mir vor, als würde ich in einem Sketch mitspielen, den ich nicht kenne.«

Donna Dee leckte sich nervös über die Lippen. Sie wich seinem Blick aus und wirkte, als sei sie in eine Falle getappt. Gary ahnte, daß seine Befürchtungen sich bestätigen würden.

»Hat es irgendwas mit Jade zu tun, daß Neal auf einmal so freundlich zu mir ist?«

»Ich muß jetzt fahren.«

»Donna Dee!«

»Ich muß los.« Sie startete den Wagen und fuhr vom Parkplatz, ohne sich noch einmal umzuschauen.

»Verdammt!«

Gary rannte zu seinem Wagen. Es war keine bewußte Entscheidung, das Training ausfallen zu lassen, er folgte einfach seinem Instinkt, sofort Jade sehen zu müssen. Und wenn er die Tür eintreten mußte – Jade würde mit ihm reden. Jetzt.

* * *

Jade erkannte Garys Wagen am Motorengeräusch. Sie ging zum Wohnzimmerfenster, sah, wie Gary die Auffahrt hochlief, und hörte ihn zweimal heftig an die Tür klopfen. Unwillkürlich stöhnte sie auf und versuchte, sich zusammenzureißen, ehe sie ihm öffnete.

»Jade!«

»Hallo, Gary.«

Er strahlte übers ganze Gesicht und war offensichtlich überglücklich und erleichtert, sie wiederzusehen. »Na ja, du siehst zwar ein bißchen blaß und dünn aus, aber sonst ziemlich normal...«

»Was hast du denn erwartet?«

»Ich weiß nicht«, antwortete er bekümmert. »Ein paar offene eiternde Wunden vielleicht.«

Er nahm Jade beim Oberarm und zog sie an sich. Anscheinend merkte er gar nicht, daß sie sich nicht wie sonst in seine Arme fallen ließ.

»Du hast mir eine Heidenangst eingejagt«, flüsterte er und preßte das Gesicht an ihren Hals. »Ich bin so froh, daß du nichts Ernstes hast.«

Jade löste sich zuerst aus der Umarmung. Sie ließ Gary hereinkommen, und er sah sich schuldbewußt um. »Bist du sicher, das geht okay, wenn deine Mutter nicht da ist?«

»Es ist okay.« In dieser Situation war das das Letzte, worüber sich Jade Sorgen machte.

Sobald sie die Tür geschlossen hatte, nahm Gary Jade in den Arm und sah sie eindringlich an. »Was ist los, Jade? Du mußt ja wirklich ziemlich krank gewesen sein. Deine Mutter hat gesagt, du seist so krank, daß du nicht mal ans Telefon kommen kannst.«

»Ich habe sie gebeten, das zu sagen.« Er warf ihr einen fragenden Blick zu. »Setz dich, Gary.«

Jade schaute weg und setzte sich auf einen Stuhl. Als sie zu Gary aufsah, erkannte sie, daß ihre kalte Reaktion ihn sprachlos machte. Es fiel ihr selber schwer, ihr eigenes Verhalten in den Griff zu bekommen. Garys zärtliche Berührung hatte sofort die Erinnerung an Berührungen wachgerufen, die nicht zärtlich gewesen waren. Obwohl sie vom Kopf her wußte, daß es ein riesiger Unterschied war, schien ihr Körper nicht zwischen Garys Zärtlichkeiten und den groben Verletzungen ihrer Vergewaltiger trennen zu können. Sie sollte froh darüber sein, dachte sie. Ohne körperliches Verlangen würde sie viel leichter mit ihrer Situation zurechtkommen.

Gary trat auf sie zu, kniete sich vor sie und nahm sie bei den Händen. »Jade, ich kapier' das nicht. Was, zum Teufel, geht hier ab?«

»Was kapierst du nicht?«

»Alles. Warum warst du nicht in der Schule? Warum wolltest du nicht mit mir sprechen?«

»Ich war krank.«

»Zu krank, um ans Telefon zu kommen und hallo zu sagen?«

Sie versuchte kühl zu klingen. »Ich muß dir etwas sagen, Gary.«

»O Gott, nein«, flüsterte er. Er beugte sich vor, grub das Gesicht in ihren Schoß und krallte sich in ihren Morgenmantel. »Hast du etwa eine tödliche Krankheit? Wirst du sterben?«

Es brach ihr das Herz. Sie konnte nicht anders, als ihm mit der Hand durchs lockige braune Haar zu streichen. Es wickelte sich um ihre Finger, als hätte es ein Eigenleben. Zärtlich streichelte sie ihm den Kopf. Ein Schluchzer löste sich aus seiner Kehle, ein Echo all der Tränen, die sie zurückhielt.

Bevor ihr innerer Schmerz sie überwältigen konnte, hob sie Garys Kinn hoch. »Nein, das ist es nicht. Ich werde nicht sterben.« Er berührte ihr Gesicht und zog mit den Fingerspitzen die Linien nach. »Es ist nur ...« Sie hatte ganz falsch angefangen. »Mir ist es psychisch nicht gutgegangen.«

Er wiederholte die Worte, als würde er eine fremde Sprache hören. »Warum?«

»Ich habe einfach unter zu großem Druck gestanden.«

»Wegen der Schule?« Er streichelte ihr Haar und strich ihr eine Strähne aus dem Gesicht. Sie widerstand dem Wunsch, die Wange in seine Hand zu schmiegen. »Das wird sich jetzt bestimmt geben – wir haben doch unsere Stipendien. Hey! Wir haben uns ja noch gar nicht gesehen, seit wir die Bestätigung gekriegt haben. Glückwunsch!«

»Gleichfalls.«

»Wie wollen wir das feiern?« Seine Hand wanderte zu ihrer Brust. »Ich hätte da schon 'ne Idee.«

»Nein!« Sie schrie auf und wich zurück. Gary war derart verblüfft, daß er nach hinten kippte, als sie aufstand. Ihre Bewegungen waren ungelenk und mechanisch, als hätte sie erst kürzlich Laufen gelernt.

»Jade?«

Sie drehte sich um und sah ihn an. Er wirkte verblüfft. »Hast du nicht verstanden, was ich dir gesagt habe? Ich halte den Druck nicht mehr aus, nicht nur den in der Schule, sondern vor allem den, der zwischen uns entstanden ist.«

»Wovon, zum Teufel, redest du?«

Jade erkannte, daß alles nur schlimmer wurde, wenn sie es noch weiter hinauszögerte. Es gab keinen Weg, es ihm zu sagen, ohne ihn zu verletzen. »Du bist doch sonst so clever«, sagte sie betont ungeduldig. »Kannst du nicht zwischen den Zeilen lesen? Muß ich erst ganz deutlich werden? Verstehst du nicht, was ich dir sagen will?«

Gary stand auf. Er stemmte die Hände in die Hüften und neigte den Kopf. »Willst du mit mir Schluß machen?«

»Ich – ich glaube, wir brauchen ein bißchen Abstand voneinander, ja. Irgendwie ist alles zu schnell gegangen, aus dem Ruder gelaufen. Wir müssen uns zurücknehmen.«

Gary ließ die Arme sinken. »Ich kann das einfach nicht glauben, Jade...« Er ging auf sie zu und versuchte, sie zu umarmen. Sie schob ihn von sich.

»Ich kann es einfach nicht mehr ertragen, daß du mich sexuell so unter Druck setzt, Gary.«

»Ach, und umgekehrt war das wohl nicht der Fall, wie?« schrie er.

»Natürlich! Das weiß ich ja! Darum geht's ja. Es ist für uns beide nicht gut, ständig mit dem Feuer zu spielen, das wir nicht mehr löschen können!«

»Du warst es doch, die vor ein paar Wochen vorgeschlagen hat, das Feuer noch mehr zu schüren!«

»Ich habe meine Meinung geändert. Wir sollten noch warten. Wir sollten uns Zeit nehmen, um die richtige Entscheidung zu treffen. Aber das ist noch nicht alles. Wir sollten neue Leute kennenlernen. Beide. Wir gehen miteinander, seit wir alt genug dafür waren. Ich will, daß du ... daß du dich auch mal mit anderen Mädchen triffst.«

Gary starrte Jade mehrere Augenblicke lang sprachlos an. Dann verengten sich seine Augen mißtrauisch. »Das Ganze hat doch irgendwie mit Neal Patchett zu tun, oder?«

Jade hatte das Gefühl, als würde sich eine Falltür unter ihr öffnen. Sie fiel in ein tiefes, schwarzes Loch. »Nein«, stritt sie leise ab.

Offensichtlich deutete er ihr Entsetzen als Geständnis. »Du lügst doch!« zischte er. »Seit einer Woche schleimt er sich an mich ran. Seit du ›krank‹ geworden bist. Er benimmt sich wie einer, der ein Geheimnis hat, das er unbedingt loswerden will. Und jetzt weiß ich auch, was es ist. Er wollte mich mit der Nase draufstoßen. Du hast dich mit ihm getroffen, stimmt's?«

»Nein.«

»Lüg mich nicht an! Donna Dee hat schuldig wie die Sünde selbst ausgesehen, als ich seinen Namen erwähnt habe. Hast du dich deshalb mit ihr gestritten?«

»Donna Dee?« fragte Jade mit dumpfer Stimme.

»Ich habe sie heute nach der Schule abgefangen. Sie ist mir genauso aus dem Weg gegangen wie du.«

»Was hat sie dir gesagt?«

»Keine Angst, sie hat dich nicht verpfiffen.« Gary schüttelte den Kopf. »Also bist du seinem unwiderstehlichen Charme doch endlich erlegen, wie? Da ist deine Mutter aber bestimmt glücklich.«

Jades dunkles Haar flog, so heftig schüttelte sie den Kopf. »Nein, Gary, ich hasse ihn. Du weißt das.«

»Das sagst *du.*« Er wippte vor und zurück und konnte seine Wut kaum im Zaum halten. »Vielleicht sollte ich ihn selber fragen.« Er stürmte zur Tür, doch Jade rannte ihm nach und klammerte sich an ihn. »Nein, Gary, nein! Bleib weg von ihm!«

Gary drehte sich um und packte Jade. »Wenn du mich schon betrügen mußt, warum dann ausgerechnet mit Patchett?«

»Du irrst dich, Gary. Bitte, glaub mir doch...«

»*Patchett*, ausgerechnet!« Er ließ sie so abrupt los, daß sie zurückstolperte. Dann riß er die Tür auf und stürmte hinaus.

»Gary!«

Obwohl Jade genau wußte, daß er sie hörte, blickte er sich nicht mehr um, bis sein Wagen um die Ecke bog. Jade stolperte ins Haus und brach an der Tür zusammen. Die Tränen, die sie die ganze Zeit zurückgehalten hatte, brachen aus ihr heraus. Sie weinte, bis die Tränen versiegten und die Schluchzer, die sie schüttelten, trocken und rauh waren.

* * *

Zuerst wollte Gary direkt zum Patchett-Haus fahren und Neal zu einer Konfrontation zwingen. Er hätte Neal in einem fairen Kampf sicher zusammenschlagen können, aber er gönnte andererseits dem Bastard nicht die Genugtuung, ihn provoziert zu haben. Er mußte ihn also weiterhin mit seinem selbstgefälligen Grinsen durch die Gegend laufen lassen. Gary Parker würde sich nicht auf Neals niedriges Niveau begeben.

Als Gary zu Hause ankam, war seine Wut der Verzweiflung gewichen. Die Farm sah noch schäbiger aus als sonst. Er haßte das alte Haus mit der abblätternden Farbe und der morschen Veranda. Er haßte die Hühner, die auf dem Hof umherflatterten, und den Gestank des Misthaufens. Er haßte das Lachen und Geplapper seiner jüngeren Geschwister, die auf ihn zustürmten, sich an seine Beine klammerten und ihn festhielten, als er über den schmutzigen Hof zum Haus gehen wollte.

»Gary, Mama hat gesagt, du hilfst mir heute abend bei Mathe.«

»Gary, sag Stevie, er soll mir nicht immer nachlaufen.«

»Gary, kannst du mich in die Stadt fahren?«

»Haltet die Klappe!«

Sechs erstaunte Augenpaare sahen zu ihm hoch. Er starrte in den Kreis der kleinen Gesichter und haßte den Ausdruck des Vertrauens und der Liebe, der sich in ihnen spiegelte. Was glaubten sie, wer er war – ein Heiliger?

Er schubste sie aus dem Weg und rannte durch die aufflatternden Hühner zur Scheune hinüber. Drinnen suchte er sich einen dunklen Winkel, setzte sich und grub den Kopf in seine Arme. Sehnsucht, Haß und Liebe kämpften in seinem Innern.

Er sehnte sich danach, all dem hier zu entfliehen. Er haßte die Armut, die Häßlichkeit, den Schmutz und die Tatsache, nie allein sein zu können. Und doch liebte er seine Familie.

In seinen Träumen kehrte er wie der Weihnachtsmann mit einem Sack voller Geschenke vom College hierher zurück. Aber die Verpflichtung, diese Träume Realität werden zu lassen, war erdrückend. Er dachte oft daran, einfach für immer zu verschwinden. Das würde er natürlich niemals tun. Nicht nur, weil das Gefühl der Verantwortung so tief saß, sondern wegen Jade. Sie war es, die die Häßlichkeit in seinem Leben erträglich machte, weil in ihr das Versprechen lag, daß es nicht immer so sein würde. Sie war der Mittelpunkt all seiner Hoffnungen.

»Gott«, stöhnte er. Wie sollte er ohne sie weiterleben? *Jade*, dachte er elend, *was ist mit dir geschehen? Mit uns? Mit unserer Zukunft?* Sie hatten ihre Ausbildung zusammen machen wollen, um dann nach Palmetto zurückzukehren und für etwas mehr Gerechtigkeit in der Gemeinde zu sorgen. Und jetzt, so schien es, war Jade zur anderen Seite übergelaufen – zu den Patchetts. *Wie konnte sie nur?*

»Gary?«

Sein Vater schritt durch das große Scheunentor. Otis Parker war noch keine fünfzig, sah aber ein ganzes Jahrzehnt älter aus. Er war schmächtig und drahtig, ein sehniger Mann mit hängenden Schultern. Der Overall schlotterte um seinen knochigen Körper.

»Gary? Die Kleinen sagen, du bist gemein zu ihnen gewesen.«

»Kann man hier nicht mal eine Minute allein sein?«

»Ist irgendwas in der Schule gewesen?«

»Nein! Ich will einfach nur meine Ruhe!« Gary war danach zumute, um sich zu schlagen, und sein Vater gab eine gute Zielscheibe ab. »Zum Teufel, kannst du mich nicht einfach allein lassen?«

»In Ordnung.« Otis wandte sich zum Gehen. »Vergiß nicht, die Sau zu füttern.«

Gary sprang auf die Füße und ballte die Hände zu Fäusten. »Hör zu, Alter, ich habe die verdammte Sau das letzte Mal gefüttert. Ich hab's satt, die Schweine zu füttern. Ich hab's satt, von kreischenden Gören umgeben zu sein, die ihr ja unbedingt in die Welt setzen mußtet. Ich habe diese ganze Scheißfarm satt und den verfaulten Gestank deines Versagens. Ich habe die Schule satt, die Lehrer und das verdammte Gelaber über Stipendien, wenn's sowieso keinen schert. Ich hab's satt, immer der gute Junge zu sein. Es führt zu nichts. Zu überhaupt nichts.«

Seine Wut verebbte. Gary sank auf einen Heuhaufen und fing an zu weinen. Mehrere Minuten verstrichen, bis er schließlich die rauhe Hand seines Vaters auf der Schulter spürte.

»Scheint, als könntest du 'nen Schluck gebrauchen.«

Otis hielt ihm ein Einmachglas mit einer klaren Flüssigkeit hin. Gary griff zögernd danach, schraubte den Deckel ab und schnupperte. Dann nahm er einen Schluck. Der Whisky brannte sich den Weg in seinen Magen hinunter. Hustend und schluckend reichte er seinem Vater das Glas, der einen tiefen Schluck nahm.

»Erzähl deiner Ma bloß nichts davon.«

»Wo hast du's her?«

»Schätze, ist an der Zeit, daß du Georgie kennenlernst. Sie ist 'ne Nigger-Lady und brennt schon seit Jahren selber. Sie verlangt nicht viel. Könnte mir sowieso nichts anderes leisten. Ich hab's immer unter dem alten Sattel da, falls du mal was brauchst und ich nicht da bin.« Otis verschloß das Glas sorgfältig. »Hast du Ärger mit 'ner Frau?«

Gary zuckte gleichgültig die Achseln, doch die Erinnerung an Jades Betrug brannte schlimmer als der Whisky.

»Es gibt nur eine Sache in Gottes Reich, die einen Mann so wütend machen kann und so wild reden läßt, wie du es eben getan hast.« Otis sah ihn ernst an. »Mir hat nicht gefallen, wie du von deinen kleinen Geschwistern gesprochen hast, weil du deine Mutter damit beleidigst.«

»Tut mir leid, ich hab's nicht so gemeint.«

»Doch, hast du. Aber ich will, daß du weißt, daß wir jedes unserer Kinder in Liebe empfangen haben. Wir sind auf jedes einzelne stolz.« Otis' Augen wurden trüb. »Und auf dich sind wir ganz besonders stolz. Kann mir überhaupt nicht vorstellen, wo du den Verstand und so herhaben sollst. Schätze, du schämst dich ziemlich für uns, was?«

»Nein, das tue ich nicht, Daddy.«

Otis seufzte. »Ich bin nicht blind, Gary. Ich weiß, warum du nie jemanden mit hierher bringst. Hör mir jetzt zu, deine Ma und ich, wir wollen nicht, daß du deine Ausbildung machst, damit du uns oder die Kleinen später versorgst. Wir wollen nur aus einem Grund, daß du hier rauskommst – weil du's dir so sehr wünschst. Du willst kein Versager werden, wie ich einer bin.

Alles, was mir jemals gehört hat, ist mein Name und dieses Stück Land. Und das ist verdammt wenig. Und ich hab's nicht mal selbst erworben, sondern mein Daddy. Ich hab' nur mein Bestes getan, es zu behalten.«

Gary schämte sich furchtbar für das, was er gesagt hatte. Otis spürte das; tröstend klopfte er ihm aufs Knie und benutzte es dann als Stütze, um aufzustehen.

»Hast du dich mit Jade gestritten?« Gary nickte. »Na ja, das geht vorbei. Eine Frau hat manchmal ihre Zicken, sonst wär' sie keine Frau. Wenn sie ihre Laune hat, dann laß sie einfach 'ne Weile in Ruhe.« Nach diesem weisen Ratschlag schlenderte er zum Tor. »Wir können bald essen. Sieh lieber zu, daß du mit deiner Arbeit fertig wirst.«

Gary sah seinem Vater nach. Er schlug die Hände vor das Gesicht und wünschte sich, daß er tausend Meilen fort wäre, wenn er die Augen wieder öffnete, fort von diesen erdrükkenden Pflichten.

Alle, einschließlich seiner Familie, setzten zu hohe Erwartungen in ihn. Er war zum Scheitern verurteilt, bevor er überhaupt begonnen hatte. Egal, welche Höhen er erklimmen würde, er konnte diesen Erwartungen niemals gerecht werden. Er würde niemals gut genug, reich genug, sein. Er würde niemals Neal Patchett sein.

Verdammt, warum mußte Jade ausgerechnet zu ihm rennen? Auch wenn er der reichste Junge der Stadt war, Jade mußte doch wissen, wie hohl er war. Wie konnte sie zulassen, daß er sie anfaßte? Als Gary sich umschaute und den Dreck überall sah, wußte er plötzlich, warum: Neal Patchett kam nie mit Hühnerscheiße an den Schuhen in die Schule.

Zorn stieg in ihm auf und brannte schlimmer als der Schnaps in seinem Magen. Es würde ihr leid tun. Nicht lange, und sie würde zu ihm zurückgekrochen kommen. Sie hatte sich in Neal verknallt. Das war alles. Es würde nicht halten. Er, Gary, war es, den Jade wirklich liebte. Was sie hatten, war zu tief, zu beständig, um es einfach wegzuwerfen. Früher oder später würde Jade schon wieder zu sich kommen. In der Zwischenzeit würde er... ja, was?

Sein Verantwortungsgefühl erwachte wieder und stellte ihn auf die Füße. Er ging hinaus, um die Sau zu füttern.

Kapitel 7

»Hallo, Jade.«

Jade drehte sich von ihrem Schließfach weg und preßte die Bücher an die Brust. Ihre Mitschüler wechselten kaum noch ein Wort mit ihr, und so war sie überrascht und erfreut, daß jemand – überhaupt irgend jemand – sie grüßte.

Es gab keine Beweise, doch an der Palmetto High School ging das Gerücht um, daß Jade Gary Parker mit Neal Patchett betrogen hätte. Es wurde gemunkelt, daß Gary deshalb mit ihr Schluß gemacht hätte. Und so war Jade, das beliebteste Mädchen der Oberstufe, innerhalb von zwei Monaten zur persona non grata geworden. Sie wurde gemieden, während sich alle anderen fiebrig in die Vorbereitungen für die Abschlußfeier stürzten.

Das Gerücht machte nicht an den Mauern der High School halt, es kursierte in der ganzen Gemeinde. Als Pete Jones davon hörte, kündigte er Jade den Halbtagsjob, und das mit der fadenscheinigen Begründung, er habe lieber einen jungen Mann für die Arbeit.

Zu Hause lief es auch nicht besser. Velta beschwerte sich, daß ihr die Arbeitskollegen die kalte Schulter zeigten. »Ich habe gehört, wie sie über dich getuschelt haben. Hab' ich dir nicht gesagt, daß man dir die Schuld geben wird? Du hättest dich von dem Schwarzen direkt nach Hause bringen lassen sollen. Es war ein großer Fehler, ins Krankenhaus zu fahren. Als du das getan hast, hast du damit dein *und* mein Schicksal besiegelt.«

Jade hatte niemanden mehr, mit dem sie sprechen

konnte. Donna Dee konnte sie den Verrat nicht verzeihen. Und offensichtlich konnte auch Donna Dee ihr nicht vergeben, Hutch zum Sex *verführt* zu haben. Die Kluft, die zwischen ihnen entstanden war, würde sich nie mehr überbrükken lassen, doch da sich niemand anbot, Donna Dees Platz einzunehmen, schmerzte Jade der Verlust ihrer besten Freundin und Vertrauten.

Aber was sie Nacht für Nacht weinend im Bett liegen ließ, war der Verlust Garys. Sein Verhalten ließ keinen Zweifel daran, daß er dem Gerücht Glauben schenkte. Seine Wut und Verzweiflung boten einen fruchtbaren Boden für häßliche Mutmaßungen, die Neal Patchett säte und nährte. Dabei ging er so gerissen vor wie die Schlange im Garten Eden und quälte Gary unabläßlich mit unterschwelligen Beleidigungen. Und Jade verfolgte er wie ein Bluthund; er warf ihr lüsterne Blicke zu, die jeden überzeugten, daß sie ein süßes Geheimnis teilten. Seine Anspielungen verursachten ihr Übelkeit. Doch vor allem ging es ihr um Gary, denn er litt unter Neals Schadenfreude mehr als sie. Garys Selbstbewußtsein und Stolz waren nicht weniger verletzt worden als ihr Körper.

»Hi, Patrice«, begrüßte sie das Mädchen, das den Mut gefunden hatte, sie anzusprechen.

Patrice Watley war pummelig, blondiert und wild. Jade hatte sich mit ihr seit der fünften Klasse nicht mehr unterhalten, seit damals die Linie zwischen den lieben und den bösen Mädchen gezogen wurde. Bis vor kurzem hatten sie noch auf entgegengesetzten Seiten dieser Linie gestanden.

Patrices Mutter hatte sich kürzlich zum viertenmal scheiden lassen und war auf der Jagd nach Ehemann Nummer fünf. Ihr reges Liebesleben hatte ihr kaum Zeit für Patrice gelassen, und so war diese schon sehr früh sehr selbständig gewesen. Das Resultat war, daß sie mit ihren achtzehn Jahren bereits einiges an Erfahrungen vorweisen konnte.

»Ich will mich ja nicht einmischen, du verstehst schon«, flüsterte sie und kam nahe an Jades Ohr. »Aber bist du angebumst worden?«

Jades Fingerknöchel waren weiß, so fest umklammerte sie ihre Bücher. »Natürlich nicht. Warum fragst du das?«

Patrice schnalzte voller Ungeduld und mit einer Spur von Sympathie. »Ach komm, Jade. Geht mich ja nichts an, aber ich weiß, was ich sehe, okay? Ich hab's selbst schon zweimal hinter mir.«

Jade senkte den Kopf und spielte nervös mit ihrem Spiralblock. »Mir geht's nur nicht so gut, das ist alles.«

»Wieviel bist du drüber?«

Jade spürte, wie sie innerlich nachgab. »Zwei Monate.«

»Großer Gott! Und es heißt immer, du seist so clever. Du hast nicht mehr viel Zeit, Mädchen. Du mußt was unternehmen. Und zwar bald.«

Bis jetzt hatte Jade sich geweigert zu akzeptieren, daß das Ausbleiben ihrer Periode etwas bedeutete. Sie hatte sich nicht einmal überlegt, was sie tun würde, wenn der schlimmstmögliche Fall eintrat.

»Du willst es doch wegmachen lassen, oder?«

»Ich... ich habe noch nicht...«

»Ich kann dir helfen, wenn du willst«, bot Patrice an.

»Warum solltest du das tun?«

»Ist es von Neal Patchett?«

Auch Patrice war das Gerücht nicht entgangen. Jade zuckte mit den Achseln und deutete an, daß sie nicht sicher sein konnte, von wem das Kind war.

»Na ja, da es Neals sein könnte, helfe ich dir.« Patrice kramte eine Schachtel Zigaretten hervor und zündete sich eine an, obwohl das Rauchen in der Schule untersagt war. Sie legte den Kopf in den Nacken und schickte eine blaue Wolke in Richtung Decke.

»Im Sommer, nach der Achten, hat der Scheißtyp mit mir dasselbe gemacht. Das war mein erstes. Meine Ma ist total ausgeflippt. Mein Stiefvater hat sich geweigert, die Kohle für 'ne Abtreibung rauszurücken, und Ma ist zu Neals Altem marschiert und hat das Geld verlangt. Willst du 'ne Zigarette? Siehst 'n bißchen blaß um die Nase aus.«

»Nein, danke.«

»Wo war ich? Ach ja. Na ja, der gute alte Ivan hat fünfhundert Dollar rausgerückt. Ich bin zu Georgie, ins Niggerviertel. Sie verlangt nur fünfzig, also haben wir 'nen ganz guten Deal gemacht. Du wirst es nicht glauben«, sagte Patrice völlig entrüstet, »meine Alte hat tatsächlich alles bis auf den letzten Cent eingesteckt. Na ja, gegessen. Wenn du willst, red' ich mit Georgie. Sie ist 'n bißchen schrullig, nimmt keine ohne Empfehlung, verstehst du? Und sie ist total verschwiegen, weil sie selber keinen Ärger kriegen will wegen dem anderen, was sie noch am Laufen hat.«

»Welchem *anderen*?«

Patrice flüsterte verschwörerisch. »Sie macht nicht nur mit Abtreibungen 'n gutes Geschäft. Eigentlich ist sie ja Schneiderin. Also, wenn du nicht viel Geld hast und nicht willst, daß es irgendwer rauskriegt, dann ist Georgie genau die Richtige.« Sie nahm einen Zug von der Zigarette. »Okay, genug gelabert für heute. Wenn du willst, daß ich mich verpisse, dann verpisse ich mich. Ich stecke meine Nase sonst nicht in fremde Angelegenheiten, okay?«

»Danke, Patrice, daß du mir helfen willst. Aber ich muß noch darüber nachdenken. Ich weiß nicht, ob es… ob es überhaupt nötig sein wird.«

Patrices Blick wanderte zu Jades Bauch, dann zuckte sie mit den Achseln. »Klar, versteh' ich, du. Beim ersten Mal hatte ich auch ganz schön Muffensausen. Aber meine Alte hat gesagt, 'n plärrendes Balg kommt ihr auf keinen Fall ins Haus. Außerdem – Neal Patchett ist so ein Arschloch. Keine, die nur 'n bißchen Grips hat, würde 'nen Bastard von ihm wollen, oder?«

Bei diesem Gedanken drehte sich Jade der Magen um. »Ich werde dir sagen, wie ich mich entschieden habe, Patrice. Erst mal vielen Dank.« Sie stürmte in die nächste Toilette. Ein paar Minuten später kam sie aus der Kabine, stützte sich auf eins der Waschbecken und benetzte sich das Gesicht mit kaltem Wasser.

»Es ist kein Baby«, flüsterte sie ihrem blassen Spiegelbild zu. »Es ist nichts. Es ist Schleim.«

* * *

Von da an hob Patrice jedesmal fragend eine Augenbraue, wenn sie Jade auf dem Korridor begegnete. Jade tat, als würde sie es ignorieren, doch seit ihrem Gespräch mit Patrice konnte sie nicht länger leugnen, daß die Vergewaltigung eine weitere, ernste Konsequenz für sie hatte.

Sie war schwanger.

Sie weigerte sich noch immer, den Fötus als Individuum, als *Baby*, anzusehen, und wollte mit der Entscheidung die wenigen Wochen bis nach ihrem Abschluß warten. Doch das Leben in ihrem Bauch entwickelte sich.

Von nun an achtete Jade besonders auf ihre Kleidung.

Aber wenn Patrice es gemerkt hatte, dann war es nur eine Frage der Zeit, bis es auch den anderen auffallen würde. Ihre größte Angst war, daß jemand mit Gary darüber sprechen könnte. Er durfte es nie erfahren. Eine Schwangerschaft wäre der unumstößliche Beweis für ihn, daß sie mit einem anderen geschlafen hatte. Würde sie ihren Abschluß machen können, ohne daß er es merkte? Sollte sie es wagen?

Trotz allem war Jade als Begrüßungsrednerin für die Abschlußfeier gewählt worden. Gary sollte die Abschiedsrede halten. Sie war sehr stolz auf ihn, gratulierte ihm aber nicht persönlich. Er traf sich jetzt oft mit einem anderen Mädchen, und wenn Jade ihm in der Aula begegnete, schaute sie weg.

Die Ehre, zur Zweitbesten des Jahrgangs gewählt worden zu sein, war ein Trostpreis, den sie stolz annahm. Die Jahre des fleißigen Studierens und Lernens hatten sich ausgezahlt. Und sie hatte sich dieser Ehre ohne große elterliche Hilfestellung erarbeitet. Sie wollte verdammt sein, wenn sie sich das von Neal und seinen Freunden auch noch rauben ließ.

Sie wollte ihren Vergewaltigern in die Augen blicken, wenn sie bei der Feier auf der Bühne hinter dem Mikrofon stand und ihre Rede hielt. Sie würden sie nicht eingeschüchtert erleben. Sie hatten ihrem Körper und ihrem Ruf geschadet, doch ihre Würde hatten sie ihr nicht nehmen können.

Aber was, wenn die anderen doch herauskriegen sollten, daß sie schwanger war?

Dieser Gedanke quälte Jade die ganze Abschlußwoche über, während ihre Mitschüler fieberhaft Pläne für das bevorstehende Wochenende schmiedeten. Zwischen zwei Unterrichtsstunden kam eine der Lehrerinnen auf Jade zu.

»Mit wem wirst du zum Abschlußball gehen, Jade?«

»Ich werde gar nicht gehen, Mrs. Trenton.«

»Wie bitte? Hat dich etwa keiner gefragt?«

»Nein.« Das stimmte nicht ganz, denn Neal hatte sie gefragt, doch Jade hatte auf seine unverschämte Einladung nicht mal geantwortet. Er hatte sogar den Nerv besessen vorzuschlagen, sie könnten zusammen mit Hutch und Donna Dee hingehen.

Mrs. Trenton musterte Jade eindringlich. »Ich möchte, daß du diese Woche in meinem Büro vorbeischaust, Jade. Ich glaube, wir sollten uns mal unterhalten.«

Sie weiß es.

Als Jade den Korridor hinunterging, wurde ihr mit einem Mal klar, daß ihr die Entscheidung, zu warten oder sofort zu handeln, genommen worden war. Sie war fast erleichtert. Sie mußte nicht länger grübeln und sich damit quälen. sie mußte einfach handeln, es angehen und so gut wie möglich durchstehen. An diesem Tag machte sie sich nach Schulschluß auf die Suche nach Patrice Watley.

* * *

In diesem Teil der Stadt war Jade noch nicht oft gewesen – und vor allem noch nie allein. Um dorthin zu kommen, hatte sie die Bahnschienen überqueren müssen, vorbei am verlassenen Depot und der brachliegenden Entkernungsanlage. Erst dann befand sie sich wirklich im ›Niggerviertel‹.

Vor einigen Jahren hatte Velta eine Schwarze zum Bügeln ihrer Wäsche eingestellt. Jedesmal, wenn sie zum Haus dieser Frau fuhren, war Jade befohlen worden, im Wagen zu warten und mit niemandem zu sprechen. Nach ein paar Monaten hatte Velta sich überlegt, daß ihr die Bügelarbeit zu teuer war. »Und außerdem«, hatte Jade sie sagen hören, »ängstige ich mich dort jedesmal zu Tode. Wer weiß, was einem da alles zustoßen kann.«

Als Kind hatte Jade nie verstanden, was Velta mit ›zustoßen‹ meinte. Niemand hatte sich je dem Wagen genähert, sie angesprochen oder auch nur im Entferntesten bedroht. Vielmehr hatte die Frau, die für sie bügelte, Velta jedesmal ein paar Kekse für Jade mitgegeben. In Papier gewickelte, knusprige, buttergetränkte, goldene, gezuckerte Scheibchen, deren Aussehen und Duft ihr das Wasser im Mund zusammenlaufen ließen. Allerdings hatte sie nie herausfinden können, ob sie auch gut schmeckten. Denn Velta hatte ihr verboten, die Kekse anzurühren, und warf sie, sobald sie wieder zu Hause waren, in den Müll.

Jade parkte den Wagen ihrer Mutter einen Block entfernt von der Adresse, die Patrice ihr aufgeschrieben hatte. Als Patrice ihr das Stück Papier in die Hand gedrückt hatte, hatte sie geflüstert: »Ich ruf' Georgie an und sag' ihr, daß du kommst. Steck Bares ein.«

Das Bargeld, nahezu ihre gesamten Ersparnisse, steckte in der Handtasche, die sie fest unter den Arm klemmte, als sie den holperigen Bürgersteig hinunterging. Beschämt mußte sie feststellen, daß einige der Vorurteile ihrer Mutter in ihr haften geblieben waren. Als sie an den schmalen Häusern vorbeiging, die dicht an dicht die Straße säumten, hielt sie den Blick gesenkt und schaute nicht nach links oder rechts.

Georgies Haus sah genau wie alle anderen aus. Trotz der kalten Angst in ihrem Innern und trotz der scharfen Klinge des Gewissens, die ihr ins Herz schnitt, war Jade neugierig, was dort drinnen vor sich gehen mochte. Das Haus hatte lediglich die Breite von zwei Zimmern, war jedoch sehr langgestreckt. Irgendwann einmal hatte es einen Anstrich erhalten, doch inzwischen war die weiße Farbe nur noch eine blasse Erinnerung an bessere Zeiten. Die grüne Teerpappe auf dem Dach war geflickt und bröckelte. Der Schornstein aus Metall war verrostet und hatte eine braune Tropfspur an der Vorderwand hinterlassen.

»Laß dich nicht täuschen«, hatte Patrice ihr gesagt. »Die alte Georgie ist 'ne stinkreiche Niggerin. Sie könnte die halbe Stadt erpressen, wenn sie's drauf anlegen würde.«

Von außen wirkte das Gebäude, als sei niemand zu Hause. Hinter den Fenstern waren schwere Gardinen zugezogen. Jade nahm all ihren Mut zusammen, stieg die Stufen zur vorderen Veranda hoch und klopfte an den Rahmen des Fliegengitters.

Sie hatte das Gefühl, von unzähligen Blicken verfolgt zu werden, doch sie sagte sich, daß das sicher nur pure Einbildung war. Dennoch wagte sie nicht, sich umzudrehen und nachzuschauen, ob sie nun recht hatte oder nicht.

Plötzlich fiel ihr auf, daß außer ihr kein Mensch auf der Straße war – keine Autos, keine spielenden Kinder in den Vorgärten, keine Mütter, die Kinderwagen die Bürgersteige entlangschoben. Offensichtlich waren Georgies Nachbarn Eindringlingen gegenüber genauso mißtrauisch und vorsichtig wie die Weißen. Diese bedauerliche Trennung der Rassen war einer der Mißstände, die sie und Gary hatten ändern wollen.

Die Tür öffnete sich langsam, und Jade warf durch das Fliegengitter hindurch einen ersten Blick auf Georgie. Sie sah wesentlich jünger aus, als Jade angenommen hatte. Auf ihren vollen Lippen glänzte knallroter Lippenstift. Ihre Augen hatten die Farbe von Ebenholz. Sie war groß und schlank, und ihre Arme und Beine erinnerten beinahe an eine Spinne. Ihr kurzes Haar saß wie eine Kappe auf dem Kopf. Sie trug ein lila Hemdblusenkleid. Erleichtert sah Jade, daß es makellos sauber war.

Sie schluckte trocken. »Ich bin Jade. Ich glaube, Patrice hat für mich angerufen.«

Georgie drückte das Fliegengitter auf und ließ Jade eintreten. Im Haus roch es nicht unangenehm, wie sie befürchtet hatte. Sie fragte sich, was Georgie mit den vielen Einmachgläsern anfing. Ganze Pyramiden davon hatte sie gestapelt.

Die Frau bedeutete Jade, ihr zu folgen. Sie gingen den geraden langen Korridor entlang in den rückwärtigen Teil des Hauses.

Jade fiel in der Stille das ungewöhnlich laute Ticken einer Wanduhr auf. Aus der Küche drang das hohe, dünne Pfeifen eines Wasserkessels.

Georgie öffnete einen Raum zu ihrer Linken, in dem außer einem Tisch mit einem weißen Gummilaken nur ein alter emaillierter Medizinschrank stand. Jade hielt zögernd an der Tür inne.

»Warum sind Sie hergekommen?«

Beim Klang von Georgies leiser rauher Stimme zuckte Jade zusammen, obwohl sie viel weniger Angst vor der Frau hatte als vor dem Tisch mit dem weißen Laken und dem Medizinschrank mit den blitzenden Metallinstrumenten, die aussahen, als könne man damit jemanden töten oder zumindest verstümmeln.

»Ich habe etwas, das ich loswerden möchte«, antwortete Jade mit heiserer Stimme.

Georgie streckte ihr die Hand entgegen. Zunächst war Jade von dieser Geste verwirrt. Doch dann wurde ihr klar, was Georgie meinte, und sie suchte in ihrer Handtasche nach ihrer Geldbörse, zog fünf Zehndollarscheine heraus und legte sie in die hellrosa Handfläche. Georgie war professionell genug, das Geld im voraus zu verlangen, aber auch höflich genug, nicht offen danach zu fragen. Das Geld verschwand in der Tasche ihres Kleides; sie bedankte sich nicht.

»Ziehen Sie bitte Ihren Slip aus und legen Sie sich auf den Tisch.«

Jades Zähne fingen an zu klappern. Jetzt, da der Zeitpunkt gekommen war, hatte sie plötzlich schreckliche Angst. Zitternd legte sie die Handtasche auf das Tischende, griff sich unter den Rock, zog den Slip herunter und fragte: »Muß ich mich nicht ganz ausziehen?«

»Nein. Erst wenn ich Sie untersucht habe. Vielleicht mache ich es gar nicht.«

»Warum nicht?« So sehr Jade die Abtreibung auch fürchtete – mindestens ebensosehr fürchtete sie plötzlich, als Kandidatin abgelehnt zu werden. »Sie müssen es tun. Sie haben doch schon mein Geld genommen.«

»Legen Sie sich jetzt bitte hin«, sagte die Frau nicht unfreundlich. Jade befolgte die Anweisung. Georgie zog ihr den Rock hoch und entblößte ihren Schoß. Jade wandte sich ab und starrte die blanke Wand an.

»Manche Mädchen kommen zu spät«, erklärte Georgie. Sie legte eine Hand auf Jades Bauch und fing an, ihn leicht zu massieren. »Wenn sie zu spät kommen, kann ich nicht helfen.«

»Ich bin nicht zu spät. Ich habe Patrice gefragt.«

»Wir werden sehen.« Georgie massierte weiter Jades Bauch. Dabei hielt sie die Augen geschlossen. Nur mit den Händen untersuchte sie den Bereich zwischen Jades Bauchnabel und dem Schamdreieck. Schließlich reichte sie Jade eine Hand und half ihr, sich aufzurichten und den Rock wieder zurechtzuziehen.

Jade setzte sich auf die Tischkante und baumelte nervös mit den Beinen. Das Gummilaken unter ihrem Po fühlte sich kühl, klinisch und fremd an. Sie versuchte, nicht daran zu denken. »Werden Sie es machen?«

»Ist das Kind von dem Patchett-Jungen?«

»Es ist kein Kind«, protestierte Jade. »Es ist ein – ein Nichts.«

»Hat Neal Patchett es Ihnen angedreht?«

»Ich weiß es doch nicht. Sie waren zu dritt. Neal war auch dabei. Die anderen beiden waren seine Freunde.« Ihre Blicke trafen sich. »Sie haben mich vergewaltigt.«

Die Frau sah Jade prüfend in die Augen. Dann sagte sie leise: »Und ich dachte, das machen die nur mit schwarzen Mädchen. Ziehen Sie sich aus. Ich werd' Ihnen helfen.«

* * *

Mit langsamen, vorsichtigen Schritten ging Jade den Gehweg entlang. Ihre Hände waren klamm und kühl, und sie fühlte sich, als hätte sie Fieber. Sie schwitzte und fror abwechselnd. Georgie hatte sie bedrängt, noch nicht sofort zu gehen, doch Jade hatte darauf bestanden. Die Abenddämmerung brach herein. Jade würde sich eine gute Entschuldigung für ihr Zuspätkommen zurechtlegen müssen, wenn sie Velta gleich von der Fabrik abholte, doch das bereitete ihr jetzt die geringsten Sorgen.

Mit zitternden Händen schloß sie die Wagentür auf. Dann saß sie eine ganze Weile einfach hinter dem Steuer und starrte gedankenverloren durch die Windschutzscheibe auf die fuchsienfarbenen Blüten einer Myrte. Als sie sich schließlich etwas besser fühlte, startete sie den Motor und fuhr mit hohem Tempo, bis Georgies Haus im Rückspiegel verschwand.

Sie mußte Gary sehen.

Schlimmstenfalls, so sagte sie sich, konnte er sie zurückweisen, und das hatte er bereits getan. Aber wenn sie ihm alles über den besagten Abend erzählen würde, all die Details, die er nicht kannte, dann würde er sich vielleicht mit ihr aussöhnen. Die Vorstellung, daß Gary liebevoll und beschützend die Arme um sie legen würde, ließ Jade aufs Gaspedal treten. Warum nur, so fragte sie sich selbst, hatte sie so lange gezögert, ihm die Wahrheit zu sagen? Niemand auf der Welt kannte sie besser als er. Wenn sie ihm das Herz ausschüttete, dann würde er sicher einsehen, daß sie das Opfer war. Sie würde ihm erklären, daß ihr Schweigen nur seinem Schutz vor dem Spott der Öffentlichkeit gegolten hatte. Und da er diesem Spott jetzt ohnehin ausgesetzt war, wurde ihr Schweigen überflüssig.

Warum sollte sie zulassen, daß Neal, Hutch und Lamar ihr Leben kontrollierten? Gary und sie waren stark, jung und intelligent. Gemeinsam, sicher und beschützt durch die Liebe des anderen, würden sie diese Episode vergessen. Palmetto für immer verlassen und sich eine eigene Zukunft aufbauen können.

Der Gedanke an körperliche Liebe erschreckte sie. Doch Gary war zärtlich. Er würde Geduld haben, bis all ihre Ängste und Abneigungen überwunden waren.

Jade redete sich nicht ein, daß das Leben von jetzt an einfach sein würde. Sie verlangte viel von Gary. Er mußte bereit sein, das Unakzeptable zu akzeptieren. Das würde er tun, wenn er sie nur genug liebte – und daran glaubte sie felsenfest. Gut, er traf sich mit einem anderen Mädchen, doch jedesmal, wenn sie einander begegnet waren, hatte sie, bevor er sich hinter einer gleichgültigen Miene verstecken konnte, eine schmerzliche Sehnsucht in seinen braunen Augen sehen können, die auch sie nach ihm verspürte. Dieser Gedanke machte ihr Mut, während sie durch die Dämmerung raste.

Mit erleuchteten Fenstern wirkte das Haus der Parkers wie eine Räuberspelunke. Jade konnte sehen, wie Mrs. Parker beim Geräusch des näherkommenden Wagens zum Küchenfenster kam und herausschaute. Es war ein milder Abend, und Garys jüngere Geschwister spielten noch draußen im Hof. Otis kam auf seinem Traktor von den Feldern gefahren. Jade stieg aus. Überrascht stellte sie fest, daß ihr die Knie zitterten. Es war albern, vor dem Wiedersehen mit Gary nervös zu sein. Ihn schmerzte die Trennung doch ebenso sehr wie sie. Jade klammerte sich an die Hoffnung, daß auch er sich nach einer Versöhnung sehnte.

Mrs. Parker winkte vom Küchenfenster aus. »Jade, wie schön! Dich haben wir ja schon Ewigkeiten nicht mehr hier gesehen!«

»Ja, ich weiß.« Jade umarmte Garys kleine Schwester und lächelte zum erstenmal seit Monaten. Wenigstens hier, in Garys Familie, war sie also willkommen. »Ich habe euch alle so schrecklich vermißt.«

»Weißt du was, Jade? Joey geht jetzt schon aufs Töpfchen!«

»Na, das ist ja super!«

»Aber manchmal macht er doch noch in die Windeln.«

»Ich kann Rollschuhfahren, Jade.«

Sie hörte sich aufmerksam die Neuigkeiten an und hatte für jede der Banalitäten, die für die Kinder so bedeutend waren, ein Lob bereit. »Wo ist euer großer Bruder?« Sein Wagen war da, also mußte Gary auch irgendwo sein.

»Er ist in der Scheune.«

»Mama hat gesagt, er soll vorm Abendessen noch die Sau füttern.«

»Okay, ich werd' ihn mal suchen gehen.« Jade machte sich behutsam von den Kleinen los.

»Bleibst du zum Essen?«

»Ich weiß noch nicht. Mal sehen.«

»Mama«, rief einer der Jungs zum Haus hinüber, »darf Jade zum Essen bleiben?«

Jade winkte Otis zu, als sie über den Hof ging, und achtete sorgfältig darauf, wohin sie trat. Otis lüftete den Hut und winkte zurück. Daß Garys Familie sie so herzlich aufnahm, machte ihr Mut. Entweder hatten sie noch nichts von all den Gerüchten mitbekommen, oder sie schenkten ihnen keinen Glauben.

»Gary? Gary?« Jade betrat die Scheune durch das große Tor. Ihre Augen mußten sich erst langsam an das Dunkel in diesem höhlenartigen Verschlag gewöhnen. Es roch nach Heu. »Gary, sag' doch was«, rief sie mit einem nervösen Lachen. »Wo steckst du? Was tust du hier im Dunklen?«

Gary tat gar nichts – außer am Ende eines Stricks von dem Dachbalken zu baumeln, an dem er sich erhängt hatte.

Kapitel 8

Atlanta, 1981

Dillon Burke lag nur mit einer Smokinghose bekleidet auf dem Bett, spielte mit seinem Brusthaar und fixierte erwartungsvoll die Badezimmertür, aus der jeden Moment seine Braut kommen mußte. Er fühlte sich wie betrunken, obwohl er sich nur ein Glas von dem Champagner gegönnt hatte, der auf dem Empfang von Debras Eltern so freizügig geflossen war. Die Newberrys waren zwar Baptisten, aber keine Abstinenzler, und da sie für ihre Spendenfreudigkeit bekannt waren, hatte der Prediger nichts gesagt, als die Korken der Magnumflaschen knallten.

Dillon war berauscht von Liebe und Glück. Er schmunzelte, als er daran dachte, wie Debra und er sich umarmt und einander zugeprostet hatten; dabei hatte sie versehentlich ihren Champagner über seine Hand geschüttet und ihn dann vor allen Leuten abgeleckt.

Seine Großmutter hatte ihm immer geraten, sich ein Baptistenmädchen zu suchen. »Das sind rechtschaffene Mädchen«, hatte sie gesagt, »aber nicht so verklemmt wie die katholischen.«

Granny Burke hatte recht behalten, zumindest was Debra betraf. Debras moralische Grundsätze waren unumstößlich, und dennoch war sie ein außergewöhnlich sinnliches Wesen. Sie kam aus einer großen, lebhaften Familie und hatte gelernt, Zuneigung ohne falsche Scham oder Schüchternheit auszudrücken.

Und jetzt wartete Dillon sehnsüchtig auf ein Stückchen dieser ungezügelten, selbstlosen Liebe. Schon der Gedanke daran erregte ihn. Die Hose des geliehenen Smokings spannte sich bedenklich. Er stand auf und ging über den weichen Teppich hinüber zum Fenster, von dem aus man einen phantastischen Ausblick auf Atlanta City hatte. Die Abenddämmerung brach herein, überall flackerten Lichter auf. Zufrieden seufzte er und dehnte seinen breiten Brustkorb. Gott, das Leben konnte so großartig sein. Seines war es. Nun gut, der Anfang war ein bißchen rauh gewesen, doch jetzt wurde er dafür entschädigt.

Dillon hörte, wie die Badezimmertür geöffnet wurde, und fuhr herum. Debra stand in einem Meer goldenen Lichts. Ihr blondes Haar glänzte wie ein Heiligenschein. Als sie auf Dillon zukam, zeichneten sich ihre schwingenden Brüste verlockend unter dem elfenbeinfarbigen Seidennachthemd ab. Bei jedem ihrer Schritte schmiegte sich der aufregende Stoff in die Mulde zwischen ihren Schenkeln.

Er zog Debra an sich und küßte sie mit ungalanter Heftigkeit, drängte mit der Zunge zwischen ihre halb geöffneten Lippen – und schmeckte Mundwasser.

»Was ist?« fragte Debra leise, als sie spürte, wie sich seine Lippen zu einem Lächeln verzogen.

»Hast du gegurgelt?«

»Ja, ich geb's zu, hab' ich getan. Nachdem ich mir die Zähne geputzt habe. Und zwar nachdem ich aus der Badewanne kam.«

»Du hast gebadet?« fragte er und knabberte an ihrem schmalen Nacken.

»Ich dachte mir, für eine Braut gehört es sich zu baden, bevor sie sich ihrem Ehemann hingibt.«

»Willst du, daß ich dusche?«

»Nein.« Sie seufzte und neigte den Kopf zur Seite, damit Dillon leichter an ihren Hals kam. »Ich will, daß du genau da weitermachst, wo du gerade angefangen hast.«

Er lachte. »Das wollen wir doch mal prüfen.«

Seine Hände wanderten hinunter zu ihren Brüsten. Er rieb sie zart mit den Knöcheln, bis ihre Brustwarzen steif waren. »Aha, hab' ich's doch gewußt.« Er nahm Debra in die Arme, preßte sie an sich und küßte sie leidenschaftlich. Als er schließlich den Kopf wieder hob, sagte er: »Ich liebe dich, Debra.«

Er hatte sie vom Moment ihrer ersten Begegnung an geliebt. Sie hatten sich zu Beginn des Herbstsemesters an der Georgia Tech University kennengelernt. Sie hatten sich beide für den Kurs in Altenglisch eingeschrieben. Für Dillon war es ein Wahlfach, für Debra, die in Sprachen ihren Abschluß machen wollte, war der Kurs Pflicht.

Nachdem er die ersten Worte aus dem Mund des betulichen Professors gehört hatte, kam Dillon zu dem Schluß, daß er ganz dringend den Kurs wechseln sollte. Er glaubte nicht, ein ganzes Semester lang, drei Stunden in der Woche, die nasale Aussprache des Professors ertragen zu können.

Dann stürmte Debra, fünf Minuten zu spät, in den Hörsaal. Ihr blondes Haar war zerzaust und ihre Wangen gerötet. Sie entschuldigte sich noch ganz außer Atem, weil sie die Treppen hinaufgerannt war.

Dillon verliebte sich auf der Stelle in sie. Und er wollte auf der Stelle mit ihr schlafen.

Nach dem Kurs boxte er sich seinen Weg durch die anderen Studenten zu jenem Wesen, das seine Pläne, das Wahlfach zu wechseln, durchkreuzt hatte. »Hi«, sagte er und lief neben Debra Newberry her. Er hatte gehört, wie sie dem verärgerten Professor ihren Namen genannt hatte.

Sie schaute hoch und sah Dillon an, mit Augen blau wie die Karibik. »Hi.«

»Gehörst du zu irgendwem?«

Sie waren bei der Treppe angekommen. Debra hielt an und drehte sich zu ihm um. »Bitte?« Er zog sie nach hinten, damit die anderen nicht über sie stolperten, und wiederholte seine Frage. »Ich gehöre nur mir«, antwortete sie selbstbewußt.

»Kein fester Freund, kein Ehemann, kein Verlobter?«

»Nein. Ich weiß auch gar nicht, was dich das angehen könnte...«

»Darauf wollte ich ja gerade kommen. Würdest du gern mit mir ins Bett gehen?«

»Keine Ahnung. Würde ich das gerne?«

Sie hätte ihn ignorieren und einfach weitergehen können. Sie hätte wütend werden und ihm eine Ohrfeige geben können. Sie hätte ihm einen Vortrag über Sexismus halten können. Statt dessen hatte sie genauso reagiert, wie er gehofft hatte – kein bißchen schockiert oder sprachlos. Sie hatte die Situation umgekehrt und ihn geblufft. Er hatte sie mit einem derart breiten Schmunzeln gefragt, daß sie einfach nicht beleidigt sein konnte.

Bis auf wenige Ausnahmen kam Dillon gut bei Frauen an. Er nahm das bescheiden hin, denn er selbst konnte mit seinem hübschen Gesicht nicht viel anfangen. Schließlich waren nur die Gene dafür verantwortlich. Er fand seine braunen Augen völlig normal, doch von Frauen hörte er oft, daß die goldenen Sprenkel darin ungewöhnlich und faszinierend wären. Sie bewunderten ihn immer wegen seiner langen schwarzen Wimpern und wegen der blonden Strähnen, die sein braunes Haar im Sommer aufhellten.

Als jedoch Debra ihn musterte, war ihm zum erstenmal im Leben wichtig, attraktiv auf eine Frau zu wirken. Offensichtlich war das der Fall, denn sie flirtete mit ihm. Anstatt miteinander ins Bett zu gehen, tranken sie zusammen Kaffee und erst, als sie die zweite Tasse beinahe geleert hatte, fragte sie ihn nach seinem Namen.

Es wurde Erntedankfest, bevor sie miteinander schliefen. Ihre Rendezvous hatten jedesmal mit heißen Küssen und zärtlichem Streicheln geendet. So schwer es Dillon auch gefallen war, er hatte sich damit begnügt.

Am Nachmittag des Erntedankfests, als sie in der Küche der Newberrys beim Abwasch waren, sagte Debra plötzlich: »Dillon, laß uns miteinander schlafen.« Er vergeudete keine Sekunde, schob sie aus dem Haus, das von Verwandten belagert war, und fuhr mit ihr ins nächstgelegene Motel.

»Du hättest mir sagen sollen, daß du noch Jungfrau warst«, flüsterte er hinterher.

Sie sah, wie unsicher er war, und kuschelte sich an ihn. »Ich wollte aber nicht, daß du mich für prüde hältst.«

»Du weißt, was das bedeutet, oder?«

»Daß du mich morgen früh verachten wirst?« fragte sie schelmisch.

»Nein. Es bedeutet, daß wir heiraten werden.«

»Ich habe gehofft, daß du das sagst.«

Sie verschoben die Hochzeit um sieben Monate, weil sie erst ihren Abschluß machen wollten und weil Debra schon immer davon geträumt hatte, im Sommer zu heiraten. Abgesehen davon dauerten die Vorbereitungen für ein Fest mit fünfhundert Gästen ebensolange.

Jetzt, als der pompöse offizielle Teil vorüber war, hob Dillon seine Braut auf die Arme und trug sie zum Bett. Vorsichtig setzte er sie ab. »Willst du nicht, daß ich das ausziehe?« fragte Debra und deutete dabei auf das Nachthemd.

»Noch nicht. Du hast bestimmt ein Vermögen dafür bezahlt. Du solltest es etwas länger als nur fünfundvierzig Sekunden tragen. Aber abgesehen davon«, fügte er hinzu, »fühlt es sich phantastisch an.«

Er strich mit der Hand über ihren Bauch, als er Debra leidenschaftlich küßte. Sie fühlte sich unter seinen großen Händen wie eine Puppe mit beweglichen Gliedmaßen an, die er je nach Lust und Laune biegen und plazieren konnte. Doch er nutzte ihre Bereitschaft, ihm zu gefallen, nie aus und achtete darauf, ihr nicht wehzutun. Und so drückte er auch jetzt nur ganz sanft zu, als er sie um die Hüften faßte, ihren Bauch an sein Gesicht hob und ihn durch den weichen Stoff küßte.

»Hmmm«, stöhnte sie, als er sie wieder auf das Laken hinuntergleiten ließ. »Lieb mich jetzt, Dillon.«

»Das tue ich.« Obwohl seine Erektion so groß war, das es schmerzte, wollte er nicht, daß ihr erster Liebesakt als Mann und Frau hastig und unbedacht vollzogen wurde. Er hatte sein ganzes Leben lang darauf gewartet, mit einem anderen Menschen eins zu sein. Und Debra war dieser Mensch. Diese Situation mußte also gebührend zelebriert werden.

Er zeichnete mit den Fingern ihre Rippen nach und streichelte dann mit den Daumen die Kurven ihrer Brüste. Die Seide, die sich zwischen seiner und ihrer Haut spannte, erhöhte nur die Lust, die er verspürte, als er sie liebkoste und ihren Körper reagieren sah.

Dann, ermuntert durch ihr Stöhnen, entblößte er ihre Brust, küßte ihre Brustwarze, saugte rhythmisch und ließ seine Zunge an ihr spielen.

»Dillon, bitte...«

Seine Hand glitt zu dem Dreieck zwischen ihren Schenkeln. Sie hob die Hüften und rieb sich an seiner Hand. Vielleicht hätte er das noch ausgehalten, wenn sie nicht seinen Reißverschluß geöffnet und seine Erektion befreit hätte. »Gott«, murmelte er, als sie ihren Daumen über die empfindliche Spitze gleiten ließ.

Und so fand der erste Vollzug ihrer Ehe für ihn in Smokinghose und für sie im Negligé statt. Viel später, als sie nackt und ineinander verschlungen auf dem Bett lagen, gönnten sie sich eine kurze Pause von der Lust.

»Ich habe den schönsten Ehemann der Welt.« Debra lag auf ihm, küßte seine Brust und grub die Nase in sein lockiges Haar.

»Schön?« fragte er skeptisch. »Na ja, ich weiß nicht.«

Doch sie schüttelte stur den Kopf. »Schön.« Sie küßte eine seiner Brustwarzen und lachte, als er vor Lust aufstöhnte.

»Ich habe dich verdorben«, sagte er. »Bevor du mich kennengelernt hast, warst du ein braves Mädchen.«

»Ja, bevor ich wußte, was ich alles verpasse.«

Erst als sie seinen Heiratsantrag angenommen hatte, traute er sich zu glauben, daß sie ihn wirklich liebte, obwohl sie es schon unzählige Male geschworen hatte. Es war ihm einfach zuviel des Glücks erschienen. Er hatte jemand so Hübsches und Unverdorbenes wie Debra Newberry nicht verdient. Er hatte das volle Einverständnis ihrer Familie nicht verdient. Seine Zweifel hatten beinahe zu einem Streit zwischen ihnen geführt.

Mitten in ihrer Auseinandersetzung hatte Debra gefragt: »Was ist das für ein schreckliches Geheimnis, von dem du glaubst, es könnte unsere Liebe zerstören?«

»Ich bin vorbestraft«, war es aus ihm herausgeplatzt. »Meinst du wirklich, deine Eltern wollen einen Schwiegersohn, der gesessen hat?«

»Das kann ich dir nicht beantworten, Dillon, bevor du mir nicht gesagt hast, weshalb du vorbestraft bist.«

Seine Eltern waren gestorben, als er acht Jahre alt war. »Sie waren auf dem Weg ins Sommercamp, um mich abzuholen. Es war einer dieser typischen Highway-Unfälle. Ein LKW-Anhänger hat sich plötzlich quergestellt. Ihr Wagen geriet darunter.«

Weil es niemanden gab, der ihn aufnehmen konnte, kam er zu seiner Großmutter väterlicherseits. »Granny Burke hat ihr Bestes getan, aber ich war ein jähzorniges Kind. Bis zum Tod meiner Eltern lief alles völlig normal. Dad hat gut für uns gesorgt, und Mom hat mich geliebt und sich um mich gekümmert. Ich fand es einfach nicht fair, weder ihnen noch mir gegenüber, daß sie plötzlich tot sein sollten.

Ich fing an, in der Schule Ärger zu machen. Meine Zensuren fielen ins Bodenlose. Ich haßte Granny, weil sie den Platz meiner Eltern einnehmen wollte. Sicher, rückblickend weiß ich, daß ich zu diesem Zeitpunkt eine ungeheure Last für sie gewesen sein muß. Irgendwann fing ich an zu glauben, daß es das Schicksal so gewollt hatte, und für ein paar Jahre lief alles glatt.

Doch dann, als ich vierzehn war, wurde Granny krank. Sie mußte ins Krankenhaus. Als ich fragte, wie schlimm es um sie stand, kamen mir die Ärzte mit einer Menge Mist, von wegen – vertraue auf Gottes Wille und so weiter. Da wußte ich, daß Granny auch sterben würde. Sie selbst sagte es mir ganz unverblümt, was ich ihr hoch anrechne. ›Es tut mir leid, daß ich dich allein lassen muß, Dillon‹, sagte sie, ›aber es liegt nicht in meinen Händen.‹

Als sie tot war, kam ich in eine Pflegefamilie. Ich haßte es. Außer mir waren da noch fünf Kinder. Ich hörte damals immer wieder von einem Krieg irgendwo in Vietnam, aber ich konnte mir nicht vorstellen, daß dort schlimmer gekämpft wurde als in diesem Haus, besonders zwischen den beiden Erwachsenen. Mehr als einmal mußte ich mit ansehen, wie er sie zusammenschlug.

An meinem sechzehnten Geburtstag lief ich weg. Mich allein durchschlagen zu müssen, das konnte nicht schlimmer sein, als in dieser Pflegefamilie zu bleiben. Ich hatte mitgekriegt, daß meine Eltern Geld für mich angelegt hatten, also machte ich mich auf die Suche danach. Ich fand heraus, daß dieses Geld schon von jemandem ausgegeben worden war. Wahrscheinlich von meinen Pflegeeltern. Das machte mir nicht viel aus. Ich war sicher, daß ich mich allein ernähren konnte – was natürlich nicht klappte, und ich fing an zu stehlen, um nicht zu verhungern.

Ich wurde erwischt und auf eine ›Farm für schwer erziehbare Jungen‹ geschickt, ein netter Ausdruck für Knast. Vom Tag meiner Ankunft an schmiedete ich Fluchtpläne. Ich versuchte es zweimal. Beim zweiten Mal prügelte mich einer der Sozialarbeiter dort windelweich.«

»Wie schrecklich«, murmelte Debra.

Dillon warf ihr einen nachdenklichen Blick zu. »Das dachte ich zunächst auch. Später erklärte er mir, daß er es tun mußte, weil ich ihm sonst nicht zugehört hätte.

Er sagte mir, okay, ich hätte ein ziemlich beschissenes

Blatt auf die Hand bekommen, aber wie ich die Karten ausspiele, das läge ganz allein an mir. Ich würde entweder so weitermachen können und mein Leben im Knast verbringen, oder die Dinge beim Schopf packen und sie zu meinen Gunsten wenden.«

»Und offensichtlich hast du seinen Rat befolgt.«

»Dort drin habe ich meinen High-School-Abschluß gemacht. Als ich rauskam, besorgte er mir einen Job beim öffentlichen Versorgungswerk, Programme entwickeln und so weiter. Damit habe ich mir das College und eine Bleibe finanziert. Den Rest kennst du.«

Debra sah ihn milde tadelnd an. »Das war's? Das ist das ganze Geheimnis deiner dunklen Vergangenheit?«

»Reicht das etwa nicht?«

»Dillon, du warst noch ein Kind. Du hast ein paar Fehler gemacht.«

Er schüttelte stur den Kopf. »Ich habe aufgehört, Kind zu sein, als ich acht war und erfuhr, daß meine Eltern tot waren. Seit damals bin ich für alles, was ich getan habe, voll verantwortlich.«

»Okay, manche deiner Fehler waren sicherlich ernster als normal und die Konsequenzen daraus auch. Aber sei nicht so hart zu dir selbst. Du hast aus deinen Jugendsünden gelernt. Ich würde diesen Sozialarbeiter gern persönlich kennenlernen und ihm dafür danken, daß er dir den Kopf gewaschen hat.«

»Ja, ich wünschte auch, du könntest ihn kennenlernen. Aber kurz nach meiner Entlassung hat ihm ein Kid bei einer Sitzung ein Messer in die Rippen gejagt und zugesehen, wie er langsam verblutet ist. Und so«, hatte er zusammenfassend geendet, »habe ich leider niemanden, den ich zu der schicken Hochzeitsfeier, die deine Mutter plant, einladen kann.«

»Du wirst da sein«, hatte Debra gesagt und ihn umarmt. »Und du machst mich glücklich. Das ist alles, was meine Familie interessiert.«

Die Newberrys waren alteingesessene Mitglieder einer reichen Gemeinde. Debras Eltern stammten aus großen Familien, und auch sie selbst hatte drei Brüder und zwei Schwestern. Alle, bis auf eine Schwester, waren bereits verheiratet, und so erschien bei jedem Familientreffen ein ganzes Heer von Tanten, Onkeln, Cousinen und Cousins.

Dillon war von ihnen herzlich aufgenommen worden. Anfangs hatte er sich unnahbar gegeben. Er hatte Angst gehabt, daß er sie irgendwie enttäuschen könnte, wenn er sie zu nahe an sich heranließ, genauso, wie er Angst gehabt hatte, Debras bedingungslose Liebe zu akzeptieren.

Doch jetzt, als sie zusammen die friedliche Stimmung genossen, beglückwünschte sich Dillon im stillen zu seiner luxuriösen Situation. Er hatte einen College-Abschluß, der ihm viele Türen öffnen würde, und er war jetzt Teil einer großen, liebevollen Familie; etwas, das er nie gehabt hatte. Und seine Braut war süß, intelligent, humorvoll und sexy.

Er griff in ihr volles Haar und zog sachte ihren Kopf hoch. »Du solltest besser aufhören, an meiner Brust zu knabbern.«

»Gefällt es dir nicht?«

»Es gefällt mir so gut, daß du es bereuen könntest.«

»Das geht gar nicht.« Lächelnd senkte sie erneut den Kopf und küßte seinen Bauch. »Dillon?«

»Hmm?«

»Zeig mir, wie, äh, wie man Liebe mit dem Mund macht.«

Seine Augen, die er gerade träge und genüßlich halb geschlossen hatte, sprangen weit auf.

Mit Ausnahme der Zeit, die er in der Besserungsanstalt zugebracht hatte, hatte Dillon Sex immer für etwas völlig Selbstverständliches gehalten. Er hatte nie darum betteln müssen.

Eines Morgens, als Dillon noch bei seiner Großmutter wohnte, hatte es an der Hintertür geklopft.

Mrs. Chandler, ihre Nachbarin, war eine junge, lebendige Frau mit großen Augen, großen Brüsten und langen Beinen, die sie gerne in kurzen, engsitzenden Shorts präsentierte. Ihr Mann arbeitete als LKW-Fahrer für eine große Supermarktkette und war mehr unterwegs als zu Hause. Und immer, wenn sich Mrs. Chandler langweilte, kam sie zu den Burkes.

»Hi, Dillon, ist deine Oma da?«

Sie wußte nur allzugut, daß Granny Burke nicht da sein konnte, denn ihr Wagen stand nicht in der Auffahrt. Dillon, aufsässig wie alle Dreizehnjährigen, war versucht, ihr das zu sagen. Doch das wäre frech gewesen, und seine Großmutter hatte versucht, ihm Manieren beizubringen. Also antwortete er: »Granny ist zum Einkaufen gefahren.«

»Oje...« Mrs. Chandler klimperte enttäuscht mit den Wimpern. »Sie hat mir nämlich gesagt, ich könnte mir die Coupons abholen, die sie für mich gesammelt hat. Weißt du vielleicht, wo sie die hat?«

»Die liegen auf dem Tisch im Flur.«

»Kann ich sie mir holen? Ich wollte gerade zum Supermarkt, und da ist mir eingefallen, daß ich die Coupons vergessen habe.«

Auch diese Lüge durchschaute Dillon sofort. Mrs. Chandler war wirklich nicht so angezogen, als wollte sie zum Einkaufen – sie war angezogen, als wollte sie jemanden verführen. Aus purer Neugier hielt er ihr das Fliegengitter auf und ließ sie hereinkommen, machte aber keine Anstalten, zum Tisch im Flur zu gehen.

Er blieb einfach stehen und musterte Mrs. Chandler. Er überragte sie bereits. Ihre Hände wanderten über seine nackten Ärmel zu seiner muskulösen Brust, die noch nicht voll entwickelt war, aber sehr vielversprechend aussah.

»Schau an, schau an, Dillon. Wie groß du doch geworden bist.«

Sein junger Körper strotzte vor männlichen Hormonen; sein Kopf dröhnte von Begierde. »Sie auch. Äh, ich meine, Sie sind auch groß.« Sein Blick wanderte zu ihren Brüsten. Die großen dunklen Monde zeichneten sich unter ihrer engen weißen Baumwollbluse ab.

In Sekundenschnelle war selbst diese dünne Hülle gefallen. Mrs. Chandler nahm sein glattes Gesicht in die Hände und rieb ihre rosa Brustwarzen an seinen Lippen. Gerade als die treulose Nachbarin in seine Shorts langte, bog Granny Burkes Wagen in die Auffahrt ein.

Zwei Tage später war Mrs. Chandler so weit, daß sie es sogar riskierte, erwischt zu werden. Sie stahl sich durch die Hintertür, während Granny Burke ihr Mittagsschläfchen hielt. Sie hob den Zeigefinger an die Lippen und bedeutete Dillon, auf sein Zimmer zu gehen. Als sie über den Flur schlichen, hörten sie ein leises Schnarchen aus Großmutters Schlafzimmer.

Sobald Dillon die Tür hinter sich geschlossen hatte, fiel Mrs. Chandler wie eine ausgehungerte Katze über ihn her. Und Dillon, dem es an der Finesse fehlte, die nur mit der Erfahrung kommt, verhielt sich ebenso ungestüm. Sie war heiß und feucht, als er in sie eindrang, und er kam fast sofort. Als es vorbei war, beschwerte sie sich lediglich, daß es zu schnell gegangen war.

Aber dann tätschelte sie ihm die Hand und sagte: »Macht nichts, das üben wir schon noch.«

»Wie?« fragte Dillon. Er sah sie mit seinen ernsten, braunen Augen an. »Wie kann ich es üben?« flüsterte er. »Wie wäre es richtig gewesen? Zeigen Sie es mir?«

Sein Bemühen und sein Ehrgeiz kamen so unerwartet, daß sie weinen mußte. Und so verbrachten sie den Rest des Sommers damit, daß sie ihm zeigte, wie man eine Frau verführt und befriedigt. Sie klagte ständig, daß der ›Gorilla‹, mit dem sie verheiratet wäre, nicht einmal wüßte, wofür ›es‹ überhaupt war. »Er bumst mich, bis ich so wund bin, daß ich nicht mehr laufen kann. Das ist dann sein Beweis, was für ein toller Liebhaber er ist.«

Dillon erwies sich als eifriger Schüler. Er lernte schnell, was Mrs. Chandler brauchte und wollte. Dabei vergaß er nie, daß sie einem anderen gehörte. Was sie taten, war unmoralisch, das war ihm bewußt. Mehr als einmal schwor er sich im stillen, damit aufzuhören. Doch wenn sie dann zu ihm kam, erregt und gierig, konnte er ihr einfach nicht widerstehen. Abgesehen davon fand er nicht, daß er sich einem LKW-Fahrer gegenüber irgendwie schuldig fühlen mußte. Der Fahrer des Lasters, unter dem seine Eltern den Tod gefunden hatten, war damals ungeschoren davongekommen.

Kurz nach Labour Day kam Mrs. Chandler in ihr Haus und erzählte seiner Großmutter, daß ihr Mann versetzt worden war. »Wir ziehen nächstes Wochenende um nach Little Rock.«

»Ein Glück, daß wir die los sind«, murmelte Granny, als Mrs. Chandler hinter der Rosenbuschhecke verschwand, die ihre Gärten voneinander trennte. Dillon sah seine Großmutter scharf an. Er fragte sich, ob sie vielleicht die ganze Zeit gewußt hatte, was den Sommer über jeden Tag in seinem Zimmer geschehen war, während sie ihren Mittagsschlaf hielt. Sie sprachen nie wieder über Mrs. Chandler.

Aber Dillon sollte sie nie vergessen. Vielleicht können Männer die erste Frau, mit der sie geschlafen haben, eben nicht vergessen, dachte er. Er hatte ihren Körper wie ein Experimentierlabor benutzt, aber er fühlte sich deshalb nicht schuldig. Sie hatte sich seiner genauso bedient und hatte genausoviel Befriedigung erfahren wie er – manchmal sogar mehr. Er probierte sein neu erworbenes Wissen an den Mädchen der High School aus. Die meisten waren älter als er. Dann profitierte eine seiner ›Stiefschwestern‹ in der Pflegefamilie von seinen Erfahrungen. Sie war ein plumpes Mädchen mit Mundgeruch und schlechter Haut, und sie war unendlich dankbar für die Zärtlichkeit, mit der er sich Nacht für Nacht ihrer annahm. Die Mädchen, die er später auf der Straße kennenlernte, waren verbraucht, und seine Erlebnisse mit ihnen verliefen emotionslos.

Als er aus der Besserungsanstalt entlassen wurde und aufs College kam, war er geil wie ein Bock. Und wieder war die Natur auf seiner Seite. Er war, sowohl psychisch als auch physisch, seinen Altersgenossen voraus. Und das Potential, das Mrs. Chandler schon in dem Dreizehnjährigen erkannt hatte, war nun voll ausgebildet: Sein Körper war schlank und stark, Dillon war umgänglich und beliebt. Und so fiel es ihm auch nicht schwer, Freunde zu finden und die hübschesten Frauen ins Bett zu kriegen.

Die erste Frau, die es ihm mit dem Mund machte, war eine Nutte. Es passierte auf einer Party und gehörte zum Aufnahmeritual für die Studentenbrüderschaft. Sie war routiniert: Ein bißchen Tittengewackel, ein schneller Blowjob – macht zehn Dollar. Es gab noch andere Gelegenheiten, doch meist erfüllten die Frauen diese spezielle Liebestechnik wie eine lästige Pflicht, wie etwas, das sie nicht mochten, aber unterwürfig erledigten, weil sie glaubten, es gehöre nun einmal dazu. Noch niemals zuvor hatte ihn eine Frau aus Liebe und Leidenschaft gefragt, ob er ihr diese Technik beibringen könne. Sanft ließ er die Finger durch Debras Haar gleiten und sagte: »Du mußt es nicht tun.«

Sie sah ihn verwirrt an. »Ich will aber. Ist es dir peinlich?«

Er lachte verlegen, als er merkte, daß es das wirklich war. »Ja, ein bißchen.«

»Ich will es richtig machen.«

»Es gibt dabei aber kein ›richtig‹ oder ›falsch‹.«

»Aber es gibt einen Unterschied zwischen gut und besser.« Sie krabbelte an ihm hoch und preßte ihre Lippen auf seine. »Und ich will, daß du mir zeigst, wie man es besser macht.«

Später betrachtete Dillon seine Braut, die friedlich an ihn gekuschelt schlief. Sie war so schön, daß es ihm die Kehle zuschnürte, sie war mehr als nur äußerlich schön. Sie war ein schöner Mensch. Falschheit in jeder Form war ihr völlig fremd.

Er war der einzige Mann, der je ihren Körper besessen hatte, und das war ein Privileg, das er nicht leichtnahm. Sie hatte ihm ihr Herz und ihre Liebe anvertraut. Sie verließ sich darauf, daß er sie für den Rest ihres Lebens finanziell und emotional versorgte. Und damit stand er vor der größten Herausforderung seines Lebens: Das zu sein, was Debra brauchte.

»Versau es nicht, Burke.« Sein beschwörendes Flüstern durchschnitt die Stille des dunklen Raums.

Kapitel 9

»Mr. Burke, Pilot will Sie sofort sehen.«

Dillon saß in seinem quadratischen Büro, das er sich mit drei anderen Zeichnern teilte. Er salutierte scherzhaft, warf den Stift auf den Tisch und murmelte hinter vorgehaltener Hand ein paar Flüche in sich hinein. Die fragenden Blicke seiner Mitarbeiter ignorierte er einfach.

Dann stand er auf und riß das Jackett von der Stuhllehne. Ohne sich die Mühe zu machen, die Hemdsärmel herunterzurollen, zog er es sich über und stapfte aus dem Büro. Es war eines von Hunderten in dem riesigen Komplex, der zu Pilot Engineering Industries von Tallahassee gehörte. Der Name der Firma war irreführend, denn das Unternehmen hatte nichts mit Luftfahrt zu tun. Es war ein Bauunternehmen, benannt nach seinem Begründer und Geschäftsführer Forrest G. Pilot. Es ging das Gerücht, Forrest G. sei ein Nachfahre von Pontius Pilatus und habe auch dessen Vorliebe für Kreuzigungen geerbt.

Und heute, so befürchtete Dillon Burke, war er das Opfer.

»Er wird gleich Zeit für Sie haben. Setzen Sie sich doch bitte.« Pilots Sekretärin bedeutete ihm, auf einem Stuhl im Vorzimmer des Heiligtums Platz zu nehmen.

Zornig ließ sich Dillon in den Stuhl fallen. Er war vor allem auf sein eigenes Benehmen vom Vortag wütend. Offensichtlich hatte einer von Pilots Spionen über seinen gestrigen verbalen Ausbruch berichtet. Pilot sah es nicht gern, wenn seine Untergebenen Kritik übten. Im Idealfall summten seine Drohnen fleißig in den ihnen zugeteilten Kämmerchen und behielten ihre Meinung von der Geschäftsleitung für sich. Bis gestern hatte sich Dillon auch an dieses ungeschriebene Gesetz gehalten.

Anfangs war er sehr froh gewesen über seinen Job bei Pilot Industries, denn die Firma war führend im Südosten. Weder ihm noch Debra hatte es etwas ausgemacht, umzuziehen. Es war ihnen wie eine Verlängerung ihrer Hochzeitsreise vorgekommen. Sein Anfangsgehalt war nicht umwerfend gewesen, aber Dillon war sicher gewesen, sich schnell steigern zu können. Er hatte darauf spekuliert, daß seine Vorgesetzten, wenn sie erst einmal sein wahres Potential erkannt hatten, ihm eine Gehaltserhöhung anbieten würden, um ihn nicht an die Konkurrenz zu verlieren. Er hatte sich selbst einen kometenhaften Aufstieg prophezeit.

Doch der war bisher nicht eingetreten. Das Unternehmen heuerte Dutzende von Ingenieuren frisch vom College an, und keinem war eine Beförderung gewährt worden. Dillon mischte weder ganz oben mit, noch verdiente er viel Geld. Zwar behauptete Debra tapfer, sie sei rundum glücklich, doch Dillon war sicher, daß sie den Luxus vermißte, den sie von ihrem Elternhaus gewohnt war. Und sie hatte wirklich etwas Besseres als ihr mickriges Einzimmerapartment verdient.

Ihm kam es vor, als stünde die Zeit für ihn still. Mit jedem Tag wurde er ungeduldiger. Es gab so viel, was er tun wollte, und Pilot Industries gewährte ihm nicht einmal ansatzweise eine Chance. Er hätte schon vor Monaten gekündigt, wäre die Arbeitslosenrate nicht so hoch gewesen. Er konnte es sich nicht leisten, den Job zu verlieren, solange er keine Aussicht auf einen besseren hatte.

Der Summer auf dem Tisch der Sekretärin ertönte. »Sie können jetzt reingehen, Mr. Burke«, sagte sie höflich unterkühlt.

Dillon stand auf, rückte sich im Gehen die Krawatte zurecht, packte den Messingknauf und öffnete stürmisch die Tür.

Pilot hob den Blick von den Plänen auf seinem Tisch und musterte Dillon über den Rand der silbernen Lesebrille hinweg. Er nickte Dillon zu und bedeutete ihm, auf dem Besucherstuhl vor dem Schreibtisch Platz zu nehmen. Dillon ließ sich von Pilots Blick nicht verunsichern. Er starrte ebenso zurück. Schließlich sagte Pilot: »Ich habe gehört, Sie sind unzufrieden mit Ihrer Arbeit, Mr. Burke?«

Er würde ohnehin gefeuert werden, also konnte er ebensogut ehrlich sein. Zum Teufel mit Forrest G. Pilot, wenn ihm nicht gefiel, was er zu sagen hatte. Debra, da war er sicher, würde zu ihm halten und ihn ermuntern, seine Meinung zu sagen. »Das ist richtig.«

»Wissen Sie, ich sehe es gerne, wenn meine Mitarbeiter zufrieden sind. In einem solchen Klima arbeitet es sich leichter.«

»Ich hatte nicht vor, das Klima zu ruinieren. Ich habe etwas gesehen, das mir nicht gefallen hat, und ich habe meinen Standpunkt dazu deutlich gemacht. Das war schon alles.«

Pilot setzte die Brille ab und putzte nachdenklich die Gläser mit seinem Leinentaschentuch. »Und was hat Ihnen daran, daß Mr. Greyson zum Leiter des Klinikum-Projekts ernannt wurde, nicht gefallen?«

»Es geht gar nicht darum, ob es mir gefällt oder nicht. Ich bin stinksauer. Ich hatte mich bei meinem Vorgesetzten für dieses Projekt beworben, und er hat mir garantiert, daß meine Bewerbung auf Ihrem Tisch landet.«

»Das tat sie auch.«

»Ah, verstehe. Dann hatte Greyson wohl die besseren Karten.«

»Mr. Greyson ist seit zehn Jahren bei unserem Unternehmen. Sie erst seit letztem Jahr. Dazu sind Sie ein Frischling von der Uni. Ihre Qualifikationen und Zeugnisse waren offensichtlich beeindruckend genug für uns, um Sie einzustellen, aber Sie sind noch immer ein Grünschnabel.« Er breitete die Arme aus. »Mr. Greyson hat einfach mehr Erfahrung.«

»Und ich mehr Talent.«

Dillons unbescheidene Behauptung überraschte den älteren Mann, und er mußte lachen. »Und offensichtlich auch mehr Mumm.«

»Als man mich einstellte«, fuhr Dillon fort, »wurde mir versprochen, daß ich konkrete Arbeitserfahrung sammeln könnte. Dieses Klinikum-Projekt ist schon das dritte, bei dem ich zurückstecken muß zugunsten von jemandem, der nicht höher qualifiziert ist. Offen gesagt, ich finde, diese Leute sind sogar weniger qualifiziert. Ihre Beförderungspolitik ist nicht in Ordnung, Mr. Pilot. Arbeitseinsatz und Talent sollten belohnt und nicht in diesen Terrarien, die sie Büros nennen, eingesperrt werden.«

»Mr. Burke...«

»Ich bin Ingenieur. Ich will etwas bauen. Als die anderen Jungs Autos und Kampfjets kritzelten, kritzelte ich bereits Gebäude aus der Zukunft, und ich versuchte herauszukriegen, wie man sie bauen könnte.«

Außer Atem stand er auf und begann im Raum umherzulaufen. »Was ich dort draußen mache«, sagte er und zeigte auf die Tür, »habe ich bereits im ersten Semester an der Uni gekonnt.«

»Nun, es gibt Männer, die einen Job als technischer Zeichner bei Pilot als Hauptgewinn betrachten würden.«

»Den ganzen Tag am Zeichenbrett zu sitzen und auf den Fünf-Uhr-Gong zu warten, ist aber nicht meine Vorstellung von einem herausfordernden Job. Und in ein paar Jahren werden die Zeichnungen sowieso von Computern gemacht. Dann werden technische Zeichner zum Programmierer umgeschult werden müssen.«

Pilot lehnte sich im Sessel zurück. »Und was ist Ihre Vorstellung von einem herausfordernden Job, Mr. Burke?«

»Mit Architekten zusammenzuarbeiten, die Subunternehmen anzuheuern, ein Projekt zu leiten. Ich will dabei sein, vom Moment des ersten Spatenstichs bis zum Einschrauben der letzten Glühbirne.«

»Dann werden wir beide uns wohl nicht einigen können.«

Obwohl er mit seinem Rausschmiß gerechnet hatte, erschrak Dillon, als er die Worte tatsächlich hörte. Himmel, was hatte er sich nur dabei gedacht, sich selbst in eine derartige Klemme zu manövrieren? Was sollte er jetzt tun? Wie sollte er sich und seine Frau ernähren?

»Der erste Spatenstich ist nämlich bereits getan.«

Dillon blinzelte verwirrt. »Bitte, Sir?«

»Nun, der Rohbau steht eigentlich schon, aber dann

wurde das Projekt wegen der katastrophalen Leitung auf Eis gelegt.«

»Ich verstehe nicht.«

»Setzen Sie sich, Mr. Burke.« Als Dillon wieder Platz genommen hatte, fuhr Pilot fort: »Während Sie sich darüber aufregten, daß ich Ihnen nicht das Klinikum-Projekt übertrug, hatte ich Sie bereits für ein anderes Projekt im Auge.« Dillon mußte schlucken, doch er schwieg.

»Im Gegensatz zu dem, was Sie glauben, ist Ihre Arbeit nicht unbemerkt geblieben. Ebensowenig Ihre Qualitäten als Führungspersönlichkeit. Ich kann mich rühmen, einen Riecher für ehrgeizige Talente zu haben. Wie Sie bereits sagten – manche geben sich mit einem reglementierten Job zufrieden. Andere nicht. Sie gehören zu den Letzteren.

Doch leider sind Talent und Jugend allein eben nicht genug. Um wirklich Erfolg zu haben, muß man lernen, Geduld und Selbstdisziplin zu entwickeln. Ich sollte Sie jetzt eigentlich auf der Stelle für Ihre Beleidigungen feuern. Aber das werde ich nicht tun. Erstens, weil Sie als Talent zu wertvoll sind, um Sie der Konkurrenz in den Schoß zu legen, und zweitens, weil ich für den Job, den ich im Hinterkopf habe, jemanden brauche, der den Mumm hat aufzuräumen, wenn es notwendig wird.

So. Und nun kriegen Sie sich wieder ein, und sagen Sie mir, ob Sie an dem Projekt interessiert sind.«

Es gelang Dillon, Haltung zu bewahren. »Sicher, ich bin sehr interessiert.«

»Bevor wir ins Detail gehen, sollte ich Ihnen sagen, daß dieser Job einen großen Nachteil hat.«

Wie sollte es auch anders sein, dachte Dillon enttäuscht. Der Teufel kriegt immer seinen Anteil. Auf etwas Gutes folgt immer etwas Schlechtes – das war Dillons Interpretation des Newtonschen Gesetzes. Der kosmische Punktezähler dort oben sorgte eben immer für ein angemessenes Gleichgewicht. Aber nichts konnte schlimmer sein, als in diesen Glaskäfig zurück zu müssen, dachte Burke. Veränderung war immer besser als Stagnation.

»Mr. Pilot, ich bin zu allem bereit.«

* * *

An diesem Abend kam Dillon mit einem Strauß Blumen, frischem Weißbrot und einer Flasche Wein nach Hause. »Was gibt's denn zu feiern?« fragte Debra atemlos, als sie nach dem stürmischen Begrüßungskuß wieder zu sich kam.

»Was gibt's zu essen?«

»Hamburger. Warum?«

»Gut. Weil ich Rotwein gekauft habe.«

»Gekauft? Scheint mir eher, daß du auf dem Heimweg schon welchen getrunken hast«, sagte sie. »Du benimmst dich höchst sonderbar. Ein Ehemann, der seiner Frau im ersten Jahr der Ehe Geschenke mit nach Hause bringt, ist mindestens so verdächtig wie das Trojanische Pferd. Hast du eine Affäre?«

»Ja, hab' ich.« Seine Hände wanderten ihre Hüften hinunter. Er zog Debra an sich. »Mit der heißesten Braut von ganz Atlanta.«

»Doch wohl nicht mit mir...«

»Doch, genau, Zuckerschnäuzchen. Sag«, fragte er mit einem lüsternen Grinsen, »Lust auf Bumsen?«

»Mmm-mhh.«

Sie scheuchten sich gegenseitig ins Schlafzimmer, zogen sich in Windeseile aus und liebten sich. Während Debra noch auf den zerwühlten Laken nach Luft rang, verschwand Dillon kurz aus dem Zimmer, um die Geschenke zu holen. Er breitete sie vor ihr aus.

»Was haben diese drei Dinge gemeinsam?« fragte er.

»Sie sind alle drei als Bestechung gedacht.«

»Nicht schlecht. Zweiter Versuch.«

»Du mußt ja einen tollen Tag auf der Arbeit gehabt haben. Was soll das Ganze?«

»Muß ich mir ein anderes Mädchen für mein Spiel suchen oder was?«

»Okay, okay. Blumen, Wein und Brot«, rätselte sie. »Hat es irgendwas mit Land oder Ernte oder so etwas zu tun?«

Er schüttelte den Kopf und grinste. »Versteif dich nicht auf die Blumen. Guck dir lieber das Band an, das drumgewickelt ist.«

»Rot, weiß, blau gestreift.« Sie fing an zu singen. »My country 'tis of Thee, sweet land...«

»Es gibt noch ein anderes Land, das diese Farben hat.«

»England.«

»Noch eins.«

Sie nahm die Flasche hoch und studierte das Etikett. Dann hob sie den Kopf und sah Dillon fragend an. »Frankreich?«

Er grinste übers ganze Gesicht. »Herzlichen Glückwunsch, junge Frau! Sie haben den ersten Preis gewonnen.«

»Der da lautet?«

»Zwei Jahre – vielleicht mehr – Aufenthalt in Paris!«

»Dillon?«

»Na ja, in der Nähe von Paris. In Versailles – du weißt schon, da wo das Schloß ist. Aber es macht dir doch nichts aus, in der Vorstadt zu wohnen, oder?«

Debra quietschte. »Dillon, wovon redest du?«

Er erzählte ihr von dem Job, den Pilot ihm angeboten hatte. »Dahinter steht eine internationale Versicherungsgesellschaft. Sie haben einen neuen Komplex für die europäische Hauptniederlassung gebaut. Aber dann stellte sich raus, daß die Konstruktionsfirma, die sie unter Vertrag hatten, inkompetent ist. Das Projekt ruhte. Jetzt haben sie Ersatz gefunden.«

»Pilot hat angebissen?«

»Richtig. Und jetzt braucht Pilot einen Ingenieur, der die Sache da drüben aufräumt.«

»Und dafür hat Forrest G. Pilot dich auserkoren?«

Dillon breitete die Arme aus und setzte eine gespielt bescheidene Miene auf. Debra warf sich ihm in die Arme, und er kippte nach hinten über, riß sie mit sich und zerdrückte dabei das Weißbrot.

»Kannst du dir vorstellen, daß Pilot es als Riesennachteil sieht, daß die Baustelle in Frankreich ist? Wenn der wüßte, daß sich meine Frau nichts sehnlicher wünscht, als nach Frankreich zu gehen, um ihre Sprachkenntnisse aufzufrischen.«

»Hast du ihm das nicht gesagt?«

»Bin ich blöd? Ich hab' so getan, als würde ich ungern ins Ausland gehen, und hab' gesagt, daß ich dann aber eine Gehaltsaufbesserung kriegen müßte.«

»Und?«

»Hundert Dollar die Woche drauf!«

In ihrem Jubel und ihrer Aufregung liebten sie sich gleich noch einmal. Die Hamburger, die als Abendessen geplant waren, wurden durch das zerquetschte Weißbrot und den Wein ersetzt. Nachdem sie den letzten Krümel vertilgt und den letzten Tropfen geleert hatten, wälzten sie sich auf den zerdrückten, geknickten Blumen und malten sich ihre rosige Zukunft aus.

* * *

Der Umzug gestaltete sich zum Alptraum. Sie mußten sich Pässe und Visa besorgen, schluchzende Verwandte trösten und an tausend Dinge gleichzeitig denken. Größtenteils übernahm Debra diese Aufgaben, da Dillon sich mit dem halbfertigen Projekt vertraut machen mußte. Er konnte kaum abwarten, endlich damit anzufangen. Drei Wochen vor Debra ging er nach Frankreich, um sich um eine neue Bleibe zu kümmern. Schließlich traf sie auf dem Charles-de-Gaulle-Flughafen ein.

Dillon erwartete sie direkt hinter der Zollabfertigung, und sie fielen einander in die Arme. Auf ihrem Weg durch den geschäftigen internationalen Flughafen sagte er ihr wiederholt, wie sehr er sie vermißt hatte.

»Du kannst mir nichts vormachen, Burke«, neckte sie ihn, als sie die Parkgarage betraten. »Wer weiß, wie viele kleine Französinnen du in den letzten drei Wochen vernascht hast…« Lachend steuerte er mit ihr auf einen Wagen zu. »Ist das unserer?« fragte sie ungläubig.

»Fürchte ja.«

»Er ist so winzig.«

»Die einzige Möglichkeit, wie man hier durch den Verkehr kommt. Man muß sich überall durchschlängeln können, sonst steckt man Stunden im Stau.«

Sie begutachtete den beengten Innenraum und schaute dann auf Dillons lange Beine. »Und da paßt du rein?«

»Na ja, ist schon ziemlich knapp. Tut mir leid, aber ich

muß dir in diesem Zusammenhang was beichten.« Betrübt fuhr er fort: »Ich kann deshalb keine Kinder mehr zeugen.«

Debra preßte die Hand zwischen seine Beine. »So lange der noch funktioniert, ist mir das egal.«

Für einen Moment war er geschockt von dieser Geste in aller Öffentlichkeit. Doch dann dachte er daran, daß sie in Frankreich waren, und Frankreich war für seine Toleranz gegenüber Verliebten bekannt.

Er entschuldigte sich für ihre neue Wohnung, die im dritten Stock eines alten Mietshauses lag. Es gab einen Fahrstuhl, doch Dillon traute ihm nicht und hatte ihn auch nie ausprobiert. Es war ein düsteres, enges Gebäude mit vier Wohnungen pro Etage. »Ich habe nichts Besseres gefunden«, sagte er bedauernd, als er die Tür aufschloß. »Hier drüben ist alles so furchtbar teuer.«

Doch Debra fand die kleine Wohnung, die er für ungemütlich und antiquiert hielt, hübsch und charmant. »Wir haben ja einen Balkon!« rief sie, lief zu der Fenstertür hinüber und stieß die Läden auf.

»Die Aussicht ist allerdings nicht so toll.«

Der Balkon schaute auf einen tristen Hinterhof. Innerhalb weniger Wochen blühten an den Fenstern ihrer Wohnung unzählige Schlüsselblumen. Debra versteckte die Risse in den Wänden unter farbenfrohen Reisepostern und verwandelte Bettlaken in Bezüge für die abgenutzten Möbel, die bereits in der Wohnung gestanden hatten. Bald hatten sie ein Zuhause, das Dillon nicht einmal gegen das nahe gelegene Schloß Versailles eingetauscht hätte.

An den Wochenenden zog es die Pariser aufs Land, und die Stadt war Touristen wie den Burkes überlassen. Sie parkten den Wagen an der Peripherie und fuhren mit der

Metro in die City. Es dauerte nicht lange, und sie kannten sich in dem verwirrenden U-Bahn-Netz mit seinen vielen Stationen aus. Wie Ausgehungerte bei einem Bankett verschlangen sie alles Französische. Sie verliebten sich in die Bauwerke, die Düfte, die Geräusche und Lichter der Stadt. Sie machten Jagd auf die Museen, die Parks und historisch bedeutenden Bauwerke und entdeckten versteckte Cafés, wo man selbst Amerikanern einen fairen Preis für das hervorragende Essen berechnete.

In den dunklen Kathedralen mit ihren Fenstermalereien küßten sie sich heimlich, anstatt zu beten. Und die amerikanischen Hotdogs verblaßten gegenüber denen von Montmartre, die neben Originalwerken berühmter Meister verkauft wurden.

Ihren ersten Hochzeitstag feierten sie mit einem verlängerten Wochenende in den Weinbergen, kosteten bei Weinproben, bis sie rührselig wurden, und schliefen in kleinen Hotels unter Federbetten, die so dick und verschwenderisch waren wie die Soßen, die in den gemütlichen Restaurants serviert wurden.

Doch es gab eine Schlange in ihrem Paradies.

Ihr Name war Haskell Scanlan. Dillon trug den Titel des Leitenden Ingenieurs, zuständig für den Bereich Konstruktion. Haskell war für die geschäftliche Seite verantwortlich, für Löhne, Einkauf und Buchhaltung. Sie waren sich kurz in Tallahassee begegnet. Dillon hatte gehofft, daß sich sein erster Eindruck von diesem Mann nicht bestätigen würde. Allein schon wegen Debra hatte ihm daran gelegen, daß sie sich mit Haskell und seiner Frau anfreundeten.

Doch wie sich herausstellen sollte, war Haskell Scanlan genau das Arschloch, für das Dillon ihn gehalten hatte. Keiner von den Arbeitern konnte ihn ausstehen. Kam einer von ihnen auch nur eine halbe Minute zu spät, zog Haskell einen Tageslohn ab. Als der Vorarbeiter sich mit der Bitte um eine Gehaltserhöhung an Dillon wandte, gab dieser die seiner Meinung nach gerechtfertigte Forderung an Scanlan weiter. Doch der weigerte sich hartnäckig, auch nur darüber nachzudenken.

»Verdammt noch mal, geben Sie ihnen die Lohnerhöhung!« schrie Dillon, nachdem sie sich eine halbe Stunde lang ergebnislos gestritten hatten.

»Allen, durch die Bank?«

»Ja, durch die Bank.«

»Die werden in Null Komma nichts wieder vor der Tür stehen.«

»Zur Hölle, Haskell, es geht doch nur um zwanzig Cents die Stunde.«

»Pro Mann summiert sich das aber.«

»Okay, dann geben Sie ihnen zehn Cents mehr. Damit zeigen wir unseren guten Willen, und sie wandern nicht zur Konkurrenz ab. Letzte Woche habe ich schon zwei Tischler verloren.«

»Sie haben zwei neue Tischler gekriegt.«

»Ja, aber es hat mich mehrere Tage gekostet, welche zu finden. Und ich falle nicht gern hinter den Zeitplan zurück. Der Komplex soll im nächsten Sommer stehen. Ich will es bis zum Frühling schaffen.«

»Warum?«

»Weil Debra schwanger ist. So gut es uns hier gefällt, ich will, daß mein Baby zu Hause zur Welt kommt.«

»Persönliche Interessen müssen gegenüber den Interessen des Unternehmens zurückstehen.«

»Arschloch.«

»Bedienen Sie sich ruhig derartiger Ausdrücke, wenn Sie sich dann besser fühlen. Das ändert allerdings nichts an meinem Standpunkt.«

Dillon bediente sich ausgiebigst noch weit schlimmerer Ausdrücke, bevor er mit Haskell fertig war. »Ich habe ihm zeigen müssen, wer der Boß ist«, sagte er später beim Abendessen zu Debra. »Dieser Typ ist einfach ein armseliger Pfennigfuchser, der nur seine Bilanzen im Kopf hat. Er kapiert nicht, daß er eine Menge Geld für Pilot Industries spart, wenn wir den Komplex schnell hochziehen.«

»Vielleicht war das einfach mal nötig«, sagte Debra. »Du kannst nicht effektiv arbeiten,wenn du dir ständig mit einem Mann in den Haaren liegst, der offensichtlich neidisch auf dich ist.«

»Neidisch?«

Haskell und seine Frau waren kürzlich Debras Einladung zum Abendessen gefolgt, und so hatte sie die Gelegenheit gehabt, sich ein Bild von ihnen zu machen. »Dillon, sei doch mal realistisch. Du bist alles, was er gern wäre. Du siehst gut aus – er nicht. Du bist groß, stark und männlich – er ist klein, blaß und schwächlich. Du kommst gut mit den Arbeitern aus, trotz der Sprachbarriere – über ihn machen sie sich lustig. Hast du mir nicht selbst gesagt, daß sie von ihm mit dem französischen Wort für ›Arschloch‹ sprechen? Ich glaube, nicht mal seine Frau mag ihn.«

Dillon grummelte widerwillig so etwas wie Zustimmung. »Na ja, da kannst du schon recht haben, aber das Problem zu erkennen, heißt noch lange nicht, es zu lösen.«

»Ruf Pilot an. Sag ihm, du willst eine Entscheidung.«

»Ein Ultimatum – Haskell oder ich?« Er schüttelte den

Kopf. »Nein, das wäre verfrüht. Haskell ist schon länger bei der Firma als ich, und Pilot legt viel Wert auf Erfahrung. Wenn er sich für Haskell entscheidet, kann ich zusehen, wo ich bei dem Projekt bleibe. Abgesehen davon, daß ich den Job brauche, will ich den Komplex für mein eigenes Selbstwertgefühl fertigstellen.«

In der folgenden Woche verlor Dillon zwei Metallarbeiter. Als Haskell sich weigerte, ihm ein Budget zuzugestehen, das er selbst verwalten konnte, platzte ihm der Kragen.

»Die versuchen doch nur, Sie unter Druck zu setzen.«

»Fahren Sie zur Hölle.« Dillon stürmte aus Haskells Büro, um Haskell nicht aus seinem Geizkragen zu hauen. Jetzt war er soweit, Pilot anzurufen.

Pilot war nicht erfreut. »Ich habe wahrlich anderes zu tun, als mich um persönliche Animositäten zwischen zwei angeblichen Profis zu kümmern.«

»Es tut mir leid, daß ich Sie damit belästigen muß, aber wenn Haskell weiterhin den Gürtel so eng schnallt, werde ich meine besten Arbeiter verlieren. Ich werde gezwungen sein, zweitklassiges Personal einzustellen, und ich glaube, das wäre doch nicht in unser beider Sinn, oder Mr. Pilot?«

Für eine kurze Pause war nur das Knistern der Überseeleitung zu hören. Schließlich sagte Pilot: »Sagen Sie ihm, daß ich persönlich eine generelle Gehaltserhöhung von zehn Cent angeordnet habe.«

»Fünfzehn?«

»Zwölf, keinen Cent mehr, Burke. Und verschonen Sie mich in Zukunft mit solchem Kram. Ich habe Ihnen die Verantwortung für dieses Projekt übertragen, also übernehmen Sie sie auch.«

Pilot hängte ein, bevor Dillon die Chance hatte, ihm zu

danken. Er wertete das als gutes Zeichen. Sonst hätte er glauben müssen, die Entscheidung wäre nicht aus gesundem Geschäftssinne getroffen worden, sondern weil Pilot ihn bevorzugt behandelte.

Haskell Scanlan sah das allerdings ganz anders. »Ach, haben Sie sich also an Daddys Schulter ausgeheult, wie?« fragte er schneidend, als Dillon ihn von dem Gespräch in Kenntnis setzte.

»Ich habe ihm lediglich gesagt, was meiner Meinung nach im Interesse des Projekts steht.«

»Sicher doch«, entgegnete Haskell spöttisch. »Pilot sieht in Ihnen doch eine junge Version seiner selbst. Unter dem ganzen Glanz des Erfolges ist er genauso ungehobelt und ordinär wie Sie. Er brüstet sich damit, ein Selfmade-Mann zu sein. Also bilden Sie sich bloß nicht ein, daß dieser kleine Sieg auf Ihr Konto geht. Sie sind nur Pilots Egotrip.«

Da Dillon *wirklich* gewonnen hatte, interessierte ihn Haskells Ansicht nicht. Abgesehen von ein paar regnerischen, kalten Tagen lief im Herbst alles glatt auf dem Bau. Dillon verlor keine weiteren Arbeiter, denn sie wußten, daß sie ihm die Lohnaufstockung zu verdanken hatten.

Die Arbeiter schienen sein gutes Namensgedächtnis anzuerkennen, ebenso die Art, wie er schmutzige Witze erzählen konnte, als sei er einer von ihnen; und sie schätzten sein Gespür dafür, wann er sich in einen Streit einmischen mußte und wann nicht. Er verlangte nichts von ihnen, was er nicht selbst konnte. Er ging Risiken ein, machte Überstunden und aß seine mitgebrachte Mahlzeit an ihrer Seite. Er hatte ihren Respekt, weil er sich unter sie mischte, anstatt sich abzusondern.

Dillon wollte seinen Bau in- und auswendig kennen – jede

Niete, jedes Kabel, jeden Stein – er wollte nicht abgeschirmt in seinem Wohnwagen sitzen. Er überwachte jede Phase der Arbeit. Seine hohen Ansprüche führten zu einer weiteren Auseinandersetzung mit Haskell.

»Was, zum Teufel, ist das?« Dillon hielt ein Stück Rohrkabel in der behandschuhten Hand. Der Elektriker, den Dillon zufällig herausgepickt hatte, sah sich betroffen im Kreis der umstehenden Arbeiter um, und als er merkte, daß ihm keiner zu Hilfe kam, fing er an, hastige Erklärungen auf Französisch herunterzurasseln.

Dillon verstand kein Wort. Er wedelte mit dem Kabel vor dem Gesicht des Mannes herum. »Das ist nicht das, was ich bestellt habe. Wo haben Sie das her?«

Einer der Elektriker sprach ein paar Brocken Englisch. Er tippte Dillon auf den Arm. Dillon schwang wütend herum. »Was?« Der Mann zeigte auf die gestapelten Kabelrollen. Nachdem Dillon sie inspiziert hatte, wies er die Männer, die jetzt müßig herumstanden, an: »Ab sofort wird nichts mehr von dieser Scheiße installiert, verstanden?« Der Mann, der sich als Dolmetscher angeboten hatte, übersetzte die Anweisung für die anderen.

Dillon hob eine der schweren Rollen auf die Schulter und fuhr mit dem Lastenaufzug hinunter. Dann stürmte er durch die Tür von Haskells Bauwagen. Haskell, der an seinem Computerterminal gearbeitet hatte, sprang erschrokken auf. Als er sah, daß es Dillon war, runzelte er verärgert über das ungehobelte Benehmen seines Kontrahenten die Stirn.

»Ich will wissen, was es mit dieser Scheiße auf sich hat!« Die Rolle landete mit einem dumpfen Knall auf dem Schreibtisch. Haskells Bürostuhl rollte zurück.

»Was, zum Teufel, tun Sie hier?« rief er. »Nehmen Sie das Ding von meinem Tisch.«

Dillon umfaßte die Metallspule mit beiden Händen und beugte sich vor. »Jetzt hören Sie mir mal zu, Sie kleines Arschloch. Wenn Sie mir jetzt keine gute Erklärung liefern, warum Sie nicht das Material besorgt haben, das ich vor Monaten bestellt habe, werde ich Ihnen dieses Kabel Zentimeter für Zentimeter in Ihren verdammten Rachen stopfen. Sie haben zehn Sekunden.«

»Das Kabel, das Sie wollten, war dreimal so teuer wie das hier.«

»Das Kabel, das ich bestellt habe, ist dreimal *besser* und *sicherer* als dieses.«

»Dieses genügt aber den örtlichen Bestimmungen.«

»Aber nicht meinen«, fauchte Dillon.

»Wenn ich nicht gewußt hätte, daß es ausreichend ist...«

»Einen Scheißdreck wissen Sie! Dieser Komplex wird mit hochwertiger Elektronik ausgestattet. Dazu muß man das beste Kabelmaterial verwenden, sonst gibt es eine Katastrophe.«

Dillon nahm das Telefon und warf es dem Buchhalter in den Schoß. »Und jetzt bewegen Sie Ihren mickrigen Arsch und bestellen das Material, das ich ursprünglich wollte. Ich will es bis morgen mittag hier haben, sonst werde ich alle Elektriker, die nichts zu tun haben, zum Aufräumen zu Ihnen schicken.«

Das Telefon flog mit einem lauten Knall zu Boden. »So können Sie mit mir nicht reden!«

»Das habe ich aber gerade.« Dillon nickte zum Telefon hinunter. »Sie vergeuden nur Zeit. Tun Sie, was ich Ihnen gesagt habe.«

»Das werde ich nicht. Es liegt in meiner Verantwortung, die Kosten niedrig zu halten.«

»Dagegen habe ich auch nichts einzuwenden, solange die Sicherheit des Gebäudes gewährleistet ist. Und das ist sie in diesem Fall nicht.«

»Das Kabel, das ich bestellt habe, ist in Ordnung und laut hiesigen Bestimmungen auch sicher.«

»Nun, laut Dillon Burke ist es Dreck. Ich werde es in meinem Gebäude nicht verwenden.«

»*Ihrem* Gebäude?« fragte Haskell mit einem verächtlichen Lächeln.

»Bestellen Sie jetzt endlich das Kabel, Scanlan.«

»Nein.«

Dillon schätzte Harmonie und vermied Konfrontationen, wo sie sich vermeiden ließen. Aber er war nicht bereit, bei seinem ersten Projekt seine Prinzipien zu vergessen. Und an Pilot wollte er sich auch nicht wenden. Schließlich hatte der ihm gesagt, er solle die Verantwortung übernehmen.

»Entweder Sie hängen sich jetzt ans Telefon«, sagte er in ganz ruhigem Ton, »oder Sie sind gefeuert.«

Haskell fiel die Kinnlade runter. »Sie können mich überhaupt nicht feuern.«

»Und ob ich das kann.«

»Tatsächlich? Wir werden ja sehen, was Mr. Pilot dazu zu sagen hat.«

»Das werden wir sicher. Bis dahin betrachten Sie sich als entlassen. Und lassen Sie sich hier besser nicht mehr blikken, wenn Sie nicht wollen, daß ich Ihnen die Schnauze poliere.«

* * *

Debras größter Feind war die Langeweile. Die ersten Monate hatte sie sich damit beschäftigt, die Wohnung einzurichten. Dafür, daß sie nicht viel Geld zur Verfügung hatte, war es ihr sehr gut gelungen.

Sie hatte mit Dillon diskutiert, ob sie sich eine Arbeit suchen sollte, doch die Aussichten waren nicht rosig. In den englischsprachigen Schulen wurden keine Lehrer eingestellt, und die Geschäftsleute nahmen lieber Einheimische als Amerikaner. Und so quälte sie sich mit Lesen durch die Tage, spazierte durch die idyllischen engen Gassen oder schrieb Briefe an ihre zahllosen Verwandten. Sie sagte Dillon nichts davon, doch sie hatte Heimweh und wurde lustlos. Sie mußte aufkommende Depressionen mit aller Macht unterdrücken.

Die Schwangerschaft gab ihr neuen Mut. Sie litt unter keinerlei Beschwerden und schwor, sich noch nie im Leben besser gefühlt zu haben. Sie strotzte vor Energie. Täglich bestaunten Dillon und sie die Veränderungen, die in ihrem Körper vor sich gingen. Diese neu gefundene Intimität vertiefte ihre Liebe zueinander.

Um die Zeit bis zur Geburt zu überbrücken, schrieb sie sich bei einem Kochkurs ein, den sie von ihrer Wohnung aus zu Fuß besuchen konnte. Außer ihr gab es noch vier Frauen und zwei Männer im Kurs, allesamt bereits im Rentenalter. Debra wurde von ihnen wie ein Küken begluckt, wobei die Rolle der Oberhenne der großmütterlichen Leiterin des Kurses zufiel. Debra verbrachte die Tage in der Klasse, in ihrer kleinen Küche, wo sie die Rezepte ausprobierte, oder auf einem der Märkte in der Nachbarschaft. Hier kaufte sie die Zutaten für ihre kulinarischen Offenbarungen ein, mit denen sie Dillon abends überraschte. Meist kam sie nach

Hause, beladen mit Körben und Tüten, die sie mit dem ächzenden Fahrstuhl nach oben schaffte, obwohl Dillon ihr verboten hatte, ihn zu benutzen.

An diesem Nachmittag hätte er sie beinahe dabei ertappt, denn sie traf nur wenige Minuten vor ihm ein. Er umarmte sie stürmisch und drückte ihr einen dicken Kuß auf die Lippen. Dann ließ er sie los, grinste und sagte: »Laß uns in die Schweiz fahren.«

»In die Schweiz?«

»Ja, du weißt schon, das Land gleich hier an der Grenze zu Frankreich. Ziegen, Heidi, Alpen und Schnee, Joladühiti …«

»Natürlich kenne ich die Schweiz. Weißt du nicht mehr? Unser Wochenende in Genf?«

»War das da, wo der Spiegel an der Decke angebracht war?«

»Aha, du weißt es also noch.«

»Wie könnte ich das vergessen?« schnurrte er, zog sie an sich, und ihre Lippen verschmolzen zu einem zweiten Kuß.

»Spiegel an der Decke brauchen wir nicht unbedingt«, flüsterte sie, als sie sich schließlich voneinander lösten.

»Aber was ich jetzt unbedingt brauche, ist – raus aus der Stadt und feiern!«

»Was denn feiern?«

»Ich habe Scanlan heute rausgeschmissen.«

Debras Lächeln erstarb.

Dillon erzählte ihr, was geschehen war. »Ich hasse es, so weit zu gehen, aber mir blieb nichts anderes übrig.« Er sah, daß sie verstört war. »Findest du, daß es falsch war?«

»Nein, ich finde, du hast genau das Richtige getan. Nur leider zählt meine Meinung nicht so viel wie die von Forrest G. Pilot.«

»Darum will ich heute abend in die Schweiz fahren. Wenn er mir recht gibt, werden wir beide einfach ein phantastisches Wochenende in den Alpen verbringen. Wenn er meine Entscheidung rückgängig macht, werde ich aus Prinzip kündigen, und dann können wir uns die Schweiz nicht mehr leisten. Wenn er mich feuert – dito. Also, solange ich noch in Lohn und Brot stehe und mich so gut fühle, wie ich es tue, laß uns einfach alle anderen zur Hölle schicken und wegfahren…«

Sie nahmen den Eilzug nach Lausanne und stiegen dann um nach Zermatt. Sie lachten mit Studenten, plauderten mit der Großmutter, die ein Mützchen für ihr zehntes Enkelkind strickte, und naschten von dem Essen, das Debra eingepackt hatte. Dillon nahm einen Schluck von dem starken Rotwein, der ihm von einem der Studenten angeboten wurde, lehnte jedoch einen Zug vom Marihuanajoint dankend ab.

In Zermatt brauste Dillon die Abhänge für Fortgeschrittene hinunter. Debra verzichtete wegen ihrer Schwangerschaft aufs Skifahren und tröstete sich mit einem Bummel durch die exklusiven Geschäfte, wo sie die endlose Parade der Jetsetter bestaunte. Sie fuhr mit Dillon in einem Pferdeschlitten, und gemeinsam schauten sie zu, wie Schlittschuhfahrer ihre Kreise auf dem glitzernden See zogen. Sie ernährten sich von Käsefondue, dunklem, schwerem Brot und Schweizer Schokolade.

Auf der Rückfahrt nahm Dillon Debra in den Arm und stützte das Kinn auf ihren Kopf. »Das war unsere richtige Hochzeitsreise.«

»Was war falsch an den Bermudas?«

»Nichts. Aber damals warst du meine Braut. Jetzt bist du

meine Frau.« Er schlüpfte mit der Hand unter ihren Mantel und legte sie auf ihren geschwollenen Bauch. »Ich liebe dich.«

Als sie Aufenthalt in Lausanne hatten, kaufte Debra eine Packung Aspirin. »Was ist los?« fragte er.

»Ich habe Halsschmerzen.«

Im Zug nach Paris fiel sie in einen unruhigen Schlaf und wurde von Schüttelfrostanfällen geweckt. »Es tut so weh zu schlucken«, jammerte sie.

Dillon legte ihr die Hand auf die Stirn. »Du glühst ja. Nimm lieber noch ein paar Aspirin.«

»Ich müßte eigentlich erst einen Arzt fragen, vielleicht ist es nicht gut für das Baby.«

Als sie Paris erreichten, war Dillon beunruhigt, doch Debra versicherte ihm, daß ihr rauher Hals nur eine Folge der Bergluft war. Am Montagmorgen kämpften sie sich durch den Berufsverkehr zu ihrem Gynäkologen. Als sie dort eintrafen, öffnete die Praxis gerade. Die Arzthelferin kümmerte sich freundlich um Debra, brachte sie in den Untersuchungsraum und bat Dillon, draußen zu warten. Das gefiel ihm nicht, aber er gehorchte. Den Blicken der übrigen Patienten im Wartezimmer nach zu urteilen, sah er wie ein Clochard aus. Er hatte sich auf der Reise nicht rasiert und hatte letzte Nacht kein Auge zugetan.

Schließlich wurde er ins Sprechzimmer gerufen. »Madame Burke hat einen sehr schlimmen Hals«, sagte Dr. Gaultier mit schwerem französischem Akzent. »Ich…« Er machte eine streichende Bewegung mit den Händen.

»Er hat einen Abstrich gemacht.« Debra zog eine Grimasse.

»Eine Halsentzündung?« fragte Dillon. »Verstehen Sie

mich nicht falsch, Dr. Gaultier, aber wenn es so ernst ist, wäre es vielleicht besser, wenn sie uns einen Spezialisten empfehlen.«

»Ich stimme Ihnen zu«, sagte er mit einem kurzen Nicken. »Aber lassen Sie uns noch das Laborergebnis morgen abwarten.«

»Es ist bestimmt nichts Ernstes, Dillon«, beschwichtigte Debra ihren beunruhigten Ehemann. »Er hat mir ein Antibiotikum verschrieben. Ich bleibe heute im Bett und lasse mich von dir verwöhnen.«

Dillon versuchte, ihr Lächeln zu erwidern, aber sie sah so krank aus, daß es ihm schwerfiel. Er brachte sie in die Wohnung und lief dann zur nächsten Apotheke, um die Medizin zu holen. Debra nahm eine von den Tabletten und trank eine Tasse Tee. Danach fiel sie in einen tiefen Schlaf.

Erst dann dachte Dillon daran, auf der Baustelle anzurufen. Er sprach mit dem Vorarbeiter, dem er die Verantwortung übertragen hatte, bevor er am Freitag gegangen war. Der Franzose versicherte ihm, alles sei in bester Ordnung, und drängte ihn, zu Hause bei seiner kranken Frau zu bleiben.

Dillon verbrachte den Tag an Debras Bett, nickte ab und zu in seinem Sessel ein und weckte sie nur, wenn es Zeit für die Medizin war.

Trotz ihres Fiebers machte sie noch Witze, als er sie ins Badezimmer trug, weil sie auf die Toilette mußte. »Ein Glück, daß das nicht im neunten Monat passiert ist. Stell dir vor, du müßtest mich dann tragen...«

Dillon machte Sandwiches zum Abendessen, doch so sehr er sich auch Mühe gab, Debra wollte nur eine Tasse Bouillon. »Mein Hals fühlt sich schon viel besser an«, sagte sie.

»Ich bin nur noch ein bißchen schwach. Eine Nacht durchschlafen ist alles, was ich brauche. Würde dir auch ganz gut tun, so, wie du aussiehst«, sagte sie und strich ihm übers stoppelige Kinn.

Nachdem er ihr die Medizin verabreicht hatte, zog er sich aus und legte sich zu ihr ins Bett. Erschöpft schlief er sofort ein.

Mitten in der Nacht wachte Dillon auf. Er blinzelte in die Dunkelheit und versuchte, die Uhrzeit auf dem Wecker zu erkennen. Es war Zeit für Debras Tablette. Er knipste die Lampe an.

Und schrie.

Debras Lippen waren blau, und sie lag völlig regungslos da.

»Oh, mein Gott! Debra! Debra!« Er setzte sich rittlings auf sie und legte das Ohr an ihre Brust. Erleichtert seufzte er auf, als er ihren Herzschlag hörte. Aber sie mußte ohnmächtig sein, sie atmete nur ganz schwach.

Dillon sprang auf und warf sich seine Sachen über. Er stieg barfuß in seine Schuhe. Dann hob er Debra hoch, wikkelte sie in die Decke und stürmte aus der Wohnung ins Treppenhaus. Er rannte die Stufen hinunter. Sollte er eine Ambulanz rufen oder selber ins Krankenhaus fahren? Er entschied sich für das Letztere, denn bis er die Nummer gefunden und sich mit seinen begrenzten Französischkenntnissen verständlich gemacht hatte, konnte es zu spät sein.

»O Gott. Nein, nein.« Ein heftiger Windstoß trug die Worte davon, als er zu seinem Wagen lief. Er setzte Debra auf den Beifahrersitz, und sie sackte zur Seite.

Er wußte noch ungefähr, wo das nächste Krankenhaus lag, und fuhr einfach in diese Richtung. Das Quietschen der

Reifen verhallte an den Wänden der dunklen Gebäude, als er um die Kurven raste. Er lenkte mit der linken Hand, seine rechte massierte Debras Arm. Er redete ununterbrochen, schwor ihr, daß er ihr nie vergeben würde, wenn sie jetzt sterben sollte.

Die Belegschaft in der Notaufnahme erkannte sofort, wie ernst Debras Zustand war, und sie wurde auf einer Bahre hinausgerollt. An einer Tür, deren Aufschrift er nicht verstand, wurde ihm der Zutritt von Menschen verwehrt, die er nicht verstand. Er drängte sie zur Seite und versuchte die Tür zu öffnen. Schließlich wurde er festgehalten und in ein Wartezimmer gebracht, wo ihm eine Schwester auf Englisch erklärte, daß man ihn aus dem Krankenhaus werfen würde, wenn er sich nicht beruhigte.

»Beruhigen?« schrie er. »Meine Frau sieht aus wie tot, und ich soll mich beruhigen? Ich will zu ihr!«

Doch die Schwester ließ sich nicht erweichen und lenkte ihn ab, indem sie ihn verschiedene Aufnahmeformulare ausfüllen ließ. Danach war Dillon allein. Er lief so lange auf und ab, bis er zu müde war und sich in einen Stuhl fallen ließ.

Er senkte den Kopf, preßte die Daumen gegen die Schläfen und betete zu einem Gott, von dem er nicht überzeugt war, daß er überhaupt existierte, dem er aber paradoxerweise dennoch mißtraute. Was würde diese egoistische Gottheit noch alles von ihm verlangen? Hatte er nicht schon genug aufgeben müssen? Alle, die er jemals geliebt hatte, waren ihm genommen worden: Seine Eltern, seine Großmutter und der Sozialarbeiter in der Besserungsanstalt, der sich um ihn gekümmert hatte.

Er war verflucht. *Leute, paßt auf. Wenn ihr Dillon Burke liebt, sterbt ihr.*

»Nein, nein«, stöhnte er. »Nicht Debra. Bitte nicht Debra. Nimm sie nicht, du verfluchter Hurensohn.«

Er versuchte, mit der unsichtbaren Macht zu handeln und schwor, alles zu opfern, wenn Debra verschont bliebe. Er versprach, ein gutes Leben zu führen, die Armen zu speisen und die Nackten zu kleiden. Er schwor, daß er nie wieder um etwas bitten würde, wenn ihm dieser kleine Gefallen gewährt würde – »Laß sie leben.«

»Monsieur Burke?«

Dillons Kopf schnellte hoch. Ein Arzt stand direkt vor ihm. »Ja? Meine Frau, ist sie...«

»Sie wird wieder gesund werden.«

»O Gott«, schluchzte Dillon und ließ den Kopf gegen die kalten Kacheln des Wartezimmers sinken. »O Gott.«

»Sie reagierte allergisch auf das Antibiotikum, das Dr. Gaultier verschrieben hatte. Es war nicht sein Fehler«, beeilte er sich hinzuzufügen. »Wir haben Dr. Gaultier konsultiert, und er hat gesagt, daß in den Unterlagen Ihrer Frau aus den USA keinerlei Vermerk über eine Allergie gegen dieses spezielle...«

»Hören Sie, ich habe nicht vor, irgendwen zu verklagen«, unterbrach Dillon ihn. Er stand auf. »Debra lebt, und sie wird wieder gesund. Alles andere interessiert mich nicht.«

Dillon war so erleichtert, daß ihm die Knie zitterten. Es war alles so schnell gegangen. Das Leben war so kostbar. So zerbrechlich. In einem Moment da, im anderen weg. Man mußte jede Sekunde bis aufs letzte auskosten, denn man konnte nie wissen, wie viele einem noch blieben. Daran mußte er sich immer erinnern. Er mußte Debra von seiner Erkenntnis berichten. Sie würden es zu ihrer Philosophie machen, danach leben, es ihren Kindern...

Seine glücklichen Gedanken kamen plötzlich zum Stillstand.

»Doktor«, krächzte er. Er wußte, wie die Antwort lautete, doch er mußte die Frage stellen. Seine Lippen und sein Mund waren ausgetrocknet von Furcht. »Doktor, Sie haben nichts von dem Baby gesagt. Geht es ihm gut?«

»Tut mir leid, Mr. Burke. Für das Baby konnten wir nichts mehr tun. Es war schon tot, als Madame Burke eingeliefert wurde.«

Dillon starrte den Arzt an, ohne ihn wirklich zu sehen. Er hatte um Debras Leben gefeilscht, jedoch die Bedingungen offengelassen. Jetzt kannte er den Preis.

Kapitel 10

Morgantown, South Carolina, 1977

Dr. Mitchell R. Hearon, der Dekan für studentische Angelegenheiten und Finanzen am Dander College in Morgantown, South Carolina, schlug Jades Bewerbungsmappe auf und schob ihr ein Pappkärtchen zu. »Das ist ein Gutschein. Legen Sie den dem Schatzmeister vor, wenn Sie sich einschreiben.«

Jades Blick wanderte von ihm zu der Karte, die er ihr gegeben hatte. Es war ein Scheck, auf dem ihr Name eingetragen war. Sie versuchte, den Betrag zu entziffern, doch die Zahlen verschwammen vor ihren Augen.

»Mit dieser Summe werden Sie in der Lage sein, Kurse,

Bücher und sonstiges Material zu finanzieren«, sagte der Dekan. »Für Ihre Lebenshaltungskosten müssen Sie selbst aufkommen, natürlich stellt Ihnen das College gerne eine Liste mit preiswerten Wohnangeboten zur Verfügung.«

Das Summen in ihren Ohren war so laut, daß sie ihn kaum verstand. »Ich... ich weiß nicht, wie ich Ihnen danken soll, Mr. Hearon.«

»Danken Sie mir durch Ihre Leistungen. Lernen Sie. Bewähren Sie sich. Verwirklichen Sie Ihre Ziele.«

»Ja, das werde ich.« Freude und Erleichterung ließen sie lachen. Sie erhob sich abrupt und verlor dabei fast das Gleichgewicht. »Ich danke Ihnen! Sie werden es nicht bereuen. Sie...«

»Schon gut, Miss Sperry. Ich denke, Sie sind eine Bereicherung für unser College. Wir sind ein kleines, aber anerkanntes Institut. Und wir können uns rühmen, fleißige und integre Studenten zu haben.«

Die Umstände hatten Jade gezwungen, das Stipendium für die South Carolina State University auszuschlagen. Nachdem sie ein Jahr in einem großen Supermarkt in Savannah gearbeitet hatte, hatte sie wieder angefangen, sich um Stipendien und Beihilfen an Universitäten und Colleges zu bewerben. Sie schaute noch einmal auf den Scheck in ihrer Hand und konnte kaum glauben, daß dies alles wahr war.

Dr. Hearon stand auf und reichte ihr die Hand. »Ich würde mich freuen, wenn Sie mich nach dem Einschreibungstermin aufsuchen würden. Ich möchte gerne sehen, welche Kurse Sie im ersten Semester belegen. Unsere Fakultät hält gern engen Kontakt zu den Studenten.«

»Das werde ich tun, versprochen. Und noch einmal

danke.« Jade ging zur Tür. Sie öffnete sie, zögerte und warf einen Blick über die Schulter. »Ach, und richten Sie bitte auch den übrigen Mitgliedern der Stipendienkommission meinen Dank aus.«

»Gern. Auf Wiedersehen, Miss Sperry.«

»Auf Wiedersehen.«

Der lange Korridor vor dem Büro lag still und verlassen da. Jade hätte ihre Freude am liebsten bis hinauf zu den gotischen Deckenbögen hinausgejubelt, doch sie beherrschte sich. Sie rannte ausgelassen den Gang zu den großen Flügeltüren hinunter.

Draußen angekommen, konnte sie ihrem Überschwang endlich freien Lauf lassen. Sie lehnte sich gegen eine der imposanten Säulen und betrachtete noch einmal den Gutschein. Dann drückte sie ihn an die Brust, als würde sie fürchten, er könnte ihr wieder weggenommen werden. Sie verstaute ihn sicher in ihrer Handtasche, verließ den schattigen, säulenumrandeten Vorbau des Bürokomplexes und ging hinaus in die Spätnachmittagssonne.

Alles erschien ihr strahlender und freundlicher als vorhin, bevor sie das Gebäude betreten hatte. Die Blumen, die die Parkwege säumten, leuchteten. Der Himmel war außergewöhnlich blau, die Wolken makellos strahlend weiß. Noch nie war ihr aufgefallen, wie satt das Grün des Grases sein konnte – oder war das Gras am Dander College vielleicht grüner als gewöhnlich?

Es kam ihr so vor, als sei sie, wie Dorothy im *Zauberer von Oz*, aus einer schwarz-weißen Welt plötzlich in eine voller Farben versetzt worden. Sie war durch die Hölle gegangen, am anderen Ende wieder herausgekommen und hatte entdecken dürfen, daß das Leben den Kampf doch wert war.

Das Westminster Glockenspiel im Turm der Kapelle schlug zur vollen Stunde, als Jade an der Bibliothek vorbeilief. Sie war erfüllt von einem Gefühl des Optimismus und des Friedens, das sie seit ihrer Vergewaltigung nicht mehr gekannt hatte. Heute war ihr ein neuer Anfang gewährt worden.

Ihr Auto sprang wie immer nur widerwillig an und weigerte sich auch, schneller als dreißig Meilen pro Stunde zu fahren, ohne daß die Warnleuchte für Überhitzung des Motors aufblinkte. Es hatte die Reise von Savannah hierher nur knapp überlebt. Die Fahrt hatte mehrere Stunden gedauert, und sie waren deshalb schon am Vortag angereist. Nachdem sie sich im Pine Haven Motel ein Zimmer genommen hatten, hatte Jade die Abendstunden genutzt, um sich mit der Collegegemeinde vertraut zu machen.

Der Campus bildete das Zentrum der Stadt, die, wie Jade fand, Charme und Charakter besaß. Das College war das einzige große Institut am Ort, und der Bürokomplex mit der Kuppel war gleichzeitig das einzige Hochhaus der Stadt. Um den Campus herum lagen mehrere Grundstücke mit stattlichen Häusern für die Fakultätsmitglieder. Das Geschäftsviertel von Morgantown war klein, aber ausreichend.

Wo würden sie leben? Ob sie wohl eine bezahlbare Wohnung in der Nähe des Campus finden würde, damit sie zu Fuß gehen und Velta den Wagen überlassen konnte? Das Herbstsemester fing erst in einem Monat an, doch es gab bis dahin noch so viel zu erledigen. Was sollte sie zuerst suchen – einen Halbtagsjob oder eine Wohnung?

Sie parkte den Wagen vor Bungalow Nummer 3 und mußte über sich selbst lachen, als sie ausstieg, weil sie schon wieder in ihre alte Gewohnheit verfallen war, über alles zu grübeln. Dabei war heute ein Tag zum Feiern und Entspannen. Das Stipendium war immerhin der erste Schritt in Richtung ihres Ziels: Garys Mörder bestraft zu sehen.

Neal Patchett, Hutch Jolly und Lamar Griffith hatten sie vergewaltigt – und sie waren für Garys Tod verantwortlich. Immer wenn sie an ihrem Entschluß, für Gerechtigkeit zu sorgen, zweifelte, mußte sie sich nur daran erinnern, wie Gary am Strick gebaumelt hatte. Neal und seine Gehilfen hatten ihn mit Gewalt und mit Lügen in den Selbstmord getrieben.

Jade würde erst Frieden finden, wenn die drei für ihre Verbrechen bezahlt hatten. Es würde ein langsamer, schmerzlicher Prozeß werden, der sich vielleicht über Jahre hinzog, doch darauf war sie vorbereitet. Dank Dr. Hearon und seinem Komitee war sie auf dem richtigen Weg.

Die Tür zum Bungalow schwang auf. »Mutter? Es hat geklappt!«

Jade betrat den kleinen, muffigen Raum. Der Ventilator am Fenster arbeitete mit wenig Erfolg. Sie registrierte sofort drei Dinge. Einen gepackten Koffer zu Füßen ihrer Mutter. Einen Mann, den zu hassen Jade gelernt hatte, und der auf der anderen Seite des Koffers stand. Und Graham, ihren Sohn, der weinend in seinem tragbaren Bettchen lag.

Jade verharrte an der Tür und versuchte herauszubekommen, was der gepackte Koffer bedeuten könnte. Veltas Blick war hart und herausfordernd. Der Mann wich Jades Blick aus. Sie wollte eine Erklärung verlangen, doch ihr Mutterinstinkt war stärker. Sie ließ die Handtasche auf das Bett fallen, ging zum Kinderbett und nahm ihr weinendes Baby auf den Arm.

Jade wiegte Graham an ihrer Brust. »Schhh, Liebling,

was ist denn? Mommy ist doch jetzt bei dir. Es ist alles wieder gut.« Sie hielt ihn, bis er aufhörte zu weinen, dann wandte sie sich an ihre Mutter. »Was macht der hier?«

Der Name des Mannes war Harvey soundso oder soundso Harvey. Es fiel ihr nicht ein. Als sie damals seine Visitenkarte zerrissen und ihm die Schnipsel ins Gesicht geworfen hatte, hatte sie ihn eigentlich aus ihrem Gedächtnis gestrichen. Damals hatte sie ihm gesagt, sie werde ihn aus dem Krankenhaus werfen lassen, wenn er nicht sofort verschwinden sollte. Er hatte sich als Gründer und Leiter einer privaten Adoptionsvermittlung vorgestellt, doch Jade sah seine Tätigkeit anders. Für sie war er ebensowenig ein Adoptionsvermittler, wie ein Drogenhändler ein Drogist war.

Velta hatte Harvey aufgetrieben. Sie hatte Jade gesagt, daß er die Lösung für all ihre Probleme wäre – sprich, für Jades uneheliches Kind. Velta hatte ihn, ohne Jade zu fragen, am Tag nach Grahams Geburt ins Krankenhaus geschleppt. Harvey hatte ihr mehrere tausend Dollar für ihren Sohn geboten.

»Ein weißes, männliches, gesundes Baby erzielt den höchsten Preis auf dem Markt«, waren seine Worte gewesen.

Jade drückte ihr Baby fest an sich und sah ihre Mutter an. »Ich habe dir schon lange vor Grahams Geburt gesagt, daß ich ihn niemals zur Adoption freigeben werde. Und gestern habe ich es noch einmal gesagt. Ich habe es damals ernst gemeint, und ich meine es jetzt ernst. Sag deinem Freund, er soll verschwinden, oder ich rufe die Polizei.«

»Harvey ist nicht wegen dir oder deinem Baby hier«, sagte Velta.

Jade sah mißtrauisch von einem zum anderen. »Was will er dann? Woher wußte er, wo wir sind?«

»Ich habe ihn gestern abend angerufen und ihm gesagt, wo wir sind.«

»Warum?«

Graham fing an, sich in ihrer engen Umklammerung zu winden, doch sie lockerte ihren Griff nicht. Ganz gleich, was ihre Mutter sagte – Jade hatte Angst, daß sie ihr das Baby wegnehmen wollte. Die schwierige Situation hatte das Verhältnis zwischen ihnen beiden nicht verbessert. Jades Bemühungen, einen Studienplatz zu bekommen, ärgerten Velta. Ihrer Meinung nach war die einzige Lösung für eine Frau mit einem unehelichen Kind die Ehe.

»Laß uns nach Palmetto zurückgehen, Jade«, hatte sie eines Tages im Frühsommer vorgeschlagen. »Wenn wir schon wie Aussätzige leben müssen, dann wenigstens in einer vertrauten Umgebung. Und wenn du dich halbwegs anständig aufführst, kriegst du bestimmt einen von den drei Jungs dazu, dich zu heiraten.«

»Am besten Neal Patchett, wie?«

»Was wäre schlechter: In seinem Haus zu leben oder hier in diesem Dreckloch?« hatte Velta geschrien. »Es hätte sowieso nicht soweit kommen müssen, wenn du ein bißchen netter zu ihm gewesen wärst.«

Jade hatte sich Graham geschnappt und war hinausgerannt. Sie war erst wieder zurückgekommen, als ein Gewitter losbrach. Velta hatte Palmetto danach nie wieder auch nur mit einem Wort erwähnt, und Jade hatte gehofft, das Thema sei damit erledigt. Offensichtlich war dem nicht so, und offensichtlich hatte ihre Mutter einen Plan, bei dem Harvey irgendeine Rolle spielte.

»Du hast mir immer noch nicht gesagt, was er hier will«, sagte Jade.

»Seit dem Tag im Krankenhaus haben Harvey und ich uns regelmäßig getroffen. Natürlich heimlich.«

Jade hielt Graham noch fester. Hatten sie einen Plan ausgeheckt, wie sie ihr Graham wegnehmen konnten? Würden sie versuchen, ihr das Sorgerecht entziehen zu lassen? Das würde sie niemals zulassen. Niemand würde ihr Graham wegnehmen.

»Harvey und ich haben über deine Gemeinheiten hinweggesehen. Gott, ich werde deine Szene im Krankenhaus nie vergessen, und ich kann nicht begreifen, warum Harvey dir vergeben hat. Wahrscheinlich ist es sein gutes Herz.« Velta drehte sich zu dem Mann um und lächelte ihn an. »Wie auch immer, ich habe gestern sofort gemerkt, daß du dich in dieses Kaff verliebt hast. Egal was ich dazu sage, du wirst auf dieses College gehen. Also habe ich Harvey in Savannah angerufen und ihm gesagt, daß ich seinen Antrag annehme.«

Geschockt wiederholte Jade: »Seinen Antrag? Du meinst einen Heiratsantrag?«

»Genau«, antwortete Velta herausfordernd. »Wir haben nur gewartet, bis du zurück bist. Jetzt werden wir fahren.«

Jade sah sie beide an und mußte plötzlich loslachen. »Mama, das kann nicht dein Ernst sein! Du willst dich mit diesem Typen einlassen? Sag mir, daß das ein Scherz ist!«

»Ich mache keine Scherze, da kannst du sicher sein. Harvey hat meine Sachen aus der Wohnung in Savannah geholt und gleich mitgebracht. Den Rest kannst du behalten. Komm, Harvey. Wir haben lange genug gewartet.«

Harvey, der kein Wort gesagt hatte, nahm den Koffer und ging zur Tür. Velta folgte ihm.

»Mama, warte!« Jade legte Graham zurück in sein Bettchen und rannte zu der grauen Limousine hinaus.

»Hast du den Verstand verloren?« fragte sie ihre Mutter. »Du kannst doch nicht einfach so verschwinden.«

»Ich bin erwachsen. Ich kann tun und lassen, was ich will.«

Jade wich einen Schritt zurück. Velta warf ihr genau die Worte an den Kopf, die sie selbst mehr als einmal zu ihrer Mutter gesagt hatte.

»Mach das nicht«, flüsterte Jade flehend. »Ich weiß, daß du es nur tust, um mich zu treffen, Mam. Ich brauche dich.«

»Schön, du brauchst mich. Aber leider, Jade, hast du dir das selber eingebrockt. Ich werde jedenfalls nicht jeden Tag babysitten, während du dich am College vergnügst.«

Jade versuchte es mit einer anderen Taktik. »Vergiß Graham. Ich werde jemanden finden, der sich um ihn kümmert. Bedenk doch, was du dir selber antust.«

»Fällt es dir so schwer zu akzeptieren, daß mich ein Mann attraktiv findet?«

»Nein, natürlich nicht. Aber vielleicht sehnst du dich so sehr danach, daß du Scheuklappen vor den Augen hast. Hast du darüber einmal nachgedacht? Du solltest dir wenigstens die Zeit nehmen, ihn besser kennenzulernen.«

»Nein, Jade. Ich habe viel zuviel Zeit für andere vergeudet. Ich bin es leid, für deine Fehler zu büßen. Wegen dir habe ich meinen Job verloren, das Haus verkaufen und umziehen müssen.«

»Das war doch nicht meine Schuld«, protestierte Jade mit erstickter Stimme.

»Du hast dich vergewaltigen lassen und dann auch noch darauf bestanden, das Baby zu behalten, wo es doch für alle Beteiligten besser gewesen wäre, wenn du es dir vom Hals geschafft hättest.«

»Für mich wäre es nicht besser gewesen, Mama. Ich wollte Graham. Ich liebe ihn.«

»Nun, und Harvey liebt mich«, gab Velta zurück. »Nach allem, was ich mitmachen mußte, habe ich mir das verdient.«

Jade fühlte sich für ihre Mutter verantwortlich. Es war ihre Pflicht als Tochter einzugreifen, um ein Desaster zu verhindern, selbst wenn sie dabei Gefahr lief, Velta zu beleidigen. Besser, die Gefühle ihrer Mutter zu verletzen, als ihr Leben ruiniert zu sehen.

»Er hat dich nicht verdient, Mama.« Sie warf Harvey mit seinem pomadigen Haar und in seinem speckigen Anzug einen verächtlichen Blick zu. »Er beutet die Gefühle der Menschen aus. Er handelt mit Kindern. Ist das der Mann, den du heiraten willst? Daddy hat die Ehrenmedaille bekommen. Er war ein Held. Wie kannst du auch nur daran denken...«

»Dein heldenhafter Vater hat sich selbst umgebracht, Jade.«

»Das ist nicht wahr!«

Veltas Augen verengten sich. »Es war alles in Ordnung, bis du gekommen bist. Dein Vater hat es nicht mehr ertragen, mit uns zusammenzuleben. Er hat sich das Gehirn weggepustet. Damit gehen schon zwei Selbstmorde auf dein Konto, Jade. Seit dem Tag deiner Geburt hast du mir nichts als Ärger gemacht. Ich werde nicht den Rest meines Lebens unter dem Fluch leiden, der auf dir liegt.« Sie stieß Jade beiseite und stieg in den Wagen.

Harvey knallte die Beifahrertür geräuschvoll zu, ging um den Wagen und setzte sich hinters Steuer. Velta mied Jades Blick, als sie zurücksetzten und wegfuhren.

»Mama, nein!« rief Jade hinter dem Wagen her, doch sie

brausten davon. »Mama!« Sie sah ihnen nach, bis das Auto verschwunden war, und blieb fassungslos stehen. Schließlich wurde sie von Grahams Weinen in die Wirklichkeit zurückgeholt.

Sie ging in den Bungalow zurück. Graham streckte beleidigt die pummeligen Ärmchen nach ihr aus. Sein Mund stand weit offen, die beiden weißen Zähnchen blitzten auf. Jade redete beruhigend auf ihn ein, während sie die Windel wechselte. Offensichtlich hatte Velta sich in der ganzen Zeit, in der sie fort gewesen war, nicht die Mühe gemacht, ihn zu wickeln.

Sie saß mit dem Baby auf dem Arm, wiegte es und wartete, daß das Fläschchen warm wurde. Als es die richtige Temperatur hatte, steckte sie Graham den Sauger in den Mund, den er gierig fast verschluckte. Sein großer Appetit hatte Jade gezwungen, ihn schon früh abzustillen.

Er griff in den Stoff ihrer Bluse und verkrallte die kleinen Finger darin. Jade hielt ihn ganz eng an ihre Brust gedrückt, um ihm beim Saugen das Gefühl zu geben, er würde von ihrem Körper trinken.

Es würde ihr immer ein Rätsel bleiben, wie so etwas Süßes und Schönes wie er aus etwas so Häßlichem wie einer Vergewaltigung hervorgehen konnte. Sie brachte Graham nur selten mit diesem Erlebnis in Verbindung, weil der Gedanke daran sie gezwungen hätte zu spekulieren, von wem er abstammte. Sie wollte es niemals erfahren.

An jenem Nachmittag in Georgies Haus hatte sie das Baby zum erstenmal unabhängig von dem Verbrechen gesehen. Georgie hatte ihr gezeigt, daß sie sich nicht nur mit medizinischen Instrumenten, sondern vor allem auch mit Menschen gut auskannte. Und an diesem Nachmittag hatte ihr

Instinkt ihr gesagt, daß sie die junge, verängstigte Jade noch einmal fragen mußte, ob sie die Abtreibung wirklich wollte.

»Sie sind nicht wie die anderen Mädchen, die sonst zu mir kommen, Miss Sperry. Das hat sogar diese kleine Watley gesagt. Sind Sie sicher, daß Sie das wirklich wollen?«

Und in diesem Augenblick hatte Jade erkannt, daß sie es nicht wollte. Der Embryo in ihr hatte plötzlich, wie durch ein Wunder, mit der Vergewaltigung nichts mehr zu tun. Das Kind, das in ihr wuchs, gehörte ihr. Sie liebte es, sofort und bedingungslos.

Diese Erkenntnis löste einen derartigen Gefühlsstau in ihr, daß sie auf Georgies weißbezogenem Tisch zusammenbrach. Eine halbe Stunde lang schluchzte sie unkontrolliert, nicht aus Kummer, sondern aus Erleichterung, von der quälenden Entscheidung befreit zu sein, die sie seit Wochen bedrückt hatte.

Als es vorbei war, zitterte sie am ganzen Körper und fühlte sich geschwächt. Dennoch zwang sie sich aufzustehen, dankte Georgie und ging. Georgie hatte die fünfzig Dollar behalten; eine Beratung kostete eben nicht weniger als eine Abtreibung selbst.

»Und jetzt ein kleines Bäuerchen?« Jade zog den Sauger aus Grahams Mund. Er protestierte, hörte aber auf, als Jade ihm den Rücken klopfte. Er rülpste wohlig. »Meine Güte!« rief sie. »Der war aber prima!« Er sah strahlend zu ihr auf, und eine Woge der Liebe durchströmte sie. Sie fuhr ihm mit dem Daumen über die Lippe, wischte die Milch ab und leckte sie von ihrem Finger. Dann legte sie Graham wieder an die Brust und fütterte ihn weiter.

An jenem Tag damals war sie schwach, erschüttert, doch

voller neuer Hoffnung von Georgie weggefahren. Wenn sie Gary alles erklärte, würde er verstehen. So liebevoll und fürsorglich wie er war, würde er ihrer Entscheidung, das Baby zu behalten, zustimmen. Sie würden Palmetto verlassen, heiraten und gemeinsam ihre Träume verwirklichen. Gary würde das Baby wie sein eigenes aufziehen, und niemand würde sie danach fragen. Mit diesen Gedanken im Kopf war sie zu den Parkers gefahren.

An diesem Punkt der Erinnerung wollte sie jedesmal am liebsten kehrtmachen. Das Bild vom Hof der Parkers führte unweigerlich zu der Erinnerung an die Scheune und den grausamen Anblick, der sich ihr dort geboten hatte.

»Wenn du mir doch nur ein wenig länger vertraut hättest.« Sie beugte sich vor und flüsterte die Worte an Grahams Wange. »Warum hast du das getan, Gary?« Sie wußte natürlich, warum. Sein Vertrauen in sie war zerstört worden. Und die, die es zerstört hatten, setzten ihr Leben unbehelligt fort – doch nicht für immer.

In einer Hinsicht hatte sich das Schicksal als gnädig erwiesen: Graham wies keinerlei Ähnlichkeit mit den drei Verbrechern auf. Nichts an seinen Zügen ließ Rückschlüsse auf seinen Vater zu. Sein Haar war dunkel und gelockt wie ihr eigenes. Seine Augen waren blau und leicht mandelförmig. Er ähnelte Jades Vater, Ronald Sperry, dessen Gesicht die maskuline Version ihrer eigenen Züge gewesen war. Es gefiel ihr, daß er nach ihrem Vater kam.

Seit dem Tag, als es passiert war, hatte Jade geahnt, daß etwas mit dem Unfall ihres Vaters nicht stimmte. Und dennoch war es ein Schock für sie gewesen, die Wahrheit aus dem Mund ihrer Mutter zu erfahren. Velta hatte bis dahin stets vehement abgestritten, daß ihr Mann sich vorsätzlich erschossen hatte. Daß sie es nun zugab und Jade auch noch die Schuld daran zuwies, zeigte ihr, wie tief der Haß ihrer Mutter saß.

Konnte ihr Leben mit ihrer Tochter wirklich so schrecklich gewesen sein, daß sie mit einem schleimigen Typen wie Harvey davonlaufen mußte? Anscheinend ja. Jade versuchte verzweifelt, an einen schönen Moment mit ihrer Mutter zu denken. Doch anders als bei ihrem Vater fiel ihr keiner ein.

Wie so oft, wenn sie den Trost durch eine menschliche Berührung brauchte, hielt sie Graham noch lange fest an sich gedrückt, als er schon fertig getrunken hatte. Nachdem sich der Schock über Veltas Weggang gesetzt hatte, wurden ihr langsam die Konsequenzen für sie und Graham bewußt.

Sie hatte nichts weiter bei sich als einmal Kleidung zum Wechseln und dreißig Dollar. Das reichte kaum, um nach Savannah zurückzukehren. Und wenn sie dort war, wie sollte sie allein wieder nach Morgantown gelangen?

»Was sollen wir jetzt nur tun, Graham?« Sie rieb ihre Nase an seinem weichen Nacken. »Was sollen wir nur tun?«

Die einfachste Möglichkeit war, nach Savannah zurückzukehren, ihren Job wieder aufzunehmen und darauf zu hoffen, rasch genügend Geld sparen zu können, um die Ausbildung fortzusetzen.

Doch Sparen würde jetzt, wo die Kosten für einen Babysitter dazukamen, noch viel schwieriger sein. Sie würde den Schritt, aufs College zu gehen, wieder und wieder aufschieben; und der Traum von Genugtuung würde sich weiter und weiter entfernen.

Nein, das durfte sie nicht zulassen.

Es mußte einen anderen Weg geben. Wenn es keinen gab,

würde sie sich einen bahnen. Sie durfte sich die Chance nicht entgehen lassen. Einmal hatte sie bereits ein Stipendium geopfert – sie würde es kein zweites Mal tun.

Kapitel 11

Die Türglocke hallte durchs Haus. Es war ein beeindruckendes Gebäude im georgianischen Stil. Die roten Ziegel waren weiß abgesetzt, und an den Fenstern glänzten schwarze Läden. Es lag weit von der Straße, von einem Rasen umgeben, der wie mit der Nagelschere gestutzt war. Das Gras glitzerte noch vom morgendlichen Sprengen durch die automatische Anlage.

Der offensichtliche Wohlstand verunsicherte Jade. Kritisch musterte sie ihren Rock und hoffte, die Falten würden nicht zu sehr auffallen. Dann befeuchtete sie einen Finger und wischte Graham noch einmal den Mund ab, gerade rechtzeitig, bevor eine hübsche kleine Frau mit aschblondem Haar die Tür öffnete. Jade schätzte sie auf Anfang Fünfzig.

»Guten Morgen.« Der Blick ihrer grauen Augen wanderte automatisch zu Graham, dann erst lächelte sie Jade zu.

»Guten Morgen. Sind Sie Mrs. Hearon?«

Sie nickte. »Ja, bitte?«

»Mein Name ist Jade Sperry. Es tut mir leid, daß ich Sie so früh schon störe, aber ich wollte Mr. Hearon erreichen, bevor er ins Büro fährt.« Der Gedanke, Graham mit auf den Campus zu nehmen, war ihr entmutigender erschienen, als direkt zum Haus der Hearons zu fahren. »Ist er denn noch da?«

»Ja, er frühstückt gerade. Kommen Sie herein.«

»Ich möchte lieber hier auf der Veranda warten«, sagte Jade zögernd. »Es wird auch nicht lange dauern.«

»Dann sehe ich erst recht keinen Grund, warum Sie nicht hereinkommen sollten. Ist das Ihr Kleiner? Der ist ja süß.«

Jade blieb nichts anderes übrig, als der Frau durch das gemütliche Haus zu folgen. Sie kamen durch eine sonnige Küche, in der es verlockend nach Eiern und Schinken duftete. Jade ernährte sich zur Zeit hauptsächlich von Cornflakes und Erdnußbuttersandwiches. Sie konnte sich nicht erinnern, wann sie das letzte Mal eine richtige Mahlzeit zu sich genommen hatte.

Sie betraten einen Wintergarten an der Rückseite des Hauses. Dekan Hearon saß an einem schmiedeeisernen Tisch mit Glasplatte und beendete gerade sein Frühstück. Er trug einen braunen Anzug und Krawatte, genau wie an dem Tag, als Jade ihn kennengelernt hatte, doch sie konnte sich ihn auch gut in einem Pullover mit Flicken an den Ellenbogen und mit weiten, durchgesessenen Hosen vorstellen. Die grauen Haare saßen wie ein Lorbeerkranz um seinen Kopf. Kleine Haarbüschel sprossen ihm aus den Ohren und aus der Nase. Doch seine starke Behaarung wirkte eher liebenswert als abstoßend. Er hatte gütige Züge, freundliche Augen und ein gewinnendes Lächeln. Als seine Frau mit Jade in den Wintergarten trat, blickte er neugierig auf. Er nahm die Leinenserviette weg, die er im Hemdkragen befestigt hatte, und stand auf.

»Miss Sperry, nicht wahr? Das ist aber eine nette Überraschung.«

»Danke.« Sie wechselte Graham auf dem linken Arm und reichte ihm die Hand. Nachdem sie einander begrüßt hatten, bedeutete er ihr, Platz zu nehmen.

Jade fühlte sich linkisch und nervös. Ihre Handtasche rutschte langsam von der Schulter, und Graham wand sich, um den Farn, der über ihm hing, herunterzuziehen.

»Nein, das ist nicht nötig, Dr. Hearon. Ich kann wirklich nicht bleiben. Ich möchte mich entschuldigen, daß ich Sie beim Frühstück störe, aber wie ich schon Ihrer Frau sagte – ich wollte Sie noch erwischen, bevor Sie zum College fahren.«

»Für einen Kaffee ist immer Zeit. Trinken Sie doch einen mit. Cathy, würdest du... Miss Sperry?« Er deutete beharrlich auf den Stuhl. Jade setzte sich, weil sie nicht unhöflich erscheinen wollte, aber vor allem, weil nicht einmal ein Artist gleichzeitig Graham und die Handtasche hätte festhalten können.

»Danke. Es tut mir wirklich leid, daß ich hier einfach so hereinplatze. Ich hätte vorher anrufen sollen. Nein, Graham!« Sie nahm ihrem Sohn blitzschnell die abgezupften Farnblätter weg, die er sich gerade in den Mund stecken wollte. »Es tut mir leid. Hoffentlich hat er die Pflanze nicht allzusehr beschädigt.«

»Jetzt haben Sie sich schon zum drittenmal entschuldigt, Miss Sperry. Diese Überdosis Reue macht mich einfach nervös.«

»Mich auch«, sagte Cathy, die mit einem Tablett in der Hand hereinkam. Darauf standen ein Teller, eine Tasse und Besteck. Auf dem Teller lagen eine Scheibe Honigmelone, in hauchdünnen Parmaschinken gewickelt, und ein Blaubeermuffin.

»Oh, aber ich wollte…«

»Möchten Sie lieber Tee oder Kaffee?«

Jade wollte sie nicht durch ein Zurückweisen dieser Gastfreundlichkeit beleidigen, und abgesehen davon knurrte ihr der Magen. »Tee, bitte«, sagte sie leise. »Wenn es nicht zuviel Mühe macht.«

»Überhaupt nicht. Ich habe schon welchen aufgesetzt.«

Cathy Hearon ging, um nach dem Tee zu schauen. Jade lächelte den Dekan unsicher an. »Vielen Dank für Ihre Gastfreundschaft.«

»Gern geschehen. Möchten Sie Butter?«

Er reichte ihr die Butterdose. Sie gab Graham den Beißring, den sie überall hin mitnahm, und strich sich dann Butter auf den warmen Muffin. Damit war Graham beschäftigt, während sie essen konnte.

Mrs. Hearon schenkte ihr eine Tasse duftenden Jasmintee ein und setzte sich dann zu ihnen an den Tisch.

»Wie heißt denn der Kleine?«

»Graham.«

»Graham. Gefällt mir. Ein ganz besonders hübscher Name, nicht wahr, Schatz?«

»Mmm-hmm. Miss Sperry ist die junge Frau aus Palmetto, von der ich dir erzählt habe.«

»O ja, jetzt weiß ich wieder. Mein Mann hat nämlich entfernte Verwandte in Palmetto.«

Jade warf dem Dekan einen erstaunten Blick zu. Er hatte nichts über Palmetto gesagt, als sie in seinem Büro gewesen war. Sie wollte nichts in der Art wie ›Ach, kennen Sie dann vielleicht…‹ sagen, denn wenn das Gespräch auf Palmetto gekommen wäre, hätte sie lügen müssen.

Zum Glück kam ihr Graham zu Hilfe. Er hämmerte mit

dem Beißring auf die Tischkante und ließ ihn dann auf den Boden fallen. Jade hob den Beißring auf und gab ihn ihm zurück. Doch er zog einen Silberlöffel vor.

Cathy lachte, als Graham genüßlich den Löffel bearbeitete. »Das macht dem alten Silberding nichts aus. Er kann nach Herzenslust darauf herumkauen.«

Dekan Hearon musterte Jade eindringlich. »Täusche ich mich, oder haben Sie tatsächlich nicht erwähnt, daß Sie Mutter sind, als Sie vor ein paar Wochen bei mir waren?«

»Das stimmt, Sir. Ich habe es nicht erwähnt.«

»Natürlich geht es mich eigentlich nichts an. Und für das Komitee hätte es auch keinen Unterschied gemacht.«

Jade tupfte sich den Mund mit einer Serviette ab. »Ich fürchte, jetzt geht es Sie doch etwas an, Dr. Hearon. Deshalb bin ich nämlich heute morgen hier.« Sie öffnete ihre Handtasche, nahm den Gutschein heraus und reichte ihn ihm über den Tisch. »Ich muß das Stipendium leider zurückgeben.«

Mrs. Hearon brach als erste das darauf folgende lange Schweigen. »Miss Sperry, mein Mann hat mir schon von Ihnen erzählt. Sie haben einen guten Eindruck auf ihn gemacht. Vielleicht würden Sie lieber mit ihm allein reden?«

Jade war von ihren einfühlsamen Worten gerührt. »Danke, Mrs. Hearon. Das ist nicht nötig. Ich habe ohnehin nicht mehr dazu zu sagen.« Sie hängte sich ihre Tasche um, hob Graham vom Schoß auf den Arm und stand auf. »Ich danke Ihnen vielmals für das Frühstück.«

»Einen Moment noch, Miss Sperry«, sagte Dekan Hearon. »Setzen Sie sich bitte.« Er wartete, bis sie Platz genommen hatte. Er stützte das Kinn auf die gefalteten Hände und sah Jade lange prüfend an. »Offen gesagt – ich bin erstaunt und enttäuscht. Ich habe selten eine Studentin gehabt, die sich ihr Stipendium so sehr verdient hat wie Sie. Und ich habe auch noch niemanden erlebt, der sich so wie Sie darüber gefreut hat. Sie sind doch förmlich auf Wolken aus meinem Büro geschwebt. Was ist geschehen, daß Sie es sich anders überlegt haben?«

Jade ging in Gedanken mehrere erfundene Versionen durch. Aber als sie die Blicke der beiden sah, brachte sie es nicht fertig zu lügen. Sicher, sie sahen sie mit Neugier an, aber sie entdeckte auch echte Anteilnahme.

»Meine Mutter ist fort.« Offensichtlich war es nicht ganz die Antwort, die sie erwartet hatten, deshalb führte Jade weiter aus. »Meine Mutter hat sich um Graham gekümmert, wenn ich zur Arbeit mußte. Ich wollte eigentlich an den Nachmittagen und Wochenenden weiter arbeiten, aber jetzt schaffe ich es nicht mehr. Ein Babysitter ist einfach zu teuer.«

»Sicher…«

Jade schüttelte den Kopf und schnitt den Einwand ab. »Ich habe alle Möglichkeiten durchdacht, glauben Sie mir.« Sie hatte ihren Job in Savannah wieder aufgenommen und war jede Woche nach Morgantown gefahren, wo sie sich nach einer preiswerten Wohnmöglichkeit und einem Platz für Graham umgesehen hatte. Ohne Erfolg.

»Alle Unterbringungsmöglichkeiten für Graham, die in Frage kämen – wobei ich zugebe, daß ich, was das anbelangt, schon etwas eigen bin –, sind einfach zu teuer, selbst wenn es mit meinem Zeitplan hinkommen könnte. Und bei der Invasion von Studenten hier war einfach kein Job zu finden. Da mir meine Mutter nicht mehr zur Seite steht, ist es mir also unmöglich, mich für das Herbstsemester einzuschreiben.«

Sie senkte den Blick, denn sie wollte nicht, daß sie ihre Angst sahen. Für Jade stand nicht nur das College auf dem Spiel, sondern ihre gesamte Existenz. Ihr Chef in Savannah hatte die Geduld mit ihr verloren und sie gefeuert, weil sie sich ständig freigenommen hatte. Bevor Velta fortgegangen war, hatte sie noch den gesamten Erlös aus dem Verkauf des Hauses in Palmetto vom Konto geräumt.

Jade besaß noch zwanzig Dollar. Davon mußte sie zwölf Dollar am Abend für den Bungalow im Pine Haven Motel auf den Tisch legen. Morgen würde sie also ohne Geld dastehen. Das einzige, was ihr blieb, war, bei ihrem Chef in Savannah um Gnade zu betteln, damit er sie wieder einstellte.

»Das Stipendium aufzugeben erscheint mir aber doch eine reichlich drastische und weitgreifende Entscheidung, Miss Sperry«, sagte Dekan Hearon.

»Da haben Sie recht, aber ich habe keine Wahl. Trotzdem, ich werde irgendwann meine Ausbildung bekommen, glauben Sie mir, Dr. Hearon. Ich habe meine Gründe, warum ich so schnell wie möglich mein Diplom will.«

»Und die wären?«

»Persönliche Gründe.«

Die kurze Antwort ließ ihn die Stirn runzeln. »Warum haben Sie sich beim Dander College um ein Stipendium beworben?«

»Wollen Sie die Wahrheit hören?«

»Sicher. Bisher waren Sie doch auch sehr ehrlich zu uns.«

»Es war eines der wenigen Colleges, die noch in Frage kamen. Ich habe von unzähligen Colleges und Universitäten ablehnende Bescheide erhalten. Und da Dander eine der Kirche verbundene Fakultät ist, habe ich einfach auf christliche Nächstenliebe gesetzt.«

»Und wenn wir Sie abgelehnt hätten, was hätten Sie dann getan?«

»Was ich jetzt auch tun werde – es weiter versuchen.«

Dr. Hearon räusperte sich. »Gehe ich recht in der Annahme, daß Grahams Vater ...«

»Grahams Vater ist tot.« Danach fragten die Leute immer. Und das schien ihr die einfachste Antwort zu sein. Sie bezweifelte, daß man es ihr abnahm, aber niemand stellte weitere Fragen.

»Ich wüßte einen Job für Sie«, warf Cathy plötzlich ein. »Lieber«, sagte sie an ihren Mann gewandt, »du kennst doch Dorothy Davis. Ihr gehört das Geschäft, wo ich meine Kleider kaufe.« Dann sah sie Jade an. »Gerade gestern hat Dorothy mir gesagt, daß sie jemanden für die Buchhaltung sucht. Sie sagte, ihre Augen seien so schlecht geworden, daß sie die Rechnungen einfach nicht mehr bearbeiten kann.«

»Das überrascht mich nicht. Die alte Schachtel geht ja auch schon auf die Achtzig zu.«

Cathy gab ihrem Mann einen Klaps auf die Hand. »Hören Sie nicht hin, Jade. Miss Dorothy ist zwar schon etwas barsch, aber darunter verbirgt sich ein gutes Herz. Als Geschäftsfrau darf man nun mal nicht zimperlich sein. Wären Sie vielleicht interessiert?«

»Ich bin an jeder Möglichkeit interessiert, Mrs. Hearon. Und Betriebswirtschaft ist mein Hauptfach. Aber ein Job allein nützt nichts. Damit habe ich noch immer keinen Hortplatz für Graham oder eine Wohnung.«

»Da findet sich doch sicher etwas.«

Jade dachte an ihre letzten zwanzig Dollar. Damit konnte sie keine Miete im voraus bezahlen. »Ich fürchte, Mrs. Hearon, das ist nicht so einfach.«

Der Dekan warf einen Blick auf seine Armbanduhr und stand auf. »Wenn ich mich nicht langsam aufmache, dann komme ich zu spät zur Arbeit. Ich denke, es ist an der Zeit, Klartext zu reden.«

Er runzelte die Brauen, in einem vagen Versuch, ernst zu wirken. »Miss Sperry, ich glaube, Sie sind einfach zu stolz, um zuzugeben, daß Sie – auch wenn es nicht Ihr Verschulden ist – mittellos dastehen. Ich habe noch nie eine Studentin kennengelernt, die so versessen auf eine Ausbildung war wie Sie. Dieser Enthusiasmus kann nur durch sehr schlimme Umstände gedämpft worden sein. Ich bewundere Ihren Stolz – aber auf der anderen Seite«, sagte er in einem autoritären Ton, der schon viele Studenten aus ihren Träumen gerissen hatte, »kann zu großer Stolz manchmal auch schaden. Dann muß man seinen Stolz aufgeben, seine Verletzlichkeit zeigen und jemandem die Ehre gewähren, einem zu helfen.

Meine Frau Cathy kann Ihnen sicher diesen Job bei Miss Davis beschaffen, obwohl ich es mir an Ihrer Stelle dreimal überlegen würde. Miss Davis ist ein vertrockneter alter Giftbesen, der nicht einmal vor Weihnachten eine Ware umsonst als Geschenk einpackt. Wenn Sie tatsächlich mit ihr auskommen sollten, müßte man Sie heilig sprechen.

Und schließlich und endlich – falls Sie es noch nicht selbst bemerkt haben – kriegt meine Frau ganz feuchte Augen, jedesmal, wenn sie Graham ansieht. Leider haben wir selber keine Kinder. Ich schätze, sie wird ihn schlimm verwöhnen, wenn Sie bei uns wohnen.«

»Bei Ihnen?« rief Jade. »Oh, aber ich...«

»Sie sind jetzt still, Miss Sperry. Ich bin noch nicht fertig. Und die Zeit ist knapp. Offensichtlich wissen Sie nicht, daß

Cathy und ich schon häufiger Studenten bei uns aufgenommen haben. Dieses Jahr hatten wir uns dagegen entschieden, weil wir letzten Frühling leider schlechte Erfahrungen mit einem Studenten machen mußten: Der junge Mann setzte sich mit einem Paar silberner Kerzenleuchter ab. Es waren nicht diese verdammten Leuchter, um die es mir ging, sondern ich war wütend, daß mich meine Menschenkenntnis offensichtlich im Stich gelassen hatte.

Also – solange Sie nicht scharf auf das Silber sind, können Sie und Ihr Sohn so lange bei uns wohnen, wie Sie möchten. Ich werde es als persönlichen Affront werten, wenn ich Ihren Namen nicht bis heute nachmittag auf der Immatrikulationsliste entdecke. Ihre Bewerbung war verdammt noch mal fast perfekt, und es wäre eine Schande und eine Vergeudung von Intelligenz, wenn Ihre Ausbildung tatsächlich an so etwas Profanem wie Geld scheitern würde. Cathy, mir wäre heute abend nach gebratenen Austern.«

Er verabschiedete sich mit einer kurzen Handbewegung.

Cathy Hearon tätschelte Jades Arm. »Er hat manchmal so seine Macken, aber Sie werden sich schnell daran gewöhnen.«

Kapitel 12

Columbia, South Carolina, 1978

»Hey, Hutch! Ich dachte schon, du wärst tot oder so was! Komm rein, du häßlicher Hurensohn!« Neal Patchett hielt seinem Freund die Tür auf. Hutch stiefelte durch das Durcheinander im Vorderzimmer.

»Viel zu tun?«

»Verdammt, nein. Bin froh, daß du vorbeikommst, Lamar!« rief Neal. »Wir haben Besuch!« Er hämmerte mit der Faust zwischen Postern von Busenwundern und den Dallas Cowboys' Cheerleaders an die Wand. »Schmeiß die Sachen da vom Stuhl und mach's dir gemütlich, Hutch. Willste 'nen Bierchen?«

»Ja, bitte.«

»Ich dachte, bist im Training, Alter.« Neal klopfte ihm im Vorbeigehen auf die Schulter.

»Bin ich auch. Scheiß drauf.« Hutch nahm das Bier, das Neal ihm reichte, trank und rülpste dann laut. »Ah, das tut gut. Hi, Lamar.«

Lamar kam vom Flur herein. Trotz Shorts und Pullunder trug er eine Krawatte mit Paisleymuster locker um den Hals. In der Hand hielt er einen Tennisschläger. »Hi, Hutch. Wie läuft's beim Football?«

»Das Team ist diese Saison voll für'n Arsch. Rechne nicht mit der Endrunde. Packst du aus?«

Lamar legte den Tennisschläger beiseite und nahm die Krawatte ab. »Ich versuche, irgendwie Ordnung in mein Zimmer zu kriegen.«

»Wozu?« fragte Hutch und räkelte sich in dem abgesetzten Sessel. »In 'ner Woche sieht's hier doch sowieso wie auf 'ner Müllhalde aus. Darum bin ich ja so gerne hier.«

Neal und Lamar teilten sich schon das zweite Jahr eine Bude nahe bei der Universität. Das Haus war alt, geräumig und stand weit genug von den Nachbarhäusern entfernt, so daß nicht jedesmal gleich die Polizei gerufen wurde, wenn die Parties außer Kontrolle gerieten. Im ersten Jahr hatte Hutch nicht bei ihnen wohnen können, weil von den Mitgliedern des Football-Teams erwartet wurde, daß sie im Wohnheim für die Sportler schliefen. Hutch hatte die beiden um ihre Freiheit und die lockere Atmosphäre im Haus beneidet.

»Letztes Frühjahr, als Myrajane herkam, um Lamars Sachen für die Ferien zu packen, wär' sie fast aus den Latschen gekippt«, kicherte Neal. »Wär' mein alter Herr nicht hiergewesen, um sie aufzufangen, hätten wir glatt 'nen Loch in der Veranda gehabt. Wißt ihr, so wie Wily Coyote, wenn er irgendwo runterfällt.«

Er nahm sich einen Joint aus der Tischschublade, zündete ihn an und inhalierte zweimal. Hutch lehnte dankend ab. »Lieber nicht. Donna Dee riecht das Zeug zwei Meilen gegen den Wind. Ich nehm' noch 'n Bier.«

Neal reichte den Joint an Lamar weiter, der aber nur paffte. Dabei lächelte er Hutch wie üblich nervös an. Neal holte ein neues Bier für Hutch aus der Küche.

»Dein kleines Frauchen hält dich ganz schön an der kurzen Leine, hä?« Neal fischte sich den Joint und nahm einen tiefen Zug. »Verdammter Idiot, warum mußtest du auch gleich heiraten, als wir auf diese Pussyfarm, genannt Uni, gekommen sind?«

»So schlimm ist es gar nicht«, grummelte Hutch.

Neal hielt eine Hand hinters Ohr. »Hörst du das, Lamar?«

»Was?«

»Hörst du's nicht? Ich finde, es hört sich an wie 'ne rasselnde Fußkette.«

»Fahr zur Hölle.« Hutch leerte die zweite Bierdose und zerdrückte sie dann in der Faust. »Ich kann's jedenfalls jede Nacht haben, wenn ich will.«

»Das kann ich auch«, spottete Neal. »Dazu muß ich aber nicht heiraten.«

Hutchs erste Verabredung mit Donna Dee war der Abschlußball der Schule gewesen. Er hatte sich verpflichtet gefühlt, sie zu fragen. Es schien, als hätte sie es erwartet – und beide wußten, warum, obwohl sie nie darüber sprachen. Bevor sie im Sommer darauf zur Universität kamen, traf er sich immer dann mit ihr, wenn er nicht mit Neal und Lamar zusammen war.

Hutch hatte Donna Dee schon früher gemocht, doch bald wurde mehr daraus. Neals geringe Meinung von ihr verlor mit jedem Treffen mehr an Gewicht. Sicher, sie war keine Schönheit, aber sie war lustig und nett, und sie war ihm ergeben. Sie ließ keinen Sonntagsgottesdienst aus, und dennoch durfte er ihr bei ihrem zweiten Rendezvous an die Brüste fassen, und beim dritten machte sie es ihm mit der Hand.

Sie war es gewesen, die ihn nach dem großen Picknick am 4. Juli überredet hatte, auf den Rücksitz des Wagens zu steigen. »A-aber, ich hätte nie gedacht... was ich sagen will, Donna Dee, ich habe kein Gummi dabei.«

»Ist schon okay, Hutch. Ich will mit dir schlafen. Unbedingt. Es ist mir egal.«

Hutch dachte damals, daß er sich wegen der Verhütung nicht so anstellen sollte, wenn es ihr schon egal war, ihre Jungfräulichkeit zu verlieren. Außerdem – hatte Neal nicht gesagt, daß Girls beim ersten Mal nicht schwanger werden konnten? Ganz abgesehen davon war er ziemlich beschwipst und geil, und Donna Dee war so verdammt freizügig, daß seine Lust schließlich über den gesunden Menschenverstand siegte. Von diesem Tag an trug er stets ein Päckchen Kondome bei sich, nur für den Fall, daß es wieder passieren sollte. Was, wie sich herausstellen sollte, bei jedem ihrer Treffen der Fall war.

»Bumst du Donna Dee?« hatte Neal ihn am Wochenende vor Labor Day gefragt, als sie zusammen Wasserski fuhren.

»Nein«, hatte Hutch gelogen. »Sie ist ein anständiges Mädchen. Das mußt du doch wissen.«

Neal hatte ihm einen skeptischen Blick zugeworfen. »Ich wär' echt enttäuscht, wenn mein bester Freund Geheimnisse vor mir hätte. Wenn sie dich nicht in ihr Höschen läßt, warum triffst du dich dann dauernd mit ihr?«

»Das hört sich ja an, als ob du eifersüchtig bist, Neal.« Lamar hatte diese Bemerkung eigentlich scherzhaft gemeint, aber Neals Miene hatte sich bedrohlich verdunkelt. Er hatte seine Sachen gepackt und war abgereist. Da ihm das Motorboot und die Wasserskiausrüstung gehörten, war Hutch und Lamar nichts anderes übrig geblieben als ebenfalls abzureisen.

Als Donna Dee Hutch freudestrahlend erzählte, daß sie die Aufnahmeprüfung für die Uni geschafft hatte, nahm er die Nachricht mit gemischten Gefühlen auf. Er wollte sie gern öfter sehen, weil er wußte, daß er sie sonst vermissen würde, aber Neal hatte auch schon Pläne für ihn und Lamar ausgeheckt.

»Wir werden den Laden so aufmischen, daß wir in die Annalen der höheren Bildung eingehen«, hatte Neal geprahlt, als er betrunken war. »Wir werden jede einzelne von den Weibsen nageln.«

Im ersten College-Jahr hatte Hutch seine liebe Mühe gehabt, allem gerecht zu werden – den Anforderungen des Lehrplans, des Footballteams, Donna Dees und nicht zuletzt Neals. Auf dem Spielfeld tat er, was man von ihm verlangte, und überließ den anderen den Spielablauf. Er und Donna Dee hatten zum Großteil dieselben Kurse belegt, und sie erledigte sämtliche schriftlichen Arbeiten für ihn. Dafür erwartete sie Liebe und Zuneigung von ihm, die er ihr frohen Herzens schenkte, wenn er nicht zu erschöpft war.

Samstags nach dem Spiel und an den Sonntagen beteiligte er sich an den Ausschweifungen in Neals Bude. Es gab Gras, Alkohol und Mädchen in Hülle und Fülle. Darüber war es zwischen ihm und Donna Dee zum ersten ernsten Streit gekommen.

»Ich habe gehört, wie sich drei von denen in der Bücherei über eure Orgie unterhalten haben«, hatte sie in ihr Taschentuch geschluchzt. »Diese Blonde mit dem Knutschfleck am Hals hat zu ihrer Freundin gesagt, daß sie mit 'nem rothaarigen Footballspieler gebumst hat, und daß sie nicht mehr wüßte, wie er hieß, weil sie so stoned war. Ich weiß, daß du gemeint warst, Hutch. Du bist der einzige Spieler im Team mit roten Haaren. Und du hast mir gesagt, daß bei Neal nichts weiter gelaufen ist, außer ein paar Bier und so. Hast du mit dieser Blonden geschlafen, Hutch?«

Er konnte fast hören, wie Neal ihm einflüsterte, sie zu belügen, um sie zu beruhigen. Doch er fühlte sich Donna Dee verbunden, und so hatte er ihr geknickt in die Augen geschaut und gestanden: »Ich schätze ja, Donna Dee. Manchmal geht's da drüben ziemlich wild zu.«

Donna Dee war in hemmungsloses Schluchzen ausgebrochen. Hutch hatte nicht gewußt, wie er reagieren sollte, und war sich völlig hilflos vorgekommen. Schließlich hatte er behutsam die Arme um sie gelegt. »Es tut mir leid. Es hat mir nichts bedeutet. Mit einem anderen Mädchen ist es nicht so wie mit dir. Ich... liebe dich.«

Er traute seinen eigenen Ohren kaum, doch Donna Dee hatte ihn sehr gut verstanden. Ihr Kopf schnellte hoch, und sie sah ihn mit Tränen in den Augen an. »Wirklich, Hutch? Tust du das wirklich?«

Hutch war ganz benommen von dem, was er gesagt hatte. Bevor er wieder zu sich kommen konnte, waren sie bereits beim Verlobungsring zum Valentinstag angelangt und bei Hochzeitsglocken im Juni. Als sie nach Palmetto fuhren, um den Eltern die gute Nachricht zu überbringen, drückte Fritz, als er mit Hutch unter vier Augen sprechen konnte, seine Bedenken aus.

»Du bist noch ziemlich jung für eine Ehe, Sohn«, hatte er gesagt.

»Ich weiß, Daddy, aber sie will es unbedingt.«

»Und willst du es?«

»Na ja, klar. Ich meine, na ja, also ich denke schon.«

»Willst du sie heiraten, weil du sie liebst?«

»Klar. Warum wohl sonst?«

Sie tauschten einen vielsagenden Blick aus. Dann seufzte Fritz resigniert. »Na, wenn du sicher bist, daß du es willst...«

Die Hochzeit fand am zweiten Wochenende im Juni statt. Drei Tage vor der Hochzeit waren Donna Dee und Hutch im Wohnzimmer ihrer Eltern und sahen sich die Geschenke an, die bereits eingetroffen waren. Sie legte den Satz Steakmesser beiseite, den sie soeben ausgepackt hatte, und hängte die Schleife zu den anderen Satinbändern über einen Kleiderbügel. »Hutch?«

»Mmh-hmm?« Er stopfte sich mit dem Sandwich voll, das Mrs. Monroe für ihn gemacht hatte.

»Ich muß dich mal was fragen.«

»Schieß los.«

Donna Dee band die Schleife sorgfältig um den Kleiderbügel, wie sie es mit jedem Band tat, seit sie ihren Polterabend gefeiert hatten. »Wir sollten uns doch eigentlich alles ganz offen und ehrlich erzählen, bevor wir heiraten, stimmt's?«

Hutch leckte sich die Butter von den Fingerspitzen. »Stimmt.«

»Na ja, wegen dem Abend, als ihr mit Jade zum Kanal gefahren seid...«

Hutch erstarrte, die Finger noch an den Lippen. Langsam ließ er die Hand sinken und drehte sich zu Donna Dee um. Seine Augen weigerten sich fast, sie anzuschauen. Sein Adamsapfel ruckte auf und ab, er schluckte heftig. »Was willst du wissen?«

»Sie hat doch nicht die Wahrheit gesagt, stimmt's? Ihr habt sie doch nicht echt vergewaltigt, oder?« Donna Dee sah ihm ins Gesicht.

Hutch rang mit sich, ob er ihr die Wahrheit sagen sollte, oder lieber das, was sie hören wollte. Er mußte entweder gestehen, daß er Jade vergewaltigt hatte, oder zumindest, daß er scharf auf Donna Dees beste Freundin gewesen war. So oder so – er konnte nicht gewinnen. »Natürlich war's keine Vergewaltigung«, murmelte er. »Sie kannte uns doch. Wie soll's da 'ne Vergewaltigung gewesen sein...«

»Hat sie sich gewehrt?«

Seine breiten Schultern hoben und senkten sich. »Sie... na ja, du weißt doch, manche Mädchen tun nur so, als würden sie's nicht wollen, oder?«

Donna Dee sah weg. »Warst du scharf auf sie, Hutch? Ich meine, du mußt doch scharf auf sie gewesen sein, sonst hättest du ihn doch nicht hochgekriegt.«

Er schabte mit seinem großen Fuß auf dem Teppichboden. »So war es nicht, Donna Dee. Ich schwör's bei Gott. Es war… es war verrückt. Gott, ich weiß nicht, wie ich dir das erklären soll.« Er breitete die Hände in einer ungeduldigen Geste aus. »Es war nicht so, daß ich mir richtig überlegt habe, jetzt will ich Jade ficken, okay?«

»Okay.« Donna Dee schöpfte zitternd Luft. »Ich war schon immer sicher, daß sie gelogen hat. Sie hat euch einfach aufgegeilt, stimmt's? Du bist ein Mann. Männer können eben nicht widerstehen…«

Er sah über ihr heftiges Blinzeln hinweg, so wie sie über die Schweißperlen hinwegsah, die sich auf seiner Oberlippe gebildet hatten. Keiner von ihnen sagte die Wahrheit, doch für ihren Seelenfrieden war es unumgänglich, daß jeder sich selbst und den anderen weiterhin betrog.

Auf dem Empfang vor der Hochzeit kam Neal an Hutchs Seite und flüsterte: »Ich kann dir die Brautjungfer nur empfehlen.«

»Sie ist Donna Dees Kusine.«

»Mir ist wurscht, wessen Kusine sie ist. Sie rammelt wie ein Häschen.« Neal bohrte ihm zwischen die Rippen. »Denk doch mal dran, wieviel Spaß du bei den Familienfeiern haben kannst.«

»Du bist verrückt«, grummelte Hutch und schüttelte Neals Arm von der Schulter.

»Hey, Alter. Versaut dir diese Heirat etwa alles? Das kannst du nicht machen!«

In diesem Moment faßte Hutch den Entschluß, seiner Frau treu zu sein. Ganz gleich, ob sie sich selbst etwas vormachten, um ihre Gewissen zu beruhigen; Donna Dee hatte für ihn gelogen und ihn vor einer Anzeige bewahrt. Ihre Eifersucht auf Jade war gerechtfertigt, obwohl er ihr auch dies niemals gestanden hatte. Sie waren durch eine Sünde aneinandergebunden, die er nicht auch noch dadurch verschlimmern wollte, daß er ein untreuer Ehemann war. Wenn man bedachte, was er Jade angetan hatte, erschien ihm Treue kein zu hoher Preis.

Nach ihrer Hochzeitsreise hatte Hutch bei seinem Vater im Sheriffbüro gearbeitet, bis das Training für die neue Saison anfing. Donna Dee war ganz versessen darauf, ihr Zuhause in Columbia einzurichten. Seiner Meinung nach übertrieb sie es mit ihrem Bedürfnis nach Häuslichkeit. Erst gestern abend, als sie das Porzellan auspackten, hatte sie ihm gesagt, daß sie plane, ihre Kurse einzuschränken.

»Wir können das Geld für meine Ausbildung sparen. Ich bin sowieso keine große Leuchte, Hutch. Wozu brauche ich Medizin und Biologie? Ich weiß alles, was man darüber wissen muß, stimmt's?« Sie langte scherzhaft nach seinen Hoden.

»Du nimmst doch noch die Pille, oder?«

»Klar. Wieso?«

Er bemerkte, daß sie ihm dabei nicht in die Augen schaute. »Weil wir ein Kind jetzt überhaupt nicht gebrauchen könnten.«

»Das weiß ich doch, Blödmann.«

»Ich mußte meinen alten Herrschaften versprechen, daß ich auf jeden Fall meine Ausbildung mache, auch wenn wir heiraten. Ich habe ein hartes Jahr vor mir, was die Kurse angeht. Und obendrein sitzt mir der Trainer ständig im Nacken. Ich kann im Moment einfach keine zusätzliche Verantwortung übernehmen.«

Sie ließ ihre Arbeit liegen, legte die Arme um ihn und

küßte ihn langsam. »Nach allem, was ich für dich getan habe, weißt du immer noch nicht, daß du für mich an erster Stelle kommst?«

Da war sie wieder – die subtile Mahnung, daß sie ihren Kopf für ihn hingehalten hatte, als er sie so nötig brauchte. Sollte dieses furchtbare Geheimnis sie den Rest ihres Lebens verfolgen? Dieser quälende Gedanke hatte ihn schon die ganze Nacht geplagt und heute zu Neal geführt. Mit Neal und Lamar zusammen zu sein, war für ihn wie eine Rückkehr an den Tatort. Wie das Bohren in einer alten Wunde. Je öfter er daran dachte, desto schlimmer wurde es. Das Problem war – er konnte nicht damit aufhören.

»Und wie geht's Donna Dee?« fragte Lamar. »Ich habe sie seit eurer Hochzeit nicht mehr gesehen.« Das Marihuana hatte ihn ruhiger werden lassen. Er lümmelte sich in einen Sessel und ließ ein Bein über die gepolsterte Lehne baumeln.

»Ihr geht's gut. Ich soll euch grüßen.«

Neal holte eine Flasche Jack Daniels aus seiner Tasche, schraubte den Verschluß ab und nahm einen Schluck. »Du hast Donna Dee gesagt, daß du hier bist?«

»Klar.«

»Und sie hat dich gehen lassen?« lästerte Neal. »Sie ist tatsächlich noch dämlicher, als ich dachte.«

Hutch sah rot. Er sprang auf. »Sie ist nicht dämlich. Sie sagt, du hast nur Scheiße im Kopf, und ich glaube, sie hat recht.« Er stürmte zur Tür.

Neal stand auf und stellte sich Hutch in den Weg. »Hau nicht beleidigt ab«, schmeichelte er. »War doch nur 'nen Spruch, Mann. Komm, Alter. Ein paar Mädels haben versprochen, rüberzukommen und uns beim Aufräumen zu helfen. Und nicht nur beim Aufräumen«, fügte er mit einem anzüglichen Grinsen hinzu. »Lamar und ich schaffen die nicht alle.«

»Nein, danke«, antwortete Hutch gereizt. »Ich fahr' nach Hause zu meiner Frau.« Er versuchte, an Neal vorbeizukommen, doch der war trotz Alkohol und Gras noch erstaunlich reaktionsschnell.

»Mann, willst du ewig in ihrer Schuld stehen?«

Hutch verharrte. »Schuld?«

»Tu nicht so blöd. Ich spreche davon, daß du deine Schulden bei Donna Dee bezahlst für das, was sie für uns getan hat.«

Hutch warf Lamar einen kurzen, schuldbewußten Blick zu, doch der vermied es, ihm in die Augen zu sehen. »Ich weiß nicht, wovon du redest.«

»Scheiße, du weißt es nicht«, höhnte Neal mit einem häßlichen Lachen. »Du bezahlst dafür, daß Donna Dee deinen kleinen Arsch vorm Knast bewahrt hat. Erst hast du sie gevögelt, dann geheiratet. Und jetzt bist du ihr Schoßhündchen.«

»Halt's Maul.«

»Wenn sie wüßte, wie sehr du es genossen hast, ihre beste Freundin zu bumsen, hätte sie dich erst richtig unter der Fuchtel. Stimmt's, Lamar?« fragte er in Richtung des anderen Jungen, der schon ganz geknickt aussah. »Du und ich, wir hatten einfach unseren Spaß, aber ich glaube, der gute alte Hutch hier, der hat geglaubt, daß er Jades Döschen noch mit 'ner Schleife drum kriegt.«

Hutch kam mit seinem Gesicht ganz nahe an Neals. »Du bist ein krankes Arschloch, Neal. Ich will nichts mehr mit dir zu tun haben.«

Er stieß ihn beiseite und stürmte durch die Tür.

Lamar rief ihm nach: »Hey, Hutch, Neal meint's nicht so.«

Hutch ging weiter, ohne sich umzusehen. »Du kommst zurück!« schrie Neal durch die Fliegentür. »Du weißt, wo du dir deine Ration abholen kannst. Das nächste Mal, wenn du Appetit kriegst, stehst du wieder auf der Matte!«

Kurz nachdem Hutch rausgestürmt war, zog sich Lamar auf sein Zimmer zurück und ließ Neal mit seiner Wut allein. Neal rastete nur selten aus, aber wenn es soweit war, machte er ihm angst. Lamar konnte nicht sagen, wovor er sich mehr fürchtete – vor Neals Wutanfällen oder seinem unheimlichen Schweigen. Wenn Neal still wurde, schwelte in ihm der Zorn wie Schwefel in den Tiefen des Hades. Man konnte seine Rage dann förmlich riechen.

Lamar haßte es, in diesem Haus zu wohnen, aber er hatte nicht den Mut, es Neal zu sagen und auszuziehen. Er wünschte, seine Mutter hätte darauf bestanden, daß er auf eine andere Universität ging, oder daß er noch ein Jahr zu Hause bleiben sollte. Er wünschte, etwas – irgend etwas – geschähe, das ihn davor bewahrte, noch ein weiteres Jahr unter Neals Knute zu stehen.

Aber nichts geschah, und er brachte einfach nicht den Mut auf, Neal zu sagen, daß er lieber woanders wohnen würde. Widerwillig hatte er seine Sachen aus Palmetto in das Haus geschafft, das sie für das zweite Unijahr gemietet hatten. In seinem Zimmer warteten Koffer und Kisten darauf, ausgepackt zu werden. Lustlos legte sich Lamar aufs Bett und bedeckte die Augen mit dem Arm. Jetzt, da Hutch gegangen war, hatte er noch weniger Hoffnung, Neal jemals entkommen zu können. Er wagte nicht, sich auszumalen, wie Neal reagieren würde, wenn er ihm sagte, daß er ausziehen wollte. Und so saß er allem Anschein nach in der Falle.

Es war wie eine niemals endende Party. Neal war von Leuten umgeben, die behaupteten, ihn zu mögen. Lamar vermutete allerdings, daß sie weniger Neal als vielmehr das mochten, was er ihnen bot. Und er vermutete, daß nicht wenigen von ihnen einfach der Mut fehlte, Neals Einladung auszuschlagen. Zu sehr waren sie von ihm eingeschüchtert.

Die Tür ihres Hauses stand Fremden, die hungrig nach Sex, Drogen und Alkohol waren, ständig weit offen. Der endlose Strom von Studenten auf der Suche nach einem Abenteuer ließ Lamar wenig Privatsphäre. Selbst wenn er sich auf sein Zimmer zurückzog und die Tür hinter sich schloß, blieb er nicht ungestört. Irgend jemand stolperte immer herein, auf der Suche nach dem Badezimmer oder einem leeren Bett zum Bumsen. Allein der Gedanke an neun weitere Monate voller wilder Ausschweifungen machte ihn müde. Neal war eifersüchtig auf alles, was seine tyrannische Herrschaft über seine Freunde in Frage stellte. Er verlangte absolute Loyalität und permanente Verfügbarkeit. Darum war er Hutch heute so an die Kehle gegangen. Neal war eifersüchtig auf Donna Dee, die nun den Großteil von Hutchs Zeit in Anspruch nahm.

Neal hatte sein schwerstes Kaliber aufgefahren, als er die Sache mit Jade erwähnte. Bis jetzt hatten sie sich immer bemüht, den Zwischenfall zu leugnen. Selbst als Gary Parker sich erhängt hatte und Jade mit ihrer Mutter aus Palmetto fortgezogen war, hatten sie sich geweigert, diese Ereignisse mit den Geschehnissen am Kanal in Verbindung zu bringen. Doch so sehr sie auch darauf bedacht waren, nicht darüber zu sprechen, irgendwie kam das Thema immer wieder an die Oberfläche. Wenn er genau darüber nachdachte, war immer Neal derjenige, der es anschnitt.

Verhielt sich Neal vielleicht genauso berechnend, wie er es vorhin noch Donna Dee vorgeworfen hatte? Er berührte diesen wunden Punkt immer, wenn er etwas von ihnen wollte. Und seine Erwähnungen führten dazu, daß sie ihm weiterhin gehorchten. *Wie lange noch?* fragte sich Lamar. *Mein ganzes Leben lang?* Dieser Gedanke jagte ihm einen Schauer über den Rücken. Das letzte, was er wollte, war, das Opfer von Neals Spott zu werden. Bitte, Gott, laß ihn nicht herausfinden, daß ich verliebt bin, betete er im stillen.

Nicht nur die Aussicht, weitere zwei Jahre mit Neal Patchett zusammenzuwohnen, hatte ihn trübselig werden lassen, sondern auch die Tatsache, daß er seine neue Liebe in Palmetto zurücklassen mußte. Sie hatten sich im Kino kennengelernt. Ihr erstes Rendezvous war wenig romantisch verlaufen. Nach dem Film waren sie zusammen Kaffee trinken gegangen, hatten aber bis spät in die Nacht geredet. Den Rest des Sommers über hatten sie sich fast jeden Abend getroffen.

Eines Abends, als sie an der Küste entlangfuhren, hatte Lamar unsicher zugegeben: »Du kannst leider nicht mit zu mir kommen. Ich wohne mit meiner Mutter zusammen.«

»Ich würde auch gerne mit dir allein sein.«

Sie verabredeten ein heimliches Treffen in einem Motel. Und dort, Jades Vergewaltigung ausgenommen, verlor Lamar seine Jungfräulichkeit. Weil seine Freunde der Annahme waren, daß er schon seit Jahren Sex hatte, konnte er mit niemandem über die aufregendste Nacht seines Lebens reden.

Er hatte peinlichst auf Diskretion geachtet, was nicht gerade einfach war, wenn man mit Myrajane zusammenlebte. Daß Lamar schon ein ganzes Jahr nicht mehr zu Hause wohnte, zählte für sie nicht; sie wollte über jede Minute Rechenschaft abgelegt bekommen. Ein barmherziger Schutzengel hatte verhindert, daß sie von der Vergewaltigung Wind bekommen hatte. Myrajane hatte sofort zu denen gehört, die Jade die Schuld gaben, als Gary sich das Leben nahm. Lamar, der sich der Ungerechtigkeit dieser Haltung bewußt war, hatte mit sich gerungen, ob er seine Mutter aufklären sollte. Doch er brauchte nicht lange zu überlegen, um sich dagegen zu entscheiden und sein Wissen für sich zu behalten.

Bis zum heutigen Tag konnte er nicht fassen, daß er ungeschoren davongekommen war. Da er seitdem immer das Gefühl hatte, mit einem Schwert über dem Kopf zu leben, hatte er besondere Vorsichtsmaßnahmen getroffen, damit seine Mutter nichts von seiner Liebesaffäre erfuhr.

Und somit hatte er jetzt zwei Sünden, die auf seiner Seele lasteten. Und man mußte immer für seine Sünden büßen. Lamar büßte, indem er dazu verdammt war, ein weiteres Jahr unter Neals Tyrannei zu verbringen.

Er zwang sich aufzustehen und machte sich für den Abend zurecht. Er sollte wirklich noch auspacken, bevor die Mädels kamen, sonst würde er seine Sachen nie wiederfinden. Er würde nachher ein bißchen stoned und ein bißchen betrunken sein und vielleicht eins von den Mädchen mit aufs Zimmer nehmen und bumsen. Weil Neal genau das von ihm erwartete.

Vor kurzem hatte Lamar sich damit abgefunden, den Rest seines Lebens das zu tun, was von ihm erwartet wurde – selbst wenn es ihm nicht gefiel.

Kapitel 13

Morgantown, South Carolina, 1977–81

»Mann! So ein fieses Examen, was?«

Jade lächelte den Kommilitonen an, der sich zu ihr gesellt hatte, als sie aus der naturwissenschaftlichen Fakultät ging. »Das Examen war wirklich fies.« Das Glockenspiel schlug vier Uhr. Die Bäume warfen schon lange Schatten.

»Biologie war noch nie mein Fall. Übrigens, ich bin Hank Arnett.«

»Nett, dich kennenzulernen, Hank. Jade Sperry.«

»Hi, Jade.« Sein Lächeln war entwaffnend. »Und meinst du, du hast das Examen bestanden?«

»Ich habe ein Stipendium, deshalb sollte ich wohl besser bestehen. Ich muß mindestens ins obere Drittel kommen.«

Er pfiff. »Puh, das ist hart.«

»Und was ist dein Fall, wenn nicht Naturwissenschaft?« fragte sie ihn.

»Kunst. Ich tausche jederzeit Madame Curie gegen Monet ein. Kannst du dir vorstellen, daß Picasso was mit ›paramecria procreate‹ anfangen konnte?«

Jade mußte lachen. »Mein Hauptfach ist Wirtschaft.«

»Hmm.« Er zog beeindruckt eine Braue hoch. »Bei deinem Aussehen hätte ich eher auf Musik getippt. Vielleicht noch Literatur.«

»Fast. Marketing und Management.«

»Tss, hat mich mein Instinkt doch glatt getäuscht. Als zukünftigen Tycoon hätte ich dich nie eingeschätzt.«

Jade nahm es als Kompliment. »Okay, ich muß jetzt hier abbiegen.« Sie hielten bei der Wegkreuzung. »War nett, dich getroffen zu haben, Hank.«

»Ja, gleichfalls. Sag mal, äh, ich wollte eigentlich 'nen Kaffee trinken gehen – hättest du nicht Lust?«

»Hätte ich schon, aber ich muß zur Arbeit.«

»Wo arbeitest du denn?«

»Ich muß jetzt wirklich los, Hank. Bye.« Bevor er etwas antworten konnte, lief sie bereits in Richtung Parkplatz davon.

Hank Arnett sah ihr nach, bis sie verschwunden war. Er war ein ausgeglichener Junge, groß und schlaksig, mit einem breiten Kreuz. Das braunrote Haar trug er meist zu einem Pferdeschwanz gebunden. Wie ein Filmstar sah er nicht gerade aus, doch seine schelmischen braunen Augen waren gewinnend.

Eine seiner größten Tugenden war Beharrlichkeit. Er besaß einen gesunden Sinn für Humor und fand die Eigenheiten des Lebens eher amüsant als irritierend. Nach ihrer ersten Begegnung machte es Hank sich zur Gewohnheit, Jade vom Biologiekurs zum Parkplatz zu begleiten. Da sie immer direkt nach der letzten Unterrichtsstunde zur Arbeit gehen mußte, hatte sie eine gute Ausrede, seine Einladungen zum Kaffee auszuschlagen. Sie fing an, Hank zu mögen, und entmutigte ihn gerade deshalb, was seine vorsichtigen Annäherungsversuche betraf.

* * *

Wie Dekan Hearon prophezeit hatte, war Miss Dorothy Davis nicht unbedingt eine unkomplizierte Chefin. Sie war eine alte Jungfer – und sehr stolz darauf –, fordernd und verschroben. Ihr Geschäft stattete Frauen von der Wiege bis zur Bahre aus. Miss Davis kannte jeden einzelnen ihrer Artikel und wußte die meisten Lagernummern auswendig. Sie war der Schrecken ihrer Verkäuferinnen.

Jade mit ihrer Geschicklichkeit und Effizienz gewann bald die Sympathie der alten Dame. Sie mochte Jade, weil sie ›ein aufmerksamer junger Mensch‹ war und ›nicht wie die meisten anderen‹. Jade nutzte die Arbeitszeit im Laden und lernte alles, was sie über Herstellung und Verkauf von Kleidung und anderen Textilartikeln erfahren konnte. Darüber hinaus machte sie sich mit den alltäglichen Problemen der Geschäftsführung vertraut.

Sie hatte sich entschieden, den Patchetts ihre Bosheiten auf ökonomischem Gebiet heimzuzahlen. Sie wollte ihnen das rauben, was ihnen am meisten bedeutete: Geld und der Einfluß, der damit einherging. Sie wollte sie ihrer Machtstellung auf alle Zeit entheben. Ihr Ziel war es, in Palmetto ein Imperium zu gründen, das der Gemeinde nützen, die Monarchie der Patchetts jedoch zerstören würde. Sie wußte, daß es nicht einfach werden würde. Ehe sie es überhaupt versuchen konnte, mußte sie clever, gerissen und mit mehr Macht ausgestattet sein, als sie je besessen hatte. Von nun an war alles, was sie tat, auf ihre Rückkehr und ihren Vernichtungsschlag ausgerichtet. Sie wachte morgens mit diesem Gedanken auf und schlief abends mit dem Vorgeschmack des Triumphes, von dem sie noch Jahre trennten, ein.

Wäre Neal nicht gewesen, hätte es keine Vergewaltigung gegeben. Er und sein Vater waren ihre Hauptziele. Sie hatte nicht vor, Hutch, Lamar oder Donna Dee ungeschoren davonkommen zu lassen, aber sie waren nur Beiwerk.

Unter einem Pseudonym abonnierte sie die Tageszeitung ihrer Heimatstadt, die *Palmetto Post*, und ließ sie sich an ein Postfach in der Uni schicken. Durch die Zeitung blieb sie auf dem laufenden. Im Sommer hatte sie die Heiratsanzeige von Hutch und Donna Dee entdeckt. Jade fragte sich, ob sie wohl drei Brautjungfern gehabt hatten, ganz in Pink gekleidet, wie Donna Dee es sich immer gewünscht hatte. Jade wollte nicht, daß die Hearons die Zeitung sahen, weil sie fürchtete, sie könnten entdecken, daß sie eine persona non grata in ihrer Heimatstadt war. Mitchs Verwandte mußten allerdings ziemlich ›entfernt‹ sein, denn es gab keinerlei Kontakt zu ihnen. Keine Anrufe, Besuche, noch nicht einmal Karten zu den Geburtstagen. Das Thema wurde nie wieder angeschnitten, und doch dauerte es Monate, bis Jade ihre Furcht, entdeckt zu werden, verlor. Sie wollte das Verhältnis zu ihren Gastgebern auf keinen Fall gefährden.

Sie berechneten ihr lediglich fünfzig Dollar für Unterkunft und Essen, und das auch nur aus Rücksicht auf ihren Stolz. Miss Davis räumte Jade zehn Prozent Rabatt auf Kleidung ein. Allerdings war es nicht billig, Graham ständig neu einzukleiden, so schnell wie er wuchs, und wegen der Kosten für die Impfungen und Untersuchungen mußte Jade jeden Pfennig dreimal umdrehen.

Sie durfte ihren Job auf keinen Fall aufs Spiel setzen, und deshalb war sie nicht unbedingt erfreut, als Hank Arnett eines Nachmittags unangemeldet im Laden auftauchte.

Jade schreckte hoch. »Was machst du denn hier? Bitte geh wieder. Ich werde meinen Job verlieren.«

»Keine Angst, Jade. Die alte Lady wird dich schon nicht feuern. Ich habe ihr gesagt, ich hätte eine dringende Nachricht von deinem Vermieter für dich.«

»Von Dr. Hearon? Was für eine Nachricht?«

Hank grinste übers ganze Gesicht. »Du wohnst also bei den Hearons. Wer hätte das gedacht?« Er kratzte sich am Kopf. »Darauf hätte ich kommen müssen… und ich habe sämtliche Uni-Wohnheime durchkämmt.«

»So ein gemeiner Trick!« Sie hatte auf seine Fragen nach ihrer Adresse bislang stets ausweichend geantwortet. Nun gut, jetzt hatte er sie reingelegt, aber irgendwie war es unmöglich, Hank Arnett lange böse zu sein. »Nun hast du, was du wolltest. Und jetzt geh bitte endlich. Ich kann es mir nicht leisten, diesen Job zu verlieren.«

»Ich verschwinde – aber nur unter einer Bedingung.«

»Keine Bedingungen.«

»Wie du willst.« Er setzte sich auf die Kante von Miss Dorothys Schreibtisch und nahm sich einen Apfel aus der Obstschale, die die alte Dame wie ein Heiligtum hütete.

Jade warf einen nervösen Blick in den Verkaufsraum. Sie fürchtete, ihre Chefin könnte jeden Moment hereinplatzen und sie für diesen Fauxpas feuern. »Wie lautet die Bedingung?« flüsterte sie.

»Morgen vor dem Biokurs gehst du mit mir Kaffee trinken. Und erzähl mir nicht, daß du Unterricht hast. Ich habe dich nämlich um diese Zeit immer in der Bücherei gesehen.«

»Miss Sperry?«

Der Klang von Miss Dorothys Stimme veranlaßte Jade, blitzschnell einzuwilligen und Hank, der den Apfel in der Jackentasche verschwinden ließ, aus dem Lager zu schieben.

Die Nasenflügel der alten Dame bebten vor Entrüstung. »Wer war denn dieser impertinente junge Mann?«

Jade stammelte eine halbwegs plausible Erklärung, doch

innerlich mußte sie lachen bei dem Gedanken, wie impertinent Hank Arnett war.

Am nächsten Tag trafen sie sich zum Kaffee, und bald wurde eine Gewohnheit daraus. Hank lud Jade zum Essen ein, ins Kino, zu Konzerten, doch zu seinem Bedauern lehnte sie jedesmal ab. Sie bekam auch Angebote von anderen Studenten, die sie jedoch unmißverständlich ausschlug. Hank hatte sich ihr auf eine freundliche, nicht bedrohliche Weise genähert, die sie tolerieren konnte.

An einem sonnigen Nachmittag, kurz vor Ende der Weihnachtsferien, spielte Jade mit Graham im Garten, als Cathy nach ihr rief. »Jade, du hast Besuch!«

Hank kam über den Rasen gelaufen und ließ sich neben ihr ins Gras fallen. »Hi, ist zwar 'n bißchen verspätet, aber trotzdem fröhliche Weihnachten und ein frohes, neues Jahr.«

»Gleichfalls.«

»Und war der Nikolaus lieb zu dir?«

»Zu lieb«, antwortete sie und dachte beschämt an die Großzügigkeit der Hearons, die sie nicht erwidern konnte. »Du bist aber früh aus Winston-Salem zurück.«

Hank zuckte die Achseln. »War nicht viel los. Immer nur essen. Meine Mom hat entschieden, ich sei zu dünn, und sich in den Kopf gesetzt, das zu ändern. Ich habe sie daran erinnert, daß ich schon immer dünn war, aber sie hat mich trotzdem vollgestopft. Ich werde bis Ostern keinen Bissen mehr zu mir nehmen. Jade, wer ist der Kleine?«

Ein Satz war dem nächsten gefolgt, doch jetzt entstand eine Pause. Hank neigte den Kopf zur Seite und sah Jade neugierig an, wie ein Hund sein Herrchen.

»Das ist mein Sohn. Er heißt Graham. Sag hallo zu Hank,

Graham.« Graham krabbelte über den Rasen auf Hank zu und patschte ihm auf die Nase.

»Hey!« Hank hob die Fäuste, als wollte er mit dem Kleinen boxen, und stupste ihn dann sanft in den Bauch. Graham lachte.

»Ich bin nicht verheiratet, und ich war es auch nie, Hank.«

»Hab' ich danach gefragt?«

»Aber du wolltest es.«

»Bedeutet dir sein Vater etwas?«

»Soweit es mich betrifft, hat Graham keinen Vater.«

Hank lächelte sie an, schnappte sich Graham und ließ sich rückwärts mit ihm ins Gras fallen. Graham liebte Balgereien. Ihr Gelächter lockte Cathy zur Hintertür. Sie sah die drei und lud Hank ein, zum Essen zu bleiben.

* * *

»Ich werde dich schrecklich vermissen.« Hank starrte betrübt in den Regen auf der Windschutzscheibe. Es war ein heftig prasselnder Frühlingsschauer. »Wenn meine Mutter nicht so einen Aufstand machen würde, könnte ich hierbleiben und die Sommerschule besuchen.«

»Nein, Hank, das kannst du nicht machen. Und schon gar nicht meinetwegen.«

Jade saß auf dem Beifahrersitz seines Volkswagens, den er wie einen Marienkäfer angemalt hatte. Hank drehte sich zu ihr und sah sie an. »Jade, alles was ich tue, tue ich deinetwegen. Hast du das immer noch nicht begriffen?«

Sie senkte den Blick. »Ich habe dir schon vor Monaten gesagt, daß wir nur Freunde sein können. Mehr nicht. Ich erinnere mich jedenfalls noch sehr gut an das Gespräch. Es war kurz nach den Weihnachtsferien, wir haben zusammen Bio geübt und...«

»Ich weiß, ich weiß.«

»Dann schieb es jetzt nicht auf mich, wenn du enttäuscht bist. Ich war von Anfang an ehrlich zu dir.« Sie langte nach dem Türgriff, doch Hank hielt ihren Arm fest.

»Du bist nicht ganz ehrlich gewesen, Jade. Du hast mir zwar gesagt, daß wir lediglich Freunde sein können, aber nicht, warum. Ich kann nur raten, daß deine Gründe dafür irgendwie mit Graham zusammenhängen.«

Sie schüttelte heftig den Kopf.

»Hör zu, Jade. Ich bin total vernarrt in diesen Kleinen. Es ist mir egal, wer sein leiblicher Vater ist. Ich würde so gerne sein Dad sein.«

»Bitte, Hank, bitte nicht«, stöhnte sie. »Bitte, hör auf. Ich kann deine Gefühle einfach nicht erwidern.«

»Woher willst du das wissen?«

»Ich weiß es.«

»Warum, Jade? Sag's mir. Ich weiß, daß du mich magst.«

»Ich mag dich sehr.«

»Aber... was?«

Sie schaute weg und verweigerte die Antwort.

»Jade...« Er nahm ihr Gesicht in seine langen, schlanken Hände. »Irgendein Bastard hat dir wehgetan. Er hat dir das Herz gebrochen. Ich mache es wieder gut, okay? Ich liebe dich so sehr, ich kann alles Böse, was dir passiert ist, wieder gutmachen.«

Jade biß sich auf die Unterlippe und versuchte, den Kopf zu schütteln, doch Hank hielt sie noch immer fest.

»Du bist so wunderschön, Jade. Gott, wie ich dich liebe.«

Er neigte den Kopf vor und küßte sie zum erstenmal.

Seine Lippen fühlten sich weich und zärtlich an. Sie stellten keine Bedrohung dar, doch Jades Herz fing heftig an zu schlagen. Schock und Angst lähmten sie. Hank küßte ihr Gesicht, streichelte mit den Lippen ihre Lider, die Wangen, murmelte, wie schön sie sei und wie sehr er sie begehre.

Als seine Lippen schließlich wieder ihre suchten, atmete sie ein paarmal kurz ein und hielt dann die Luft an. Er versuchte, ihr einen Zungenkuß zu geben. Sie war noch immer wie gelähmt und konnte sich nicht wehren. Er deutete das als ein Zeichen der Zustimmung, neigte den Kopf zur Seite, rieb die Lippen gegen ihre, teilte sie.

Jade versteifte sich am ganzen Körper. Hank ließ eine Hand von ihrem Kopf auf die Schulter gleiten und massierte sie sanft. Dann nahm er ihre Hand und legte sie an seine Brust. Die andere legte er auf seinen Schenkel.

Sein Atem kam jetzt schwer und stoßweise. Er stöhnte leise. Doch er beherrschte sich und versuchte ganz behutsam, den Kuß zu vertiefen und Jade eine Reaktion zu entlokken. Sie zog den Kopf zurück. Hank war zärtlich, aber unbeirrbar.

Sein Kuß war nicht bedrängend oder bedrohlich, doch in dem Moment, als Jade seine Zunge spürte, fing sie an, vor Abscheu und Angst zu wimmern. Sie spürte jetzt nicht Garys zärtliche Liebkosungen, sondern erinnerte sich an die brutale Gewalt ihrer Angreifer damals. Sie faßte Hank bei den Schultern. Er verstand die Geste falsch und umarmte Jade, drückte sie nach hinten gegen die Wagentür, und beugte sich über sie.

»Nein!« Jade stieß ihn von sich, warf den Kopf hin und her und flehte ihn an, ihr nicht mehr wehzutun. Sie schluchzte. »Aufhören. Bitte nicht. O Gott!«

»Jade?« Erschreckt versuchte Hank, sie in die Arme zu nehmen, doch sie kauerte sich an die Tür. »Jade«, flüsterte er verunsichert und ängstlich. »Es tut mir leid. Ich werde dir nicht wehtun. Jade?«

Er strich ihr über das Haar, bis sie sich langsam beruhigte. Schließlich hob sie den Kopf und sah ihn mit großen, schreckerfüllten Augen an. »Ich hab's dir doch gesagt. Ich kann nicht.«

»Ist ja gut, Jade. Ist schon gut.«

Sie wollte unbedingt, daß er sie wirklich verstand. »Ich kann so nicht mit dir zusammensein. Ich kann es mit keinem Mann. Niemals. Erwarte nichts von mir. Du vergeudest nur deine Zeit, wenn du es weiter versuchst.«

Das Funkeln in seinen Augen war erloschen, nicht aber die Freundlichkeit. Er lächelte und zuckte die Achseln. »Es ist meine Zeit. Ich kann damit tun, was ich will.«

Er brachte Jade zur Tür und versprach ihr, mindestens einmal die Woche zu schreiben. Als Jade im Haus war, lehnte sie sich an die Wand und schloß die Augen.

»Jade, möchtet ihr beiden vielleicht ein Stück Kuchen und Kaffee?«

Cathy war in den Flur gekommen, um sie zu begrüßen, doch als sie Jades Gesichtsausdruck sah, verstummte sie.

»Hank ist schon weg, Cathy. Ich soll euch grüßen und euch sagen, daß er im Herbst wieder zurück sein wird.«

»Oh, ich dachte, er würde noch mit reinkommen.«

»Nein. Ist Graham heute ohne Theater ins Bett gegangen? Ich gehe mal hoch und schaue nach ihm.«

Als Jade an ihr vorbeigehen wollte, hielt Cathy sie am Arm fest. »Was ist los, Jade? Bist du traurig, weil Hank den Sommer über weg ist? Oder habt ihr euch gestritten?«

Jade setzte sich auf die Treppenstufen, bedeckte das Gesicht mit den Händen und lachte bitter. »O Gott, ich wünschte, es wäre nur das.«

Cathy setzte sich zu ihr, nahm ihr die Hände vom Gesicht und sah sie mit mütterlicher Besorgnis an. »Was ist denn nur los, Jade? Kannst du darüber sprechen?«

»Wo ist Hank? Was ist los mit euch beiden?« fragte Mitch. Er trug einen Morgenmantel über dem Pyjama. Erst jetzt fiel Jade auf, daß auch Cathy sich schon fürs Bett bereit gemacht und Lockenwickler ins Haar gedreht hatte. Die beiden hatten auf sie gewartet.

Die Hearons waren für sie zu Eltern geworden. Ronald Sperry war kaum mehr als eine Medaille in einer Schachtel, ein Foto, eine schöne, aber blasse Erinnerung. Jade hatte mehrere Versuche unternommen, den Aufenthaltsort ihrer Mutter herauszufinden – ohne Erfolg. Velta hatte ihre Spuren sorgfältig verwischt; oder war es Harvey gewesen? Offensichtlich wollte sie nichts mehr mit Jade oder Graham zu tun haben. Die Trennung von ihrer Mutter hatte Jade fast das Herz gebrochen, doch irgendwann hatte sie sich damit abgefunden. Sie hoffte, daß Velta ihr Glück gefunden hatte.

Jade hatte ihres sicherlich gefunden. Von jenem Tag an, als die Hearons darauf bestanden hatten, daß sie mit Graham zu ihnen zog, hatten sie sie wie ihre eigene Tochter behandelt und wollten dennoch von ihr beim Vornamen angeredet werden. Wenn Graham ›Cathy‹ sagte, klang es wie ›Cass‹, Mitch nannte er ›Poppy‹.

Aus Tagen waren Wochen geworden und aus Wochen Monate, und bald konnte sich Jade ein Leben ohne Cathy und Mitch nicht mehr vorstellen. Sie bewohnte mit Graham die große Wohnung im ersten Stock des Hauses. Cathy liebte es, sie zu bekochen. Das wunderschöne Haus, einst ihr Zufluchtsort, wurde bald ihr Zuhause.

Cathy trug Bilder von Graham im Portemonnaie mit sich herum und erzählte jedem stolz von den Fortschritten, die er machte. Sie respektierten Jades Privatsphäre und stellten ihr nie Fragen über Grahams Vater, obwohl sie ganz sicher war, daß sie sich Gedanken darüber machten. Die Peinlichkeiten, zu denen es kam, wenn die Hearons ihren Freunden Jade und Graham vorstellten, wurden beflissen ignoriert oder von Cathys Taktgefühl überspielt. Jade stand tief in ihrer Schuld, doch sie hoffte, daß sie und Graham ein wenig von dem Glück erwidern konnten, das ihnen geschenkt worden war. Ohne die Großzügigkeit der Hearons wäre ihr Leben ganz anders verlaufen. Sie hätte nicht nur keine Ausbildung bekommen, sondern – und das wog viel mehr – auch keine Zuneigung, Liebe und Anteilnahme.

Mitch setzte sich auf den Stuhl neben dem kleinen Tisch im Flur. »Würden mir die Damen vielleicht endlich mal sagen, was los ist?«

»Irgendwas ist heute abend zwischen Hank und Jade vorgefallen.«

Jade lächelte bitter. »Falsch, Cathy. Nichts ist zwischen uns vorgefallen. Und das wird es auch nie. Das ist ja das Problem.« Sie holte tief Luft. »Unglücklicherweise hat sich Hank in mich verliebt.«

»Und du empfindest nicht das gleiche für ihn?« hakte Cathy sanft nach.

»Ich liebe ihn wie einen Freund.«

»Für einen Mann, der sich verliebt hat, ist das so ziemlich das Schlimmste«, meinte Mitch.

»Ich weiß«, antwortete Jade betrübt. »Ich habe ihm schon vor Monaten zu erklären versucht, daß es keinen Sinn hat. Ich habe ihm gesagt, er soll sich mit anderen Mädchen verabreden. Ich wußte, daß es nicht gut sein würde, wenn wir uns weiter treffen, aber er wollte nicht auf mich hören. Jetzt ist genau die Situation entstanden, die ich befürchtet habe.«

»Bist du sicher, daß sich deine Gefühle für ihn nicht noch ändern können?« fragte Cathy. »Er ist so ein netter junger Mann, und er vergöttert dich. Vielleicht, wenn ihr jetzt über den Sommer ein bißchen Abstand habt...«

Jade schüttelte den Kopf. »Ich werde mich nicht in ihn verlieben. In keinen Mann.«

Es stand ihnen ins Gesicht geschrieben, wie sehr dieser Satz sie bedrückte. Und für Jade hätte es eine ungeheure Erleichterung bedeutet, ihnen die ganze Wahrheit zu erzählen. Doch sie wollte nicht, daß irgend jemand von der Vergewaltigung erfuhr. Sie hatte lernen müssen, daß Opfer eines Verbrechens ihr ganzes Leben lang Opfer blieben. Selbst wenn sie völlig unschuldig waren – wie sie selbst –, begegnete man ihnen doch stets mit Neugier und Mißtrauen, so als seien sie gebrandmarkt. Jade lebte in der ständigen Furcht, die Hearons könnten die Wahrheit herausfinden. Wahrscheinlich würden sie auf ihrer Seite stehen, und doch wagte sie nicht, das Risiko einzugehen. Immer wenn sie versucht war, sich ihnen anzuvertrauen, mußte sie daran denken, daß ihre Mitschüler, ihre beste Freundin, ja sogar ihre Mutter an ihr gezweifelt hatten.

Jade stand auf. »Ich bin müde. Gute Nacht.« Sie umarmte die beiden, bevor sie die Treppe hinaufging, und verließ sich darauf, daß sie auch diesesmal ihre Privatsphäre respektierten. Sie stellten keine weiteren Fragen.

Jade besuchte die Sommerkurse an der Uni und fand dennoch die Zeit, länger als sonst im Laden zu arbeiten. Bald war sie mit den Waren und der Abrechnung ebenso vertraut wie Miss Dorothy selbst. Am Ende des Sommers hatte sie sich so unentbehrlich gemacht, daß Miss Dorothy ihren Buchhalter entließ und Jade die gesamte Abrechnung übertrug.

»Ich brauche mehr Geld«, hatte Jade ihrer Arbeitgeberin freundlich, aber bestimmt gesagt. »Mindestens fünfzig Dollar pro Woche.«

Sie einigten sich auf vierzig Dollar Gehaltserhöhung. Den größten Teil davon sparte Jade. Sie wollte nie wieder in die Situation geraten, von ihren letzten zwanzig Dollar leben zu müssen.

Die Hearons und Jade schafften es gemeinsam durch die schlimmen ersten zwei Jahre ihres Sohnes. Cathy räumte alles Zerbrechliche aus dem Weg. Mitch baute etwas von Grahams überschüssiger Energie ab, indem er ihn, wenn er nachmittags von der Uni kam, auf lange Spaziergänge mitnahm. Bei jedem Wetter unternahmen sie Streifzüge durch die Nachbarschaft. Mitch erzählte Graham von den Wundern des Universums, und Graham lauschte ihm, als würde er verstehen.

Sie brachten immer etwas von ihren Ausflügen mit – Eicheln, Raupen und manchmal einen Strauß wilder Blumen für den Wohnzimmertisch.

Hank kam im Herbst zurück. Jade war überrascht, wie sehr sie sich freute, ihn wiederzusehen. Wie versprochen, hatte er ihr einmal in der Woche geschrieben. Seine Briefe waren immer spannend und voller Anekdoten, und er vergaß nie, ein selbstgemaltes Bild für Graham beizulegen. Sie trafen sich nach den Ferien jeden Tag, und als ein Monat vergangen war, brachte Jade noch einmal das alte Thema auf. »Hank, du hast doch nicht vergessen, was ich dir im Frühling gesagt habe, oder?«

»Nein. Hast du vergessen, was *ich* gesagt habe?«

Sie sah ihn verzweifelt an. »Aber ich fühle mich schuldig. Du solltest ausgehen, Spaß haben. Du solltest Freundschaften knüpfen, die mehr… die erfüllender sind.«

Er verschränkte die Arme vor der Brust. »Damit willst du doch nur sagen, daß ich mir wen zum Vögeln suchen soll, stimmt's?«

»Stimmt.«

»Wenn ich das wollte, würde ich es tun, okay? Im Moment hat die einzige Frau, mit der ich schlafen will, einige Probleme am Hals. Ich werde es schon aushalten, bis sie damit klargekommen ist.«

»Nein, bitte Hank. Ich werde diese Probleme nie loswerden. Und ich will nicht dafür verantwortlich sein, daß du unglücklich bist.«

»Ich bin nicht unglücklich. Ich bin lieber mit dir zusammen und verzichte aufs Bumsen, als daß ich mit einer bumse, um mir dabei vorzustellen, sie wäre du. Verstehst du das?«

»Nein.«

Er lachte, aber sein Blick war ernst. »Da wäre allerdings etwas, was du für mich tun könntest.«

»Was?«

»Laß dir von einem Profi helfen.«

»Du meinst, von einem Psychiater?«

»Von einem Psychiater, Therapeuten, was auch immer.« Er biß sich auf die Unterlippe, bevor er hinzufügte: »Jade, ich will dich nicht aushorchen, aber ich habe das Gefühl, daß du aufgrund eines traumatischen Erlebnisses solche Schwierigkeiten mit Männern hast. Liege ich da falsch?«

»Nicht mit Männern im allgemeinen. Ich mag Männer.«

»Dann ist es eben die Angst vor sexuellem Kontakt. Du warst nicht von mir angewidert, als ich mit dir schlafen wollte – du hattest schreckliche Angst.«

Sie widersprach ihm nicht, hielt aber den Blick gesenkt.

»Es könnte dir vielleicht helfen, mit jemandem darüber zu reden.«

»Erhoff dir nicht zuviel davon.«

»Ein Versuch kann nicht schaden.«

Sie sprachen nie wieder darüber, doch seitdem spielte Jade mit dem Gedanken. Sorgfältig wägte sie die Vor- und Nachteile ab. Ein Nachteil waren die Kosten. Sie sträubte sich, Geld für etwas auszugeben, das sich wahrscheinlich nicht rentierte. Dann war da noch Hank selbst. Vielleicht würde er von ihren Besuchen bei einem Psychologen sofortigen Erfolg erwarten und sie noch mehr unter Druck setzen als bisher. Ganz abgesehen davon war es momentan keinesfalls ihr Hauptziel, eine funktionierende Beziehung zu einem Mann aufzubauen, sondern sich für Garys Tod zu rächen. Wenn sie sich auf ihre Phobie konzentrierte, konnte sie dieses Ziel vielleicht aus den Augen verlieren.

Andererseits lagen die Vorteile auf der Hand. Sie würde vielleicht wieder ›normal‹ werden.

Ein Jahr sollte verstreichen, ehe sie einen ersten Termin vereinbarte. Mehrere Wochen lang behielt sie ihren Entschluß für sich. Als sie Hank schließlich doch davon erzählte, faßte er sie bei den Schultern, drückte sie und rief »Wunderbar! Großartig!«

Die ersten Sitzungen waren jedoch weder wunderbar noch großartig. Jades Gespräche mit der Psychologin rissen Wunden auf, von denen sie gehofft hatte, sie seien durch die Zeit und die Entfernung verheilt. Jede der Sitzungen verließ sie mit dem Gefühl, noch einmal vergewaltigt worden zu sein. Nach einigen Monaten der Therapie wuchs jedoch die Hoffnung in ihr, daß sie ihre Ängste irgendwann würde ablegen können. Wenn das tatsächlich geschah, würde sie mindestens genauso glücklich sein wie Hank.

An einem frostigen, stürmischen Märznachmittag in ihrem zweiten Studienjahr lief Jade den Weg zum Haus hinauf und schloß die Haustür auf. »Cathy? Mitch? Graham? Mommy ist wieder da!« rief sie. »Wo seid ihr denn alle?«

Graham kam auf den Flur geschossen und zog sie am Rock. Er schien jetzt jeden Tag ein Stückchen zu wachsen, und er bewegte sich mit der Kraft einer Lokomotive.

Jade beugte sich zu ihm hinunter und nahm ihn in die Arme. »Wo ist Cathy?«

»Kaufen.«

»Und du bist bei Poppy geblieben?« fragte sie und zog sich den Mantel aus.

»Poppy schlaf.«

»Poppy schläft?« Sie ging zum Arbeitszimmer und rief seinen Namen, voller Unruhe, als er nicht antwortete. »Mitch?«

Wie betäubt blieb sie auf der Schwelle stehen. Obwohl sie wußte, daß er sie nicht mehr hören konnte, wiederholte sie leise: »Mitch?« Er saß hinter seinem Schreibtisch, ein Buch in den Händen, den Kopf zur Seite geneigt. Er war tot.

An diesem Abend trauerten Cathy und Jade gemeinsam in dem Zimmer, in dem er gestorben war, umgeben von den

Büchern, die er geliebt hatte. Cathy war vom Schock des Verlustes so sehr getroffen, daß es Jade zufiel, sich um die Beerdigung zu kümmern.

Sie benachrichtigte den Kanzler des Colleges, entwarf eine Traueranzeige für die Zeitung und fuhr mit Cathy ins Beerdigungsinstitut, um einen Sarg auszusuchen. Später, als Cathy sich in ihr Zimmer zurückgezogen hatte, empfing Jade die Freunde der Familie und nahm die Beileidsbekundungen entgegen.

Die Frau eines jungen Geschichtsprofessors bot an, Graham bis nach der Beerdigung zu sich zu nehmen. Jade nahm das Angebot dankend an, denn sie wußte, daß er sich sonst vernachlässigt und von dem ständigen Kommen und Gehen im Haus verwirrt fühlen würde. Abgesehen davon schnitt es Cathy und ihr jedesmal ins Herz, wenn er nach Poppy fragte.

Hank war immer an ihrer Seite. Er erledigte Botengänge und übernahm alle Aufgaben, um die sich sonst niemand kümmern konnte. Am Morgen der Beerdigung kam er als einer der ersten. Jade öffnete ihm die Tür. Sie trug ein schwarzes Rollkragenkleid mit einer schlichten Perlenkette, und ihr Haar war zu einem straffen Pferdeschwanz zurückgekämmt, den sie mit einem schwarzen Samtband im Nacken zusammengebunden hatte. Die Schatten unter ihren Augen machten ihr Blau noch intensiver.

Sie ging mit Hank in die Küche, wo sie schon frischen Kaffee aufgebrüht hatte. Sie schenkte ihm eine Tasse ein. »Cathy ist noch oben und macht sich fertig. Ich glaube, ich sollte besser zu ihr gehen und ihr helfen. Sie ist mit den Gedanken ganz weit weg und findet einfach nichts. Über dreißig Jahre waren die beiden verheiratet. Sie fühlt sich so schrecklich allein. Sie hatten eine perfekte Ehe. Er war immer so...«

Ihre Stimme brach, und ihre Schultern zuckten. Sie ließ es zu, daß Hank sie in die Arme nahm. Es war gut, festgehalten zu werden. Er streichelte ihren Rücken und flüsterte ihr Worte des Trostes zu. Er fühlte sich warm an. Der Duft, den er verströmte, war vertraut und angenehm. Ihr gefiel das kratzige Gefühl seines Wolljacketts an ihrer Wange.

Bevor sie wußten, wie ihnen geschah, veränderte sich der Charakter ihrer Umarmung. Jade versuchte, sich auf alles zu konzentrieren, was ihr angenehm erschien, und an nichts anderes zu denken, genau wie es ihr die Psychologin geraten hatte. Zu ihrer Bestürzung empfand sie auch nichts anderes als ein angenehmes Gefühl.

Sie hob den Kopf und sah Hank verblüfft an. Er lächelte, als könne er ihre Gedanken lesen, streichelte ihre Wange und fuhr ihr mit dem Daumen über die Lippen, ehe er sie zärtlich küßte.

Jades Herz schlug heftig, aber nicht aus Angst. Sie verspannte sich nicht und wandte sich weder ab noch zog sie sich zurück. Hank hob den Kopf und gab ihr die Möglichkeit, zu widersprechen. Als sie es nicht tat, seufzte er lang und tief und küßte sie noch einmal.

»Hank?«

»Sag nicht, daß ich aufhören soll«, flehte er.

»Wollte ich auch gar nicht.« Sie schmiegte sich an ihn.

Seufzend legte Hank die Arme um sie und preßte Jade an sich. Er küßte sie, seine Zunge spielte an ihren Zähnen. »Jade?« murmelte er. »Jade?«

Die Türglocke schellte. Jade erstarrte. Hank ließ sie los und wich zurück. »Verdammt!«

Sie schenkte ihm ein nervöses, atemloses Lächeln. »Entschuldige mich.«

Auf dem Weg zur Tür befeuchtete sie sich automatisch die Lippen und schmeckte seinen Kuß. Es war gar nicht schlimm gewesen. Wunderschön war es gewesen. So etwas am Tag von Mitchs Beerdigung zu denken, war zwar ungehörig, aber sie konnte es kaum abwarten, wieder mit Hank allein zu sein.

Doch als sie die Tür öffnete, erstarb das Lächeln auf ihrem Gesicht. Vor ihr stand einer ihrer Vergewaltiger.

Kapitel 14

Myrajane Griffith sah so verblüfft aus, als würde sie einen leibhaftigen Geist erblicken. »Du bist doch das Sperry-Mädchen.« Es klang wie eine Anschuldigung. »Was, um alles in der Welt, machst du hier?«

Jade umklammerte den Türknauf, den Blick auf Lamar gerichtet. Er hatte sich in den vier Jahren nur unwesentlich verändert. Sein Haar war länger. Sein Körper kräftiger, nicht mehr so jungenhaft. Doch seine dunklen Augen schauten noch immer nervös, wachsam und beinahe entschuldigend, als er Jade ansah.

»Dürfen wir vielleicht hereinkommen?« fragte Myrajane schnippisch.

Jade riß sich von Lamars Anblick los und sah seine Mutter an. An Myrajane waren die Jahre nicht ganz so spurlos vorübergegangen. Ihre schlechten Charakterzüge hatten tiefe

Falten in ihr Gesicht gegraben, was sie ungeschickt mit Schminke zu übertünchen versuchte. Das Ergebnis war erbärmlich. Der himmelblaue Lidschatten sammelte sich in ihren Augenwinkeln, und ihr Mund leuchtete blutrot zwischen den vielen Falten.

Jade ging zur Seite und ließ sie eintreten. Myrajane musterte Jade von Kopf bis Fuß und spritzte dabei mißbilligend die laienhaft geschminkten Lippen. »Du hast mir noch immer nicht gesagt, was du im Haus meines Cousins zu suchen hast.«

»Ich wohne hier«, antwortete Jade.

»Jade?« Sie drehte sich hölzern zu Hank um, der aus der Küche kam. Myrajane starrte entsetzt auf seinen Pferdeschwanz. »Ich bin Hank Arnett.« Er streckte Lamar die Hand entgegen. »Waren Sie mit Dr. Hearon befreundet?«

»Mitchell war mein Cousin zweiten Grades«, erklärte Myrajane eisig. »Wo ist die Witwe?«

Ihr Ton ließ darauf schließen, daß sie der Ansicht war, die Leute hier hätten die Situation nicht im Griff. »Ich werde Cathy ausrichten, daß Sie hier sind«, sagte Jade und ging zur Treppe. »Hank, würdest du...«

Ihre Stimme verebbte. Sie deutete zum Wohnzimmer. Hank warf ihr einen sonderbaren Blick zu. Offensichtlich spürte er, daß etwas nicht stimmte, doch seine schlimmsten Vermutungen konnten nicht einmal annähernd dem entsprechen, was Jade empfunden hatte, als sie Lamar sah.

Sie drehte sich schnell um und lief die Treppe hinauf. Oben angekommen, lehnte sie sich an die Wand und preßte die Fäuste an den Mund. Sie kniff die Augen zusammen, Farbflecken explodierten vor ihr. In ihren Ohren war ein furchtbares Dröhnen.

Vier Jahre. Die Wucht dieses Gefühls hätte innerhalb von vier Jahren nachlassen müssen. Doch als sie Lamar gegenübergestanden hatte, war eine Welle des Zorns in ihr aufgekocht, so heiß, daß sie ihm am liebsten das Gesicht zerkratzt und ihn getreten hätte. Sie wollte ihm so sehr wehtun, wie er ihr wehgetan hatte. Wie durch ein Wunder hatte sie sich zusammenreißen können. Doch der Gedanke, mit ihm unter einem Dach zu sein, ließ sie vor Abscheu erzittern. Plötzlich hatte sie das Bedürfnis, sich zu waschen, ein Bad zu nehmen, sich abzuschrubben, so wie nach der Vergewaltigung.

Doch ihr blieb nichts anderes übrig, als es zu ertragen. Sie konnte jetzt kein Spektakel veranstalten, allein schon wegen Cathy nicht. Mechanisch ging sie zum Schlafzimmer und klopfte.

»Cathy, du hast Gäste.«

»Komm rein, bitte.«

Cathy hatte Schwierigkeiten, den Reißverschluß an ihrem schwarzen Kleid zu schließen. Jade stellte sich hinter sie und zog ihn zu. Cathy betrachtete sich im Spiegel.

»Mitch hat Schwarz an mir gehaßt. Er sagte immer, die Farbe sei zu dramatisch für mich.« Fragend neigte sie den Kopf. »Glaubst du, er hat es als Kompliment gemeint?«

Jade stützte das Kinn auf Cathys Schulter, nahm ihre Hand und betrachtete ebenfalls ihr Spiegelbild. »Natürlich. Er fand dich hinreißend.«

Cathy lächelte zaghaft. »Manchmal vergesse ich noch, daß er nicht mehr da ist, Jade. Ich drehe mich um, sage etwas zu ihm und merke es erst dann. Es ist jedesmal, als würde man in einer frischen Wunde bohren, weißt du?«

Und wie gut sie das wußte. Genauso hatte sie sich gefühlt, als sie ein paar Minuten zuvor Lamar Griffith die Tür geöffnet hatte. »Myrajane Griffith aus Palmetto ist hier. Sie wartet unten auf dich.«

Cathy kramte in einer Schublade. »Wo ist nur mein Taschentuch? Ich wollte das tragen, das Mitch mir gekauft hat, als wir in Österreich waren.«

Das Spitzentaschentuch lag direkt vor ihrer Nase. Jade nahm es und gab es ihr. »Sie sagt, sie sei Mitchs Kusine.«

»Dann mußt du Myrajane Cowan meinen.«

»Griffith war der Name ihres Mannes.«

»Ach ja. Ich kenne sie nicht sehr gut. Mitch konnte sie nicht ausstehen. Ich glaube, ihre Mutter und Mitch waren Kusinen ersten Grades. Wir haben sie Jahre nicht gesehen, aber sie gehört zu den Menschen, die sich übergangen fühlen, wenn man sie nicht benachrichtigt. Ich habe sie in der Nacht angerufen, in der Mitch starb.«

»Mrs. Griffith und ... und ihr Sohn Lamar waren genauso überrascht, mich hier zu sehen, wie ich es war, *sie* zu sehen.«

Cathy kramte in dem Durcheinander auf dem Schminktisch nach ihrer Armbanduhr. Doch selbst in ihrer Trauer bemerkte sie den hohlen Klang in Jades Stimme.

»Ich bin nicht einfach so aus Palmetto fortgegangen. Es gab da einen ... einen Skandal. Ich will, daß du es von mir erfährst, für den Fall, daß sie es erwähnen.«

Cathys Augen funkelten ärgerlich. »Das sollten sie lieber nicht.«

»Und ich will nicht, daß sie etwas von Graham erfahren. Keiner in Palmetto weiß, daß es ihn gibt. Und ich habe gute Gründe, daß es auch dabei bleibt.«

»Gründe, von denen du mir nicht erzählen kannst?«

Jade senkte den Blick und schüttelte den Kopf.

»Jade«, sagte Cathy und ergriff ihre Hand. »Mitch hat

dich geliebt. Ich liebe dich. Nichts kann daran etwas ändern. Wenn ich gewußt hätte, daß Myrajane schlimme Erinnerungen in dir weckt, hätte ich sie nicht angerufen.«

Sie umarmten sich. »Danke«, flüsterte Jade.

Arm in Arm gingen sie nach unten und betraten das Wohnzimmer. Myrajane saß steif auf der Sofakante. Lamar hatte im Sessel Platz genommen. Er wirkte angespannt und nervös. Hank marschierte vor dem Fenster auf und ab. Er war erleichtert, daß Cathy und Jade endlich kamen.

»Jemand hat geklopft«, sagte er. »Ich gehe mal nachsehen.«

Cathy hielt Jades Arm weiter fest, als sie durch den Raum ging, um Myrajane zu begrüßen. »Danke, daß ihr gekommen seid, Myrajane. Hallo, Lamar. Mitch hätte sich gefreut, dich zu sehen. Ich glaube, Jade kennt ihr ja schon.«

»Das kann man wohl sagen.« Myrajane warf Jade einen geringschätzigen Blick zu, den Cathy ignorierte.

»Jade lebt seit mehr als drei Jahren bei uns«, erklärte Cathy. »Für Mitch war sie die Tochter, die wir nie hatten. Er hat sie vergöttert, genau wie ich. Jade, würdest du uns vielleicht das Tablett mit dem Kaffee bringen? Bedient euch bitte selbst. Entschuldige mich, Myrajane. Ich muß meine neuen Gäste begrüßen.«

Wie üblich hatte Cathy geschickt die Situation in den Griff bekommen. Die Griffiths mischten sich bald unter die nach und nach Eintreffenden. Jade hatte alle Hände voll zu tun, die Gäste zu empfangen und stets frischen Kaffee bereitzuhalten.

Während der Andacht in der Kapelle auf dem Campus vergaß sie Lamar und seine Mutter fast. Auf Cathys Wunsch hatte sie neben ihr Platz genommen. Ihr Blick war starr auf den blumengeschmückten Sarg gerichtet. Erinnerungen an Mitch schwirrten ihr durch den Kopf, während er von den Mitgliedern der Fakultät verabschiedet wurde. Mitch war ein angesehener Akademiker gewesen, ein hingebungsvoller Ehemann und ein liebevoller Ersatzvater für sie und Graham. Ohne seinen Einfluß wäre ihr Leben ein ganz anderes gewesen. Sie würde ihn schrecklich vermissen.

Am Grab wurde sie für ihre Stärke und die Kraft, die sie Cathy damit gab, gelobt. Da sie nicht weinte, ahnte niemand, wie tief sie trauerte. Der Tag schien sich endlos in die Länge zu ziehen. Immer neue Freunde der Familie kamen, um der Witwe ihr Beileid auszusprechen. Erst als es dämmerte, versiegte der Strom der Besucher. Einige wenige Gäste blieben noch etwas länger. Schließlich brachen auch sie auf, und Jade und Cathy waren allein.

»Ich sollte jetzt besser Graham abholen«, sagte Jade.

»Warum läßt du ihn nicht noch eine Nacht dort? Sie haben es dir doch angeboten. Sie kümmern sich gut um ihn. Du bist den ganzen Tag auf den Beinen gewesen. Ich sehe dir doch an, wie müde du bist.«

»Ich bin schon erschöpft«, gestand Jade, ließ sich neben Cathy auf das Sofa sinken und streifte die schwarzen Wildlederpumps ab. »Aber sicher nicht mehr als du.«

»Ehrlich gesagt, habe ich gerne von Mitch gesprochen. Er hat so vielen Menschen so viel bedeutet.«

Jade nahm Cathys Hand und sagte: »Das hat er ganz gewiß.«

Sie schwiegen einen Moment, ehe Cathy sagte: »Ich habe gar nicht mitgekriegt, daß Hank gegangen ist. Ich wollte mich bei ihm noch für die letzten Tage bedanken.«

»Ich habe ihn mit den älteren Herrschaften aus Birmingham weggeschickt. Sie hatten noch kein Hotelzimmer und waren ganz unruhig. Du hast dich gerade mit jemandem unterhalten, deshalb hat er sich nicht von dir verabschiedet.«

»Er ist so ein lieber Junge.«

»Ja, das ist er. Er ist sehr lieb.« Wieder schwiegen sie. Dann sagte Jade: »Danke, daß du dich um Mrs. Griffith und Lamar gekümmert hast. Ich bin ihnen so weit wie möglich aus dem Weg gegangen.«

»Die widerliche Hexe hat mich vor dem Badezimmer abgefangen. Sie hielt mich am Arm fest und fragte mich, ob ich von dem Skandal wüßte, der dich aus Palmetto vertrieben hat. Ich habe ihr gesagt, daß sie nicht länger in meinem Haus willkommen ist, wenn sie vorhat, etwas Schlechtes über dich zu sagen.«

Cathy runzelte besorgt die Stirn. »Jade, hat dieser ›Skandal‹ in Palmetto irgend etwas damit zu tun, daß du dich nicht in Hank verlieben kannst?«

Jade zog sich das Band aus dem Haar und schüttelte den Kopf. Sie spielte mit dem schwarzen Samt und ließ ihn durch die Finger gleiten. Schließlich sagte sie leise: »Ich bin von drei Jungs vergewaltigt worden, als ich noch zur High School ging. Lamar Griffith war einer von ihnen.«

Obwohl sie es sich nicht vorgenommen hatte, schien nun der Moment gekommen zu sein, Cathy davon zu erzählen. »Natürlich weiß Myrajane nichts davon. Sie hat nur gehört, daß ich für den Selbstmord meines damaligen Freundes verantwortlich sein soll.«

Als die Schleusen erst einmal geöffnet waren, konnte sie die Flut der Worte nicht mehr aufhalten. Sie erzählte die Geschichte fast mechanisch, weil sie sie schon unzählige Male für sich selbst wiederholt hatte, immer dann, wenn sie an ihrem Racheplan zweifelte. Nachdem Cathy sich vom ersten Schock erholt hatte, weinte sie in ihr Taschentuch.

»Oh, Jade«, schluchzte sie. »Ich bin so froh, daß du es mir erzählt hast. Du hättest es nicht für dich behalten sollen. Es erklärt so vieles. Wie konnte es deine Mutter nur fertigbringen, dich und Graham im Stich zu lassen?«

»Sie hat an meiner Unschuld gezweifelt und mich dafür gehaßt, daß ich nicht in Palmetto geblieben bin und einen der Jungs dazu gezwungen habe, mich zu heiraten. Wegen Graham.«

»Mein Gott! Wie konnte sie an so was nur denken?«

Jade umarmte Cathy spontan. »Du bist der erste Mensch, der mir wirklich glaubt. Ich weiß, Mitch hätte es auch getan. Ich habe schon sooft mit dem Gedanken gespielt, es euch zu erzählen. Jetzt, wo ich weiß, daß Mitch mit Lamar verwandt war, bin ich froh, daß ich es nicht getan habe.«

»Ich bin auch froh, daß Mitch deine Geschichte nicht mehr hören kann. Er hätte...« Sie hielt mitten im Satz inne und legte die Hand auf die Brust. »Oh, ich wünschte so sehr, er wäre hier, Jade. Wie soll ich es nur ertragen, daß ich ihn nie wieder sehen, hören, berühren kann?«

»Ich hätte dich nicht auch noch mit meinen Problemen belasten dürfen. Nicht heute abend.«

»Nein, Mitch hätte darauf bestanden. Es hat uns einander nähergebracht, und das hätte auch er gewollt.«

Jade hielt Cathy, bis die Tränen versiegten. »Ich werde jetzt schlafengehen, Jade«, flüsterte Cathy erstickt und stand auf. »Gute Nacht.«

»Geht es dir halbwegs gut?«

Cathy lächelte schwach. »Nein. Aber ich muß ein bißchen allein sein... mit ihm... um Abschied zu nehmen.«

Nachdem Cathy gegangen war, wirkte das Haus ungewöhnlich still. Als Jade durch die verlassenen Zimmer ging und Gläser und Aschenbecher einsammelte, sehnte sie sich danach, daß Graham, der kleine Wirbelwind und Krachmacher, wieder zurückkam. Er würde die Leere, die Mitch hinterlassen hatte, erträglicher machen.

Jade war sich nicht sicher, ob sie das Arbeitszimmer je wieder betreten konnte, ohne seinen Anblick – den Kopf zur Seite gekippt und zusammengesunken – vor sich zu haben. Nein, das durfte sie nicht zulassen, tadelte sie sich selbst. Sie mußte sich an ihn erinnern, wie er sich in eines seiner geliebten Bücher vergrub, wie er mit Graham Hand in Hand spazierenging oder eine seiner wunderschönen Geschichten erzählte.

Die Türglocke riß sie aus ihren Gedanken. Sie musterte sich kurz im Flurspiegel und öffnete dann die Tür.

»Jade...«

Sie wollte die Tür zuschlagen, doch Lamars Hand war schneller.

»Jade, bitte. Ich muß mit dir reden.«

Sie starrte ihn an. Ihr Brustkorb hob und senkte sich mit jedem Atemzug. »Verschwinde.«

»Bitte, Jade. Ich habe den ganzen Tag versucht, den richtigen Augenblick abzupassen, um mit dir zu reden.«

»Es wird nie einen richtigen Augenblick geben. Und ganz sicher nicht heute abend.«

Verzweifelt versuchte sie, die Tür zu schließen, doch Lamar zwängte sich dazwischen. »Gott, Jade, glaubst du, für mich war es einfach, hierherzukommen?«

»Das kann ich dir nicht beantworten, weißt du, ich habe nämlich noch niemanden vergewaltigt. Ich weiß nicht, ob es einfach oder schwer ist, später seinem Opfer gegenüberzutreten. Andererseits – du und deine Freunde, ihr hattet ja auch keine Skrupel, mich jeden Tag in der Schule zu sehen. Wenn ich es mir überlege, kann es nicht so schwer für dich gewesen sein, heute herzukommen.«

Er sah geknickt aus. »Egal was du sagst, ich weiß, ich habe noch Schlimmeres verdient. Ich kann nicht ungeschehen machen, was geschehen ist. Aber bitte, laß mich mit dir reden – ich brauche nur ein paar Minuten. Mehr verlange ich nicht.«

Sie ließ ihn hereinkommen – vielleicht, weil er zugegeben hatte, daß das, was damals am Kanal vorgefallen war, gegen ihren Willen geschehen war.

Lamar schloß leise die Tür hinter sich. »Wo ist Mrs. Hearon?«

»Oben.«

»Können wir uns irgendwo hinsetzen?«

»Nein.« Jade verschränkte abwehrend die Arme vor der Brust. »Sag jetzt, weshalb du hergekommen bist, Lamar.«

Er sah besser aus als zu High-School-Zeiten, war aber noch genauso unsicher. Er widersprach ihr nicht. »Jade, was wir mit dir getan haben...«

»Du meinst, daß ihr mich in den Schlamm geworfen, festgehalten und nacheinander vergewaltigt habt? Meinst du das?«

»O Gott«, stöhnte er.

»Offensichtlich ist deine Erinnerung an den Abend ziemlich verschwommen. Meine aber nicht. Neal hat mich ein paarmal geschlagen und mich angeschrien, ich solle still sein. Hutch war der gröbste. Er hat mir am meisten weh getan.«

Lamar wurde aschfahl in der schwachen Flurbeleuchtung.

Jade fuhr fort. »*Du* hast dich zwar erst ein bißchen geziert, aber getan hast du es auch.«

»Ich hatte keine Wahl, Jade.«

»Ach – ich etwa? Welche Wahl hatte *ich*?«

»Was hätte ich denn tun sollen, wenn ich dagegen gewesen wäre? Neal und Hutch niederschlagen?« Er gab ein kurzes, bitteres Lachen von sich. »Klar, das hört sich jetzt ganz einfach an. Verstehst du das nicht?«

»Nein«, antwortete Jade mit böse funkelnden Augen. »Du hättest dich weigern können. Du hättest nicht mitmachen müssen. Du hättest mir helfen können. Du hättest aufstehen und bezeugen können, daß ich die Wahrheit gesagt habe.«

»Neal hätte mich umgebracht.«

»Du hast einfach danebengestanden und zugesehen, wie mein Ruf zerstört wurde. Kein Wort hast du gesagt, als Neal Gary verspottet und ihn schließlich in den Selbstmord getrieben hat.«

»Ich konnte nichts sagen, Jade. Ich mußte zu Neal halten. Es tut mir leid.« Tränen schimmerten in seinen Augen. »Du bist stark. Du warst immer stark. Alle haben immer zu dir aufgeschaut. Du weißt nicht, wie es ist, nur zwei Freunde zu haben.«

»Ich weiß, wie es ist, gar keine zu haben.« In den letzten Monaten auf der High School war Jade von allen, bis auf Patrice Watley, gemieden worden.

Lamar stammelte weiter Entschuldigungen. »Du kannst dir nicht vorstellen, wie es ist, unter Neals Fuchtel zu leben. Ich habe erst dieses Jahr den Absprung geschafft, und er hat mir die Hölle dafür heiß gemacht. Wir haben zusammen in diesem alten Haus gewohnt...«

»Das interessiert mich nicht.«

»Na ja, vor Ende des Semesters im Frühling bin ich da ausgezogen. Wochenlang hat er kein Wort mit mir geredet. Genau wie mit Hutch, als der Donna Dee geheiratet hat. Wußtest du überhaupt, daß sie geheiratet haben?«

»Die beiden passen zueinander.«

»Hutch war im Footballteam. Sogar darauf war Neal eifersüchtig. Hutch hat dann nach dem zweiten Jahr die Uni überraschend hingeschmissen und ist zur Navy gegangen. Neal meinte, daß er nur von Donna Dee weg wollte, weil sie ihm ständig mit einem Baby in den Ohren lag. Jetzt leben sie auf Hawaii, aber ich habe gehört, daß sie wieder zurückkommen. Hutch ist immer noch nicht Vater geworden.«

Vielleicht doch. Der Gedanke ließ Jade erschauern. »Bist du deshalb gekommen, Lamar? Um mir zu erzählen, was meine Vergewaltiger so treiben?«

»Jade, ich bin heute morgen fast in Ohnmacht gefallen, als du in der Tür standest. Ich war sprachlos vor Angst.«

»Angst?« fragte sie mit einem bitteren Lachen. »Hattest du etwa Angst, ich könnte dich umbringen?«

»Nein, schlimmer. Ich hatte Angst, daß du mit dem Finger auf mich zeigst und schreist ›Vergewaltiger‹!«

»Das habe ich schon einmal getan. Hat nicht viel genutzt.«

»Dein Haß ist ja berechtigt.«

»O danke, Lamar. Freut mich, daß du mir zustimmst.«

»So habe ich es nicht gemeint.« Er senkte den Kopf und atmete tief durch.

»Ich finde, du solltest jetzt besser gehen.«

»Aber ich habe noch nicht gesagt, was ich sagen wollte.«

Jade warf ihm einen abschätzenden Blick zu, mit dem sie ihm bedeutete, lieber nicht noch länger damit zu warten.

»Ich will, daß du verstehst, warum... warum ich an diesem Abend mitgemacht habe. Hutch, der hätte damals alles getan, was Neal von ihm verlangte. Abgesehen davon war er verliebt in dich.«

»Wie kannst du es wagen, Vergewaltigung mit Verliebtsein in Verbindung zu bringen?« Jade ließ die Arme sinken, die Hände zu Fäusten geballt. »Der einzige Unterschied zwischen dem, was ihr mir angetan habt, und Mord ist nur, daß ich noch lebe. Und wenn Neal dir und Hutch befohlen hätte, mich umzubringen, dann wäre ich wahrscheinlich tot.«

Sein Blick bettelte um Verständnis. »Jade, was du sagst, stimmt ja. Es war ein Verbrechen, ein Akt der Gewalt, um es Gary heimzuzahlen wegen der Sache vor der Milchbar. Zumindest bei Neal war es so. Und er kam nie darüber hinweg, wie hochnäsig du ihn behandelt hast. Ich glaube, er hat dich gehaßt, weil du Gary vorgezogen hast. Bei Hutch...« Lamar zuckte mit den Achseln, »da kann ich nur raten. Wohl nur er selbst weiß, warum er es getan hat.«

Er hielt inne und atmete noch einmal tief durch. »Für mich war es ein Beweis meiner Männlichkeit. Ich mußte ihnen und mir selbst beweisen, daß ich ein Mann bin. Unglücklicherweise hat das wohl nicht ganz geklappt.«

Jade fixierte ihn scharf. Er hob den Kopf und sah ihr in die Augen. »Ich bin schwul, Jade.«

Dann lachte er höhnisch. »Schätze, ich bin ein klassischer Fall: schwacher Vater, dominierende Mutter. Es wurde mir klar, als ich im ersten Jahr an der Uni -zig Mädchen bumste und überhaupt keinen Spaß dabei hatte.

Im Sommer darauf lernte ich in Palmetto einen Mann kennen. Er unterrichtete an der Junior High School, bis man ihn mit einem der Schüler beim Fummeln im Umkleideraum erwischte. Meine Mutter hatte keine Ahnung, wie erschüttert ich war, als sie mir den Klatsch über meinen Liebhaber brühwarm auftischte. Na ja, wahrscheinlich ist er eben drauf abgefahren, junge Typen wie mich zu entjungfern. Egal, er ist irgendwo in den Osten gezogen. Meine erste Liebe endete also tragisch.«

»Wie meine.«

»Ja«, sagte Lamar leise. Er wandte den Blick ab. »Ich habe an der Uni neue Liebhaber gefunden. Einer von ihnen wurde ziemlich eifersüchtig auf meine Bumsereien mit Mädchen bei Neals Parties. Ich habe nur mitgemacht, damit Neal keinen Verdacht schöpft. Gott helfe mir, wenn es meine Mutter jemals herausfindet... wahrscheinlich würde sie mir den Ku-Klux-Klan auf den Hals hetzen. Kannst du dir vorstellen, wie sie reagieren würde, wenn sie herausfände, daß die Cowans aussterben, weil ihr Sohn ein Schwuler ist?«

Graham könnte ein Cowan sein, doch das würde Myrajane niemals erfahren.

»Bis jetzt war ich noch zu feige, es jemandem zu erzählen«, gab Lamar zu. »Doch als ich dich heute morgen sah, wollte ich plötzlich, daß du es weißt. Vielleicht verstehst du jetzt ein bißchen besser, warum ich damals mitgemacht habe.«

Jade starrte ihn lange an, erfüllt von loderndem Zorn. »Du bist nicht hergekommen, um etwas für mich zu tun, Lamar. Du hast mir deine dunkle Sünde gebeichtet, damit ich dir die Absolution erteile. Nun, da hast du leider Pech. Deine sexuellen Vorlieben rechtfertigen keineswegs eine Vergewaltigung.

Du hast nicht nur mich verletzt, du hast auch Garys Tod verschuldet. Selbst wenn ich dir das erste Verbrechen vergeben würde – das zweite kann ich dir nie verzeihen. Nein, Lamar, ich werde es nicht vergessen, solange ich lebe.

Bis ich dich heute morgen sah, habe ich in dem Irrglauben gelebt, daß die Zeit mich besänftigt hätte. Doch da standest du, und alles war wieder da, so schrecklich, so grausam wie damals. Ich lag auf dem Rücken im Schlamm, ich flehte euch an, es nicht zu tun.« Ihre Augen verengten sich drohend. »Ich werde es niemals vergessen, und solange ich mich daran erinnern kann, wirst du keine Gnade bei mir finden.«

Lamar starrte auf einen Punkt hinter ihrer Schulter. Sein hübsches Gesicht war von Trauer und Resignation gezeichnet. Schließlich schaute er Jade wieder an. »Ich habe damit gerechnet, daß du so reagierst. Trotzdem hoffte ich, daß es einen Versuch wert wäre.« Er wandte sich zur Tür, blieb stehen und drehte sich noch einmal zu ihr um. »Ich schätze, es ändert nichts, wenn ich dir sage, daß es mir leid tut.«

»Nein.«

Niedergeschlagen nickte er, ging hinaus und zog die Tür hinter sich zu. Jade schloß hastig ab. Sie preßte die Stirn gegen das harte Holz, bis es schmerzte. In ihrem Kopf hallten die Worte nach. Neal hatte sie festgehalten und Lamar ermutigt, sich seinen Spaß zu holen. Hutch, der noch ganz erschöpft war, nannte Lamar eine Schwuchtel und feige. Jade hielt sich die Ohren zu, drehte sich um und ließ sich mit dem Rücken an der Tür hinuntergleiten. Sie legte die Stirn auf die Knie und murmelte wie an jenem besagten Abend: »Nein, bitte, tut das nicht.«

Doch Lamar hatte es trotzdem getan, und er war danach ungeheuer stolz auf seine Leistung gewesen. Wie konnte er es wagen, jetzt zu ihr zu kommen, sein geplagtes Gewissen zu offenbaren, sein quälendes Geheimnis zu beichten und sie um Vergebung zu bitten?

Für ihn mußte es so aussehen, als hätte sie den Zwischenfall überwunden und verkraftet. Er konnte nicht wissen, daß sie selbst nach Monaten der Therapie noch immer nicht fähig war, einem Mann Zuneigung zu schenken oder selber solche zu empfangen. Diese Nacht hatte sie so unauslöschlich gezeichnet wie ein Brandmal. Sie würde es niemals loswerden. Sie hatte lebenslänglich bekommen, und diese Strafe würde sie mit niemandem teilen können, ganz besonders nicht mit jemandem, der ihr so viel bedeutete wie Hank.

Sie hatte ihm heute wegen der besonderen Situation aus dem Weg gehen können. Aber schon morgen würde sie ihm erklären müssen, warum sie niemals in der Lage sein würde, ihre Liebe zu ihm körperlich auszudrücken. Es war ihr unmöglich, so zu sein, wie er es sich wünschte, wie er es verdient hatte. Und dieses Mal mußte sie es ihm unmißverständlich klarmachen.

Die Dunkelheit, die ihr Herz umgab, war schwärzer als die Nacht. Die Stille des Hauses erdrückte sie. Jade war traurig, weil Graham niemals wieder einen Poppy haben würde. Ihr Herz blutete, weil Cathy ihren Ehemann und besten Freund verloren hatte. Sie litt wegen der Schmerzen, die sie Hank zufügen mußte.

In diesem Moment beneidete sie Mitch fast um seinen neu gefundenen Frieden.

* * *

Jade schloß das Dander College als Jahrgangsbeste ab. In ihrer Abschiedsrede dankte sie dem verstorbenen Dekan,

Dr. Mitchell Hearon, für das Vertrauen, das er in sie gesetzt hatte. Auf dem Empfang, der Jade zu Ehren gegeben wurde, schoß Cathy Dutzende Fotos von ihr mit ihrer Kappe und dem Umhang.

Als Jade dann zum letztenmal Miss Dorothys Geschäft verließ, war der Rücken der alten Dame kerzengerade wie immer, doch in ihren Augen schwammen Tränen. »Ich könnte das Geschäft ebensogut gleich zum Verkauf anbieten«, schniefte sie. »Ich werde Wochen brauchen, bis ich einen Ersatz für Sie gefunden habe.«

Was sie eigentlich damit sagen wollte war, daß sie Jade nie würde ersetzen können, und das wußten sie beide. Im vergangenen Jahr hatte Jade die gesamte Geschäftsführung übernommen. Die übrigen Angestellten waren stets zu ihr gekommen. Miss Dorothy war nur mehr eine Galionsfigur gewesen.

»Ich möchte, daß Sie das hier nehmen«, sagte sie und gab Jade einen weißen Umschlag. Für Miss Dorothy war es seit Jahren der erste Scheck, den sie ausgestellt hatte.

»Fünftausend Dollar!« rief Jade, als sie die krakelige Handschrift entziffert hatte.

»Sie haben es sich verdient. Wenn ich es Ihnen in meinem Testament vererbe, bereichern sich nur die verdammten Rechtsanwälte daran.«

»Ich weiß nicht, was ich sagen soll.«

»Ich auch nicht, vielleicht auf Wiedersehen. Sie gehen doch, oder?«

Aus Angst, sie könnte ihr die zarten Knochen brechen, umarmte Jade die alte Dame nicht so fest, wie sie es eigentlich tun wollte. Sie würde den Laden und seine verschrobene Besitzerin vermissen, jedoch nicht annähernd so sehr, wie sie Cathy vermissen würde. Die Trennung von Cathy würde schlimmer sein als die von ihrer eigenen Mutter.

Als Jade in die Einfahrt bog, blieb sie im Wagen sitzen und dachte an jenen Morgen, als sie mit Graham auf dem Arm zum erstenmal diese Stufen hinaufgegangen war. Jetzt kam er eben diese Stufen hinuntergesprungen. Er war ein kräftiger Junge mit himmelblauen Augen und einem Grübchen am Kinn. Er war kein bißchen außer Atem, als er das Auto erreichte.

»Cathy will wissen, warum du hier draußen rumsitzt.«

Weil ich Angst habe, reinzugehen und ihr meinen Entschluß mitzuteilen, dachte Jade. Zu Graham sagte sie: »Ich habe darauf gewartet, daß mein Junge mich abholt.«

»Ich?«

»Kein anderer. Was hast du heute gemacht?«

Während sie zusammen zum Haus gingen, plapperte er munter über die *Sesamstraße* und einen Ausflug zu ›einem Platz mit ganz vielen Blumen‹.

»Die Gärtnerei«, sagte Cathy, die ihr Gespräch mitgehört hatte. Sie gingen alle drei in die Küche, wo Jade oft am Tisch saß und Cathy beim Kochen zusah. »Ich habe einige Pflanzen für die Töpfe vorne auf der Veranda gekauft.«

»Blumen machen sich bestimmt gut da. Welche Farbe?«

Jade bemühte sich, die Unterhaltung in Gang zu halten, doch irgendwann verstummten sie. Noch länger konnte Jade es nicht aufschieben.

»Cathy, ich muß dir etwas sagen.«

»Ich habe mich schon gefragt, wann du endlich damit rausrückst. Ich seh' dir doch an, daß du was auf dem Herzen hast.«

Sie setzte sich gegenüber von Jade an den Tisch. Graham

malte eifrig in einem großen Buch, die Zunge im Mundwinkel.

»Ich weiß nicht, wie ich es dir sagen soll. Wohl am besten geradeheraus.« Jade holte tief Luft. »Ich habe einen Job bei einem Bekleidungshersteller in Charlotte angenommen.«

»In North Carolina?«

»Ja. Ich hatte gehofft, ich könnte irgendwas hier in der Gegend finden, aber du weißt ja, außer der Uni gibt es hier nichts. Es ist ein guter Job mit einem ziemlich respektablen Anfangsgehalt. Ich arbeite direkt mit dem Einkaufsleiter zusammen.« Sie sah Cathy mit der stillen Bitte um Verständnis an. »Es ist eine Chance für mich, auch wenn es bedeutet, daß Graham und ich umziehen müssen.«

Jade war darauf vorbereitet, daß Cathy unter Tränen zusammenbrach. Doch statt dessen erstrahlte das Gesicht der älteren Frau. »Oh, eine Veränderung wäre wirklich schön. Wann ziehen wir um?«

Kapitel 15

Tallahassee, Florida, 1983

Nahezu alle Passagiere auf dem Transatlantikflug waren während des albernen Films eingeschlafen. Dillon konnte nicht schlafen. Die Sitze waren für einen Mann seiner Größe einfach nicht geschaffen. Ihm blieb nichts anderes übrig, als lediglich den Kopf anzulehnen und die Augen zu schließen.

Er hörte, wie Debra sich bewegte, und drehte sich zu ihr

um. Sie deckte ihren schlafenden Sohn zu und schaute dann lächelnd zu Dillon. »Er hält sich doch prima«, flüsterte sie. »Als wäre er schon hundertmal geflogen.«

Der sechs Monate junge Charlie lag in seiner gepolsterten Tragetasche. Als er im Schlaf leise seufzte, lächelten sich die stolzen Eltern zu. »Versuch, jetzt auch etwas zu schlafen«, flüsterte Dillon. Er langte über den Sitz zwischen ihnen und strich ihr durch das Haar. »Deine Familie wird uns keinen Augenblick Ruhe gönnen, wenn wir erst in Atlanta sind.«

»Machst du Witze? Alles wird sich um Charlie drehen – uns werden sie völlig ignorieren.« Sie warf ihm eine Kußhand zu, kuschelte sich in die Decke und schloß die Augen.

Dillon sah sie an, und sein Herz zersprang fast vor Liebe, als er daran denken mußte, daß er sie vor eineinhalb Jahren beinahe verloren hätte. In den Monaten nach dem Verlust ihres ungeborenen Kindes war sie in Depressionen versunken. Ihre Eltern waren nach Frankreich gekommen und hatten sie aufgepäppelt. Die Newberrys waren geblieben, solange es ihnen möglich war, und hatten Debra dann wieder Dillons Obhut anvertraut, der mit ihrer Verzweiflung kaum fertig wurde.

Debra hatte keinerlei Interesse gezeigt, ihre alten Aktivitäten wieder aufzunehmen, nicht einmal den Kochkurs. Sie räumte die Wohnung nicht mehr auf. Dillon erledigte den Haushalt abends, wenn er von der Arbeit kam. Die Wäsche stapelte sich, bis er die Zeit fand, sich darum zu kümmern. Debra schlief fast ununterbrochen. Es schien der einzige Weg für sie, ihre Trauer zu ertragen.

Dillon betäubte seinen Kummer mit Arbeit. Für ihn war körperliche Anstrengung das Allheilmittel, denn Erschöpfung ließ ihn wenigstens vorübergehend vergessen. Debra hatte nichts Derartiges, um sich aus ihrem Elend zu befreien. Sie weigerte sich sogar, mit Dillon zu reden, wenn er das Thema immer wieder anschnitt, weil er glaubte, ein Gespräch könnte erleichternd wirken. Er wandte sich an ihren Arzt um Hilfe und erhielt den Rat, Geduld zu haben und ihr Zeit zu lassen.

»Madame Burke steht unter großem psychischen Druck. Sie müssen Geduld mit ihr haben.«

Dillon war der Inbegriff von Geduld, wenn es um Debra ging. Was ihm allerdings fehlte, war Geduld mit den hohlen Phrasen der sogenannten Profis. Als sich nach Wochen ihr Zustand immer noch nicht gebessert hatte, spielte er mit dem Gedanken, sie für eine Weile nach Hause zu schicken. Er glaubte, daß sie dort vielleicht ihren Optimismus und ihre Lebensfreude wiederfinden könnte.

Doch irgendwie brachte er es nicht übers Herz, ihr den Vorschlag zu unterbreiten. Es schmerzte ihn, sie so daliegen zu sehen, ins Leere starrend, doch es hätte ihn noch mehr geschmerzt, sie gar nicht zu sehen. Ihm blieb keine andere Wahl, als sich weiterhin in Geduld zu üben. Wie es ihm der Arzt geraten hatte.

Zu dieser Zeit wurde Sex für Debra zu einer Zwangshandlung. Sobald sie körperlich wieder genesen war, drängte sie Dillon, mit ihr zu schlafen, obwohl er diesen verzweifelten Akt der Paarung nicht so genannt hätte. Was sie taten, war nicht von Leidenschaft oder Verlangen geprägt, und es ging auch nicht um Lust. Er wollte die emotionale Mauer zwischen ihnen durchbrechen. Und sie wollte so schnell wie möglich wieder schwanger werden.

Sie vergeudeten keine Zeit mit dem Vorspiel. Nacht für Nacht klammerten sie sich aneinander, verschwitzt, verzweifelt, und erschütterten das Bett in einer Raserei der Vereinigung. Dillon fühlte sich danach jedesmal leer und ausgebrannt, doch er machte weiter, weil es die einzigen Momente waren, in denen Debra Anzeichen von Leben zeigte.

Immer, wenn er sich aus Verzweiflung am liebsten die Haare raufen wollte, tröstete er sich, indem er sich sagte: »Wenigstens bin ich Haskell Scanlan los.« Zwar hatte Forrest G. Pilot Scanlan nicht entlassen, aber er hatte ihn zu Dillons Befriedigung auf eine andere Position in die Staaten versetzt. Dillon war es egal, wo Scanlan war und was er tat, solange er sich nicht mehr in sein Leben einmischte. Scanlans Nachfolger war ein sympathischer Franzose, der fließend Englisch sprach.

An dem Tag, als Debra erfuhr, daß sie wieder schwanger war, wandelte sich ihr Verhalten völlig. Als Dillon abends heimkam, flog sie ihm in die Arme. Soviel Überschwang brachte ihn aus dem Gleichgewicht, und er kippte nach hinten. Debra fiel auf ihn und lachte, so wie vor ihrem schicksalhaften Ausflug nach Zermatt.

»Ich bin schwanger, Dillon. Ich bin schwanger!«

Noch ehe er die Zeit fand, sich von dieser Neuigkeit zu erholen, knöpfte sie ihm das Hemd auf und bedeckte seine Brust mit heißen Küssen. Sie liebten sich auf dem Fußboden – voller Leidenschaft und Zärtlichkeit.

»Gott, ist das schön, dich wiederzuhaben«, flüsterte er, als er sie bei den Hüften faßte und in sie eindrang.

Ihr Leben war wieder erfüllt von Sonnenschein, als hätte sich ein schwerer Vorhang gehoben. Alles lief bestens, doch Dillons Pessimismus plagte ihn während der gesamten Schwangerschaft. Erwartete ihn eine neue Tragödie? Vielleicht würde Debra wieder in Depressionen verfallen, und dieses Mal würden sie dem beide nichts entgegensetzen können... Als Debra ins zweite Drittel der Schwangerschaft kam – die Phase, in der sie ihr erstes Baby verloren hatte –, erreichte Dillons Furcht ihren Höhepunkt. Eines Abends verkündete er abrupt: »Ich werde dich nach Hause schicken. Du sollst dort dein Baby kriegen. Und ich dulde keine Widerworte.«

»Ich bin doch zu Hause.«

»Du weißt, was ich meine. Nach Georgia. Zu deiner Mutter. Sie wird dafür sorgen, daß du dich erholst, so wie du es solltest. Abgesehen davon will ich, daß unser Baby auf amerikanischem Boden zur Welt kommt.«

Sie sah ihn mißtrauisch an. »Jetzt hast du also doch eine, stimmt's?«

»Was habe ich?«

»Eine Geliebte. Unsere Nachbarin meint, daß alle Franzosen mindestens eine haben. Sie hat mich schon gewarnt, es sei nur eine Frage der Zeit, bis du dich dieser Landessitte anpaßt. Und jetzt, wo ich langsam dick und häßlich werde...«

»Du bist das Wunderschönste, was mir je begegnet ist«, schnurrte er und legte eine Hand auf ihren gewölbten Bauch. Er schob ihre Bluse hoch und küßte die gespannte Haut. Seine Lippen wanderten hinauf zu ihren Brüsten. Sie trug keinen BH. »Wie ich sehe, hast du selber schon ein paar französische Sitten angenommen...«, murmelte er, während er mit der Zunge an ihren dunklen Brustwarzen spielte.

»Meine BHs sind alle zu klein geworden.« Sie nahm die Brüste in die Hände und bot sie ihm dar. Er liebkoste sie mit dem Mund, bis ihre kleinen Seufzer die Nachbarin widerlegten.

Später, als sie mit dem Rücken zu ihm lag und er beschützend ihren Bauch umfaßte, fragte sie schläfrig: »Und wann willst du mich zu meiner Mutter schicken?«

»Vergiß es«, sagte er und knabberte an ihrem Ohr. »Ich schicke dich nirgendwohin.«

Erst als Dillon seinen quirligen, quäkenden neugeborenen Sohn auf dem Arm hielt, konnte er aufatmen und den Alptraum, daß das Schicksal ihn wieder einholen würde, abschütteln. Der kleine Charles Dillon Burke war ein Wunder in den Augen seines Vaters. Vom ersten Moment an war Dillon in das Kind vernarrt und ebenso in die Vorstellung Vater zu sein.

Auch bei der Arbeit blieb ihm das Glück weiter treu. Das Versicherungsgebäude war zur Zufriedenheit aller fertiggestellt worden. Forrest G. Pilot war persönlich aus Florida eingeflogen, um den Bau zu inspizieren. Dillon fand, daß er erheblich gealtert war und unter immensem Druck zu stehen schien. Gleichwohl beglückwünschte er Dillon zu der guten Arbeit und drückte seine Zufriedenheit außerdem noch in Form eines Schecks aus.

»Nehmen Sie sich sechs Wochen bezahlten Urlaub. Das müßte für den Umzug in die Staaten reichen.«

Dillon und Debra beschlossen, noch zwei Wochen bei den Newberrys in Atlanta zu verbringen, ehe er sich zur Arbeit zurückmeldete. So hatten die Großeltern Zeit, ihren Enkel kennenzulernen. Dillon hörte trotz der dröhnenden Flugzeugmotoren Debras gleichmäßigen Atem und die niedlichen, glucksenden Babygeräusche, die Charlie im Schlaf von sich gab. Zufrieden schloß er die Augen.

* * *

»Was, zum Teufel, geht hier eigentlich vor?« polterte Dillon. »Wo ist Forrest G.? Was haben Sie hinter seinem Schreibtisch zu suchen?«

Haskell Scanlan saß in einem riesigen Ledersessel und musterte Dillon. »Nun, ich darf Sie hiermit davon in Kenntnis setzen, daß Forrest G. Pilot diesem Unternehmen nicht länger angehört.«

Dillon mußte eine ungeheure Selbstkontrolle aufbringen, um nicht über den Tisch zu hechten, Scanlan am Kragen zu packen und ihm sein verdammtes Leben auszupusten. Das war ein schlimmer Schock gleich an seinem ersten Arbeitstag.

Als er auf dem Parkplatz das neue Firmenschild gesehen hatte, hatte er noch gehofft, die Firma habe sich lediglich ein neues Logo zugelegt. Doch als er dann den Raum betreten hatte, der einstmals Pilots Schaltzentrale gewesen war, wurde er mehr als unangenehm überrascht. Die Firma hatte den Eigentümer und das Management gewechselt – und an der Spitze saß jetzt Haskell Scanlan.

Dillon starrte auf seinen alten Widersacher. »Was ist mit Forrest G. passiert?«

Scanlan fuhr mit dem Finger die schimmernde Tischkante entlang. »Ihr Mentor hat sich in den Ruhestand zurückgezogen.«

Dillon schnaufte. »Er hat diesen Platz bestimmt nicht kampflos geräumt.«

»Nun ja, es gab da ein paar häßliche Szenen…«, gab Scanlan mit gespieltem Bedauern zu. »Ich bin überrascht, daß Sie es nicht in den Zeitungen verfolgt haben.«

»Ich hatte alle Hände voll damit zu tun, ein Haus für meine Familie zu finden. Was ist passiert?«

»Die Firma, für die Sie jetzt arbeiten, war der Meinung, daß man mit dem Kapital, das uns zur Verfügung steht, mehr anfangen kann, als Forrest G. Pilot es getan hat.«

»Mit anderen Worten: Es war eine kalte Übernahme. Ein neuer Investor ist aufgetaucht und hat Pilot rausgeboxt.« Dillons Augen verengten sich. »Ich frage mich nur, wer denen wohl die Insiderinformationen zugespielt hat.«

Scanlans Grinsen war so widerwärtig wie das Kratzen eines Fingernagels an einer Tafel. »Nun, ich habe den neuen Eigentümern selbstverständlich meine Unterstützung angeboten.«

»Das glaube ich unbesehen«, spottete Dillon. »Ich bin sicher, Sie haben denen den Arsch geküßt, bis Ihre Lippen wund waren.«

Scanlan schoß vom Stuhl hoch; seine Augen funkelten gefährlich, seine Wangen blähten sich wie die einer Natter. Dillon beugte sich über den Tisch. »Nur zu, Scanlan, schlagen Sie zu. Bitte. Geben Sie mir nur einen Grund, Ihnen die Scheiße aus dem Leib zu prügeln.«

Scanlan wich zurück. »Achten Sie lieber darauf, was Sie sagen, wenn Sie Ihren Job behalten wollen, Mr. Burke. Noch haben wir niemanden entlassen, aber über kurz oder lang wird das unvermeidlich sein. Und Sie stehen bei mir ganz oben auf der Liste...«

Dillon war versucht, Scanlan zu sagen, er solle sich zum Teufel scheren. Aber was würde das bringen? Dank Pilots Scheck war er zwar gut bei Kasse, aber der Umzug hatte eine Stange Geld verschlungen. In Tallahassee lagen die Jobs nicht auf der Straße, und für Debra und Charlie war es sicher nicht gut, gleich wieder umzuziehen.

Sie hatten sich entschlossen, erst dann ein Haus zu kaufen, wenn sie sich mit der Stadt vertraut gemacht hatten. Und so hatten sie zunächst ein Haus angemietet. Das Viertel, in dem sie wohnten, war sauber und die Nachbarn sympathisch. Der Garten war klein, mit nur einem Baum, aber Debra schien es zu gefallen.

Zum jetzigen Zeitpunkt war es äußerst ungeschickt, es sich mit seinem Arbeitgeber zu verscherzen, also grummelte Dillon: »Was haben Sie für mich?«

Scanlan zog seine Hose an den Bügelfalten hoch, als er sich wieder setzte. Er griff nach einem Ordner, schlug ihn auf und fuhr mit dem Finger eine Reihe von Zahlen herunter. »Ah, da wäre noch Platz in einem Büro im zweiten Stock. Nummer 1120. Sie können heute Ihre Sachen unterbringen und morgen mit der Arbeit anfangen.«

»Sie wollen mich zurück ans Zeichenbrett schicken?« rief Dillon. »Was ist das denn für ein mieses Spiel?«

»Tja, das ist momentan der einzige Job, den ich für Sie habe. Nehmen Sie ihn, oder lassen Sie's bleiben.«

Dillon ließ einen Schwall französischer Schimpfwörter los.

»Ich muß selbstverständlich nicht extra erwähnen«, fuhr Scanlan unbeirrt fort, »daß die Arbeit als Zeichner weniger bringt als die Arbeit auf dem Bau. Ihr Gehalt wird also, der Position angemessen, gekürzt werden.«

»Das scheint Ihnen ja höllisch Spaß zu machen.«

Scanlan lächelte freundlich. »O ja, das kann man sagen.«

»Ich kann nicht zurück ans Brett. Es muß sich doch noch was anderes finden lassen.«

Scanlan ließ ihn einen Moment warten, dann schwang er mit seinem Sessel herum und zog einen Ordner aus dem Regal. »Tatsächlich, da fällt mir etwas ein… Wir haben neulich einen Besitz in Mississippi übernommen, der einer gründlichen Renovierung bedarf, bevor er wieder profitabel produzieren kann. Sind Sie interessiert?«

* * *

Dillon faßte abschließend für Debra zusammen: »Das heißt also: entweder zurück ans Zeichenbrett oder nach Mississippi.« Er schlug sich mit der Faust in die Hand. »Verdammt, ich weiß nicht, warum ich diesem kleinen Bastard nicht Bescheid gestoßen habe und einfach gegangen bin...«

»Doch, du weißt es. Weil du nicht mehr das Kind von der Straße bist. Du bist Familienvater, hast einen Beruf und läßt dich von so einem Schleimer wie Scanlan nicht unterkriegen.«

»Dieser Schleimer hat aber im Moment leider alle Trümpfe in der Hand, und das weiß er nur zu gut. Nachdem ich bei ihm raus bin, habe ich mindestens zwei Dutzend Telefonate auf der Suche nach einem anderen Job geführt. Die Antwort war immer die gleiche. Nichts zu machen. Keiner hat Arbeit. Niemand stellt Leute ein.«

»Mal abgesehen davon, daß du Scanlan am liebsten den Kopf abreißen würdest – was hast du jetzt vor?«

»Ich weiß es nicht, Debra.« Dillon ließ sich aufs Sofa fallen und rieb sich müde die Augen. »Eines ist sicher – ans Brett gehe ich nicht zurück.«

»Dann nimmst du eben diesen Job an, und wir ziehen nach Mississippi.«

Dillon nahm Charlie von Debras Schoß und legte ihn in seinen Arm. »Ich habe noch eine andere Idee. Es ist nicht gerade toll, aber bedenke, daß es nur vorübergehend ist.«

Nachdem er ihr seine Alternative unterbreitet hatte, fragte Debra: »Und wo würdest du wohnen?«

»In einem Bauwagen neben dem Gelände. Mit einem Feldbett, einem Kocher und einem Kühlschrank müßte es gehen.«

»Ohne Badezimmer?«

»Ich könnte die Arbeitertoilette mitbenutzen. Im Gebäude, an dem wir arbeiten, gibt es einen Duschraum. Scanlan hat mir die Pläne gegeben, damit ich mich entscheiden kann.«

Ihr stand ins Gesicht geschrieben, daß sie wenig begeistert war. »Und du würdest jedes Wochenende nach Hause kommen?«

»Ich schwör's. Jedes einzelne.«

»Ich sehe nicht ein, warum wir nicht alle nach Mississippi umziehen können.«

»Weil es Scanlan ganz ähnlich sehen würde, mich von dem Job wieder abzuziehen, sobald wir uns niedergelassen hätten. Er könnte uns ganz nach Belieben hin und her schikken.«

»Aber was ist, wenn er dich auf Dauer dorthin versetzt?«

Dillon schüttelte stur den Kopf. »An dem Bau liegt mir nichts, nicht so wie in Versailles. Sobald mir was Besseres angeboten wird, gehe ich. Ich habe mich bereits in der ganzen Stadt beworben. Früher oder später werde ich Rückmeldungen kriegen.

Scanlan hat mir nicht verziehen, daß ich ihn in Frankreich ausgebootet habe. An Forrest G. hat er sich schon gerächt, und jetzt bin ich dran. Er stellt mich vor die Wahl, entweder einen Scheißauftrag anzunehmen oder mich wieder in einen dieser verdammten Glaskäfige einsperren zu lassen. Er denkt, ich wählte aus Bequemlichkeit das Letztere. Aber diesen Gefallen tue ich der miesen Ratte nicht.«

Mit Charlie im Arm beugte er sich zu seiner Frau und küßte sie auf die Schläfe. »Vertrau mir, Debra. So ist es am besten. Die Wochen werden so schnell vorbeigehen, du wirst gar nicht die Zeit haben, mich zu vermissen.«

Doch leider war der Auftrag nicht so schnell zu erledigen, wie Dillon gehofft hatte. Seine Unterkunft in Mississippi war armselig, doch davon sagte er Debra nichts, weil sie sich so tapfer hielt.

Es war einfach kein Ende in Sicht. Ein ungewöhnlich regnerischer Herbst führte dazu, daß die gesamten Baumaßnahmen im Süden brachlagen. Es kam zu erheblichen Verzögerungen. Und niemand stellte Bauingenieure ein, egal wie intelligent, begabt und ehrgeizig sie auch sein mochten.

Dillon hatte in Atlanta ein neues Auto gekauft. Er überließ es Debra und fuhr die lange Strecke an den Wochenenden auf einem gebrauchten Motorrad. Am späten Freitagabend kam er daheim an und mußte am frühen Sonntagnachmittag wieder aufbrechen. Das ließ ihm kaum Zeit, sich zu erholen.

Die Arbeit selbst war wenig anregend. Es ging darum, die Innenräume zu renovieren. Er ließ brüchige Wände ersetzen, restaurierte abbröckelnde Decken und erneuerte Böden. Das Gebäude war alt und häßlich, und das würde es auch im renovierten Zustand bleiben. Und dennoch arbeitete er mit demselben Anspruch, mit dem er ein neues Gebäude errichtet hätte. Er fuhr eine harte Linie und verlangte hundertprozentigen Einsatz von seinen Arbeitern. Es war für ihn eine Frage des Stolzes. Davon abgesehen wollte er Scanlan nicht in die Hände arbeiten. Der konnte ihn wegen allem möglichen entlassen, aber niemals wegen schlampiger Arbeit.

Die Situation führte zu familiärem Streß. Weil Debra und er soviel in ihre gemeinsamen Wochenenden legten, wurde aus Freude bald Strapaze. Dazu kamen Reparaturen im Haushalt, die Debra nicht durchführen konnte. Normalerweise hätte Dillon diese kleinen Pflichten gern erledigt, doch jetzt kam es ihm vor, als würde er kostbare Stunden verlieren, die er lieber damit zugebracht hätte, mit Debra zu schlafen, sich auszuruhen oder mit seinem kleinen Sohn zu spielen.

Obwohl in ihrer Nachbarschaft viele junge Familien wohnten, bekamen sie keinen Anschluß. Das wirkte sich allmählich auf Debra aus. Sie verbrachte die Wochen allein mit einem kleinen Baby. Sie vergötterte Charlie und war ihm eine hervorragende Mutter, aber sie hatte keine Möglichkeit, sich selbst zu verwirklichen, und sie schien es zudem abzulehnen, sich in die Nachbarschaft einzufügen. Dillon entdeckte Anzeichen einer Depression bei ihr, und das machte ihm angst.

Eines Sonntagnachmittags, als er gerade nach Mississippi aufbrechen wollte, nahm er sie in die Arme und sagte: »Ich nehme mir nächsten Freitag frei und komme einen Tag früher. Meinst du, du erträgst mich ein bißchen länger als sonst?«

Ihr Lächeln war zaghaft, aber strahlend. »Oh, Dillon, ehrlich? Das wäre wunderbar...«

»Dieses Wochenende habe ich es leider nicht geschafft, alle Punkte auf deiner Mängelliste abzuhaken. Aber nächste Woche werde ich jede Menge Zeit dafür haben, und wir können trotzdem herrlich faul sein. Besorg schon mal für Samstag einen Babysitter. Wir machen uns schick und gehen aus. Essen. Ins Kino. Was du willst.«

»Ich liebe dich«, sagte Debra und drückte sich an ihn. Sie hielten sich in den Armen und küßten sich, bis sie vor der Wahl standen, entweder ins Bett zu gehen oder sich zu trennen. Seufzend nahm Dillon seinen Motorradhelm. Debra brachte ihn zur Tür. Sie hatte Charlie auf dem Arm, der schon winken konnte.

Dillon wollte seinen freien Tag nicht extra bei Scanlan anmelden, also schmierte er einen seiner Vorarbeiter, damit der den Bau am Freitag für ihn leitete. Es kostete ihn lediglich einen Kasten Bier.

Am Donnerstagnachmittag rief er Debra an. »Du willst mir doch hoffentlich nicht sagen, daß du nicht kommst, oder?« fragte sie ängstlich.

»Du ungläubige Seele. Natürlich komme ich.« Er senkte die Stimme und fügte hinzu: »Ich habe vor, an diesem Wochenende ziemlich oft zu kommen.« Sie kicherte. »Was machst du gerade?«

»Ich bereite ein paar Überraschungen für dich vor.«

»Hmmm. Kann's kaum abwarten. Ist das etwa mein Sohn, den ich da im Hintergrund höre?«

»Ja, er meckert, weil er hört, daß ich mit dir spreche.«

»Sag ihm, daß ich in ein paar Stunden bei euch bin.«

»Fahr vorsichtig, Dillon. Das Wetter ist scheußlich.«

»Ich bin in Null Komma nix bei euch.«

Das unfreundliche Wetter konnte ihn nicht von der Fahrt abhalten, aber es erschwerte sie erheblich. Florida wurde von einer Rekordkälte heimgesucht. Es regnete heftig. Ab und zu prasselte sogar Schneeregen auf seinen Helm, und ihm froren die Finger in den Lederhandschuhen ein. Er hatte sich noch nie so gefreut, endlich in Tallahassee anzukommen.

Als er die Haustür aufschloß, wurde er von verführerischen Düften aus der Küche begrüßt. Auf dem Eßtisch standen eine Vase mit frischen Blumen und ein Schokoladenkuchen, den sein Name zierte. Im Ofen brutzelte ein Braten.

»Debra?« Er legte Helm und Handschuhe auf einen Stuhl und ging nach hinten zu den Schlafzimmern. »Bist du in der Wanne?« Er sah in Charlies Zimmer nach, doch die Wiege war leer. »Wo steckt ihr beiden? Gehört das zur Überraschung?«

Dillon öffnete die Tür zum Schlafzimmer und blieb auf der Schwelle stehen. Seine Frau und sein Sohn schlummerten friedlich auf dem großen Bett. Charlie lag sicher im Arm seiner Mutter. Ihr wunderschönes goldenes Haar breitete sich über das ganze Kissen aus. Dillons Herz floß über vor Liebe. Sie hatte sich verausgabt, um ein ganz besonderes Wochenende für ihn vorzubereiten. Er ging zum Bett, setzte sich auf die Kante und streichelte ihre makellose Wange.

In diesem Moment entdeckte er, daß sie gar nicht schliefen.

* * *

Es kam öfter vor, daß Haskell Scanlan Überstunden machte, doch an diesem Abend blieb er besonders lange im Büro. Es war bereits dunkel, als er das Gebäude verließ. Sein Wagen war der letzte auf dem Parkplatz.

Eine große, finstere Figur stellte sich ihm in den Weg. Noch ehe Scanlan aufschreien konnte, traf ihn ein Schlag wie ein Hammer ins Gesicht. Er verlor sämtliche Vorderzähne, und sein Kopf krachte mit solcher Wucht nach hinten, daß er zwei Monate lang ein Halskorsett tragen mußte. Bevor er zu Boden ging, packte ihn eine Hand am Kragen, und er bekam einen zweiten Schlag versetzt. Dieser brach ihm den Kiefer. Der letzte Schlag, in die Körpermitte, zerriß ihm die Milz.

Nach einer Woche im Krankenhaus kam er zu Bewußtsein und konnte der Polizei endlich mitteilen, wen er verdächtigte.

Der Polizeiwagen hielt vor der Adresse, die er angegeben hatte. Niemand öffnete auf das Klingeln. Die beiden Officer erkundigten sich bei der Nachbarin.

»Ich habe ihn schon seit der Beerdigung nicht mehr gesehen«, sagte sie.

»Beerdigung?«

»Seine Frau und sein Sohn sind vor drei Wochen umgekommen. Erstickt. Wissen Sie noch, dieser furchtbare Schneesturm? Mrs. Burke hat die Heizung angedreht, bevor sie sich hingelegt hat. Die Heizung lief zum erstenmal in diesem Herbst, und irgendwie funktionierte der Abzug nicht. Sie starben im Schlaf. Mr. Burke hat sie gefunden, als er nach Hause kam.«

»Und Sie wissen nicht, wo er jetzt ist?«

»Ich habe ihn schon über eine Woche nicht mehr gesehen. Ich dachte, er wäre an seiner Arbeitsstelle.«

Die Polizisten besorgten sich einen Durchsuchungsbefehl und brachen die Tür auf. Soweit sie es beurteilen konnten, war seit dem Tag des Unglücks nichts verändert worden. Auf dem Tisch stand eine Vase mit verwelkten Blumen, daneben ein Schokoladenkuchen, über den bereits die Ameisen hergefallen waren.

Niemand auf der Baustelle in Mississippi hatte Burke seit dem bewußten Donnerstag gesehen. Seine Mitarbeiter drückten ihre Trauer über den Tod seiner Familie aus. »Er war völlig vernarrt in den Jungen«, sagte einer. »Hat von nichts anderem geredet.«

»Und was war mit seiner Frau?«

»Ihr Bild hängt noch in seinem Wagen. Er hat sie nicht betrogen, wenn Sie das meinen.«

Haskell Scanlan erstattete nie offiziell Anzeige. Der einzige Verdächtige war von der Bildfläche verschwunden. Es schien, als ob er vor allem davongelaufen war.

Kapitel 16

Palmetto, South Carolina, 1987

»Eine Scheiß-Schwuchtel! Ist das zu glauben?« Neal Patchett schüttelte fassungslos den Kopf und nahm noch einen Schluck von seinem Bourbon mit Wasser.

Hutch Jolly war von der Neuigkeit genauso geschockt wie Neal. Er sagte nur nicht, was er dachte. »Ich hab' in den letzten Jahren nicht so viel mit Lamar zu tun gehabt«, merkte er an. »Jedenfalls nicht soviel wie du.«

»Was, zum Teufel, soll das heißen?« fragte Neal wütend.

»Mann, gar nichts. Nur, daß ich eben nicht soviel mit ihm zu tun gehabt habe. Fandest du ihn irgendwie anders als früher?«

»Nein, und das kann nur eines bedeuten.«

»Und was, bitte?«

»Er war schon immer schwul«, sagte Neal. »Die ganzen Jahre, in denen er uns nicht vom Pelz gerückt ist, war er schon 'ne Schwuchtel. Mann, mir kommt das Kotzen, wenn ich daran denke. Ich hab' mit dem Typen zusammengewohnt! Gott!«

Bis jetzt hatte sich Donna Dee bei dem Gespräch zurückgehalten. »Es ist zum Kotzen, wie ihr über jemanden redet, der gerade gestorben ist. Mir ist egal, ob Lamar schwul war. Er war ein menschliches Wesen. Er war unser Freund. Er tut mir leid.«

Neal schnaubte. »Du solltest deiner Lady mal klarmachen, wo's lang geht, Hutch. Wenn ihr 'ne Schwuchtel wie Lamar so leid tut, sollte sie vielleicht auch besser nach San Francisco gehen wie er. Weißt du, spätestens da hätte mir 'n Licht aufgehen müssen. Erst zieht er bei mir aus, dann tönt er 'rum, von wegen er haut ab, nach Kalifornien, sobald die Uni zu Ende ist. Keiner, der noch alle beisammen hat, würde doch mit diesen Freaks leben wollen, wenn er nicht selber einer ist. Ich hätte merken müssen, daß er 'ne Tunte ist.«

Donna Dee wollte etwas sagen, aber Hutch warf ihr einen warnenden Blick zu. Er fragte: »Haben wir vielleicht noch etwas von dieser Muschelsoße, Liebes?«

Wütend stürmte sie aus dem Zimmer in die Küche. Sie war in letzter Zeit ziemlich runter mit den Nerven. Erst kürzlich hatte sie rumgenörgelt, sie wolle ein größeres Haus. Dieses hier hatten sie nach Hutchs Aufenthalt in Hawaii gekauft. Es war nicht viel besser als das, das sie zuerst gehabt hatten, aber mehr konnten sie sich momentan nicht leisten. Eigentlich benutzte Donna Dee das Haus – wie vieles andere auch – nur als Ausrede für ihre schlechte Laune. Hutch ignorierte das Knallen der Schranktüren und das Geklapper des Geschirrs nebenan und mixte seinem Gast einen neuen Drink.

Neal war noch immer bei Lamar Griffith. »Du weißt schon, diese Krankheit, an der er gestorben ist – wie heißt die noch mal?«

»AIDS«, sagte Donna Dee, als sie mit einem Tablett Chips und Soße wieder hereinkam.

»Mein Daddy meint, daß nur Schwule das kriegen können. Beim Arschvögeln. Mann, ist das 'n Abgang.«

Hutch tunkte einen Kartoffelchip in die Soße. Seine Muskeln vom Football hatten sich größtenteils in Fett verwandelt, doch sein Sportlerappetit war geblieben. »In der Zeitung stand, daß er an einer Lungenentzündung gestorben ist«, nuschelte er mit vollem Mund.

»Ja, das hätte Myrajane wohl gern, daß man das glaubt«, sagte Neal. »Sie hat Lamar noch nicht mal bei den anderen Cowans, auf die sie so verdammt stolz ist, bestatten lassen. Er wurde in Kalifornien verbrannt. Wahrscheinlich war der Haufen Asche nicht höher als so...« Er zeigte ungefähr fünf Zentimeter mit den Fingern. »Ich hab' gehört, er soll zum Schluß unter hundert Pfund gewogen haben.«

Er lachte. »Gott, stell dir mal die Beerdigung vor... Das muß 'ne Show gewesen sein – ein Haufen schniefender Schwuchteln.« Neal sang im Falsett: »Oh, mein Gott, was sollen wir nur ohne unseren süßen Lamar machen?«

Donna Dee sprang auf. »Du bist und bleibst ein Arschloch, Neal Patchett.« Sie stürmte zum zweitenmal hinaus. Sekunden später hörte man die Schlafzimmertür knallen.

Neal rollte die Zunge in der Wange. »Deine alte Lady ist ja wirklich 'ne Stimmungskanone, Hutch.«

Hutch starrte hinter Donna Dee her. »Ich mußte in letzter Zeit ein paar Überstunden schieben. Sie mag es nicht, abends allein zu sein.«

Der einzige Job, den Hutch nach seinem Austritt aus der Navy hatte finden können, war eine Stelle auf der Sojaplantage. Donna Dee haßte es, daß er für die Patchetts arbeitete, aber das sagte er Neal lieber nicht. Wieder aufs College zu gehen, war nie in Frage gekommen; abgesehen davon, daß das Geld nicht reichte, mangelte es ihm an Initiative.

Donna Dee arbeitete in der Praxis eines Gynäkologen am Empfang. Einer der Vorteile dieses Jobs waren die kostenlosen Behandlungen. Seit fast zehn Jahren waren sie jetzt verheiratet, und Donna Dee war noch immer nicht schwanger geworden. Sie kämpfte gegen ihre Unfruchtbarkeit mit einer Besessenheit, die Hutch Angst einjagte.

Er hatte mehrmals versucht, sie darauf anzusprechen. »Das verstehst du nicht!« schrie sie ihn dann an. »Wenn wir kein Baby haben können, gibt es keinen Grund für uns, zusammen zu sein!« Er sah die Logik darin nicht, doch er hatte aufgegeben, weil er sich danach jedesmal schlecht fühlte. Er redete sich ein, ihr Verhalten hätte irgendwas mit den Hormonen zu tun. Seine Mutter hatte an denselben Zuständen gelitten, auch sie hatte sich mehr Kinder gewünscht.

Mindestens zweimal in der Woche brachte Donna Dee Zeitungsartikel über die neuesten Fortpflanzungstechniken für unfruchtbare Paare von der Arbeit mit. Und unweigerlich mußte er bei diesen revolutionären Methoden auf eine für ihn peinliche und entwürdigende Weise mitmachen.

Entweder mußten sie bumsen, bis ihm die Eier wehtaten, oder er mußte in ein Plastiktütchen ejakulieren, oder sie lief den ganzen Tag mit dem Thermometer im Mund herum, rief, wenn es Zeit war »Jetzt«, und sie mußten augenblicklich loslegen, ganz gleich, ob es mitten in der Nacht war oder beim Sonntagsbraten. Einmal hatte sie ihn sogar erwischt, als er gerade auf der Toilette saß. Sie hatte an die Tür geklopft und gerufen: »Brauchst dir die Hose gar nicht erst hochziehen. Es ist Zeit!« Er fand ihre Methoden wenig romantisch.

Doch Hutch sagte sich, daß er sich über ihre Besessenheit nicht lustig machen durfte. Schließlich war nicht er derjenige, der versagte. Sein Sperma war in Ordnung. Jeder Arzt, den sie aufgesucht hatten, hatte die gleiche Diagnose gestellt: Donna Dee konnte keine Babys bekommen. Aber Donna Dee wollte unbedingt eins haben. Es war, als müßte sie es sich selbst, ihm und der ganzen Welt beweisen. Insgeheim befürchtete er, daß ihre Baby-Manie irgendwie mit dem Zwischenfall mit Jade Sperry zusammenhing. Allerdings wollte er gar nicht wissen, ob Donna Dee tatsächlich von Schuld angetrieben wurde, also stellte er keine Fragen.

Neal leerte das Glas und stellte es auf den Couchtisch. »Du hast zu früh geheiratet, Hutch. Hab' ich's dir nicht gesagt? Aber du wolltest ja nicht hören. Und jetzt hängst du hier fest, mit 'ner Frau, die 'nen Furz quer im Hintern hat, während ich mir noch immer die besten Hasen schieße.« Er leckte sich zufrieden die Lippen. »Jede Nacht 'ne andere Pussy.« Dann beugte er sich vor und sagte mit gedämpfter Stimme: »Komm doch heute abend mit, Alter. Wir machen einen drauf, so wie in alten Zeiten. Ich kann mir keinen besseren Abschied von unserem Kumpel Lamar vorstellen...«

»Nein, danke. Ich habe Donna Dee versprochen, mit ihr ins Kino zu gehen.«

»Tja«, seufzte Neal. Er stand auf und ging zur Tür. Hutch folgte ihm. »Übrigens«, sagte Neal, »mein alter Herr läßt fragen, wie's deiner Ma geht...«

»Den Umständen entsprechend gut. Sie hat das Haus

endlich verkauft und ist in ein kleineres gezogen. Sie engagiert sich jetzt in der Kirche, gegen die Langeweile, du weißt schon. Hat ja jetzt jede Menge Zeit, wo sie sich nicht mehr um Daddy kümmern muß.«

Vor einem Jahr war Sheriff Jolly beim Inspizieren eines ausgebrannten Gebäudes von einem herabstürzenden Balken getroffen worden, der ihm die Hüfte zertrümmerte. Monatelang lag er im Krankenhaus. Seine alte Form erlangte er nie wieder, und auch als er nach Haus entlassen wurde, folgte eine Komplikation der nächsten, bis er schließlich an einer Infektion starb.

»Richte ihr aus, daß mein Daddy für sie da ist, falls sie was braucht.«

»Danke, Neal. Werd's ihr sagen. Sie weiß es zu schätzen.«

»Ist doch das Mindeste, was er tun kann. Dein Daddy hat meinem schließlich auch ein paar Gefallen getan. Weißt du...« Er tippte Hutch auf die Brust. »Kann nichts schaden, einen Mann mit Weitblick im Büro des Sheriffs zu haben. Was macht der Job in der Fabrik?«

»Ist die Hölle.«

Neal lachte und schlug Hutch auf die Schulter. »Na ja, mal sehen, was sich da machen läßt.«

Hutch hielt Neal, der sich anschickte zu gehen, am Ärmel fest. »Was meinst du damit?«

Neal streifte Hutchs Hand ab. »Schau lieber mal nach deiner alten Lady. Entschuldige dich bei ihr für deinen Arschloch-Freund. Ich bin noch nie 'ner Frau begegnet, die bei 'ner Entschuldigung nicht weich geworden wäre.«

Hutch schüttelte seinen roten Schopf wie ein irritierter Hund. »Sag mir, wie du das mit dem Job gemeint hast.«

Neal runzelte die Stirn, als sträubte er sich, ein Geheimnis preiszugeben. Doch dann sagte er mit gedämpfter Stimme: »Es wird Zeit, daß sich mal jemand Gedanken um deine Zukunft macht, Hutch. Der Sheriff, der den Job deines Daddys übernommen hat, kneift den Arsch so zu, daß es quietscht, wenn er geht. Mein Daddy findet, daß dem Office ein bißchen frischer Wind gut tun würde. Kapierst du jetzt, was ich sagen will?«

»Ich?« fragte Hutch, ebenfalls in verschwörerischem Ton.

Neal grinste. »Überleg doch mal, wie sehr sich deine arme alte Mom freuen würde, wenn du in Daddys Fußstapfen trittst.«

»Ich habe mich schon um eine Stelle als Hilfssheriff beworben, als ich bei der Navy aufhörte. Sie haben keinen eingestellt.«

Neal stemmte die Hände in die Hüften und schüttelte den Kopf, als würde er es mit einem kleinen dummen Kind zu tun haben. »Das Problem mit dir ist, daß du kein Vertrauen hast, Hutch. Haben die Patchetts jemals irgendwas nicht gekriegt, wenn sie es wollten? Ein Wort hier, ein Wort da – und schon läuft's.«

»Wenn ich einen besseren Job hätte, würde es hier bestimmt auch anders laufen.« Hutch warf einen Blick Richtung Schlafzimmer, wo Donna Dee schmollte. »Ich würde alles tun, um ins Sheriff Department zu kommen.«

Neal schenkte ihm ein verschlagenes Lächeln und tätschelte ihm die Wange. »Darauf zählen wir ja, Hutch. Genau darauf zählen wir.«

* * *

Ivan entspannte sich bei einem Glas Jack Daniels, als Neal nach Hause kam. Er steuerte schnurstracks die Bar an. Um es spannender zu machen, mixte er sich zunächst in aller Seelenruhe einen Drink.

Ivan hatte genug davon, warf die Zeitung beiseite und fragte: »Was ist? Hat er angebissen?«

»Daddy, er hat den Köder geschluckt wie 'n hungriger Hai.«

Ivan schlug auf die Lehne des Ledersofas. »Ich wußte es! Das ist eine gute Nachricht. Ich kann's gar nicht abwarten, diesem Bastard von Sheriff den Stuhl unterm Arsch wegzuziehen. Wir müssen es natürlich langsam angehen lassen. Hutch wird erst mal als Hilfssheriff anfangen und sich dann hocharbeiten. Eineinhalb Jahre, allerhöchstens, und unser Mann ist der neue Vertreter des Gesetzes.«

Neal prostete seinem Vater zu. »Für dein Alter hast du noch ganz schön was drauf.«

»Mein Alter? Scheiße! Was Timing, Taktik, Saufen und Bumsen angeht, kann ich es immer noch mit Kerlen aufnehmen, die zwanzig Jahre jünger sind.«

»Na ja«, lästerte Neal, »mit einigen vielleicht.«

Ivan sah ihn abschätzend an. »Jetzt hör mir mal zu, mein Junge. Du kannst vielleicht gut bumsen und saufen. Aber das richtige Timing vergißt du dabei. Erst kommt die Arbeit, dann der Whisky und die Frauen, sonst fährst du den Karren nämlich ziemlich schnell in den Dreck.«

»Ich arbeite ja«, maulte Neal. »In dieser Woche war ich schon drei Tage auf der Plantage.«

»Und die anderen vier hast du damit verbracht, die Reifen von dem neuen Wagen, den ich dir gekauft habe, abzufahren.«

»Und? Was soll ich auch in der Fabrik? Du bist der Boß. Du willst dir ja meine Ideen nicht mal anhören.«

Ivan wirkte verärgert; er hielt Neal das leere Glas hin. »Mach mir 'nen neuen Whisky.« Neal gehorchte sichtlich unwirsch.

Ivan nippte an seinem Drink. »Im Moment sehe ich keinerlei Veranlassung, die Firma zu erweitern oder umzustellen. Ich habe mir allerdings Gedanken über deine Zukunft gemacht. Ich habe beschlossen, daß du heiratest.«

Neals Highballglas blieb auf halber Höhe stehen.

»Du hast *was* beschlossen?«

»Es wird Zeit, daß du heiratest.«

»Fick dich ins Knie!«

»So was will ich nie wieder von dir hören!« donnerte Ivan. Er hämmerte mit der Faust auf die Sofalehne. »Du kannst doch nichts anderes als Rasen, Saufen und billige Weiber aufreißen.« Er drohte Neal mit dem Finger. »Wenn du respektiert und gefürchtet werden willst, mußt du als erstes heiraten!«

»Warum sollte ich mir 'n jammerndes Weib aufhalsen? Das ist was für Idioten wie Hutch. Ich bin mit meinem Leben zufrieden, so wie es ist.«

»Dann ist dir wohl auch egal, was die Leute über dich und Lamar reden.«

Neal fuhr hoch. »*Was* reden die Leute?«

Jetzt war sich Ivan Neals ungeteilter Aufmerksamkeit sicher, und er konnte sich gemütlich ins Sofa zurücksinken lassen. »Ihr beiden habt von klein auf zusammengesteckt. Die Leute fragen sich natürlich, wie dir dabei entgangen sein kann, daß Lamar schwul ist.« Er musterte Neal mit zusammengezogenen, dunklen Brauen. »Um ehrlich zu sein, habe ich mich das auch schon gefragt.«

»Nur zu, weiter so, alter Mann«, zischte Neal drohend.

»Ihr habt schließlich zusammengewohnt. Nur ihr zwei. Und jetzt, wo Lamars Perversion an die Öffentlichkeit gekommen ist, ist es nur eine Frage der Zeit, bis die ersten Gerüchte über dich auftauchen.«

Neal war die Wut nur an den Augen abzulesen, die sich zu kleinen Schlitzen verengt hatten. »Wer mich für 'ne Tunte hält, muß doch bescheuert sein. Allein in dieser Stadt gibt es mindestens hundert Frauen, die verdammt gut wissen, daß ich es nicht bin. Du plusterst die ganze Sache doch nur auf, damit ich tue, was du verlangst.«

Ivan blieb ruhig. »Du selbst hast mir doch gesagt, daß Lamar auf dem College auch Frauen hatte. Die Leute könnten doch annehmen, daß du genauso wie er nur zur Tarnung gebumst hast.« Er nahm einen Schluck von seinem Drink, ließ Neal aber dabei keinen Moment aus den Augen.

»Myrajanes kleiner Liebling war 'ne verdammte Schwuchtel. Ich will nicht, daß die Leute das gleiche von dir sagen.« Er nickte. »Wenn du heiratest, kann der Klatsch erst gar nicht aufkommen. Besser noch, wenn neun Monate später Nachwuchs kommt.« Zufrieden seufzte er und sah sich im Raum um. »Junge, ich hasse die Vorstellung, ins Gras beißen zu müssen. Ich hasse den Gedanken, mich von all dem hier trennen zu müssen.« Er richtete seine schlauen Augen wieder auf Neal. »Aber es würde mir wesentlich leichter fallen abzutreten, wenn ich wüßte, daß ich eine Dynastie hinterlasse. Zwischen mir und der Garantie auf Unsterblichkeit stehst allein du. Du könntest dich ein bißchen anstrengen und mir einen Enkel und Erben schenken.«

»Dazu muß ich mich weiß Gott nicht anstrengen.«

Ivan nahm Neals spöttische Bemerkung als Zustimmung. Er schnappte sich den Charlestoner *Post and Courier*, in dem er geblättert hatte, und warf ihm den Gesellschaftsteil zu. Auf der ersten Seite war ein Foto mit einem Dutzend weiß gekleideter junger Mädchen.

»Die diesjährige Debütantinnen-Ernte«, sagte Ivan knapp. »Pflück dir eine.«

* * *

Marla Sue Pickens war perfekt: blond, blauäugig und Baptistin. Ihr Stammbaum war mütterlicherseits tadellos. Ihr Vater und dessen Geschäftspartner hatten ein Vermögen mit Altmetall gemacht. Ivan gefiel diese Mischung aus Vornehmheit und blankem Profitsinn.

Marla Sue war das dritte Kind und die einzige Tochter. Ihr älterer Bruder war der Erbe des Unternehmens. Der andere war praktizierender Arzt in Charleston.

Was Marla Sue selbst betraf – sie war eine ausgeglichene junge Frau, die den Reichtum ihrer Familie und ihre eigene natürliche Schönheit für selbstverständlich hielt. Sie war zwar an der Bryn Mawr University eingeschrieben, hegte aber keinerlei Ambitionen, die darüber hinausgingen, einen guten Ehemann abzubekommen, eine perfekte Gastgeberin zu werden und eine weitere Generation von Bürgern South Carolinas in die Welt zu setzen, die genauso makellos werden würde wie sie selbst.

Trotz all ihrer Pseudo-Kultiviertheit war Marla Sue nicht unbedingt das, was man eine Intelligenzbestie nennen würde. Auch das betrachtete Ivan als Vorteil. Er unterstützte Neals Wahl, die dieser nur aufgrund der äußeren Erscheinung von Marla Sue getroffen hatte, aus vollem Herzen. Und sie spielte, ohne es zu wissen, hervorragend mit. Sie verliebte sich auf den ersten Blick in Neal.

Ein prominentes Mitglied der feinen Gesellschaft von Charleston schuldete Ivan noch einen Gefallen. »Wir beide sind quitt, wenn Sie meinem Jungen eine Einladung für eine von diesen Kindergartenveranstaltungen besorgen.«

Die erste Hälfte des Abends spielten die Patchetts Beobachter. Marla Sue war nicht zu übersehen. Sie strahlte wie das Diamantencollier, das sie um den Hals trug. Ivan klopfte Neal auf den Rücken, als sie an ihnen vorbeitanzte. »Na, mein Junge, wie findest du sie?«

Neal musterte sie von Kopf bis Fuß, und die ersten Bedenken tauchten auf. »Die hat null Titten.«

»Verdammt, Junge! Sobald sie dir ihr Jawort gibt, kannst du ihr 'n Paar neue kaufen!«

Neal bat Marla Sue um einen Tanz und umgarnte sie mit dem Charme, für den er berühmt war. Und sie fiel auf jedes seiner kalkulierten Komplimente herein. Sie kicherte und errötete, als er sagte: »Ich würde dich wirklich gerne mal anrufen, aber bestimmt hat ein Trampel aus Palmetto wie ich keine Chance bei dir, oder?«

»Oh, im Gegenteil!« sagte sie ehrlich entrüstet. Dann fügte sie, wesentlich leiser, hinzu: »Ich meine, ich würde mich wirklich freuen, von dir zu hören, Neal.«

»Ach, ich bin doch viel zu alt für dich.«

»Aber nein, das finde ich überhaupt nicht. Zehn Jahre sind doch nichts.«

Am nächsten Tag erhielt sie zwei Dutzend weiße Rosen und einen Telefonanruf. Sie verabredeten sich zum Essen. Danach ließ Neal eine Woche lang nichts von sich hören. »Alles Teil des Plans«, versicherte er Ivan, der schon ungeduldig wurde.

Neals Taktik zeigte Erfolg. Marla Sue war so dankbar, als

sie endlich von ihm hörte, daß sie beinahe in Tränen ausbrach und ihn sofort zum Mittagessen bei ihrer Familie in Charleston einlud. Neal zeigte sich von seiner besten Seite, beantwortete respektvoll die Fragen ihres Vaters und schmeichelte Marla Sues Mutter und ihrer Schwägerin, bis sie ihm aus der Hand fraßen.

Und es fiel ihm nicht einmal schwer. Sein alter Herr hatte recht – es gab kein befriedigenderes Gefühl, als Menschen zu manipulieren. Vielleicht abgesehen von Sex, den er von Marla Sue nicht bekam.

Ivan hatte ihm befohlen, die Hände von ihr zu lassen. »Diese Kleine hat ihr Döschen fest unter Verschluß. Und du wirst es bis zur Hochzeitsnacht nicht anrühren.«

»Hältst du mich für blöd?« fragte Neal eingeschnappt. »Sie glaubt, ich habe so viel Achtung vor ihr, daß ich nicht mit ihr ins Bett gehen will, bevor wir verheiratet sind. Sie ist ganz high, weil sie denkt, daß sie wirklich Macht über mich hat.«

Um sein Sexleben nicht ganz einschlafen zu lassen, wandte sich Neal an eine Frau in Palmetto, die einen unersättlichen Appetit hatte – und einen Mann, der häufig auf Reisen war.

Neal sah Marla Sue, sooft es ihr Stundenplan zuließ. Seine Telefonrechnung stieg enorm, und er gab ein Vermögen für Blumen aus. Doch die Investitionen zahlten sich aus. Sie lud ihn auf ein Wochenende nach Charleston ein. Bewaffnet mit einem dreikarätigen Diamanten und seinem unwiderstehlichen Charme, machte er ihr seine Aufwartung und einen Heiratsantrag. Natürlich sagte sie sofort ja.

Die Hochzeit wurde schon im voraus zum Ereignis des Jahres erklärt. Als das besagte Wochenende schließlich bevorstand, war Neal froh, die ganze Sache endlich hinter sich zu bringen und sein Leben weiterführen zu können.

Er mietete sich mit Ivan für die Dauer der Festivitäten, die am Freitag mit einem Lunch bei Marla Sues Großeltern begannen, in einem Hotel in Charleston ein.

»Wenn ich mir vorstelle«, hauchte ihm Marla Sue ins Ohr, »morgen abend, nur du und ich. Allein.«

Neal nahm sie seufzend in die Arme. »Sprich nicht weiter, Darling, oder ich kriege auf der Stelle, im Salon deiner Großmutter, einen Steifen.« Trotz ihrer konservativen Erziehung liebte sie es, wenn er solche Sachen sagte.

Neal zog sie an sich und umarmte sie fest. In diesem Moment fiel ihm eine junge Frau weiter hinten im Raum auf. Sie warf ihm einen kühlen, frechen Blick zu, den er sofort als Einladung begriff. Er sah sie an. Sie tauchte den Finger in ihr Weinglas, steckte ihn in den Mund und saugte genüßlich. Neal fand das erregend.

»Neal!« quietschte Marla Sue und errötete dabei. »Wirst du dich wohl benehmen?!«

»Dann hör auf, mich aufzugeilen«, sagte er und ließ sie in dem Glauben, sie sei für diese Erektion verantwortlich.

Ein paar Minuten später gesellte sich die junge Frau zu ihnen. »Marla Sue, stellst du mich deinem Bräutigam vor?«

»Oh, Neal, das ist meine beste Freundin. Und sie ist meine Brautjungfer.«

Ihren Namen bekam er irgendwie nicht mit, aber das war auch nicht weiter wichtig. Er las die verführerische Botschaft in ihren Augen. »Wirklich nett, Sie kennenzulernen«, schnurrte sie, als sie ihm die Hand gab. Als sich ihre Hände wieder lösten, streichelte sie mit dem Finger seine Handfläche.

Am Abend versammelten sich alle Beteiligten zur Generalprobe in der Kapelle der riesigen Baptistenkirche, die bereits von einem gehetzt wirkenden Dekorateur mit Blumenarrangements und Kerzenleuchtern ausstaffiert wurde. Jedesmal, wenn Neals Blick zu Marla Sues Brautjungfer schweifte, war er überzeugter, daß dieser Titel überhaupt nicht zu ihr paßte. Wenn die eine Jungfer war, dann konnte er fliegen; und die Blicke, die sie ihm zuwarf, waren mit Sicherheit nicht jungfräulich. Ihr Daddy, so hatte er erfahren, war Mr. Pickens Partner. Neal konnte nicht umhin, sie zu bewundern, denn sie flirtete vollkommen offensichtlich, ohne sich jedoch dabei erwischen zu lassen.

Danach zog eine Wagenkarawane von der Kirche zu einem Restaurant, das Ivan ausgesucht hatte. Er hatte keine Kosten gescheut, und so wurde es eine verschwenderische Angelegenheit. Seine Rolle machte ihm sichtlich Spaß; er gab einen perfekten Gastgeber ab. Als er aufstand und seinen Champagnerkelch erhob, standen ihm tatsächlich Tränen in den Augen. Er sagte: »Ich wünschte, Neals Mutter könnte den heutigen Abend erleben. Dann wäre er vollkommen. Sohn, ich hoffe, daß du mit deiner wunderschönen Braut so glücklich wirst, wie Rebecca und ich es waren.«

Während Neal sich für den sentimentalen Toast bedankte, fummelte ihm die Brautjungfer unter dem Tisch an den Eiern herum.

Nachdem das Essen offiziell beendet war, feierten die Gäste im Saal weiter. Hutch, der neue Sheriff von Palmetto und Trauzeuge Neals, tanzte mit Donna Dee zu der Musik der dreiköpfigen Kapelle.

Marla Sue öffnete die Hochzeitsgeschenke und quietschte vor Entzücken, als sie einen Schatz nach dem anderen auswickelte. Die Brautjungfer ging ganz sicher, daß Neal mitbekam, wie sie den Saal verließ. »Entschuldigt mich«, hauchte sie verführerisch, als sie an ihnen vorbeikam.

Neal zählte bis sechzig, verbeugte sich vor seiner Braut und sagte: »Entschuldige mich bitte einen Moment. Ich muß noch etwas erledigen.«

»Was?«

Er nahm ihr Gesicht in die Hände. »Eine Braut sollte keine Fragen stellen, wenn sie nicht will, daß ihr die Hochzeitsüberraschung verdorben wird.«

Ihre blauen Augen funkelten. »Ich liebe dich so sehr.«

»Ich liebe dich auch.«

Neal küßte sie sanft, bevor er sich seinen Weg durch die Menge bahnte. Er hatte es fast bis zur Tür geschafft, als er von Hutch und Donna Dee aufgehalten wurde. »Sie scheint ein nettes Mädchen zu sein«, bemerkte Donna Dee. »Viel netter, als du es verdient hast.«

»Weißt du, Donna Dee«, antwortete Neal, »es ist eigentlich ein Wunder, daß du Hutchs Schwanz mit deiner scharfen Zunge noch nicht in Scheiben geschnitten hast.«

»Friß Scheiße und verreck, Neal.«

Hutch versuchte zu vermitteln. »Sieht ganz so aus, als würdest du in eine nette Familie einheiraten, Neal. Ihre Leutchen scheinen ja völlig vernarrt in dich zu sein.«

Irgendwo in diesem Haus wartete eine junge Frau, scharf auf ihn wie ein Rasiermesser. Das Risiko, erwischt zu werden, würzte die Sache nur noch mehr. Er konnte der Versuchung nicht widerstehen. Er war ungeduldig, endlich zu ihr zu kommen. »Ihr zwei macht euch einen netten Abend, ja? Daddy hat sich heute nicht lumpen lassen. Bedient euch, okay?«

Er schlüpfte durch die Tür, noch ehe sie etwas entgegnen konnten. Der Saal, in dem die Party stattfand, ging vom Foyer ab. Zu seiner Rechten lag ein kleiner Flur. Neal war fast schon daran vorbei, als sich die Tür zur Damentoilette öffnete. Die Brautjungfer lächelte ihm einladend zu.

»Warum hat das so lange gedauert? Ich dachte schon, du würdest nicht kommen.«

Er schlüpfte durch die Tür und verschloß sie hinter sich. Der Raum erinnerte an ein nobles Bordell, Neal sah Chintzbezüge mit Blumenmustern und goldgerahmte Spiegel. Bevor er sich ausgiebig umschauen konnte, hatte die Brautjungfer bereits die Arme um ihn geschlungen. Ihre gierigen Münder vereinigten sich zu einem leidenschaftlichen Kuß.

»Du bist verrückt«, murmelte er. »Du mußt Marla Sue wirklich hassen.«

»Ich liebe Marla Sue.« Sie schmiegte sich an ihn, riß die Knöpfe seines Hemdes auf und liebkoste die weiche Haut seiner Brust mit ihrer nassen, frechen Zunge und mit ihren Fingernägeln. »Ist nur ein Hobby von mir, das ist alles. Manche Mädchen sammeln Spieluhren oder antike Weinflaschen. Ich sammle Bräutigame.«

Als er ihr den Rock hochschob und nach ihrem Po griff, stellte er fest, daß sie lediglich Strapse und Strümpfe trug. Keinen Slip. Er hob sie hoch und preßte sie gegen seinen Schritt.

Da er keine Hand frei hatte, knöpfte sie sich selbst das Seidenkleid auf und rieb die Brüste an seinem gestärkten Hemd. Die Reibung ließ ihre Brustwarzen hart werden. Neal beugte sich vor, um eine davon in den Mund zu nehmen. Sie knöpfte ihm die Smokinghose auf und zog sie ihm samt Unterhose herunter, bis sein steifer Schwanz freilag.

»Mmmm«, gurrte sie, während sie ihn streichelte.

»Willst du ihn, Baby?« stöhnte er. »Du kannst ihn haben.«

Er faßte sie bei den Schultern und drückte sie runter auf die Knie. Sie spielte mit und nahm ihn sofort in den Mund. Er krallte die Finger in ihr Haar und stieß die Hüften vor. Dann warf er den Kopf zurück, rollte ihn gegen die Tür, hin und her, und genoß das Gefühl, in ihrem Mund zu sein.

Sie befreite sich aus seinem Griff. »Sorry, aber ich sehe nicht ein, wieso ich das kurze Ende kriegen soll.« Sie ging zu einer gepolsterten Chaiselongue, legte sich auf den Rücken und spreizte die Beine. Neal stolperte ihr nach, ließ sich auf sie fallen, vergrub das Gesicht zwischen ihren Brüsten, knetete sie grob und rammte dann seinen Körper in ihren. Je härter er zustieß, desto mehr schien es ihr zu gefallen. Sie kamen zusammen, explodierten ineinander. Er biß in ihre Brust, um nicht aufzuschreien.

Eine Weile blieben sie so liegen. Als Neal sich schließlich von ihr löste, setzte sie sich auf, schob die Strähnen aus dem Gesicht und untersuchte die Spuren auf ihren Brüsten. »Du verdammter Hurensohn.«

Lachend sammelte er seine Sachen auf, ging zum Waschbecken, wusch sich die Hände und fuhr sich dann durchs Haar. Bevor er ging, drehte er sich noch einmal zu ihr um. Sie lag noch immer vollkommen aufgelöst auf der Chaiselongue. »Du solltest dich vielleicht besser waschen, bevor du zurückgehst«, sagte er und deutete auf ihr entblößtes Bekken. »Du stinkst bis dorthinaus nach Sperma.«

Als er die Tür aufschloß und hinaustrat, traf ihn ein unangenehmer Schock – Ivan stand auf der Türschwelle. Mit einem Blick, der töten konnte.

»Du verdammter kleiner Schwanzlutscher!« donnerte er.

Seit sie die Party verlassen hatten, regte sich Ivan über Neal auf. Es war eine wilde und verrückte Sache gewesen, aber es hatte eine Menge Spaß gemacht. Er war zwar ein Bräutigam, aber er war noch nicht tot. Kein normaler Mann unter fünfundneunzig hätte ein derart freizügiges Angebot sausen lassen.

Ausgerechnet Ivan hatte sie erwischen müssen. Die anderen hatten ihn gar nicht vermißt. Neal war in den Saal zurückgegangen und hatte seine Frau unter den wohlwollenden Blicken ihrer Familie umarmt und geküßt. Die Brautjungfer würde kein Wort verraten. Was also sollte die ganze Aufregung? Die Wut seines alten Herrn war völlig ungerechtfertigt, und allmählich ging Ivans schlechte Laune Neal auf die Nerven.

»Na ja, Daddy, das Schwanzlutschen hat eigentlich sie übernommen«, erwiderte er frech.

Ivan nahm die Hand vom Steuer und schlug Neal ins Gesicht. Der Schlag traf Neal völlig unvorbereitet. »Was, zum Teufel, soll das?« schrie er. »Mach das nicht noch mal!«

»Mach *du* so was Dämliches nicht noch mal. Bumst der mit der Brautjungfer, während die Braut und die Familie nebenan sind«, grummelte er. »Was hast du dir dabei gedacht? Die ganze Sache hätte platzen können, nur weil du deine dämlichen Kunststücke nicht lassen kannst!«

»Nichts ist geplatzt!« schrie Neal. »Also reg dich ab!«

»Ich habe extra zwei Nutten für deinen Junggesellenabschied bestellt. Konntest du die eine Stunde nicht mehr abwarten?«

»Ich werde schon zusehen, daß du dein Geld nicht zum Fenster rausgeschmissen hast. Trotzdem – eine Nutte zu bumsen kann niemals so aufregend sein, wie die Brautjungfer am Abend vor der Hochzeit zu vögeln.«

Ivan sah aus, als wollte er ein zweites Mal zuschlagen. Statt dessen umklammerte er das Steuer und gab Gas. Sie waren auf dem Weg ins Hotel, wo Neals Freunde bereits warteten, um mit ihm die letzte Nacht als Junggeselle zu feiern.

»Ich habe nicht einfach aus einer Laune heraus beschlossen, daß du heiratest«, sagte Ivan. »Wenn ich nur eine Bruthenne für meine Enkel gebraucht hätte, dann hätte ich dir ein nettes Mädchen aus Palmetto gesucht. Wir haben deine Braut ausgesucht, weil ihrem Vater die Taschen vor Geld überquellen. Sie wird 'ne Menge erben, wenn sie fünfundzwanzig wird, und du wirst eine Stange davon abkriegen. Glaubst du, sie wird dir auch nur einen Nickel anvertrauen, wenn du ihre beste Freundin auf dem Damenklo bumst?«

»Warte, warte, warte«, sagte Neal hitzig. »Du glaubst doch nicht im Ernst, daß ich meine Gewohnheiten aufgeben werde, nur weil ich verheiratet bin, oder? Wenn doch, dann muß ich dich leider enttäuschen.«

Ivan sah seinen Sohn an, ohne den Fuß vom Gas zu nehmen. »Mir ist egal, ob du jede Mieze von Charleston bis Miami und zurück flachlegst. Alles, was ich will, ist, daß du ein bißchen Verstand dabei beweist. Behandle deine Frau wie kostbares Porzellan, das man nur dann und wann rausholt. Überrasch sie hier und da mit kleinen Geschenken. Mach ihr Kinder und halte sie beschäftigt. Dann kannst du bumsen, wen immer du willst, und sie wird kein Aufhebens drum machen. Aber um Gottes willen, wedele ihr mit deinen Affären nicht vor der Nase rum!«

Neal ignorierte die Lektion. Wenn er sich mit etwas auskannte, dann mit Frauen. »Hör zu, alter Mann. Ich weiß, wie man mit Frauen umgeht, okay?«

»Du weißt nicht mal halb so viel, wie du glaubst.«

»Das mußt du mir nicht... *Daddy!*«

Doch die Warnung kam zu spät. Ivan sah den Güterzug nicht.

Kapitel 17

Los Angeles, 1991

»Graham? Ich bin's.«

»Hi, Mom! Hast du schon irgendwelche Filmstars gesehen?«

Jade machte es sich bequem und schmunzelte in den Hörer. Sie konnte Grahams vierzehn Jahre junges Gesicht förmlich vor sich sehen. Die lockigen, dunklen Strähnen, die ihm in die Stirn fielen. Darunter die funkelnden blauen Augen.

»Bis jetzt noch nicht. Aber ich habe heute etwas für dich gekauft.« Ihr Blick schweifte zu dem Sweatshirt der ›Los Angeles Rams‹, das sie vorhin erstanden hatte.

»Und was?«

»Abwarten und Tee trinken.«

»Ist es cool? Wird's mir gefallen?«

»Es ist supercool, und du wirst es lieben.«

Dann fragte sie ihn, wie es zu Hause klappte. Er versicherte ihr, daß alles wie geschmiert lief. Cathy Hearon war die geborene Organisatorin.

»Regnet es noch in New York?«

»Ja«, maulte Graham. »Es gießt in Strömen.«

»Das ist schade. Hier scheint die Sonne.«

»Warst du schon schwimmen?«

»Nein, keine Zeit.«

»Mom? Müssen wir wirklich nach South Carolina in dieses Kaff ziehen?«

Jades Lächeln erstarb. Der mangelnde Enthusiasmus ihres Sohnes machte ihr ernsthaft zu schaffen. »Du kennst die Antwort, Graham. Warum fragst du mich immer wieder?«

»Ich kenn' da doch überhaupt keinen«, grummelt er. »Ich habe alle meine Freunde hier.«

Je näher der Termin des Umzuges rückte, desto häufiger führten sie dieses Gespräch. Graham wußte, daß das Projekt für ihre Karriere wichtig war. Ihre persönlichen Gründe kannte er allerdings nicht – niemand kannte sie.

Die Umzüge davor hatte er gut überstanden. Aber jetzt war er ein Teenager, und seine Freundschaften hatten an Bedeutung gewonnen. Er haßte den Gedanken, aus seiner Umgebung wegziehen zu müssen.

»Du wirst neue Freunde finden, Graham.«

»Aber da ist überhaupt nichts los.«

»Das stimmt nicht. Palmetto liegt am Meer. Da kannst du zum Strand. Wir können fischen und Krebse sammeln gehen.«

»Ich mag keine Krebse.«

Sie überhörte es. »Es gibt auch Soccer Teams an den Schulen in Palmetto – ich habe mich erkundigt. Du brauchst also mit dem Spielen nicht aufzuhören.«

»Aber das ist nicht dasselbe.«

»Nein, das ist es nicht. Es ist ganz anders als in der Stadt.«

»Blödes Kuhkaff.«

Sackgasse. Dagegen gab es kein Argument. Verglichen mit New York war Palmetto zweifelsohne ein Kuhkaff. In die darauffolgende Stille sagte Jade betont optimistisch: »Morgen treffe ich mich mit dem Bauunternehmer, wegen dem ich die ganze Reise gemacht habe. Wünsch mir Glück.«

»Ja, viel Glück. Ich hoffe, er nimmt dein Angebot an. Und Mom, sei vorsichtig. Es laufen 'ne Menge Verrückte in Kalifornien rum.«

»Ach, in New York wohl nicht, was?«

»Na ja, hier kann man sie jedenfalls gleich erkennen.«

»Ich werde vorsichtig sein«, versprach sie. »Ich hoffe, ich bin hier in ein paar Tagen durch. Wenn ich wiederkomme, gehen wir aus, unternehmen irgendwas zusammen, abgemacht?«

»Abgemacht.«

Als sie einhängte, hatte sie schrecklich Heimweh nach ihm. Es gab Tage, an denen er unausstehlich war, aber meistens war er ein Schatz. Er entwickelte mit zunehmendem Alter eine Art Beschützerinstinkt, was sie amüsant, aber auch rührend fand.

Er überragte sie bereits. Daran hatte sie sich erst einmal gewöhnen müssen. Er war stark, sportlich und voll übersprudelnder Energie. Insgeheim war Jade stolz auf sein gutes Aussehen, aber jedesmal, wenn jemand es hervorhob, betonte sie seine Intelligenz und seine Charakterstärke. Er besaß einen ausgeprägten Sinn für Humor und eine Sensibilität, über die sie sich besonders freute.

Seinen Widerwillen, Freunde und Umgebung verlassen

und in einen anderen Bundesstaat übersiedeln zu müssen, tat sie nicht einfach ab. Doch der Umzug lag noch in weiter Ferne; das Halbjahr konnte er noch an seiner alten Schule beenden, und Jade hoffte, daß er sich in dieser Zeit an den Gedanken gewöhnen würde. Immerhin hatten sie jetzt beinahe ein ganzes Jahr Zeit gehabt, sich innerlich darauf vorzubereiten.

Jade erinnerte sich noch lebhaft an jenen Wintertag, an dem das Projekt in Palmetto abgesegnet wurde. Ihre Präsentation vor dem Vorstand von GSS war perfekt gewesen. Sie hatte so gut recherchiert, daß sie einen ganzen Stapel an Statistiken zur Untermauerung ihres Vorschlags vorlegen konnte. Und sie hatte die kritischen Fragen der Vorstandsmitglieder so ausführlich und fundiert beantworten können, daß sie ihr Vertrauen gewann, ohne dabei besserwisserisch zu wirken. Kurz gesagt, sie hatte Fakten und Zahlen sprechen lassen und keine leeren Versprechungen verkauft.

George Stein war das letzte noch lebende Gründungsmitglied von GSS. Obwohl er die Achtzig fast erreicht hatte, saß er noch immer an der Spitze des Unternehmens, das zu der Zeit gegründet worden war, als Charlie Chaplin die Nummer Eins unter den Kinostars war. Angefangen hatte alles mit einem Stahlwerk; jetzt war GSS eine Schirmgesellschaft für viele kleinere Firmen in der ganzen Welt.

GSS kaufte marode Firmen auf, löste sie auf oder reorganisierte sie, bis sie sich wieder rentierten. Jade war ursprünglich nur für die Analyse dreier Textilfabriken, die GSS aufgekauft hatte, eingestellt worden. Das umfangreiche Gutachten, das sie dem Vorstand präsentierte, war ein wichtiger Schritt ihrer Karriere geworden.

Sie hatte die Empfehlung ausgesprochen, die drei kleinen

Fabriken zu schließen und sie zu einer neuen, großen, technisch fortgeschritteneren zusammenzufassen. Mehrere der Direktoren hatten damals ihre Zustimmung gemurmelt. Nur Mr. Stein, dessen gelbliche Hände bereits von Altersflecken übersät waren, hatte Jade lange kommentarlos gemustert. Sein Körper mochte von der Zeit gezeichnet sein, doch seine Augen waren so rege wie die eines Zwanzigjährigen.

»Mrs. Sperry, Sie scheinen sich in Ihrer Analyse ja hundertprozentig sicher zu sein.«

»Ja, das bin ich. Ich bin sicher, daß GSS nur so Profit im Bereich der Textilverarbeitung erzielen kann. Und Palmetto, South Carolina, wäre der perfekte Standort für ein Unternehmen wie dieses, weil die Stadt direkt am Kanal liegt. So können wir unsere Handelsflotte nutzen und den ausländischen Markt optimal erreichen.«

»Was ist mit dem Management der Fabriken? Wollen Sie das etwa auch einfach verladen?«

»Ganz und gar nicht. Ich schlage vor, daß wir die Leute nach Palmetto umsiedeln. Wenn sie den Vorschlag ablehnen, könnten wir ihnen eine Abfindung in Höhe des Lohnes für ein halbes Jahr anbieten, wenn wir ihre Fabriken schließen.«

Stein ließ über den Vorschlag abstimmen. Jades Plan wurde einstimmig angenommen. »Nun gut, Mrs. Sperry«, hatte Stein danach gesagt, »das Projekt gehört Ihnen. *TexTile*, nicht wahr?«

»Ja«, hatte sie geantwortet, bemüht, sich nicht anmerken zu lassen, wie aufgeregt und stolz sie war. »Ich will es *TexTile* nennen.«

Und nun war TexTile bereits seit einem Jahr in Planung.

Die Anwälte von GSS hatten in aller Stille Land aufgekauft. Der Stadtrat von Palmetto hatte der Ansiedlung zugestimmt. Jade hatte in Zusammenarbeit mit David Seffrin, einem der Planer von GSS, einen Architekten angeheuert. Die Blaupausen lagen bereits vor.

Jetzt war sie in Los Angeles, um eine Baufirma zu finden. Wenn sie diesen Schritt auch noch bewältigt hatte, waren die Grundsteine gelegt. Ihr Umzug nach Palmetto konnte über die Bühne gehen – was für die Einwohner der Stadt, die natürlich den umfangreichen Landerwerb nicht mit ihr in Zusammenhang brachten, sicherlich ein Schock sein würde. Die Ausschachtungen konnten beginnen, und sie würde die Umsiedlung des Personals in die Wege leiten.

Als Jade zu GSS gestoßen war, hatte es einigen Aufruhr in den oberen Etagen gegeben. Nur ganz selten wurden Männer, und noch seltener Frauen, als Vizepräsidenten eingestellt. Es dauerte eine Weile, bis sich herumgesprochen hatte, daß ihr Alter und ihr Aussehen ihrer Kompetenz keinen Abbruch taten. Zuerst hatten ihre männlichen Kollegen einen weiten Bogen um sie gemacht, sie mißtrauisch beschnuppert, kritisch beäugt und versucht herauszufinden, wie weit ihr Ehrgeiz ging und inwiefern sie selbst davon betroffen sein könnten. Natürlich hatten sie sie auch aus anderen Gründen beschnuppert.

Bei einem Drink im Ruheraum des firmeneigenen Fitneßcenters wurden ausführlichst ihre Beine diskutiert. Mehrere männliche Kollegen, sowohl Junggesellen als auch verheiratete, hatten ihr Interesse bekundet, diese langen schlanken Beine mal bis ganz oben zu erforschen. Doch keiner von denen, die sich in dieses tiefe Wasser gewagt hatten, war über Kniehöhe hinausgekommen.

Jade hatte Klatsch und Anspielungen sexueller Art stets ignoriert. Ihr Privatleben behielt sie für sich, und sie mied die pausenlosen innerbetrieblichen Spielchen. Sie lud nicht zu Vertraulichkeiten ein und verkehrte mit ihren Mitarbeitern freundlich, aber distanziert. Ihr Blick war immer auf die Arbeit gerichtet, nicht auf die Kollegen.

Innerhalb kürzester Zeit hatte sie bei GSS ihre Kompetenz bewiesen und war mit der Verantwortung für das TexTile-Projekt belohnt worden. Doch niemand – nicht einmal George Stein – konnte ahnen, was dieses Projekt wirklich für sie bedeutete. Sicher, sie wollte gute Arbeit leisten und die neue Textilfabrik zu einem beispielhaften kommerziellen Erfolg gestalten. Doch niemand wußte, daß ihr außergewöhnliches Engagement für dieses Unternehmen in Palmetto nicht auf geschäftlichen, sondern auf persönlichen Gründen beruhte.

»Bald«, murmelte sie, als sie sich aus dem Sessel erhob, in dem sie es sich während des Telefonats mit Graham gemütlich gemacht hatte.

Sie ging zum Fenster. Sie hatte ihre Unterkunft nicht zufällig gewählt. Das Hotel lag direkt gegenüber von einer Baustelle. Gewöhnliche Reisende hätten dies sicherlich als Nachteil betrachtet, doch es war genau dieser Ausblick, den Jade gewollt hatte, als sie das Zimmer reservieren ließ.

Seit ihrer Ankunft in Los Angeles vor drei Tagen beobachtete sie die Baustelle und notierte sich ihre Eindrücke. Sie sah nichts Hinterhältiges in dieser Vorgehensweise, es gehörte nun einmal zum Geschäft. Wenn sie ihr Ziel erreichen wollte, der sozialen Ungerechtigkeit in Palmetto ein Ende zu setzen, durfte sie bei der Vorbereitung nichts dem Zufall überlassen.

Das richtige Bauunternehmen für ihr Projekt zu finden, war von essentieller Bedeutung. Der Bauleiter durfte niemand sein, der sich auf halber Strecke entschied, Palmetto nicht zu mögen, und den Job hinschmiß – ebenso, wie sie aus Erfahrung wußte, niemand, der es nicht ertrug, unter einer Frau zu arbeiten. Denn da Jade plante, jedes Detail des Baus von TexTile persönlich zu überwachen, brauchte sie starke Verbündete auf ihrer Seite. Sie hatte sich geschworen, so clever und hart wie noch nie zu sein. Und die Leute, mit denen sie zusammenarbeitete, besonders die der Baufirma, mußten ihren Ansprüchen genügen.

Sie hatte sich aus New York ein Fernglas mitgebracht, das jetzt bei ihren Beobachtungen zum Einsatz kam. Sie wollte in Erfahrung bringen, wie dieser Bauunternehmer seine Firma führte, ob er die Sicherheitsbestimmungen einhielt, ob Material verschwendet wurde, und ob seine Leute verläßlich oder nachlässig waren.

Das Fernglas holte ihr die Männer in Höhe ihres Zimmers in der sechzehnten Etage, auf Armeslänge heran. Auf der Baustelle drüben war Essenszeit. Die Arbeiter schraubten Thermoskannen auf, wickelten Sandwiches aus und riefen sich Sprüche zu. Allem Anschein nach war es eine muntere Truppe; ein gutes Zeichen und ein Kompliment für den Bauleiter. Eine Bewegung am Rande ihres Sichtfelds erregte ihre Aufmerksamkeit, und sie schwenkte das Fernglas.

Er war es.

Dieser Mann war ihr bereits bei ihrer ersten Beobachtung aufgefallen. In den letzten drei Tagen war sie immer neugieriger geworden. Er machte als einziger keine Pause. Anscheinend ruhte er sich nie aus. Er mischte sich auch nicht unter die Kolonne. Er arbeitete unermüdlich und allein, hielt seinen behelmten Kopf gesenkt und konzentrierte sich voll auf seine Arbeit.

Er studierte gerade Blaupausen, als der Wind ihm einen leeren Plastikbeutel gegen das Bein wehte. Sie sah seine Lippenbewegung, als er den Beutel wieder in Richtung der anderen trat. Einer der Arbeiter hob den Beutel hastig auf und stopfte ihn in seine Essensbox.

Punkt für dich, dachte sie. Die Reinhaltung des Arbeitsplatzes war eines der obersten Gebote auf dem Bau.

Eigentlich hatte sie gesehen, was sie sehen wollte, doch irgendwas hielt sie davon ab, das Fernglas aus der Hand zu legen. Sein Einzelgängertum faszinierte sie. Er lächelte niemals unter seinem Bart. Und er setzte auch nie die ovale Sonnenbrille ab. Er war ähnlich gekleidet wie gestern und am Tag davor – zerschlissene Levi's, ein abgetragenes, ärmelloses Hemd, Boots und Arbeitshandschuhe. Seine schlanken Arme waren muskulös, seine Haut tiefbraun. Die Temperaturen waren angenehm, typisch für Südkalifornien, doch sie konnte erkennen, daß der Schweiß ein dunkles Dreieck auf dem T-Shirt über der behaarten Brust gezeichnet hatte.

Sie beobachtete ihn weiter. Er schob nur einmal den Helm in den Nacken, um sich eine Strähne des sonnengebleichten Haars, das ihm fast bis auf die Schultern reichte, aus dem Gesicht zu streichen. Als er den Helm wieder zurechtrückte, drehte er den Kopf und schaute hinüber zum Hotel. Er sah direkt auf ihr Fenster, als hätte er ihren Blick gespürt. Ihr lief ein Schauer über den Rücken.

Schuldbewußt setzte sie das Fernglas ab und sprang vom Fenster zurück, obwohl sie wußte, daß die Scheibe von außen verspiegelt war. Er konnte sie unmöglich gesehen haben, und dennoch fühlte sie sich ertappt. Der Blick, den sie hinter dieser dunklen Sonnenbrille spürte, war genauso intensiv wie seine gesamte Erscheinung. Er war kein Mann, der sich gern ausspionieren ließ.

Jades Handflächen waren feucht. Sie wischte sie am Rock ab. Sie fühlte sich flau. Rasch goß sie sich ein Glas Wasser ein und leerte es in einem Zug. Sie wußte nicht, was über sie gekommen war. Seit Jahren hatte sie die Menschen nur geschlechtslos gesehen. Ihr Versuch, eine Beziehung zu Hank aufzubauen, hatte für sie beide mit Kummer geendet. Auch professionelle Hilfe von kompetenter Seite war ohne Erfolg geblieben.

Nach mehreren Monaten Therapie hatte ihr ihre Psychologin geraten: »Wir wissen jetzt um die Gründe für Ihr Verhalten. Wie Sie damit umgehen, liegt an Ihnen. Wenn Sie einen Heilungsprozeß wollen, Miss Sperry, müssen Sie selber daran mitwirken.«

Jades ehrliche Antwort hatte gelautet: »Ich kann nicht. Ich habe es einmal versucht, und dabei habe ich einen Menschen verletzt, der mir sehr viel bedeutet.«

»So leid es mir tut, dann glaube ich, daß wir in eine Sackgasse gelaufen sind. Sie müssen den Mut aufbringen, eine sexuelle Beziehung einzugehen.«

Es fehlte Jade nicht an Mut, sondern eher an Egoismus, es noch einmal zu riskieren, einem Menschen das Herz zu brechen. Und weil es keine Garantie auf »Heilung« für sie gab, weigerte sie sich, es auf Kosten eines anderen zu versuchen. Deshalb verblüffte sie ihre physische Reaktion auf den Mann dort drüben sosehr. Sie setzte sich an den kleinen Schreibtisch und machte eine Eintragung in ihr Notizbuch. Sie wurde von etwas weit stärkerem als sexuellem Verlangen angetrieben. Sie war der Möglichkeit beraubt, jemals einen Mann von ganzem Herzen zu lieben, deshalb war sie besessener denn je, endlich Genugtuung zu erfahren. Niemand in Palmetto sollte weiter mit der Ungerechtigkeit leben müssen, für die die Patchetts verantwortlich waren. Und nach all den Jahren stand sie kurz vor ihrem Ziel.

Die Tage in L.A. waren sinnvoll genutzt worden. Nach drei Tagen der Analyse war sie überzeugt, daß Dave Seffrin die richtigen Vertragspartner für TexTile gefunden hatte. Und morgen würde sie hinter ihrem Fernglas hervorkommen und sich vorstellen.

* * *

Jade stand vor dem Spiegel an der Tür ihres Hotelzimmers und musterte sich kritisch. Vor zwei Jahren hatte sie die Dreißig überschritten. Die Zeit war gnädig zu ihr gewesen. Sie war schlank, ohne weibliche Rundungen vermissen zu lassen. Ihre Wangen waren rosig, das Haar war glänzend und schwarz, ohne eine Spur von Grau. Und ihre Augen, noch immer strahlend blau, waren nach wie vor das Bemerkenswerteste an ihr.

Sie trug am liebsten Schwarz, wenn auch nicht immer. Das zweiteilige Kostüm, das sie sich für heute zurechtgelegt hatte, war schwarz, aber aus einem leichten Stoff.

Auf ihrem Weg durch das Hotel ließ Jade die Jahre Revue passieren. Den Job in Charlotte, North Carolina, hatte sie nur so lange gemacht, bis sie ein besseres Angebot aus Birmingham, Alabama, erhielt. Dort war sie für den Einkauf zuständig gewesen, in einer Position im mittleren Management. Danach folgte eine Reihe unterschiedlicher Jobs, wobei sie immer im Bereich Textilien und Bekleidungsherstellung blieb. Die Kenntnisse, die sie bei Miss Dorothy erworben hatte, bildeten ihre Grundlage.

Mehrere Male zog sie mit Graham und Cathy, die jetzt zur Familie gehörte, um. Jade spürte intuitiv, wann sie in ihrer jeweiligen Stellung genug gelernt hatte und wann es an der Zeit war, sich zu verbessern. Jedesmal bedauerten ihre Arbeitgeber ihren Weggang. Die einzige Ausnahme bildete ein Chef, dem sie mit einer Klage wegen sexueller Belästigung drohen mußte. Weil er die Drohung nicht ernst nahm, kündigte sie nach sechs Monaten.

Ihre Erfahrungen machten sich bezahlt. Auf ihrem langen Weg lernte sie alle technischen Aspekte des Geschäftes kennen, und sie lernte, Marketing-Strategien zu entwickeln und eine Maximierung der Produktionseffektivität zu erzielen. Doch ihr endgültiges Ziel ging über den engen Rahmen dieser kleinen Unternehmen hinaus. Ihr Spektrum war weit größer. Sie würde bereit sein, wenn ihre Chance kam.

Jade lernte. Regelmäßig studierte sie die Wirtschaftspresse und war lange mit der GSS vertraut, als jener Artikel im *Wall Street Journal* erschien, der ihr Leben so verändern sollte. Damals wußte sie bereits, daß die GSS eine der größten und wachstumsstärksten Unternehmensgruppen der Welt war. Der besagte Artikel berichtete über den Erwerb von drei kleinen Textilfabriken, die, Vizepräsidenten der GSS zufolge, im Moment durchhingen.

Nachdem Jade den Artikel mehrere Male durchgelesen hatte, entstand langsam ein Plan vor ihrem geistigen Auge. Zu diesem Zeitpunkt arbeitete sie bei einem Unternehmen, das seinen Hauptsitz in Atlanta hatte, doch sie wußte bereits, wie der nächste Schritt aussehen würde. Am selben Abend führte sie ein Ferngespräch nach New York City.

»Hank? Hi. Ich bin's, Jade.«

»Hey, wie geht es dir? Wie macht sich Graham?«

»Wächst in den Himmel. Er ist bald so groß wie du.«

»Und Cathy? Ist sie okay?«

»Ihr geht's gut. Ich wüßte nicht, was ich ohne sie anfangen sollte.«

Nach der Begegnung mit Lamar hatte sie ein offenes Gespräch mit Hank geführt. Sie hatte ihm gesagt, daß sie trotz der Therapie keine Beziehung mit ihm eingehen konnte. Sie wollte, daß er ein für allemal begriff, daß ihre Freundschaft nur auf platonischer Ebene stattfinden konnte, auch wenn sie dabei eine Trennung riskierte.

Hank hatte zunächst bestürzt reagiert. Er war hinausgestürmt, und Jade hatte monatelang nichts mehr von ihm gehört. Dann tauchte er überraschend wieder auf, als sei nichts geschehen. Ihre Freundschaft knüpfte dort an, wo sie unterbrochen worden war. Als Jade nach einer Erklärung fragte, hatte er lediglich geantwortet: »Ich bin lieber nur dein Freund, als gar nichts.«

Während ihrer häufigen Orts- und Jobwechsel blieben sie in engem Kontakt; sie schrieben sich und telefonierten gelegentlich. Er war also nicht sonderlich überrascht von ihrem Anruf in New York, wohin er gleich nach seinem Abschluß in Kunst und Design gezogen war.

Nach einem kurzen Plausch fragte sie ihn: »Sag mal, hast du nicht mal irgendwann für die GSS gearbeitet?«

»Ja, letztes Jahr. Im *Journal* ist gerade ein Artikel über sie.«

»Ich weiß, deshalb komme ich ja darauf.«

»Ich hatte den Auftrag, ihre Büros neu zu gestalten«, erklärte Hank. »Ich schätze, sie brauchten ein Abschreibungsprojekt für die Steuer. Das Honorar, das ich verlangt habe, war so verdorben kapitalistisch, daß sogar ich Skrupel bekam.«

»Das bezweifle ich.«

Er lachte. »Na ja, jedenfalls, sie haben's geschluckt.«

Hank hatte sich hervorragend gemacht. Nach einem Jahr bei einer Firma für Handels-Dekorationen hatte er sich selbständig gemacht und den Großteil seiner Klienten mitgenommen. Deren Referenzen wiederum hatten ihm zu einem exklusiven Kundenstamm verholfen. Jetzt gestaltete er Inneneinrichtungen für neue oder renovierte Bürokomplexe. Den mühsamen Teil der Arbeit delegierte er an seine beiden Assistenten. Er genoß seine Freizeit, die er größtenteils mit Malen ausfüllte.

»Wie war denn so die Zusammenarbeit mit der GSS?«

»Der alte Stein – George mit Vornamen – regiert den Laden mit eiserner Faust. Vor dem haben alle eine Heidenangst.«

»Hast du ihn mal persönlich kennengelernt?«

»Klar. Wir haben meine Entwürfe besprochen, um zu sehen, ob sie mit seinen Vorstellungen von einer produktiven Arbeitsatmosphäre übereinstimmen. Später wurde er dann ein echter Fan meiner Arbeiten. Verzeih das Eigenlob.«

Jade rang mit sich. Sie scheute sich, Hank um einen persönlichen Gefallen zu bitten. Bislang hatte sie niemanden in ihren Vergeltungsplan hineingezogen. Selbst Cathy, die von der Vergewaltigung und deren offensichtlichen Konsequenzen wußte, ahnte nichts von den wahren Motiven hinter Jades Karrierestreben.

Hank würde ihr jeden Gefallen tun, um den sie ihn bat, doch sie sträubte sich, ihn auszunutzen. Andererseits würde er von den Konsequenzen völlig unberührt bleiben. Eigentlich nutzte sie eher die einmalige Gelegenheit und weniger ihren Freund aus.

»Hank, könntest du mich mit ihm bekanntmachen?«

»Mit wem – George Stein?« fragte er hörbar überrascht.

»Wenn alle vor ihm Angst haben, dann bin ich bei ihm genau an der richtigen Adresse.«

»Darf ich fragen, warum?«

»Ich möchte für ihn arbeiten.«

»Du meinst, du willst nach New York ziehen? Teufel, das wäre phantastisch. Aber ich warne dich, die plappern hier alle schrecklich schnell. Man kann in der ganzen Stadt keinen vernünftigen Catfish kriegen, und außerdem ist George Stein nicht gerade der Inbegriff von Liebenswürdigkeit.«

»Hank, ich bin mir über die Schwierigkeiten völlig im klaren, aber ich finde, es wird langsam Zeit für mich, in den oberen Etagen mitzumischen.«

»GSS hat für jede Abteilung ein eigenes Personalbüro. Warum willst du es nicht über die normale Schiene probieren?«

»Meine Güte, da bewerben sich doch täglich Hunderte. Klar, meine Empfehlungsschreiben sehen gut aus, aber wahrscheinlich würde es Monate dauern, bis die überhaupt gelesen werden. Abgesehen davon will ich nach ganz oben, nicht ins mittlere Management.«

Hank pfiff leise. »Sag mal, um was Einfacheres hättest du mich nicht bitten können, oder? Zum Beispiel, mittags nackt aufs Empire State Building zu klettern...«

»Ich weiß, Hank, es ist ein ziemlich großer Gefallen. Du mußt einfach nur nein sagen, wenn du es nicht kannst. Ich bin auch bestimmt nicht böse.«

»Hab' ich etwa gesagt, daß ich es nicht kann? Die Sache ist nur, daß George ein verschrobener alter Herr ist, für den man ein Händchen haben muß. Gib mir ein paar Tage Bedenkzeit, und mir wird schon was einfallen.«

»Am besten wäre es, wenn ich ihn in einer privaten Umgebung treffen könnte, irgendwo weit weg von seinem Troß. Meinst du, du kriegst das hin?«

Hank schaffte es tatsächlich. Er lud George Stein zu sich nach Hause ein, wo er ihm sein neuestes Bild vorstellen wollte. Er köderte den alten Mann, indem er meinte, das Werk würde sich einfach phantastisch an der Wand hinter seinem Schreibtisch machen.

Jade wartete bereits in Hanks Wohnung, als Steins Chauffeur vorfuhr. Sie wurde ihm als eine Freundin »von auswärts« vorgestellt. Stein verliebte sich sofort in das Gemälde, feilschte eine Weile mit Hank um den Preis und erstand es schließlich für sein Büro. Er war bester Laune.

Danach saßen sie bei einem Drink zusammen, als Stein höflich fragte: »Sind Sie auch Künstlerin, Miss Sperry?«

Als hätte Jade das Drehbuch eigenhändig verfaßt. Dieses Stichwort paßte perfekt. »Nein, ich bin in der Textilbranche tätig, Herstellung und Marketing.«

»Sie ist Vizepräsidentin eines Unternehmens in Atlanta, das Arbeitsbekleidung herstellt«, fügte Hank an.

»Ich habe gelesen, daß die GSS vor kurzem die drei Kelso-Fabriken aufgekauft hat«, bemerkte Jade.

»Das ist richtig.« Stein roch den Braten. Er musterte sie stirnrunzelnd.

»Hmmhmm.« Jade gab sich gleichgültig. Sie nahm einen Schluck Wein. »Hank, du solltest die Pflanze dort in der Ecke wirklich mal gießen. Die...«

George Stein unterbrach sie. »Sind Sie mit den Kelso-Fabriken vertraut, Miss Sperry?«

»Nur vom Hörensagen.«

»Und, was sagt man so?«

Sie zögerte. »Nun ja, ich hoffe für Sie, daß die GSS es schafft, sie in profitable Unternehmen umzuwandeln, aber…«

»Aber was?«

»Aber das würde bedeuten, das gesamte Unternehmen bis hoch zum Management neu zu organisieren. Die Modernisierung von drei Fabriken wird sehr kostspielig sein.« Sie zuckte die Achseln und überließ es ihm, die Schlußfolgerung daraus zu ziehen.

»Und würde sich die Investition Ihrer Meinung nach rentieren?«

»Darauf kann man eine Antwort nicht einfach so aus dem Ärmel schütteln, Mr. Stein. Und es steht mir wohl kaum zu, ein Urteil darüber zu fällen.«

»Und wenn ich Sie nun darum bitte?«

Hank verschluckte sich beinahe an seiner Cocktailolive.

Jade sagte: »Mr. Stein, ich kenne mich aus in dieser Branche, von den Webstühlen bis zum Rechnungswesen. Ich weiß, was eine gut geführte Fabrik ist. Ich kann Probleme erkennen, und ich halte mich für fähig, Lösungen auszuarbeiten. Aber dennoch finde ich, daß man allein auf der Grundlage von Branchentratsch keine Beurteilung abgeben sollte. Gibt es in Ihrem Unternehmen niemanden, der dafür geeigneter wäre als ich?« Sie wußte natürlich, daß dies nicht der Fall war. Sonst hätte Stein sie wohl kaum um ihre Meinung gebeten.

Bevor er sich von Hank verabschiedete, bat er Jade, ihm

ihre Bewerbungsunterlagen zukommen zu lassen. »Ich darf doch davon ausgehen, daß Sie interessiert sind, für uns zu arbeiten, nicht wahr?«

»Nun, wenn das Angebot verlockend ist, Mr. Stein...«

Jade lächelte bei der Erinnerung an dieses bizarre Einstellungsgespräch, als sie jetzt auf dem Weg aus dem Hotel war. Der Smog in Los Angeles war durch den Staub der Baustelle gegenüber noch drückender. Der Lärm war ohrenbetäubend, aber Jade achtete kaum darauf. Es waren nur zwei Blocks bis zum Wohnwagen des Bauleiters. Sie entschied sich, zu Fuß zu gehen.

Wieder schweiften ihre Gedanken zurück.

»Du bist so gut wie engagiert«, hatte Hank gesagt, nachdem Stein gegangen war. »Das müssen wir feiern.«

Er entkorkte eine weitere Flasche des kühlen Weißweins. Sie ließen sich auf einem Kissenberg nieder, der Hank als Sofa diente. Er nahm ihre Hand und rieb ihr mit dem Daumen sanft über den Handrücken. »Ich habe jemanden kennengelernt, Jade«, begann er.

»Du meinst, eine Frau?«

»Ja. Bei Macy's, in der Möbelabteilung. Sie war gerade dabei, daß häßlichste Sofa, das ich je im Leben gesehen habe, an eine mindestens genauso häßliche Tante zu verkaufen. Wir haben uns zugezwinkert, als sie von den Vorzügen dieses gepolsterten Monsters schwärmte. Als die Tante dann tatsächlich die Scheckkarte zückte, konnte ich mich vor Lachen nicht mehr halten.«

Jane beugte sich vor, begierig, mehr zu hören. »Und, wie heißt sie?«

»Deidre. Sie hat ein Diplom in Innenarchitektur. Den Job bei Macy's macht sie nur, bis sich was Besseres ergibt.«

»Dann habt ihr ja ähnliche Interessen.«

»Sie kommt aus einer Kleinstadt in Nebraska, hat Sommersprossen auf der Nase, einen süßen, kleinen Hintern und ein absolut ansteckendes Lachen.«

»Und du magst sie sehr gern.«

Hank sah Jade forschend in die Augen, als suche er nach etwas. »Ja. Aber was viel erstaunlicher ist – sie scheint mich auch zu mögen.«

»Daran finde ich nichts erstaunlich. Und wie versteht ihr euch im Bett?«

Er grinste verschlagen. »Scheint, daß man in Nebraska mehr lernt, als nur Getreide dreschen.«

»Ich freue mich, Hank.« Jade nahm seine Hände in ihre. »Ich freue mich sehr für dich.«

»Ich spiele mit dem Gedanken zu heiraten.« Er sah sie erst unsicher, dann ernst an. »Was meinst du, Jade? Soll ich?«

Es war keine Bitte um einen Rat. Vielmehr fragte er Jade, ob er seine Hoffnungen, was sie betraf, aufgeben und mit einer anderen Frau Pläne schmieden sollte.

»Heirate sie, Hank«, antwortete Jade mit belegter Stimme. »Es würde mich sehr glücklich machen.«

Bevor Jade zu dieser Geschäftsreise nach L.A. aufgebrochen war, hatte sie bei Hank und Deidre vorbeigeschaut, um ihre Zwillingsmädchen zu bewundern. Sie waren gerade sechs Wochen alt geworden. Hank war noch immer ihr bester Freund. Sie hatte ihm den Auftrag für die Gestaltung der TexTile-Büros in Palmetto gegeben.

Jade riß sich von den Erinnerungen los und merkte, daß sie ihr Ziel bereits erreicht hatte. Sie spürte den Adrenalinstoß, der sich bei ihr jedesmal vor geschäftlichen Unternehmungen einstellte. David Seffrin hatte dem Bauleiter ihren

Besuch angekündigt, den genauen Termin jedoch auf ihre Bitte hin offengelassen.

»Ich will erst einmal sehen, wie meine Termine laufen. Ich werde mich dann selbst bei ihm melden, sobald ich in L.A. bin«, hatte sie dem Planer gesagt.

Sie wollte einen echten Eindruck bekommen und deshalb vermeiden, daß sich der eventuelle Erbauer von TexTile auf sie vorbereiten könnte.

Sie betrat den Bauwagen, ohne anzuklopfen. Es gab zwei Schreibtische. Hinter einem saß die Sekretärin und tippte an einem Computer. Hinter dem anderen saß ein Mann, der telefonierte. Er saß mit dem Rücken zu Jade.

Die Sekretärin ließ die knallroten Fingernägel für einen Moment über den Tasten in der Luft schweben. »Kann ich Ihnen behilflich sein?«

»Ich möchte zu Mr. Matthias.«

Die Sekretärin warf einen Blick zum zweiten Schreibtisch hinüber. »Haben Sie einen Termin?«

»Nein, aber Mr. Seffrin hat mich, glaube ich, bereits bei Mr. Matthias angekündigt. Würden Sie bitte Mr. Matthias ausrichten, daß Miss Sperry von der GSS, New York, hier ist, um…«

»Miss Sperry?«

Die Rollen unter seinem Stuhl quietschten, so schnell schwang er herum. Jade wandte sich ihm langsam und mit unbewegter Miene zu. »Mr. Matthias? Ich bin Jade Sperry. Schön, Sie kennenzulernen.«

Sichtlich nervös musterte er Jade, schnauzte ein paar Worte ins Telefon und hängte ein. Er stand auf, knöpfte hastig sein Jackett zu und kam mit ausgestreckter Hand auf sie zugeeilt. »Ich kann mich gar nicht erinnern, daß wir für heute eine Verabredung hatten.« Er schleuderte der Sekretärin einen wütenden Blick zu.

»Hatten wir auch nicht. Ich wußte noch nicht, wie ich mit meinen Terminen in L.A. durchkomme. Nun, heute habe ich Zeit. Ich dachte mir, ich schaue einfach mal rein, nur für den Fall, daß Sie vielleicht Lust und Zeit hätten, mit mir essen zu gehen.«

»Essen? Heute? Äh, ja doch, sicher.«

»Und der Termin mit Mr. Hemphill?« fragte die Sekretärin.

»Absagen«, fuhr ihr Chef sie an. »Wann wollten Sie denn zum Essen gehen?« fragte er Jade.

»Jetzt.«

»Oh. Tja, wollen Sie sich nicht etwas umschauen?«

»Ich habe mich bereits umgesehen, Mr. Matthias.«

»Aha. Hervorragend. Sind Sie mit dem Wagen da? Wenn nicht, können wir meinen nehmen.« Er eilte zur Tür und hielt sie für Jade auf.

Nachdem sie in seinen Jaguar gestiegen waren und sich auf ein Restaurant geeinigt hatten, fragte sie ihn: »Haben Sie die Unterlagen schon durchgearbeitet, die Mr. Seffrin Ihnen hat zukommen lassen, Mr. Matthias?«

»Sicher. Blatt für Blatt. Ich bin Ihr Mann für das Projekt in South Carolina. Hundertprozentig.«

»Was macht Sie da so sicher?«

Jade hörte ihm zu, während er – anfänglich mit gespielter Bescheidenheit, dann ganz unverfroren – seine hervorragende Qualifikation betonte. Normalerweise rechnete Jade für ein gutes Geschäftsessen zwei Stunden ein. Sie waren trotz des Verkehrschaos in L.A. noch vor Ablauf dieser Frist wieder zurück auf dem Gelände.

Sie lehnte die Einladung ab, die Unterhaltung in seinem Bauwagen fortzusetzen. »Ich danke Ihnen, daß Sie Zeit für mich gefunden haben, Mr. Matthias.«

Jade wandte sich ab und wollte gehen. Er stellte sich ihr auf dem Bürgersteig in den Weg. »Sagen Sie, wann werde ich wieder von Ihnen hören?«

»Mr. Seffrin und ich stehen noch mit einigen anderen Bauleitern in Kontakt«, log sie.

Sie hatte versucht, während des Essens objektiv zu bleiben, aber jedes Wort aus seinem Mund hatte ihren ersten negativen Eindruck von ihm bestätigt. Sie dachte im stillen, daß er sicherlich auch seine eigenen Empfehlungen und Pressemeldungen schrieb, so selbstzufrieden, wie er klang.

Doch je mehr er prahlte, desto enttäuschter war Jade. So sehr es sie auch drängte, das Projekt endlich anzugehen, sie mußte einsehen, daß die Reise vergebens und sie noch immer ohne Bauleiter war.

»Es kann Wochen, vielleicht sogar Monate dauern, bis wir eine endgültige Entscheidung fällen«, antwortete sie ausweichend.

»Sagen Sie, Sie sind doch nicht sauer wegen dem, was im Restaurant war, oder?«

»Sie meinen die Einladung zum Dessert in Ihrem Apartment?« fragte sie eisig und vergaß für einen Moment ihre Professionalität. »Nein, Mr. Matthias, ich bin nicht sauer – ich bin angewidert.«

»Hören Sie, Sie sehen nun mal Klasse aus. Es war einen Versuch wert«, frotzelte er mit einem dümmlichen Grinsen. »Da können Sie mir keinen Vorwurf machen.«

»Oh, das kann ich sehr wohl, Mr. Matthias.«

»Meine Güte, Sie sind doch nicht etwa eine von diesen

Emanzen mit Penisneid? Eierkneifer nenne ich euch. Wissen Sie, was ich glaube? Sie hatten sich schon gegen mich entschieden, bevor wir überhaupt zum Essen aufgebrochen sind.«

»Nun, das stimmt allerdings.« Da auch er kein Blatt vor den Mund genommen hatte, sah Jade nicht ein, warum sie ihn schonen sollte. »Ihr Büro ist ein Saustall. Und damit meine ich nicht den Schmutz, den man nun mal auf einer Baustelle hat. Ich meine die überquellenden Aschenbecher, die leeren Dosen und den dreckigen Boden.

Zweitens: Ich bin absichtlich ohne Anmeldung bei Ihnen aufgetaucht, um zu sehen, wie Sie mit der Situation umgehen. Sie hätten den Termin, den Sie eigentlich hatten, persönlich absagen müssen. Ganz abgesehen davon, könnte ich niemals mit einem Menschen monatelang zusammenarbeiten, der jeden Satz mit ›hören Sie‹ anfängt. Und drittens: Ich wußte in dem Moment, als ich Ihre Hände sah, daß Sie nicht der richtige Mann für diesen Job sind.«

»Und was soll mit meinen Händen nicht in Ordnung sein?«

»Sie sind ganz weich und manikürt.«

»Hören Sie mal, Lady, was wollen Sie...«

Die Sirene eines Polizeiwagens verschluckte den Rest des Satzes. Der Wagen hielt nur wenige Meter von Jade und Matthias entfernt.

»Was, zum Teufel, ist hier los?« Matthias ließ Jade stehen, marschierte auf einen der Offiziere zu und griff ihn am Ärmel. »Was wollen Sie hier?«

»Wer sind Sie?«

»Wayne Matthias. Ich bin hier der Boß.«

»Wir haben einen Anruf erhalten. Offensichtlich ist einer

ihrer Arbeiter ausgeflippt und hat einen Kollegen angegriffen. Irgendwo da oben…« Der Officer legte den Kopf in den Nacken und schaute hinauf zur Spitze des Baus.

»Scheiße: Das hat mir gerade noch gefehlt.« Matthias lokkerte fluchend den Knoten seiner Krawatte. Eine Gruppe Schaulustiger versammelte sich langsam um die kleine Gesellschaft. »Officer, halten Sie lieber diese Leute hier zurück. Ich habe keine Lust, eine Klage an den Hals zu kriegen, falls hier jemand zu Schaden kommt.«

Jade wurde mit den anderen Zuschauern zurückgedrängt, aber irgend etwas veranlaßte sie, dazubleiben und abzuwarten, wer oder was diesen Polizeieinsatz veranlaßt hatte. Sie verharrte mit den anderen zusammen in gespanntem Schweigen, während sich der Lastenfahrstuhl langsam dem Boden näherte. Schließlich öffnete sich die Metalltür, und ein Mann wurde in die Arme der Uniformierten geschubst.

»Sie!« zischte Matthias wütend. »Das hätte ich mir denken können!«

Es war der Mann, den Jade durchs Fernglas beobachtet hatte.

Kapitel 18

Der Polizist drängte Matthias zur Seite und trat auf den Mann zu, dessen Hände auf dem Rücken mit einem Gürtel gefesselt waren. Hinter ihm kamen zwei weitere Arbeiter aus dem Fahrstuhl, blieben jedoch auf Distanz.

Er hatte nicht kampflos aufgegeben, wie Jade feststellte. Er blutete aus einer Platzwunde über der Braue, und auch die Gesichter der beiden anderen sahen schlimm aus. Der Blick, mit dem er die Umstehenden, insbesondere Matthias, musterte, war voller Verachtung.

Schließlich fragte der Policeofficer: »Okay, was hat sich da oben abgespielt?«

»Er hätte uns alle umbringen können«, platzte einer der Männer heraus. »Hat er auch fast geschafft, aber dann haben wir ihm die Hände fesseln können.«

Der Officer nickte seinem Partner zu. »Nimm ihm den Gürtel ab und leg ihm Handschellen an.« Er wandte sich wieder an den, der geantwortet hatte. »Wer sind Sie?«

»Der Vorarbeiter hier. Wir haben oben an den Luftschächten gearbeitet. Plötzlich fing er an, über das Material zu meckern. Ich hab' ihm gesagt, daß ihn das einen Scheißdreck angeht und daß er sich wieder an die Arbeit machen soll. Aber er hat sich geweigert und wollte Mr. Matthias sprechen. Ich hab' ihm gesagt, daß der Boß einen Scheiß auf seine Meinung gibt und er endlich weitermachen soll, oder ich müßte seinen Arsch vor die Tür setzen. Da hat er mir eine verpaßt.« Er faßte sich an sein geschwollenes Kinn.

»Stimmt das?« fragte der Cop den Latino, der mit aus dem Fahrstuhl gestiegen war.

»*Si*. Er angefangen, alle zu schlagen.«

»Er hat rumgebrüllt und Mr. Matthias beschimpft.«

»Mich?« fragte Matthias und trat vor. »Was habe ich damit zu tun? Ich bin ja nicht mal oben gewesen.«

»Sie haben den Dreck bestellt.« Die tiefe, vibrierende Stimme des beschuldigten Mannes ließ alle anderen für einen Moment verstummen. »Ihr Bau wird wie Papier abfakkeln, sobald auch nur ein Furz durch diese Luftschächte steigt.«

Matthias fluchte in sich hinein. »Der tickt doch nicht ganz richtig. Ich hab's mir schon gedacht, als ich ihn einstellte. Aber irgendwie tat er mir leid. Ich habe nichts als Scherereien mit dem, aber solange er arbei...« Die Faust traf ihn in den Magen, und er klappte zusammen.

Der Officer hatte dem Mann kaum den Gürtel abgenommen, da war die Attacke schon passiert. Er versuchte noch, den Mann festzuhalten, doch der stieß ihn einfach beiseite, packte Matthias am Kragen und drückte ihn gegen den Gitterzaun. Mit vereinten Kräften schafften es die Polizisten, ihn von Matthias abzubringen und ihm Handschellen anzulegen. Er wurde zum Streifenwagen geführt und auf die Rückbank verfrachtet. Dabei wurden ihm seine Rechte verlesen.

»Dafür reiße ich dir den Arsch auf«, schrie Matthias und drohte dem Mann mit der Faust. »Ich zeige dich wegen Körperverletzung an, du Bastard!«

»Lieber das, als ein Mörder sein«, rief der Mann durch das Rückfenster.

»Sie müssen aufs Revier kommen, um die Formulare auszufüllen«, sagte der Officer zu Matthias. »Sie beide auch. Wir brauchen auch von Ihnen eine Aussage«, erklärte er den Arbeitern.

Sie schüttelten den Kopf und fluchten leise in sich hinein, als der Officer zu seinem Partner in den Wagen stieg und losfuhr.

Die Menge löste sich auf. Jade blieb in der Nähe und wartete fast zwei Stunden, bis sie Matthias in seinem Jaguar davonfahren sah. Die Sekretärin saß noch immer am Computer und tippte, als Jade zum zweitenmal an diesem Tag den Bauwagen betrat, ohne anzuklopfen. »Was wollen Sie denn noch?« fragte die Sekretärin unwirsch.

»Ich brauche ein paar Informationen.«

»Mr. Matthias ist bereits gegangen.«

»Sie können mir sicher auch weiterhelfen.«

»Und womit?«

»Ich möchte etwas über den Mann erfahren, der heute nachmittag verhaftet wurde.«

Ihre Züge verloren etwas von ihrer Feindseligkeit. »Finden Sie den auch so scharf?«

»Bitte?«

»Ach, das ist wirklich ein scharfer Typ. Finden Sie nicht?«

»Können Sie mir nun helfen, oder nicht?« fragte Jade noch immer freundlich.

Die Sekretärin zuckte die Achseln, schwang dann auf ihrem Drehstuhl herum und zog eine Akte aus der Schublade. »Ich kann mich noch genau an den Tag erinnern, als er hier aufgetaucht ist und sich vorgestellt hat.«

»Wie ist sein Name?«

»Dillon Burke. Ich hab' schon immer auf bärtige Männer gestanden. Meine Freundin sagt zu Bärten ›Bauchbürsten‹. Ist das nicht *abartig*? »Sie kicherte. »Männer mit Bärten sind so geheimnisvoll, stimmt's?«

»Ich interessiere mich mehr für seinen Hintergrund.«

Die Sekretärin holte sich die Daten auf den Schirm. »Er arbeitet seit dem achtundzwanzigsten April letzten Jahres für Mr. Matthias.«

»Und davor?«

»Steht hier nichts. Sehen Sie selbst. Das ist alles, was ich von ihm habe. Ich habe noch nicht mal seine Anschrift.«

Sie drehte den Bildschirm so, daß Jade die Daten selber lesen konnte. Jade riß einen Zettel vom Notizblock und notierte sich den Namen und die Sozialversicherungsnummer. »Was genau macht er eigentlich auf dieser Baustelle?«

»Alles. Wenn man ihn so sieht, mag man es kaum glauben, aber er ist echt ein As und versteht was von seinem Job. Mr. Matthias fragt Mr. Burke andauernd um Rat, aber das würde er niemals zugeben.«

Das war Wasser auf Jades Mühlen. »Also stimmt es, was er gesagt hat?«

»Was? Ach, Sie meinen das mit dem schlechten Material und so...«

»Ja. Stimmt es?«

»Ich finde, daß Sie das nichts angeht. Ich habe Ihnen schon zuviel...«

»Er hat's probiert bei mir.« Jade hatte eine Vermutung, auf die sie jetzt setzte. »Als wir beim Essen waren. Matthias hat mir unter den Rock gegriffen und mich gefragt, ob ich den Rest des Nachmittags nicht lieber mit ihm in seinem Apartment verbringen würde.«

Die Augen der Sekretärin verengten sich zu schmalen Schlitzen. Die feuerroten Fingernägel gruben sich in ihre geballten Hände. »Sieh an, dieser miese, schleimige, geile Bastard!«

* * *

Jade beobachtete, wie Burke durch die Tür und zum Tresen geführt wurde, wo er eine Quittung für seine Sachen unterzeichnen mußte, die ihm dann ausgehändigt wurden. Als er sich die Armbanduhr überstreifte, sagte einer der Officer etwas zu ihm, was ihn veranlaßte, in Jades Richtung zu schauen. Sein Blick hatte dieselbe Intensität, die Jade schon bei ihren Beobachtungen mit dem Fernglas gespürt hatte.

Seine Augen unter den buschigen Brauen funkelten mißtrauisch. Er musterte Jade vom Kopf bis zu den schwarzen Pumps und wieder zurück. Sie mußte sich beherrschen, seinem Blick nicht auszuweichen.

»Sind Sie sicher?« hörte sie ihn den Officer fragen, als er sich wieder umdrehte.

»Einem geschenkten Gaul schaut man nicht ins Maul, Kumpel. Verschwinden Sie hier lieber, ehe wir's uns noch anders überlegen.«

Als Jade aufstand, merkte sie, daß ihr die Knie zitterten. Sie fühlte sich unwohl auf Polizeirevieren. Sie erinnerten sie immer an die Nacht, die sie im Verhörraum des Gerichtsgebäudes in Palmetto verbracht hatte. Als sie davon gelesen hatte, daß Hutch nun das Amt seines Vaters innehatte, war sie kaum überrascht gewesen.

»Mr. Burke?« Sie ging auf ihn zu. »Würden Sie bitte mit mir kommen?«

Als er den Kopf fragend zur Seite neigte, fiel ihm das Haar auf die Schulter. »Warum? Wer, zum Teufel, sind Sie überhaupt?«

»Ich heiße Jade Sperry. Bitte...« Sie deutete auf die Tür. Ihre blauen Augen wichen seinem Blick keinen Millimeter aus, obwohl sie ihn beunruhigend fand. »Wie der Sergeant schon sagte – man könnte es sich auch anders überlegen und Sie die Nacht über hierbehalten. Dort entlang bitte.«

Sie ging zur Tür, als sei sie sicher, daß er ihr folgen würde. Im stillen rechnete sie damit, daß er verschwand, sobald sie das Gebäude verlassen hatten, und daß sie ihn nie wiedersehen würde. Doch zu ihrer Erleichterung folgte er ihr.

Sie ging auf die Limousine zu, die am Bordstein parkte. Der Chauffeur stieg eilig aus, um ihnen die Hintertür aufzuhalten. Jade bedeutete Burke, als erster einzusteigen. Er zögerte nur einen Sekundenbruchteil, bevor er auf der gepolsterten Rückbank Platz nahm. Sicher, die Limousine war Luxus, aber Jade wollte, daß er sich verwöhnt fühlte, daß er das Gefühl hatte, unglaubliches Glück zu haben. Sie wollte unbedingt, daß er ihr Angebot annahm.

Jade drückte den Knopf für die Trennscheibe zum Chauffeur. Burke sagte nichts, verfolgte aber jede ihrer Bewegungen.

Die Limousine reihte sich in den fließenden Verkehr ein und glitt lautlos wie eine silberne Schlange dahin. Jade schlug die Beine übereinander, wünschte sich dann aber, sie hätte es nicht getan. Ihre Strümpfe verursachten ein leises, reibendes Geräusch in der Stille. Burke betrachtete ihre Beine, hob dann den Blick und sah Jade fragend an.

Um ihre Nervosität zu überspielen, öffnete sie ihre Handtasche und nahm eine Schachtel Zigaretten und ein neues Feuerzeug heraus. »Zigarette?«

»Ich rauche nicht.«

»Oh.« Sie lachte künstlich und legte die Zigaretten und das Feuerzeug auf die kleine eingebaute Bar. »Ich schätze, ich habe zu viele Filme gesehen.«

»Filme?«

»Wenn ein Häftling entlassen wird, wird ihm doch immer als erstes eine Zigarette angeboten. Ich habe sie extra gekauft, weil ich dachte ... Na ja, es ist das erste Mal, daß ich jemanden aus dem Gefängnis hole.«

Er sah sich mit zynischem Blick in der luxuriös ausgestatteten Limousine um. »Ist auch für mich das erste Mal.«

»Sie waren noch nie zuvor im Gefängnis?«

Er drehte sich so abrupt zu ihr um, daß er sie heftig erschreckte. »Und Sie?«

Er kam ihr sehr groß und sehr nahe vor, und plötzlich zweifelte sie an ihrer Intuition. Sie erinnerte sich, mit welcher Schnelligkeit er Matthias angegriffen hatte. Seine schiere physische Präsenz ängstigte sie, doch sie wich nicht zurück, weil sie glaubte, daß er genau das erwartete. Er versuchte, sie einzuschüchtern. Vielleicht, weil er selbst eingeschüchtert war.

»Nein. Ich war noch nie eingebuchtet«, antwortete sie schließlich lässig.

Er musterte sie ein zweites Mal von Kopf bis Fuß. »Hab' ich mir fast gedacht.«

»Schmerzt die Wunde über Ihrem Auge?« Sie sah noch immer frisch aus, obwohl sie nicht mehr blutete.

»Ich werd's überleben.« Er lümmelte sich in den Sitz und starrte auf die getönte Scheibe, die sie vom Chauffeur trennte. »Wohin fahren wir?«

»Ich dachte mir, daß Sie wahrscheinlich Hunger haben. Würden Sie mit mir essen gehen?«

»Essen?« fragte er mit einem trockenen Lächeln. Er sah an sich hinunter auf die Arbeitskleidung und die schweren Stiefel. »Dafür bin ich wohl kaum passend gekleidet.«

»Macht Ihnen das etwas aus?«

»Nein, verdammt. Und Ihnen?«

»Nicht im geringsten.«

Danach fuhren sie schweigend weiter, bis seine Neugier die Oberhand gewann. »Wann, zum Teufel, wollen Sie mir endlich verraten, was hier gespielt wird? Wenn Matthias Sie geschickt hat, als Bestechungsversuch oder…«

»Ich versichere Ihnen, daß ich nicht von Matthias geschickt wurde. Nach dem Essen werde ich Ihnen alles erklären, Mr. Burke. Übrigens – wir sind da.«

Die Limousine hielt vor einem Steakhouse. Jade hatte den Concierge im Hotel nach einem passenden Restaurant gefragt. Das etablierte Familienunternehmen war für sein gutes Essen zu vernünftigen Preisen bekannt. Es war kein Nobelrestaurant; das Interieur war einfach und gemütlich. Die Leuchter an der Decke verbreiteten ein warmes, goldenes Licht.

Jade war sehr zufrieden mit ihrer Wahl, als sie von einer Bedienung in Cowboystiefeln zu einem Tisch in der Ecke geführt wurden. Mr. Burke würde sich hier sicher wohler fühlen als in einem exklusiven Restaurant.

Er bestellte sich ein frisch gezapftes Bier. Jade entschied sich für Sodawasser mit Limone. Er murmelte ein leises Danke, als die Drinks gebracht wurden. Jade beobachtete ihn, während er an seinem Bier nippte, und fragte sich, wie er wohl ohne Bart aussah. Er wischte sich sorgfältig den Schaum vom Schnurrbart, der seine Oberlippe verdeckte.

Sie bemerkte, daß seine Hände nicht weich waren. Es waren Arbeiterhände, mit Schwielen. Die Nägel waren geschnitten und sauber, aber nicht auf Glanz poliert. Arbeitshandschuhe hatten blasse Ränder auf seinen gebräunten Handgelenken hinterlassen. Die starken Arme, die sie schon durchs Fernglas beeindruckend gefunden hatte, wirkten jetzt noch muskulöser. Er trug ein kariertes Flanellhemd über dem Unterhemd. Er hatte es nicht zugeknöpft. Die Manschetten waren abgerissen. Die Kellnerin war von seinem Brustkorb sichtlich angetan.

»Wenn Sie fertig sind – komme ich dann auch mal dran?«

Jade hob den Blick und sah ihn an. »Bitte?«

»Ob ich dann auch drankomme. Ich würde Sie auch gerne so ausführlich begutachten, wie Sie mich gerade. Wenn wir gleichzeitig versuchen, uns zu beäugen, könnte es etwas verwirrend werden.«

Das Erscheinen der Kellnerin ersparte Jade eine Antwort. Brüsk gab sie ihre Bestellung auf. »Mein Gast nimmt ein Steak, Medium, Pommes frites und Salat. Ich nehme das Filet Mignon. Das Dessert bestellen wir später.« Sie drückte der Kellnerin die Speisekarte in die Hand und wandte sich wieder ihrem Gegenüber zu.

Er hatte sein Bierglas so fest umfaßt, daß seine Knöchel weiß waren. Seine Stimme bebte vor Zorn. »Ich bin schon ein großer Junge, Miss… wieimmersieheißenmögen. Ich kann schon selber lesen und bestellen.«

Sie hatte ihn nicht übergehen wollen, aber seine Bemerkung über das »Beäugen« hatte sie wütend gemacht. »Ich entschuldige mich für mein Benehmen. Das passiert mir manchmal, einfach so. Schlechte Angewohnheit.«

»Werden Sie mir jetzt endlich sagen, weshalb ich hier bin?«

»Nach dem Essen.«

Er murmelte einen Ausdruck, der nicht zum Repertoire einer netten Konversation gehörte. »Könnte ich in der Zwischenzeit vielleicht noch ein Bier bekommen?«

»Natürlich.« Als er das zweite Glas geleert hatte, wurde das Essen serviert. Er machte sich so ausgehungert darüber her, daß Jade sich unwillkürlich fragte, wann er wohl zum letztenmal ein anständiges Stück Fleisch bekommen hatte. Er benutzte sein Besteck schnell, aber korrekt.

»Möchten Sie gern noch ein Steak?« fragte Jade freundlich und beugte sich dabei über den Tisch. In dem Moment, als sie ihren eigenen mitleidigen Tonfall hörte, wußte sie, daß sie ihn beleidigt hatte.

»Nein«, antwortete er eisig.

Sein Stolz verbot ihm, ihr Angebot anzunehmen, und Jade beließ es dabei. Die Teller wurden abgeräumt. Er lehnte auch ein Dessert höflich ab und zuckte lediglich die Achseln, als sie Kaffee vorschlug. »Zwei Kaffee, bitte«, sagte Jade zur Kellnerin. Als der Kaffee gebracht wurde, setzte Jade zu ihrer Erklärung an.

»Ich war heute nachmittag auf dem Bau, als Sie verhaftet wurden, Mr. Burke.« Sie suchte in seinen Augen nach einer Regung, doch er zeigte keine. Sein Blick war unverändert fest auf sie gerichtet. Ein Aufflackern von Überraschung, Interesse – sie hatte irgend etwas erwartet. Das Fehlen dieser Reaktion beunruhigte sie.

»Mehreres hat mich dort beeindruckt. Zum einen, daß Sie sich nicht zurückgenommen haben, und das, obwohl Ihre Meinung offensichtlich nicht geteilt wurde und auch nicht erwünscht war. Das weist auf Überzeugung und Mut hin, Eigenschaften, nach denen ich suche. Ich brauche einen harten Typen.«

Ein Lachen stieg tief und grollend aus seiner Brust auf. »Ich fasse es nicht! Und dafür haben Sie sich die ganze Mühe gemacht?«

»Ja, das habe ich.«

Er stützte die Arme auf den Tisch, lehnte sich vor und raunte ihr leise über die zwei vergessenen und langsam kalt werdenden Tassen Kaffee zu: »Jetzt kapiere ich. Sie suchen nach einem Abenteuer. Sie sind schrecklich reich, und Ihr Mann ist ein Workaholic, der Ihnen zu wenig Aufmerksamkeit schenkt. Oder Sie haben rausgekriegt, daß er die Kleine aus dem Vorzimmer bumst und wollen's ihm auf die Tour heimzahlen.

Und da sind Sie nun heute nachmittag zufällig vorbeigekommen und ganz feucht geworden bei dem, was Sie dort gesehen haben. Also haben Sie sich von Ihrem Chauffeur zum Revier kutschieren lassen und haben mich – so reich, mächtig und gerissen, wie Sie sind – mal eben aus der Zelle geholt. War es so?«

Er ließ sich selbstzufrieden in den Stuhl zurücksinken. »Okay, fein. Wär doch wirklich jammerschade, wenn Sie sich all die Mühe umsonst gemacht hätten. Für tausend Dollar bumse ich Sie die ganze Nacht.«

Kapitel 19

Jade lief ein Schauer über den Rücken. »Wie können Sie es wagen...«

Er langte über den Tisch und umfaßte ihr Handgelenk. »Okay, fünfhundert. Schlechter Zeitpunkt zum Handeln, schließlich habe ich heute meinen Job verloren.«

Jade wand sich aus seinem Griff. Ihr erster Impuls war, ihn für diese Unverschämtheit zurechtzuweisen, wie heute nachmittag schon Matthias, wobei dessen Annäherungsversuch weit weniger beleidigend als Burkes gewesen war. Verglichen mit ihrem Gegenüber schnitt selbst ein schleimiges Individuum wie dieser Matthias besser ab – zumindest oberflächlich betrachtet.

Doch ein untrüglicher Instinkt sagte ihr, daß sich hinter

dieser Fassade ein ganz anderer Dillon Burke verbarg. Der ungestutzte Bart, die langen Haare, die grobe Art – all das war nur Tarnung. Sie konnte nicht sagen, woher sie das wußte. Sie *wußte* es einfach. Und so blieb sie, anstatt ihn mit einer bissigen Erwiderung stehenzulassen. Noch gab sie nicht auf. *Warum nur?* fragte sie sich. Welcher merkwürdige Zufall hatte sie heute ausgerechnet zum Zeitpunkt seiner Verhaftung dort sein lassen? Tagelang hatte sie ihn durchs Fernglas beobachtet. Es war, als hätte das Schicksal sie zu ihm geführt.

Er musterte sie noch immer mit seinem wachsamen Blick. Wäre sie an seiner Stelle nicht auch verwirrt? Wie auch immer – das TexTile-Projekt war es wert, ihm eine zweite Chance zu geben.

Sie gab der Kellnerin ein Zeichen. »Und Sie sind sicher, daß Sie kein Dessert möchten, Mr. Burke?« Einen Moment lang starrte er sie an, dann sagte er barsch: »Apfelstrudel.«

»Zwei«, sagte Jade zur Kellnerin. »Und bitte frischen Kaffee. Schenken Sie ruhig laufend nach. Wir werden noch eine Weile hier sein.«

Nachdem die Kellnerin gegangen war, blickte Jade tief in Dillons braune Augen. »Es gibt etwas, das will ich so sehr, daß ich es nachts im Traum schmecken kann. Sie können mir helfen, es zu verwirklichen, aber es hat nichts mit Sex zu tun. Nun wissen Sie's. Sind Sie noch interessiert, sich mein Angebot anzuhören?«

Sein Blick blieb auf sie geheftet, selbst als er sich zurücklehnte, um Platz für die Kellnerin zu machen, die mit dem Strudel kam. Er griff zur Kuchengabel und sagte: »Sie haben Zeit, bis ich mit meinem Kuchen fertig bin.«

»Ihre Vermutung war richtig. Matthias verwendet minderwertiges Material. Er hat den Inspektor von der Baubehörde, der das Gebäude abnimmt, bestochen.«

»Verdammter Hurensohn«, knurrte Dillon. »Hab' ich's mir doch gedacht! Ich habe die Sachen in den Händen gehalten und nicht fassen können, daß er damit durchkommt. Aber jedesmal nach der Inspektion hat er den Abnahmestempel draufgehabt.«

»Dem Kunden hat er den vollen Preis berechnet und die Differenz selber eingestrichen.«

»Das Geld ist mir egal. Aber der gottverdammte Bau kann einstürzen. Besonders bei einem Erdbeben. Wie haben Sie es herausgefunden?«

»Ich habe es von seiner Sekretärin. Sie wurde ziemlich gesprächig, als ich ihr erzählte, daß Matthias beim Geschäftsessen mit mir anbändeln wollte.«

»Phantastisch«, murmelte er. »Dann haben Matthias und ich ja was gemeinsam.«

»Wohl kaum, Mr. Burke.«

»Also, wer sind Sie? Eine Privatdetektivin? Haben Sie das alles gemacht, damit ich vor Gericht gegen Matthias aussage?«

»Nein. An Matthias bin ich nicht weiter interessiert. Ich habe Kopien von seinen Bestellungen und anderen belastenden Dokumenten gemacht und ihn dann über sein Autotelefon angerufen. Ich habe ihm gedroht, die Unterlagen der Bauaufsichtsbehörde vorzulegen, wenn er Anzeige gegen Sie erstattet.«

»Sie hätten mich nicht persönlich aus der Zelle eskortieren müssen.«

»Doch, das mußte ich.«

»Warum?«

»Um Ihnen den Job anzubieten, den eigentlich Matthias bekommen sollte. Sie sind fertig mit dem Strudel. Soll ich weiterreden?«

Er forderte sie nicht direkt auf, fortzufahren, schob aber den Teller beiseite und nahm einen Schluck Kaffee.

Jade erlaubte sich ein Lächeln, bevor sie ihm sagte, wen sie wirklich repräsentierte. Er war nur vage mit der GSS vertraut. »In den letzten dreizehn Monaten hat unsere Rechtsabteilung in aller Stille Land in Palmetto, South Carolina, aufgekauft. Wir werden dort eine Fabrik bauen.«

»Welche Art Fabrik?«

»Textilien. Aber nicht nur eine Weberei, denn dort soll eine ganze Kollektion in Produktion gehen. Das ökonomische Klima in diesem Gebiet ist schlecht. Bis vor zehn Jahren ist die Ansiedlung von Industrie im Küstengebiet von der Tourismuslobby verhindert worden.«

»Aufgrund der Umweltverschmutzung.«

»Genau. Aber seit der Gründung des Umweltausschusses ist das kein Thema mehr. Die Lobbyisten haben an Einfluß verloren. Das State Development Department begrüßt unser Projekt von ganzem Herzen, denn die GSS ist darauf bedacht, die Umwelt zu schützen.«

»Ich schätze, sie sind auch darauf bedacht, einen guten Reibach zu machen«, bemerkte er zynisch.

»Ja, aber für alle. Wir selbst werden einige Kräfte im oberen und mittleren Management stellen, aber wir werden Hunderte von Arbeitsplätzen für die Ortsansässigen schaffen, und zwar qualifizierte Arbeitsplätze. Das Unternehmen wird die ökonomische Situation in dieser Gegend von Grund auf ändern.«

»Ich habe noch nie von Palmetto gehört.«

»Es liegt in der Nähe der Küste, zwischen Savannah und Charleston. Die Einwohnerzahl schwankt um zehntausend, aber im Umland wohnen fast noch einmal so viele. Die gesamte Region wird von der GSS profitieren.«

»Und welche Rolle spielen Sie dabei?«

»Ich habe die Leitung des Projektes.«

»Sie sind der Obermacker?«

»Wenn man's so nennen will...«

»Und Sie sind extra nach Kalifornien gekommen, um ein paar Bauarbeiter anzuheuern?« fragte er skeptisch.

»Ich bin hier, um einen Bauleiter anzustellen.«

»Für gewöhnlich übernimmt das ein Planer.«

»Die GSS hat eine eigene Planungsfirma. Jemand namens David Seffrin ist für TexTile zuständig. Er hat mir Matthias empfohlen, der hervorragende Referenzen vorweisen konnte. Jetzt bezweifele ich allerdings deren Echtheit.«

»Wenn Seffrin die Planung macht, wieso heuern Sie dann an?«

»Weil der Bauleiter nur mit meiner Zustimmung eingestellt werden kann. Diese Fabrik ist mein Baby, Mr. Burke. Und zwar von Anfang an. Ich werde mit dem Bauleiter auf lange Zeit eng zusammenarbeiten müssen, deshalb ist es unerläßlich, daß es jemand ist, den ich für den richtigen Mann für das Projekt halte.« Sie beugte sich leicht vor und sagte: »Und ich bin der Ansicht, daß Sie der Mann sind, den ich suche.«

Sein bellendes Lachen zog die Blicke der übrigen Gäste auf sie. »Ja, ganz klar.« Er sah an sich hinunter und bohrte mit dem Finger in einem Loch in seiner zerschlissenen Jeans. »Ganz klar, ich sehe ja auch aus wie der Boß. Kein Zweifel – man erkennt mich doch unter Tausenden, oder?«

»Mir ist völlig egal, wie Sie aussehen.«

Dillon schüttelte heftig den Kopf. »Ich bin ganz sicher nicht Ihr Mann. Tut mir leid, da muß ich Sie enttäuschen.«

»Sie stammen aus dem Süden, Mr. Burke.« Er warf ihr einen scharfen, mißtrauischen Blick zu. »Wenn man selbst aus dem Süden kommt, erkennt man den Akzent«, sagte Jade. »Und Sie sind mit dem Konflikt Tourismus gegen Industrie vertraut.«

»Also wollen Sie mich wegen meines Akzents anheuern?«

»Nein, ich will Sie aufgrund Ihrer Qualifikation einstellen.«

»Ich bin nicht qualifiziert.«

»Versuchen Sie nicht, mich zu verarschen.« Er hob überrascht eine Braue. »Sie können mein Angebot ablehnen, aber lügen Sie mich nicht an. Ich bin sicher, daß Sie gute Gründe haben, sich hinter diesem Bart und ihrer unverschämten Art zu verstecken, aber für diesen Job sind Sie ganz sicher qualifiziert.

Die Sekretärin hat nicht nur über Matthias geplaudert, sie hat mir auch eine Menge über Sie verraten. Bevor Sie dort auftauchten, war der Bau in einem miserablen Zustand. Als Sie die Probleme erkannten, haben Sie Matthias mit Ratschlägen geholfen, und er hat bald keine Entscheidung mehr gefällt, ohne Sie vorher zu konsultieren. Er heuerte keine Subunternehmer an, ohne Sie vorher um Ihre Meinung zu fragen. Habe ich recht?«

Er starrte sie wie versteinert an.

»Sie sagte, Sie wären quasi auf jedem Gebiet ein Experte. Angefangen vom Lesen der Blaupausen bis hin zu den Elektro-Installationen. Sie sagte mir auch, daß sich Matthias mit Ihnen wegen der Qualität des Materials gestritten hätte, daß er es aber trotzdem nicht wagte, Sie zu feuern, weil Sie sich unentbehrlich gemacht hatten. Ist das wahr?«

Er kaute auf einem Zipfel seines Schnurrbarts.

»Ich habe ihre Sozialversicherungsnummer«, fügte sie leise hinzu. »Ich werde mich über Sie erkundigen, also lügen Sie mich besser nicht an.«

Er murmelte eine ganze Reihe von Flüchen. »Vielleicht war ich irgendwann mal qualifiziert, aber seit sieben Jahren habe ich nichts als Handlangerjobs gemacht. Ich wollte es so. Ich *will* es so. Ich will, verflucht noch mal, daß man mich in Ruhe läßt.«

»Warum?«

»Geht Sie einen Dreck an.«

Und wieder zog sein lauter, verärgerter Ton die Aufmerksamkeit der anderen Gäste auf sie. »Ich denke, wir sollten jetzt gehen«, schlug Jade vor. »Einverstanden?«

»Mehr als das.«

»Wo kann ich Sie absetzen?« fragte sie, als sie in der Limousine Platz genommen hatten.

»Beim Bau. Ich habe meinen Wagen dort stehen. Zumindest bete ich zu Gott, daß er da noch steht.«

Jade gab dem Chauffeur die Adresse und lehnte sich dann zurück. »Obwohl Matthias Sie eigentlich braucht – er wird Sie nicht mehr beschäftigen wollen. Was haben Sie also morgen vor, Mr. Burke?«

»Ausschlafen, schätze ich.«

»Und dann?«

»Mich nach einem Job umsehen.«

»Nach irgendeinem?«

»Genau. Irgendeinem. Irgendwo. Kommt nicht drauf an.«

»Doch.« Sein Kopf schnellte herum, und er starrte sie an,

weil sie ihm widersprochen hatte. »Ich glaube, es kommt viel mehr darauf an, als Sie es sich selber eingestehen wollen.« Sie nahm den Aktenkoffer, der auf dem Boden der Limousine lag, und öffnete ihn. »Das hier ist ein Prospekt, den Mr. Seffrin zum TexTile-Projekt zusammengestellt hat. Ich möchte, daß Sie ihn behalten und einen Blick hineinwerfen.« Sie reichte ihm die Klarsichthülle. »Ich werde morgen zurück nach New York fliegen. Kann ich Sie in den nächsten Tagen irgendwo telefonisch erreichen?«

»Nein. Und der Prospekt wird auch nichts an meiner Meinung ändern.«

»Das Honorar beträgt fünftausend Dollar monatlich ab Unterzeichnung des Vertrages. Nach Fertigstellung des Baus zu meiner Zufriedenheit ist ein Bonus von fünfundzwanzigtausend fällig.« Der Bonus stand nirgendwo erwähnt, und George Stein würde Gift und Galle spucken, wenn er davon erfuhr, aber Jade mußte jetzt jeden Trumpf, den sie im Ärmel hatte, ausspielen.

»Ich mache mir absolut nichts aus Geld.«

»Ach, wirklich? Sie wollten mir aber tausend Dollar für die Nacht berechnen«, erinnerte sie ihn.

»Ich wollte Sie beleidigen.«

»Das ist Ihnen gelungen.«

Er fuhr sich mit der Hand durch das lange, ungekämmte Haar. »Danke, daß Sie mich aus dem Gefängnis geholt haben, aber leider haben Sie Ihre Zeit verschwendet.«

»Das glaube ich nicht.« Die Limousine hielt bei der verlassenen, dunklen Baustelle. »Sie wissen, wo Sie mich erreichen können, wenn Sie Ihre Entscheidung getroffen haben, Mr. Burke.«

»Sie hören mir wohl nicht zu? Ich habe bereits eine Entscheidung getroffen. Meine Antwort ist nein.« Der Chauffeur kam um den Wagen und hielt die Tür auf. Er setzte einen Fuß auf den Boden, wandte sich dann noch einmal um und fragte: »Wie, sagten Sie gleich, war Ihr Vorname?«

»Jade.«

»Danke für das Essen, Jade, aber ich mag mein Steak lieber gut durch.« Mit einer blitzschnellen Bewegung packte er sie am Hinterkopf, zog sie an sich und drückte seine Zunge tief in ihren Mund. Dann ließ er sie ebenso schnell wieder frei. »Ich entschuldige mich für mein ungehobeltes Benehmen. Aber das passiert mir manchmal. Schlechte Angewohnheit.«

Er stieg aus und ließ Jade sprachlos zurück.

* * *

Dillon stand in der Tür zu ihrem Büro. Er fühlte sich linkisch, fehl am Platz und viel zu groß für seinen Anzug. Nach jahrelangem Arbeiten an der frischen Luft bekam er Platzangst in geschlossenen Gebäuden.

Jade Sperry saß hinter dem Schreibtisch und telefonierte. Sie saß mit dem Rücken zu ihm. Das schwarze Haar war mit einer goldenen Spange zu einem losen Pferdeschwanz zusammengehalten. Sie rollte eine Strähne um den Finger.

»Noch eines, Cathy, ruf doch bitte bei Grahams Schule an und laß dir einen Termin für mich beim Direktor geben. Ich würde gerne noch mit ihm sprechen, bevor ich fahre ... Ja ... nein, werde ich nicht vergessen. Danke, daß du mich dran erinnerst. Ich bin so gegen sechs zu Hause. Bye.«

Sie schwang auf dem Stuhl herum. Als sie Dillon bemerkte, schnappte sie kurz nach Luft. »Ja bitte? Kann ich Ihnen helfen?«

»Aus den Augen, aus dem Sinn, wie?«

Erstaunen spiegelte sich in ihren Zügen, machte ihre Augen größer und den Mund weicher. »Mr. Burke?«

Er zuckte unsicher die Achseln.

Sie stand eilig auf und kam um den Tisch. Sie trug eine weiße Bluse, einen schlichten, schwarzen Rock und dieselben schwarzen Pumps wie vor zwei Wochen in L.A. Ihre Beine waren noch genauso phantastisch, wie er sie in Erinnerung hatte.

»Ohne Vollbart habe ich Sie gar nicht erkannt«, sagte sie. »Und die Haare sind auch kürzer, oder?«

»Eine nette Umschreibung dafür, daß ich mich endlich zum Friseur geschleppt habe. Ich habe mich sogar fein gemacht.« Spöttisch breitete Dillon die Arme aus. Er trug seine besten Jeans und ein neues Hemd. Er hatte sich sogar eine Krawatte zu dem Hemd gekauft. Es war schon eine Weile her, daß er das letzte Mal eine Krawatte getragen hatte, und er hatte drei Anläufe und ein ganzes Schimpfwörterlexikon gebraucht, um sie zu binden.

Als er sich in seinem billigen Hotel schließlich im Spiegel begutachtete, fand er, daß er das Beste aus sich gemacht hatte, und wenn das nicht gut genug für sie war, dann eben nicht. Wer brauchte das alles hier überhaupt?

Er.

Zu dieser Erkenntnis war Dillon nach tagelangen, quälenden Überlegungen gelangt. Verdammt sollte sie sein, diese Jade Sperry! Sie hatte es geschafft, ihn zum erstenmal seit Jahren wieder für etwas zu begeistern. Diese Lady war verrückt, wenn sie ein Projekt wie dieses einem ausgebrannten, abgewrackten Streuner wie ihm anvertrauen wollte, aber – bei Gott! – diese Herausforderung war unwiderstehlich.

»Tut mir leid, daß ich Sie so anstarre.« Jade rang nach Fassung. »Sie sehen so anders aus. Bitte setzen Sie sich doch.«

Er nahm auf dem Stuhl Platz, den sie ihm anbot. »Ich hätte vielleicht besser vorher anrufen sollen.« In Wirklichkeit hatte er den Mut dazu nicht aufgebracht. Er hatte Angst, sie könnte ihm sagen, daß der Job schon vergeben sei. Diese Enttäuschung wäre vernichtend. Der Gedanke ließ seine Stimme heiser klingen. »Ich hoffe, ich komme nicht ungelegen.«

»Nein, ganz und gar nicht.« Sie setzte sich wieder an ihren Schreibtisch.

Er schaute sich interessiert in ihrem Büro um. Es wirkte aufgeräumt, modern und doch gleichzeitig gemütlich. Auf dem Fenstersims blühten Veilchen, und gerahmte, von Amateurhand gezeichnete Bilder mit der Signatur »Graham Sperry« schmückten die Wände.

»Mein Sohn«, erklärte Jade seinem Blick folgend. »Er ist jetzt schon vierzehn und findet es peinlich, daß ich seine Bilder aus dem Kindergarten aufgehoben habe.«

»Vierzehn«, murmelte Dillon. Charlie wäre dieses Jahr acht geworden. Er strich sich den buschigen Schnurrbart, den er nach einigem Überlegen schließlich doch behalten hatte.

»Kann ich Ihnen vielleicht einen Kaffee oder etwas Kaltes anbieten?«

»Nein, danke.«

»Wann sind Sie in L.A. aufgebrochen?«

»Vor einer Woche. Ich bin mit dem Wagen gefahren.«

»Oh, ich verstehe. Das war sicher eine interessante Fahrt.«

»Ging so«, antwortete er lakonisch. Hatte sie Angst, ihm zu sagen, daß sie jemanden mit einer besseren Einstellung zu dem Job gefunden hatte?

»Sind Sie zum erstenmal in New York?«

»Ja.«

»Und wie gefällt es Ihnen?«

»Ist okay.«

»Ich hoffe«, sagte Jade nach einer kurzen Pause, »Sie haben mir etwas Erfreuliches mitzuteilen.«

»Ist der Job noch frei?«

»Ja.«

»Jetzt nicht mehr.«

Ihre Augen leuchteten auf, doch sie klang ganz ruhig. »Es freut mich, das zu hören, Mr. Burke.«

»Tatsächlich? Sie haben mich aus dem Gefängnis geholt. Sie wissen doch gar nicht, wie ich arbeite. Ich habe kein eigenes Unternehmen.«

»Als ich in Kalifornien war, habe ich mich dafür entschieden, nicht mit einem Unternehmen zusammenzuarbeiten. Ein einzelner ist beweglicher als ein ganzes Unternehmen.«

»Ich verstehe es noch immer nicht«, sagte Burke.

»Wir wollen, daß TexTile ein Bestandteil der Gemeinde Palmetto wird. Wenn wir Bauarbeiter und Subunternehmer aus der Region einstellen, ist das sicher ein Schritt in die richtige Richtung. Ich habe mit Mr. Seffrin darüber gesprochen, und er stimmt mir zu. Der Fakt, daß Sie keine eigene Kolonne haben, ist also eher ein Plus für Sie. Und«, fügte sie in ihrem breitesten Südstaatendialekt hinzu, »Sie sprechen die Sprache der Menschen dort. Sie wirken nicht wie ein Eindringling, und das ist genau der Eindruck, den wir gerne hätten.«

»Und dieser Seffrin…«

»Vertraut meinem Instinkt, obgleich ich Ihnen sagen muß, daß wir uns zwischenzeitlich natürlich nach anderen Vertragspartnern umgesehen haben. Aber Sie sind noch immer meine erste Wahl, und ich bin froh, daß Sie hier sind. Und jetzt erzählen Sie mir, wie Sie arbeiten.« Sie faltete die Hände auf dem Tisch und schaute ihn aufmerksam an.

»Nun ja, ich habe schon so ziemlich alles auf dem Bau gemacht. Aber am liebsten zimmere ich das ganze Ding zusammen.«

»Bevor ich definitiv wußte, daß Matthias tatsächlich ein Gauner ist, fielen mir seine Hände auf«, sagte Jade. »Sie waren so weich. Er ist der Typ, der alles vom Schreibtisch aus managt. Ich brauche jemanden, der jede Phase des Baus ganz direkt überwacht, der Kontakt hat zu den Arbeitern und zu den Subunternehmern.«

»Da sehe ich kein Problem. Ist genau mein Stil.«

»Gut. Dieser Job erfordert zudem jemanden, der sich voll und ganz für das Projekt einsetzt. Vom ersten Spatenstich bis zur letzten Schraube werden mindestens zwei Jahre vergehen.«

»Ich habe nichts anderes vor.«

»Und nach Palmetto zu gehen, stellt auch kein Problem für Sie dar?«

»Absolut nicht. Wie Sie schon erraten haben, stamme ich aus dem Süden. Ich habe mein Diplom auf der Georgia Tech gemacht.«

»Gibt es sonst noch etwas, was Sie besprechen wollen, bevor ich den Vertrag aufsetzen lasse?«

»Was ist mit den Subs?«

»Was soll mit ihnen sein?«

»Ich werde für jeden ausgeschriebenen Bereich mindestens drei, vier Angebote kriegen. Bin ich verpflichtet, den billigsten Subunternehmer zu wählen?«

»Nicht, wenn Sie Zweifel haben.«

»Manchmal stellt sich heraus, daß der preiswerteste Vertragsnehmer langfristig zum teuersten wird – wenn die Arbeit noch einmal gemacht werden muß.«

»Ich denke, wir verstehen uns, Mr. Burke. Wenn ich jetzt noch Ihre Referenzen sehen könnte, haben wir alles durch.«

Er wand sich unbehaglich auf seinem Stuhl. Diesen Moment hatte er gefürchtet. »Ich kann Ihnen nicht mit Referenzen dienen.«

»Oh. Wie kommt das?«

»In den letzten Jahren hat es mich ganz schön umhergetrieben. Hab' immer alle Brücken abgebrochen. Entweder bin ich in Schlägereien geraten, war betrunken oder hatte die Schnauze voll von den inkompetenten Chefs und bin einfach nicht mehr hingegangen.« Er zuckte die Achseln. »Na ja, um Referenzen habe ich mich eben nicht geschert.«

»Und woher soll ich wissen, daß Sie jetzt nicht mehr prügeln, trinken oder einfach abhauen werden?«

»Das können Sie nicht. Sie haben nur mein Wort.«

Dillon hielt den Atem an. Er war schon so weit gekommen – wenn sie ihn jetzt ablehnte, würde er die Enttäuschung kaum mehr verkraften können. Er wollte diesen Job. Unbedingt. Für ihn ging es darum, entweder ein neues Leben anzufangen oder einfach weiter dahinzuvegetieren.

Jade stand auf und kam um den Tisch herum. »Sie müssen am ersten Mai in Palmetto sein. Ich habe eine Bürgerversammlung angekündigt, auf der ich unsere Pläne erläutern werde, und ich möchte Sie gerne dabeihaben.«

»Sie meinen, ich habe den Job?«

»Sie haben ihn. Von heute an bis zum ersten Mai wird jede Minute ihres Tages ausgefüllt sein. Meetings mit Seffring, mit den Architekten und mit den Designern. Sie müssen Ihre Vorgehensweise festlegen, Mr. Burke. Ich werde Ihnen ein Büro beschaffen.«

Er war eingestellt! Er war zu verblüfft, um etwas zu sagen.

Jade streckte ihm die Hand entgegen. »Die Abmachung gilt?«

Dillon stand auf und ergriff ihre Hand. Es war ein gewaltiger Unterschied, Jade Sperry die Hand zu schütteln oder einem anderen Mann. Ihre Hand war schmal, kühl und weich. Irgendwie paßte eine derart maskuline Geste nicht zu ihr, und doch spürte er sie noch lange, nachdem er sie schon losgelassen hatte.

»Entschuldigen Sie mich. Es wird nicht lange dauern.«

Sie ließ ihn allein. Er ging zum Fenster und blickte hinunter auf die Stadt. Er konnte noch immer nicht ganz fassen, was passiert war. An jenem Abend, als sie ihn zum Essen eingeladen hatte, hatte er mindestens ein Dutzend Hürden zwischen ihrem Angebot und sich aufgestellt. Doch danach hatte er an fast nichts anderes mehr denken können.

Irgendwann hatte er sich schließlich entschlossen, einen Blick in den Prospekt zu werfen. Er las ihn mehrere Male durch, bis er von dem TexTile-Projekt der GSS fast so besessen war wie von seinem Kummer.

Sieben Jahre lang war er vor seiner Schuld geflohen. In den Sterbeurkunden stand, daß Debra und Charlie bei einem Unfall ums Leben gekommen waren, doch Dillon wußte, daß er die Verantwortung dafür trug. Nachdem ihre

Leichen von der Ambulanz abtransportiert worden waren, war er durchs Haus gewütet, fast wahnsinnig vor Schmerz, und dabei war ihm die Liste der Dinge, die er am Wochenende zuvor erledigen sollte, in die Hände gefallen. Als letzter Punkt stand dort: »Heizung nachsehen.«

Er verließ Tallahassee und zog ziellos, nur mit dieser unerträglichen Schuld im Gepäck, quer durchs Land. Er trug sie von den frostigen Grenzen Alaskas in die dampfenden Dschungel Zentralamerikas. Er versuchte, sie in Whiskey zu ertränken, sie mit bedeutungslosem Sex zu betäuben und sie mit unnötigen, risikoreichen Unternehmungen zu töten. Doch es war, als wäre sie ein Teil seines Körpers geworden, etwas Unauslöschliches wie ein Fingerabdruck.

Mehrere Tage hatte er über Jades Vorschlag nachgedacht, bis er darauf kam, daß sich diese beiden Dinge vielleicht verschmelzen ließen. Wenn er ihr Angebot annahm und den Job optimal erledigte, dann könnte er vielleicht den Fehler, der zum Tod seiner Frau und seines Sohnes geführt hatte, wieder gutmachen.

»Ich habe alles veranlaßt.«

Dillon schreckte aus seinen Gedanken, als Jade mit dem dreiseitigen Vertrag wieder ins Zimmer kam. Er las den Vertrag sorgsam durch, füllte ihn aus und unterschrieb.

»Rufen Sie bitte die Verwaltung an, sobald Sie eine feste Postanschrift in Palmetto haben, damit wir die Schecks dorthin schicken können.«

»Wenn es Ihnen recht ist, würde ich lieber auf der Baustelle wohnen.«

»Direkt auf dem Bau?«

»Ja, ich würde mir gerne einen Trailer mieten, der groß genug ist, um als Schlafplatz und Büro zu dienen.«

»Wie Sie möchten.« Jade erhob sich und ging zur Tür. Dillon folgte ihr.

»Ich habe Mr. Seffrin benachrichtigt. Sein Büro ist im Nebengebäude, aber er ist bereits auf dem Weg hierher. Mr. Stein ist auch im Haus. Er hat gehört, daß Sie hier sind, und würde Sie gern kennenlernen. Vorher sollten wir allerdings noch eine Sache klären.«

Jade senkte den Blick. Von dort, wo er stand, sah es aus, als seien ihre langen schwarzen Wimpern mit einem feinen Pinsel aufgemalt. »Sie hätten mich an diesem bewußten Abend nicht küssen dürfen. So etwas darf nie wieder geschehen. Wenn Sie also ein Problem damit haben, daß Ihr Boß eine Frau ist, dann sollten Sie es besser gleich sagen.«

Dillon wartete mit seiner Antwort, bis sie den Blick wieder hob. »Man müßte blind sein, um nicht zu merken, daß Sie eine Frau sind. Eine sehr schöne Frau. Aber ich will diesen Job.

Sie haben keinen Zweifel daran gelassen, daß Sie das Sagen haben. Das geht in Ordnung. Ich bin kein Sexist. Und schließlich – Sie sind sicher vor mir. Wenn ich eine Frau brauche, suche ich mir eine. Aber es wird immer nur für eine Nacht sein. Zum Frühstück bin ich wieder allein.«

Sie holte hörbar Luft. »Ich verstehe.«

»Nein, das verstehen Sie nicht. Aber das ist auch unwichtig. Ich möchte nur, daß Sie wissen, daß ich Beruf und Privatleben niemals vermische.«

»Und warum haben Sie mich dann geküßt?«

Er grinste trocken, sein Schnurrbart bog sich nach oben. »Weil ich stocksauer auf Sie war.«

»Weshalb?«

»Na ja, der Tag fing schon nicht besonders gut an«, sagte

er sarkastisch. »Und dann kamen Sie, in Ihren schicken Sachen, und wedelten mit Ihrer goldenen Kreditkarte rum. Ich bin erwachsen. Ich hasse es, herumkommandiert zu werden, so sehr, wie Sie es hassen, auf Ihre schönen Beine und Ihr Parfüm reduziert zu werden. Außerdem kenne ich keinen Mann, der sich freiwillig gerne von einer Frau bevormunden läßt.«

»Und umgekehrt.«

»Sie hätten mich ohrfeigen können, als ich Sie küßte.«

»Dazu haben Sie mir ja keine Zeit mehr gelassen.«

Die Unterhaltung hatte bereits zehnmal so lange gedauert wie der Kuß selbst, und Dillon wollte das Thema beenden. Es war ihm peinlich. Er wußte nicht, was ihn veranlaßt hatte, sie zu küssen. Er wußte nur, daß er es nicht wissen *wollte*. Aber eine Frage brannte ihm doch noch auf der Seele.

»Warum haben Sie mich eingestellt, wenn es Ihnen so viel ausgemacht hat?«

»Weil ich mein Leben dem Erfolg dieses Projektes verschrieben habe, Mr. Burke. Verglichen damit fällt ein Kuß wohl kaum ins Gewicht.« Ihre Augen funkelten dunkel, und er fragte sich unwillkürlich, was sie wohl antreiben mochte. »Wie dem auch sei«, sagte sie, »es darf nie wieder vorkommen.«

»Ich habe doch schon gesagt: Es hatte keinen sexuellen Hintergrund.«

»Gut.« Ihr Lächeln verriet, daß sie ebenso erleichtert war wie er, das Thema fallenlassen zu können. »Bevor wir jetzt zu Mr. Stein gehen – haben Sie noch eine Frage?«

»Ja. Wer ist Mr. Stein?«

Kapitel 20

Palmetto, Mai 1991

Die Stadthalle war an diesem milden Maitag bis auf den letzten Platz gefüllt. Jade saß auf einem der Stühle, die man auf der Bühne aufgereiht hatte, und beobachtete, wie die Menge geräuschvoll in die Halle strömte.

Die Neuigkeit, daß ein großes Stück Land für eine Industrieansiedlung aufgekauft worden war, hatte sich wie ein Lauffeuer in der Stadt verbreitet. Dillon war bereits seit mehreren Wochen in Palmetto, hatte die notwendigen Baugenehmigungen eingeholt und sich darum gekümmert, daß die öffentliche Versorgung auf dem Gebiet gewährleistet war. Er hatte das alles möglichst unauffällig erledigt und bisher keinerlei Erklärungen abgegeben.

Die Gerüchteküche brodelte. Manche tippten auf einen Freizeitpark, andere munkelten, in Palmetto solle ein Atomreaktor errichtet werden. Jade hatte den Stadtrat – dessen Mitglieder auch nicht genau wußten, was die GSS hier plante – gebeten, diese Versammlung einzuberufen, um die kursierenden Gerüchte aus der Welt zu schaffen, um die Gemeinde mit in das Projekt einzubeziehen und um Begeisterung dafür zu wecken.

Sie hatte ihre Rede sorgfältig vorbereitet, dennoch hatte sie ein flaues Gefühl im Magen. Um sich zu beruhigen, dachte sie an das Haus, das sie für Cathy, Graham und sich in Palmetto angemietet hatte. Es war ein älteres Haus mit geräumigen Zimmern, Parkettfußböden und Deckenventilatoren. Die Besitzer hatten es von Grund auf renovieren lassen, bevor sie sich auf ein anderes Objekt in Charleston gestürzt hatten. Jade hatte es über einen Makler in New York bekommen. Cathy würde die sonnige Küche und den Wintergarten lieben, der sie bestimmt an das Haus in Morgantown erinnern würde. Der große Garten war von Azaleenbüschen umgeben. Für Graham hatte Jade ein Zimmer im oberen Stockwerk im Kopf. Seine Stereoanlage würde prima auf die in die Wand eingelassenen Regale passen.

Begeistert hatte sie ihm am Telefon das Zimmer beschrieben. »Es hat riesige Fenster zum Garten und einen begehbaren Wandschrank. Du hast viel mehr Platz als jetzt. Du wirst es lieben.«

Graham war von dem Umzug noch immer nicht begeistert. »Hört sich ganz gut an. Wie weit ist es denn von der Baustelle entfernt?«

»Ein paar Meilen. Warum?«

»Nur so. Dillon hat gesagt, ich könnte vielleicht manchmal vorbeischauen.«

Er war Dillon in New York vorgestellt worden, als er Jade eines Nachmittags nach der Schule im Büro besucht hatte. Die beiden waren sich nur dieses eine Mal begegnet, und dennoch erwähnte Graham seinen Namen öfter. Hank war der einzige erwachsene Mann, zu dem Graham engeren Kontakt hatte. Jade hielt es für harmlos, daß er Dillon verehrte, solange es nicht schlimmer wurde. Dillon Burke war zwar genau der richtige, um TexTile zu errichten, doch davon abgesehen bezweifelte sie, daß er das geeignete Vorbild für ihren leicht zu beeindruckenden Sohn war. Dillon suchte vielleicht selber nach einem Ersatz für einen verlorenen Sohn.

Sie wußte mehr über Dillon, als er ahnte. Neben ihr war der Bauleiter die zweitwichtigste Person bei diesem Projekt. In den zwei Wochen, die zwischen ihren Treffen in L.A. und in New York verstrichen waren, hatte sie den umfangreichen Einfluß der GSS genutzt, um sich Informationen über ihn zu beschaffen, in der Hoffnung, daß ihr Instinkt sie nicht getäuscht hatte.

Sie wußte alles über seine schwierige Kindheit, seinen Aufenthalt in der Besserungsanstalt und seinen Werdegang auf dem College. Sie wußte von seinem Job bei Pilot Engineering und von den Schwierigkeiten, die er dort mit dem neuen Management gehabt hatte. Der tragische Tod seiner Frau und seines Sohnes erklärten seinen Zynismus. Von seinen früheren Arbeitgebern hatte sie erfahren, daß er außergewöhnliches Talent besaß, das er allerdings vergeudete.

Die Frage nach Referenzen war eine bloße Prüfung seiner Integrität gewesen. Seine Aufrichtigkeit hatte Jade davon überzeugt, die richtige Wahl getroffen zu haben. Er hatte persönliche Motive, sich auf dieses Projekt zu stürzen. Sie waren nicht so stark wie ihre eigenen, und dennoch Antrieb genug. Wäre er nicht nach New York gekommen, hätte sie ihn ein zweites Mal in Los Angeles aufgesucht.

Sie hatten beschlossen, daß Cathy und Graham noch bis zum Ende des Schulhalbjahres in New York bleiben sollten. Wenn die Aussicht, Dillon wiederzusehen, Grahams Begeisterung für den Umzug steigerte – wunderbar. Und doch wollte Jade nicht, daß Graham ihn als eine Art Spielkameraden betrachtete. Sie vertraute darauf, daß Graham im Herbst, wenn die Schule in Palmetto anfing, schnell neue Freunde finden würde.

Obwohl er von zwei Frauen großgezogen worden war, war

er ein ganz normaler Junge. Er war vier Jahre alt gewesen, als er zum erstenmal gefragt hatte: »Mom, wo ist mein Daddy?« Sie waren gerade von Morgantown nach Charlotte umgezogen, wo Jade ihn an einer Vorschule angemeldet hatte. Er war ein aufgeweckter und wißbegieriger Junge, und so war es nicht überraschend, daß ihm nach ein paar Wochen in der Schule bewußt wurde, daß in seiner Familie jemand fehlte, den alle anderen scheinbar hatten.

»Du hast keinen Dad«, hatte Jade ihm behutsam erklärt. »Du brauchst auch keinen. Du hast Cathy und mich, und früher hattest du noch Poppy. Du kannst dich glücklich schätzen, so viele Menschen zu haben, die dich lieben.«

Seine Neugier war für den Moment gestillt, aber schon bald, nach einem Besuch von Hank, fragte er erneut: »Ist Hank mein Dad?«

»Nein, Schatz. Er ist nur ein Freund, der dich sehr lieb hat.«

Grahams Hartnäckigkeit war ebenso gewachsen wie der Rest von ihm. Er verzog die Augenbrauen und schaute Jade mit seinen blauen Augen rebellisch an. »Wer ist denn dann mein Dad? Ich muß doch einen haben.«

»Du hast auch einen, aber er ist nicht wichtig.«

Doch für einen Siebenjährigen war es sehr wichtig, einen Vater zu haben. Anders als zuvor wurde das Thema nicht so leicht wieder fallengelassen. »Bist du von ihm geschieden?« fragte er.

»Nein.«

»Kann er mich nicht manchmal besuchen kommen?«

»Nein.«

»Hat er mich nicht gemocht, als ich geboren wurde?«

»Er war gar nicht da. Nur ich. Und ich habe dich genug für

zehn geliebt. Für hundert.« Er hatte jetzt ein Alter erreicht, wo er es nicht mehr so gern mochte, in den Arm genommen zu werden, doch an diesem Abend hatte er es zugelassen, daß sie ihn lange im Arm hielt.

Irgendwann schließlich ging er mit dem Problem auf seine ganz besondere Weise um, mitunter etwas sonderbar. Jade bekam mit, daß Graham Geschichten erzählte von einem Vater, der gestorben war, als er ein Baby aus einem brennenden Haus rettete.

»Warum erzählst du so etwas, Graham?« Es war eine sanfte Frage, kein Tadel.

Er zuckte die Achseln. Er war eingeschnappt, aber in seinen Augen schimmerten Tränen, gegen die er, gerade zehn Jahre alt geworden, tapfer ankämpfte.

»Ziehen dich die anderen Kinder in der Schule damit auf, daß du keinen Vater hast?«

»Manchmal.«

Ihre Hoffnung, daß Graham nichts in seinem Leben vermissen würde, hatte sich als illusorisch entpuppt. Nur einen Elternteil zu haben, war eben doch etwas anderes. Zwar hatte sie ihre Jugend auch nur mit ihrer Mutter verbracht, aber während der prägenden Jahre ihrer Kindheit war ihr Vater dagewesen. Und nach seinem Tod hatte sie Fotos und ihre Erinnerungen an ihn, um sich daran aufzurichten. Nie hatte sie ihre ruhigen Gespräche vergessen, seine warmen Umarmungen, seine Gute-Nacht-Küsse, oder wie er ihr immer wieder zugeflüstert hatte: »Habe niemals Angst, Jade.«

Graham die Wahrheit zu sagen, diese Möglichkeit erwog sie nicht. Wenn er wußte, daß er das Resultat einer Vergewaltigung war, würde er mit großen Schuldgefühlen leben. Das wollte sie ihrem Kind nicht aufbürden, vor allem, wenn sie sich daran erinnerte, welche grausame Schuld Velta ihr zugeschoben hatte, als sie sich das letzte Mal gesehen hatten.

Cathy war anderer Meinung. Jedesmal, wenn Graham auf seinen Vater zu sprechen kam, drängte sie Jade, es ihm zu sagen, doch ohne Erfolg. Das Stigma, keinen Vater zu haben, war schon schlimm genug, auch ohne den Rest zu kennen. Um ihm in seinem Konflikt zu helfen, hatte sie ihm erlaubt zu lügen. »Ich verabscheue Lügen, Graham. Das weißt du. Aber manchmal finde ich, daß es okay ist, wenn man lügt, um jemand anderen zu schützen – nicht aber sich selbst.

Wenn dich deine Freunde mal wieder nach deinem Vater fragen, dann kannst du sie davor beschützen, verlegen zu sein, indem du ihnen ganz einfach sagst, daß er schon tot ist. Ich erlaube dir, genau das zu sagen: Er ist vor deiner Geburt gestorben. Okay?«

Anscheinend war es das, denn Graham hatte das Thema nie wieder aufgebracht. Er war schon so erwachsen, daß er allein damit klarkam. Der Gedanke daran, wie schnell die Jahre vergangen waren, erfüllte Jades Herz mit großer Sehnsucht nach ihm. Sie konnte es kaum erwarten, daß er im Juni zu ihr nach Palmetto kam.

»Sie haben ja ein ziemlich großes Publikum angezogen.«

Jade riß sich aus ihren Gedanken und drehte sich zu der tiefen Stimme an ihrem Ohr um. Dillon hatte sich auf den freien Stuhl neben ihr gesetzt. »Guten Morgen, Dillon. Sie sehen sehr gut aus.«

»Danke«, entgegnete er selbstsicher.

Er trug einen neuen Anzug für den heutigen Anlaß und hatte sich sogar die Haare schneiden lassen.

Auch sie hatte sich mit größter Sorgfalt zurechtgemacht. Im Publikum würden etliche Alteingesessene sein, die sich an den damaligen Skandal gewiß noch erinnerten. Die meisten der Anwesenden waren lediglich neugierig, was es mit der neuen Industrie in Palmetto auf sich hatte. Wie auch immer, sie würde heute im Mittelpunkt des allgemeinen Interesses stehen. Und sie wollte ihr Publikum beeindrucken.

»Ich bin gestern raus zu ihrem Trailer gefahren, aber Sie waren nicht da«, sagte sie zu Dillon.

»Tut mir leid, daß wir uns verpaßt haben.«

»Sieht aus, als hätten Sie sich schon eingerichtet.«

»Da gab es nicht viel einzurichten. Ich bin soweit, an die Arbeit gehen zu können.«

»Ich wußte gar nicht, daß Sie einen Hund haben.«

»Einen Hund?«

»Da lag ein Hund vor dem Trailer.«

»Ach, der«, sagte Dillon stirnrunzelnd »Der ist vor ein paar Tagen bei mir aufgetaucht, und ich habe den Fehler begangen, ihn mit ein paar Essensresten zu füttern.«

Jade neigte den Kopf zur Seite und schmunzelte. »Und jetzt hat er Sie adoptiert?«

»Nicht mehr lange. Bei der erstbesten Gelegenheit werde ich zusehen, daß er wieder verschwindet.«

»Sie meinen, wenn sein Bein wieder geheilt ist. Das sah mir nach einem selbstgemachten Verband aus.« Sie schmunzelte noch immer.

Dillons Mißmut wuchs. »Er hat sich irgendwo eine böse Schramme geholt. Ich hab' ein bißchen Peroxyd draufgetan und ihn verarztet. Das war schon alles.«

»Ich weiß nicht, Dillon. Ich glaube, sie haben einen Freund fürs Leben gefunden.«

Er wechselte das Thema, indem er zu der Menschenmenge nickte. »Haben Sie das erwartet?«

»Ja. Gestern abend ist mein Name zum erstenmal in der hiesigen Zeitung aufgetaucht.«

Sein Blick schwang wieder zu ihr zurück. »Gibt es einen Grund, weshalb Ihr Name für solch reges Interesse sorgt?«

»Durchaus möglich. Ich bin hier aufgewachsen.«

Er reagierte darauf wie auf einen Stromschlag. Eindringlich schaute er sie an. »Ist ja lustig, daß Sie vergessen haben, mir das zu erzählen.«

Doch ehe Jade die Gelegenheit hatte, darauf zu antworten, kam der Bürgermeister von Palmetto auf sie zu. »Miss Sperry, geben Sie den Leuten noch fünf Minuten oder so, bis alle einen Platz gefunden haben, dann können Sie mit Ihrer Präsentation beginnen. Was schätzen Sie, wie lange wird es alles in allem dauern?«

»Ungefähr zehn Minuten. Dann gebe ich Ihnen die Möglichkeit, Fragen zu stellen.«

»Na prächtig. Nehmen Sie sich soviel Zeit, wie Sie wollen, junge Dame. Heute ist ein großer Tag. Ich kann es noch immer gar nicht so recht fassen.«

Sie ignorierte seinen Überschwang und stellte ihm Dillon vor. Während sich die beiden Männer die Hände schüttelten, entdeckte Jade eine Frau, die im Publikum saß.

Unwillkürlich formten ihre Lippen den Namen: »Donna Dee.«

Ihre ehemalige Freundin aus Jugendtagen hatte nie ihren Überbiß korrigieren lassen, und so lief ihr schmales Gesicht noch immer oberhalb der Oberlippe in einem Punkt zusammen. Das Haar trug sie jetzt kurzgeschnitten, aber es war noch immer dünn und glatt.

Und dennoch gab es einige markante Veränderungen an ihrem Äußeren. Sie sah jetzt nicht mehr aus, als sei sie einem Zeichentrickfilm entsprungen, sondern wirkte verbittert. Ihre Augen schienen tiefer zu liegen, was sie verschlagener aussehen ließ als früher. Sie erinnerte an ein mißtrauisches Tier, das aus seinem Bau heraus auf die Welt um sich späht.

Ihr Blick war ungewöhnlich ruhig, ganz auf Jade gerichtet. Die Zeit hatte zu beiden Seiten ihres vorstehenden Mundes tiefe Furchen gezeichnet. Jade und Donna Dee waren im gleichen Alter, doch Donna Dee sah mindestens zehn Jahre älter aus.

Plötzlich bedauerte Jade, daß sie sich nicht mit einem guten Gefühl an all die Nächte erinnern konnte, in denen sie mal bei ihr zu Hause, mal bei Donna Dee übernachtet hatten, kichernd und voller rosaroter Träume, was ihre Zukunft betraf. Stets ging es dabei um die Männer, die sie heiraten würden – Gary und Hutch. Zumindest für eine von ihnen beiden war der Wunsch Wirklichkeit geworden. Jades Gedanken mußten ihr ins Gesicht geschrieben stehen, denn Donna Dee senkte als erste den Blick und schaute auf ihren Schoß.

Es war merkwürdig, daß Hutch fehlte. Viele waren als Ordnungskräfte hier, aber Hutch war nicht darunter. Er war immer groß und kräftig gewesen, im Grunde seines Herzens jedoch ein Feigling. Kein Zweifel – er versuchte, der Konfrontation mit ihr, der ersten seit fünfzehn Jahren, aus dem Weg zu gehen.

Das eine oder andere Gesicht in der Menge war Jade noch vage vertraut. Bei anderen fielen ihr die Namen ein. Myrajane Griffith hatte sie nicht gesehen, aber Myrajane war bekannt dafür, daß sie sich nicht gern unters gemeine Volk mischte, da sie die meisten schlicht für Gesindel hielt. Und natürlich war Lamar nicht hier. Jade hatte nur noch einmal von ihm gehört, nachdem sie sich in Morgantown begegnet waren. Wie schon beim erstenmal hatte er sie um Verständnis gebeten. Sie bedauerte seinen tragischen Tod, aber er hatte ihre Entschlossenheit nicht verringert – Lamar war ohne Vergebung gestorben.

Der Bürgermeister kam wieder auf sie zu. Er warf einen Blick auf seine Armbanduhr und zupfte wichtigtuerisch am Saum seines Jacketts. »Nun, wenn Sie soweit wären, Miss Sperry. Ich schätze mal, wir können loslegen.«

Jade spürte einen Adrenalinstoß. »Ich bin bereit.«

Der Bürgermeister trat ans Mikrophon und schwafelte hochtrabend, bis die Zuhörer im Saal sich zu Tode langweilten und unruhig hin und her rutschten. Schließlich stellte er Jade vor.

Der Applaus war höflich, aber reserviert.

»Meine sehr verehrten Damen und Herren. Ich möchte Ihnen dafür danken, daß Sie heute hier erschienen sind. Daß dies so zahlreich geschehen ist, zeigt mir, daß die GSS eine exzellente Wahl getroffen hat, was den Standort für TexTile betrifft. Für Palmetto sprechen mehrere Gründe. Unter anderem die Möglichkeit der Beschaffung von Rohmaterial für den Bau und der Zugang zu den Handelshäfen, was den Gütertransport für den inländischen und ausländischen Markt unkompliziert und kostengünstig gestaltet.

Doch der wichtigste Grund für die Wahl dieses Standortes ist der doppelte Nutzen, der aus dieser Unternehmung erwächst. TexTile wird Hunderte von Arbeitsplätzen schaffen. Das wird die brachliegende Wirtschaft hier beleben.

Und TexTile wird gedeihen durch starke, entschlossene und ausdauernde Arbeitskräfte – mit anderen Worten: durch Sie.«

Jade hielt den Atem an. Wie sie gehofft hatte, kam Beifall auf, erst verhalten, dann immer stürmischer, bis das Klatschen den Saal erbeben ließ. Sie lächelte, weil sie wußte, daß sie die Menschen dort unten für sich gewonnen hatte. Aus strategischen Gründen hatte sie es vermieden, sie zu Beginn mit der finanziellen und wirtschaftlichen Macht der GSS zu beeindrucken. Das hätte nur zu Ressentiments geführt. Statt dessen hatte sie der Region und den Menschen hier Komplimente gemacht.

Der Stimmungsumschwung war offensichtlich. Die Menge war jetzt freundlicher gestimmt. Ihr Publikum hegte kein Mißtrauen mehr gegenüber dem Yankee-Unternehmen, daß sich hier reindrängen und das Land mit Fremden überrollen wollte. Jade erklärte ihnen den geplanten Fertigungsprozeß der Fabrik, vom Eintreffen der entkernten Baumwolle bis zum Abtransport der fertigen Textilien, bestimmt für den ganzen Weltmarkt.

»Diese Fabrik wird ein Teil der Gemeinde sein«, betonte Jade. »Je mehr Sie bereit sind hineinzustecken, desto mehr werden sie davon profitieren. Das Unternehmen wird jährlich Tausende von Dollars an Steuern abwerfen, Geld, das für dringend benötigte Verbesserungen in der Gemeinde verwendet werden kann. Und für jeden einzelnen von Ihnen bedeutet es Arbeitsmöglichkeiten in den vielfältigen Bereichen der Produktion.«

»Was sind das denn für Jobs?« rief jemand aus den hinteren Reihen.

»Am Montageband, in der Frachtabteilung, Wartung und

Technik, Büroarbeit. Jetzt zum Beispiel brauchen wir Bauarbeiter. Und daher möchte ich Ihnen nun Mr. Burke vorstellen, unseren Bauleiter.«

Sie drehte sich zu Dillon und ließ ihn ans Pult vortreten. Sein Auftreten war einschüchternd, allein schon wegen seiner außergewöhnlichen körperlichen Ausstrahlung. Das, sein buschiger Schnurrbart und seine stechenden Augen ließen das Publikum verstummen. Jade schenkte ihm ein aufmunterndes Lächeln, als sie ihm das Mikrophon überließ.

Nach einer kurzen Ansprache entschuldigte er sich für einen Moment und kehrte kurz darauf mit einem Bauplan von der Fabrik zurück. Die Menge hielt den Atem an, als sie die Zeichnung sah.

»So wird das Ganze nach Fertigstellung aussehen«, erklärte Dillon. »Wie Sie sehen können, wird es ein Komplex, dessen Bauzeit mehrere Jahre betragen wird. Das wird die Subunternehmen ermutigen, einheimische Arbeitskräfte einzustellen.«

Er befestigte die Zeichnung am Pult und kehrte schnurstracks zu seinem Stuhl zurück. »Vielen Dank, Mr. Burke.« Jade wandte sich wieder an die Zuhörer. »Und nun haben Sie Gelegenheit, mir Fragen zu stellen, die ich...«

Die rückwärtige Tür des Saals flog mit solcher Wucht auf, daß sie gegen die Wand krachte. Alle fuhren herum, um zu sehen, was vor sich ging. Eine erwartungsvolle Spannung breitete sich im Saal aus, als zwei Männer erschienen.

Ohne einen Blick nach rechts oder links kamen sie durch den Mittelgang zwischen den Stuhlreihen, bis sie den Rand der Bühne erreicht hatten. Jade spürte ihr Herz bis zum Hals schlagen, aber sie ignorierte die rüde Unterbrechung. »Ich werde jetzt Ihre Fragen beantworten.« Mehrere Hände reckten sich in die Höhe, aber Jade hatte keine Gelegenheit, darauf einzugehen.

»Ich habe eine Frage an Sie, Miss Sperry«, verkündete eine Stimme aus der Vergangenheit. »Wie, zum Teufel, können Sie es wagen, sich in dieser Stadt blicken zu lassen?«

Jade rang um Fassung, aber ihre Miene wurde eisig, als sie den Blick auf den Mann vor der Bühne senkte.

Ivan Patchett starrte aus seinem Rollstuhl zu ihr hinauf.

Kapitel 21

Der aufgeregte Bürgermeister intervenierte. Einerseits wollte er die Nummer Eins der Stadt nicht erzürnen, andererseits aber auch Jade nicht beleidigen. Ganz gleich, wie man es betrachtete – es war eine äußerst brisante Situation. Die einzige Möglichkeit, das drohende Desaster abzuwenden, war, die Versammlung abzubrechen.

In dem ganzen Tohuwabohu versuchte Jade noch anzukündigen, daß alle weiteren Fragen in Zeitungsartikeln beantwortet werden würden.

»Was zur Hölle ist hier los?« fragte Dillon, als er sich zu ihr durchgekämpft hatte. »Wer ist der alte Giftzwerg?«

»Erzähle ich Ihnen später. Jetzt will ich nur raus hier.«

»Sie haben meine Frage noch nicht beantwortet!«

Ivan hatte sich von dem Aufruhr nicht schrecken lassen. Obwohl die Versammlung offiziell beendet war, löste sich die Menge nur langsam auf. Die meisten warteten ab, was als nächstes geschehen würde. Sie spürten, daß das Feuerwerk erst noch kommen würde, und Ivan, ganz der alte, hielt sein Publikum in Bann.

Jade hätte für ihr erstes Treffen mit den Patchetts einen anderen Ort und Zeitpunkt gewählt, doch Ivan hatte nun mal jetzt den Fehdehandschuh geworfen, und sie dachte nicht daran, kampflos aufzugeben. Sie stieg vom Podest und stellte sich vor ihn.

»Ich habe alles Recht der Welt, mich aufzuhalten, wo ich will. In Amerika existiert schließlich noch immer die freie Marktwirtschaft.«

»Nicht in *meiner* Stadt.«

»Sieh an, sieh an, Jade Sperry. Du bist also die geheimnisvolle Drahtzieherin hinter all dem. Wer hätte das gedacht...«

Neal stand hinter Ivans Rollstuhl. Jade hatte irrtümlicherweise angenommen, sie sei immun gegen seine Wirkung. Wellen des Zornes und des Hasses durchfluteten sie, und ließen sein grinsendes Gesicht verschwimmen. *Habe Geduld*, sagte sie sich. Das schleimige Lächeln sollte ihm bald vergehen.

Aus der Tageszeitung von Palmetto, die sie noch immer abonniert hatte, wußte sie von seinem Unfall am Bahnübergang in Charleston. Ivan waren beide Beine oberhalb der Knie abgetrennt worden, Neal hatte sich das Becken und mehrere andere Knochen gebrochen und weitere schwere Verletzungen davongetragen, die ihn monatelang ans Krankenbett gefesselt hatten. Seine Hochzeit mit Marla Sue Pickens hatte nie stattgefunden. Die Gründe dafür blieben nebulös.

Neals äußerer Erscheinung hatte weder der Unfall noch das Alter schaden können. Er war so gutaussehend und arrogant wie eh und je. »Schon als ich zum erstenmal auf der Tagesordnung des Stadtrats die Anfragen zur Industrieansiedlung sah, hatte ich das Gefühl, daß die ganze Sache zum Himmel stinkt. Ich habe natürlich dagegen gestimmt. Hab' noch versucht, die anderen zu warnen, aber die hatten alle Sand in den Augen und wollten nicht wissen, was gut für ihre Stadt ist.« Er grinste Jade verschlagen an. »Eins muß ich dir lassen, Jade: Nicht übel, wie du die Sache eingefädelt hast.«

»Mach ihr auch noch Komplimente!« schnaubte Ivan. Er drohte Jade mit dem Finger. »Ich habe die Schnauze gestrichen voll von Ihnen, junge Dame. Sie glauben vielleicht, Sie wären besonders clever. Sie glauben, ich bin schwach und handlungsunfähig, weil ich in diesem verdammten Ding sitze...«

Er rollte mit dem Stuhl vor, bis seine Stümpfe fast ihre Knie berührten. Sie blieb stehen, obwohl sein Anblick sie abstieß, und der Gedanke, er könnte sie berühren, sie mit Abscheu erfüllte.

»Aber da täuschen Sie sich, Kleine«, zischte er weiter. »Ich bin stärker als je zuvor. Meinem Verstand hat der verfickte Zug nämlich nichts anhaben können.« Seine Augen verengten sich zu Schlitzen. »Auf eines können Sie sich verlassen – Ihre verdammte Fabrik wird auf meinem Territorium niemals gebaut werden.«

Er hatte einen Stock auf dem Schoß liegen, den er nahm und gegen die Bauzeichnung warf, die noch immer an der Tafel hing. Sie fiel zu Boden. Jade sah aus den Augenwinkeln, daß Dillon auf Ivan losgehen wollte. Sie streckte den Arm aus und hielt Dillon auf, die Hand auf seiner Brust.

Ihr Ton war erstaunlich ruhig. »Mr. Patchett, es gab mal

eine Zeit, da mögen Sie tatsächlich furchterregend gewirkt haben.« Sie schenkte ihm einen kalten, verächtlichen Blick. »Aber heute wirken Sie nur noch lächerlich.«

Sie marschierte an seinem Rollstuhl vorbei, ohne Neal auch nur eines Blickes zu würdigen. Draußen stand noch immer eine Menschentraube. Als Jade aus dem Gebäude kam, wurde sie erwartungsvoll angestarrt. Offensichtlich wollten alle sehen, wie sie sich gegen Ivan gehalten hatte.

Mit festem Schritt ging sie zu ihrem Jeep und schloß die Fahrertür auf. Sie warf den Aktenkoffer hinein und wollte sich gerade hinters Lenkrad setzen, als sie von hinten am Arm zurückgehalten wurde.

Dillon trug seine verspiegelte Sonnenbrille, doch Jade konnte, auch ohne seine Augen zu sehen, erkennen, daß er vor Wut schäumte. Er sprach leise und eindringlich, um den Schaulustigen keine Szene zu bieten.

»Verdammt noch mal, was hat das alles zu bedeuten?«

»Das ist nicht der richtige Ort für eine Erklärung.«

Sein Gesicht kam ihrem ganz nahe. »Das ist mir scheißegal. Ich werde keinen Spatenstich tun, bevor ich nicht weiß, wer dabei eventuell auf meinen Rücken zielt. Wer war dieser Bastard im Rollstuhl?«

»Er heißt Ivan Patchett, und er war nicht immer im Rollstuhl.« Sie strich sich eine Strähne aus dem Gesicht. Ihre Hand zitterte. Sie hoffte, Dillon würde es nicht bemerken. »Aber ein Bastard, das war er schon immer.«

»Patchett? Der Sojabohnen-Typ?«

»Genau der. Und jetzt lassen Sie bitte meinen Arm los. Ich glaube, ich habe den Leuten heute morgen schon genug Spektakel geboten. Ich will mich nicht auch noch mit Ihnen hier mitten auf der Hauptstraße prügeln.«

Er starrte auf seine Hand, mit der er ihren Oberarm fest umklammert hielt. Offensichtlich war ihm nicht bewußt gewesen, daß er sie berührte. Er ließ sie augenblicklich los. »Und der andere Typ, war das sein Sohn?«

»Ja. Neal.«

»Und was für ein Hühnchen haben Sie mit denen zu rupfen?«

»Das ist meine Sache.« Sie wollte in den Wagen steigen, doch mit der Schnelligkeit einer Schlange hinderte er sie erneut daran.

»Sie haben es auch zu meiner Sache gemacht, als Sie mich aus dem Gefängnis in L.A. geholt haben.« Dillon stieß die Worte zwischen den Zähnen hervor. »Sie haben mir weisgemacht, daß hier unten in Old Dixie alles bestens ist, daß die Leute hier hundertprozentig auf unserer Seite sind und quasi Schlange um einen Job bei mir stehen. Anscheinend ist das nicht ganz der Fall, und ich will wissen, mit wem oder womit ich es zu tun habe.«

»Mit wem Sie es momentan zu tun haben, Mr. Burke, ist – mit mir.« Trotz der Leute um sie herum wand sie sich jetzt aus seiner Umklammerung. »Ihr Job hat mit der Öffentlichkeitsarbeit nichts zu tun. Das ist meine Aufgabe. Von jetzt an gilt: Halten Sie sich aus meinen Angelegenheiten heraus, und versuchen Sie nicht, hinter meine Motive zu kommen. Wenn Sie es wagen sollten, sich einzumischen, werde ich Sie feuern.«

Sie stieg in den Wagen und knallte die Tür zu. Ohne sich umzuschauen, steuerte sie aus der Parklücke und fuhr davon.

Jade wußte, daß Dillon sich mit gutem Recht um die Unterstützung der Bevölkerung sorgte, denn die Situation konnte sich immens auf seine Arbeit auswirken. Aber ihr Problem mit den Patchetts ging ihn nichts an und würde ihn auch nie etwas angehen. Ganz abgesehen davon glaubte sie, daß es ihm gar nicht gefallen würde zu erfahren, daß er eine Rolle in ihrem Racheplan spielte, wenn auch nur eine Nebenrolle. Sie würde ihm auf keinen Fall mehr erzählen, als er unbedingt wissen mußte.

Das erst kürzlich angeschlossene Telefon klingelte, als sie die Tür aufschloß. »Hallo?«

»Ist die Versammlung schon vorbei?«

»Mr. Stein!« rief Jade. »Ja, gerade eben.«

»Und warum haben Sie mich nicht gleich angerufen?«

»Das wollte ich. Ich bin erst vor ein paar Sekunden heimgekommen.«

»Und, wie lief es?«

»Hervorragend. Wir hätten uns keine bessere Reaktion wünschen können.« Sie gab ihm einen kurzen Abriß der Versammlung, vermied dabei aber, die Patchetts zu erwähnen.

»Sie sind also noch immer vom kommerziellen Potential der Region überzeugt.«

»Absolut.«

»Gut. Ich habe mir da nämlich einige Ideen durch den Kopf gehen lassen…«

Jade setzte sich und lauschte.

* * *

»Bist du immer noch hier? Du kannst wohl nicht hören…«

Mit der Spitze seines neuen Schuhs schubste Dillon den streunenden Hund zur Seite, während er die Tür zum Bauwagen aufschloß. »Verzieh dich!«

Der Mischling sah mit wehleidigem Blick zu ihm auf, ließ sich auf die Stufe fallen und legte den Kopf auf die Vorderpfoten. »Fühlst dich wohl schon wie zu Hause, was?« grummelte Dillon. »Glaub ja nicht, daß ich dich füttere.«

Er schlug die Tür des Trailers so heftig zu, daß der ganze Wagen wackelte. Er ging zum Kühlschrank und nahm eine Dose Sodawasser heraus, blieb in der kühlen Luft stehen und leerte in einem Zug die halbe Dose. Dann rollte er die Büchse an der Stirn. »Verdammter Mist!«

Er wollte diese Art von Gedanken nicht in seinem Leben haben. Vor sieben Jahren hatte er seine Gefühle begraben, als er Abschied von seiner Frau und seinem Sohn genommen hatte. Und er hatte auch all seine Empfindungen begraben. Danach existierte nur mehr sein Körper. Innerlich war er hohl und leer. Er hatte es so gewollt, und er beabsichtigte, es auch dabei zu belassen.

In jenem Moment damals, als er das Haus, in dem Debra und Charlie gestorben waren, verlassen hatte, hatte er auch alles andere hinter sich gelassen. Von diesem Tag an hatte er sich aus der normalen Welt zurückgezogen. Er besaß nichts mehr, außer den wenigen Dingen, die er im Pickup verstauen konnte. Seine Mitmenschen waren ihm gleichgültig. Er wollte keine Freunde.

Dillon hatte auf bittere Weise erfahren müssen, daß man stets einen Tritt ins Gesicht bekam – ganz gleich, wie sehr man sich auch anstrengte, den Erwartungen anderer zu entsprechen; ganz gleich, welch guter Mensch man war. Man wurde für all die schlechten Dinge bestraft, von denen man noch nicht einmal wußte, sie getan zu haben. Seine Schulden mußte man immer bezahlen, und zwar mit dem Leben der Menschen, die man liebte.

Und einen Schluß hatte Dillon aus dieser grausamen Lektion gezogen: Du darfst nicht lieben.

Sein Leben war eine sichere, schmerzfreie Leere, und genauso wollte er es haben. Er konnte keinen Trottel von Hund gebrauchen, der anfing, ihm nachzulaufen. Er wollte nicht, daß dieser Job mehr für ihn wurde, daß er das Gebäude als »seine Fabrik« betrachtete. Und das letzte, was er gebrauchen konnte, war eine Frau, die ihm unter die Haut ging.

Fluchend knallte er die Kühlschranktür zu. So war das Leben. Draußen lag ein dämlicher Köter, der ihm jedesmal die Hand leckte, sobald er durch die Tür kam. Sie hatten noch keinen Spatenstich getan, und schon jetzt führte er sich schlimmer als eine Glucke auf, was das TexTile-Projekt anging. Und er war wütend auf Jade Sperry. Wut aber war ein Gefühl. Er wollte ihr gegenüber keine Gefühle haben.

Nach Wochen voller Konferenzen und Besprechungen mit Männern in edlen Anzügen, deren Hände noch nie eine einzige Schwiele gehabt hatten, sehnte er sich danach, endlich mit der konkreten Arbeit auf dem Bau zu beginnen. Und nun sah es so aus, als könnte das Projekt – das erste seit Jahren, für das er so etwas wie persönliche Anteilnahme entwickelt hatte – scheitern.

Selbst ein Dummkopf hätte wissen müssen, daß sich der alte Patchett nicht auf die Seite rollen und tot stellen würde, wenn ein zweiter Industriezweig in sein Revier einbrach und ihm den Rang streitig machte. Und Jade Sperry war kein Dummkopf. Nach dem, was er auf der Versammlung gehört hatte, glaubte Dillon, daß sie schon seit langer Zeit mit dem Alten verfeindet war – ebenso mit seinem Sohn.

Der alte Patchett hatte gesagt: »Wie können Sie es wagen, sich in dieser Stadt blicken zu lassen?« Das deutete auf einen Skandal hin. Hatte Jade Palmetto in Schande verlassen?

Dillon leerte die Dose und zerknüllte sie in der Hand. Er konnte sich die ruhige, kühle und gefaßte Miss Sperry einfach nicht in einen Skandal verwickelt vorstellen, vor allem nicht in einen der anzüglichen Art. Er wollte sie sich eigentlich in keinerlei Zusammenhang vorstellen, aber sie schlich sich neuerdings immer wieder in seine Gedanken.

Das ist nur normal, sagte er sich. Schließlich war sie sein Boß. Er würde auch über seinen Boß nachdenken, wenn es sich um einen Mann handelte – nur eben ganz sicher nicht so, wie er über Jade nachdachte.

Fast ein Jahr lang war er Debra nach deren Tod körperlich treu geblieben. Dann, an einem kalten, einsamen Abend irgendwo im Flachland – Montana? Idaho? – hatte er in einer Bar eine Frau aufgerissen und sie mit auf sein Motelzimmer genommen. Hinterher war er angewidert von sich selbst gewesen und einsamer als jemals zuvor. Er hatte um Debra geweint, mit trockenen, harten Schluchzern. Im Gegensatz zu seinen restlichen Gefühlen erholte sich sein sexueller Appetit und wurde wieder stark und gesund. Als Dillon zum zweitenmal eine Frau mit ins Bett nahm, machte es ihm schon weniger aus. Beim dritten Mal war es fast einfach gewesen. Zu diesem Zeitpunkt war er in der Lage, den physischen Akt von seinen Emotionen getrennt zu sehen. Er konnte erregt sein, ohne daß sein Schuldgefühl auftauchte. Er konnte sich lustvolle Erleichterung verschaffen und dabei das Herz und den Verstand ausschalten.

Seine Unnahbarkeit machte ihn nur noch attraktiver für die Frauen. Sie fanden seine latente Feindseligkeit anziehend, und die offensichtlichen Narben auf seinem Herzen weckten Mutterinstinkte in ihnen. Doch keine konnte mehr, als seinen Hunger nach Sex stillen. Wenn er sie verließ, fühlte er sich genauso leer wie zuvor. Er hatte sich ihre Namen und Gesichter nie gemerkt.

Und nun tauchten ein Name und ein Gesicht immer wieder in seinen Gedanken auf. Das machte ihm schwer zu schaffen.

Draußen fing der Köter an zu bellen. »Halt's Maul!« polterte Dillon durch die Tür. Doch dann hörte er das Motorengeräusch und ging nachsehen. Jade Sperry stieg aus einem nagelneuen Pickup-Truck, an dessen Fahrertür das TexTile-Logo prangte.

»Beißt der?« fragte sie und nickte zu dem Hund.

»Weiß ich nicht. Ist nicht meiner.«

»Ich glaube, der ist da anderer Meinung. Er paßt ja schon auf Sie auf.«

Jade beugte sich vor und lockte den Hund zu sich. »Komm her, Kleiner, komm...« Der Hund hörte auf zu bellen, winselte und kam die Treppe hinunter auf Jade zu. Sie ließ ihn an ihrer Hand schnuppern. Er leckte sie ab. Sie kraulte ihn hinter den Ohren.

»Toller Wachhund«, bemerkte Dillon spöttisch.

Jade richtete sich auf und warf Dillon die Autoschlüssel zu. »Ich hoffe, er gefällt Ihnen.« Er fing die Schlüssel mit einer Hand auf. »Ist Ihrer, solange Sie hier arbeiten.«

»Ich habe bereits einen Truck.«

Sie warf einen Blick auf seinen klapprigen Pickup. »Den können Sie ja privat fahren. Wenn Sie für TexTile unterwegs sind, nehmen Sie bitte den Firmenwagen.«

»Jawohl, Ma'am. Noch was?«

Sie stieg die Stufen zu seinem Trailer hoch. Der Hund folgte ihr schwanzwedelnd. Sie fischte eine Kreditkarte zum Tanken aus ihrer Tasche und reichte sie Dillon. »Ist auch für Sie.«

»Danke.«

»Die Rechnungen lassen Sie bitte an mich schicken.«

»Da können Sie sicher sein.«

Er war beleidigend und grob, aber er haßte es, etwas von einer Frau anzunehmen. Es erinnerte ihn an Mrs. Chandler, die ihm damals Sex beigebracht hatte. Mach dies, mach das – nicht so schnell – härter – weicher – langsamer. Dillon war ein guter Schüler gewesen, und es hatte nicht lange gedauert, bis er seine eigene Technik entwickelt hatte. Es gefiel ihm wesentlich besser, wenn er die Oberhand behielt.

Das war sicher eine sehr unpopuläre Einstellung, aber er konnte es nun einmal nicht ändern. Er war auf eine komische Art froh, daß er eine Stufe über ihr stand, und daß sie zu ihm aufschauen mußte, wenn sie mit ihm sprach. Die Lady mochte sein Boß sein und noch so viele Trucks kaufen, aber er würde sich von ihr nicht in seinem männlichem Stolz verletzen lassen.

»Sie werden mich nach Hause fahren müssen.«

»Klar.«

»Aber vorher möchte ich mir noch Ihr Büro ansehen.« Er rührte sich nicht. »Natürlich nur, wenn es Ihnen nicht ungelegen kommt, Mr. Burke«, fügte Jade mit ausgesuchter Höflichkeit hinzu.

Er sah ihr tief in die Augen und spürte, daß das, was zwischen ihnen ablief, eine Art Machtkampf war. Schließlich trat er zur Seite und winkte sie in den Trailer. Um den Hund draußen zu halten, schloß er die Tür hinter sich, was er im selben Moment bereute. Der Trailer war für zwei Leute zu eng – zumindest erschien es ihm jetzt so, als Jade neben ihm stand.

Er hatte sie bisher immer nur in Büro-Kleidung gesehen. Nach der Versammlung hatte sie sich umgezogen und trug nun Jeans und einen weißen Pullover. Wenn Dillon es nicht besser gewußt hätte, hätte er niemals angenommen, daß sie schon ein Kind ausgetragen hatte. Ihre Schenkel und der Po waren schlank und fest. Ihr Bauch war flach. Ihre Brüste…

Er räusperte sich. »Die Telefonleitungen werden morgen installiert.«

»Gut.« Jade wandte sich vom Schreibtisch ab. Der Wohnbereich des Trailers war zu einer Art Kompaktbüro umgestaltet worden. Die einzigen Möbelstücke, die nicht zur Büroeinrichtung gehörten, waren ein Radio und ein kleiner tragbarer Fernseher. »Viel Platz zum Wohnen haben Sie nicht mehr.«

»Ich brauche nicht mehr.«

»Sind Sie sicher, daß Sie mein Angebot, eine Sekretärin einzustellen, nicht doch noch einmal überdenken wollen?«

Dillon schüttelte den Kopf. »Falls sich herausstellen sollte, daß ich eine brauche, gebe ich Ihnen Bescheid.« Ihr Blick schweifte in Richtung Schlafplatz und Küche. »Wollen Sie vielleicht auch noch mein Bett inspizieren?«

Sofort trafen sich ihre Blicke. Er hätte seinen Gehaltsscheck darauf gewettet, daß ihr ein scharfer Kommentar auf der Zunge lag, doch sie hielt ihn zurück. »Das einzige, was mich interessiert, ist, von wo aus Sie arbeiten.«

Aha, sagte er sich, auch Miss Sperrys Coolheit hatte ihre Grenzen. Sie endete beim Spiel der Geschlechter. Hier verließ sie ihre Gefaßtheit. Im Hauptquartier der GSS in New

York hatte er sie im Umgang mit ihren männlichen Kollegen beobachtet. Sie reagierte jedesmal ungehalten, wenn jemand eine zweideutige Bemerkung machte oder einen Annäherungsversuch unternahm. Diese Lady hielt nichts von Charme. Bei ihr gab es nur die Arbeit oder – gar nichts.

Er wußte, daß sie nicht verheiratet war. Sie hatte auch nie einen Ex erwähnt. Einer der jüngeren Angestellten der GSS hatte sich einmal zu ihm an den Kaffeeautomaten gestellt und gefragt: »Bumsen Sie Jade Sperry?«

»Und wenn – was, bitte, sollte Sie das angehen?«

»Ich hab' 'ne Fünfzig-Dollar-Wette drauf laufen.«

Dillon nahm ganz ruhig einen Schluck von seinem Kaffee und sah seinen Gegenüber dabei gefährlich über den Rand des Bechers an. »Ich mach' Ihnen einen Vorschlag. Wenn Sie unbedingt über Sex reden wollen, warum gehen Sie dann nicht aufs Klo, ficken sich selber und erzählen mir dann, wie's war?«

Offensichtlich hatte Jade ein paar ihrer männlichen Kollegen genügend frustriert, um wilde Spekulationen über ihr Sexleben blühen zu lassen. Dillon selbst wollte gerne wissen, wer der Vater ihres Jungen war, aber er hatte das Thema bislang noch nie aufgebracht.

»Vielleicht sollten wir einen zweiten Trailer besorgen«, sagte Jade jetzt in ihrem üblichen offiziellen Ton.

»Wozu das?«

»Ich brauche auch ein Büro. Es wäre praktischer, wenn es nahe am Bau wäre. Abgesehen davon sollten Sie eine Räumlichkeit haben, wo Sie sich mit Subunternehmern und so weiter zusammensetzen können, finden Sie nicht? Ein Trailer, der groß genug wäre für einen Arbeitsbereich und ein paar Sitzgelegenheiten.«

»Ist Ihr Geld.«

»Ich werde mich gleich morgen darum kümmern.«

»Fein.«

»Nun, ich glaube, das ist dann alles für den Moment.«

Sie stand bereits an der Tür, die Hand auf der Klinke, als er vor sie trat und ihr den Weg verstellte. »Nein, das ist noch nicht alles, Jade.«

Unwillkürlich wich sie einen Schritt zurück. Seine plötzliche Bewegung schien sie verwirrt zu haben. Sehr verwirrt. Sie sah beinahe verängstigt aus.

»Was wollen Sie noch?«

Sie klang ganz atemlos. Sie hatte die Situation doch unter Kontrolle, warum sollte sie also Angst vor ihm haben? Für den Augenblick unterdrückte Dillon seine private Neugier und kam auf die Fakten zurück. »Erzählen Sie mir von Ivan Patchett.«

»Was soll mit ihm sein?«

»Na ja, ich kann seine Wut auf das TexTile-Projekt verstehen. Es ist ein Angriff auf sein Machtmonopol. Palmetto ist schließlich sein Königreich, und er war lange Zeit der alleinige Herrscher.«

»Ich schätze, so kann man das sehen.«

»Und ich schätze, *Sie* sehen es genauso.«

»Was soll das heißen?«

»Ist es das? Wollten Sie die Fabrik unbedingt hier bauen, weil Sie wußten, daß es ein Angriff auf Patchett ist?«

»Sie haben doch den Prospekt studiert, oder? Palmetto ist der ideale Standpunkt.«

»Ich weiß aber auch, daß es mindestens ein Dutzend Städte an der Küste hier im Süden gibt, die genauso ideal für das Projekt wären. Warum also ausgerechnet Palmetto?«

»Weil ich mit der Gegend vertraut bin.«

»Was mich zur Frage Nummer zwei bringt. Warum findet Patchett es so vermessen, daß Sie wieder hier auftauchen?«

Jade schüttelte ihre schwarzen Locken. »Ich habe Palmetto nicht unter den allerbesten Umständen verlassen.«

»Und an diesen ›Umständen‹ sind die Patchetts irgendwie beteiligt?«

»Auch, neben anderen.«

»Insbesondere der junge Patchett?«

»Wie kommen Sie darauf?«

Er musterte sie einen Augenblick, dann entschloß er sich, aufs Ganze zu gehen. »Wer ist Grahams Vater, Jade?«

»Graham hat keinen Vater.«

»Falsch. Das ist seit Bethlehem nicht mehr vorgekommen. Sie waren schwanger, als Sie aus Palmetto weggingen, nicht wahr?«

Sie sah ihn lediglich mit ihren eisblauen Augen an.

»Hat Neal Patchett Sie geschwängert und sich dann geweigert, Sie zu heiraten? Ist es das?«

»Nein, absolut nicht. Ich verachte Neal Patchett, und ich habe ihn schon immer verachtet.« Sie schubste ihn beiseite, riß die Tür auf und stapfte hinaus. Der Hund sprang ihr um die Beine, wedelte mit dem Schwanz und verlangte Beachtung. Jade ignorierte ihn. Auf der untersten Stufe drehte sie sich noch einmal um und sagte zu Dillon: »Sehen Sie, ich weiß, daß ich Sie heute morgen ein bißchen von oben herab behandelt habe. Ich hätte Ihnen lediglich klarmachen sollen, daß ich die Situation völlig unter Kontrolle habe, und es dabei belassen sollen. Tut mir leid.«

»Ach, Sie haben die Situation tatsächlich unter Kontrolle?«

»Absolut. Ich kann Ihnen versichern, daß ich eventuell auftauchende Schwierigkeiten im Griff haben werde – und Schwierigkeiten tauchen immer auf, wie Sie sicher wissen. Sie sollten sich lediglich um die kümmern, die den Bau betreffen.

Und bitte behalten Sie ihre Spekulationen, was mich und meinen Sohn angeht, für sich. Besser noch – stellen Sie erst gar keine an. Wenn die Ausschachtung erst beginnt, werden Sie ohnehin genug mit dem Job zu tun haben.«

Dillon war fasziniert denn je. Ihre heftige Reaktion auf seine Fragen hatte seine Neugier nur verstärkt. Dies war eine kleine Stadt. Die Leute tratschten. Früher oder später würde er mehr über ihre dubiose Vergangenheit erfahren. Für den Moment entschied er sich weise, es gut sein zu lassen.

Er verschloß den Trailer und folgte ihr zu dem neuen Pickup. Sie hatte bereits auf dem Beifahrersitz Platz genommen. Er kletterte hinters Lenkrad und startete den Motor. »Wirklich schick«, sagte er und deutete auf die Innenausstattung.

»GSS ist ein erstklassiges Unternehmen«, entgegnete Jade steif.

Er steuerte den Truck über den holperigen Pfad, der zum Highway führte. »Sie müssen mir sagen, wo ich langfahren soll.« Er kannte das Haus, das sie angemietet hatte, aber das wollte er lieber für sich behalten.

Er folgte ihren knappen Anweisungen quer durch die Stadt. Bald erkannte er, daß sie ihn nicht zu sich nach Hause dirigierte. »Ich bin überrascht, daß Sie so weit draußen wohnen«, bemerkte er im Plauderton, als sie die Stadtgrenze überquerten.

»Wir fahren nicht direkt zu mir. Ich möchte erst noch Ihre Meinung zu einer Sache hören.«

Dillon warf Jade einen fragenden Blick zu, doch sie schwieg. Also fuhr er einfach weiter auf dem zweispurigen Highway, der, wie er wußte, zur Atlantikküste führte.

»An der nächsten Kreuzung rechts.« Wie befohlen, bog er in den schmalen Schotterweg ein. »Sie können den Wagen hier irgendwo abstellen.« Sie stieg sofort aus. »Ich möchte Sie bitten, mitzukommen.«

Dillon stieg ebenfalls aus und folgte ihr zu einem Stacheldrahtzaun. Ein rostiges Schild mit der Aufschrift KEIN DURCHGANG war an einen der Pfosten genagelt. Jade ignorierte es und bat Dillon, die Drähte für sie auseinanderzuhalten.

»Sie sind sich doch darüber im klaren, daß dies Privatbesitz ist?« wandte er ein.

»Ja, das weiß ich.« Als sie sicher auf der anderen Seite war, trat sie den einen Draht auf den Boden und hob den anderen, so hoch sie konnte. »Kommen Sie, hier schnappt uns schon keiner.«

Dillon mußte aufgrund seiner Größe beim Durchklettern des Zaunes vorsichtiger als sie vorgehen. Als er ebenfalls auf der anderen Seite war, stemmte er die Hände in die Hüften und fragte: »Und jetzt? Was gibt es hier zu sehen, was man nicht auch von der Straße aus sehen könnte?«

Sie standen auf einem brachliegenden Feld. Er wünschte, sie hätte ihn vorgewarnt, daß sie einen lauschigen Spaziergang übers Land im Sinn hatte, dann hätte er sich wenigstens noch umziehen können. Krawatte und Jackett lagen zwar im Trailer, aber er trug noch immer die neue Hose und die Schuhe vom Vormittag.

»Ich möchte mich nur ein wenig umsehen.« Jade marschierte los. »Ich wäre ungern alleine gekommen.«

»Allein zu kommen, kann auch wirklich ziemlich öde sein«, frotzelte er. Wie erwartet, lachte sie nicht.

Gut eine halbe Stunde stapften sie über den holprigen Grund. Zunächst entlang des Zauns, dann feldeinwärts. Dillon wußte noch immer nicht, worum es eigentlich ging. Jade holte ihr Notizbuch aus der Handtasche und trug etwas ein.

Der Wind frischte auf, doch sie schien es nicht zu bemerken, selbst dann nicht, als ihr das Haar ins Gesicht geweht wurde. Dunkle, tiefhängende Wolken zogen auf. Dillon vernahm Donnern in der Ferne. Sie stapften weiter, ohne daß er den Grund dafür kannte.

Schließlich faßte Jade ihr Haar mit einer Hand im Nacken zusammen, sah Dillon erwartungsvoll an und fragte: »Nun, was denken Sie?«

In diesem Moment, als sie breitbeinig vor ihm stand, die Hand im Nacken, den Pullover vom Wind eng an den Körper gedrückt, so daß sich die Konturen ihrer Brüste abzeichneten, waren seine Gedanken eher erotischer Natur.

»Was ich denke?« grummelte er. »Ich denke, wir werden gleich ganz furchtbar naß.«

Sie blickte mit ihren tiefblauen Augen, die dunkler als die Sturmwolken waren, zum Himmel. »Ja, stimmt, könnte sein. Aber ich meine, was halten Sie von diesem Stück Land?«

Er fuhr sich ungeduldig durchs eigene, ebenso zerzauste Haar. »Das darf doch nicht wahr sein! Wir stiefeln hier eine halbe Stunde durchs Gelände, damit ich Ihnen meine Meinung über diesen gottverlassenen Fleck sage? Dafür hätte ich mir nicht meine Schuhe ruinieren müssen.«

»Also glauben Sie, daß es nichts wert ist.«

»Nichts wert?« brüllte er gegen den Wind an. »Keinen Pfifferling! Wahrscheinlich ist es zur Hälfte unterspült.«

»Ich überlege, ob ich es für die GSS kaufe.«

Dann setzte sie eine gleichgültige Miene auf und stapfte zurück zum Zaun. Dillon folgte ihr verblüfft. »Wozu wollen Sie es kaufen?«

»Für künftige Expansion. Achten Sie bitte auf diese Drähte, Dillon.«

Sie kletterten durch den Zaun und gingen zum Truck. Er schlug die Beifahrertür hinter ihr zu und trabte um die Kühlerhaube. Er saß kaum im Wagen, als bereits die ersten dikken Tropfen auf die Windschutzscheibe klatschten.

Dillon schaute auf seine Schuhe und fluchte, dann knüpfte er bei der Unterhaltung an, die sie abgebrochen hatten. »Das können Sie nicht ernst meinen, mit dem Kauf dieses Landes.«

»Doch, das meine ich ernst. Mr. Stein hat heute angerufen. Wir haben uns über Expansionsmöglichkeiten in der Region unterhalten. Höchstwahrscheinlich werde ich weiteres Land für die GSS kaufen. Eigentlich war es mehr eine Anordnung von Mr. Stein und weniger ein Vorschlag.«

»Man müßte mehrere Millionen in diesen Flecken investieren, bevor man hier auch nur ein Klo aufstellen könnte.«

»Nun, wir verfügen über mehrere Millionen.«

Ihre flapsige Antwort machte ihn wütend. »Wenn Sie sowieso schon auf alles eine Antwort haben – wozu brauchen Sie mich dann noch?«

»Zu meinem Schutz.«

Für einen Moment funkelte er sie böse an, warf dann den Rückwärtsgang ein, legte den Arm um ihren Sitz, drehte sich um und kutschierte den Truck auf den Highway zurück. An seinen Fingerspitzen spürte er Jades Haar. Es war feucht und seidig. Daß er darauf achtete, machte ihn nur noch wütender. Er wollte hineingreifen und sein Gesicht darin vergraben. Der Regen hatte die Scheiben beschlagen lassen. Er konnte Jades Parfüm in der feuchten, schweren Luft riechen.

Jades Haar. Jades Parfüm. Er dachte viel zuviel an Jade.

Bemüht, sich abzulenken, entdeckte er einen kaputten Briefkasten, der an einen der modrigen Pfosten gelehnt stand. Dillon entzifferte durch den Regen die Aufschrift, die vor Urzeiten daraufgemalt worden war. Die Buchstaben waren verblichen, aber noch lesbar: O. PARKER.

* * *

»Ich will wissen, was diese kleine Schlampe im Schilde führt.« Mißmutig winkte Ivan der Haushälterin ab, die ihm noch einen Löffel von den süßen Kartoffeln auftun wollte. Eula hatte sich vor vier Jahren zur Ruhe gesetzt. Ihre Tochter hatte ihre Pflichten übernommen und kümmerte sich darüber hinaus um die Pflege Ivans.

»Bring mir eine Flasche Brandy«, befahl er ihr scharf. Als sie gegangen war, um seine Bitte zu erfüllen, sah Ivan Neal an, der auf seinem Stuhl lümmelte und die Reste seines Essens auf dem Teller hin und her schob. »Was ist? Hast du die Sprache verloren? Sag was!«

Neal bewegte nur die Augen. »Wie oft soll ich es dir denn noch sagen? Ich weiß nicht mehr darüber, als ich bereits gesagt habe.«

Ivan riß der Haushälterin die Flasche aus der Hand und schenkte sich großzügig ein. Sie räumte Neals Teller ab, ging wieder in die Küche und ließ die beiden im Eßzimmer allein. Zwei Menschen an einem Tisch, der genug Platz für zwanzig bot.

Neal sagte: »Der Bauleiter, dieser Burke, hat gerade die Ausschachtungsarbeiten an ein Unternehmen aus Columbia vergeben. Die fangen schon an, die Maschinen herzuschaffen.«

»Na und? Die können sie auf dem gleichen Weg wieder wegschaffen«, grollte Ivan und schenkte sich Brandy nach.

Dann rollte er vom Eßtisch in sein Arbeitszimmer. »Komm hier her«, brüllte er durch die leeren Räume. Die Einrichtung war bis auf die Änderungen für den Rollstuhl dieselbe geblieben.

Neal folgte seinem Vater mit dem Brandyschwenker in der Hand. »Du kannst es nicht aufhalten, indem du die Augen fest zumachst und es dir wünschst, alter Mann. Du hast neulich auf dieser Versammlung einen verdammten Narren aus dir gemacht, hast gewinselt wie ein angeschossener Alligator. So kann man nicht an die Sache rangehen, Daddy.«

Neal ließ sich auf das Ledersofa fallen. »Wir müssen Jade mit ihren eigenen Waffen schlagen. Wir haben tief und fest geschlafen, als sie das ganze Land für die Firma gekauft hat. Dieses Mal werden wir hellwach sein.«

»Was hast du ausgeheckt?« Der Brandy milderte Ivans schlechte Laune. Abgesehen davon, strengte es ihn jetzt bisweilen an, tyrannisch zu sein. Ivans Gesundheit hatte durch den Unfall stark gelitten, und Neal hatte mehr und mehr Verantwortung übernommen. Früher hatte er es stets vermieden zu arbeiten, doch dann hatte er erkannt, daß es wie ein Spiel sein konnte. Er spielte immer, um zu gewinnen, und er war ein miserabler Verlierer.

»Ich habe alles, was Jade unternimmt, ausspioniert. Sie hat sich draußen eine Baubude aufstellen lassen, neben dem Trailer von diesem Burke-Typen. Das einzig wirklich Merkwürdige, was sie in letzter Zeit unternommen hat, war, zweimal zum Feld der Parkers rauszufahren.«

»Was du nicht sagst!«

»Ja, zweimal, soviel ich weiß«, fügte Neal stirnrunzelnd hinzu. »Einmal mit Burke und dann noch einmal allein. Die Parkers selbst hat sie nicht besucht. Ist nur so rumgelaufen. Beim zweiten Mal ist sie noch nicht mal ausgestiegen. Ist einfach nur den Zaun vom Parkerfeld abgefahren. Und gestern ist sie ins Rathaus und hat sich das Grundbuch geben lassen.«

»Bist du sicher, daß es das Grundbuch vom Parkergelände war?«

»Todsicher. Ich habe Gracie Dell Ferguson gesagt, ihr fetter Arsch wäre phantastisch. Danach hat sie mir alles verraten. Jade wollte die Grundbücher vom Parkerland und dem angrenzenden Gebiet einsehen.«

»Die angrenzenden Gebiete gehören zum größten Teil mir.«

»Stimmt, Daddy. Darauf hat mich Gracie auch hingewiesen, als ich gerade ihre dicken Titten bewunderte.«

»Hat Gracie dir auch verraten, warum sich Jade die Grundbücher geben ließ?«

»Nein.«

Neal schenkte sich Brandy nach. »Was meinst du, warum interessiert sich Jade fürs Land der Parkers?« fragte Ivan.

»Keine Ahnung, aber die Sache gefällt mir gar nicht«, grummelte Neal. »Ich würde zu gerne wissen, was sie vorhat.«

»Na, das wird sie wohl kaum an die große Glocke hängen. Und früher oder später wird sie mitkriegen, daß du hinter ihr her bist und sie ausspionieren läßt.«

»Keine Chance. Ich habe ein paar Jungs auf sie angesetzt, die ganz clever sind und das Maul halten können. Sie beobachten sie rund um die Uhr und erstatten mir dann Bericht. Und in der Zwischenzeit«, fügte er mit einem schlauen Grinsen hinzu, »zeige ich mich von meiner charmantesten Seite. Ich habe ihr gestern Blumen schicken lassen.«

Ivan musterte seinen Sohn abschätzend. »Sie sieht jetzt sogar noch besser aus als früher.«

»Ach, ist dir das auch aufgefallen?« Neal lachte. »Sie kreuzt hier auf und markiert die coole Geschäftsfrau, aber hinter all dem verbirgt sich auch nur 'ne Frau. Dieses ganze Geplärre von wegen Gleichberechtigung ist doch Blödsinn. Letztendlich taugen sie doch nur für das, was sie zwischen den Beinen haben.«

»Im großen und ganzen hast du ja recht, Junge. Aber diese hier macht mir Kopfzerbrechen. Sie hat nicht vergessen, was damals geschehen ist.« Ivan zeigte mit dem Finger auf sich und seinen Sohn. »Sie will uns an die Gurgel, Neal. Sie war schon früher kein dummes Häschen, wie du weißt, und daran hat sich nichts geändert. Sie will Blut sehen. Unser Blut.«

Neals Augen funkelten über den Rand des Schwenkers. »Dazu sage ich nur soviel: Sollte es tatsächlich eine neue Industrie in Palmetto geben, dann wird sie mit Sicherheit den Patchetts gehören.«

Ivan lachte meckernd. »Das ist mein Sohn. Es tut mir im Herzen gut, dich so reden zu hören. Scheint, daß du doch was von deinem alten Herrn gelernt hast.«

»Nein, aber Jade ist uns verdammt nahe auf den Fersen. Sie könnte zum Beispiel einen Lohnkrieg anzetteln. Was meinst du, zu wem werden die Leute gehen, wenn sie 'nen Dollar mehr die Stunde bietet?«

»Unsere Arbeiter sind loyal.«

»Scheiß auf Loyalität«, fauchte Neal verachtend. »Dies ist der neue Süden, Daddy. Wach endlich auf. Dieser ganze Ehrenkodex ist nichts als Scheiße. Wenn Jade ihnen mehr bietet, sind sie weg. Völlig egal, ob ihre Großväter und Väter auch schon bei uns waren. Verdammt! Jedesmal, wenn ich darüber nachdenke, wünsche ich, ich hätte meine Hände um ihren Hals...«

Ivan warf Neal einen düsteren Blick zu. »Vielleicht hättest du sie damals, in dieser Nacht, umbringen und es den Niggern oder irgendwelchem weißen Abschaum in die Schuhe schieben sollen.«

»Ja. Wenn ich doch nur damals schon gewußt hätte, was ich heute weiß.«

»Okay, sie ist auf Rache aus. Ich kenne das Gefühl selbst zu gut, um die Zeichen nicht zu sehen.« Ivan schnalzte verächtlich. »Aber Myrajanes kleiner Waschlappen, dieses Stück Hühnerscheiße, mußte ja schon ins Gras beißen, und unser tapferer Sheriff ist wohl kaum in der Verfassung, sich mit so was zu beschäftigen. Wer bleibt also übrig?«

Neal klopfte seinem Vater auf die Schulter. »Keine Sorge, Daddy. Wir brauchen doch nur uns beide.«

* * *

Jade lenkte den Jeep auf den Hof, der in einem genauso erbärmlichen Zustand wie früher war. Die Hühner waren ein paar Generationen weiter, aber sie gackerten und flatterten noch genauso über den Hof. Eine Sau grunzte in ihrem schlammigen Verschlag.

Durchs Küchenfenster konnte sie sehen, wie sich Mrs. Parker die Hände an einem Geschirrtuch abtrocknete und zum Fenster ging, um nachzuschauen, wer gekommen war. Auf Jade wirkte die Situation wie ein Déjà-vu. Sie hätte lieber zu einer anderen Tageszeit kommen sollen, nicht ausgerechnet in der Dämmerung, so wie damals, als sie die grausige Entdeckung in der Scheune gemacht hatte. Doch sie wußte, daß sie Otis nur zum Abendessen mit Sicherheit hier antreffen würde.

Sie ging zur Vordertür und klopfte. Mrs. Parker warf sich das Geschirrtuch über die Schulter und kam zur Tür. Sie schirmte die Augen vor der untergehenden Sonne ab und blinzelte Jade durch das Fliegengitter an. »Ja, bitte?«

»Hallo, Mrs. Parker. Ich bin es, Jade. Jade Sperry.«

Jade konnte hören, wie sie die Luft einzog. Ihre knochige Brust hob sich. Sie kam mit dem Gesicht näher ans Gitter und vergewisserte sich.

»Was wollen Sie hier?«

»Ich würde gerne mit Ihnen sprechen.«

»Wir haben uns nichts zu sagen.«

»Bitte, Mrs. Parker. Es ist wirklich wichtig, sonst wäre ich nicht hergekommen. Bitte.«

Jade wartete bang einen scheinbar endlosen Augenblick, dann schwang das Fliegengitter mit einem lauten Quietschen auf. Mrs. Parker neigte ihr ergrautes Haupt. Jade betrat das Wohnzimmer. Die Polsterung des alten Sofas war so mitgenommen, daß an verschiedenen Stellen die Füllung durchquoll. Auf der Kopfstütze des Sessels prangte ein großer Fleck. Der Teppich war an den Rändern ausgefranst.

Seit Jade das letzte Mal hiergewesen war, waren keine neuen Möbel dazugekommen. Es war ein dunkler Raum mit vergilbten Tapeten, abgenutzten Möbeln, einer laut tickenden Uhr und einem gerahmten Foto von Gary mit Umhang und Kappe, die er nie bei der Abschlußfeier getragen hatte.

Jade war nach ihrer Rückkehr an Garys Grab gewesen. Als er jetzt aus dem billigen Rahmen auf sie herablächelte, spürte sie einen Stich, doch gleichzeitig fühlte sie sich in ihrem Anliegen bestärkt. Sie wandte sich zu Garys Mutter, die um mehr als nur fünfzehn Jahre gealtert war. Ihr Haar war dünn und ungekämmt, und ihr Kleid hing lose an ihrem Körper. Ihre faltige Haut bedeckte nichts als Knochen.

»Wo sind Garys jüngere Geschwister, Mrs. Parker?«

Mrs. Parker erwiderte knapp, daß zwei der Mädchen verheiratet waren und selber Kinder hatten. Einer der Jungs lebte mit seiner Frau in der Stadt und arbeitete auf Patchetts Sojaplantage; ein anderer war bei der Navy, einer hatte das Haus verlassen, ohne zu sagen, wohin er wollte. Sein letztes Lebenszeichen war eine Postkarte aus Texas gewesen.

»Die Kleinste wohnt noch zu Hause«, berichtete sie müde. »Nächstes Jahr macht sie ihren Abschluß an der High School.«

Traurig erinnerte sich Jade an die Pläne, die sie und Gary für seine jüngeren Geschwister gehabt hatten.

Dann hörte sie, wie irgendwo im Haus eine Tür schlug.

»Das wird Otis sein«, sagte Mrs. Parker ängstlich. »Er wird nicht gerade froh sein, Sie hier zu sehen.«

»Ich muß aber mit ihm reden.«

Oti Parker war noch schlimmer gealtert als seine Frau. Er ging geduckt und das bißchen verbliebene Haar war weiß.

Die Zeit, Müdigkeit, Verzweiflung und Kummer hatten tiefe Kerben in sein Gesicht gegraben. Er blieb stehen, als er Jade erblickte.

»Wir ha'm Besuch, Otis.« Mrs. Parker hatte das Tuch von der Schulter genommen und wrang es nervös in den Händen.

»Wer ist es?« Er kam mit seinem rollenden gebeugten Gang näher heran und blinzelte sie kurzsichtig an.

»Ich bin's, Jade Sperry, Mr. Parker.«

Er atmete zischend aus. Jade rechnete schon damit, ihn zusammenbrechen zu sehen, doch statt dessen richtete er sich zu voller Größe auf. »Ja, das sehe ich jetzt auch. Was wollen Sie hier?«

Jade wollte sie beide in die Arme schließen. Sie widerstand dem Impuls. Bei Garys Beerdigung hatte sie versucht, ihren Kummer zu teilen, und war zurückgewiesen worden. Die Parkers glaubten wie alle anderen auch, daß Gary sich umgebracht hatte, weil sie ihm untreu gewesen war.

»Hab' schon gehört, daß Sie wieder in der Stadt sind«, sagte Otis. »Was wollen Sie von uns?«

»Können wir uns setzen?«

Das alte Paar tauschte einen Blick aus. Otis drehte sich um und nahm in dem Sessel mit dem Flecken Platz. Mrs. Parker deutete auf das Sofa und setzte sich selbst auf einen Stuhl mit kaputtem Rohrgeflecht.

»Sie sagten, Sie wüßten, daß ich wieder in der Stadt bin«, begann Jade. »Wissen Sie auch, warum?«

»Hab' gehört, Sie wollen hier irgendeine Fabrik bauen.«

»Das stimmt.« Sie erklärte ihnen das Wesentliche darüber. »Das Unternehmen, das ich vertrete, denkt bereits über Expansion nach, deshalb benötigen wir mehr Land.

Und das ist der Grund, weshalb ich heute zu Ihnen gekommen bin, Mr. Parker.« Sie holte tief Luft. »Ich möchte Ihre Farm im Auftrag der GSS kaufen.«

Mrs. Parker hob die Hand an den Mund, sagte aber keinen Ton. Otis fixierte Jade. »Diese Farm? Wofür?«

»Es gibt verschiedene Nutzungsmöglichkeiten«, antwortete sie ausweichend.

»Als da wären?«

»Ich bin leider nicht befugt, darüber zu sprechen, Mr. Parker. Ich möchte Sie auch bitten, dieses Gespräch streng vertraulich zu behandeln.« Sie schaute zu Mrs. Parker, dann wieder zu Otis. »Ich hoffe, daß wir uns verstehen. Niemand darf davon erfahren.«

»Macht keinen Unterschied. Ich werde so oder so nicht verkaufen.«

»Ich weiß, dieses Land befindet sich seit Generationen im Besitz Ihrer Familie, Mr. Parker. Das ist sicher ein schwerer Entschluß, aber...«

»Es steht nicht zum Verkauf.«

Jade kniff die Lippen zusammen. Sie war dabei, alte Wunden aufzureißen. Ihre Anwesenheit in diesem Haus weckte die Erinnerung an den Sohn der Parkers, den sie so sehr geliebt und auf so tragische Weise verloren hatten. Jade war versucht, zu gehen und ihnen ihren Frieden zu lassen. Doch dann zwang sie sich fortzufahren.

»Würden Sie mir vielleicht trotzdem erlauben, den Besitz durch einen Dritten, Unparteiischen, schätzen zu lassen? Ich verspreche Ihnen, daß Ihnen dadurch keinerlei Unannehmlichkeiten entstehen. Sobald ich das Gutachten habe, würde ich gerne noch einmal Kontakt mit Ihnen aufnehmen.«

»Otis, das kann doch nicht schaden, oder?« fragte Mrs. Parker.

Er musterte Jade feindselig. »Sie haben meinem Jungen weh getan. Sie haben ihm das Herz gebrochen und den Verstand geraubt.«

Jade senkte den Kopf. »Ich kann Ihnen unmöglich erklären, was wirklich in diesem Frühling geschehen ist, aber Sie müssen mir glauben, daß ich Gary von ganzem Herzen geliebt habe. Hätte ich eine Wahl gehabt, ich hätte ihm niemals weh getan.«

»Sie glauben, wenn Sie diese Farm kaufen, können Sie Ihr Gewissen beruhigen, nicht wahr?« fragte Mr. Parker.

»Vielleicht.«

»Nun, dann will ich Ihnen sagen, daß weder Sie noch Ihre großartige Firma genug Geld besitzen, um den Verlust von Gary aufzuwiegen.«

»Mr. Parker, das habe ich auch nie geglaubt. Sein Leben ist nicht mit Geld zu bezahlen. Aber Ihre Farm liegt nun einmal auf dem Gelände, das wir gern erwerben würden. Die GSS ist bereit, Ihnen einen guten Preis dafür zu bieten.«

»Sie steht nicht zum Verkauf. Nicht für Sie, jedenfalls.« Er erhob sich und verließ das Zimmer.

Jade stand zögernd auf und ging zur Tür. Mrs. Parker begleitete sie. »Meinen Sie, es ist in Ordnung, wenn ich das Land schätzen lasse?«

Die Frau warf einen nervösen Blick zum hinteren Teil des Hauses. »Er hat nicht direkt nein gesagt, oder?«

»Nein, das hat er nicht.«

»Dann geht es wohl in Ordnung.«

»Darf ich danach noch einmal zu Ihnen kommen?«

Mrs. Parkers angespannter Mund zuckte. »Jade, wir haben diesen Jungen geliebt. Wir werden nie darüber hinwegkommen, was er sich angetan hat.«

»Ich auch nicht, Mrs. Parker.«

»Es hat Otis selbst beinahe umgebracht.« Sie wischte sich die Nase an dem Handtuch ab. »Er hat seinen Stolz, wissen Sie, wie Männer eben sind. Ich – ich finde, daß wir für all den Kummer um Gary etwas bekommen sollten. Irgend jemand muß doch für das bezahlen, was geschehen ist.«

Jade drückte ihren Arm. »Ich danke Ihnen. Ich werde mich bald wieder bei Ihnen melden. Und vergessen Sie nicht – Sie dürfen mit niemandem darüber sprechen.«

Kapitel 22

»Ey, Mom...«

»Ey, *was?*«

Graham schaute von der *Sports Illustrated* auf, in der er gerade blätterte. Er lag bäuchlings auf dem Boden im Wohnzimmer. »Von dir hört sich das komisch an. Das sagen coole Männer untereinander.«

»Ich habe mal einen Mann kennengelernt, der hat fast jeden Satz mit ›hören Sie‹ angefangen. Das hat mich so genervt, daß ich ihn dafür ins Gefängnis geschickt habe.«

Graham rollte sich auf den Rücken und setzte sich auf. »Echt wahr?«

»Echt wahr.«

Sein dunkles Haar war strubbelig, seine Augen strahlten. Jade bewunderte ihn einen Augenblick lang. Seit seiner Ankunft in Palmetto vor einer Woche konnte sie sich kaum sattsehen an ihm, so sehr hatte sie ihn in den sechs Wochen davor vermißt. Noch nie waren sie so lange voneinander getrennt gewesen.

»Wenn du mir nicht glaubst«, sagte sie, »kannst du ja Mr. Burke fragen, wenn du ihn das nächste Mal triffst. Er kann dir bestätigen, daß der Mann ins Gefängnis gehörte.«

»Mr. Burke ist so cool…«

»Cool?«

Jade überlegte, ob dieser Ausdruck auf diesen Mann paßte. Burke arbeitete unermüdlich und nahm jede Verzögerung – von schlechtem Wetter bis zu ausfallendem Arbeitsgerät – als persönlichen Affront. Er machte den Bau der Fabrik zu seinem Kreuzzug. Seine Besessenheit konnte sich leicht mit ihrer eigenen messen.

»Na ja, vielleicht kann man ihn so nennen.« Sie gab sich Mühe, möglichst gleichgültig zu klingen.

Dillon hatte keine Laster, von denen sie wußte. Nie hatte sie ihn betrunken oder verkatert erlebt. Wenn er sich mit Frauen traf, dann jedenfalls nicht in seinem Trailer. Ihres Wissens hatte er noch nie eine Frau mit auf das Baugelände genommen.

»Als ich ihn zum erstenmal sah, fand ich ihn irgendwie unheimlich.«

»Unheimlich?«

»Er lacht nicht oft, stimmt's?«

»Nein, das tut er wirklich nicht«, antwortete Jade nachdenklich. Und wenn er mal lächelte, dann meist spöttisch.

»Und als du mich zum erstenmal zur Baustelle mitgenommen hast, hat er mich gleich angeschrien, als ich auf den Bulldozer geklettert bin.«

Graham war während seiner ersten Woche in Palmetto bereits dreimal mitgekommen. Er war fasziniert von dem Gelände. Jade fragte sich allerdings, ob er von Dillon oder von dem Bau fasziniert war.

»Stimmt, und ich bin froh, daß er dich angeschrien hat. Du hattest bei den Maschinen nichts zu suchen. Es ist gefährlich.«

»Hat Mr. Burke auch gesagt. Er meinte, daß Leute, die sich absichtlich so in Gefahr bringen, nur Scheiße im Kopf haben.«

»Graham!«

»Hat *er* gesagt, Mom. Nicht ich.«

»Hast du noch mehr so tolle Ausdrücke von Mr. Burke aufgeschnappt?«

Er grinste. »Ich glaube, inzwischen kann er mich ganz gut leiden. Obwohl – er ist ziemlich sauer geworden, als ich mit Loner auf den Schotterhügel rauf bin.«

»Mit Loner?«

»Sein Hund. Mr. Burke nennt ihn Loner. Na ja, ich war gerade am Hochklettern, wie auf 'nen normalen Berg, da kam er aus seinem Trailer geschossen und hat mich angebrüllt – ich soll verdammt noch mal da runterkommen. Hat *er* gesagt, Mom. Dann hat er mich am Arm gepackt und mich geschüttelt und gefragt, ob ich noch richtig ticke und ob ich nicht weiß, daß andauernd Kinder in Schotterhaufen ersticken.

Ich hab' ihm gesagt, daß ich kein Kind mehr bin. Und er hat gesagt: ›Aber auch noch nicht erwachsen. Und wenn du hier bist, tust du, was ich dir sage.‹ Er hat mir echt angst gemacht. Wenn er einen so leise anzischt, weißt du, dann bewegt sich nicht mal sein Schnurrbart.«

»Ja, ich weiß.« Sie hatte Dillon schon erlebt, wenn er wütend wurde, und hatte selbst nach einer Lippenbewegung oder einem Zittern seines Schnauzers gesucht.

»Aber er hat dir nichts getan, oder?«

»Scheiße, nein. Ähem, ich meine, oh, nein. Er hat sich später sogar entschuldigt, daß er meinen Arm so hart gepackt hat. Er hat gesagt, daß er 'ne Scheißangst hatte, daß Loner und ich da oben unter dem Schotter begraben werden.«

Jade quittierte seine Ausdrucksweise mit einem Stirnrunzeln. Graham grinste sie undschuldig an. Es machte ihm Spaß, Worte zu benutzen, die normalerweise verboten waren. »Mann, der hat 'nen Griff, mit dem er einem die Knochen brechen kann.«

Da gab sie ihm ohne Einschränkung recht. Jade hatte Dillon mehr als einmal von ihrem Fenster im Bürocontainer aus heimlich bei der Arbeit beobachtet. Er ging mit festen, großen Schritten über den Platz und überwachte die Ausschachtung. Selbst auf größere Entfernung konnte sie ihn unter den anderen Arbeitern erkennen, denn er trug stets einen weißen Helm, seine verspiegelte Sonnenbrille... und natürlich den Schnauzer.

»... wenn ich darf. Darf ich?«

»Entschuldige, Graham. Was hast du gesagt?«

Er rollte mit den Augen, wie es alle Teenager tun, wenn ihre Eltern mal wieder nichts kapieren. »Ob ich mit dem Fahrrad raus zum Gelände fahren darf. Ich kenne den Weg schon.«

»Aber das sind mehrere Meilen.«

»Bitte, Mom.«

»Hört sich an, als würden hier wichtige Entscheidungen diskutiert«, sagte Cathy. Sie kam mit einem Tablett voller

Getränke und Kekse aus der Küche. Für Graham gab es ein Glas Milch, Kaffee für sie und Jade. »Da tut eine Stärkung immer gut.«

Cathy war das Kunststück gelungen, in der kurzen Zeit, die sie hier war, das Haus in ein Zuhause zu verwandeln. Jade war erst in den sechs Wochen ihrer Trennung wirklich bewußt geworden, wie aktiv Cathy war. Sie erledigte sämtliche Besorgungen, kochte und führte das Haus. Sie liebte ihre Aufgabe. Für Cathy war das Leben sinnlos, wenn sie nichts hatte, um das sie sich kümmern konnte.

Sie stellte das Tablett ab und setzte sich zu Jade aufs Sofa. »Und um was geht es heute abend, wenn ich fragen darf?«

Graham knabberte einen noch ofenwarmen Schokoladenkeks und erklärte mit vollem Mund: »Mr. Burke hat gesagt, ich darf jederzeit rauskommen. Warum stellst du dich so an, Mom?«

»Erstens ist es zu weit, um mit dem Fahrrad zu fahren. Zweitens ist das Gelände kein Spielplatz. Du könntest den Arbeitern im Weg stehen oder dich verletzen. Und drittens finde ich, daß du dir lieber Spielkameraden in deinem Alter suchen solltest.«

»Ich hab' ja schon ein paar Jungs aus der Nachbarschaft kennengelernt.«

Jade hoffte, daß er den Sommer über Freundschaften schließen würde, damit er es zum Schulbeginn im Herbst nicht so schwer hatte. Sie hielt es für wesentlich gesünder, wenn er seine Freizeit mit Gleichaltrigen verbrachte, anstatt sich an ihren Bauleiter zu hängen.

»Mr. Burke hat Besseres zu tun, als dich zu unterhalten.«

»Aber er hat es mir erlaubt, Mom. Du verdirbst mir jeden Spaß«, maulte er.

Cathy, die geborene Diplomatin, sagte: »Vielleicht könnten wir Mr. Burke bald mal zum Essen einladen.«

»Oh, ja, das wäre prima«, jubelte Graham. Jetzt lächelte er wieder.

»Ich weiß nicht«, sagte Jade eilig.

»Warum nicht, Mom?«

»Er sitzt abends bestimmt immer allein beim Essen in seinem Trailer«, taktierte Cathy. »Ich glaube, er würde sich über eine richtige Mahlzeit freuen.«

»Und ich finde, wir sollten es respektieren, wenn er so zurückgezogen leben will.«

Es war eine schwache Ausrede, sie sah es an ihren Mienen. Aber sie wußte es auch selbst. Der wahre Grund für ihr Zögern war, daß sie ohnehin schon sehr viel Zeit mit Dillon verbrachte. Er hatte sich als derart kompetent erwiesen, daß sie ihn bei anstehenden Entscheidungen fast immer nach seiner Meinung fragte. Sie verkehrten freundlich, aber strikt professionell miteinander, und genau dabei wollte sie es gern belassen.

»Du hast noch immer nicht gesagt, ob ich mit dem Fahrrad rausfahren darf«, erinnerte Graham. »Bitte, Mom. Palmetto ist nicht New York. Was soll hier schon Schlimmes passieren?«

Mit zitternder Hand stellte Jade die Tasse auf den Unterteller.

Cathy beeilte sich zu vermitteln. »Laß sie ein, zwei Tage drüber nachdenken, Graham. Wie ich sehe, hast du die Kekse erfolgreich vernichtet. Komm, hilf mir beim Abräumen, bring schon mal das Tablett in die Küche. Ich komme gleich nach.«

Graham erhob sich widerwillig und trug das Tablett hinaus. Als er außer Hörweite war, nahm Cathy Jades Hände, die sie zwischen die Knie gepreßt hatte, in ihre. »Jade, er weiß es nicht besser. Für ihn ist es hier so.«

»Ich weiß. Bis ich vergewaltigt wurde. Hätte ich auch nie geglaubt, daß so etwas in Palmetto passieren könnte.«

Cathy wählte ihre nächsten Worte sehr sorgsam. »Ich weiß, du wolltest nie, daß Graham erfährt, unter welchen Umständen er gezeugt wurde.«

»Das will ich auch jetzt noch nicht.«

»Und was ist, wenn er es von jemand anderem erfährt?« fragte Cathy besorgt. »Was ist, wenn jemand ihn ganz direkt fragt, wer von den drei Männern nun sein Vater ist?«

»Die Leute, die von der Vergewaltigung wissen, werden den Mund halten. Außerdem – selbst die wissen ja nicht, daß Graham an diesem Abend gezeugt wurde.«

»Deine Feinde sind wichtige Leute hier in der Stadt – der Sheriff selbst und die Patchetts. Wenn die von Graham erfahren, werden sie zwei und zwei zusammenzählen...«

»Und dann *was*? Die Vergewaltigung zugeben? Wohl kaum...«

Cathy sah ihre junge Freundin eindringlich an. »Jade, ich habe mich nie in dein Privatleben gemischt. Wenn es nach mir gegangen wäre, hättest du vor Jahren Hank Arnett geheiratet. Aber ich habe mir nie angemaßt, dir zu sagen, was du tun oder lassen sollst.«

»Und warum habe ich jetzt das Gefühl, daß du genau das tust?«

Die ältere Frau ignorierte die spitze Bemerkung und flüsterte Jade zu: »Laß es.«

»Laß was?«

»Jade, halt mich nicht für dumm. Du hast Palmetto nicht

zufällig für dein Vorhaben ausgesucht. Du bist an diesen Ort voller unliebsamer Erinnerungen zurückgekehrt, weil du Vergeltung willst.«

Sie drückte Jades Hände. »Das, was du bisher erreicht hast, ist schon Vergeltung genug. Du hast die Vergangenheit meisterlich bewältigt. Du hast Graham, der dich über alles liebt. Was willst du noch? Laß es…«

»Das kann ich nicht, Cathy.« Sie versuchte nicht einmal, Cathys Behauptung zu widerlegen. »Auf diesen Augenblick habe ich jahrelang gewartet. Ich werde jetzt keinen Rückzieher machen.«

»Ich habe Angst um dich. Diese Sache frißt dich auf. Du könntest selber dabei zerstört werden – bevor du sie zerstören kannst.«

»Ich will sie gar nicht zerstören. Wenn ich das wollte, hätte ich sie vor fünfzehn Jahren töten können. Ich habe damals mit dem Gedanken gespielt.« Sie schüttelte den Kopf. »Aber sie zu töten, wäre zu einfach gewesen. Nein, ich will, daß ihnen etwas genommen wird, das ihnen viel wert ist – so, wie mir meine Unschuld genommen wurde und der Mann, den ich liebte. Ich will, daß sie all ihre Träume verlieren, so, wie ich meine verloren habe.

Und mehr als alles andere will ich Vergeltung für Garys Tod. Sie haben ihn umgebracht, Cathy, als hätten sie mit der Waffe auf seinen Kopf gezielt und abgedrückt. Ich werde nicht aufhören, bis sie für seinen Tod bezahlt haben.«

Ihr Ton wurde weicher, wehmütiger. »Er war so ein Idealist. Wir haben davon geträumt, die Patchetts von ihrem Thron zu stoßen. Ihre Tyrannei zu beenden. Die Patchetts suchen sich Opfer, die arm sind, machtlos, ohne Einfluß, genau wie ich vor fünfzehn Jahren. Sie kennen kein Gesetz und kein Gewissen, und sie werden diesen Menschen hier so lange weh tun und sie unterdrücken, bis ihnen jemand Einhalt gebietet.« Ihre Miene wurde entschlossen. »Ich habe fünfzehn Jahre lang auf diesen Moment hingearbeitet. Ich werde ihn jetzt nicht verstreichen lassen.«

Cathy schwieg einen Augenblick, dann sah sie mit flehendem Blick zu Jade auf. »Erzähl Graham, was passiert ist. Wenn diese Männer so rücksichtslos sind, wie du sagst, werden sie zurückschlagen. Sie könnten versuchen, an ihn heranzukommen. Sag es ihm, Jade, bevor es ein anderer tut.«

Jade erkannte, daß Cathy recht hatte, doch sie erinnerte sich unwillkürlich an Velta, die ihr die Schuld am Selbstmord ihres Vaters zugeschoben hatte. Wenn sie Graham von der Vergewaltigung erzählte, konnte es sein, daß er seine Existenz als Schande begriff. Sie wollte nicht, daß er sich sein Leben lang Schuldgefühle machte.

»Nein, Cathy. Er darf es niemals erfahren.«

* * *

Die Entscheidung, ob Graham allein mit dem Fahrrad zum Baugelände durfte, wurde aufgeschoben, da Dillon die Stadt für eine Weile verließ. Er mußte sich mit mehreren Subunternehmern treffen.

»Mr. Burke hat mich gebeten, Loner zu versorgen, solange er nicht da ist«, sagte Jade, als sie abends heimkam, zu Graham. »Die Sache mit dem Fahrrad ist also erst mal gestorben. Es gibt keinen Grund für dich rauszufahren. Wir reden noch mal drüber, wenn Mr. Burke wieder zurück ist.«

Graham war enttäuscht. »Und wann kommt er zurück? In hundert Jahren?«

»In zwei Wochen, hat er gesagt.«

»In hundert Jahren…«, maulte Graham und schlich davon. Jade war innerlich beunruhigt. Cathys Warnung war nicht aus der Luft gegriffen. Sie war derart in das Projekt vertieft gewesen, daß sie die Möglichkeit eines Angriffs durch die Patchetts und Hutch aus den Augen verloren hatte. Ihre Gegner verhielten sich seit der Bürgerversammlung ungewöhnlich ruhig. Das allein war Grund genug zur Sorge. Kein Zweifel, sie hatten irgend etwas vor. Und bis Jade wußte, was es war, hatte sie keine Ruhe. Sie wollte nicht, daß Graham allein durch die Stadt kurvte.

Die Arbeit auf dem Bau ging auch ohne Dillon weiter. Er hatte den Ausschachtungsleiter vorübergehend mit der Beaufsichtigung der Arbeiten beauftragt. Jade wußte, wie hoch Dillons Ansprüche waren, und vertraute dem Mann, doch sie fühlte sich sicherer, wenn Dillon in der Nähe war.

Das Gelände war fast zu einer Touristenattraktion geworden, Schaulustige fielen in Scharen ein. Es verging kaum ein Tag, an dem Jade kein Interview geben mußte. Lola Garrison, eine Reporterin aus Charleston, verbrachte einen ganzen Tag mit Jade. Sie schrieb einen Artikel über das TexTile-Projekt für ein Sonntagsmagazin, das mehreren großen Zeitungen im ganzen Süden beilag.

Der Frühling ging langsam in den Sommer über. Die Tage wurden länger. Eines Abends saß Jade noch spät über der Arbeit. Die Maschinen waren schon abgestellt. Sie war so sehr in ihre Unterlagen vertieft, daß sie die Zeit vergaß und erst aufmerkte, als Loner draußen anfing zu bellen.

Ein kleiner Freudenschauer durchfuhr sie. Dillon ist zurück, dachte sie. Aber die Schritte auf der Treppe klangen nicht schwer genug, und Loners Kläffen war kein Begrüßungsbellen. Die Tür des Trailers schwang auf.

»Hallo, Jade.«

»Donna Dee!« Sie war geschockt und gleichzeitig erleichtert, daß der Besucher ihre alte Freundin und niemand Bedrohliches war.

Loner kläffte noch immer wütend von der Türschwelle. »Ruhig, Loner.« Jade kam hinter dem Schreibtisch hervor, um die Tür zu schließen. Sie drehte sich zu Donna Dee um.

»Du siehst gut aus, Jade.« Ihr Lächeln war von Bitterkeit und Neid verzerrt. »Aber das ist ja nichts Neues.«

»Danke.«

»Keine Bange, ich erwarte nicht, daß du das Kompliment zurückgibst. Es wäre ohnehin gelogen.«

Darauf wußte Jade nichts zu antworten. Die Jahre waren gnadenlos zu Donna Dee gewesen, die ohnehin noch nie im üblichen Sinne hübsch gewesen war. Ihr lebhafter Charakter hingegen war immer ansprechend gewesen, doch auch der schien verloren. Jetzt klang sie eher verbittert.

»Weshalb bist du hergekommen, Donna Dee?«

»Darf ich mich setzen?«

Jade deutete nickend auf einen Stuhl und ging dann an den Schreibtisch zurück. Donna Dee nahm Platz. Sie zog ihren Rocksaum über die Knie, ein Zeichen, wie nervös sie war. Donna Dee war es normalerweise völlig egal, ob man ihre Knie sah oder nicht. Sie hatte irgend etwas auf dem Herzen. Vielleicht Reue.

»Ich war bei dir zu Hause«, sagte sie. »Sie haben gesagt, daß ich dich hier finden würde.«

»Sie?«

»Die ältere Dame und der Junge... Graham?«

»Ja, Graham.«

Donna Dee senkte den Blick. Jade fiel auf, daß sie die

Griffe ihrer Handtasche mit beiden Händen fest umklammerte, als würde sie fürchten, sie könnte ihr geraubt werden. »Ich, äh, ich habe erst vor ein paar Tagen gehört, daß du einen Sohn hast.«

»Er ist noch bis zu den Ferien in New York zur Schule gegangen. Wer hat dir von ihm erzählt?«

»Ach, du weißt doch, wie die Leute hier tratschen.«

»Ja, das weiß ich. Nur zu gut.«

Donna Dee legte sich eine Haarsträhne hinters Ohr. »Er ist ein hübscher Junge, Jade.«

»Danke.«

»Er sieht dir sehr ähnlich.«

»Ja, mir und meinem Vater.«

»Stimmt. Du hattest immer Bilder von ihm dabei.« Sie fuhr mit dem Finger die Nähte ihrer Handtasche entlang. »Wie alt ist... Graham?«

»Vierzehn.«

Die beiden Frauen starrten sich an, im Blick Jahre der Verbitterung. Donna Dee brach das angespannte Schweigen. »Du willst, daß ich die Frage stelle, nicht wahr?«

»Welche Frage?«

»Ist er an diesem Abend gezeugt worden?«

»Ach, du meinst den Abend, als ich vergewaltigt wurde?« Jade stand abrupt auf. »Das wäre doch wirklich ein interessanter Gesprächsstoff für dich und Hutch heute beim Abendessen.«

Jetzt stand auch Donna Dee auf. »Ich werde heute nicht mit Hutch zu Abend essen. Wir werden uns heute abend auch nicht unterhalten können. Hutch liegt auf der Intensivstation im Krankenhaus in Savannah, Jade. Er stirbt!«

Ihre Worte hallten von den Wänden nach. Für einen Moment starrten sie einander an, dann brach Donna Dee auf ihrem Stuhl zusammen und schlug die Hände vor das Gesicht. »Er stirbt.«

Hutch war genau wie sein Dad früher eine reine Galionsfigur mit Dienstabzeichen. Er war eine Marionette der Patchetts. Bevor Jade zurückgekehrt war, war dies nur eine Vermutung ihrerseits gewesen. Gleich an ihrem ersten Tag in Palmetto machte sie einen Test. Sie fuhr mit stark überhöhter Geschwindigkeit auf dem Highway und ließ sich dabei schnappen.

Als der Officer den Strafzettel ausstellen wollte, sagte sie: »Mr. Patchett wird das gar nicht gefallen, wenn er davon erfährt. Er hat mir nämlich gesagt, ich müßte mir um Strafzettel keine Sorgen machen. Er würde den Sheriff anrufen und es in Ordnung bringen. Warum wollen wir uns also das Leben unnötig erschweren? Das wäre doch Zeitvergeudung, oder?« Sie spielte die Rolle aus, hob ihre Sonnenbrille und blinzelte dem Officer lächelnd zu.

»Gut, daß Sie mir das gesagt haben, kleine Lady.« Er ließ den Block in der Hemdtasche verschwinden. »Sheriff Jolly hätte mich ganz schön zur Schnecke gemacht, wenn ich eine persönliche Freundin von Mr. Patchett beleidigt hätte. Sprechen wir eigentlich vom alten oder vom jungen Patchett?«

»Dürfen Sie sich aussuchen«, hatte sie geantwortet und den Motor gestartet.

»Tut mir leid, ich habe Sie nicht gleich erkannt. Wie, sagten Sie, war noch Ihr Name?«

»Ich sagte gar nichts.« Sie war übermütig, weil sich ihre Annahme bestätigt hatte.

Jetzt fühlte sie sich wie betäubt. Sie würde nie das Vergnügen haben, Hutch als einen korrupten Feigling zu enttarnen, der nichts mehr fürchtete als den Spott der Patchetts.

»Das wußte ich nicht, Donna Dee. Tut mir leid, das zu hören.«

Donna Dee schnaubte verächtlich. »Tatsächlich? Darauf würde ich glatt wetten. Wenn Hutch stirbt, ist von den drei Negerlein nur noch eins übrig. So zählst du doch...«

»Vorsicht! Das wäre ja fast ein Eingeständnis, daß sie mich zu dritt vergewaltigt haben.«

»Das hast *du* gesagt!« Sie musterte Jade neugierig. »Ivan steht auch schon mit einem Fuß im Grab. Er hat sich nie ganz von dem Unfall erholt. Neal war 'ne längere Zeit in ziemlich schlechter Verfassung. Zuerst haben alle gedacht, er wäre dabei entmannt worden. Das wäre doch wirklich komisch, wenn der Superhengst Palmettos ihn nicht mehr hochgekriegt hätte, was? Hat sich aber als faules Gerücht erwiesen. Es gibt jede Menge Frauen, die schwören, daß er noch immer so scharf ist wie früher.«

»Das interessiert mich wirklich nicht.«

Doch Donna Dee redete einfach weiter. »Fritz und Lamar sind tot. Ivan ist verkrüppelt. Hutch stirbt. Gott hat die Bahn für dich ganz schön freigeräumt. Er muß dich wirklich mögen...«

»Ich bin für keinen dieser Unglücksfälle verantwortlich. Und ob du es mir glaubst oder nicht, Donna Dee – ich wünsche mir nicht, daß Hutch stirbt.«

»Aber du wirst auf seiner Beerdigung nicht gerade Tränen vergießen, stimmt's?«

»Nein, ich habe all meine Tränen auf Garys Beerdigung geweint.«

Donna Dee schnappte kurz nach Luft, dann sagte sie verteidigend: »Hutch hatte nichts damit zu tun. Neal war es, der es Gary gesagt hat. Nicht Hutch.«

»Er hat Gary *was* gesagt?«

»Daß du zu Georgie gehen wolltest, weil du schwanger warst.«

Diese Information traf Jade so unvorbereitet, daß sie wie gelähmt war. Sie rührte sich nicht, doch ihr Verstand raste. Das Blut schoß ihr mit beunruhigender Heftigkeit durch die Adern.

»Neal hat Gary gesagt, daß ich eine Abtreibung vorhatte?« Ihre Stimme war nur mehr ein leises Krächzen. Die Frage, die sie seit Jahren geplagt hatte, war nun plötzlich beantwortet. Donna Dee konnte nicht wissen, daß sie soeben das letzte fehlende Teilchen in das Puzzle gefügt hatte.

All die Jahre hatte sich Jade gefragt, was Gary in den Selbstmord getrieben haben könnte. Jetzt wußte sie es. Neal hatte ihm gesagt, daß sie schwanger war, und hatte sie damit nicht nur zur Betrügerin, sondern auch zur Lügnerin gestempelt.

Es war unwichtig, wie Neal es herausgefunden hatte – wahrscheinlich hatte Patrice Watley es ihm erzählt. Wichtig war nur, daß er damit sofort zu Gary gerannt war. Garys Vertrauen in sie war so völlig zerstört worden, und er hatte sich umgebracht. Neals Bösartigkeit kannte anscheinend keine Grenzen.

Jade verschränkte die Arme. »Du solltest jetzt besser gehen, Donna Dee.«

»Du hattest gar keine Abtreibung, nicht wahr?«

»Ich bitte dich zu gehen.«

»Dein Sohn ist dieses Baby, stimmt's? Hör mir zu, Jade.«

Sie schöpfte tief Luft, als müßte sie sich wappnen. »Ungefähr vor einem Jahr fing Hutch an, sich nicht wohl zu fühlen. Er hat die Symptome, solange es ging, ignoriert. Du weißt, wie stur Männer sein können, wenn es um so etwas geht. Sie wollen nie eingestehen, daß sie nicht immer Superman persönlich sind.«

»Und so«, fuhr sie fort, »fanden wir erst heraus, was er hat, als seine Nieren versagten. Er leidet an einer seltenen Nierenkrankheit. Seit damals ist er in Dialysebehandlung. In der Stadt weiß es keiner. Wir haben es geheimgehalten, damit er seinen Job nicht verliert. Aber das ist jetzt auch nicht mehr wichtig.«

Sie holte ein Taschentuch heraus und tupfte sich die Augen. »Jedenfalls – seine Nieren sind kaputt. Die Dialyse schlägt nicht mehr an. Er braucht eine Transplantation, sonst stirbt er.«

»Das tut mir leid. Für euch beide.«

»Jade«, sagte Donna Dee beschwörend. »Die einzige Hoffnung, die Hutch bleibt, ist dein Sohn.«

»Was?« keuchte Jade ungläubig.

Donna Dee stand auf und kam ganz nahe an sie heran. »Hutch und ich hatten niemals Kinder. Wir haben alles versucht, aber es hat nicht geklappt. Dora ist vor zwei Jahren gestorben, also hat Hutch keine Familie mehr.

Wir können nicht länger auf eine Spende warten, die Zeit läuft uns davon, Jade.« Schluchzend umklammerte sie Jades Arm. »Wenn Hutch Grahams Vater ist, dann könnte Graham der Spender sein.«

Jade befreite sich aus Donna Dees Umklammerung und wich vor ihr zurück. »Hast du den Verstand verloren? Niemals, Donna Dee. Niemals.«

»Bei Gott! Es geht hier um ein Menschenleben!«

»Ja, genau. Um Garys Leben. Er ist an den Konsequenzen dessen, was Hutch mir angetan hat, gestorben. Ob du es wahrhaben willst oder nicht. Du hast verdammt gut gewußt, daß ich damals auf dem Revier die Wahrheit gesagt habe. Du wußtest es, Donna Dee! Und trotzdem hast du die Lügen bestätigt, die über mich verbreitet wurden!«

»Ich war beschissene achtzehn Jahre alt!« schrie Donna Dee. »Ich war sauer, weil der Junge, in den ich verliebt war, mit meiner besten Freundin und nicht mit mir bumsen wollte!«

»Das reicht aber nicht als Entschuldigung! Deine alberne Eifersucht ist mit dafür verantwortlich, daß Gary sich umgebracht hat.«

Donna Dee hielt sich die Ohren zu, doch Jade riß ihr die Hände herunter. »Ich würde nicht einen Tropfen vom Blut meines Sohnes für Hutchs Leben opfern.«

»Du bist eine selbstgerechte, überhebliche Schlampe!« zischte Donna Dee. »Und das warst du schon immer.«

»Das Wichtigste in meinem Leben ist jetzt mein Sohn. *Mein* Sohn, Donna Dee. Er gehört nur mir allein. Und niemand wird es wagen, ihn anzurühren.«

Donna Dees Blick war erfüllt von Haß, den sie wahrscheinlich nicht hätte beherrschen können, wenn Jade nicht so stark und entschlossen gewesen wäre. Sie drehte sich um, öffnete die Tür und stolperte hinaus. Jade schloß eilig hinter ihr ab. Dann ging sie zum Telefon.

Beim zweiten Läuten hob Cathy ab. »Cathy, ist Graham da?«

»Sicher. Er sitzt hier und verschlingt sein Abendessen. Du hast doch gesagt, wir sollen schon ohne dich anfangen.«

»Ja, ja, natürlich.« Ihre Knie zitterten. Sie sank auf den Stuhl hinter ihr. »Hör zu, Cathy. Ich möchte, daß Graham heute abend nicht mehr rausgeht. Er soll auch nicht Fahrrad fahren oder Skateboard. Auch nicht Basketball spielen.«

»Wir hatten eigentlich vor, uns nach dem Essen einen Film im Fernsehen anzuschauen.«

»Gut. Das ist gut.«

»Was ist denn los?«

»Nichts.«

»Hat es damit zu tun, daß Mrs. Jolly heute hier war?«

»Ja. Aber sag bitte Graham nichts davon.«

Sie konnte Cathys Unbehagen förmlich durch den Hörer spüren. »Er will mit dir sprechen.«

»Gut, gib ihn mir.«

»Hey, Mom. Wann kommst du nach Hause?«

»Bald. Ich bin bald da.«

* * *

»Verdammt…«

Dillon riß das Steuer herum, um den Hund nicht zu überfahren. Loner war aus dem Graben neben dem Highway hervorgeschossen und Dillon direkt vors Auto gerannt. Dillon war derart auf die Bremse gestiegen, daß er in Schleudern geraten war.

»Du blöder Köter!« rief er durchs Seitenfenster.

Als Loner die vertraute Stimme hörte, blieb er stehen. Er hob den Kopf und stürmte dann wie wild auf den Pickup zu. Dillon öffnete die Fahrertür. Loner sprang ihm auf den Schoß, leckte ihm das Gesicht und klopfte dabei mit dem Schwanz auf das Lenkrad.

»Blöder Hund, runter mit dir. Mann, du stinkst vielleicht. Wann hast du das letzte Mal geduscht?« Er schubste Loner vom Schoß und legte den Gang ein. Als sie wieder fuhren, warf er einen Seitenblick auf das Tier. Loner sah ihn treu ergeben an. Die Zunge hing ihm aus dem Maul, und er hechelte heftig.

»Ich habe dir schon tausendmal gesagt, daß du mich nicht mögen sollst, aber du kannst anscheinend nicht hören...«

Dillon mußte zugeben, daß es nett war, nach zwölf Tagen willkommen geheißen zu werden, auch wenn der einzige, der ihn vermißt hatte, ein Köter war, der nichts anderes zu tun hatte, als frontal auf einen Zweitonner zuzulaufen. So sehr er sich dagegen gesträubt hatte – der Hund war ihm ans Herz gewachsen. Er hielt nach ihm Ausschau, wenn er sich nicht am Trailer blicken ließ, und war froh, wenn er wieder auftauchte.

Jetzt kraulte er ihn hinter dem linken Ohr. »Wo wolltest du eigentlich drauflos? Oder warst du auf dem Weg nach Hause? Wolltest du vielleicht zu deiner Lady?« Loner hörte auf zu hecheln und hob die Brauen. »Tatsächlich? Du hast also eine Lady?« Loner winselte. Mitleidig sagte Dillon: »Ja, das Gefühl kenne ich...«

Er lenkte mit der linken Hand und kraulte Loner weiter mit der rechten. Um diese Zeit am Abend gab es nur wenig Verkehr. Man mußte sich nicht aufs Fahren konzentrieren, und das war gut so, denn Dillon war in Gedanken woanders.

Er hatte sie vermißt.

Er hatte sogar seine Reise um zwei Tage verkürzt. Er hatte die sechsstündige Heimfahrt in Kauf genommen, obwohl es auch völlig gereicht hätte, wenn er am nächsten Tag zurückgekommen wäre. Wann hatte er überhaupt zum letztenmal das Gefühl gehabt, irgendwohin *nach Hause* zu fahren?

Als es jemanden gegeben hatte, der auf ihn wartete.

Das hatte ihm angst gemacht – derart Angst, daß er mit dem Gedanken gespielt hatte, den Pickup in Knoxville stehenzulassen und einfach wieder zu verschwinden. Allerdings hatte er den Gedanken auch ziemlich schnell wieder verworfen.

»Schließlich«, sagte er zu seinem aufmerksamen Zuhörer, »ist Weglaufen eine ziemlich feige Art, Problemen zu begegnen.«

Was hatte es ihm schon gebracht, nach Debras Tod einfach aus allem auszusteigen? Sicher, eine Zeitlang hatte es ihn betäubt, und es hatte ihm ermöglicht, weiterzuleben, als ihm alles egal war. Als er ihre Leichen fand, war der einzige Antrieb, den er noch hatte, der Wunsch, Haskell Skanlan Schmerz zuzufügen. Danach war es ihm völlig gleichgültig gewesen, ob er auch nur noch einen Atemzug tat.

Trotzdem, irgendeine Motivation hatte ihn überleben lassen. Eine Art Computerchip, etwas Winziges, aber Aktives, das tief in seinem Unterbewußtsein begraben war, hatte dafür gesorgt, daß er am Leben blieb. Und jetzt wußte er, warum. TexTile. Es war seine Bestimmung, diese Fabrik zu bauen. Daran glaubte er mit jeder Faser.

»Und deshalb muß ich sie auch zu Ende bauen. Ich muß mir selbst beweisen, daß ich es bis zum bitteren Ende durchstehen kann. Verstehst du das?« Loner winselte und legte den Kopf auf Dillons Schenkel. »Ja, ich weiß. Das Leben ist hart.«

Er hatte sich so bemüht, den Hund nicht zu mögen, und jetzt saß er hier mit einem Kloß im Hals, weil der dumme Köter sich freute, daß er wieder zu Hause war. Auch den Jungen, Graham, wollte er eigentlich nicht liebgewinnen, aber Graham war genau so, wie er sich Charlie immer gewünscht hatte. Er war neugierig, clever, freundlich und hatte die richtige Dosis Übermut, die ihn davor bewahren würde, ein Langweiler zu werden.

»Wie geht's Graham?« fragte er Loner »Hast du ihn getroffen? Vielleicht sollte ich ihn nächstes Mal, wenn ich länger wegfahre, bitten, dich einmal in der Woche zu baden.« Loner wedelte eher verhalten. Er war nicht gerade scharf darauf zu baden. »Ich könnte ihm 'n paar Dollar dafür geben. Jungs in seinem Alter sind immer knapp bei Kasse.«

Bevor Dillon abgereist war, hatte Jade sich bei ihm entschuldigt, daß Graham sooft auf dem Gelände war. Sie glaubte, der Junge würde ihm im Weg stehen und zu viele Fragen stellen. Doch es schmeichelte Dillon eher, daß Graham seine Nähe suchte. Seine Fragen und Bemerkungen zeugten von Humor und Intelligenz. Er mußte zugeben, daß er sich darauf freute, den Jungen wiederzusehen.

Während der sechs Stunden Fahrzeit hatte er sich geweigert nachzudenken, aber jetzt, als ihn nur noch Minuten von seinem Ziel trennten, stellte er sich dem wahren Grund seiner Eile: Er konnte es kaum erwarten, Jade zu sehen.

Natürlich hatte er auch eine Menge zu berichten. Und er war sicher, daß auch sie ihm einiges zu sagen hatte. Sie mußten die Dinge besprechen, die sich während seiner Abwesenheit ereignet hatten.

Aber war das der einzige Grund, weshalb er sie sehen wollte? Er hoffte es inständig, denn alles andere würde erstens illoyal Debra gegenüber und zweitens pure Dummheit sein. Er hätte sich unterwegs eine Frau aufreißen sollen.

Wenn er sich eine warme, willige Frau ins Bett geholt hätte, wäre er jetzt vielleicht nicht so gierig. Vielleicht würde sich seine Sehnsucht nach Jade dann eher in Grenzen halten. Vielleicht würde sein Schwanz nicht jedesmal hart werden, wenn er sich an ihren Anblick im Sturm auf dem Feld erinnerte.

Er bog in den Schotterweg ein, der zum Trailer führte. Loner spürte, daß sie zu Hause waren, er kam hoch und schüttelte sich von der Schwanzspitze bis zur Nase. Dillon lachte, aber er verstummte sofort wieder, als er sah, daß in Jades Büro Licht brannte und daß ihr Jeep vor der Tür geparkt stand.

»Verdammt, was hat sie um diese Uhrzeit hier noch zu suchen?«

Er stellte den Motor ab und stieg aus. Loner schlüpfte hinter ihm aus dem Wagen und lief zu seiner Wasserschale. Dillon probierte, die Tür zum Büro zu öffnen. Sie war verschlossen.

»Jade?« Er zog den Schlüssel aus der Tasche und drehte ihn im Schloß. Die Tür schwang geräuschlos auf.

Ihr Kopf lag auf der Schreibtischplatte. Sie schlief. Dillon ging auf Zehenspitzen zu ihr. »Jade?«

Sie rührte sich nicht. Ihr Kopf lag auf ihrem Arm. Sie hatte äußerst schlanke Finger. Ihre schmalen Hände wirkten fast zerbrechlich. Ihr Haar war völlig zerzaust und fiel auf ihren Arm und die Unterlagen, an denen sie gearbeitet hatte. Es war pechschwarz; der perfekte Kontrast zu ihrem hellen Teint. Ihre Wange war leicht gerötet. Die Augenbraue wirkte so fein gezeichnet. Als gehörte sie zu einer Porzellanpuppe. Jade schlief tief und fest. Sie atmete durch den leicht geöffneten Mund.

Dillons Verlangen, sie zu berühren, sprengte ihm fast das Herz.

Er rang mit sich, was er tun sollte. Sie würde es nicht mögen, in einer so verletzlichen Position gefunden zu werden. Es konnte eine für sie beide peinliche Situation entstehen, die ihre Zusammenarbeit gefährden konnte, und das wollte er unter keinen Umständen riskieren. Und offensichtlich ging es ihr gut.

Es würde das Beste sein, sie einfach schlafen zu lassen. Wenn sie aufwachte und merkte, daß er wieder da war, konnte sie ja zu seinem Trailer herüberkommen, wenn sie wollte. Sonst würden sie sich eben morgen früh unterhalten. Allerdings sah er keinen Grund, weshalb er die Lampe, die ihr direkt ins Gesicht schien, anlassen sollte. Er knipste sie aus.

In diesem Moment wachte Jade auf.

»Nein!« Sie schoß von ihrem Stuhl hoch, und sie stießen fast mit den Köpfen zusammen.

»Jade, ich bin es.«

»Rühren Sie mich nicht an.« Sie tastete nach etwas auf dem Schreibtisch.

»Was tun Sie da?«

»Wenn Sie mich anfassen, bringe ich Sie um!«

Dillon war von ihrer heftigen Reaktion wie gelähmt. Er sah einen kalten Schimmer von Metall in ihrer Hand aufblitzen. »Jade«, sagte er beschwörend, »ich bin es, Dillon.« Er tastete nach dem Schalter der Lampe.

»Nein!« Sie stach mit einem Brieföffner nach seinem Bauch.

»Jesus!«

Entweder schlafwandelte sie, oder sie war so verstört, daß

sie nicht mehr wußte, was sie tat. Er versuchte, ihre Hand festzuhalten, bevor sie ihn, sich selbst oder beide verletzen konnte. Das Telefon krachte zu Boden. Papiere flatterten auf wie Herbstblätter im Wind. Jade schrie. Sie kämpften um den Brieföffner. Jade taumelte gegen die Wand hinter ihr und riß dabei einen Kalender herunter.

Dillon umklammerte ihre Handgelenke, aber sie wollte den Brieföffner nicht loslassen. Er wußte, daß er ihr wehtat, obwohl sie beinahe übermenschliche Kräfte entwickelt zu haben schien. Er würde sich später bei ihr entschuldigen. Jetzt mußte er erst einmal zusehen, daß sie ihm kein Loch in den Körper bohrte.

Endlich bekam er sie richtig zu fassen und riß ihre Arme über den Kopf. Sie warf den Kopf wie wild hin und her.

»Erst müssen Sie mich umbringen!«

»Jade.«

»Nein, nein! Ich lasse es nicht zu. Nur über meine Leiche!«

»Jade!«

Es war, als hätte er sie mit einer Ohrfeige aus einem Alptraum geweckt. Plötzlich hörte sie auf zu kämpfen. Ihr Kopf blieb stehen. Ihre Brust hob und senkte sich an seiner.

»Wer sind Sie?«

Er spürte ihren heftigen Atem auf seinem Gesicht.

»Ich bin es. Dillon.«

»Dillon?«

»Ja, ich bin es.«

»Dillon.«

»Ja.«

Erschöpft ließ er seinen Kopf gegen ihre Stirn sinken. Auch er atmete schnell. Er ließ ihre Handgelenke los. Ihre Arme fielen herunter.

»Sind Sie okay?« fragte er kehlig.

Sie nickte. Er trat von ihr zurück und knipste die Lampe an. Der Brieföffner in ihrer Hand hatte eine scharfe Klinge. Sie hätte tödlich sein können.

»Jesus«, fluchte er. »Was hatten Sie eigentlich mit dem verdammten Ding vor?«

Jade ließ den Brieföffner auf den Schreibtisch fallen und sank gleichzeitig auf den Stuhl. »Mich wehren.«

Sie war blaß, zitterte und war außer Atem, aber ansonsten schien ihr nichts passiert zu sein. Als er sah, daß sie in Ordnung war, ließ er seiner Wut freien Lauf. »Sie hätten mich fast erstochen!«

Jade stützte den Ellbogen auf den Tisch und strich sich eine Strähne aus dem Gesicht. »Und Sie hätten sich nicht so heranschleichen dürfen.«

»Ich habe mich nicht angeschlichen. Ich habe draußen einen Höllenlärm veranstaltet und zweimal Ihren Namen gerufen.«

»Warum haben Sie mich nicht geweckt?«

»Ich wollte Sie nicht erschrecken.«

»Oh, deshalb haben Sie sich auch über mich gebeugt, als wollten Sie mich ersticken.«

Er ließ einen Stapel Flüche los.

»Was machen Sie hier überhaupt? Wie spät ist es denn?« Sie war offensichtlich noch immer nicht ganz wach und ziemlich durcheinander.

»Noch nicht sehr spät«, antwortete er. »Kurz nach elf.«

»Guter Gott«, murmelte sie und hob das Telefon auf. Dillon blieb neben ihr am Schreibtisch stehen und sah auf sie hinunter, während sie zu Hause anrief. »Ich bin froh, daß Sie gekommen sind«, sagte sie, als sie aufgelegt hatte. »Cathy hat sich schon Sorgen gemacht, aber sie wollte mich nicht bei der Arbeit stören.«

»Verdammt noch mal, was haben Sie sich eigentlich dabei gedacht, so spät allein hier draußen zu bleiben?« fragte er ärgerlich. »Sie können von Glück sagen, daß ich es war, der hier reingekommen ist.«

»Ich hatte zugeschlossen.«

»Ach, das hält natürlich auch jeden Eindringling ab.«

»Nun, es ist ja nichts Tragisches passiert. Vergessen wir das Ganze einfach, okay?«

Ihr belehrender Ton verfehlte nie seine Wirkung bei ihm, und er mußte sich auf die Lippe beißen. Als sie um den Tisch kam, stellte er sich ihr in den Weg. »Wir vergessen *das Ganze*, wenn ich es sage. Eine Frau hat hier draußen, allein in der Dunkelheit, nichts zu suchen.«

»Darf ich Sie daran erinnern, daß Sie sich nicht in der Position befinden, mir Befehle zu erteilen?«

»Zum Teufel mit Ihren Positionen. Das hier hat nichts mit der Arbeit zu tun. Außerdem – Sie kommen mir immer nur mit diesem Autoritätsmist, wenn Sie wissen, daß ich recht habe.«

Ihr Blick loderte auf. »Loner hätte bei jedem anderen gebellt und mich gewarnt.«

Dillons Gesicht kam näher. »Ach, tatsächlich?«

»Ja, tatsächlich.«

»Nun, nur zu Ihrer Information: Loner war gar nicht hier«, sagte Dillon leise. »Er war unterwegs, auf Brautschau. Wenn er Erfolg gehabt hätte, wäre er wahrscheinlich nicht vor Tagesanbruch wiedergekommen.«

Jade senkte irritiert und beschämt den Blick. »Ich weiß Ihre Sorge um meine Sicherheit zu schätzen.«

»Überschätzen Sie sich nicht. So furchtbar besorgt bin ich gar nicht um Sie. Ich versuche lediglich, jemandem etwas Verstand einzubleuen, der scheinbar nur Scheiße im Kopf hat.«

Ihr Kopf schnellte wieder hoch. »Ach, gut, daß Sie das gerade sagen. Es erinnert mich daran, daß ich Sie bitten möchte, Ihre Ausdrucksweise in Gegenwart meines Sohnes zu mäßigen.«

»So, Sie haben also gelauscht, wenn ich mich mit Graham unterhalten habe?«

»Ganz und gar nicht. Er zitiert Sie nur dauernd. Er findet Sie verdammt toll.«

Dillon fühlte sich geschmeichelt. »Wirklich?«

»Wirklich. Also passen Sie auf, was Sie in seiner Anwesenheit sagen.«

»Ich habe keine Ausdrücke benutzt, die er nicht auch im Kabelfernsehen oder in seinem Klassenzimmer hören würde.«

»Darum geht es doch nicht, oder?«

»Doch, genau darum geht es. Wenn Sie nicht wollen, daß Graham ein kleiner Klugscheißer wird, lassen Sie die Leine etwas locker. Lassen Sie ihn auch mal fluchen. Er ist zuviel mit Frauen zusammen. Es tut ihm gut, hier draußen auch mal mit Männern zusammensein zu können.«

»Was mich auf noch etwas bringt. Bitte ermutigen Sie ihn nicht, mit dem Fahrrad herzukommen.«

»Das habe ich nicht getan.«

»Hat er aber behauptet.«

»Ich habe es nicht getan.«

»Sie haben nie mit ihm darüber gesprochen, ob er mit dem Fahrrad herkommen kann?«

»Klar, das Thema hatten wir einmal. Ich habe ihm gesagt, das müßten Sie entscheiden.«

»Nun, da ich seine Mutter bin, danke ich Ihnen dafür.«

Plötzlich wußte er, daß er sie noch einmal küssen würde. Es war völlig verrückt, aber er würde es einfach tun, und nichts und niemand konnte ihn davon abhalten.

Er griff ihr ins Haar, beugte ihren Kopf nach hinten und küßte sie. Jade war so überrascht, daß sie automatisch ausatmete. Er spürte den Hauch auf seinen Lippen, schmeckte ihn. Sein Kopf wurde plötzlich ganz leer. Er dachte nicht über die Konsequenzen dieses Kusses nach – denn es war ihm völlig klar, daß sie ihn feuern würde, sobald sich ihre Lippen wieder trennten. Er dachte auch nicht an Debra. Er dachte an gar nichts. Er reagierte lediglich auf die wunderbare erotische Ausstrahlung, die Jade auf ihn hatte.

Er fuhr ihr mit der Spitze seiner Zunge über die Lippen und drang dann in ihren Mund. Sie war schockiert, er spürte es. Ihr Körper wurde steif wie ein Stock, und sie hörte auf zu atmen. Er ließ sich von ihrer Reaktion nicht beirren. Seine Zunge drang ein, zog sich zurück, drang ein, bis sie wieder anfing zu atmen. Sie umfaßte seine Arme, drängte ihn zurück.

»Nein«, flüsterte sie. »Bitte.«

Sie meinte nicht, bitte, hör auf. Sie meinte, bitte, mach weiter. Denn er spürte, trotz ihres Neins, daß sie erregt war. Er spürte, wie sich ihre Erregung steigerte; er spürte die Hitze durch ihre Kleider. Sie atmete flach und schnell.

Er nahm ihren Kopf ganz in seine großen Hände und beugte ihn zurück. Er liebkoste ihren Hals und die weiche Haut unter ihrem Ohr.

»Nein, Dillon«, flehte sie.

»Du willst es doch…«

Er kehrte zu ihren Lippen zurück und küßte sie inniger als zuvor. Lustvolle Hitze stieg in seinen Lenden auf. Er stöhnte vor Schmerz und Lust. Er legte eine Hand auf ihren Po, preßte sie an sich und rieb seine Erektion an ihr. Jade stöhnte.

Mit der anderen Hand erforschte er ihre Brüste. Sie waren fest und rund, perfekt. Ihre Brustwarze wurde hart unter dem Druck seines Daumens. Er wollte sie küssen, durch ihre Kleider, und neigte den Kopf, um es zu tun.

»Nein!«

Sie wich so schnell vor ihm zurück, daß sie ins Stolpern geriet, das Gleichgewicht verlor und gegen die Wand prallte. Sie verschränkte die Arme vor der Brust und rieb sie mit den Händen, immer wieder, als wollte sie sie abschrubben. Ihre Augen waren so weit aufgerissen, daß das Weiß um ihre blauen Zentren zu sehen war.

»Ich habe nein gesagt«, schluchzte sie außer sich. »Ich habe nein gesagt. Nein. Nein. Hast du nicht verstanden? Nein.«

Ungläubig machte Dillon einen Schritt auf sie zu. »Jade, ich…«

»Faß mich nicht an. Nicht…« Ihre Stimme überschlug sich, sie wirkte hysterisch und streckte die Hand aus, um ihn abzuwehren.

Er hob die Hände als Zeichen der Aufgabe. »Okay, okay. Ich werde dich nicht anfassen. Ich schwöre es.«

In eine derartige Situation war er noch nie geraten. Manchmal hatte sich eine Frau aus Koketterie gewehrt, aber keine war wirklich hysterisch geworden. Jade jedoch tat nicht nur so. Hätte er das geglaubt, wäre er fuchsteufelswild geworden. Sie spielte keine Rolle. Sie hatte panische Angst vor ihm, daran bestand kein Zweifel.

»Du mußt keine Angst vor mir haben, Jade«, sagte er sanft. »Ich werde dich nie zu etwas zwingen.«

»Ich kann nicht.«

»Ja, das sehe ich jetzt.«

»Ich *kann nicht*«, wiederholte sie.

»Ist schon gut. Alles ist gut. Bitte, starr mich nicht an, als wäre ich Jack the Ripper. Ich werde dir nichts tun.«

Langsam ließ ihre Panik nach. Sie hörte auf, sich die Arme zu reiben, behielt sie aber vor der Brust gekreuzt. Ihre Augen verloren den panischen Ausdruck eines Tieres, das in die Falle gegangen ist, blieben aber mißtrauisch. Sie bedeckte mit der Hand die Brust, die er liebkost hatte. Diese feminine, schützende Geste gab ihm das Gefühl, sich wie ein Kindesverführer verhalten zu haben.

Noch immer seinen Blick meidend, raffte sie eilig ihre Handtasche und die Schlüssel zusammen. »Ich fahre jetzt besser heim, sonst macht sich Cathy noch mehr Sorgen.«

»Jade, was...«

Sie schüttelte heftig den Kopf und wehrte damit alle Versuche seinerseits ab, der Ursache für ihr bizarres Verhalten auf die Spur zu kommen.

Sie rannte fast aus dem Büro und stieg hastig in den Jeep. Dillon blieb auf der Schwelle stehen und sah ihr verwirrt nach, bis die Dunkelheit die roten Rücklichter verschluckt hatte.

Kapitel 23

Bei der Idee, die George Stein mit Jade besprochen hatte, ging es um ein Zusatzgebäude für die GSS in der Nähe der TexTile-Fabrik. Der Bau sollte nicht nur als Wohnmöglichkeit für die Mitglieder des leitenden Managements dienen, sondern darüber hinaus auch als Sitz für im Südosten ansässige Tochterunternehmen des Konzerns, wie zum Beispiel Versand, Petroleum und andere Zweige. In den vergangenen Monaten hatte Stein fast täglich mit Jade telefoniert, um sich nach dem Stand der Realisierung seiner Idee zu erkundigen. Sie hatte ihn immer wieder mit der Ausrede vertröstet, wählerisch zu sein. Erst kürzlich hatte er angedeutet, daß es vielleicht besser wäre, er würde ihr einen Assistenten schicken, wenn ihr der Job über den Kopf wachsen sollte.

Sie verstand die augenzwinkernde Anspielung, dennoch konnte sie ihn nicht ewig hinhalten. Der Zusatzkomplex war ein umfassendes Projekt, und sie wollte, daß es ein integraler Teil des… aber alles zu seiner Zeit. Nur leider wollte Mr. Stein eine Idee, in die er sich verbissen hatte, immer sofort in die Tat umgesetzt sehen.

Am Morgen nach Dillons Rückkehr entschloß sich Jade, noch einmal Otis Parker aufzusuchen. Sie hatte seine Farm und verschiedene andere Grundstücke um Palmetto so unauffällig wie möglich schätzen lassen.

Sie war schon früh draußen. Otis wollte gerade auf den Traktor klettern, um aufs Feld zu fahren. »Mr. Parker, ich werde Sie nicht lange aufhalten«, sagte sie, als er sie sah.

»Ich verkaufe nicht, Sie verschwenden nur Ihre Zeit.«

»Hören Sie mir doch wenigstens zu.« Zögernd blieb er stehen. Jade wartete, dann sagte sie: »Es fällt mir schwer zu glauben, daß es Ihnen und Ihrer Frau nicht gefallen würde, den Rest Ihres Lebens in Luxus zu verbringen. Sie könnten ein schönes Haus in der Stadt kaufen und sich zur Ruhe setzen. Sie brauchten nie mehr zu arbeiten, wenn Sie nicht wollen, und denken Sie doch nur einmal darüber nach, was Sie alles für Ihre Kinder und Enkelkinder tun könnten.«

Er sah sie ärgerlich an. »Das hört sich alles großartig an, zugegeben. Aber wenn ich mich entschließen sollte, zu verkaufen, dann bestimmt nicht an Sie.«

»Was wollen Sie damit sagen?«

Er zog ein verblichenes, rotes Arbeitsleder aus der Hüfttasche seines Overalls und gab vor, den Traktor damit zu polieren. »Ich schulde Ihnen keinerlei Erklärungen.«

»Mr. Parker, ich hatte Sie doch gebeten, mit niemandem über mein Kaufangebot zu sprechen.«

»Habe ich auch nicht. Aber sie müßten doch am besten wissen, wie schnell sich hier alles rumspricht. Dieser Gutachter, den Sie angeheuert haben, hat hier ganze zwei Tage rumgeschnüffelt. Da werden die Leute eben neugierig.«

Sie öffnete eilig ihre Aktenmappe. »Hier ist das schriftliche Angebot der GSS für Ihre Farm, einschließlich des Hauses.«

Sie reichte ihm den ausgearbeiteten Vertrag und zeigte auf die Summe unten auf der Seite. Kurzsichtig, wie er war, dauerte es einen Moment, bis er die Zahl entziffert hatte, dann klappte ihm die Kinnlade herunter.

»Fünfhunderttausend Dollar? Wollen Sie mich auf den Arm nehmen?«

»Nein, Mr. Parker. Das will ich nicht. Sie brauchen nur heute nachmittag zu mir ins Büro zu kommen und zu unterschreiben.«

»Ich weiß nicht...«

»Ich kann Ihnen versichern, daß Sie kein anderes Angebot in dieser Höhe kriegen werden, Mr. Parker. Der Preis liegt weit über dem Schätzwert Ihrer Farm.«

Er warf ihr einen mißtrauischen Blick zu und schüttelte dann den Kopf. »Nun, man soll nichts überstürzen. Wie ich Ihnen schon gesagt habe – ich weiß ja noch gar nicht, ob ich überhaupt verkaufe.«

Er kehrte ihr den Rücken zu, kletterte auf seinen Traktor und ließ den Motor an. Dann setzte er seinen Strohhut auf und fuhr vom Hof. Jade legte den Vertrag auf die Veranda und beschwerte ihn mit einem Stein. Sie wollte gerade gehen, als das Fliegengitter aufging und Mrs. Parker herausschaute.

»Guten Morgen.«

»Die Leute sagen, Sie haben einen Jungen.« Die Worte waren sehr hastig gesprochen, so, als fiele es ihr sehr schwer.

»Das stimmt. Er heißt Graham.«

»Ich hab' mich nur gefragt – könnte er von Gary sein?«

Es schnürte Jade die Kehle zu. Die verzweifelte Hoffnung in dem müden, zerfurchten Gesicht war herzzerreißend. Für einen Moment war sie versucht zu lügen und zu sagen, daß es so sei, aber damit hätte sie weder Graham noch den Parkers einen Gefallen getan.

»Nein, er ist nicht von Gary, Mrs. Parker«, antwortete sie traurig. »Aber ich habe mir immer gewünscht, daß es so wäre.«

Die verhärmte Frau zog sich ohne ein weiteres Wort wieder ins Haus zurück. Das Fliegengitter klappte zu.

Jade brauchte nur wenige Minuten bis zum Highway. Als sie hinauffuhr, kam ihr ein kirschroter El Dorado mit hoher Geschwindigkeit entgegen.

Sie war auf dem Weg zum Baugelände und so in Gedanken versunken, daß ihr der Dorado erst wieder auffiel, als er fast zu ihrem Jeep aufgeschlossen hatte. Offensichtlich hatte der Fahrer eine Kehrtwendung gemacht und war ihr gefolgt. Jetzt erkannte sie, daß Neal Patchett hinter dem Steuer des Wagens saß.

Er bedeutete ihr lächelnd, auf den Seitenstreifen zu fahren.

»Geh zum Teufel.«

Er zog an ihr vorbei, schlug scharf ein, streifte sie fast dabei und bremste dann ab. Reflexartig stieg auch Jade in die Bremsen. Neal hielt quer vor ihr, so daß die beiden Autos ein T auf dem schmalen Highway bildeten.

Jade stieß die Tür auf und stieg aus. »Was soll das, zum Teufel?«

»Ich hatte dich doch gebeten anzuhalten.« Dieser Ton, der Gang, das einschmeichelnde Lächeln waren ihr nur zu vertraut. Eine Ironie des Schicksals wollte es, daß sie sich fast an derselben Stelle befanden, wo er sie vor fünfzehn Jahren aus Donna Dees Wagen gekidnappt hatte. »So, ganz der Alte, wie? Wenn du nicht kriegst, was du willst, dann nimmst du es dir einfach.«

Er verbeugte sich spöttisch. »Schuldig, Madame.«

»Wenn du mich sprechen willst, laß dir einen Termin geben.«

»Nun, wie du weißt, habe ich das versucht, Jade. Oder

hast du etwa meine Nachrichten auf deinem Anrufbeantworter nicht erhalten?«

»Doch. Ich habe sie gelöscht.«

»Und wenn ich angerufen habe, hast du jedesmal aufgelegt. Nicht mal ein klitzekleines Dankeschön für den Willkommensstrauß, den ich dir geschickt habe…«

»Ich habe ihn in den Müll geworfen.«

»Tss, tss, tss. Jade, Jade, der Norden hatte aber keinen guten Einfluß auf deine Manieren, wie? Hast dir wohl ein paar schlechte Angewohnheiten von den Yankees abgeschaut. Was ist nur aus der süßen Kleinen geworden, die wir alle kannten und liebten?«

»Sie wurde vergewaltigt.«

Er zuckte zusammen, aber die Geste war gespielt. »Wie ich sehe, bist du immer noch böse. Du solltest doch wissen, daß Bitterkeit schrecklich alt und häßliche Falten macht. Und ist das denn wirklich noch nötig? Sieh mal, Lamar ist tot. Hutch so gut wie. Und ich, dein guter alter Freund Neal, ich komme, biete dir die Friedenspfeife an und hoffe, daß unser kleines Mißverständnis damit endlich aus der Welt ist…«

Die Vergewaltigung auf ein kleines Mißverständnis zu reduzieren, war grotesk. Jade mußte ihre ganze Selbstbeherrschung aufbringen, um ihm nicht das selbstzufriedene Grinsen aus dem Gesicht zu kratzen. »Du bist doch nur gekommen, weil ihr die Hosen voll habt, Neal. Mein Unternehmen bedroht eure feudalistische Herrschaft. Du bist dabei, deine Macht zu verlieren, und das weißt du auch. *Ich* weiß es zumindest ganz sicher.«

»Du solltest uns Patchetts nicht voreilig abschreiben, Jade.«

»Oh, das tue ich nicht. Nur dieses Mal werde ich gewinnen.«

Sie stieg wieder in den Wagen und schloß die Tür. Neal beugte sich vor und steckte den Kopf zum Seitenfenster herein. »Bist du dir da ganz sicher?«

»Hundertprozentig.«

Er sah sie durch halbgeschlossene Lider an. »Weißt du Jade, ich habe meinen Ohren kaum getraut, als ich hörte, daß du einen Sohn hast, wo du doch gar nicht verheiratet bist. Also bin ich zu deinem Haus, um mich selbst zu vergewissern. Und wen sehe ich da? Diesen kleinen Teenager, der in der Einfahrt munter Körbe wirft, genau wie ich früher.«

Sie konnte ihre Panik nicht verbergen. Das entging Neal nicht, und er fuhr im selben leisen Plauderton fort: »Er sieht wirklich gut aus, Jade. Fast wie ich in seinem Alter.« Er kam näher. »Da habe ich mich doch gefragt, ob Georgie an dem Tag, als wir dich bei ihr gesehen haben, das Baby vielleicht gar nicht weggemacht hat...«

»Wir?«

»Na, Gary und ich. Wir wollten 'nen bißchen Schwarzgebrannten bei ihr kaufen. Und wer taucht da plötzlich auf, trippelt über den Bürgersteig mit fünfzig Dollar in der kleinen Faust? Unsere Jade.«

»Du wolltest gar nichts kaufen. Patrice Watley hat dir gesagt, daß ich zu Georgie gehe. Und du hast Gary mitgenommen, damit er mich sieht.«

»Er ist total ausgerastet«, Neal lachte leise.

Jade zitterte so furchtbar vor Wut, daß sie kaum sprechen konnte. »Ich habe geglaubt, ich mache es dir zu leicht, wenn ich dich einfach umbringe. Da habe ich mich getäuscht. Ich hätte dich schon vor fünfzehn Jahren umbringen sollen.«

Er kicherte ungerührt. »Weißt du, was ich glaube, Jade? Ich glaube, daß du damals mit den fünfzig Dollar und dem Baby im Bauch wieder rausgekommen bist.« Er langte durchs Fenster und wickelte eine Haarsträhne um seinen Finger. »Und ich glaube, daß ich dir das Baby gemacht habe. Ich glaube, der Junge ist von mir. Und wir Patchetts neigen nun mal dazu, uns das zu nehmen, was uns gehört.«

Jade warf den Kopf zurück und legte gleichzeitig den Rückwärtsgang ein. Der Wagen schoß nach hinten und riß Neal dabei fast den Arm ab. Dann schaltete sie auf Drive und gab Gas. Der Jeep verpaßte die Stoßstange des El Dorado nur um Haaresbreite. Jade umklammerte das Lenkrad. Sie biß die Zähne zusammen, um nicht zu schreien. *Zur Hölle mit ihnen!* Welche Macht besaßen die Patchetts über sie, daß sie es immer wieder schafften, sie zu terrorisieren?

Sie war noch ganz benommen von Angst und Argwohn, als sie den Jeep vor ihrem Büro abstellte. Drinnen war es bereits stickig. Aufgewühlt und verängstigt stellte sie die Klimaanlage an und zog ihre Jacke aus. Als sie sie an die Garderobe hängte, schwang die Tür hinter ihr auf.

Dillons breite Silhouette zeichnete sich gegen das hereinfallende Sonnenlicht ab. Jade sagte: »Guten Morgen.«

»Morgen.«

Es fiel ihr nicht leicht, ihm in die Augen zu schauen, nach dem, was in der vergangenen Nacht vorgefallen war, und so flüchtete sie sich ins Kaffeekochen. Ihr zitterten die Hände von der Unterhaltung mit Neal, und sie verschüttete die Hälfte des Kaffeepulvers. »Ich bin noch gar nicht dazu gekommen, Sie zu fragen, wie Ihre Reise war. Hatten Sie Erfolg?«

»Ja, denke schon.«

»Ich hatte Sie nicht vor Donnerstag zurückerwartet.«

»Ich bin mit den Terminen schneller durchgekommen als erwartet.«

»Haben Sie den Auftrag vergeben?«

»Ich wollte zunächst die Kandidaten mit Ihnen durchgehen.«

»Gut. Ich brühe nur eben den Kaffee auf.«

»Dann arbeite ich also noch hier?«

Jade drehte sich abrupt zu ihm um. Er trug seine Arbeitskleidung, war aber auf der Türschwelle stehengeblieben, als warte er auf ihre Erlaubnis, eintreten zu dürfen.

»Natürlich arbeiten Sie hier noch. Und schließen Sie bitte endlich die Tür. Sie lassen ja die ganze kalte Luft rein.«

Er trat ein und schloß die Tür. »Ich war nicht sicher, ob ich den Job noch habe, nach dem, was passiert ist. Eigentlich habe ich gedacht, daß Sie mich feuern.«

Sie wünschte sich manchmal, daß er mehr als nur ein Unterhemd tragen würde. Besonders heute. Es war ihr fast unmöglich, seine entblößte Brust anzuschauen, aber noch weniger konnte sie seinen intensiven Blick ertragen.

»Sie wegen eines albernen, kleinen Kusses zu feuern, wäre wohl kaum fair, oder?«

Sie spielte den Kuß herunter, weil es der einzige bequeme und sichere Ausweg aus der Situation war. Mit anderen Worten: Sie machte einen Rückzieher. Wenn sie dem Kuß die Bedeutung nicht nahm, würde sie Dillon ins Gebet nehmen müssen, und das wiederum würde heißen, daß sie sich mit ihren eigenen, ambivalenten Gefühlen auseinandersetzen mußte. Und dazu war sie noch nicht bereit.

Ja, der Kuß hatte sie erschüttert. Er hatte ihr angst gemacht. Doch gekoppelt an diese Reaktion, die sie mittlerweile als normal bei sich empfand, war ein Gefühl der Verwirrung gewesen, das der tiefsitzenden Neugier entsprang, was wohl geschehen wäre, wenn sie ihm nicht Einhalt geboten hätte.

Sie hatte die ganze Nacht nicht geschlafen und immer wieder überlegt: Wie wäre es weitergegangen, wenn ihr Nein nicht gereicht hätte, um sein Verlangen zu löschen? Ganz gleich, wie sie die hypothetische Frage formulierte, die Antwort war immer dieselbe. Seine Zärtlichkeiten wären drängender geworden. Die Kleider wären bald gefallen, und er hätte erwartet, daß sie das, was sich so hart an ihrem Schoß gerieben hatte, in sich aufgenommen hätte. Er würde sie im intimsten Sinne kennen, so wie sie ihn, seine Kraft, seine Stärke, seine Substanz. Allein dieser Gedanke ließ sie innerlich wie äußerlich erschauern, und das nicht unbedingt aus Abscheu oder Furcht. Genau darin lag der Grund ihrer Verwirrung. Warum war sie nicht außer sich vor Wut? Warum fühlte sie sich nicht abgestoßen?

Als Hank erst einmal begriffen hatte, wie sehr sie sich sperrte, waren seine Versuche, sie zu verführen, sanft und süß gewesen. In der Art jedoch, wie Dillon mit seinem Mund Besitz von ihrem genommen hatte, wie er mit seiner Zunge in sie eingedrungen war, hatte nichts Sanftes oder Süßes gelegen. Abgesehen von Gary hatte noch niemand sie so geküßt. Und wenn sie ganz ehrlich war, dann mußte sie zugeben, daß sie überhaupt noch nie so geküßt worden war.

Ihre Reaktion auf Dillons Angriff war programmiert gewesen. Sie hatte sich ihrem psychischen Problem entsprechend gewehrt. Und doch hatte sie nicht mit der gleichen Schnelligkeit und Starrheit reagiert wie sonst. Sie hatte ihm genug Zeit und Raum zum Handeln gelassen. Warum? Weil sie, trotz der Heftigkeit seiner Liebkosungen, ein Prickeln verspürt hatte. Ihr Herz hatte nicht nur vor Angst geklopft, sondern auch vor einer bestimmten Erregung, die sie aufgrund ihrer Fremdartigkeit als genauso beängstigend empfand. Ihre Reaktion war mindestens ebenso beunruhigend wie der Kuß selbst.

Und darum fühlte sie sich momentan außerstande, sich damit auseinanderzusetzen. Ihre Begegnung mit Neal und seine versteckten Drohungen hatten sie verletzlich und unsicher gemacht. Cathy hatte vorhergesehen, daß man sie über Graham angreifen würde. Sie schwor sich, noch besser darauf zu achten, daß er den Patchetts fernblieb.

Doch das dringlichste Problem im Moment war, eine Ebene zu finden, auf der sie auch weiterhin gut mit Dillon zusammenarbeiten konnte. Zum Besten des Projektes.

Sie schob die Sorgen um Graham für den Augenblick beiseite und sagte: »Setzen Sie sich doch, Dillon. Erzählen Sie mir von den Angeboten, die sie eingeholt haben.«

Er setzte sich, während sie ihnen Kaffee einschenkte. Mittlerweile wußte sie, daß er seinen schwarz nahm, und reichte ihm den dampfenden Becher. Dann ging sie um den Schreibtisch herum und setzte sich ebenfalls.

»Ich habe sie auf drei begrenzt«, sagte er und reichte ihr die Mappe. »Die Reihenfolge ist beliebig.«

Sie blätterte durch die drei Offerten, die er bekommen hatte, dann fing sie wieder bei der ersten an und las sorgfältiger. Er rutschte auf seinem Stuhl hin und her. Sie spürte, daß er etwas auf dem Herzen hatte.

»Irgendwie finde ich, daß ich mich bei Ihnen entschuldigen müßte, Jade, aber gleichzeitig weiß ich eigentlich nicht wofür...«

»Sie müssen sich für gar nichts entschuldigen.«

»Aber ich merke doch, daß Sie wütend sind.«

»Ja, das bin ich. Aber es hat nichts mit Ihnen zu tun.«

Sie tat, als würde sie die Angebote studieren, aber in Gedanken kehrte sie immer wieder zu dem Moment zurück, als sie seinen Schnurrbart auf ihren Lippen gespürt hatte.

»Na ja, Sie haben mir ja Ihre Meinung schon einmal deutlich gesagt – ich meine, was den Kuß angeht.«

»Ich kann mich an die Unterhaltung noch gut erinnern.«

»Als ich Sie damals geküßt habe, in der Limousine ... also, ich möchte, daß Sie wissen, daß es diesmal ganz anders für mich war. Gestern abend ...«

»Sie sind mir keine Erklärung schuldig.«

»Ich weiß, aber ich will auf keinen Fall das Gefühl aufkommen lassen, daß ich Ihre Freundlichkeit falsch verstanden habe.«

»Das denke ich nicht.«

»Sie haben es nicht provoziert.«

»Gut zu wissen.«

»Ich habe das alles nicht geplant, Jade, es kam ganz spontan.«

»Ich verstehe.«

»Wenn Sie mir eher gesagt hätten, daß Sie es nicht wollen ...«

»Ich habe nicht gesagt, daß ich es nicht will.«

Erst als die Worte ausgesprochen waren, begriff sie, was sie damit zugegeben hatte. Ihre Blicke trafen sich. Sie holte tief Luft, doch es half nichts gegen die Intensität seines Blikkes.

»Dann hat es Ihnen also gefallen?« fragte er schroff.

»Nein, ich meine ...« Sie wich seinem Blick erneut aus.

»Was ich damit sagen will, Dillon... ich... ich kann es nicht.«

»Was? Einen Arbeitskollegen küssen?«

»Überhaupt jemanden küssen.«

Sie hörte, wie er den Becher auf den Tisch stellte. Seine Hose machte ein raschelndes Geräusch, als er sich vorbeugte. »Sie können *niemanden* küssen?«

»Nein.«

»Warum nicht?«

»Das geht nur mich etwas an.«

»Nein, jetzt auch mich«, widersprach er, diesmal etwas lauter.

Jade hob tapfer den Kopf und sah Dillon in die Augen. Dann wünschte sie, sie hätte es nicht getan. Er hatte die Ellbogen aufgestützt und saß vornübergebeugt da. Die Sommersonne hatte ihm helle Strähnen ins Haar gebleicht. Seine bloßen Arme, der breite Brustkorb, sein Gesicht mit dem Schnurrbart und den braunen Augen strahlten eine Männlichkeit aus, die sie so faszinierend wie beängstigend fand. Genau wie den Kuß am Abend zuvor.

»Das Thema ist damit erledigt.«

»Für den Augenblick – vielleicht.«

Sie wandte sich den Unterlagen zu und räusperte sich. »Ich würde jetzt gern die Angebote durchsprechen, damit wir zu einer Entscheidung kommen.«

»In Ordnung«, sagte er gedehnt.

Er hatte nachgegeben, doch er sah sie während der gesamten Besprechung mit diesem eindringlichen Blick an, der in ihr ungewollte Hitze aufsteigen ließ. Warum nur mußte er einfach alles mit dieser verfluchten Intensität tun – arbeiten, schauen... und küssen.

»Gottverdammter Mist, allmählich bin ich diese Scheiße leid.«

Ivan meinte damit nicht seine Behinderung oder den Rollstuhl, obwohl er wütend auf dessen Armstütze hämmerte. Er fluchte auf den Vertrag, den Neal Mrs. Parker abgeluchst hatte, und der nun auf seinem Schoß lag.

»Niemand, der noch alle beisammen hat, würde für diese Mistfarm eine halbe Million Dollar hinblättern!«

»Sieht aber so aus, als müßten wir das tun, Dad«, sagte Neal grimmig.

»Warum, um alles in der Welt, will sie ausgerechnet dieses Stück Land haben?«

»Vielleicht nur, um ein paar Eisenbahnschienen drüber laufen zu lassen. In der Zeitung stand, daß die Fabrik von Port Royal aus nach Übersee verschiffen wird. Egal, wozu sie es nun eigentlich braucht. Für uns bedeutet es schlechte Nachrichten.«

Neal starrte stirnrunzelnd auf den Vertrag. »Vielleicht ist das sogar nur ein erstes Angebot. Die GSS kann mit ihrem Geld doch alles zuscheißen. Sie erhöht einfach weiter, bis Otis nachgibt.«

»Schenk mir was ein«, grollte Ivan.

Neal goß sich ebenfalls einen doppelten Bourbon ein. Er hatte heute morgen Mühe gehabt, sich nicht anmerken zu lassen, daß Jade den Nagel auf den Kopf getroffen hatte. Zum erstenmal in seinem Leben hatte sein Selbstvertrauen einen Riß erhalten.

Jade war nicht so einfach auszumanövrieren, wie er und Ivan sich das gerne vormachen wollten. Sie hatte seine Anrufe einfach ignoriert. Sie hatte die Blumen, die er ihr geschickt hatte, weggeworfen. Sie hatte die ganze Gemeinde mit der verdammten Fabrik fasziniert. Neal beschlich langsam das dunkle Gefühl, daß sie ihn an den Eiern hatte.

Sein Daddy war alt und verkrüppelt. Seine Stimme trug noch immer, aber hörte ihm auch noch jemand zu? Wieviel Schlagkraft würde Ivan noch besitzen, wenn eine zweite Industrie in Palmetto Einzug hielt? Bisher hatte Ivan die Leute mit seinem Monopol auf Jobs manipulieren können. Vielleicht würde er sie bald anflehen müssen, für ihn zu arbeiten...

Neals Blick schweifte durch das Haus. Die Perserbrücken, das Porzellan, das Kristall – alles Erbstücke aus der Familie seiner Mutter, unbezahlbare Kostbarkeiten. Er liebte es, das größte und schönste Haus in der Gegend zu besitzen. Er liebte es, jedes Jahr einen neuen Wagen zu fahren. Er liebte es, Neal Patchett zu sein, jemand, der in der Stadt etwas galt. Verdammt, er wollte nicht, daß sich daran etwas änderte. Nicht jetzt.

Er sah seinen Vater an, der im Rollstuhl kauerte, und erkannte, daß er seine Zukunft nicht einem alten Krüppel überlassen durfte.

Sein Daddy war zu schwach, um diesen Kampf auszufechten, aber hatte er nicht seinem Sohn alle schmutzigen Tricks beigebracht? Es war an der Zeit, daß Neal die eigenen Muskeln spielen ließ.

»Hör zu: Ich sag' dir, was ich tun werde, alter Mann. Ich werde zur Bank gehen und fünfhunderttausend Dollar aufnehmen.«

Ivan warf ihm einen scharfen Blick zu. »Und was willst du als Sicherheit angeben?«

»Einen Morgen Land hier, zwei, drei dort. Ich werde schon genug auftreiben, um an das Geld zu kommen.«

»Es gefällt mir nicht, mein Land zu verschachern.«

»Ich weiß, die Idee zu expandieren hat dir auch nie gefallen. Darum sitzen wir ja jetzt auf dieser einen verdammten Fabrik fest, die bald von einer neuen Industrie überrollt werden wird. Wenn du früher auf mich gehört und modernisiert und expandiert hättest, würden wir jetzt nicht in dieser Klemme stecken«, schnaubte Neal wütend. »Also halt jetzt die Klappe und laß mich machen.«

Ivan murmelte etwas in sich hinein.

Neal fuhr fort: »Jade interessiert sich für mehrere Anwesen, aber die Parkerfarm ist mit Abstand am größten, und deshalb muß sie ihr besonders wichtig sein. Das ist unsere Chance. Der alte Otis muß sie an uns verkaufen.«

»Die Bank wird dir nicht soviel leihen.«

»Das wird sie doch, wenn es eine kurzfristige Anleihe ist. Ich muß nicht mehr tun, als die Parkerfarm in unseren Besitz zu bringen. Dann muß Miss Großkotz ihren kleinen Hintern zu uns schwingen – mit dem Vertrag in der Hand, wo GSS draufsteht. Und wenn sie kommt, darauf kannst du wetten, ist der Preis mal eben angestiegen. Inflation. Und das gilt nicht nur für die Parkerfarm, sondern auch für die angrenzenden Felder, die uns gehören.

Wenn sie jetzt schon eine halbe Million bietet, dann kann sie noch mehr raustun. Sie wird von uns kaufen müssen, ich zahle den Bankkredit zurück. Kostet mich nur ein paar Zinsen. Und wir machen einen Höllenprofit.«

»Und was willst du der Bank sagen, wofür du das Geld brauchst?«

»Ich denk' mir was aus. In der Stadt darf keiner drauf kommen. Ich will, daß es Jade trifft wie ein Tritt in den Arsch.«

Neal hatte bereits Pläne, wie er den Profit aus der Sache anlegen würde, die er erst dann mit seinem Vater besprechen wollte, wenn der ganze Spuk vorbei war. Er hoffte, daß Ivan dann endlich bereit sein würde, zu expandieren und zu modernisieren. Seit Jahren stritten sie sich deshalb, und immer hatte Ivan stur an Tradition und völlig veralteter Technologie festgehalten. Vielleicht änderte er jetzt seine Meinung. Seit dem Unfall hatte Neal mehr und mehr die Zügel in die Hand genommen, doch Ivan war die Autoritätsperson geblieben. Es war an der Zeit, daß er, Neal, von den anderen, einschließlich seinem Vater, als Boß akzeptiert wurde.

Er schüttete den Rest seines Drinks herunter. »Soll ich dir für heute nacht ein Mädchen aus der Stadt mitbringen, Daddy?«

Ivans Augen leuchteten auf. »Diese kleine Rothaarige, die du mir zum Geburtstag mitgebracht hast, die hatte 'nen Mund wie 'n Staubsauger…«

»Ich kann ja mal sehen, ob sie noch in der Stadt ist.«

»Nicht heute. Ich muß über zu vieles nachdenken, kann mir jetzt nicht meinen Verstand raussaugen lassen.« Er strich sich nachdenklich übers Kinn. »Ich überlege die ganze Zeit, ob wir nicht was übersehen haben. Was ist mit Otis? Was willst du ihm sagen?«

»Den überlasse ich dir. Ihr kennt euch schließlich schon 'ne Ewigkeit.«

Ivan kicherte. »Der ist doch dümmer als der Mist, den er schaufelt. Ich werde ihn daran erinnern, wie gut ich all die Jahre zu ihm war. Ich werde ihm klarmachen, daß er, wenn er schon verkauft, besser an einen ›Freund‹ verkaufen sollte.« Er überlegte einen Moment. »Du solltest dir besser sechshunderttausend leihen. Kann nichts schaden, wenn man was in petto hat. Diese kleine Sperry-Schlampe kann ganz schön hartnäckig sein.«

»Gute Idee.«

Neal schickte sich an zu gehen, doch Ivan stoppte ihn. »Zeig mir noch mal das Foto von dem Jungen.«

Für Ivan war die Neuigkeit, daß Jade einen Sohn im Teenageralter hatte, ebenso schockierend gewesen wie für Neal. Er hatte den Schnappschuß, den Neal ihm jetzt zum wiederholten Mal gab, schon stundenlang betrachtet.

Neal sagte: »Ich bin heute morgen noch mal rausgefahren und habe ihn gesehen. Er hat genau das Alter.«

»Du hast mir doch erzählt, daß Jade bei Georgie war.«

»Ja, stimmt. Aber ich glaube, sie ist mit dem Baby im Bauch auch wieder rausgekommen.«

»Das weißt du aber nicht sicher. Und Georgie ist tot. Die können wir nicht mehr fragen.«

»Ich habe Jade heute drauf angesprochen. Sie hat es nicht abgestritten. Selbst, wenn sie's hätte, ich weiß, daß ich recht habe. Ich habe ihr Döschen gesprengt. Von Gary war sie ganz sicher nicht schwanger.«

»Gott, Sohn«, sagte Ivan beinahe ehrfürchtig, den Blick fest auf das Polaroid geheftet. »Stell dir vor, was es für uns bedeuten würde, wenn dieser Junge tatsächlich dein Sohn ist.«

»Ich muß es mir nicht *vorstellen*. Ich weiß, daß er mein Sohn ist.« Neals Miene war unheilvoll und verbissen. »Ich will ihn haben, Daddy.«

»Ihr wart damals drei«, bemerkte Ivan stirnrunzelnd. »Er könnte auch von Hutch sein. Sogar von Lamar.«

»Er sieht ihnen noch nicht einmal ähnlich!«

»Dir aber auch nicht!« schrie Ivan zurück. »Ihr ist er wie

aus dem Gesicht geschnitten. Auch wenn du's nicht hören willst – was macht dich so verdammt sicher, daß er von dir ist?«

»Er ist mein Sohn.«

»Du willst es so unbedingt, daß du es schmecken kannst, stimmt's?« fragte Ivan mit einem gemeinen Lachen. »Weil du weißt, daß er der einzige Erbe ist, den du je haben wirst!«

Neal preßte den Handrücken gegen den Mund. Der Unfall hatte nicht nur Ivan verkrüppelt, sondern auch Neal steril gemacht. Der Güterzug hatte die Motorhaube ihres Wagens pulverisiert. Neal war stundenlang in dem Wrack eingeklemmt gewesen, ehe ihn die Rettungsmannschaft endlich herausgeschweißt hatte. Die Blutzufuhr zu seinen Hoden war zu lange unterbrochen gewesen, und das hatte ihn unwiderruflich zeugungsunfähig gemacht. Er dachte nicht gerne daran.

Glücklicherweise war er nicht impotent geworden. Wäre das der Fall gewesen, er hätte sich umgebracht. Dennoch zuckte er jedesmal zusammen, wenn das Thema zur Sprache kam. Von Kindesbeinen an hatte man ihm eingetrichtert, daß er einen männlichen Erben zu zeugen hatte. Es wurde von ihm erwartet. Das allein zählte wirklich.

Er klopfte Ivan auf den Rücken. »Überlaß nur alles mir, Daddy. Er ist mein Sohn, und ich werde ihn mir holen. Aber zuerst müssen wir seine Mutter in die Knie zwingen.«

Neal summte auf dem Weg in die Stadt. Jetzt, da er einen festen Plan hatte, fühlte er sich besser. Es machte ihn rasend, daß Jade ihn noch immer wie weißen Abschaum behandelte. Vor langer Zeit hatte sie ihm, zugunsten von Gary Parker, eine Abfuhr erteilt. Sie betrachtete ihn noch immer, als sei er etwas, das man aus der Mülltonne gezogen hatte.

Er ertrug es nicht, daß eine Frau annahm, sie wäre ihm überlegen. Jade Sperry würde den Tag noch verfluchen, an dem sie ihn zu ihrem Feind erkoren hatte.

* * *

Jade bog in die Auffahrt ein. Graham spielte auf dem Rasen vor dem Haus Fußball.

»Hey, Mom.«

»Hi.«

»Paß auf!« Er dribbelte den Ball über den Hof. Als er nur noch ein paar Meter von ihr entfernt war, schoß er hart und traf den Stamm einer Pinie. »Tor!« schrie er und warf die Arme als Zeichen des Triumphes über den Kopf.

»Ziemlich einfach, ohne Gegenspieler.«

Er strich sich die schwarzen Locken aus der verschwitzten Stirn. »Hä?«

»Versuch's noch mal, aber diesmal mit mir als Torwart.«

»Okay!« Er holte den Ball und lief zum anderen Ende des Gartens.

Jade streifte ihre Schuhe ab und ging vor dem Baum in Position. »Fertig!«

Anstatt wie eben den direkten Weg zu nehmen, dribbelte Graham den Ball erst gekonnt über den ganzen Rasen. Jade blieb vor dem »Tor« stehen, doch er trickste sie mit geschickten Manövern aus, lockte sie von der Mitte weg und plazierte den Ball sicher gegen den Baum.

»Tor!« schrie er.

Jade warf sich auf ihn und kitzelte ihn.

»Foul! Foul!«

Jade kitzelte ihn unter den Armen, doch zu ihrer Überraschung befreite er sich, rollte sich im Gras herum und warf sie ab. Sie setzte sich außer Atem auf. »Seit wann schaffst du das denn? Vor ein paar Monaten konnte ich dich noch mindestens eine Stunde unten halten.«

»Bin eben gewachsen.«

Sie sah ihn stolz an. »Das bist du allerdings.«

»Mom, wieviel wiegst du?«

»Das fragt man eine Dame nicht!«

»Sag doch mal. Wieviel wiegst du?«

»Ungefähr hundertzehn Pfund.«

»Dann wiege ich schon mehr als du!«

»Was um alles in der Welt treibt ihr da?« Cathy beobachtete sie von der Veranda aus.

»Fußball spielen. Ich habe verloren«, sagte Jade seufzend. Graham stand auf und half seiner Mutter hoch.

»Telefon für dich«, sagte Cathy. »Soll ich sagen, er soll in der Halbzeit noch mal anrufen?«

»Sehr witzig«, bemerkte Jade, als sie die Stufen hochtrabte.

Cathy lachte. »Ich bring' dir 'ne Cola.«

»Danke«, rief Jade über die Schulter. Sie lief in Strümpfen zum Telefon in der Eingangshalle. »Hallo?«

»Miss, äh, Jade?«

»Ja, bitte?«

»Hier spricht Otis Parker.«

Mehr als eine Woche war verstrichen, seit sie den Vertrag bei ihm zurückgelassen hatte. Sie hatte der Versuchung, ihn anzurufen, widerstanden und war froh, daß er sich jetzt meldete. Dennoch spielte sie die Gleichgültige. »Guten Tag, Mr. Parker.«

»So ein Bursche hat sich unter der Nummer gemeldet, die auf Ihrer Karte steht. Er hat mir diese Nummer gegeben.«

»Das ist wahrscheinlich Mr. Burke gewesen. Ich hoffe, Ihr Anruf bedeutet, daß Sie mein Angebot annehmen?«

»Nein, nicht ganz. Ich möchte noch etwas darüber nachdenken.«

Sie legte beide Hände um den Hörer und nickte Graham, der ihr das kalte Getränk brachte, ein Dankeschön zu.

»Mr. Parker, ich bin bereit, das Angebot zu erhöhen.« Sie mußte vorsichtig vorgehen, weil sie nicht wußte, weshalb er die Sache hinauszögerte. »Was würden Sie zu siebenhundertfünfzigtausend Dollar sagen?«

Er legte die Hand auf die Muschel. Jade konnte Fetzen einer Unterhaltung hören. Offensichtlich besprach er sich mit jemandem. Mit Mrs. Parker? Fragte er sie um ihre Meinung, um Rat? Oder war eine dritte Partei im Spiel?

Er war wieder am Apparat. »Sie müssen die Farm ja wirklich wollen, wenn Sie bereit sind, so hoch zu gehen.«

»Das stimmt.«

»Warum?«

»Ich bin nicht befugt, darüber Auskunft zu geben.«

»Na ja, nun, ich...«

»Bevor Sie mir antworten, lassen Sie mich noch sagen, daß ich Ihnen eine achtzehnmonatige Räumungsfrist zugestehe. Mit anderen Worten: Der GSS würde die Farm nach Vertragsunterzeichnung gehören, aber wir würden sie erst nach eineinhalb Jahren in Anspruch nehmen. Damit bliebe Ihnen und Ihrer Familie genügend Zeit zum Umziehen. Natürlich müßten sie diese Zeit nicht ausschöpfen, aber sie könnten, wenn Sie wollen.«

Jade trank ihre Cola, während der Hörer ein zweites Mal zugehalten wurde. Ihre Hände waren fast so kalt wie das Glas.

Als Mr. Parker wieder an den Hörer kam, sagte er nur: »Ich werde Sie wieder anrufen.«

»Und wann?«

»Wenn ich mich entschieden habe.«

»Mr. Parker, sollte eine dritte Partei...«

»Das wäre alles für heute, Jade. Schönen Abend noch.«

Nachdem sie eingehängt hatte, starrte sie noch eine ganze Weile auf das Telefon und wünschte sich, sie hätte mehr geredet, wünschte, sie hätte es anders gesagt. Es hing so viel davon ab, daß sie jetzt alles richtig machte. Nicht nur ihre Würde stand auf dem Spiel, sondern auch ihre Zukunft bei der GSS.

* * *

Otis Parker legte auf und wandte sich wieder seinen Gästen zu.

»Und, Otis? Was willst du ihr sagen, wenn du sie das nächste Mal anrufst?« Ivan musterte sein Gegenüber genau.

Otis kratzte sich am Kopf und warf seiner Frau, die still und regungslos auf dem Sofa saß, einen unbehaglichen Blick zu. »Ich weiß nicht recht, was ich tun soll, Ivan. Sie bietet mir siebenhundertfünfzigtausend und über ein Jahr, um auszuziehen. Das wirst du wohl kaum überbieten können.«

»Wir können, und wir werden.« Neals Kinn wirkte wie aus Granit gemeißelt, und seine Augen waren kalt wie Glas. Er hatte es abgelehnt, sich zu setzen. Nachdem er Ivan hereingetragen und in den Sessel mit der fettigen Lehne gesetzt hatte, hatte er sich lässig an die Wand gelehnt, um den Anschein von Sorglosigkeit zu erwecken.

Die Woche war die Hölle gewesen. Er wollte diesen Deal durchziehen, je schneller, desto besser. Er haßte es, sich bis zum Kragen verschulden zu müssen. Aber er war jetzt soweit gekommen – den Rest würde er auch noch schaffen. Wenn das bedeutete, daß er ein paar Luxusgüter, wie die Yacht oder das Sommerhaus in Hilton Head, verpfänden mußte, dann mußte es eben sein. Er nickte seinem Vater fast unmerklich zu.

»Gib uns ein paar Wochen, dann kriegst du das Geld von uns, Otis«, sagte Ivan. »Das bist du mir schuldig, nachdem ich dir sooft den Kredit aufgestockt habe.« Dann tat Ivan das, was er am besten konnte. Er taktierte mit Schuldgefühlen und subtilen Drohungen. »Otis, ich muß schon sagen, daß ich ein bißchen enttäuscht von dir bin. Warum bist du nicht gleich zu mir gekommen, als Jade dir das erste Angebot unterbreitet hat? Ich würde immer noch im dunkeln tappen, wenn ich nicht ein paar Jungs auf sie angesetzt hätte, die sie hier draußen bei dir gesehen haben. Ich wollte ihnen zuerst gar nicht glauben, daß du an ihrem Plan, mich zu ruinieren, beteiligt sein solltest...«

»Ich bin an gar keinem Plan beteiligt, Ivan.«

»Nun, für mich sieht das aber ganz danach aus. Da liegt mein Angebot auf dem Tisch, und du hast es nicht mal angerührt. Und ich habe geglaubt, wir wären Freunde. Ich wollte deinem Sohn, der bei mir arbeitet, einen guten Job geben, wollte ihn zum Vorarbeiter machen, und 'ne ordentliche Gehaltserhöhung für ihn wäre auch dringewesen – alles, weil wir Freunde sind, Otis. Dachte mir, er könnte das Geld gut brauchen, wo noch 'n Baby unterwegs ist.« Er schnaubte und überließ es den Parkers, die Schlüsse daraus zu ziehen.

Das war Neals Stichwort. »Bist du bereit aufzubrechen, Dad?«

»Schätze ja, Sohn. Hier läuft ja heute abend doch nichts

mehr.« Ivan winkte Neal heran, damit der ihn wegtrug. »Ich bin dieses Herumgetue leid, Otis. Du solltest dich besser bald entscheiden, verstehst du mich?«

Otis nickte verzweifelt.

Neal hob seinen Vater aus dem Sessel. Otis beeilte sich, ihnen die Tür aufzuhalten. Beim Hinausgehen sagte Neal zu ihm: »Ich kann es einfach nicht fassen, daß du mit Jade Geschäfte machst, nachdem sich Gary wegen ihr das Leben genommen hat. Er würde sich im Grab umdrehen, wenn er wüßte, daß du ausgerechnet an sie verkaufst.«

Mrs. Parker stöhnte leise auf. Neal schenkte ihnen beiden einen verächtlichen Blick, trug dann seinen Vater über die brüchige Veranda und setzte ihn auf den Beifahrersitz des El Dorados.

Als sie das Haus im Rückspiegel sahen, sagte Ivan: »Gute Arbeit, Sohn. Damit hast du sie wahrscheinlich umgestimmt.«

»Ich weiß nicht.«

»Wieso nicht?«

»Geld wiegt mehr als Gefühle. Ich denke, wir sollten nicht nur mit Jades Angebot mithalten, sondern ein besseres machen.«

»Warum, zur Hölle?«

»Sie wartet doch darauf, daß der Alte sie anruft, oder? Wir könnten uns den alten Narren schnappen und uns seine Unterschrift holen, bevor er begreift, wie ihm eigentlich geschieht. Sonst hört dieses Spielchen nie auf. Mit dem Konzern im Hintergrund kann sie doch bis zum Jüngsten Tag weiter bieten. Und offensichtlich ist das Land 'ne Menge wert, wenn sie bereit ist, so schnell im Preis hoch zu gehen.«

»Mach, was du für nötig hältst, Sohn«, grummelte Ivan. Er rieb sich geistesabwesend die Brust. »Ich kann kein Auge mehr zutun, bis diese kleine Schlampe endlich aus meinem Leben verschwunden ist.«

Kapitel 24

»Meinen Sie, ich könnte später mal Fußballprofi werden, Mr. Burke?«

»Ich habe dir doch gesagt, du kannst mich Dillon nennen.«

»Ich weiß, aber es hört sich so komisch an.«

»Nenn mich Dillon. Guter Zug mit dem Springer, Graham. Um deine Frage zu beantworten – ja, ich denke, du könntest es bis zum Profi bringen, wenn du's wirklich willst.«

»Das sagt meine Mom auch immer. Sie sagt, ich kann alles werden, wenn ich es wirklich will.«

Jade konnte sie vom Flur aus hören. Sie lächelte.

»Clevere Lady, deine Mom.«

»Mmh-hmm. Haben Sie das Foto von ihr in der Sonntagsbeilage gesehen?«

»Klar. Starker Artikel, was? Kannst stolz auf deine Mom sein.«

»Bin ich auch.« Grahams Begeisterung hielt sich in Grenzen. »Aber sie erlaubt mir immer noch nicht, mit dem Fahrrad zum Gelände rauszufahren.«

»Sie wird ihre Gründe haben.«

»Die sind albern.«

»Nicht für eine Mutter, die sich um ihr Kind sorgt.«

Vielleicht war es doch keine schlechte Idee gewesen, Dillon zum Essen einzuladen, dachte Jade bei sich, als sie das Gespräch der beiden über ihrem Schachspiel belauschte. Cathy hatte mit der Einladung keine Ruhe gegeben, also hatte Jade ihn an diesem Nachmittag schließlich gefragt. Sie hatte sich bemüht, es möglichst nebensächlich und spontan klingen zu lassen, und etwas in der Art gesagt wie: »Warum kommen Sie heute abend nicht mal zum Essen vorbei? Graham würde sehr gerne eine Partie Schach mit Ihnen spielen.«

Dillon hatte mehrere Sekunden gezögert, ehe er zusagte. »Okay. Ich komme, sobald ich hier fertig bin.«

»Gut. Bis später dann.« Sie hatte sich unbefangen und unverbindlich gegeben, um der Einladung jede tiefergehende Bedeutung zu nehmen.

Das Essen war in gelöster Stimmung verlaufen. Fast als wären sie alte Freunde. Sie scherzten, plauderten, und Jade konnte sich kaum mehr vorstellen, daß er sie vor ein paar Wochen geküßt hatte, daß sie seine Hände auf ihren Brüsten und seinen erregten Körper an ihrem gespürt hatte.

Sie hätte sich auch niemals träumen lassen, daß sie sich noch Tage nach dem Vorfall so deutlich an seine Umarmung erinnerte, und daß die Erinnerung dieselben zwiespältigen Gefühle und Reaktionen in ihr auslöste, wie der Kuß selbst es getan hatte.

»Was machst du hier auf dem Flur?«

Sie schreckte schuldbewußt hoch, als Cathy sie beim Lauschen ertappte. Sie flüsterte ihr zu: »Die beiden freunden sich gerade an, und ich wollte nicht stören.«

Cathy schenkte ihr einen verschmitzten Blick, der besagte, daß sie es doch besser wußte, und nahm Jade dann mit ins Wohnzimmer. Das Schachbrett stand auf dem Couchtisch. »Dillon, möchten Sie vielleicht noch etwas Pfirsichstrudel?«

»Danke nein, Cathy. Aber das Essen war wirklich köstlich.«

»Danke.«

»Mom, Dillon sagt, er nimmt mich im Herbst vielleicht zu 'nem Fußballspiel von den Clemsons mit.«

»Mal sehen.«

Graham wollte ihr gerade eine feste Zusage entlocken, als es läutete. »Ich gehe schon.« Er sprang auf. »Ist bestimmt 'n Freund von mir. Er wollte mir das neue Nintendo-Spiel ausleihen. Dillon, wenn Sie wollen, zeige ich Ihnen, wie man's spielt.«

Dillon verzog den Mund, es sah fast nach einem Lächeln aus. »Ich komme mir schon alt und verkalkt vor, weil ich nicht Kid Icarus spielen kann.«

Jade lachte. »Dann sind wir schon zwei. Ich habe noch immer nicht gelernt, wie man mit einem Joystick umgeht.«

Dillon blinzelte schelmisch. »Ich habe mir sagen lassen, alles nur eine Frage der Übung...«

Jade war froh, als Graham sie von der Tür aus rief.

»Mo-om! Diese Frau ist wieder da!« Jade stand auf und ging auf den Flur, wo Graham ihr bereits mit Donna Dee entgegenkam. »Sie war neulich schon mal da und hat nach dir gefragt, Mom.«

Donna Dees Blick streifte Dillon, dann wandte sie sich Jade zu. »Ich hätte vielleicht vorher anrufen sollen, aber... kann ich dich einen Moment allein sprechen?«

Jade hatte bei ihrer letzten Begegnung keinen Zweifel an

ihrer Haltung gelassen. Sie wollte keine Wiederholung der Auseinandersetzung, besonders nicht vor Cathy, Graham und ihrem Gast. »Gehen wir auf die Veranda.«

Als Jade die Tür hinter ihnen geschlossen hatte, sagte sie: »Den Besuch hättest du dir sparen können, Donna Dee. Ich hätte dir auch am Telefon sagen können, daß du nur deine Zeit bei mir verschwendest.«

Donna Dee ließ alle Höflichkeitsfloskeln beiseite. »Sei nicht so pampig zu mir, Jade. Ich habe den Artikel in der Sonntagsbeilage über dich gelesen. Du bist jetzt 'ne große Nummer. Wenn man dieser Garrison-Tante glauben soll, bist du so ziemlich das Beste, was uns hier je passiert ist. Wenn du nicht meine letzte Hoffnung wärest, hätten mich keine zehn Pferde hierher bringen können.«

»Um was geht es?«

»Um Hutch. Es geht ihm schlechter. Sein Zustand ist kritisch. Wenn wir nicht innerhalb der nächsten Tage einen Spender finden, werde ich ihn verlieren.«

Jade senkte den Blick und starrte auf die gestrichenen Dielen der Veranda. »Es tut mir leid, Donna Dee. Ich kann dir nicht helfen.«

»Du mußt! Graham ist die einzige Hoffnung, die uns noch bleibt!«

»Das weißt du doch gar nicht.« Jades Stimme war leise, zitterte jedoch vor Zorn. »Was bildest du dir eigentlich ein, die ganze Verantwortung für Hutchs Leben auf die Schultern meines Sohnes zu laden?«

»Nicht auf seine – auf deine. Wie kannst du nur so hart sein, einfach zuzusehen, wie ein Mann stirbt?«

»Nicht irgendein Mann, Donna Dee. Es ist der Mann, der mich vergewaltigt hat. Wenn Hutch in Flammen stehen würde, würde ich ihm einen Eimer Wasser übergießen. Aber du verlangst viel mehr als das. Ich würde nicht einmal zulassen, daß Graham sich den notwendigen Tests unterzieht.« Sie schüttelte den Kopf. »Ein für allemal, nein.«

»Und wenn Hutch wirklich Grahams Vater ist?«

»Pst! Er könnte dich hören. Sprich leiser.«

»Was wirst du deinem Sohn sagen, wenn er wissen will, wer sein Vater ist? Wirst du ihm sagen, daß du seinen Daddy aus Rache hast sterben lassen?«

»Sei still, um Himmels willen!«

»Um *deinet*willen, meinst du doch, oder? Du willst nicht, daß Graham weiß, daß du fähig bist zu töten. Glaubst du, er wird dich auch noch lieben, wenn er herausfindet, daß du seinen Vater einfach hast sterben lassen?«

»Verdammt, was soll diese ganze Schreierei?«

Jade schnellte herum. Dillon stand hinter ihnen in der offenen Verandatür. »Wo ist Graham?« fragte Jade sofort. Sie hatte Angst, er könnte Donna Dees gemeine Beschuldigungen mitangehört haben.

»Cathy hat ihn hochgescheucht.« Er trat zu ihnen auf die Veranda. »Was geht hier vor?«

»Ich bin gekommen, um für das Leben meines Mannes zu bitten«, antwortete Donna Dee. »Jade könnte ihn retten, wenn sie es wollte.«

»Das stimmt nicht, Donna Dee. Das kannst du doch gar nicht wissen.«

»Hutch liegt in diesem Moment auf der Intensivstation in Savannah«, erklärte Donna Dee an Dillon gerichtet. »Er wird sterben, wenn Jade es nicht zuläßt, daß ihr Sohn eine Niere spendet. Sie weigert sich, weil sie nicht will, daß ihr Junge seinen Vater kennenlernt.«

Dillons Blick schwang zu Jade. Er musterte sie eindringlich. Sie schüttelte nur den Kopf. »Okay«, sagte Dillon zu Donna Dee. »Sie haben gesagt, was Sie sagen wollten. Auf Wiedersehen.«

Hochmütig starrte Donna Dee ihn an, doch seine Miene war ungerührt. Ihr Stolz bröckelte. Sie sagte zu Jade: »Wenn dein Sohn das erfährt, wird er dir nie vergeben. Ich hoffe, er wird dich dafür hassen.« Sie drehte sich um und ging eilig über die Veranda und den Bürgersteig zu ihrem Wagen. Gerade als sie losfuhr, stürmte Graham mit Cathy auf den Fersen durch die Tür. »Mom, warum habt ihr so geschrien?«

»Ist schon gut, Graham. Nichts, worüber du nachdenken solltest«, antwortete sie, bewußt Dillons Blick meidend.

»Aber sie war schon zweimal da. Was will sie denn von dir?«

»Das geht dich nichts an, Graham.«

»Ich will es aber wissen.«

»Ich will mich jetzt nicht mit dir streiten. Laß es einfach gut sein!«

Diese Zurechtweisung vor seinem Idol Dillon war ihm peinlich. »Du sagst mir nie was«, schrie er. »Du behandelst mich wie ein Baby!« Er rannte zurück ins Haus und hinauf auf sein Zimmer.

Cathy war versucht zu schlichten, doch sie hielt sich diesmal weise im Hintergrund. »Ich bin auf meinem Zimmer, falls du mich brauchst.«

Als auch sie im Haus war, fragte Dillon: »Wollen Sie, daß ich mit Graham rede?«

Jade wandte sich abrupt zu ihm um und lenkte ihre Wut in seine Richtung, weil er ihr ein willkommenes Ventil bot.

»Nein, danke«, erwiderte sie schroff. »Sie haben heute schon genug mitgekriegt. Ich will, daß Sie vergessen, was Sie gehört haben.«

Er griff sie bei den Schultern und zog sie an sich. »Keine Chance.« Nach diesem kurzen, aber eindeutigen Statement ließ er sie ebenso plötzlich los, wie er sie geschnappt hatte. Als er schon im Begriff war zu gehen, sagte er über die Schulter: »Sie wissen, wo Sie mich finden, falls ich irgend etwas für Graham tun kann. Gute Nacht.«

* * *

Er brauchte diesen ganzen Mist nicht.

Das dachte Dillon, als er seinen alten Pickup vor dem Trailer zum Halten brachte und den Motor abstellte. Loner war offensichtlich wieder mal auf Streifzug. Er kam nicht, um ihn zu begrüßen. Soll mir recht sein, dachte Dillon, als er aufschloß. Er war nicht in der Stimmung für Gesellschaft.

Im Trailer war es heiß und stickig wie in einem Schnellkochtopf. Er drehte die Klimaanlage auf, stellte sich in den kalten Windzug, zog das Hemd aus und knöpfte die Jeans auf. Dann lehnte er sich an die Wand über der Luftzufuhr und ließ die Stirn auf die Unterarme sinken. Der Luftzug trocknete seine verschwitzte Haut und wirbelte die Haare auf seiner Brust durcheinander.

Er konnte Jade beim besten Willen nicht verstehen. Jedesmal wenn er glaubte, ihr nähergekommen zu sein, geschah etwas völlig Unerwartetes – wie heute abend. Er wäre nie darauf gekommen, daß nach dem Abendessen eine Frau in Jades Haus auftauchen könnte, um Jades Sohn für ihren sterbenden Ehemann zu verlangen.

Sie hatte den Namen Hutch erwähnt. In der Zeitung hatte

ein Bericht über Palmettos Sheriff, Hutch Jolly, gestanden. Und so verrückt konnte kein Zufall sein, daß ausgerechnet zwei Männer aus Palmetto mit dem Namen Hutch im Krankenhaus in Savannah lagen und auf eine Nierentransplantation warteten. Also mußte Hutch Jolly Grahams Vater sein. Offensichtlich wußte Graham nichts davon, und Jade wollte es auch dabei belassen.

Hatte Jade von Jollys Krankheit gewußt, bevor sie zurückgekommen war? Hängte sie Graham wie eine Mohrrübe vor die Nase des ernsthaft erkrankten Mannes? Wenn Jolly Grahams Vater war, was hatten dann die Patchetts mit der ganzen Sache zu tun?

Allmählich beschlich ihn das Gefühl, daß bei Jade Sperry nichts normal war.

Sie brauchte Hilfe, soviel stand fest. Doch wenn sie welche angeboten bekam, warf sie sich in eine eiserne Rüstung und ließ nichts und niemanden an sich heran. Wie verzweifelt mußte man sein, um jede Hilfe abzulehnen, wenn man sie doch so dringend brauchte?

Dillon fuhr sich durchs Haar. »Jesus.«

Er verstand Jades Sturheit, weil er sie an sich selbst beobachtet hatte. Bei Debras und Charlies Beerdigung hatte er sich den Newberrys und all ihren Freunden gegenüber geradezu gemein verhalten. Er hatte jede Beileidsbekundung und jede Hilfe von sich gewiesen, weil er die Nähe der Menschen, die Debra gekannt und geliebt hatten, nicht ertrug. Er hatte sie ausgeschlossen, im Glauben, nur Einsamkeit könnte seinen Schmerz betäuben.

Erst nachdem er diesen Job angenommen hatte, hatte er wieder Kontakt zu den Newberrys aufgenommen. Er hatte ihnen einen Brief geschrieben, in dem er sich dafür entschuldigte, daß er sieben Jahre lang nichts von sich hatte hören lassen. Er war zum erstenmal in der Lage gewesen, Debras Namen zu schreiben, ohne daß ihm dabei ein Messer ins Herz stach. Die Newberrys hatten geantwortet, ihm geschrieben, wie sehr sie sich freuten, von ihm zu hören, und hatten ihm angeboten, sie jederzeit in Atlanta zu besuchen.

Erst jetzt war es ihm möglich, sich an die lebende Debra zu erinnern – an ihre Liebe und ihr Lachen – und nicht immer nur an das Bild von ihr, tot mit Charlie auf dem Bett. Trotz all seiner Anstrengungen, im Kummer zu versinken, schienen die Wunden zu heilen.

Er regulierte den Thermostat am Fenster und ging zu seinem Bett. Er streifte die Stiefel ab, zog die Jeans und die Unterhose aus und schlüpfte nackt zwischen die Laken. Dann verschränkte er die Arme unter dem Kopf und starrte an die Decke. Jade wies jede Hilfe zurück, weil sie ein Problem hatte, mit dem sie nicht konfrontiert werden wollte – genau wie er vor sieben Jahren.

»Aber was kann es sein?« Dillon wurde erst bewußt, daß er laut nachgedacht hatte, als er seine eigenen Worte vernahm. *»Was?«* Was war es, das es ihr so schwermachte, anderen zu vertrauen und ihre eigene Sexualität auszuleben?

Bis er Jade kennenlernte, hatte er immer gedacht, daß das Wort *frigide* als allgemeiner Begriff für verklemmte Bräute benutzt wurde. In schlechten Filmen waren es immer die Jungfrauen, die als frigide bezeichnet wurden, bevor sie sich dann in den süßholzraspelnden Hauptdarsteller verliebten. Es war das Gegenteil von nymphomanisch, ein Begriff, den man unendlich auslegen, aber nicht wirklich definieren konnte. Unglücklicherweise paßte die Bezeichnung frigide genau auf Jade Sperry. Sie hatte schreckliche Angst vor der Berührung eines Mannes.

Hatte Hutch Jolly sie ihres Rechtes auf eine erfüllte Sexualität beraubt? Wenn ja, dann haßte Dillon diesen Bastard, ohne ihm je begegnet zu sein. Jade war intelligent, clever und wunderschön, aber tief in ihrem Innern war ein schreckliches Geheimnis begraben. Es würde nicht aufhören, sie zu verfolgen, wenn sie es nicht ein für allemal austrieb.

»Denk noch nicht mal dran«, murmelte er in die Dunkelheit. *Du arbeitest für sie*, rief er sich ins Gedächtnis, *du bist weder ihr Psychoklempner noch ihr Geliebter – noch nicht mal ihr Geliebter in spe.*

Und trotzdem lag Dillon stundenlang wach und überlegte, wie er Jade die Angst nehmen und das Herz öffnen könnte.

* * *

Der schlafende Körper in dem Bett auf der Intensivstation war ein menschliches Wrack, von Maschinen am Leben gehalten.

Jade starrte auf ihren früheren Mitschüler, ihren Vergewaltiger. Hutch war niemals schön gewesen, doch jetzt war er bemitleidenswert häßlich. Die Knochen seines kantigen Gesichts standen hervor, die Wangen waren eingefallen. Er war immer ein starker, robuster Athlet gewesen; jetzt bekam er Sauerstoff durch die Nase gepumpt. Die Technik führte die Funktionen durch, die sein Körper nicht mehr aufrechterhalten konnte.

Während seine Lebenszeichen elektronisch aufgezeichnet wurden, während er um sein Leben kämpfte, plauderten die beiden Schwestern vor seiner Tür über das schwüle Wetter und das Bürgerkriegsepos, das mit Mel Gibson in der Hauptrolle ganz in der Nähe verfilmt wurde.

»Aber bitte nicht länger als zwei, drei Minuten, Miss Sperry«, sagte eine der Schwestern zu ihr.

»In Ordnung, danke.«

Sie mußte sich im Schlaf die ganze Nacht mit der Entscheidung herumgeplagt haben, ob sie an diesem Morgen nach Savannah fahren sollte, denn sie war mit dem Gedanken an Hutch aufgewacht. Es lag nicht daran, daß sie den Ernst seines Zustands bezweifelte. Und sie hatte auch ihre Meinung über Graham und die Organspende nicht geändert. Sie hatte sich einfach genötigt gefühlt, herzukommen und Hutch gegenüberzutreten, weil es vielleicht ihre letzte Chance dazu war.

Sie hatte sich den Zugang zur Intensivstation erschwindelt. Zum Glück war Donna Dee nicht dagewesen, um ihre Behauptung, eine entfernte Kusine aus New York zu sein, die ihrem Cousin Hutch Lebewohl sagen wollte, zu bestreiten.

Jetzt war Jade froh, daß sie gekommen war. Haß erforderte Kraft. Manchmal war der Haß auf die drei Männer, die Garys Tod verursacht hatten, so kräftezehrend, daß sie aufgeben wollte. Nach dem heutigen Tag würde sie wieder mehr Kraft haben, weil es kaum möglich war, Haß auf die Kreatur in diesem Bett zu empfinden.

Er schlug die Augen auf und blinzelte sie an. Er brauchte einen Moment, bis er sie sah und einen weiteren, bis er sie erkannte. Dann teilten sich seine trockenen, farblosen Lippen, und er flüsterte ungläubig ihren Namen.

»Hallo, Hutch.«

»Jesus, bin ich tot?«

Sie schüttelte den Kopf.

Er versuchte, sich die Lippen zu befeuchten, aber seine Zunge sah ebenfalls trocken aus. »Donna Dee hat mir erzählt, daß du zurück bist.«

»Es ist viel Zeit vergangen.«

Er musterte sie einen Moment lang. »Du siehst toll aus, Jade, soweit ich von hier sehen kann. Genau wie früher.«

»Danke.«

Danach folgte ein Moment gespannten Schweigens. Schließlich sagte Hutch: »Donna Dee sagt, du hast einen Sohn.«

»Stimmt.«

»Im Teenageralter.«

»Er wird fünfzehn.«

Er schloß die Augen und verzog das Gesicht, als hätte er Schmerzen. Als er die Augen wieder aufschlug, schien er keine Probleme zu haben, das Gesicht über sich zu erkennen. »Ist er von mir?«

»Schwer zu sagen, Hutch. Ihr habt mich schließlich zu dritt vergewaltigt.« Er stöhnte auf wie jemand, der seelische Qualen erleiden muß. »Er ist von mir«, sagte Jade. »Und ich will nicht wissen, wer von euch sein Erzeuger war.«

»Das kann ich dir nicht übelnehmen. Ich würde es nur gerne wissen, bevor ich sterbe.«

»Und wenn das noch fünfzig Jahre dauert?«

Er lachte trocken. »Schätze, der Fall wird nicht eintreten.«

»Miss Sperry, ich muß Sie jetzt bitten zu gehen.«

Jade signalisierte der Schwester, daß sie verstanden hatte. Sie sagte leise: »Auf Wiedersehen, Hutch.«

»Jade?« Er hob den zerstochenen Arm, um sie zurückzuhalten. »Donna Dee hat sich da etwas in den Kopf gesetzt. Sie wollte zu dir und dich um eine Niere von deinem Sohn für mich bitten.«

»Ja, sie war schon zweimal bei mir.«

Wieder sah sein Gesicht schmerzverzerrt aus. »Ich habe es ihr verboten. Verdammt, lieber will ich sterben, als den Jungen da mit reinzuziehen. Wenn er mein Sohn ist, will ich auf keinen Fall, daß er so etwas durchmacht. Laß dich nicht von ihr überreden. Laß es nicht zu, daß sie den Jungen da reinzieht.«

Seine Vehemenz überraschte sie. Die Tränen, die in seinen Augen aufstiegen, paßten nicht zu seinen männlichen Zügen. Er mußte mehrmals heftig schlucken. »Wenn er mein Sohn ist, dann will ich, daß er niemals... daß er niemals erfährt, was ich dir angetan habe.« Die Tränen rollten ihm über die eingefallenen Wangen. »Bei Gott, ich wünschte, ich könnte es ungeschehen machen, aber das kann ich nicht. Alles, was ich sagen kann, Jade, ist – es tut mir leid.«

»Ganz so einfach ist das nicht, Hutch.«

»Ich erwarte nicht, daß du mir vergibst. Ich erwarte noch nicht einmal dein Mitleid. Ich will nur, daß du weißt, daß mein Leben danach nie wieder dasselbe war.

Mein Daddy wußte, daß er dir unrecht getan hat, und er ist nie damit fertiggeworden. Wir haben nicht darüber gesprochen – ich wußte es einfach. Lamar wurde, bei Gott, genug gestraft. Sogar Ivan und Neal haben ihren Teil bei dem Zugunglück abgekriegt.«

»Neal?«

»Er ist steril. Wird niemals Kinder haben. Es darf keiner wissen. Nicht einmal Donna Dee weiß es. Neal hat's mir mal erzählt, als er betrunken war.« Er brauchte einen Moment, um Kraft zu schöpfen. »Was ich sagen will, Jade – wir alle haben unsere Strafe bekommen.«

»Ihr habt vielleicht eure Strafe bekommen, aber Gary ist tot.«

Hutch nickte reumütig. »Ja, ich werde auch damit auf dem Gewissen sterben müssen.« Er blinzelte eine weitere Träne aus dem Auge. »Ich wollte dir niemals so wehtun, Jade. Es tut mir verdammt leid, für alles, was ich dir angetan habe.«

Sie tauschten einen langen Blick aus.

Dann stürmte Donna Dee ins Zimmer. Sie war ganz außer Atem. Als sie Jade am Bett ihres Mannes stehen sah, stolperte sie fast. »Wenn du hier bist, um dich als Samariterin aufzuspielen, habe ich leider eine schlechte Nachricht für dich«, sagte sie. »Hutch hat einen Spender.«

Sie eilte zu ihm, preßte seine blasse Hand an ihre Brust und rieb sie zärtlich. »Ein zwanzigjähriger Mann ist heute früh bei einem Motorradunfall ums Leben gekommen.« Sie lächelte durch einen Schleier von Freudentränen auf ihn hinunter. »Das Gewebe stimmt mit deinen Daten überein, und der Arzt hat grünes Licht gegeben. Sie werden gleich da sein und dich für die Operation vorbereiten. Oh, Hutch«, flüsterte sie und gab ihm einen Kuß auf die Stirn.

Er schien zu überwältigt, um sprechen zu können.

Donna Dee richtete sich auf und starrte Jade an. »Wir werden deinen Sohn nicht mehr brauchen.« Ihre wachen Augen funkelten triumphierend. »Und ich kann dir nicht sagen, wie froh ich darüber bin. Jetzt werde ich dir niemals danken müssen, daß du meinem Mann das Leben gerettet hast.«

Dillon hatte die halbe Nacht wachgelegen und versucht, die wenigen Fakten, die er kannte, zusammenzufügen. Als er endlich eingeschlafen war, waren seine Träume noch wirrer als die Realität gewesen – und mit Sicherheit erotischer. Bei Tagesanbruch hatte er sich entschlossen, die Besorgungen fürs Wochenende zu verschieben und statt dessen nach Savannah zu fahren.

Er hatte dabei mehr als einen netten Ausflug im Sinn. Er war auf der Suche nach Informationen. Wenn Jade sie ihm nicht gab, dann würde er sie vielleicht von Donna Dee oder Hutch erhalten.

Eigentlich ging ihn Jades Leben nichts an. Und wenn er sich weiter einmischte, würde sie ihn wahrscheinlich feuern. Aber er war an einem Punkt angelangt, an dem er selbst das in Kauf nahm. Ob er wollte oder nicht – er war bereits in Jades Leben verstrickt, auch wenn es eine sehr einseitige Beziehung war.

Er traf im Krankenhaus ein, gerade als Jade die Intensivstation verließ. Als sie einander auf dem Flur begegneten, machte sie kein Hehl aus ihrer Mißbilligung. »Was wollen Sie hier?«

Sie sah in der künstlichen Beleuchtung blaß aus. Sie hatte dunkle Ringe unter den Augen, was jedoch deren Größe und strahlende Farbe nur betonte. Sie trug einen kurzen, gerade geschnittenen Jeansrock, ein weißes Leinenhemd, einen roten Ledergürtel und rote Sandalen.

Sie sah umwerfend aus.

»Das könnte ich ebensogut Sie fragen«, entgegnete er. »Nach dem, was ich gestern abend gehört habe, hätte ich Sie hier als letztes erwartet.«

»Ich habe einen Grund, hier zu sein. Sie nicht.«

»Nun, dann betrachten Sie mich eben einfach als Schaulustigen.« Dillon sah über Jades Schulter hinweg, daß auf der Station plötzlich alle sehr geschäftig wurden. »Was ist los?«

»Hutch hat eine Spenderniere.«

Dillon spürte, wie sich sein Magen zusammenzog. »Doch nicht...«

»Nein, nicht Graham. Ein Unfallopfer.«

Jade warf einen Blick zurück und ging dann schnell in Richtung Ausgang. Dillon lief ihr nach. »Ist Hutch Jolly Grahams Vater?«

Sie beschleunigte ihren forschen Gang. »Ich weiß es nicht.«

»Oh, großer Gott!« Er überholte sie und stellte sich ihr in den Weg. »Ist er es, oder ist er es nicht?«

»Warum halten Sie sich nicht aus meinem Privatleben raus? Ihre morbide Faszination dafür verursacht mir Übelkeit!«

»Was verbindet Sie mit Mrs. Jolly?«

Sie hielt einen Moment die Luft an und atmete dann resigniert aus. »Donna Dee war einmal meine beste Freundin.«

»Bis was, Jade? Bis was passierte? Bis Hutch der Vater Ihres Kindes wurde? Waren die beiden damals vielleicht schon verheiratet?«

»Natürlich nicht! Wie können Sie es wagen...«

Sie preßte die Lippen aufeinander, um nicht noch mehr zu sagen.

Dillon konnte sehen, daß die Frage sie wirklich verärgert hatte. Er hielt es für besser, jetzt zurückzustecken und nachzugeben. Er nahm ihren Arm und begleitete sie zum Ausgang. Dann sagte er in besänftigendem Ton: »Wenn

Sie mir gegenüber ehrlich wären, müßte ich nicht so drängen.«

»Es geht Sie aber nichts an.«

»Da denke ich anders.«

»Warum?«

Wieder blieb er stehen, um ihr in die Augen zu schauen. Schluß mit der Nachgiebigkeit. Er drückte sie gegen die nächstbeste Wand und flüsterte eindringlich: »Weil ich wissen will, warum du jedesmal, wenn ich dich anfasse, zurückzuckst. Verdammt, Jade, du weckst in mir den Wunsch, dich zu berühren. Aber ich ertrage es nicht, daß du mich dann jedesmal anschaust, als wärst du ein Menschenopfer und ich hätte frisches Blut an den Händen.«

»Ich will das nicht hören.«

»Du willst es vielleicht nicht hören, aber so ist es nun mal. Und das weißt du verdammt gut. Du weißt, seit ich dich geküßt habe, daß ich mich danach sehne, mit dir zu schlafen.«

»Nein, nicht. Bitte, sag jetzt nichts mehr.«

»Jade...«

»Merk dir das«, sagte sie mit Nachdruck. »Zwischen uns wird es nie zu einer intimen Beziehung kommen.«

»Weil du meinen Gehaltsscheck ausstellst?«

Wut flackerte in ihren blauen Augen auf. »Deshalb auch. Aber hauptsächlich aus Gründen, die du nicht kennst.«

»Was sind das für Gründe, Jade? Genau das versuche ich doch herauszufinden. Was sind das für *Gründe?*«

Sie schüttelte den Kopf. Ihre Sturheit schien für den Moment unüberwindbar. Dillon fluchte in sich hinein, trat zur Seite und gab den Weg frei.

Am Nachmittag erreichte Jade Palmetto. Sie sah im Rückspiegel, daß Dillon ihr noch immer folgte. Er hatte die ganze Fahrt von Savannah bis hierher nie mehr als ein Auto zwischen sie gelassen. Und jetzt bog er ebenfalls ab.

Die kurvenreiche Landstraße wurde zu beiden Seiten von dichtem Wald gesäumt und endete an einem verlassenen Haus bei einer Schonung. Das Schild mit der Aufschrift ZU VERKAUFEN stand schon so lange dort, daß es von hohem Unkraut überwuchert war. Wind und Wetter hatten die Schrift verblassen lassen. Das Haus selber war beeindrukkend, wenn auch schon ziemlich verfallen. Von den Säulen blätterte die Farbe, und die Fensterläden waren lose oder fehlten ganz. Der letzte Hurrikan hatte ein Teil des Daches abgedeckt.

Die Lebenseichen allerdings waren unbeschädigt. Moos hing reglos in der brütenden Hitze von den Zweigen und wurde nur manchmal von einer sanften Meeresbrise gestreift. Vögel zwitscherten in den stattlichen Pinien und löschten ihren Durst an dem überwucherten Springbrunnen. Die Myrten waren von fuchsienfarbenen Blüten so überladen, daß ihre alten Zweige wie Köpfe von sanft eingenickten Jungfern wippten.

Jade stieg aus ihrem Jeep. »Nett hier«, meinte Dillon, als er ebenfalls ausstieg.

»Ja, ist es nicht wunderschön? Ich überlege, es zu kaufen.«

Unbeirrt von seinem Mangel an Enthusiasmus ging Jade zum Haus und stieg die Stufen zur Veranda hinauf, die das Haus von drei Seiten einfaßte. Sie lugte durch die Fenster ins Hausinnere. Die salzige Luft hatte die wenigen noch vorhandenen Glasscheiben mit einem Film überzogen. Der Strand war nur eine halbe Meile entfernt.

»Das kannst du nicht ernst meinen.« Dillon war ihr gefolgt.

»Doch.«

»Ist das nicht ein bißchen zu groß für drei?«

»Ich will es nicht für mich. Ich will es für die GSS kaufen.«

Er lachte. »Zuerst eine heruntergekommene Farm und jetzt ein verrottetes Tara. Ich kann nur hoffen, daß George Stein dir keine Blankovollmachten gegeben hat.«

Sie reagierte überhaupt nicht auf die Beleidigung, sondern ging zur Ostseite des Hauses, wo früher einmal der Blumengarten gewesen war. Jetzt waren die Pfade von Unkraut überwuchert, und auf den einst kultivierten Beeten wuchs wildes Gras.

Am anderen Ende des Gartens stand eine weitere Lebenseiche. Von einem der starken Zweige hing eine Schaukel. Die Seile, mit denen sie befestigt war, waren dicker als Jades Unterarme. Sie setzte sich hinein und stieß sich mit der Fußspitze ab.

Sie warf den Kopf zurück, schloß die Augen und ließ die Sonnenstrahlen auf ihrem Gesicht spielen. Sie sog die salzige, von Gardenien und Geißblatt geschwängerte Luft tief ein.

»Du bist nicht zum erstenmal hier.«

Sie schlug die Augen auf. Dillon stand vor ihr, die Hände in die Taschen seiner Jeans vergraben. Als er sie ansah, spiegelte sich in seinen braunen Augen das satte Grün der üppigen Baumkronen.

»Stimmt. Ich war schon öfter hier. Ich habe es ernst gemeint, als ich sagte, daß ich es kaufen will. Ich möchte daraus eine Art Erholungscenter für die Firma machen.«

»Ich dachte, du schaust dich nach einer Möglichkeit für weitere Büros um.«

»Das hier wäre unabhängig davon. Überleg nur mal, wie gut es sich eignen würde, Kunden und Führungskräfte zu beherbergen. Ich habe mir einen Grundriß besorgt und ihn an Hank geschickt.« Dillon hatte Hank bei einer Besprechung in New York kennengelernt.

»Ich habe ihm gesagt, ich würde das Haus gern modernisieren, ohne daß dabei sein Südstaatenflair verlorengeht. Wenn wir wie geplant auf den Auslandsmarkt gehen, können wir hier die Repräsentanten bewirten. Vielleicht könnten wir sie mit Pferdekutschen vorfahren lassen und ihnen auf der Veranda Mint Juleps kredenzen. Sie würden es lieben ...«

Dillon stellte sich hinter sie, griff die Seile und gab ihr Anschwung, nicht zu stark, aber genug, um ihr Haar im Wind flattern zu lassen.

»Hast du die Idee schon mit unserm guten alten George besprochen?«

»Noch nicht. Ich wollte warten, bis Hank die Farbskizzen fertig hat.«

»Du und Hank, ihr steht euch wohl sehr nahe.«

»Wir sind seit dem College befreundet.«

»Hmm.«

Sie ignorierte den mißbilligenden Klang seiner Stimme. »Ich habe Hank außerdem gebeten, ein Strandhaus in der Art einer Gartenlaube zu entwerfen, wo wir Firmenpartys, Picknicks und Empfänge durchführen könnten. In der Zeit, wo wir es nicht brauchen, könnten wir es an andere Gruppen vermieten und so die Unterhaltskosten senken.«

»Das wird George gefallen. Und mal sehen, vielleicht

treibst du ja noch ein paar Farbige aus den Sklavenquartieren auf, die abends, wenn die Bosse mit ihren Mint Juleps auf der Veranda sitzen, Spirituals zum besten geben.«

Jade zog eine lange Spur in den trockenen Boden, ehe die Schaukel zum Halt kam. Sie mußte den Kopf weit zurückfallen lassen, bis sie ihm in die Augen sehen konnte. Ihr Haar berührte beinahe seinen Bauch.

»Du machst dich über mich lustig.«

Er rührte sich nicht, obwohl es wesentlich bequemer für sie gewesen wäre, wenn er die Seile losgelassen hätte und nach vorne gekommen wäre. »Stimmt.«

»Danke, daß du es wenigstens zugibst.«

»Gern geschehen.«

»Schätze, ich habe ein bißchen herumgesponnen. Findest du mich verrückt?«

»Ich finde dich... faszinierend.« Er hatte einen Moment gebraucht, um das richtige Wort zu finden. »Um ehrlich zu sein, Jade, du bringst mich völlig durcheinander.«

Seine Stimme hörte sich zu ernst an, um es als Kompliment zu nehmen. Sie beschloß, nicht darüber nachzudenken und statt dessen den Spieß umzudrehen. »Na ja, du bist auch nicht gerade Mister ›Leicht durchschaubar‹.«

»Ich? Wieso?«

»Mmmh, für einen Junggesellen gehst du zum Beispiel ziemlich selten aus.«

»Und was ist daran mysteriös? Ich habe einen Boß, der mir kaum Zeit läßt für La Dolce Vita.«

»Du triffst dich auch nicht mit Frauen.«

Er hob eine Braue. »Läßt du mich etwa beobachten?«

»Ich hatte dich als einen Mann eingeschätzt, der manchmal weibliche Gesellschaft braucht.«

»Du meinst Sex?«

»Ja, Sex«, antwortete sie unbehaglich.

Plötzlich schien der Nachmittag noch schwüler als zuvor. Selbst die Insekten hatten ihr Summen gedämpft. Die Luft war zu heiß zum Atmen. Jade spürte, wie ihr die Kleider am Leib klebten. Ihr Haar fühlte sich schwer und heiß an ihrem Nacken an. Die Sonne brannte auf die Erde, die ihre Hitze in flirrendem Schimmern entlud. Es war, als befänden sie sich in einer parfümierten Sauna – nur, daß sie nicht nackt waren.

Jade wurde sich der Nähe Dillons bewußt, und merkte, daß ihre Schultern fast seine Hüften berührten. Nur wenige Zentimeter trennten ihre Hände auf dem Seil voneinander. Sein Duft mischte sich mit vielen anderen, trotzdem konnte sie ihn unterscheiden.

»Was ich eigentlich sagen wollte«, fuhr sie atemlos fort, »ist, daß dein mangelndes Privatleben irgend etwas mit dem Verlust deiner Frau und deines Sohnes zu tun haben muß.«

Sein Schnurrbart senkte sich. Er nahm die Hände vom Seil, wich zurück und wandte ihr sein breites Kreuz zu. »Woher weißt du das?«

»Ich wußte es bereits ein paar Tage nach unserem Treffen in L.A.«

»Du bist wohl eine von den ganz Gründlichen«, sagte er in angespanntem Ton und drehte sich zu ihr um.

»TexTile bedeutet mir nun einmal sehr viel. Ich konnte es mir nicht leisten, ins Ungewisse zu planen. Deshalb habe ich mich über dich erkundigt.«

Dillon starrte sie einen Moment lang wütend an, dann entspannten sich seine Schultern. »Ich schätze, jetzt macht es auch nichts mehr aus, daß du es weißt.«

»Wie ist es passiert?« fragte Jade leise.

»Was soll die Frage? Ich denke, du weißt schon alles.«

»Ich kenne nur die Fakten.«

Er pflückte einen Zweig vom Baum und drehte ihn in den Händen. »Wir wohnten damals in Tallahassee. Ich arbeitete für einen schleimigen Hurensohn, der mich auf eine Außenstelle versetzt hatte. Ich war nur an den Wochenenden zu Hause. Debra haßte es, und ich haßte es noch viel mehr. Aber damals hatten wir keine Wahl.

Sie bekam Depressionen, also nahmen wir uns vor, ein ganz besonderes Wochenende zu verbringen. Es war regnerisch und kalt an diesem Freitagabend. Als ich nach Hause kam, sah ich, daß sie schon alles vorbereitet hatte.« Seine Stimme klang monoton, als er Jade von seiner grausamen Entdeckung im Schlafzimmer erzählte.

»Sie sahen so wunderschön aus«, sagte er leise. »Da war kein Blut, keine Anzeichen, nichts...« Er hob die Hände. »Ich dachte, sie schlafen.«

»Was hast du dann getan?«

Seine Augen wurden kalt. »Zuerst mal habe ich dem Typen, der mich von meiner Familie getrennt hat, sämtliche Knochen gebrochen.«

»Gut.«

»Danach habe ich mich mehrere Monate lang nur betrunken, mich völlig abgekapselt, hatte nicht mal ›weibliche Gesellschaft‹, wie du es vorhin genannt hast. Als ich wieder klar wurde, habe ich jede Frau genagelt, die ja sagte. Fette, dünne, häßliche, hübsche, alte, junge, alle... Es war mir egal, verstehst du?« Jade schüttelte den Kopf. »Nein. Aber um das zu verstehen, muß man wahrscheinlich auch ein Mann sein.«

»Wahrscheinlich.«

»Egal, jedenfalls habe ich mich dann einfach rumgetrieben, bin allein geblieben, bis du mir diesen Job angeboten hast.« Er suchte ihre Augen. »Zum erstenmal nach sieben Jahren habe ich etwas, wofür ich morgens aufwachen möchte. Dafür schulde ich dir Dank, Jade.«

»Du schuldest mir überhaupt nichts, außer, daß du für mein Geld gute Arbeit leistest.«

Er ließ den Zweig zu Boden fallen und wischte sich den Staub von den Händen. »Ich hätte bei ihnen sein müssen.«

»Wozu? Um mit ihnen zusammen im Schlaf zu sterben? Meinst du, das würde es besser machen?«

»Ich hätte die Heizung nachsehen müssen.«

»Und sie hätte sie nicht anstellen dürfen, bevor sie nachgesehen wurde.«

»Hör auf, mir zu widersprechen.«

»Dann hör du auf, Unsinn zu reden, Dillon. Es war ein tragischer Unfall, an dem niemand die Schuld trägt. Du kannst nicht dein ganzes Leben lang herumlaufen und versuchen, etwas wiedergutzumachen, was nicht dein Fehler war.« Sie sah ihn an. »Wenn ich dir so zuhöre, verstehe ich plötzlich einiges. Ich wußte auch vorher, daß dir der TexTile-Job viel bedeutet. Ich wußte aber nicht, wieviel.«

»Ich begreife es als meine zweite Chance, und die will ich nicht verpatzen.« Er ließ sich am Baumstamm hinuntergleiten, bis er auf den Fersen hockte. »So, jetzt kennst du meine Beweggründe. Wie steht es mit deinen?«

»Na ja, die Bezahlung ist phantastisch, und ich werde in einer Männerwelt respektiert.«

»Hmm. Wenn das für dich zählt, warum bist du dann nach Palmetto zurückgegangen?«

»Weil die GSS diese Gemeinde und die Gemeinde die GSS braucht. Da du ein guter Beobachter bist, wird dir kaum entgangen sein, daß die ganze Ökonomie hier am Boden liegt. Manche der hier ansässigen Familien haben nicht mal einen Wasseranschluß im Haus. Sie ernähren sich von dem, was in ihrem Garten wächst.

TexTile wird Hunderten von Menschen einen Arbeitsplatz bieten. Ich werde, noch bevor wir in Betrieb gehen, Workshops und Kurse anbieten, in denen sie Grundkenntnisse erwerben können. Diejenigen, die einen Job bekommen, werden auch während der Ausbildung bezahlt werden. In der Fabrik wird ein Hort eingerichtet, damit beide Elternteile arbeiten können. Es wird...«

»Das ist doch alles Affenscheiße, Jade.«

Ihr blieb der Mund offenstehen. »Bitte?«

»Affenscheiße habe ich gesagt. Hört sich alles toll an. Du willst den Schein erwecken, in Nächstenliebe zu versinken«, sagte er und stand dabei auf. »Aber wenn ich tief genug grabe, stoße ich irgendwann auf den wahren Grund, warum du diese Fabrik ausgerechnet hier bauen willst, und der liegt nicht in deinem Mitgefühl für die Armen und sozial Schwachen.«

Er klemmte ihre Beine zwischen seine, hielt die Seile fest und sah ihr in die Augen.

»Der wahre Grund liegt irgendwo bei deiner ehemals besten Freundin und bei dem Sheriff, mit dem sie verheiratet ist – und der vielleicht, vielleicht aber auch nicht, Grahams Vater ist. Die Patchetts spielen dabei auch noch irgendeine Rolle... Zwischen dir und den hohen Tieren dieser Stadt läuft ein ganz merkwürdiges Spielchen ab.«

»Es ist spät. Ich muß nach Hause.«

Sie stand auf, obwohl sich dabei ihre Körper für einen Sekundenbruchteil berührten, duckte sich unter seinem Arm hindurch und beeilte sich, ihm zu entkommen. Doch er hielt sie fest.

»Laß dir eine bessere Ausrede einfallen, Jade.«

»Die Gründe, die ich dir für den Bau der Fabrik genannt habe, sind aufrichtig.«

»Das bezweifle ich auch gar nicht.«

»Und warum akzeptierst du sie nicht einfach und läßt es dabei bewenden?«

»Weil es nicht zusammenpaßt. Wer soviel Mitgefühl für seine Mitmenschen aufbringt, würde sofort eine Niere spenden.«

»Niemand wird Graham aufschneiden und ihm eine Niere entfernen.«

»Stimmt – und ganz besonders nicht, wenn der Empfänger mit deiner ehemaligen Freundin verheiratet ist und der Vater dienes Sohnes sein *könnte.*« Er kam näher. »Hat Jolly dich wegen Donna Dee fallengelassen, nachdem er dich geschwängert hat? Hast du ihn geliebt?«

»Ich habe ihn gehaßt.«

»Das ist doch schon mal was. Und warum?«

»Laß mich in Ruhe, Dillon.«

»Nicht, bis ich weiß, was hier gespielt wird.«

»Du mußt es nicht wissen.«

»Warum zuckst du jedesmal zurück, wenn ein Mann in deine Nähe kommt?«

»Ich zucke nicht zurück.«

»Ach, tatsächlich?« fragte er leise. »Vor ein paar Sekunden bist du fast ohnmächtig geworden, als du mich mit der Brust gestreift hast. Und der Ausdruck auf deinem Gesicht, als du bemerkt hast, daß ich einen Steifen habe, spottete jeder Beschreibung.«

»Ich habe es gar nicht bemerkt.«

»Du lügst. Ist Hutch Jolly der Grund, weshalb du frigide bist?«

»Ich bin nicht frigide.«

»Nein? Sollte ich mich so geirrt haben?«

»Vielleicht finde ich dich einfach nicht anziehend.«

Er verschränkte seine Hände in ihrem Nacken, dort, wo die Haut unter dem Haar feucht war. »Noch eine Lüge, Jade.« Er beugte sich zu ihr herunter und streifte mit dem Schnurrbart ihre Lippen. »Du hast selbst gesagt, daß dir der Kuß gefallen hat.«

»Habe ich nicht.«

»Lügnerin.«

Er leckte ihre Mundwinkel. Es war ein erregendes, zugleich erschreckendes Gefühl. Seine neckenden Liebkosungen machten sie schwindelig, und ihr wurde heiß. Sie vergrub die Hände in seinem Hemd, spürte die festen Muskeln unter dem Stoff. Seine Stärke und Größe überwältigten sie. Sein Duft, das Gefühl von ihm, alles verströmte Männlichkeit, was sie gleichermaßen anzog und abschreckte. Sie kämpfte gegen ihr Verlangen und auch gegen ihre Angst an.

»Bitte, tu das nicht, Dillon«, flehte sie, ihre Lippen an seinen. »Ich kann sie nicht ersetzen. Keine Frau kann das.«

Sein Kopf schnellte hoch. »Was hast du gesagt?«

»Ich bin keine von diesen Frauen, die du aus Kummer um deine Frau *nageln* kannst.«

»Denkst du das? Glaubst du wirklich, du bist nur ein weiterer, weicher Weg ins Vergessen für mich?«

»Wär doch möglich, oder?«

Er fluchte leise. »Hör zu, wenn ich das wollte, würde ich mir irgendeine suchen und noch vor Dämmerung mit ihr ins Bett steigen.«

»Ja, aber sie hätte vielleicht keinen Sohn...«

»Oh, ich verstehe«, sagte er gepreßt. »Graham übernimmt also die Rolle meines Sohnes dabei.«

»Na ja, immerhin hast du dir ja alle Mühe gegeben, dich bei ihm einzuschmeicheln.«

Die Welle seines Zornes war mindestens so heftig wie die seines Verlangens. Sie erschütterte seinen Körper. Er musterte Jade geringschätzig von Kopf bis Fuß, verweilte auf ihren Brüsten und ihren Schenkeln, ehe er ihr wieder in die Augen sah. »Du hast ein schlechtes Bild von dir selbst, Jade. Ob nun mit oder ohne Sohn – ich würde dich jederzeit ficken.«

Dann drehte er sich um und ging zu seinem Pickup. Jade, jetzt ebenso wütend wie er, lief ihm nach. Sie erwischte ihn, noch bevor er auf den Fahrersitz klettern konnte. »Wenn du weiterhin solche Dinge zu mir sagst, bleibt mir keine Wahl, als dich zu entlassen.«

»Nur zu«, sagte er mit erhobenem Kopf.

Vielleicht bluffte er nur, um ihr Angst zu machen, aber es funktionierte. Die Vorstellung, er würde zum jetzigen Zeitpunkt aus dem Projekt aussteigen, war niederschmetternd. Woher sollte sie einen gleichwertigen Bauleiter nehmen? Was sollte sie George Stein sagen, wo sie doch von Dillon stets in höchsten Tönen geschwärmt hatte?

Sie entschied sich, einzulenken. »Ich glaube noch immer, daß du der beste Mann für diesen Job bist, Dillon.«

»Danke.«

»Siehst du denn nicht, daß es nicht klug wäre, wenn wir uns verlieben würden, selbst... selbst, wenn ich es könnte?«

»Ich habe nie behauptet, daß es klug wäre.«

»Es könnte sich auf unsere gute Zusammenarbeit auswirken, und das wollen wir doch beide nicht, oder?«

»Nein.«

»TexTile ist für uns beide so wichtig. Wir dürfen nicht zulassen, daß persönliche Konflikte das Projekt gefährden.«

»Wie du meinst.«

»Dann verstehst du, was ich sagen will?«

»Ich kapiere.«

»Und du gibst mir dein Wort, daß du mich in Ruhe läßt?«

»Niemals.«

Bis dahin hatte er es vermieden, sie direkt anzuschauen. Als er es jetzt tat, traf sie die Wucht seines Blickes wie ein leichter Schlag in den Magen. Dann setzte er seine Sonnenbrille auf, und sie konnte seine Augen nicht mehr erkennen.

Kapitel 25

»Mistding!« Graham verpaßte dem Hinterrad seines Fahrrads einen Fußtritt. »Scheißeverdammtmistwichse.«

Er genoß es, die Schimpfworte zu gebrauchen, die er von den Bauarbeitern – manchmal auch von Dillon selber, wenn der nicht merkte, daß er in der Nähe war – aufgeschnappt hatte. Wenn ihn seine Mutter dabei erwischen würde, hieße das mindestens eine Woche Stubenarrest. Egal, sie konnte ihn nicht hören, also ließ er einen ganzen Schwall Flüche los.

Jade hatte irgendwann nachgegeben und ihm erlaubt, mit dem Fahrrad zum Gelände zu fahren, wenn er ihr versprach, vorher anzurufen und unterwegs nicht anzuhalten. Er war schon ein paarmal rausgefahren, als ein Schlechtwettergebiet aufzog und es eine Woche lang regnete. Als es endlich wieder aufklärte, hatte er sich einen Magen-Darm-virus eingefangen. Einen Tag lang hatte er sich fast nur übergeben müssen und den nächsten Tag noch erschöpft im Bett verbracht.

Danach hatte ihm seine Mutter für mehrere Tage jede Art von Anstrengung verboten. »Wenn das die Sommergrippe war, könntest du einen Rückfall bekommen.«

»Aber Mom, mir geht's wieder total gut.«

Doch sie hatte sich nicht erweichen lassen. Deshalb durfte er erst heute, nach zwei Wochen, wieder zum Gelände rausfahren, und ausgerechnet jetzt hatte er einen Platten.

Graham starrte das Fahrrad böse an. Wenn er weiterfuhr, würde er es völlig ruinieren. Eigentlich müßte er es nach Hause schieben, aber dann war es wohl nix mit zur Baustelle rausfahren. Wenn er es bis zum Gelände schob, würde er sich verspäten, und seine Mutter würde ausflippen.

Wie er es auch drehen und wenden mochte, er war angeschissen.

Ein Auto raste vorbei und wirbelte eine Staubwolke auf. Die Tage nach der einen verregneten Woche waren wieder so heiß gewesen, daß der Boden völlig ausgetrocknet war. Graham wischte sich den Staub aus dem Gesicht und zeigte dem Fahrer den Mittelfinger.

Sofort leuchteten die Bremslichter auf. »Oh, Scheiße«, flüsterte Graham besorgt. Zu seinem Schrecken setzte der Wagen auch noch zurück. »Mist.« Er leckte sich den Staub von den trockenen Lippen und wischte sich die Hände an seinen Shorts ab.

Der kirschrote El Dorado hielt direkt neben ihm. Das verspiegelte Beifahrerfenster wurde elektronisch geöffnet. »Hallo, Junge.«

Graham schluckte nervös. »Hi.«

»Habe ich da nicht eben den berühmten Finger gesehen?«

Grahams Knie wurden butterweich. Er mußte dringend pinkeln. »Das stimmt, Sir.«

»Und was sollte das?«

»Ich, äh, ich wäre fast an dem Staub erstickt, den Sie aufgewirbelt haben.« Dann, um nicht als totaler Feigling dazustehen, fügte er hinzu: »Ich glaube, Sie sind zu schnell gefahren.«

Der Fahrer lachte. »Verdammt, Junge, ich fahre immer zu schnell. Ich hab' dringende Sachen zu erledigen.« Er deutete kopfnickend auf das Fahrrad. »Sieht aus, als hättest du 'ne Panne.«

»Ja, mein Reifen ist platt.«

»Wo wolltest du denn drauflos?«

»Zum Gelände, wo die TexTile-Fabrik gebaut wird.«

»Hmm.« Der Fahrer schob die Sonnenbrille runter und musterte Graham über den Rand. »Das liegt zwar in der entgegengesetzten Richtung, aber ich schätze, ich könnte dich eben hinfahren.«

»Oh, danke, nein, ich...«

»Dein Fahrrad kriegen wir in den Kofferraum.«

»Vielen Dank, Sir, aber ich möchte lieber nicht.«

»Du bist doch Jades Junge, oder?«

Einen Moment lang war Graham verblüfft. »Ja, Sir. Woher wissen Sie das?«

»Wie war noch mal dein Name?«

»Graham.«

»Ja, stimmt, Graham. Na ja, deine Mom und ich, wir sind früher zusammen zur Schule gegangen. Vielleicht hat sie dir ja mal von mir erzählt – Neal Patchett?«

Der Name kam ihm vage bekannt vor. Graham war sich ziemlich sicher, daß seine Mutter die Patchetts schon einmal erwähnt hatte. »Kennt sie vielleicht auch Ihren Vater?«

»Ganz sicher sogar«, antwortete Neal mit einem breiten Grinsen. »Er heißt Ivan. Wußtest du, daß ihm ein Güterzug die Beine wie mit 'ner Rasierklinge durchgetrennt hat?«

Wie die meisten Jungen in seinem Alter hatte Graham ein Faible für Gruselstories. »Wow, ohne Scheiß?«

»Ganz echt. Genau hier, über den Knien. War 'ne ziemliche Sauerei.« Er drückte einen Knopf im Handschuhfach, und die Kofferraumhaube sprang auf. »Los, verstau dein Bike hinten und steig ein. Ist mir 'ne Ehre, dich hinzufahren.«

Jade hatte Graham verboten, mit Fremden mitzufahren, aber jetzt wußte er ja, wer der Mann war, und seine Mutter kannte ihn auch. Wenn er nicht einstieg, würde er hier weiter festsitzen. Es erschien ihm am klügsten, das Angebot anzunehmen.

Graham schob das Bike zum Kofferraum und hob es hinein. Er mußte dafür erst die Angelausrüstung und die beiden Gewehre umräumen, aber dann paßte es, und er konnte den Kofferraum schließen.

Als er die luxuriöse Lederausstattung im Wageninneren sah, wurde er sich seiner dreckigen Turnschuhe bewußt. Seine verschwitzten Beine klebten am Leder. Trotzdem tat es gut, aus der heißen Sonne raus zu sein.

»Alles paletti?«

»Ja, Sir.«

»Laß den Quatsch mit Sir und so sein. Sag einfach Neal.«

»Okay.«

Neal fragte ihn, wie es ihm in Palmetto gefiel. Graham beantwortete die Fragen höflich. Sie waren schon fast eine Meile gefahren, ehe er den Mut fand zu fragen: »Mr. Patchett, wir müssen doch in die andere Richtung, oder? Das Gelände liegt dort hinten.«

»Weiß ich doch. Ich habe nur gedacht, wir lassen eben deinen Reifen flicken. Ich kenne einen Mechaniker, der's umsonst macht. Wir könnten solange was trinken. Na, wie hört sich das an?«

»Ganz prima.«

Er war halb verdurstet. Na ja, er würde vielleicht ein paar Minuten zu spät kommen, aber er tröstete sich mit dem Gedanken, daß es auch nicht viel länger dauern konnte, das Rad zu reparieren, als er gebraucht hätte, selber rauszufahren. Er würde einfach Mr. Patchett bitten, aufs Gaspedal zu drücken, wenn das Rad fertig war. Der schnittige Cadillac würde sie in Null Komma nichts zum Gelände bringen, viel schneller, als er mit dem Rad war.

»Ich rufe einfach meine Mom von der Werkstatt aus an und sage ihr, daß ich etwas später komme«, fiel ihm plötzlich ein.

»Klar, wenn du meinst, daß das nötig ist.« Neal warf ihm einen Blick zu. »Fährt sie noch öfter zur Parker-Farm raus?«

»Wohin?«

»Zur Parker-Farm.«

»Weiß ich nicht.«

»Oh. Ich habe sie da mal gesehen und dachte, sie hätte sie vielleicht erwähnt.«

»Sie will Land kaufen, für die Firma«, sagte Graham in der Hoffnung, die Auskunft könnte behilflich sein.

»Sie ist 'ne echte Draufgängerin, was?«

Graham nahm die Bemerkung als Kompliment und antwortete mit einem fröhlichen Lächeln. »Das stimmt.«

Als sie die Werkstatt erreichten, kam ein Mann in einem ölverschmierten Overall heraus, um sie zu begrüßen. Drei tabakbraune Zähne waren zu sehen, als er Mr. Patchett angrinste. Bis er den Reifen gerichtet hätte, bot er ihnen an, könnten sie doch drinnen im kühlen Büro warten.

Graham folgte Neal in das schmuddelige Büro. Es war nur unwesentlich kühler als draußen und stank nach kaltem Rauch, Achsenfett und Motoröl. Graham hätte es ekelhaft gefunden, wenn er nicht von dem nackten Mädchen auf dem Kalender wie hypnotisiert gewesen wäre. Er hatte nicht geahnt, daß Brustwarzen so groß und rot und Schamhaar so üppig und dunkel sein konnten.

»Da steht das Telefon, falls du deine Mom anrufen willst.«

Graham war sich zwar keiner wirklichen Schuld bewußt, aber irgendwie wollte er jetzt nicht mit seiner Mutter sprechen. Abgesehen davon wollte er nicht, daß Neal Patchett, der echt supercool war, ihn für ein Muttersöhnchen hielt.

»Nö, ist schon okay.«

Neal tätschelte das runde Hinterteil des Kalendergirls. »Die ist klasse, was? Als ich in deinem Alter war, bin ich immer hergekommen, um mir den Kalender anzugucken. Später habe ich meine Gummis hier gekauft. Geht schneller als in der Drogerie, weißt du. Im Klo ist ein Automat, falls du's mal eilig haben solltest.«

Sprachlos riß sich Graham von dem Kalender los und sah Neal an.

»Du weißt doch, was Gummis sind, oder, Junge?«

Graham nickte benommen, räusperte sich und sagte: »Na klar, ja, ich weiß, was Gummis sind.«

»Hatte ich auch angenommen. Wie alt bist du überhaupt?«

Er fühlte sich geschmeichelt, daß Mr. Patchett mit ihm von Mann zu Mann sprach. Stolz gab er an: »Ich werde bald fünfzehn.«

»Und wann genau?«

»Siebenundzwanzigster November.«

Neal musterte ihn einen Moment lang und grinste dann breit. »Zu Erntedank, was?«

»Ja, alle vier Jahre fällt es genau auf Erntedank.«

»Sieh mal an. Also, was willst du trinken?« Er öffnete einen Kühlschrank für Getränke, wie Graham ihn noch nie gesehen hatte. Es war ein breiter Kasten mit eiskalter Luft, die Flaschen standen in Reihen zwischen Metallgittern.

Neal schlug gegen die Lade der Registrierkasse, und sie sprang auf. Er nahm sich eine Handvoll Münzen. Graham starrte auf das Geld und dann nervös zum Fenster. »Wird er nichts sagen?«

»Dazu schuldet er meinem Daddy zu viele Gefallen. Zerbrich dir darüber nicht den Kopf. Was willst du haben?«

Graham suchte nach einer vertrauten Marke unter all den Kronkorken. »Gibt's hier Dr. Pepper?«

»Dr. Pepper? Nein, sieht nicht so aus. Grapette, Orange Nehi, Big Red und Chocolate Soldier.«

»Chocolate Soldier? Kenn ich nicht.«

»Soll das heißen, du bist reife vierzehn Jahre alt geworden, ohne jemals einen Chocolate Soldier getrunken zu haben?«

Graham kam sich blöd vor und wollte sich rechtfertigen: »In New York haben wir Eierlikör getrunken. Kann man da bei den Straßenhändlern kriegen.«

Neal warf zwei Quarters in den Schlitz. »Eierlikör? Mann, so was schluckt auch nur ihr Yankees da oben, jede Wette.«

Der Chocolate Soldier schmeckte köstlich. Mr. Patchett bot ihm einen zweiten an, aber er lehnte dankend ab. »Was meinen Sie, wie lange braucht der noch, bis er den Reifen hingekriegt hat?«

»Sieht ganz so aus, als wäre er fast fertig.« Neal hielt ihm die Tür auf, und sie gingen in die Werkstatt.

Graham war erleichtert, daß sie bald los konnten. »Ich sollte nämlich jetzt da sein. Wenn ich zu spät komme, flippt meine Mom aus.«

»Ach«, schnaubte Neal, »du weißt doch, wie Frauen sind. Wegen jedem kleinen bißchen machen sie sich gleich in die Hose.« Er klopfte Graham kumpelhaft auf die Schulter.

* * *

»Komm mir nicht mit den Ausreden, mit denen du deine anderen Kunden vertröstest.« Jade lächelte in den Hörer. »Wann kann ich endlich mal was sehen?«

»Du solltest doch wissen, daß man Künstler niemals unter Druck setzen darf«, sagte Hank Arnett. »Druck tötet jegliche Kreativität.«

»*Wann?* Ich will mit dem Vorschlag erst dann zu unserem Freund George, wenn ich ihn mit deinen Skizzen betören kann.«

Jade hatte noch immer vor, das alte Plantagen-Haus für

die GSS zu kaufen, und deshalb Stunden mit Hank vertelefoniert. Die Idee hatte ihm von Anfang an gefallen, Jade hatte über den Grundstücksmakler die Erlaubnis eingeholt, das Haus zu betreten. Sie hatte Polaroids gemacht, diese an Hank geschickt und konnte es jetzt kaum abwarten, seine Vorschläge zu sehen.

»In aller Bescheidenheit – ein paar von den Entwürfen dürften ihn mehr als überzeugen«, spannte er Jade auf die Folter. »Du weißt, George ist ganz verrückt nach meinen Sachen.«

»Dann sieh zu, daß du sie endlich fertig kriegst.«

»Gib mir noch zwei Wochen.«

»Zehn Tage.«

»Du bist eine noch schlimmere Nervensäge als Deidre«, beschwerte er sich.

»Deine Frau ist ein Engel. Da wir gerade davon sprechen – wie geht es meinen kleinen Patentöchtern?«

Dillon betrat ihr Büro, als Jade gerade auflegte. »Du siehst so fröhlich aus.«

»Das war Hank.«

»Bringt der dich immer so zum Strahlen?« fragte er sauer.

»Manchmal.«

Dillon schnaubte sarkastisch. Er hatte schlechte Laune, seit die heftigen Regenfälle das Gelände in einen wahren Schlammpool verwandelt hatten. Bis der Boden wieder trocken war, hatte er einen vorläufigen Stopp für die Ausschachtungen anordnen müssen.

Die Verzögerung hatte seinen ganzen Zeitplan durcheinandergeworfen. Das sah er überhaupt nicht ein, und jetzt trieb er sich selbst und alle anderen unerbittlich an, um die verlorene Zeit wieder aufzuholen. Er lächelte noch seltener als früher. Auch heute war seine Stimmung auf dem Nullpunkt.

Auf seinem Unterhemd zeichnete sich ein keilförmiger Schweißfleck ab. Seine Boots und die Jeans waren staubig. Er hatte zwar den Helm draußen gelassen, trug aber seine Sonnenbrille. Seine Lippen unter dem Schnurrbart waren nur mehr ein schmaler Strich.

Seit den Vorfällen bei dem alten Haus hatte er Jade nicht mehr angefaßt. Ihre Gespräche waren strikt geschäftlich geblieben. Dennoch geisterte Jade das, was er an jenem Tag gesagt hatte, noch oft im Kopf herum. Wenn sie an seinem »niemals« zweifelte, mußte sie ihm nur in die Augen schauen.

»Bist du aus einem bestimmten Grund hier, Dillon?«

»Ja, Essen.«

»Bitte?«

»Essen. Laß uns zusammen essen.«

»Okay. Ich rufe nur schnell Cathy an. Sie freut sich bestimmt, daß du kommst.«

»Nein, davon rede ich nicht.« Er kam zum Schreibtisch. »Laß uns zusammen essen gehen. Du und ich, allein.«

»Du meinst, so etwas wie eine Verabredung?«

»Ich meine genau so etwas wie eine Verabredung.«

»Wann?«

»Bald.«

»Warum?«

»Warum nicht?«

Ihre Blicke trafen sich.

Jade nestelte nervös an der Brosche an ihrem Ausschnitt. Dillon stützte sich mit geballten Fäusten auf die Schreibtischkante und beugte sich zu Jade hinunter. »Nun?« fragte er barsch. »Ist vielleicht irgendwas dabei, wenn wir zwei zum Essen ausgehen? Oder hast du's nicht gerne, wenn der Mann bezahlt.«

Das nahm sie ihm übel. Ihre Stimme hatte einen frostigen Unterton, als sie sagte: »Ich werde Cathy anrufen und sie fragen, wann es ihr am besten paßt, bei Graham zu bleiben. Dann werde ...« Mitten im Satz brach sie ab und stand abrupt auf. »Dillon, ist Graham schon da?«

»Ich glaube nicht.«

»Du hast ihn noch nicht gesehen?«

»Nein, heute noch nicht. Seit er krank war, habe ich ihn nicht mehr gesehen. Wollte er herkommen?«

Sie kam um den Tisch, lief zur Tür und riß sie auf. Loner döste auf den Stufen. Er hob den Kopf und sah sie träge an. Wenn Graham da wäre, würde Loner nicht hier liegen, sondern hinter ihm herlaufen, und wenn es noch so heiß wäre, dachte sie. Ihr Blick suchte die nähere Umgebung ab, aber es war nichts von Graham oder seinem Fahrrad zu sehen.

»Wie spät ist es?« Überall standen Uhren, und sie selbst trug eine am Arm; sie dachte laut nach.

»Gleich fünf, warum?«

Jade ging zum Schreibtisch zurück und hob den Telefonhörer ab. »Graham hat mich vor mehr als einer Stunde angerufen«, erklärte sie, während sie ihre eigene Nummer wählte. »Er müßte längst hier sein.«

»Vielleicht ist er nicht gleich losgefahren.«

Sie schüttelte den Kopf. »Er wollte unbedingt hier sein, bevor die Crew Feierabend macht ... Hi, Cathy. Ist Graham zu Hause?« Als sie die erwartete Antwort erhielt, krampften sich ihre Finger um die Schnur. »Ja, ich weiß. Er hat angerufen, aber er ist noch nicht da.«

»Was hat sie gesagt?« fragte Dillon, als sie einhängte.

»Genau das, was ich befürchtet habe. Gleich nachdem er angerufen hat, ist er losgefahren. Cathy war dabei. Sie hat ihm noch nachgewinkt. Sie fährt jetzt die Strecke ab und sucht ihn.«

»Vielleicht wurde er von einem Freund aufgehalten.«

»Nein, er ist zuverlässig. Er weiß, daß ich ihn erwarte. Er müßte schon hier sein... es sei denn, ihm ist etwas zugestoßen.«

Als sie erneut zur Tür eilte, hielt Dillon sie an den Schultern. »Jade, er ist vierzehn Jahre alt. Jungs in diesem Alter vergessen manchmal die Zeit. Graham kann auf sich aufpassen. Keine Panik.«

»Nein, er hat zuviel Angst, dieses Privileg zu verspielen, wenn er zu spät kommt. Irgend etwas muß ihm passiert sein.« Sie befreite sich aus seinem Griff und ging hinaus. Sie hatte keinen besonderen Plan, fühlte sich einfach nur angetrieben, etwas zu unternehmen, Graham zu suchen.

»Wo willst du hin?«

»Ihn suchen.« Sie kletterte in ihren Jeep.

»Du kannst doch nicht ziellos durch die Gegend fahren«, versuchte er, sie zurückzuhalten. »Was ist, wenn Graham auftaucht und er dich nicht antrifft?«

»Dazu muß er erst mal da sein.«

Sie wolle gerade die Tür schließen, als sie den roten El Dorado vom Highway kommen sah. Sie erkannte ihn sofort und sprang aus dem Auto.

Der Wagen war noch nicht zum Stehen gekommen, als Jade bereits die Beifahrertür aufriß. »Graham!« Ihr zitterten vor Erleichterung die Knie. Sie zog ihn vom Ledersitz hoch und schloß ihn in die Arme. Loner umkreiste sie ganz aufgeregt und kläffte glücklich, bis Dillon ihm befahl, Platz zu machen.

»Mom, du erdrückst mich ja«, murmelte Graham peinlich berührt.

Sie packte ihn bei den Schultern und drängte ihn zurück. »Wo bist du gewesen?«

»Ich hatte unterwegs 'nen Platten. Mr. Patchett hat mich zur Werkstatt gebracht, und danach sind wir gleich hergefahren.«

Sie warf Neal, der sie über das Dach seines Wagens angrinste, einen tödlichen Blick zu. »Du hättest mich anrufen sollen, Graham...«

»Hab' nicht dran gedacht«, murmelte er.

»Und wo ist dein Fahrrad jetzt?« fragte Dillon.

»In meinem Kofferraum«, antwortete Neal, ging um seinen Wagen herum und schloß auf. Loner beschnupperte ihn mißtrauisch.

Dillon hob das Rad heraus und grummelte ein gepreßtes »Danke«.

»Wir schulden ihm keinen Dank.« Jade war fast zu wütend, um zu sprechen.

»Mom, er hat mich hergefahren.«

Am liebsten hätte sie Graham ordentlich geschüttelt, weil er Neal in Schutz nahm. Um sich selbst daran zu hindern, verschränkte sie die Arme vor dem Körper und grub die Fingernägel in die Handflächen, bis es schmerzte. »Ich habe dir doch gesagt, daß du nicht mit Fremden mitfahren darfst, Graham.«

»Er ist aber kein Fremder. Du kennst ihn. Und er kennt dich. Ich dachte, es wäre okay.«

»Dann hast du falsch gedacht!«

»Jade.«

»Halt dich da raus, Dillon. Das ist meine Sache. Ich werde das klären.«

»Das machst du aber verdammt schlecht.«

Cathy kam angerast und verhinderte damit ein weiteres Wortgefecht. »Du hast deine Mutter und mich in Todesangst versetzt, Graham Sperry. Wo hast du gesteckt?«

Jade sagte: »Das kann er dir auf dem Heimweg erzählen.«

»Heimweg?« maulte Graham. »Ich muß nach Hause?«

Jade warf ihm einen Blick zu, der jeden Widerspruch erstickte. Selbst Cathy stellte keine weiteren Fragen. Sie legte den Arm um Grahams Schultern und ging mit ihm zu ihrem Wagen.

Kaum waren die beiden unterwegs, ging Jade auf Neal los. »Ich sollte dich verhaften lassen.«

»Damit hast du mir schon einmal gedroht und dann einen Rückzieher gemacht, weißt du noch? Wann kapierst du endlich, daß du gegen mich nicht gewinnen kannst?«

»Bleib weg von meinem Sohn. Wenn du ihm etwas antust, bringe ich dich um.«

»Ihm etwas antun?« fragte Neal unschuldig. »Warum sollte ich meinem eigenen Fleisch und Blut etwas antun?«

»Verdammt! Wovon sprechen Sie?« Dillon ging drohend auf Neal zu. Loner witterte die Stimmung seines Herrchens und fing an zu knurren.

Neal zeigte sich von beidem unbeeindruckt. »Ich bin der Daddy dieses Jungen. Hat Jade Ihnen das noch nicht gesagt?«

»Das ist nicht wahr!« rief sie.

»Soll ich den Sheriff anrufen oder mich selbst um den Typen kümmern?« fragte Dillon sie.

»Ja, Jade«, frotzelte Neal. »Was soll er tun? Willst du, daß er bleibt und die netten, kleinen Details unserer Romanze mitkriegt? Wenn er der Typ ist, der deine kleine Pflaume heute feucht hält, wird's ihn bestimmt interessieren...«

»Du widerlicher Hurensohn!« Dillon war kurz davor, ihm einen Schlag zu verpassen, als Jade zwischen sie beide trat.

»Nein, Dillon, das will er ja nur. Ich habe das schon einmal erlebt. Laß mich mit ihm allein.«

»Den Teufel werde ich tun!« schnaubte Dillon und versuchte, sich Neal zu schnappen.

»Bitte, streite nicht mit mir.«

Er sah sie völlig verständnislos an. Dann drehte er sich um, stapfte zum Büro und schlug die Tür hinter sich zu.

»Halt mir diesen blöden Köter vom Leib«, sagte Neal.

Loner belauerte ihn, noch immer knurrend. Jade rief ihn zurück. »Sag, was du zu sagen hast, Neal.«

Er langte zu ihr hinüber und streichelte ihre Wange, bevor sie seine Hand niederschlagen konnte. Als sie es tat, grinste er. »Du hast doch gar keine Angst, daß ich dem Jungen was antun könnte. Du hast Angst, daß ich ihn beanspruche. Oder besser gesagt – daß er mich beansprucht.«

Neal war steril. Die Patchetts lebten mit dem Glauben an ihre Dynastie. In dieser Sekunde begriff Jade plötzlich, was Grahams Existenz für die Patchetts bedeutete. Sie würden versuchen, ihn zu einem der ihren zu machen. Sie verbarg ihre Angst und sagte: »Es besteht nicht die geringste Chance, daß das passiert, Neal.«

»Nein? Er mag mich, Jade, frag ihn...«

»Ich bezweifle nicht, daß du ihn beeindruckt hast. Jungs in seinem Alter fühlen sich zu allem Verkommenen hingezogen.«

Er lachte kurz auf. »Warum machst du es uns allen nicht leichter? Ein Wort von dir, und ich werde dich heiraten, so, wie ich es schon vor fünfzehn Jahren hätte tun sollen. Wir würden eine große, glückliche, liebende Familie werden – drei Generationen Patchetts und die Dame des Hauses unter einem Dach.«

»Halt dich von meinem Sohn fern«, wiederholte sie mit rauher Stimme. »Ich warne dich, Neal.«

»Jade«, gurrte er. »Du weißt doch besser als jeder andere in Palmetto, daß die einzig ernstzunehmenden Warnungen hier von den Patchetts ausgesprochen werden.«

Er kam näher und nahm ihr Kinn in die Hand. »Und jetzt werde ich *dir* eine geben. Kämpfe nicht gegen mich. Ich werde meinen Sohn bekommen. Mit dir oder ohne dich.« Er lächelte sie bedeutungsvoll an. »Mir wäre das Gesamtpaket recht.« Er blinzelte. »Du hast mich doch schon einmal gehabt, und so schlecht war ich nicht, stimmt's?«

Jade wand sich aus seinem Griff und wich zurück.

»Das wäre im Moment alles.« Er lächelte noch immer. »Ich muß jetzt los, sonst komme ich zu spät zu 'ner Verabredung.«

Er warf ihr eine Kußhand zu, stieg in den El Dorado und fuhr davon. Jade zwang sich, die Fassung zu bewahren, bis er außer Sichtweite war. Dann ließ sie sich gegen die Wand des Bürocontainers fallen. Dillon stürzte aus der Tür.

Seine Miene war grimmig und dunkel und so wütend wie die eines Racheengels.

»Okay. Ich war nett, ich war geduldig, aber jetzt habe ich die Schnauze gestrichen voll. Ich will wissen, was hier abläuft und warum. Und du wirst erst gehen, wenn ich es weiß.«

Kapitel 26

Er nahm Jade bei der Hand und führte sie die Stufen hinauf. Dann verriegelte er die Tür, legte den Hörer neben das Telefon und bedeutete ihr, auf dem kleinen Sofa Platz zu nehmen.

»Dillon, ich muß noch arbeiten.«

»Du machst Schluß für heute. Wir beide werden uns jetzt unterhalten, vergiß den Terminkalender. Und jetzt setz dich endlich hin.«

Sie ließ sich auf das Sofa fallen und schlug die Hände vor das Gesicht, mehr aus Erschöpfung als aus blindem Gehorsam.

»Möchtest du etwas trinken?«

Sie schüttelte den Kopf. Dillon nahm sich den Aluminiumklappstuhl, stellte ihn direkt vor sie hin, setzte sich rittlings darauf und kreuzte die Arme über der Lehne. »Okay, bringen wir es hinter uns.«

»Bringen wir was hinter uns?«

»Jesus«, stöhnte er entnervt. »Soll das etwa schon wieder ein Quiz werden?«

»Das ist dein Quiz, nicht meines. Ich will nach Hause.«

»Vor einer Minute wolltest du noch arbeiten.«

»Hör auf, mich zu traktieren!«

»Dann fang endlich an zu reden.«

»Was willst du wissen?«

»Zuerst möchte ich wissen, wie es kommt, daß zwei Männer behaupten, Grahams Vater zu sein.«

»Beide würden durch Graham eine Menge gewinnen.

Hutch würde seine Niere bekommen und Neal einen Erben.« Als Dillon fragend eine Braue hob, fügte Jade hinzu: »Neal ist steril. Durch denselben Unfall, der Ivan die Beine gekostet hat.«

Dillon verstand, aber die Erklärung reichte ihm nicht ganz. »Trotzdem, Jade. Das ergibt keinen Sinn. Normalerweise prügeln sich Männer nicht gerade um die Anerkennung der Vaterschaft. Meist ist es der umgekehrte Fall.«

»Die Umstände sind aber nicht normal.«

»Hast du mit beiden geschlafen?«

»Nein.«

»Also ist ihr Anspruch auf Graham völlig unbegründet?«

Sie sagte nichts.

»Wer ist sein Vater, Jade?«

»Ich weiß es nicht!«

»Dann hast du *doch* mit beiden geschlafen.«

»Nein!«

»Verdammt!« schrie er. »Sag mir endlich die Wahrheit!«

»Sie haben mich vergewaltigt!«

Die Worte hallten von den Wänden des kleinen Raums.

Sie sprengten fast Dillons Schädel. Sprachlos sah er Jade an. Wieder bedeckte sie ihr Gesicht mit den Händen.

»Sie haben mich vergewaltigt«, wiederholte sie leise. »Sie haben mich vergewaltigt.«

Dillon fuhr sich mit beiden Händen durchs Haar und blieb für einen Moment so. Als er sie wieder herunternahm, rieb er sich nervös die Oberschenkel. Er hatte es hören wollen. Er hatte sie so lange getriezt, bis sie es ihm sagte. Doch damit hatte er nicht gerechnet.

Er hatte mit den Geständnissen eines frühreifen, wilden Teenagers gerechnet oder denen einer eigentlich schüchternen Introvertierten, die durch lockeres Verhalten Aufmerksamkeit gesucht hatte, oder denen einer Rebellin, die sich gegen ihre strengen Eltern aufgelehnt hatte. Mit einer Vergewaltigung aber hatte er nicht gerechnet.

»Wann, Jade?«

»Im Februar meines letzten Jahres an der High School. Gary und ich hatten an diesem Tag unsere Zusagen für ein Stipendium erhalten.«

»Gary?« Jedesmal, wenn er glaubte, alle Figuren in diesem Drama zu kennen, trat eine neue auf.

»Gary Parker«, sagte Jade. »Wir gingen miteinander, aber es war mehr als das. Wir wollten heiraten und gemeinsam eine bessere Welt schaffen.«

Mit leiser, ferner Stimme erzählte ihm Jade von ihrer Beziehung. »Wir hatten so große Hoffnungen für die Zukunft. Ich habe ihn sehr geliebt.«

»Könnte er Grahams Vater sein?«

Sie sah zum Fenster, das mittlerweile ein Quadrat lavendelfarbenen Zwielichts war. »Nein, ich war noch Jungfrau, als sie mich vergewaltigten.«

»Gott, und die beiden sind ungeschoren davongekommen?«

Wieder sah Jade ihn an. »Es waren drei. Der dritte hieß Lamar Griffith. Er war ein schüchterner, sensibler Junge, der mitgemacht hat, um sich keine Blöße vor Neal zu geben.«

»Lebt er noch in Palmetto?«

Sie berichtete ihm von Lamars Schicksal. Nach einer langen Pause sagte Dillon: »Ich schätze, es war Neals Idee.«

»O ja«, antwortete Jade grimmig. »Er war ihr Anführer. Ohne ihn wäre es nie dazu gekommen. Aber Hutch und Lamar hätten es verhindern können. Doch auch sie haben mich genommen und dann einfach dort liegengelassen.«

»Dich wo liegengelassen?«

»Donna Dee wollte mich zu Gary fahren, weil ich ihm die gute Nachricht von dem Stipendium bringen wollte. Auf dem Weg dorthin ging uns der Sprit aus.«

Dillon lauschte ihrer Schilderung. Sie ließ kein einziges Detail aus. Ihre Erinnerung war noch immer kristallklar.

»Erst war ich nur wütend, als sie mit mir davonfuhren. Ich bekam Angst, als sie an der Abfahrt zu Garys Haus nicht abbogen. Statt dessen fuhren sie mit mir zum Kanal, wo sie vorher angeln gewesen waren. Neal befahl allen auszusteigen. Ich habe mich geweigert, aber er zog mich aus dem Wagen.«

»Und die beiden anderen haben einfach mitgemacht?«

»Es ist schwer zu erklären, aber Neal hatte sie völlig in der Hand. Sie hätten alles getan, was er gesagt hätte. Neal verteilte Dosenbier. Ich wollte keins. Als sie ausgetrunken hatten, fragte ich, ob wir endlich wieder fahren könnten. Neal antwortete: ›Noch nicht.‹ Ich fragte: ›Warum nicht?‹ Und er sagte...« Sie brach ab und senkte den Blick. »Er sagte: ›Nun, bevor wir fahren, werden wir drei dich ficken‹.«

Dillon stützte die Ellenbogen auf die Stuhllehne und bedeckte den Mund mit den Fäusten. Er schloß die Augen und wünschte sich, er wäre niemals grob zu Jade gewesen, wünschte sich mit aller Macht, er hätte Neal Patchetts selbstgefällige Fresse eingeschlagen.

»Ich habe keinen Moment daran gezweifelt, daß er es ernst meinte.« Jades Stimme klang hohl. Dillon wußte, daß sie jetzt nicht mehr hier bei ihm war. Sie war am Kanal, an jenem kalten, verregneten Abend im Februar.

»Ich drehte mich um und rannte los, aber Neal kam hinterher und packte mein Haar. Es tat weh. Ich schrie auf, mir traten die Tränen in die Augen. Ich hob die Arme und wollte mich befreien, aber ich schaffte es nicht. Neal nutzte den Moment, schlang den anderen Arm um meine Taille und zog mich zu Boden. Es war naß und kalt.« Sie verzog das Gesicht. »Es stank – nach totem Fisch.

Hutch rief: ›Neal, verdammt, was machst du da?‹ Neal antwortete: ›Genau das, was ich gesagt habe. Halt's Maul und hilf mir. Halt ihr die Arme fest.‹

Ich schrie, weinte, sagte immer wieder nein, nein. Ich konnte nur Neal sehen. Ich wehrte mich, bis Hutch sich hinter mich hockte und mir die Handgelenke festhielt. Er drückte sie auf den Boden, hinter meinem Kopf. Neal beugte sich über mich, warnte mich, ich sollte still sein. Er schlug mich ein paarmal.

Lamar sagte: ›Jesus, Neal, hast du den Verstand verloren?‹ Neal sah sich zu ihm um und sagte. ›Mach dich lieber nützlich und hör auf, dich wie 'ne Memme zu benehmen. Wir tun ihr schon nichts.‹ Lamar zögerte. Ich konnte ihn nicht sehen, aber ich hörte, wie er sagte: ›Sie weint.‹ Darauf ist Neal richtig wütend geworden. Er sagte: ›Willst du ein Stück vom Kuchen abhaben, oder nicht? Wenn nicht, dann scher dich bloß weg.‹ Neal lag auf mir. Er spreizte meine Beine, stieß sein Knie in die Innenseite meines Schenkels. Ich schrie. Er schlug mich. Ich versuchte zu treten. Dann hielt Lamar meine Knöchel fest. Ich konnte mich nicht mehr bewegen. Ich flehte sie an, es nicht zu tun.

›Macht, daß sie still ist‹, sagte Neal. ›Ich kann dieses Weibergejammere nicht ertragen.‹ Hutch hielt mit einer Hand meine Arme fest und preßte die andere auf meinen Mund.

Ich versuchte, ihm in die Augen zu sehen, damit er mir half, aber er sah mich nicht an. Er sah Neal zu.«

Dillon rührte sich nicht. Er sagte auch nichts. Jade nestelte am Verschluß ihrer Armbanduhr. Es war so still, daß man das Ticken der Uhr hören konnte.

»Neal riß mir die Bluse auf. Mein BH hatte den Verschluß vorne. Er hakte ihn auf und entblößte meine Brüste. Ich weiß noch... Ich weiß noch, daß ich mich furchtbar schämte. Ich kniff die Augen zusammen. Ich biß mir auf die Zunge, bis ich Blut schmeckte. Er sagte: ›Was für ein Anblick. Jade Sperrys Titten.‹ «

Sie schluchzte trocken. »Ich dachte, ich müßte sterben. Ich wollte sterben. Die Demütigung... Neal, den ich haßte...« Sie hielt die Hand vor den Mund, als müßte sie sich übergeben, aber sie fuhr fort. Ihre Stimme klang erstickt. »Er faßte mich an. Er rieb, kniff mich, drückte. Es war schrecklich. Es tat so weh und war so erniedrigend. Dann beugte er sich zu mir hinunter und saugte hart an meiner linken Brustwarze. So sehr, daß es weh tat.«

Dillon schoß von seinem Stuhl hoch. Er stieß die Hände in die Taschen seiner abgetragenen Jeans und ging auf und ab, als suchte er einen Ausgang. Die Intensität der Wut in seinem Inneren war beängstigend. Er wollte etwas zerschlagen, zerstören. Offensichtlich bemerkte Jade nichts von alldem, denn sie fuhr mit ihrem entsetzlichen Bericht fort.

»Neal lachte, als er sich hinkniete und sich die Hose aufmachte. Er zog sie runter und nahm seinen Penis in die Hand. Er sagte: ›Der ist doch hübsch, nicht Jade? Ich wette, deine Fotze ist schon ganz heiß.‹ Offensichtlich meldete sich Hutchs Gewissen. Er sagte: ›Neal, komm schon, du hattest deinen Spaß. Laß sie jetzt gehen.‹ ›Sie gehen lassen?‹ sagte

Neal. ›Den Teufel werde ich tun. Jetzt fängt der Spaß doch erst an.‹

Neal schob mir den Rock hoch. Ich warf meine Hüften hin und her, versuchte, ihn daran zu hindern, mir den Slip auszuziehen. Er hatte es eilig, und Lamar mußte ihm helfen. Neal…«

Dillon stand am Fenster und starrte mit leerem Blick hinaus. Als Jade abbrach, sah er sich zu ihr um. Sie hielt den Kopf gesenkt, massierte sich die Schläfen.

Dillon ging zu seinem Stuhl zurück, drehte ihn um und setzte sich ihr gegenüber. Er sagte nichts und widerstand auch dem Impuls, sie anzufassen. Seine Gegenwart allein schien sie zu beruhigen. Das gab ihm Mut. Sie nahm die Hände vom Gesicht und befeuchtete sich die Lippen mit der Zunge.

»Neal spuckte sich in die Hände und rieb sich damit ein. Er sagte: ›Ich wette, du bist 'n As im Schwanzlutschen. Hast du's schon bei Parker gemacht? Ich überlege, ob ich es mir nicht so von dir machen lassen soll.‹« Jade schloß die Augen und sagte schroff: »Er tat es nicht.

Es war nicht einfach, aber er schaffte es, in mich einzudringen. Ich glaube, er war überrascht, daß ich noch Jungfrau war, denn er sah auf und lachte mir ins Gesicht. Er beugte sich zu mir runter und flüsterte: ›Sieh mal an. Also pflücke ich dich doch als Erster‹, als wäre es etwas Intimes zwischen uns. Dann…« Sie ließ den Kopf sinken. »Er… stieß zu und tat mir furchtbar weh.«

Draußen flammten die automatischen Halogenscheinwerfer auf. Ein Teil des weißblauen Lichtes kam durch die Fenster. Das Büro war von schweren Schatten und von dem scharfen Klang ihrer Stimme erfüllt.

»Ich dachte, es hört nie auf. Erst danach wurde mir bewußt, daß er nicht lange bis zum Höhepunkt gebraucht hatte. Als er seinen Penis herauszog, rieb er mir Sperma auf den Bauch. Er sah Hutch an und sagte grinsend: ›Voilà, die Piste ist geschmiert für dich.‹

Sie tauschten die Plätze. Als Hutch die Hand von meinem Mund nahm, versuchte ich zu schreien, aber ich hatte nicht mehr die Kraft dazu. Ich schaffte es gerade noch, den Arm zu heben. Als Hutch sich über mich beugte, zerkratzte ich ihm das Gesicht. Er fluchte und faßte sich an die Wange. Seine Hand war blutig. Das machte ihn wütend. Er schnaubte. ›Halt sie fest, Neal.‹ Neal nahm meine Hände und hielt sie neben meinem Kopf fest.

Hutch war der einzige, der mich küßte. Zuerst dachte ich, das wäre alles, was er tun würde. Sein Gewicht erdrückte mich fast, und er stieß mir immer wieder die Zunge tief in meinen Mund. Ich mußte würgen.

Ich hörte Neal hinter mir lachen. ›Kommst du jetzt mal bald zur Sache, Hutch? Jesus! Du machst mich noch ganz geil damit. Sogar Lamar hat schon 'nen Steifen gekriegt.‹ Lamar kicherte nervös.

Als Hutch in mich eindrang, schrie ich auf. Er war noch viel gröber als Neal. Ich spürte, wie er mich innen aufriß, und ich blutete.«

»Diese Bastarde!« zischte Dillon. Er konnte seine Wut kaum noch unter Kontrolle halten und trommelte sich mit den Fäusten auf die Schenkel.

»Als Hutch kam, warf er den Kopf zurück und stieß einen furchtbaren Laut aus. Er bleckte sogar die Zähne. Er sah so häßlich, so abstoßend aus. Dann sank er auf mir zusammen. ich bekam keine Luft mehr, aber ich spürte seinen heißen

Atem an meinem Hals. Er stank nach Bier, und mir wurde übel. Aber ich dachte, wenn ich mich übergebe, würde ich vielleicht daran ersticken. Also riß ich mich zusammen.

Lamar war der letzte. Ich hatte keine Kraft mehr, um zu kämpfen. Ich dachte, Lamar würde anfangen zu weinen, als er mich ansah. Er hatte die Hände an seinem Hosenstall, aber er zögerte. Neal sagte: ›Was ist los? Komm, zeig uns dein Paket.‹ ›Ich weiß nicht, ob ich es wirklich tun soll, Neal.‹ Lamar klang unsicher, und seine Stimme zitterte. Das war typisch für ihn.

Hutch fühlte sich überlegen, weil er es schon gebracht hatte, und er sagte: ›Scheiße, hätten wir uns denken können, daß der Schwuli 'nen Rückzieher macht.‹ ›Ich bin kein Schwuli!‹ rief Lamar. Ich nehme an, daß er schon damals Probleme mit seiner Sexualität hatte. Wahrscheinlich wurde ihm klar, daß er sich ihrem Spott auslieferte, wenn er es nicht tat. Also... tat er es.

Die anderen beiden applaudierten seiner Erektion, als er die Hose runterzog. Ich merkte, daß es das erste Mal für Lamar war. Er wußte nicht, wo... Er stieß immer wieder gegen mich. Es tat weh, weil ich schon so wund war. Als er drin war, stieß er schnell und heftig zu wie ein rammelndes Tier.

Sein Gesicht war schweißnaß. Neal machte sich die ganze Zeit über Lamars ›Technik‹ lustig. Schließlich kam auch Lamar.

Er lachte erleichtert auf, als er sich aus mir zurückzog, aber als er mir ins Gesicht sah, verschwand sein Lachen. Ich glaube, Lamar wußte, was sie mir angetan hatten. Seine Augen baten still um Vergebung. Aber ich habe ihm nie vergeben, auch nicht, als ich ihn Jahre später wiedertraf.«

»Wann war das?« fragte Dillon.

Sie erzählte ihm von Mitch Hearons Beerdigung und Lamars unerwartetem Auftauchen. »Ich habe ihm – und keinem von ihnen – vergeben. Bis heute nicht.«

Nach einer langen Pause hob sie den Kopf. »Würdest du mir bitte ein Kleenex geben?« Dillon fand die Schachtel auf ihrem Schreibtisch. Er holte sie und gab sie ihr. »Danke.«

Sie brauchte das Tuch nicht, um sich die Tränen zu trocknen, denn sie hatte keine einzige geweint. Sie wischte sich die Handflächen damit ab.

»Haben sie dich dort draußen liegenlassen, Jade?«

»Ja.« Sie lachte bitter. »Wie in einem billigen Film rauchte Neal noch eine Zigarette, bevor sie fuhren. Ich erinnere mich an den Schwefelgeruch des Streichholzes und an den Zigarettenrauch. Ich hatte mich zu einer Kugel zusammengerollt. Ich fühlte mich wie betäubt.

Sie diskutierten, was sie mit mir tun sollten, und entschieden, daß ich clever genug sei, es allein zur Stadt zurück zu schaffen. Lamar fragte: ›Was sollen wir sagen, wenn jemand rausfindet, was passiert ist?‹ Neal sagte: ›Und wie sollte es jemand herausfinden? Willst du's vielleicht ausplaudern?‹ ›Gott, nein.‹ ›Worüber zerbrichst du dir dann den Kopf?‹

Hutch fragte, was sie tun sollten, wenn ich es sage. Neal lachte nur. Er sagte, ich würde nie plaudern, weil ich auf keinen Fall wollte, daß mein ›Liebster‹, damit meinte er Gary, davon erfuhr. Er sagte, ich hätte es doch so gewollt, ich hätte sie alle drei heiß gemacht.

Keiner widersprach, weder Lamar noch Hutch, erstens, weil sie wußten, daß Neal es von ihnen erwartete, und zweitens, um das, was sie mir angetan hatten, zu rechtfertigen.

Ich glaube nicht, daß es Neal je leid getan hat oder daß er

sich schuldig fühlt. Er ist amoralisch. Er hat kein Gewissen. Er wollte mir eine Lektion erteilen, weil ich Gary und nicht ihn liebte, und er wollte sich an Gary rächen, weil der ihn in einem albernen Kampf besiegt hatte. Auf diese Art konnte er beides auf einmal haben. Er hielt es für sein Recht, weil er ein Patchett ist.«

»Du hättest sofort zur Polizei gehen sollen.«

Wieder lachte Jade, doch ohne Freude. »Dillon, du kennst mich nicht sehr gut, nicht wahr? Sobald ich mich wieder bewegen konnte, kroch ich zum Highway. Es war mir egal, ob ich hinterher sterben würde, aber ich wollte, daß sie ihre Strafe bekommen.«

Sie berichtete von den Ereignissen im Krankenhaus und davon, was danach in Sheriff Jollys Büro passierte. Dillon fragte ungläubig: »Die Vergewaltigung wurde damit einfach unter den Teppich gekehrt und vergessen?«

»Bis jetzt.«

»Jetzt bist du nach fünfzehn Jahren zurückgekehrt, um dich zu rächen. Um sie für das, was sie dir angetan haben, bezahlen zu lassen.«

»Nicht nur für das.«

»Willst du damit sagen, es ging noch weiter?«

»Gary.«

»Oh, richtig. Den hatte ich vergessen.« Behutsam fügte er hinzu: »Jungs können sich so was manchmal sehr zu Herzen nehmen.«

»Für Gary galt das bestimmt. Ganz besonders, als Neal und die beiden anderen mich als Flittchen hinstellten. Neal konnte es nicht lassen. Er verspottete Gary so lange, bis der es nicht mehr ertragen konnte.«

Als sie ihm erzählte, was sich Gary angetan hatte, nachdem er sie bei Georgie gesehen hatte, war Dillon sprachlos. Wieder fuhr er sich mit den Fingern durchs Haar und suchte nach Worten. Er wollte sagen, daß Gary mehr Vertrauen in die Frau, die er liebte, hätte haben müssen, doch er schwieg lieber. Sie würde es nicht gern hören.

»Nach Garys Selbstmord konnte ich nicht länger in Palmetto bleiben. Aber ich schwor mir, daß ich eines Tages zurückkehren und *ich* dann am längeren Hebel sitzen würde.«

»Ivan und Neal hast du bereits eingeschüchtert. Sie können die Zeichen an der Wand lesen. Sie wissen, was eine neue Industrie hier für sie bedeutet.«

»Sie haben sich für eine Menge zu rechtfertigen. Ich bin nicht die einzige, der sie in all den Jahren Schmerz zugefügt haben.«

»Wußtest du, daß Hutch krank ist, bevor du herkamst?«

»Nein. Mein Plan war es eigentlich, die Korruption im Sheriffdepartment auffliegen zu lassen.«

»Ist er korrupt?«

»Darauf würde ich meinen letzten Dollar wetten. Er deckt die Patchetts genau wie sein Vater früher.«

»Aber das steht momentan ohnehin nicht zur Debatte, oder?«

»Ich schätze, nicht.«

Die Nierentransplantation war allem Anschein nach erfolgreich verlaufen. Die Ärzte hielten sich mit Prognosen zurück, da die Infektionsgefahr noch nicht ausgestanden war, doch es sah gut aus. Hutch bekam Medikamente, um das Risiko der Abstoßung einzudämmen. Es hieß, daß er unter keinerlei Nebenwirkungen litt. Und doch war es mehr als zweifelhaft, daß er jemals wieder in sein Amt zurückkehren konnte.

»Was ist mit Donna Dee? Sie trägt genausoviel Schuld wie die anderen.«

»Sie hat Hutch schon immer geliebt. Wenn man ihn wegen Korruption drangekriegt hätte, hätte sie mit ihm gelitten. Statt dessen mußte sie zu mir kommen und um sein Leben betteln, so wie ich sie damals, in Sheriff Jollys Büro, angebettelt habe, die Wahrheit zu sagen.

Das war nicht der Grund, warum ich mich weigerte, Graham eine Niere spenden zu lassen, aber jetzt weiß sie, wie es ist, verzweifelt zu sein – ohne jede Hoffnung.«

»Hat Lamar noch Familie hier?«

»Seine Mutter. Soviel ich weiß, hat sie nie von der Vergewaltigung erfahren. Graham ist vielleicht ihr einziger Enkel.«

»Du weißt wirklich nicht, wer von den dreien sein Vater ist?«

»Nein.«

»Und Graham weiß nichts von…«

»Nein! Und das soll auch so bleiben!«

»Aber er hat doch bestimmt schon danach gefragt, wer sein Vater ist.«

»Ich habe ihm gesagt, daß das nicht wichtig ist. Graham akzeptiert, daß ich sein einziger Elternteil bin.«

Dillon runzelte die Stirn. »Im Moment vielleicht noch. Aber je älter er wird, desto wahrscheinlicher wird es, daß er wissen will, wer ihn gezeugt hat.«

»Wenn es soweit ist, kann ich ihm aufrichtig antworten, daß ich es nicht weiß.«

»Jade, man kann so etwas herausfinden. Einen sogenannten genetischen Fingerabdruck machen lassen.«

»Ich will es gar nicht wissen. Es macht keinen Unterschied. Er gehört mir. Mir...« Ihre Stimme brach. »Wenn ich gewußt hätte, daß Hutch krank und Neal steril ist, hätte ich Graham vielleicht in New York gelassen. Ich habe nie angenommen, daß er für sie so wichtig werden könnte. Das macht mir angst, Dillon. Du denkst, ich habe heute nachmittag übertrieben reagiert, aber ich weiß, zu welchen Niederträchtigkeiten Neal und sein Vater fähig sind.«

Er konnte ihre Angst spüren. Instinktiv griff er nach ihr, doch sie zuckte genauso instinktiv zurück. »Verdammt, Jade. Ich wünschte, ich hätte dich nie so unter Druck gesetzt. Ich würde dich jetzt gerne in den Arm nehmen.« Die Dunkelheit schien die Heiserkeit in seiner Stimme zu verstärken. »Dich einfach nur in den Arm nehmen, mehr nicht, Jade.«

Nach einer Weile flüsterte sie: »Ich glaube, ich hätte nichts dagegen.«

»Ich würde dir niemals wehtun«, sagte Dillon, als er aufstand und sich zu ihr auf das Sofa setzte. »Niemals.«

»Das weiß ich.«

Er legte die Arme um sie und ließ sich mit ihr zusammen langsam in die Kissen sinken. Die Intimität dieser Position beunruhigte Jade. Sie umklammerte seinen Bizeps. »Es ist gut«, murmelte er. »Schon gut. Du mußt nur ein Wort sagen, und ich lasse dich sofort los. Willst du, daß ich dich loslasse? Sag es...«

Nach kurzem Zögern schüttelte sie den Kopf und entspannte sich. Offensichtlich störte es sie nicht, daß er nur ein Unterhemd trug. Sie legte den Kopf an seine Brust. Ihr Haar streichelte seine Haut, und fast hätte er vor Lust gestöhnt. Sie ließ die Hand auf seinem Arm.

»Jade?«

»Hmm?«

»Kannst du seit diesem Abend mit niemandem mehr schlafen?«

»Ich kann nicht, und ich will nicht.«

»Willst du es nicht wenigstens versuchen?«

»Ich habe es versucht. Mit Hank.«

»Hank Arnett?« Er spürte einen Stich der Eifersucht.

»Er war verliebt in mich. Ich wußte es und wehrte mich dagegen. Aber ich wollte ihm auch nicht weh tun. Immer wieder habe ich ihm gesagt, daß es keinen Sinn hat und daß ich mich nicht ändern würde. Ich habe ihn angefleht, keine falschen Hoffnungen in mich zu setzen. Hank kann manchmal ziemlich stur sein. Er wollte nicht auf mich hören.«

»Offenbar wurde er schließlich doch überzeugt.«

»Aber es hat Jahre gedauert. Ich wollte seine Zuneigung erwidern können, also fing ich an, eine Psychologin aufzusuchen. Irgendwann konnte ich ihn küssen, ohne völlig auszuflippen.«

»Hast du es genossen, ihn zu küssen?«

»Soweit ich dazu in der Lage bin.«

Dillons Eifersucht war etwas besänftigt. Jade hatte nicht direkt gesagt, daß sie Hank gerne geküßt hatte.

»Zu dieser Zeit starb Mitch«, fuhr sie fort. »Auf der Beerdigung tauchte Lamar auf. Als ich ihn sah, rissen die Wunden wieder auf. Ich habe Hank schließlich gesagt, daß ich keine sexuelle Beziehung zu einem Mann haben kann. Es war unmöglich.«

»Hast du ihm den Grund gesagt?«

»Nein. Und weil er ihn nicht kannte, war er wütend und ließ sich monatelang nicht blicken. Eines Tages kam er zurück, und seitdem sind wir Freunde. Er hat es akzeptiert.«

Dillon entschied sich dagegen, ihr zu sagen, daß Hank ein feiner Bursche war und daß sie ihm noch eine Chance hätte geben sollen. Schließlich war Hank in New York; und er, Dillon, war hier bei ihr und hielt sie im Arm.

»Warum hast du mir von der Vergewaltigung erzählt, Jade?« Als sie den Kopf hob und ihm in die Augen sah, wußte er, daß er keinen Grund hatte, auf Hank oder irgendeinen anderen Mann eifersüchtig zu sein.

»Weil du mich ohne Erklärung nicht so, wie ich bin, akzeptieren würdest.«

»Und?«

»Und... und weil es mir wichtig ist, daß du verstehst, *warum* ich so bin.«

Um sie nicht zu küssen, drückte er ihren Kopf unter sein Kinn. »Was dir angetan wurde, ist ein Verbrechen. Ein gemeines, verabscheuungswürdiges, grausames Verbrechen. Es hatte nichts mit Sex zu tun.«

»Das weiß ich, Dillon.«

»Sexuelle Intimität zwischen zwei Menschen, die sich lieben und füreinander da sind...«

»...ist etwas gänzlich anderes«, beendete sie den Satz für ihn. »Glaubst du, ich habe diesen Satz von der Psychologin nicht so oft gehört, bis er mir zu den Ohren herauskam? Nein, ich gebe mir nicht unterbewußt selbst die Schuld. Ja, ich war wütend auf das sexistische Rechtssystem, so, wie ich auf die Männer wütend war. Nein, ich glaube nicht, daß alle Männer Barbaren sind. Nein, ich fühle mich nicht zu Frauen hingezogen. Nein, ich will nicht alle Männer kastriert wissen.«

»Da bin ich aber erleichtert.«

Sie hob erneut den Kopf, und als sich ihre Blicke trafen,

fing sie plötzlich an zu lachen. Sie lachten mehrere Minuten lang, und das machte sie schwach. Sie hielten einander fest.

Dann hörten sie beide im selben Augenblick wieder auf zu lachen. Im einen Moment waren sie noch ausgelassen. Im nächsten sahen sie einander atemlos und angespannt tief in die Augen.

Dillons Brust schmerzte. Sein Blick ging zu Jades Lippen. Sie formten seinen Namen. »Dillon?«

Er schloß schnell die Augen. »Gott, ich möchte dich küssen. Ich möchte mit dir schlafen. Ich möchte dir zeigen, wie es wirklich ist, wie es sein kann. Ich möchte, daß du mich liebst.«

Als er die Augen wieder öffnete, sah er, daß sie ihn verblüfft anschaute. Ihre Lippen zitterten. Er war versucht, ihren Mund an seinen zu heben, um herauszufinden, wie ihr Blick gemeint war. Er hoffte, sie sah ihn so an, weil er sie erregt hatte – nicht abgestoßen.

Er streichelte ihr Haar. Er sehnte sich danach, das Zittern ihrer Lippen mit sanften Küssen zu beruhigen und die Sorgenfalte auf ihrer Stirn fortzumassieren. Er wünschte sich, sie vor Leidenschaft atemlos zu sehen, nicht vor Angst.

Aber wenn er es falsch anfing, bewirkte er wahrscheinlich genau das Gegenteil. Und so löste er sich behutsam aus der Umarmung, stand auf und half ihr hoch. Wehmütig sagte er: »Ein andermal.«

* * *

Das Haus war dunkel. Dillon hatte darauf bestanden, Jade nach Hause zu bringen, und er war erst wieder gefahren, als sie sicher drinnen war. Auf dem Küchentisch lag ein Zettel von Cathy; sie hatte Kopfschmerzen gehabt und war früh zu

Bett gegangen; Jade sollte die Kasserolle, die für sie im Kühlschrank stand, einfach in die Mikrowelle stellen. Aber sie war nicht hungrig genug, um sich die Mühe zu machen. Sie verriegelte das Haus für die Nacht und ging hinauf. Durch den Spalt unter Grahams Tür fiel noch ein Lichtstrahl. Sie klopfte an und öffnete. Graham lag im Bett und sah fern, scheinbar ohne großes Interesse. »Darf ich reinkommen?«

»Ist doch dein Haus.«

Sie reagierte nicht auf die spitze Bemerkung, ging zu ihm und setzte sich ans Fußende. »Schon verstanden. Du bist sauer auf mich.«

Er rang mit sich, ob er weiter schmollen oder seinen Ärger rauslassen sollte, und entschied sich für das Letztere. »Wärst du nicht sauer auf mich, wenn ich dich vor allen blamiert hätte? Gott, Mom, du hast mich vor Dillon und Mr. Patchett behandelt wie ein Baby!«

»Graham, ich weiß, es muß dir komisch vorgekommen sein, wie ich mich heute verhalten habe. Aber glaub' mir, ich war wirklich wütend.«

»Du bist wegen *nichts* an die Decke gegangen! Es war noch nicht mal so spät, als ich kam.«

»Darum ging es ja auch gar nicht. Ich war wütend, weil du mit Neal gefahren bist.«

»Warum? Er war echt nett. Außerdem kennst du ihn, was war also schlimm daran?«

»Das Schlimme daran war, daß ich ihn zu gut kenne. Er ist *nicht* nett.«

»Zu mir aber schon«, murrte Graham beleidigt.

»Darauf würde ich wetten. Er kann charmant sein, aber in Wahrheit ist er bis ins Innerste verdorben. Das mußt du mir einfach glauben, Graham. Halte dich von ihm fern. Er kann gefährlich sein.« Graham schnaubte. »Ich meine es ernst. Wenn er sich das nächste Mal an dich ranmacht, sag mir bitte sofort Bescheid.«

Graham sah sie nachdenklich an. »Du bist so anders, Mom.«

»Anders?«

»Du bist immer so nervös, seit wir hierhergezogen sind.«

»Mein Job nimmt mich ziemlich in Anspruch, Graham. Ich muß mich nicht nur um TexTile kümmern, sondern auch noch Land ankaufen und die...«

»Willst du eigentlich das Land von den Parkers kaufen?«

Jade sah ihn überrascht an. »Woher weißt du das?«

»Hat Mr. Patchett heute gefragt.«

Jade hatte seit dem letzten Telefonat nichts mehr von Otis Parker gehört. Sie hatte geschwankt, ob sie ihn anrufen und unter Druck setzen oder ihm noch Zeit zum Überlegen lassen sollte. Nun wußte sie ihre Vermutung durch Graham bestätigt – die Patchetts waren ihr auf den Fersen.

Sie konzentrierte sich wieder auf ihren Sohn. »Du weißt, wie beschäftigt ich im Moment bin. Ich habe viele wichtige Entscheidungen zu treffen. Du bist alt genug, um das zu verstehen.«

»Aber in New York hattest du auch viel zu tun, und trotzdem warst du nicht so krampfig. Was ist denn überhaupt los?«

Sie fuhr ihm mit den Fingern durch das Haar. »Wenn ich in letzter Zeit etwas angespannt wirke, dann liegt das daran, daß ich dieses Projekt unbedingt hinkriegen möchte. Und weil ich will, daß du hier glücklich bist. Das bist du doch, oder? Du magst das Haus doch?«

»Klar, es ist toll, aber…«

»Aber was?«

»Na ja, meine neuen Freunde fragen mich immer 'ne Menge Zeugs. Wer mein Vater ist und ob Cathy mit uns verwandt ist und so. Du weißt schon, diesen ganzen Mist…« Er knabberte an einem Stückchen loser Nagelhaut. »Ich weiß, du hast mir immer gesagt, wir wären eben 'ne besondere Familie. Einmalig…« Seine blauen Augen schauten sie an. »Ich will aber gar nicht besondes sein, Mom. Auch nicht einmalig. Ich wünschte, ich wäre normal, wie alle anderen eben.«

»Es gibt dieses Normale nicht, Graham.«

»Na ja, aber die meisten Leute sind schon normaler als wir.«

Auch wenn er schon groß war, Jade nahm ihn in die Arme und drückte sein besorgtes Gesicht an ihre Brust. »Manchmal passieren Dinge im Leben, über die man keine Kontrolle hat. Wir müssen das Beste aus dem machen, was wir bekommen haben.

Ich wollte immer von ganzem Herzen, daß du ein ›normales‹ Familienleben hast. Aber es ist nun einmal anders gekommen. Es tut mir leid. Ich habe mein Bestes gegeben. Und ich tue noch immer das, was ich für das Beste halte.« Sie erinnerte sich daran, daß Cathy und Dillon ihr geraten hatten, Graham von der Vergewaltigung zu erzählen. Sie konnte es nicht tun. Ihr Sohn hatte es schon so schwer genug. Er mußte sich an die neue Umgebung gewöhnen und mit den Problemen des Erwachsenwerdens fertig werden. Sie konnte ihn nicht auch noch mit ihrer Tragödie belasten.

»Ich weiß doch, Mom. Vergiß es einfach.« Er befreite sich aus ihren Armen und versuchte zu lächeln.

»Ich entschuldige mich dafür, daß ich dich heute vor Dillon blamiert habe, und ich verspreche, es nicht wieder zu tun.«

»Warst du heute abend mit ihm zusammen?«

»Ja, warum?«

»Nur so.«

»Was?« fragte sie lachend. »Du grinst ja wie ein Honigkuchenpferd.«

»Na ja, schätze, Dillon kann dich gut leiden, was?«

»Natürlich kann er mich gut leiden. Wir könnten nicht zusammenarbeiten, wenn es anders wäre.«

»Ach komm, Mom. Du weißt schon, wie ich's meine.«

»Wir sind Freunde.«

»Oh-oh.« Er grinste, als wüßte er es besser. »Glaubst du, ich werde mal so groß wie er?« Er sah auf die verblichene Fotografie seines Großvaters auf der Kommode. »Wie groß war Grandpa Sperry?«

Jade hatte Graham an seinem dreizehnten Geburtstag ganz offiziell die Ehrenmedaille und die Fotografie ihres Vaters, die sie immer gehütet hatte, übergeben. Als Graham noch klein genug gewesen war, um auf ihrem Schoß zu sitzen, hatte sie ihm Geschichten von ihrem Vater erzählt. Aber daß er sich umgebracht hatte, das hatte sie ihm verschwiegen.

»So eins fünfundachtzig, glaube ich.«

»Dann werde ich also mindestens auch so groß.«

»Wahrscheinlich.« Sie beugte sich vor und gab ihm einen Kuß auf die Stirn. »Du mußt es damit nicht ganz so eilig haben, okay? Gute Nacht.«

»Nacht. Mom?«

»Hmm?« Sie drehte sich an der Tür noch einmal um.

»War mein Dad groß?«

Sie dachte an ihre drei Vergewaltiger und antwortete mit belegter Stimme: »Ziemlich.«

Graham nickte zufrieden und langte nach dem Schalter der Lampe über dem Bett. »Nacht.«

Kapitel 27

Jade saß an ihrem Schreibtisch und arbeitete, als Neal unangemeldet, ohne anzuklopfen, hereinkam. Loner hatte nicht angeschlagen. Graham hatte ihn zum Fischen in einer nahen Bucht mitgenommen.

Neal lächelte, als sei nie etwas zwischen ihnen passiert. »Hi, Jade.«

»Was willst du hier?«

»Mein Daddy und ich wollen uns ein bißchen mit dir unterhalten.«

»Worüber?«

»Abwarten. Wir wollen doch nicht seine Überraschung verderben.«

Eine Überraschung von den Patchetts konnte nur Unangenehmes bedeuten. »Ich will ihn nicht sehen.«

»Du hast leider keine Wahl.«

Er nahm einen Klappstuhl und lehnte ihn gegen die offene Tür des Containers, bevor er hinausging. Als er wiederkam, trug er Ivan auf den Armen. Er setzte ihn auf dem Sofa ab. Jade stand steif hinter dem Schreibtisch. Neal holte den Stuhl von der Tür und setzte sich.

»Weshalb sind Sie gekommen?« fragte Jade Ivan.

»Na, na. Wollen Sie denn gar nicht fragen, wie es mir geht? Wie wär's mit ein paar Höflichkeitsfloskeln, um zu sehen, woher der Wind weht?«

»Nein.« Sie verschränkte die Arme vor der Brust, um ihre Ungeduld zu demonstrieren. »Wenn Sie mir etwas zu sagen haben, dann sagen Sie es. Wenn nicht, verschwinden Sie.«

»So springt man aber nicht mit Leuten um.«

»So springe ich aber mit Ihnen um.«

Ivan spielte mit dem glatten, geschwungenen Griff seines Stocks. »Ich habe Fotos von Ihrem Jungen gesehen. Sieht wirklich prächtig aus, der Kleine.«

Sie erinnerte sich noch gut an Ivans einschüchternden Blick unter den buschigen Brauen. Genau den versuchte er nun bei ihr. Nur mit Mühe behielt sie ihre gleichgültige Miene, jetzt, da er Graham ins Spiel gebracht hatte. Ivans teuflischer Charakter wurde durch die Behinderung noch verstärkt.

Sie antwortete in kühlem Ton: »Ja, schätze, so ist es.«

»Kommt ganz nach Ihnen. Zumindest, soweit ich gesehen habe. Würde ihn gerne mal kennenlernen.«

Ihr schlug das Herz bis zum Hals, aber sie ließ sich nichts anmerken.

»Warum setzt du dich nicht, Jade?« fragte Neal.

»Ich stehe lieber.«

»Wie Sie wollen.« Ivans fleckige, von Adern überzogene Hand verschwand in seinem Jackett und zog einen Umschlag aus der Brusttasche. Er hielt ihn Jade hin.

Sie beäugte ihn mißtrauisch. »Was ist das?«

»Machen Sie's auf, und sehen Sie nach.«

Jade nahm den Umschlag, öffnete ihn und zog eine

Grundstücksurkunde heraus. Rasch überflog sie die Seite und suchte das Wichtigste – die Unterschriften der beiden Vertragspartner.

»Otis Parker«, flüsterte sie. Sie sackte sichtbar in sich zusammen.

»Ganz genau.« Ivan leckte sich die Lippen. Er erinnerte sie an eine fleischfressende Pflanze, die soeben ihr Opfer verschlungen hat. »Jetzt gehört das Land uns. Der Vertrag wurde gestern unterzeichnet.«

Wie in Trance ging Jade zu ihrem Stuhl zurück und setzte sich. Sie strich die Urkunde glatt. Ein Notar hatte sie beglaubigt. Der Vertrag war rechtsgültig. Kein Wunder, daß Otis sie gemieden hatte. Sie hatte mehrmals mit Mrs. Parker am Telefon gesprochen, der die Sache offenbar unangenehm war, doch er hatte nie zurückgerufen. Einmal war sie noch selbst zur Farm rausgefahren, doch niemand hatte auf ihr Klopfen reagiert, obwohl sie wußte, daß jemand zu Hause war.

Schroff fragte sie: »Wieviel haben Sie ihm gezahlt?«

»Eine Million Dollar.«

»Eine Million?«

»Ganz genau.«

Neal lehnte sich auf dem Stuhl zurück und sagte: »Wir wollten deiner Großzügigkeit in nichts nachstehen und haben Otis zwei Jahre Zeit zum Ausziehen gegeben. So kann er noch zwei Ernten einfahren – nicht, daß er das nötig hätte«, fügte er kichernd hinzu.

»Wie... wie habt ihr so viel Kapital aufbringen können?«

Neal zwinkerte ihr zu. »Ein paar Verkäufe hier, ein paar Hypotheken dort und ein kleines Bankdarlehen. Wenn man selbst im Vorstand der Bank sitzt, kann man so was eben machen.« Er setzte eine wohlwollende Miene auf. »Siehst du, Jade, von uns Südstaaten-Jungs kannst du dir noch eine Scheibe abschneiden.«

»Sie kommen hierher und wedeln mit Ihrem kleinen Hintern, als wären Sie jemand.« Ivan grinste sie bösartig an. »Diese Bastarde aus New York, für die Sie arbeiten, sind doch kleine harmlose Pussykätzchen gegen mich.« Er klopfte sich selbst auf die Brust.

Jade befeuchtete sich nervös die Lippen mit der Zunge. »Welche Zahlungsvereinbarung haben Sie getroffen?«

Neal warf seinem Vater einen Blick zu und sagte: »Glaubst du, wir sind von gestern, Jade? Du kannst nichts mehr daran ändern. Wir haben den Handel mit einem Barscheck über die Gesamtsumme abgeschlossen. Otis hat sich beinahe in den Overall gepinkelt, als ich ihm den Scheck überreichte.«

Jade war bemüht, sich nichts anmerken zu lassen. Sorgfältig faltete sie die Urkunde zusammen, steckte sie wieder in den Umschlag und legte ihn auf den Tisch.

»Meinen Glückwunsch.«

Sie nahm einen Stift in die Hand und wandte sich wieder der Arbeit zu, mit der sie beschäftigt gewesen war, bevor Neal hereinplatzte. Für sie war die Unterhaltung beendet.

»Nun?«

Jade hob den Blick zu Neal und lächelte. »Nun, was?«

»Haben Sie nichts dazu zu sagen?«

»Wozu?«

»Verdammt!« dröhnte Ivan. »Zu dem Land. Was dachten Sie denn?«

»Du willst es – wir haben es«, sagte Neal mit ausgebreiteten Armen. »Du brauchst Otis nicht länger in den Arsch zu kriechen. Er ist nicht mehr im Spiel. Jetzt gehört mir, worauf deine aufgeblasene Firma scharf ist. Von jetzt an mußt du mit mir verhandeln.«

Sie legte den Stift beiseite und faltete die Hände unter dem Kinn. »Nun, du irrst dich. Meine Firma ist an dem Land, das den Parkers gehörte und das jetzt dir gehört, nicht interessiert.« Sie lächelte süß.

Ivan lachte. »Die will doch nur den Preis drücken.«

»Ganz und gar nicht, Mr. Patchett. Ich meine es ernst. Ich habe absolut kein Interesse daran, dieses Land zu kaufen. Wenn Sie mich jetzt bitte entschuldigen würden, ich habe zu tun.«

Neal schoß hoch. »Du verlogenes Biest! Ich weiß verdammt genau, daß du diese Farm willst. Seit du in der Stadt bist, treibst du dich da draußen rum, läßt sie vermessen, schätzen, schaust sie dir an. Versuch erst gar nicht, das abzustreiten. Ich habe dich beobachten lassen.«

»Ja, damit hatte ich gerechnet«, sagte sie ruhig. »Um ehrlich zu sein, hatte ich mich darauf verlassen.«

Ivans Lungen pfiffen, als er um Luft rang. »Gott soll dich verfluchen!« Er funkelte sie bösartig an. Seine teuflische Seele hatte einen Geruch – sie stank verfault. »Du verlogene kleine Hure. Du hast uns...«

»Halt's Maul!« fuhr Neal seinem Vater über den Mund. Er war mit zwei Schritten bei Jade, griff sie am Arm und zerrte sie hoch. Er zischte: »Willst du damit sagen, daß du nie vorhattest, die Parker-Farm zu kaufen?«

»Richtig. Ich wollte nur, daß *ihr* sie kauft.«

»Sie hat uns reingelegt wie zwei Volltrottel«, schnaubte Ivan. »Wir haben eine Million Dollar für einen Haufen Schweinescheiße zum Fenster rausgeworfen!«

Sie drehte den Kopf in Richtung des alten Mannes und funkelte ihn mit eiskalten, blauen Augen an. »Kein zu hoher Preis für Garys Leben, meinen Sie nicht auch?«

Nealzog sie hinter dem Tisch hervor und schüttelte sie heftig. »Du hast uns ruiniert!«

»So, wie du mich und Gary ruiniert hast.«

Der Schlag traf sie auf den Mund. Sie schrie auf. Die Tür wurde so plötzlich aufgerissen, daß ein Vakuum im Inneren des Containers entstand. Dillons Haltung und Miene waren die eines Donnergottes, doch seine Stimme klang gefährlich ruhig. »Das wirst du bedauern.«

Er durchquerte den Raum, packte Neal am Kragen und warf ihn gegen die Wand. Ivan schlug Dillon von hinten mit dem Stock in die Knie. Er brüllte überrascht auf, schwang herum und entriß ihm den Stock. Jade hatte Angst, er würde dem alten Mann damit das Genick brechen, statt dessen brach er den Stock wie einen dünnen Ast entzwei.

Er warf die beiden Teile auf den Boden und reagierte blitzschnell auf Jades panischen Schrei – Neal griff ihn von hinten an. Neal hatte sich immer darauf verlassen, daß andere das Kämpfen für ihn übernahmen. Dillon dagegen hatte schon früh auf der Straße lernen müssen, wie man sich verteidigt. Seine Bewegungen waren schnell und präzise; er rammte Neal den Ellenbogen in den Magen, versetzte ihm einen Schlag ins Gesicht, zermalmte Knorpel, zerriß Haut.

Neal taumelte rückwärts, prallte gegen die Wand und ging zu Boden. Dillon stellte sich schwer atmend über ihn. »Und jetzt scher dich raus hier und nimm diesen alten Bastard mit. Du kannst natürlich auch bleiben – es wäre mir eine Ehre, dich windelweich zu prügeln.«

Neal versuchte, sich das Blut vom Kinn zu lecken, doch es

tropfte ihm aus der anschwellenden Nase auf das Hemd. Er rappelte sich, so würdevoll er konnte, auf die Füße. Nach den Schlägen, die er eingesteckt hatte, hatte er seine liebe Mühe, Ivan hochzuheben und zum Wagen zu tragen.

Jade folgte ihnen zur Tür. Der Moment, auf den sie fünfzehn Jahre lang gewartet hatte, war schließlich gekommen. Die Patchetts waren gedemütigt und geschlagen.

Neal schnallte Ivan auf den Beifahrersitz des El Dorado. Jade stellte sich vor den chromglänzenden Kühlergrill und wartete darauf, daß Neal um den Wagen zur Fahrertür ging. Sie drückte ihm den Umschlag in die Hand. »Ich hoffe, daß du für den Rest deines Lebens niemals Frieden finden wirst.«

Er zerknüllte die Urkunde in der Hand. »Das wird dir noch leid tun. Furchtbar leid.«

Er quälte sich hinter das Lenkrad. Jade schirmte die Augen vor der Sonne ab und sah zu, wie sie davonfuhren. Sie hustete nicht einmal von der Staubwolke, die von den quietschenden Reifen aufgewirbelt wurde. »Ich habe es geschafft. Ich habe es wirklich geschafft.«

Dillon war neben ihr. »Bist du verletzt?«

»Nein, ich fühle mich großartig.« Sie lächelte ihn an. Sein Gesicht war von Schweiß und Staub bedeckt. Auf seiner Stirn prangte ein roter Streifen, wo der Helm gewesen war, und die Sonnenbrille hatte zwei Halbmonde unter den besorgt dreinschauenden Augen hinterlassen. »Ich danke dir, Dillon.«

»Ich habe seinen Wagen gesehen und bin, so schnell ich konnte, rübergekommen.« Er tastete vorsichtig ihre Lippen ab. Sie waren geschwollen, bluteten aber nicht. »War wohl nicht schnell genug.«

»Es tut überhaupt nicht weh.« Sie sah dem davonpreschenden Wagen und der sich auflösenden Staubwolke nach. »Ich habe es geschafft«, flüsterte sie.

»Was?«

Sie erzählte ihm von dem Coup, den sie gelandet hatte. »Ich hatte solche Angst, sie würden nicht drauf reinfallen, sie würden merken, daß ich mit der Parker-Farm nur bluffe.«

»Was hättest du dann gemacht?«

»Mitch hat mir ein Erbe hinterlassen. Ich erfuhr erst davon, als das Testament verlesen wurde. Wären die Patchetts nicht auf meinen Trick reingefallen, hätte ich die Farm davon gekauft.«

Er schüttelte verdrießlich den Kopf. »Du hast mich da draußen wie einen verdammten Idioten rumgeführt, nur zur Show?«

»Ja, ich gebe zu, ich habe dich benutzt. Bitte verzeih mir.«

»Nach dem, was die Patchetts dir angetan haben«, sagte er mit einem leichten Kopfschütteln, »mußt du dich wohl kaum für deine Motive oder Methoden rechtfertigen.«

»Das war meine persönliche Vendetta. Ich wollte dich und alle anderen nicht weiter als unbedingt notwendig dort mit hineinziehen.« Ihr Blick schweifte erneut in die Ferne. Es war ein warmer, schwüler Tag, obwohl der Sommer sich dem Ende zuneigte. Der Herbst stand bevor.

»Gary haßte es, arm zu sein«, sagte sie wehmütig. »Immer wieder sprach er davon, eines Tages nach Palmetto zurückzukehren und seinem Daddy eine Million Dollar in den Schoß zu werfen.« Sie wandte sich wieder Dillon zu und sah strahlend zu ihm auf. Dann legte sie ihre Hand auf seinen bloßen Oberarm. »Dillon, ich habe es für ihn getan.«

Er umfaßte ihre Taille, hob sie hoch, brachte tatsächlich ein Lächeln zustande und sagte: »Ich schätze, wir haben einen Grund zum Feiern.«

* * *

Als die Haushälterin den Kopf ins Arbeitszimmer steckte und fragte, was zum Abendessen gewünscht würde, warf Neal mit einer Kristallkaraffe nach ihr. Sie konnte sich gerade noch rechtzeitig ducken und beschloß weise, die beiden Männer für den Rest des Tages besser in Ruhe zu lassen.

Im Zimmer breitete sich der Geruch des Brandys aus, der von der Holztäfelung auf den Teppich tropfte, doch Neal und Ivan waren zu betrunken, um es zu bemerken.

»Dieses Biest«, murmelte Neal, als er sich reichlich nachschenkte. »Das Beschissenste daran ist – sie war noch nicht mal gut. Sie war eine verdammte Jungfrau.« Er machte eine ausladende Geste mit den Armen und schüttete sich dabei den Brandy über die Hand. »Und dafür soll diese Scheiße gelaufen sein? Für das bißchen Spaß, das Hutch, Lamar und ich mit ihr hatten? Woher, zur Hölle, sollte ich ahnen, daß sie es so verbissen sieht und daß ihr Freund sich deshalb auch noch aufhängt?«

»Setz dich hin und halt den Mund«, dröhnte Ivan aus seinem Rollstuhl. Sein Kopf war zwischen die Schultern gesunken, als hätte der Körper den Hals verschlungen. Seine Augen waren winzig wie Stecknadelköpfe und funkelten dunkel und böse unter den buschigen Brauen. »Du bist betrunken.«

»Ich habe allen Grund, es zu sein.« Neal durchquerte schwankend den Raum und beugte sich über seinen Vater. »Falls du's vergessen haben solltest, Daddy – uns gehört nicht mal mehr ein verdammter Pißpott. Unter anderem haben wir nämlich auch den erwarteten Profit des nächsten Jahres als Sicherheit für das Darlehen hinterlegen müssen.«

»Und wessen begnadete Idee war das alles?«

»Sie hätte funktionieren können«, sagte Neal trotzig.

»Hat sie aber nicht!«

Das Verhaltensmuster war schon in Neals früher Jugend geprägt worden – er war so lange überheblich und arrogant, bis er sich damit in Schwierigkeiten brachte. Dann rannte er zu seinem Vater, der ihn da rausholen mußte. »Woher sollen wir denn jetzt das Geld kriegen, Daddy?« jammerte er. »Wie sollen wir unsere Leute bezahlen? Wir werden die Fabrik dichtmachen müssen...«

Ivan sah seinen Sohn angewidert an. »Worüber zerbrichst du dir eigentlich den Kopf? Wir werden sowieso bald keine Leute mehr haben, weil die alle zu TexTile und Jade Sperry gehen werden. Die Patchett-Sojabohnen-Fabrik wird Geschichte sein.«

Entsetzen breitete sich auf Neals geschwollenem Gesicht aus. »So etwas darfst du nicht sagen, Daddy!«

»Genau das hat sie doch von Anfang an geplant. Sie wollte uns fertigmachen, ruinieren.« Ivan starrte auf einen Punkt an der gegenüberliegenden Wand, als wollte er sie mit seinem Blick zerstören. »Und sie hat es tatsächlich geschafft.«

Neal ließ sich auf das Sofa fallen und grub die Finger in die dunklen Augenhöhlen. »Ich will aber nicht arm sein, ich will nicht arm sein.«

»Hör mit dem verdammten Gejammer auf!«

»Was hast du schon noch zu fürchten, alter Mann? Ich werde derjenige sein, der mit dieser Scheiße leben muß. Der

Arzt sagt, dein Herz und die Lunge sind schon völlig hinüber. Du stirbst sowieso bald.«

»Um das zu wissen, brauche ich keinen Arzt.« Wie ein Sterbender sah Ivan nicht aus. Seine Augen funkelten äußerst lebendig. »Aber eines weiß ich verdammt sicher: ich werde erst ins Grab steigen, wenn diese Sache erledigt ist. Diese Sperry-Schlampe wird damit nicht durchkommen. Niemals. Soll sie ihren kleinen Sieg genießen – sie wird dafür ein Opfer bringen.«

Neal wurde augenblicklich klar im Kopf. Er stellte seinen Drink auf dem Couchtisch ab. »Ihren Sohn.«

»Cleverer Junge. Die Patchetts mögen vielleicht angeschlagen sein, aber wir sind noch nicht tot. Gleich morgen früh wirst du einen Anruf machen... du wirst Myrajane Griffith zu uns einladen.«

* * *

Dillon kümmerte sich um den Grill auf der Veranda. »Der Fisch sieht klasse aus«, lobte er Graham, der ihm zur Hand ging.

»Danke.« Graham strahlte vor Stolz. »Ich fange immer mindestens einen, wenn ich in diese Bucht gehe.«

»Was macht die Schule?«

Graham besuchte seit zwei Wochen die High School von Palmetto, und bisher lief alles ziemlich gut. Er erzählte es Dillon. »Nächste Woche sind die Ausscheidungen fürs Fußball-Team. Ich hoffe, ich schaffe es.«

»Bestimmt.« Dillon wendete das Filet. »Vermißt du New York?«

»Geht so. Eigentlich gefällt's mir hier ganz gut. Und Ihnen?«

Bevor er antwortete, sah Dillon zum Haus hinüber, Graham folgte seinem Blick. Sie konnten seine Mom hinter dem Küchenfenster sehen. »Mir gefällt's hier auch ganz gut«, sagte Dillon. Er konzentrierte sich wieder auf den Grill.

»Was werden Sie machen, wenn die Fabrik steht? Bleiben Sie hier, oder gehen Sie woanders hin?« Da sie gerade beim Thema waren, nutzte Graham die Möglichkeit, Dillon nach seinen Zukunftsplänen zu fragen. Er wünschte sich, daß Dillons Pläne sich mit ihren überschnitten.

»Es dauert noch ziemlich lange, bis die Fabrik steht«, antwortete Dillon. »Jahre. Ich weiß noch nicht, was ich danach tun werde. Ich plane nicht soweit im voraus.«

»Warum nicht?«

»Weil ich gelernt habe, daß es nicht gut ist.«

Jade steckte den Kopf durch die Hintertür. »Es ist alles vorbereitet, wir warten nur noch auf euch Mannsbilder.«

»Kommen schon. Der Fisch ist fertig!« rief Dillon zurück. »Graham, stell bitte das Gas ab.«

»Klar.« Die Unterbrechung durch seine Mutter kam ihm ungelegen, denn Dillons letzte Bemerkung hatte ihn verwirrt. Sie widersprach Jades Philosophie, sich im Leben Ziele zu setzen und sie zu verfolgen, ganz egal, welche Rückschläge man dabei einstecken mußte. Außerdem hätte er gern eine Art Versprechen gehabt, daß Dillon noch eine lange Zeit bei ihnen blieb.

»Achte darauf, daß du den Schalter auch bis zum Anschlag zudrehst«, warnte Dillon.

»Mach' ich.«

Dillon legte die Filets auf einen Teller und trug sie durch die Hintertür, die Jade ihm offenhielt. Graham beobachtete, wie sie sich hinunterbeugte und an dem gegrillten Fisch schnupperte. Sie leckte sich die Lippen. Dillon sagte etwas, das sie zum Lachen brachte.

Plötzlich fühlte sich Graham wieder fröhlich. Er stellte das Gas ab und folgte ihnen ins Haus. Er freute sich immer, wenn Dillon zum Essen kam, aber heute abend war die Stimmung besonders gut. Er wußte nicht, was sie feierten, doch das war ihm auch egal. Er wußte nur, daß seine Mutter, seit sie New York verlassen hatten, noch nicht so entspannt gewesen war wie heute. Vielleicht hatte sie sich seine Bemerkung vor ein paar Wochen, daß sie immer so nervös sei, zu Herzen genommen. Heute abend war sie fast ausgelassen.

Sie hatte sich nach der Arbeit umgezogen und trug jetzt ein Kostüm aus weißem, fließendem Stoff. Seine Freunde sagten immer, sie sähe heiß aus, und sie hatten recht. Sie sah unwahrscheinlich schön aus, als sie sich an den Tisch setzten.

Er war mit dem Tischgebet an der Reihe und murmelte einen hastigen Vers zu Erntedank. Als sie sich aufgaben, fragte er: »Spielen wir nachher noch Pictionary? Dillon und ich könnten wieder zusammen spielen wie beim letzten Mal.«

»Das wußte ich!« rief Jade. Sie griff sich das Messer und hämmerte auf den Tisch. »Ihr zwei habt letztesmal geschummelt!«

»Na ja, ich weiß nicht, ob man Handzeichen schummeln nennen sollte«, sagte Cathy, die ewige Diplomatin.

»Es war eindeutig Schummel!« Jade ließ sich nicht beirren. »Das möchte ich mir doch wirklich verbitten! Nimm das zurück!«

Dillon langte über den Tisch, griff ihr ins Haar und kniff

sie sanft in den Nacken. Jade neigte den Kopf, hob die Schulter und hielt die Hand zwischen Wange und Schulter eingeklemmt.

Graham bemerkte, daß sich ihr Ausdruck augenblicklich veränderte. Sie hätte nicht verblüffter aussehen können, wenn Dillon aufgestanden wäre und nackt auf dem Tisch getanzt hätte. Ihr Kopf schnellte hoch, und sie sah ihn an.

»Ich nehme es zurück.«

Auch ihre Stimme klang komisch, als hätte sie ein ganzes Glas Whiskey auf einmal hinuntergespült. Ihre Wangen röteten sich, und sie atmete wie nach einem Tausendmeterlauf. Sie sahen einander lange in die Augen, bis Dillon irgendwann die Hand zurückzog. Schließlich senkten sie ihre Blicke, und Dillon fing an, den Maiskolben auf seinem Teller zu buttern. Seine Mom schien völlig von der Rolle. Sie starrte auf ihren Teller und fummelte mit dem Besteck, als hätte sie zum erstenmal so etwas in der Hand und wüßte nicht, wie man es benutzt.

Graham grinste in sich hinein. Wenn seine Mom und Dillon nicht miteinander Sex machen wollten, dann hieß er nicht länger Graham Sperry.

* * *

»Ich kann es noch immer nicht fassen. Jedesmal, wenn ich dran denke, muß ich mich kneifen, um zu wissen, daß es wirklich passiert ist.« Jade sah Dillon an, der neben ihr auf der Hollywoodschaukel saß. »Ich habe es geschafft, nicht wahr? Das ist doch kein Traum, oder?«

»Doch, ein sich erfüllender Wunschtraum für die Parkers und ein grausamer Alptraum für die Patchetts. Du hast sie verdammt eingeschüchtert.«

»Oh, ich bin ja auch so furchtbar einschüchternd«, sagte sie lachend.

»Ja, das kannst du sein. An dem Abend, als du mich aus dem Gefängnis geholt hast, hast du mich sogar ganz besonders eingeschüchtert.«

»Ich? Du warst derjenige mit Rauschebart und finsterem Blick.«

»Aber du warst diejenige mit der totalen Kontrolle über die Situation. Nach Debras Tod hatte ich mein Leben überhaupt nicht mehr im Griff. Deine kühle, kompetente Art hat mich eingeschüchtert. Was glaubst du, warum sonst habe ich mich wohl wie ein Machoschwein aufgeführt?«

»Ich dachte, das wäre ein Auswuchs deines charmanten Charakters gewesen.«

Dillon lächelte und schüttelte den Kopf. »Pure Angst.«

Jade schaute auf den Vorgarten hinaus. Das Mondlicht schimmerte durch die dichten Zweige und zeichnete Muster in die Schatten auf dem Rasen. Grillen zirpten. Die Luft roch leicht salzig.

»Ich wünschte, meine Mutter würde erfahren, was ich heute getan habe.« Es lag keine Bitterkeit in ihrer Stimme, nur der reine Wunsch.

»Du hast noch nie von deinen Eltern gesprochen. Was ist mit ihnen passiert?«

»Du wirst dir wünschen, nie gefragt zu haben.« Jade erzählte ihm in der folgenden halben Stunde von dem angespannten Verhältnis, das sie zu ihrer Mutter gehabt hatte. Sie erzählte ihm auch vom Selbstmord ihres Vaters. Er war geschockt, als er hörte, daß Velta ihrer Tochter eine Mitschuld an der Vergewaltigung gegeben hatte.

»Du hast dich geirrt«, sagte er, als sie zum Ende kam. »Ich

bin froh, daß ich es weiß. Und ich bin froh, daß ich sie nie kennengelernt habe.«

»Ich wollte immer nur, daß sie mich liebt. Sie hat es nie getan. Sie war unglücklich, als sie mich bekam, und sie hat sich nie geändert.«

»Wer weiß, Jade, vielleicht war sie einfach nur eifersüchtig auf dich. Und wahrscheinlich, obwohl sie es bestimmt nie zugeben würde, hatte sie einen Heidenrespekt vor dir.«

»Na ja, Respekt bedeutet einem vielleicht etwas mit dreißig, aber nicht mit drei oder dreizehn. Oder mit achtzehn. Ich war nie die Tochter, die sie sich wünschte.«

»Und wie hätte die ausgesehen?«

»Ein hübsches Südstaatendummchen, das eine gute Partie macht. Was in Palmetto nur heißen konnte: Angel dir Neal Patchett.«

Dillon fluchte.

»Ich hatte viel höhere Ziele als sie, doch soweit dachte sie überhaupt nicht, es überstieg ihren Horizont.«

»Na ja, wo immer sie jetzt sein mag, Jade, sie sollte wissen, daß sie sich irrte. Vielleicht bedauert sie, was sie getan hat.«

»Ich wünschte, ich könnte sie sehen und mit ihr sprechen. Ich will gar keine Entschuldigung, ich möchte nur, daß sie sieht, wie Graham und ich uns herausgemacht haben. Ich würde auch gern wissen, ob sie doch noch jemanden oder überhaupt etwas in ihrem Leben gefunden hat, das sie glücklich macht.«

»Das klingt, als hättest du ihr vergeben.«

Jade dachte über das Wort *vergeben* nach und entschied, daß es nicht zutraf. Ihre Mutter war eine Figur aus einem anderen Leben. Sie hatte nicht mehr die Macht oder Autorität, sie zu verletzen. »Ich würde mir einfach nur wünschen, sie würde erfahren, daß ich das, was ich mir vorgenommen hatte, erreicht habe. Ob sie ihr Verhalten bedauert, oder ob ich ihr vergebe, ist unwichtig. Es ist Vergangenheit. Von heute an will ich nur noch nach vorn blicken, nicht zurück.«

Dillon stand auf und ging zum Geländer, das die Veranda einfaßte. Es war spät geworden, ohne daß sie es bemerkt hatten. Im Haus hinter ihnen war es still. Cathy und Graham hatten sich auf ihre Zimmer zurückgezogen. Dillon schien es nicht eilig zu haben. Er stützte sich auf das Geländer und lehnte sich vor.

»Ich habe in letzter Zeit ziemlich viel über die Vergangenheit nachgedacht.«

»Über irgend etwas im besonderen?«

»Ja, und ich bin zu demselben Schluß wie du gelangt. Es ist an der Zeit, Vergangenes hinter mir zu lassen und nach vorn zu gehen.«

Er drehte sich um, lehnte sich mit dem Rücken ans Geländer und sah Jade an. »Mein ganzes Leben lang habe ich fest daran geglaubt, daß ein Mensch, wenn er gut genug ist, hart genug arbeitet und das Boot, in dem wir sitzen, nicht zum Umkippen bringt, dafür auch belohnt wird. Er wird dann seinen Teil abbekommen.

Die Kehrseite dieser Philosophie lautete, daß er bitter dafür bezahlen muß, wenn er es versaut. Ihm wird Schlimmes zustoßen. Na ja, seit einiger Zeit spiele ich mit dem Gedanken, daß diese Philosophie vielleicht nicht stimmt.«

Sie spürte seinen Blick durch die Dunkelheit auf sich ruhen. »Du sprichst von deiner Frau und deinem Sohn.«

»Ja.«

»Liegt es nicht in der menschlichen Natur, nach Erklärungen zu suchen, wenn ein Unfall wie dieser passiert? Und ist es nicht nur normal, daß wir uns dann selbst die Schuld geben – weil sie doch irgendeiner schließlich tragen muß?«

»Schon, aber ich habe es zur Religion erhoben. Es fing an, als meine Eltern umkamen. Ich weiß noch, daß ich krank war vor Selbstvorwürfen. Was hatte ich Gott getan, daß er mich so bestraft? Das war, bevor den Psychologen einfiel, daß sie den Kindern besser sagen sollten, daß es nicht ihr Fehler ist, wenn so etwas passiert.«

Er drehte die Handflächen nach oben und betrachtete die Schwielen. »Wenn man als Kind anfängt, so etwas zu denken, dann verfolgt es einen durch die Jugend und weiter. Ich war ständig bemüht, Fehler mit guten Taten auszugleichen, um mein Schicksal nicht herauszufordern. Wenn ich etwas *Falsches* tat, dann wartete ich automatisch auf das Fallbeil. Als Debra und Charlie starben, war ich überzeugt, daß ich die Schuld daran trug, daß ich irgend etwas Schlimmes getan haben mußte.« Er lachte höhnisch. »Ganz schön vermessen, sich einzubilden, über die Schicksale anderer zu bestimmen, nicht wahr?

Aber in all den Jahren seit ihrem Tod war ich der Meinung, ich trüge die Schuld, ich würde die Strafe bekommen für etwas, was ich getan oder unterlassen hatte.«

Jade kam zu ihm hinüber und lehnte sich neben ihn an das Geländer. Sie unterbrach ihn jedoch nicht. Er schüttelte verdrossen den Kopf. »Mittlerweile bin ich zu der Überzeugung gelangt, daß es anders ist. Scheiße passiert eben – so, wie es auf diesem Aufkleber an manchen Stoßstangen steht. Scheiße passiert. Tragödien können gute Menschen treffen. Schlechte werden mit Glück überschüttet.« Ihre Blicke trafen sich. »Ich kann dir gar nicht sagen, wie gut es tut, von dieser Schuld befreit zu sein.«

»Debra und Charlie waren Opfer eines Unfalls, Dillon. Und das warst du auch.«

»Danke, daß du mir geholfen hast, es endlich so sehen zu können.« Er hob die Hände an ihren Kopf, wartete einen Moment, damit sie sich auf die Berührung vorbereiten konnte. Dann strich er zärtlich die schwarzen Strähnen aus ihrem Gesicht. »Du bist wunderschön, Jade.«

Sie wurde innerlich ganz ruhig und still. Und weil der Alarm, der sie normalerweise quälte, wenn sie von einem Mann berührt wurde, nicht losging, wollte sie gar nichts tun – nicht einmal blinzeln, schlucken oder atmen –, damit sie ihn auch nicht auslöste.

Anstatt sich auf sich selbst und ihre Reaktion zu konzentrieren, lenkte sie ihre ganze Aufmerksamkeit auf Dillon. Was sah er, wenn er sie mit diesem Blick seiner graugrünen Augen betrachtete? Fühlte sich ihr Haar seidig an? War er ebenso atemlos vor Erwartung wie sie?

Was für eine *Erwartung*? fragte sie sich.

Es war ein beunruhigender Gedanke, also schob sie ihn schnell beiseite. Sie wollte jeden Herzschlag so nehmen, wie er war, und sich durch nichts beunruhigen lassen.

Er streckte den rechten Arm auf Schulterhöhe aus und stützte sich gegen die Säule hinter ihr. Für einen Moment hatte sie das Gefühl, gefangen zu sein, und Panik stieg in ihr auf. Doch als sie seine tiefe, vertrauenserweckende Stimme hörte, wurde sie ruhiger.

»Jade?«

»Hmm?«

»Ich bin kurz davor, etwas zu tun, was du mir immer wieder verboten hast.«

Sie spürte das Flattern in ihrem Magen. Sie spürte seinen

warmen Atem auf ihrem Gesicht. Solange sie konnte, hielt sie die Augen geöffnet, dann schlossen sie sich unwillkürlich. Sein Schnurrbart kitzelte an ihrer Oberlippe. Dillon streichelte ihren Mund mit der Zungenspitze, so leicht, daß sie erst glaubte, sie hätte es sich eingebildet.

»Ich werde dich jetzt küssen, Jade.«

Er neigte den Kopf, und seine Lippen berührten ihre. Sie öffnete den Mund, was sie selbst überraschte. Dillon stöhnte leise vor Begehren und ließ seine Zunge auf ihren Lippen spielen. Er achtete darauf, nicht zuviel Druck auszuüben, sondern saugte zärtlich. Seine Zunge glitt in ihren Mund, doch es fühlte sich nicht bedrohlich an.

Die dunkle Hitze der Nacht umhüllte sie, zusammen mit dem Zauber dieses Kusses. Ihr wurde schwindelig, und sie suchte instinktiv nach Halt. Sie umfaßte den Arm, mit dem er sich an der Säule abstützte. Er flüsterte ihren Namen, entspannte sich und kam ihr so nahe, daß sich ihre Kleidung berührte.

Vorsichtig legte er die andere Hand auf ihre Taille. Er knabberte an ihren Lippen, streifte sie mit seinem Bart, kitzelte sie. Dann beugte er sich tiefer und küßte ihren Nacken.

Sie keuchte leicht. »Ich habe Angst.«

»Vor mir?«

»Nein, vor dem, was wir tun.«

»Das brauchst du nicht.«

Jade schloß die Augen und versuchte, an nichts zu denken.

Dillon wartete. »Wieder gut?« Er hob den Kopf und sah sie an. »Jade?«

Sie preßte die Hand auf ihre bebende Brust. »Ich kriege keine Luft.«

Er zog einen Mundwinkel nach oben. »Ist das ein gutes oder ein schlechtes Zeichen?«

»Ich bin mir nicht sicher.«

»Dann betrachten wir es als gutes.«

»Okay.«

»Entspann dich.« Er wich zurück, bis sie wieder mehr Platz hatte. »Und jetzt atme tief durch.«

Sie gehorchte ihm wie ein Kind. Mit geschlossenen Augen holte sie tief Luft. Als sie die Augen wieder aufschlug, sah sie Dillons Gesicht ganz nah vor sich und wurde sofort wieder atemlos. »Ich komme mir so albern vor.«

»Das solltest du nicht. Du mußt über den schlimmsten Alptraum hinwegkommen, den eine Frau erleben kann.«

»Ich möchte darüber hinwegkommen.« Die Worte purzelten heraus. »Ich möchte es wirklich.«

»Gut. Das ist gut«, sagte er mit belegter Stimme. »Wir werden es zusammen schaffen. Ich denke da an ein langes Wochenende, nur wir zwei. Keine Erwartungen. Keine Bedingungen. Nur weit weg von allem Vertrauten, damit wir uns entspannen können. Was meinst du?«

»Nein.«

Dillon ließ die Arme sinken und wich zurück. In seinem Gesicht spiegelte sich eine Mischung aus Zorn und Frustration.

»Dann muß ich aufhören, dich zu küssen, Jade. Denn irgendwann werde ich dabei den Kopf verlieren, und mein Schwanz wird das Denken übernehmen. Und dann wirst du Angst vor mir bekommen. Das will ich nicht.«

Er drehte sich um und lief die Stufen hinunter. Sie holte ihn kurz vor seinem Pickup ein. »Dillon, du verstehst mich nicht.«

»Doch, das tue ich. Bestimmt. Ich kann nur...« Er fuhr sich durchs Haar. »Jesus, ich halte es einfach nicht mehr aus!«

Sie faßte ihn am Arm. »Nein, ich meine, du verstehst nicht, was ich sagen will. Ich will nicht mehr länger warten. Ich will es heute nacht versuchen.« Sie befeuchtete sich nervös die Lippen mit der Zunge und sah ihn flehend an. »Jetzt, Dillon.«

Kapitel 28

»Wohin fahren wir?« fragte Jade. »Ich meine, ich weiß, wo wir sind. Aber was machen wir hier?«

»Das wirst du schon sehen.«

Die Scheinwerfer fielen auf die Allee, die bei dem Plantagenhaus endete, das Jade kürzlich für die GSS erworben hatte. Der Vorgarten war in silbernes Mondlicht getaucht. Das Haus wirkte strahlend und stattlich; es machte sich besser als im grellen Tageslicht.

Dillon lächelte geheimnisvoll, als er die Taschenlampe aus dem Handschuhfach holte. »Komm. Das geht schon in Ordnung. Ich bin ein Freund der Besitzerin.«

Sie überquerten den Rasen und gingen die Stufen hinauf. Die alten Bohlen knarrten unter ihrem Gewicht. »Die muß ich wohl mal richten, ehe sich noch jemand verletzt«, bemerkte er, während er den Schlüssel aus seinen Jeans fischte.

»Woher hast du den Schlüssel?«

»Frag nicht soviel. Du verdirbst noch die ganze Überraschung.«

»Welche Überraschung?«

»Schon wieder eine Frage.«

Der typisch muffige Geruch leerstehender Häuser empfing sie, als Dillon die Tür öffnete und Jade in die große Eingangshalle schob. Er knipste die Taschenlampe an und richtete den Lichtstrahl auf die italienischen Fliesen.

»Ziemlich beeindruckend, wie?«

Jade verschränkte die Arme. »Bei Tageslicht gefällt es mir besser. Es ist unheimlich.«

Sie war verwirrt und ein wenig enttäuscht. Eigentlich hatte sie erwartet, daß Dillon sie direkt zu seinem Trailer brachte. Bei ihr zu Hause hatten sie auf keinen Fall bleiben können. Selbst wenn Cathy und Graham nichts gemerkt hätten, hätte sie sich nicht entspannen können, weil sie wußte, daß sie ein paar Zimmer weiter schliefen. Und sie fühlte sich so schon gehemmt genug.

Je mehr sie darüber nachdachte, desto unsicherer wurde sie. Dieses alte, verrottete Haus, das seit Jahren leerstand, machte es ihr kaum leichter. Außerdem war sie wegen der Verzögerung ein wenig verstimmt. Hatte sich seine Leidenschaft so schnell abgekühlt?

»Nimm meine Hand und paß auf, wohin du trittst.«

Sie gab ihm die Hand. Als er Jade hinaufführte, war sie überrascht, daß er genau wußte, welche Stufen brüchig und gefährlich waren. »Warst du schon einmal hier?«

»Hmm-mmh.«

»Ohne mich?«

»Hmm-mmh.«

»Wann denn?«

»Vorsicht, da steht ein rostiger Nagel vor.«

Oben angekommen, wandte sich Dillon nach rechts und beleuchtete den Flur. Alle Türen standen offen, bis auf eine am hinteren Ende. Zu dieser Tür führte er sie. Er sah Jade erwartungsvoll an, bevor er den Keramikknauf drehte und die Tür aufschwingen ließ.

Jade trat über die Schwelle in den Raum. Im Gegensatz zum Rest des Hauses, war dieses Zimmer gesäubert worden. Es gab keine Spinnweben in den Winkeln der hohen Decke und in den Kristalltränen des Kronleuchters über ihnen. Das Parkett glänzte zwar nicht, doch es war frei von Staub und Schutt. Nur ein einziges Möbelstück stand im Zimmer – ein Messingbett. Jade hatte es bereits bei ihrem ersten Besuch hier bewundert, doch da war es völlig stumpf gewesen. Nun glänzte es im Strahl von Dillons Taschenlampe. Das Kopfende war hoch und verschnörkelt, ganz im viktorianischen Stil. Mit weißen Leinen bezogene Kissen lehnten dagegen. Auch die Laken und die Decke auf der Matratze waren frisch. Ein an der Zimmerdecke befestigtes Moskitonetz hüllte das Bett ein.

Jade war sprachlos. Dillon ging hinüber zum Marmorkamin und zündete die Kerzen an, die er dort aufgereiht hatte. Dann ging er durch den Raum und entzündete ein weiteres Dutzend Kerzen, bis die blassen Moiréwände in dem weichen Licht schimmerten und das Messingbett unter dem Netz funkelte. Als auch die letzte Kerze brannte, blies er das Streichholz aus, warf es in den Kamin und drehte sich zu Jade um. Er wirkte unsicher und verlegen.

»Und wie gefällt es dir?«

Sie breitete die Hände aus und öffnete den Mund, um etwas zu sagen, doch ihr fehlten die Worte.

»Na ja, ich habe abends meistens nicht so viel zu tun«, erklärte er. »Und da bin ich eben öfter hierher gekommen, nachdem du den Vertrag hattest. Sozusagen Schwarzarbeit.«

Er warf einen unsicheren Blick zum Bett. »Ich weiß, du denkst bestimmt, daß es ziemlich vermessen war. Aber es hat dir so gut hier gefallen, also dachte ich, falls du, wir... Verdammt.« Er rieb sich mit der einen Hand den Nacken und steckte die andere in den Bund der Jeans.

»Schau, ich konnte dich doch schlecht in meinen Trailer mitnehmen, oder? Das wäre völlig unromantisch gewesen und... und ich fand, daß du ein bißchen Romantik verdienst, sie brauchst.« Er fluchte in sich hinein. »Ich klinge wie ein Idiot, stimmt's? Nun, ich fühle mich auch so. Das Romantischste, was ich nach Debras Tod für eine Frau getan habe, war, sie vorher nach ihrem Namen zu fragen.« Er schnaubte verächtlich. »Vielleicht sollten wir das Ganze vergessen. Du mußt es nur sagen.«

Jade schüttelte stumm den Kopf.

»Ich bin nicht sauer, ich schwör's. Sag einfach, wir lassen es, und wir werden es lassen.«

Sie ging zu ihm. »Dillon, so langsam kriege ich das Gefühl, daß du derjenige bist, der Angst hat.«

»Die habe ich auch. Ich habe Angst, du überlegst es dir anders.« Er fügte schroff hinzu. »Und das will ich nicht.«

»Vielleicht bin ich eine totale Versagerin im Bett.«

Das Kerzenlicht spiegelte sich in seinen intensiven Augen wider. »Das ist unmöglich.«

Befangen wich sie seinem Blick aus und sah zum Bett. »Das Zimmer ist wunderschön. Wirklich. Es ist sehr lieb von dir und auch sehr romantisch.«

»Danke.«

Erneut wandte sie sich ihm zu und lächelte schüchtern. »Ich bin froh, daß du es bist, Dillon.«

Er ergriff ihre Hand und drückte sie. Sein Daumen fuhr über ihre Knöchel. »Das bin ich auch. Aber *warum* bin ich es?«

Sie schlug die Augen nieder. »Ich weiß noch immer nicht, ob ich es schaffen werde, aber ... aber du bist der erste Mann, der den Wunsch dazu in mir geweckt hat. Zum erstenmal glaube ich, daß es das Risiko wert ist.«

Er hob ihre Hand an die Lippen und küßte sie. »Wenn du irgendwo und irgendwann das Gefühl bekommst, du möchtest lieber aufhören, dann mußt du es nur sagen, und wir werden aufhören. Vielleicht werde ich fluchen. Vielleicht sogar schreien«, sagte er mit einem halben Lächeln. »Aber ich werde aufhören.«

Sie wollte nicht, daß er aufhörte, ihre Hand zu küssen. Er hielt sie an seine Lippen, als er sprach, und sein Atem hinterließ feuchte Flecken auf ihrer Haut. Er drehte sie um, spreizte ihre Finger und nahm ihren Daumen in den Mund.

Mit geschlossenen Augen küßte er ihre Handfläche und preßte den Mund dagegen. Seine Lippen waren warm und fest und seine Zunge verspielt und erregend. Er nahm ihren Zeigefinger und führte ihn zu seinem Schnurrbart, ließ ihn von einem Ende zum anderen streichen, entlang dem Rand seiner Oberlippe.

Er kratzte ganz leicht mit seinen Zähnen ihre Finger. Es kitzelte – an ihrem Finger und in ihrem Schoß. Dann liebkoste er die anderen Finger, knabberte an ihrem Fleisch, streichelte die Haut mit der Zunge.

Ihn zu beobachten, fand Jade fast ebenso erregend wie

das Gefühl selbst. Das Kerzenlicht betonte die hellen Strähnen in seinem Haar. Seine dunklen, dicken Wimpern berührten seine Wangen, die von feinen Linien durchzogen waren. Sein Mund, mit der vollen Unterlippe unter dem breiten Schnurrbart, sah unglaublich erotisch aus. Als sie Dillon so anschaute, fühlte sie sich beinahe wie eine Katze, die sich nach einem langen Schlummer wohlig räkelt.

Dillon küßte die Innenseite ihres Handgelenks und wanderte dann langsam zu ihrem Ellenbogen hoch. Sie spürte die feuchte Wärme seiner Zunge und die glatte Oberfläche seiner Zähne auf ihrer Haut. Sein Kopf berührte ihre Brust, und Jade fürchtete, die Panik könnte zurückkehren. Doch ihr Körper sagte ihr, daß es gut und richtig war.

»Sie dürfen steif werden.«

Sie merkte erst, daß sie laut gedacht hatte, als Dillon den Kopf hob und fragte: »Was?«

»Nichts.«

»Was hast du gesagt?«

»Ich habe gesagt… daß sie ruhig steif werden dürfen.«

»Was?«

»Meine Brustwarzen.«

Er sah auf sie hinunter. »Sind sie steif geworden?«

Sie nickte. »Als du mit dem Kopf an sie gekommen bist.«

»Hat es sich gut angefühlt?«

»Ja.«

»Habe ich bisher irgend etwas getan, was du nicht mochtest?«

»Ja.«

»Was?«

»Du hast aufgehört zu reden.«

Er lachte leise. »Siehst du? Ich falle schon wieder in meine alten Gewohnheiten zurück. Immer, wenn ich mir unbedingt wünsche, daß etwas klappt, erwarte ich gleichzeitig, daß etwas schiefläuft.«

Ganz selbstverständlich hob er Jades Arme und legte sie um seine Schultern. Dann faßte er sie um die Taille und zog sie enger an sich, bis sich ihre Körper berührten. Jade konnte ihr Erstaunen nicht verbergen.

»Weißt du, nicht nur Brustwarzen können steif werden, Jade«, erinnerte er sie in rauhem Flüsterton. Er preßte seine Stirn an ihre und fuhr im selben eindringlichen Ton fort: »Es ist nur Fleisch. Es ist meines, und du hast doch keine Angst vor mir, oder?«

Er wartete auf ihre Antwort. Sie schüttelte schließlich den Kopf, langsam, noch immer an seine Stirn gelehnt.

»Bitte, hab keine Angst vor mir.«

»Habe ich nicht.«

»Dann küß mich.« Er hob den Kopf und sah ihr in die Augen. »Küß mich, Jade.«

»Das habe ich doch schon.«

»Nein, ich habe dich geküßt. Das ist ein Unterschied.«

Sie wollte ihm beweisen, daß sie nicht feige war. Mehr noch wollte sie es sich selbst beweisen. Sie grub ihre Finger in sein Haar, zog seinen Kopf sanft herunter und ging gleichzeitig auf die Zehenspitzen. Dann drückte sie ihren Mund auf seinen.

Seine Reaktion war bestenfalls lauwarm, was sie fuchste. »Es wäre nicht schlecht, wenn du meinen Kuß erwidern würdest.«

»Du küßt mich doch gar nicht. Unsere Lippen berühren sich. Das zählt nicht.«

Ihre Angst vor Intimität kämpfte gegen den Wunsch,

diese Angst zu besiegen. Schließlich stellte sich Jade erneut auf die Zehenspitzen und berührte ganz vorsichtig mit der Zunge die Spalte zwischen seinen Lippen. Sie öffnete sich, und Jade drang in seinen Mund vor, kostete, streichelte, schmeckte Dillon. Sie zog seinen Kopf näher heran. Sein Mund umschloß ihren.

Etwas wundervoll Erotisches geschah. Sie fühlten es beide. Dillon stöhnte voller Leidenschaft auf, kreuzte die Arme hinter ihrem Rücken und preßte sie an sich. Da Jade noch immer das Gefühl hatte, die Situation unter Kontrolle zu haben, ließ sie es zu. Tatsächlich genoß sie die Glut seines Körpers.

Zum erstenmal seit fünfzehn Jahren ließ sie sich von ihren Sinnen leiten. Sie genoß das Gefühl und den Geschmack seines Mundes. Mit den Fingerspitzen erforschte sie seine Haut, sein Haar. Sie lauschte seinem sehnsuchtsvollen Stöhnen. Seine Härte machte ihr keine Angst. Es fühlte sich gut an, dort, wo sie ihn mit ihren weichen Rundungen empfing. Schauer stiegen an den Punkten auf, wo sie einander berührten.

Der Kuß dauerte an. Ihr Verlangen wurde größer, und sie stieß ihre Zunge in seinen Mund. Dillon antwortete mit einer Zärtlichkeit, als sei jeder Kuß ein Akt der Liebe, der fleischlichen Vereinigung.

Völlig außer Atem löste Jade sich schließlich von ihm und lehnte sich geschwächt an ihn. »Dillon, können wir uns vielleicht hinsetzen?«

»Legen wir uns hin.«

Sie wich vor ihm zurück.

Seine Augen funkelten, doch seine Stimme war tief und weckte Vertrauen. »Okay?«

Der Gedanke, neben ihm zu liegen, ließ ihr Herz heftig schlagen. Verängstigt starrte sie auf das Bett.

Er streichelte ihre Wange und drehte ihr Gesicht wieder sanft zu sich. »Nebeneinander, Jade. Ich werde mich nicht auf dich legen.«

Sie leckte sich über die Lippen, und sie schmeckten nach Dillon – schmeckten köstlich nach Dillon. »Okay, nebeneinander.« Er nickte, trat zurück und fing an, sich das Hemd aufzuknöpfen. »Ich bin noch nicht bereit, mich auszuziehen«, sagte sie schnell.

»Das ist okay.«

Offenbar änderte ihr Entschluß nichts an seinem. Er streifte das Hemd ab und ließ es auf den Boden fallen. Er trug keinen Gürtel. Seine Jeans waren am Bund schon völlig ausgebleicht, fast weiß. Sie waren ein wenig zu weit, und so entstand eine verführerische Lücke zwischen dem Stoff und seinem behaarten, flachen Bauch. Er teilte das Moskitonetz, setzte sich auf die Bettkante und zog seine Stiefel und die Strümpfe aus.

Dann legte sich Dillon auf das Bett. Sein gebräunter Körper schimmerte dunkel auf den weißen Laken. Er streckte Jade die Hand durch das Netz entgegen. Zitternd ließ sie sich langsam neben ihn gleiten. Sie schlüpfte aus ihren Sandalen, aber das war ihr einziges Zugeständnis, bevor sie das Netz wieder schloß. Ohne das Hemd wirkte er bedrohlicher, und seine pure Männlichkeit überwältigte sie. Die schwindelige Euphorie, die ihre Küsse geschaffen hatten, begann nachzulassen. Die glitzernden Funken erloschen einer nach dem anderen wie die Glut eines Feuerwerks. Jade spürte, wie sie langsam vom Dunkel der Angst verschlungen wurde. Offenbar spürte Dillon es ebenfalls.

Er sagte leise: »Jade, ich bin aus dem gleichen Material wie du. Ich habe nur eine andere Form.«

Sie starrte auf seine behaarte Brust, auf die tiefe Kuhle unterhalb seiner Rippen und auf die nicht zu übersehende Schwellung in seinem Schritt. »Ziemlich anders…«

Er streichelte ihre Schläfe. »So schlimm sieht es doch gar nicht aus, oder?«

»Es sieht überhaupt nicht schlimm aus«, antwortete sie heiser. »Ich mag, wie du aussiehst. Schon seit ich dich zum erstenmal durchs Fernglas gesehen habe.«

Verwundert runzelte er die Stirn. »Fernglas?« Er konnte ihren Rücken fast mit einer Hand umspannen. Besänftigend streichelte er ihn.

»Weißt du nicht mehr? In L. A., als wir uns zum erstenmal trafen, habe ich gesagt, daß ich dich schon eine Weile bei der Arbeit beobachtet hätte. Ich hatte ein Hotelzimmer auf der anderen Straßenseite und ein Fernglas. Manchmal hatte ich das Gefühl, daß du mich sehen konntest. Du schienst mich direkt anzuschauen.« Ihre blauen Augen fanden seinen Blick. »Du hast mir den Atem geraubt.«

Er hörte auf, sie zu streicheln, und seine Hand brannte wie Feuer durch den Stoff ihrer Bluse.

»Damals wußte ich nicht, wie ich auf dieses Gefühl reagieren sollte«, gestand sie leise.

»Und, weißt du es jetzt?«

»Nein, ich weiß noch immer nicht, wie ich damit umgehen soll.«

»Dann finde es heraus.«

»Wie?«

»Berühr mich. Das Versprechen gilt weiter«, fügte er hinzu. »Ich werde nichts tun. Es sei denn, du möchtest es.«

Sie betrachtete mißtrauisch seinen breiten Brustkorb. »Ich würde lieber noch ein bißchen küssen, wenn du einverstanden bist.«

Sein Lächeln war nur ganz leicht gequält. »Ich schätze, das halte ich aus.« Er wollte sie zu sich herunterziehen, doch sie verspannte sich sofort. Er lockerte den Griff. »Wenn wir uns küssen wollen, dann müssen unsere Münder auf gleicher Höhe sein, Jade. Leg dich hin.«

Nach einigem Zögern tat sie es schließlich. Dillon nahm ihr Gesicht in die Hände und zog es an seines. Ihre Münder vereinigten sich zu einem weiteren tiefen Kuß. Es war ein sanfter, sinnlicher, erotischer Kuß. Seine Zunge glitt provozierend vor und zurück. Es dauerte nicht lange, und Jade wollte mehr als nur küssen.

Es fiel ihr leichter, Dillon zu berühren, wenn sie ihm dabei nicht in die Augen sah. Schüchtern legte sie ihm zunächst die Hand auf die Brust.

Seine Haut war warm, und das Brusthaar fühlte sich lebendig und kribbelig an. Die Brustwarzen waren steif und fest. Sie spürte sie unter ihren Handflächen. Zu mehr konnte sie sich mehrere Minuten lang nicht entschließen. Doch seine Küsse zeigten Wirkung, nahmen ihr langsam die Angst und erfüllten sie mit rastloser Neugier und Verlangen.

Sie ließ die Fingerspitzen wandern. Mehr Haar, noch mehr Muskeln. Ihr Daumen streifte seine Brustwarze. Er schnappte nach Luft und hielt den Atem an. Jades Hand erstarrte.

»Ich wollte dich nicht erschrecken«, sagte er.

»Ich habe nur nicht damit gerechnet, daß du dich so...«

»Was, Jade?«

»So… gut anfühlst.«

Er lachte leise, vergrub das Gesicht in ihrem Haar und hielt sie fest. Er rollte sie auf sich. Die Veränderung der Position kam so plötzlich und unerwartet, daß Jade sich auf den Schock, zwischen seinen Schenkeln zu liegen, nicht vorbereiten konnte. Wie versteinert starrte sie ihn an.

»Wenn es dir nicht gefällt, lassen wir es«, sagte er.

Als sie ihr Gefühl hinterfragte, merkte sie, daß es Erregung und nicht Angst war. Jahre waren verstrichen, seit sie mit Gary Parker geschmust hatte. Und weil es schon so lange her war, konnte sie ihre Gefühle beinah nicht mehr einordnen.

Doch das Petting von damals war nicht zu vergleichen mit dem, was sie jetzt tat. Gary war ein Junge gewesen. Dillon war zweifelsohne ein Mann, und sie war auch kein Mädchen mehr. Sie war schon seit Jahren eine Frau, doch Dillon war der erste Mann, der es sie wirklich spüren ließ. Es war ein berauschendes, aufregendes Erwachen.

Sie spürte seine Erektion zwischen ihren Beinen. Wärme strahlte von diesem Punkt in ihren ganzen Körper. Ihr Geschlecht fühlte sich heiß an. Es pulsierte unter dem süßen Anschwellen der Erregung. Es schmerzte und war gleichzeitig köstlich.

»Es gefällt mir, aber ich weiß nicht, was ich tun soll«, flüsterte sie nervös.

»Tu einfach, wonach dir ist, Jade. Dies ist keine Prüfung. Ich beurteile dich nicht. Du kannst weder bestehen noch durchfallen. Egal, was du tust, es kann nur richtig sein.«

Sie beugte sich zu ihm hinunter, um ihm einen weiteren Kuß zu geben. Er hielt ihren Kopf, während sich ihre Münder so wild und leidenschaftlich vereinten, daß es ihnen beiden den Atem raubte. Jade zog sich zurück, um Luft zu schnappen; Dillon küßte ihren Hals. Dann hob er die Hand an den obersten Knopf ihrer Bluse.

»Was...? Nein!«

Er ließ die Hand, wo sie war, und sagte: »Das gehört dazu, Jade.«

»Ich weiß, aber...«

»Ich möchte dich ansehen, dich berühren.« Sie blickten einander weiter an. Schließlich sagte Dillon: »Okay, wenn du es nicht willst.«

»Nein, warte.«

Sie zögerte noch einen Moment, dann ließ sie die Hände über seine Brust und seinen Bauch wandern. Sie kniete sich zwischen seine Schenkel, zog Dillon hoch, bis auch er saß, und führte seine Hand zu ihrer Brust.

»Tu mir nicht weh.«

»Niemals. Das würde ich niemals tun. Ich möchte dir zeigen, wie schön es sein kann, berührt zu werden.«

Sie nickte als Zeichen des Einverständnis und gab seine Hand frei. Er öffnete den ersten Knopf, dann den zweiten. Er tat es ohne Eile. Als sämtliche Knöpfe offen waren, zog er die Bluse aus dem Rock. Dann glitt er mit der Hand unter den Stoff und legte sie auf ihren Bauch.

»Darf ich deine Brüste streicheln, Jade?«

Seine Hand fühlte sich kühl auf ihrer Haut an. Sie war rauh, doch seine Berührung war zärtlich.

»Ja.«

Er nahm die linke Brust in die Hand. »Sag mir, wenn ich dir weh tue.«

»Ich habe Angst, daß ich es nicht ertrage, daß die Erinnerung zurückkehrt und alles verdirbt.«

»Konzentriere dich auf diesen Augenblick, Jade. Auf deine Gefühle.« Er streichelte sie sanft durch den Stoff ihres BHs, ließ die Fingerknöchel über ihre Brustwarze streifen. Sie wurde steif. Jade stöhnte unwillkürlich auf.

»Ich möchte den BH öffnen.«

Sie nickte.

Er umfaßte sie, hakte den BH auf und nahm die jetzt nackte Brust in die Hand. Jade keuchte seinen Namen.

»Soll ich aufhören?«

Sie schüttelte stumm den Kopf.

Er erforschte die Rundungen ihrer Brust. Jade biß sich auf die Lippe, als er sich schließlich auf die Brustwarze konzentrierte. Sie war schon steif, bevor er sie überhaupt anfaßte. »Gott, du bist perfekt, Jade.« Er streichelte die Knospe mit dem Daumen, federleicht, und löste damit eine Flut von Hitzewellen in ihr aus.

Jade wurde unter seinen Liebkosungen schwach und lehnte den Kopf an seine Schulter. Sie schlang die Arme um ihn. Ihre Fingernägel gruben sich tief in seinen Rücken.

»Jade, ich möchte dich küssen. Dort.« Er drückte ihre Brustwarze. »Darf ich?«

Wieder nickte sie, kaum merklich, an seiner Schulter.

Er öffnete ihr die Bluse und schob ihren BH zur Seite. Die Nachtluft strich ihr über die Brust, kühlte ihre erhitzte Haut. Der erste Kuß war sanft und zärtlich, voller Zuneigung. Seine Lippen flirteten mit ihrer Haut, seine Zunge neckte, und er streichelte ihre erigierten Knospen mit seinem Bart, bis Jade glaubte, es vor Lust nicht mehr auszuhalten.

Dann saugte er mit süßen, heißen Bewegungen. Jede sanfte Liebkosung verursachte ein Ziehen tief in ihrem

Schoß. Es war wundervoll, verwirrend und bezwingend. Jade reckte sich ihm instinktiv entgegen. Dillon hielt die Brüste in seinen Händen, als würde er ein köstliches Elixier aus ihnen trinken. Dann löste er die Lippen, rieb die Nase, die Wange an ihr, bevor er sie wieder in den Mund nahm.

Ihre Kleider waren ständig im Weg und störten sie bald ebenso wie ihn. »Wenn ich dir die Bluse von den Schultern streife, wirst du dann herausschlüpfen?« fragte er heiser. »Bitte, Jade.«

Sie nickte.

Er half ihr, die Bluse auszuziehen. Doch plötzlich verließ sie der Mut, und sie preßte sich den BH vor die Brust. Sie tauschten einen tiefen Blick. Jade sah, wie die Adern an Dillons Schläfen pochten und sein Kinn sich verspannte.

»Sollen wir hier aufhören?«

»Ich... Nein, ich denke, nein.« Sie löste die Hände, und der BH fiel in seinen Schoß.

»Oh Gott, ich danke dir«, sagte er mit einem Stoßseufzer. Mit beiden Händen streichelte er erst ihr Haar, dann das Gesicht, ihre Lippen, die von den vielen Küssen rosig und geschwollen waren, weiter über ihren Hals, bis er ihre Brüste hielt. Er starrte sie an, als wären sie Wunder.

»Zeig mir, was du von mir willst, Jade.«

Sie nahm sein Gesicht in ihre Hände, lenkte es an ihre Brüste und sah zu, wie seine Lippen in ihr weiches Fleisch tauchten. Ihre Knospen wurden steif unter seiner Zunge. Sein Mund schenkte ihr fast unerträgliche Lust.

Mit einem Stöhnen ließ sich Dillon zurückfallen, wischte den BH aus dem Schoß und fing an, die Knöpfe seiner Jeans zu öffnen. Jades Augen weiteten sich vor Schreck.

»Ich werde nichts tun, was du nicht willst«, versicherte er

ihr eilig. Mit einer Hand hielt er sich an den Messingstreben des Kopfteils fest. »Ich kann mit nur einer Hand nicht viel tun, stimmt's? Aber ich muß wirklich Platz schaffen.«

Seine rechte Hand mühte sich verzweifelt mit den Knöpfen. Schließlich war es ihm gelungen, und ein weißer Baumwollslip kam zum Vorschein. Allerdings war die Größe seiner Erektion unübersehbar, und Jade starrte sie ängstlich an.

Er hielt sein Wort und ließ die linke Hand über dem Kopf. Mit der anderen streichelte er ihre Wange. »Ich bin hart, okay? Aber das soll auch so sein. Ich bin nicht hart, weil ich dir weh tun oder dich verletzen will. Oder weil ich dir beweisen will, daß ich dir körperlich überlegen bin.

Ich bin hart, weil du wunderschöne blaue Augen hast, so blau wie ein See, in dem ich am liebsten schwimmen würde. Ich bin hart, weil du phantastische Beine hast, die mich schon seit diesem Abend in der Limousine völlig wahnsinnig machen. Ich bin hart, weil dein Mund köstlich und deine Brüste süß schmecken, und weil ich weiß, daß auch du jetzt feucht bist. Ich will dich nicht schänden, Jade. Ich will mit dir schlafen.«

Sie verschränkte die Arme vor der Brust und legte die Hände auf die Schultern. »Ich weiß, Dillon. In meinem Herzen weiß ich das alles, aber in meinem Kopf...«

»Schalte deinen Kopf aus«, sagte er so laut, daß er es im selben Moment bedauerte. »Was willst du, Jade? Hör auf dein Herz. Was sagt es dir?«

»Es sagt mir, daß ich dich auch lieben möchte, aber ich habe Angst, daß ich mich ganz verkrampfe, wenn du in mich eindringst.«

Er streichelte ihr Haar. »Dann werde ich es eben erst gar

nicht versuchen. Ich wußte, daß dies seine Zeit braucht. Ich habe damit gerechnet, es langsam anzugehen. Wir werden einen Schritt nach dem anderen machen und erst miteinander schlafen, wenn du bereit dazu bist.«

»Das ist dir gegenüber nicht fair.«

»Ich werde nicht leiden.« Sie warf einen zweifelnden Blick auf seinen Schoß, und er lachte wehmütig. »Nun, es gibt eben solches und solches Leid. Ich werde mich wieder hinsetzen, okay?«

Als sie wieder zwischen seinen Schenkeln kniete, nahm er ihr langsam die Arme herunter. »Du bist so wunderschön.«

Ein Kuß verschmolz mit dem nächsten, bis sich unmöglich sagen ließ, wo einer begann oder aufhörte. Dillons Hände waren überall. Er streichelte ihren Nacken, den Rücken, die Taille, die Brüste. Auch Jades Furcht, ihn zu berühren, war verflogen. Sie erforschte seine Brust, tastete, küßte, neugierig, aber vorsichtig.

»Mach weiter«, flüsterte er, als ihre Lippen seine Brustwarze streiften.

Sie leckte und knabberte und entdeckte, wie aufregend das war. Sie war dreiunddreißig Jahre alt und hatte zum erstenmal die Chance, den Körper eines Mannes zu erkunden. Für sie war es ein Wunderland mit völlig neuen Erfahrungen für Augen, Hände und Mund.

Ab und zu kehrte Dillon zu ihren Brüsten zurück und küßte sie. Er konnte Jade mit der Spitze seiner Zunge fast wahnsinnig machen. Sie schlang ihm die Arme um den Nakken und preßte seinen Kopf an sich. Sie liebte das Gefühl seines vollen Haares auf ihrer weichen Haut und die warme Feuchte seines Mundes.

Ihr Schoß schmerzte. In ihren Schamlippen pulsierte das

Blut. Um das fieberhafte Gefühl zu lindern, rieb sie sich instinktiv an ihm.

Er stöhnte.

Sie merkte erst, daß er ihr unter den Rock gefaßt hatte, als seine Hände ihre Schenkel massierten. »Ist das in Ordnung, Jade?«

Sie brachte lediglich ein Stöhnen hervor.

Seine Hände glitten über ihre Unterwäsche, und er zog sie näher an sich. Dann senkte er den Kopf und küßte ihr Dreieck durch den Stoff ihres Rockes.

»Oh mein Gott!« Sie stöhnte auf. Ein Schauer der Erregung durchfuhr sie. Ihre Schenkel bebten, und sie krallte sich in seine Schultern. Er faßte ihren Po mit einer Hand und wanderte mit der anderen zu ihrem Venushügel. Seine Finger glitten unter den Seidenstoff und gruben sich in ihr dichtes, lockiges Schamhaar.

Jade hatte keine Angst. Statt dessen seufzte sie und beugte ihren Kopf über seinen.

»Öffne deine Schenkel bitte ein bißchen, Jade.«

Er war nicht grob, nicht drängend, sondern streichelte sie zärtlich, rieb sie; seine Bewegungen waren sanft wie der Flügelschlag eines Schmetterlings. Sie spreizte die Knie.

»Das ist es«, flüsterte er ermutigend. »Jesus, bist du feucht.« Er knabberte an ihrer Brust, küßte sie. »Seidig feucht.«

Mit einem Finger glitt er zwischen ihre geschwollenen Lippen, drang jedoch nicht in sie. Vorsichtig und langsam öffnete er sie und suchte den Punkt der Lust, um ihn behutsam mit kreisenden Bewegungen zu streicheln. Jade fing instinktiv an, sich an seiner Hand zu reiben.

Der kerzenbeleuchtete Raum schrumpfte. Das Universum war reduziert auf das Bett, auf ihren Körper, dem Dillon mehr Lust verschaffte, als sie je zu träumen gewagt hatte. Er spielte mit der Zunge an ihren Knospen und ließ seinen Finger über ihre schlüpfrige Klitoris gleiten.

Ihre Brüste schmerzten süß bei jedem Atemzug, sie spürte das Kribbeln in ihrem Bauch. Sie wurde von Hitze überflutet. Schamlos ritt sie seine Hand. Der Druck wurde unerträglich, ihr Körper stand vor dem Überquellen. Sie grub die Zähne in seine Schultern, um nicht zu schreien, als die erschütternde Erleichterung kam.

Er ließ sich in die Kissen zurückfallen und zog sie mit, so daß sie auf ihm lag, die Beine zwischen seinen Schenkeln. Er rieb ihr den Rücken, massierte ihr den Po und die Schultern.

Ihr Kopf ruhte an seinem Hals. Sie sog die Mischung aus Schweiß, Parfüm und Eau die Toilette tief in sich ein. Von Zeit zu Zeit durchrieselte sie ein kleiner Schauer.

Schließlich nahm er ihr Gesicht in die Hände und hob ihren Kopf, um sie anzuschauen. »Das war wundervoll«, flüsterte er heiser.

Verschämt senkte Jade den Blick. »Ich hätte nie geglaubt, daß es so... so...«

»Meine Worte.« Sie lachten leise. Sie küßten sich zärtlich. Dann küßten sie sich leidenschaftlicher, ihre Zungen vereinten sich. Dillon öffnete den Bund ihres Rockes und streifte ihn ab. Seine Hände glitten in ihren Slip. Er griff ihre Pobacken und zog Jade hoch.

»Ich möchte dich spüren, Jade. Ich will deinen nassen, heißen Schoß an mir spüren. Ich schwöre, mein Schwanz bleibt, wo er ist, aber...«

Sie wollte ihn ebenfalls spüren. Vor einem Moment hatte sie noch geglaubt, daß sich ihre ganze Leidenschaft in diesem einen Akt erschöpft hätte. Doch jetzt weckten seine Küsse erneut dieses sehnsuchtsvolle Gefühl, das einerseits neu und doch vertraut war.

Sie streifte die Kleider ab und legte sich auf ihn. Dillon streichelte ihren nackten Körper und stöhnte. Er schob sie höher, bis er ihre Brüste in den Mund nehmen konnte.

Es schien ihr ganz natürlich, daß sich ihre Beine spreizten. Sie setzte sich rittlings auf ihn. Er streichelte die Rückseiten ihrer Schenkel und sie wurde ganz schwach.

»Dillon, bitte...«

Sie konnte nicht sagen, um was sie eigentlich bat. Doch sie hätte niemals das erwartet, was er ihr jetzt gab. Er hob ihren Po, zog sie an sich und vergrub das Gesicht in dem schimmernden Dreieck zwischen ihren Schenkeln. Jade stützte sich am Kopfteil des Bettes ab, um nicht vornüber zu fallen.

Er küßte ihre schwarzen kleinen Locken.

»Dillon...«

Er glitt tiefer und küßte sie mit offenem Mund. Sie wurde fast ohnmächtig, als sie seine Zunge spürte – die teilte, suchte, fand, kitzelte, streichelte –, während er ihr sanft die Schenkel massierte. Das Rauschen in ihren Ohren kam zurück. Ihr Herz schlug schneller. Ein rosiger Schimmer überzog ihre Haut, von der Scham bis zu den Brustwarzen.

Sie war wieder kurz davor. Sie wollte es. Und doch...

»Nein.« Sie versuchte, sich freizumachen. »Dillon, nein. Hör auf.«

Das war das Stichwort, und er ließ sie los, doch er wußte nicht, warum. »Was, um Himmels willen, ist falsch?«

»Ich möchte dich in mir spüren.«

Sie zog ihm den Slip herunter und setzte sich auf die Spitze seines Schaftes, die bereits feucht war.

»Nein, Jade. Laß mich...«

»Laß mich!« rief sie entschlossen. Die ersten rhythmischen Zuckungen durchfuhren sie schon, als sie den weichen Kopf seines Geschlechts zwischen die schützenden Lippen ihrer Scham nahm. Ihr Körper pulsierte.

Er murmelte leise und legte die Hände auf ihre Schenkel. Er ließ seine Finger durch die dichten schwarzen Locken gleiten und rieb den kleinen Kern in ihrer Spalte.

Jade rief seinen Namen, als der Orgasmus kam. Sie bäumte sich auf und brach dann auf seiner Brust zusammen. Die Wellen wollten nicht aufhören, sie zu durchfluten. Dillon schlang die Arme um ihren schlanken Körper. Er war gekommen, als er in sie eingedrungen war.

Von den Wänden des kerzenbeleuchteten Zimmers hallten leise Schluchzer der Freude und Seufzer der Befriedigung.

Kapitel 29

Die Stimmung im Krankenhaus war düster.

Der Arzt am Fußende des Bettes sah erst den Patienten, dann dessen Frau an und sagte: »Es tut mir leid. Wir haben alles getan, was in unserer Macht stand.«

Nachdem er gegangen war, blieb es lange still im Zimmer. Schließlich drehte Hutch den Kopf, sah Donna Dee an und nahm ihre Hand. »Tja, ich schätze, das war's dann.«

»Nein.« Ihr kleines, spitzes Gesicht verzerrte sich, als sie versuchte, die Tränen zurückzuhalten. »Dieses neue Mittel schlägt bestimmt an.«

»Du hast gehört, was er gesagt hat, Donna Dee.«

»Ja, er hat gesagt, daß es noch im Versuchsstadium ist und daß er nicht sehr optimistisch ist. Ich habe jedes Wort gehört. Das heißt aber nicht, daß ich ihm glaube. Ich weigere mich, ihm zu glauben.«

»Das hast du schon immer getan – du hast dich immer geweigert zu glauben, was offensichtlich war.« Hutch schloß erschöpft die Augen.

»Was soll das heißen?« Er lag still und schwieg. Sie stupste seine Hand an. »Hutch?«

Er schlug die Augen auf, obwohl es ihm sichtlich Mühe bereitete. Seine Stimme klang schwach. »Du hast dich auch immer geweigert zu glauben, was damals mit Jade passiert ist.«

»Mit Jade?«

»Wir haben sie vergewaltigt, Donna Dee. Wie sie gesagt hat.«

Sie wollte ihre Hand wegziehen, doch er hielt sie mit erstaunlicher Kraft fest. Verzweifelt versuchte Donna Dee, das Thema zu wechseln. »Du hast jetzt Wichtigeres zu tun, als dir Sorgen um etwas zu machen, das vor fünfzehn Jahren geschehen ist.«

»Ich werde in der Hölle eine Ewigkeit lang Zeit zum Nachdenken haben. Ich habe sie vergewaltigt. Und ich habe eine Mitschuld daran, daß Gary Parker sich das Leben genommen hat.«

»Hutch, daran ist nur dieser Arzt Schuld. Du redest Unsinn. Sei bitte...«

»Hör doch endlich auf, dir etwas vorzumachen, Donna Dee«, preßte er hervor. »Ich bin absolut schuldig. Wir alle sind es!«

»Jade hat euch dazu verführt, Hutch. Ich weiß es.«

Er stieß einen tiefen Seufzer aus. »Du weißt, daß das nicht stimmt.«

»Vielleicht hat sie es nicht direkt getan, aber…«

»Mein Daddy hat mir am Tag danach prophezeit, daß es mir noch einmal furchtbar leid tun würde. Er hatte recht.« Hutch starrte an die Decke. »Ich bin nur über eines froh – daß es nicht die Niere von Jades Sohn ist, die mein Körper abstößt.«

»Warum sagst du so etwas?«

»Weil ich, sollte er tatsächlich von mir sein – und im Herzen hoffe ich das –, nicht wollen würde, daß er irgend etwas für mich tut. Jade hat richtig gehandelt, als sie sagte, es käme überhaupt nicht in Frage. Keiner von uns hat das Recht, ihren Sohn zu beanspruchen. Keiner von uns ist gut genug.«

Wie immer, wenn Donna Dee Jades Namen hörte, verspürte sie auch jetzt einen Stich des Neides und der Eifersucht. Sie umklammerte die Hand ihres Mannes. »Warum hast du es getan, Hutch? Hat Neal dich da mit reingezogen? Oder war es nur einer dieser Momente, wo man plötzlich den Kopf verliert?«

»Ja, Donna Dee«, murmelte er resigniert. »Es war einer dieser Momente, in denen man nicht mehr weiß, was man tut.«

Die Vorstellung, daß er Jade vergewaltigt hatte, fand sie nicht so schlimm wie den Gedanken, daß er sie begehrt haben könnte. »Und es gab wirklich keinen anderen Grund, weshalb du sie… weshalb du sie genommen hast?«

Hutch zögerte und antwortete dann leise: »Nein, keinen anderen.«

Doch Donna Dee schenkte dieser Antwort ebensowenig Glauben wie seinem gezwungenen Lächeln.

* * *

Die Sonne schien Dillon ins Gesicht. Da die Fenster seines Trailers kein Sonnenlicht durchließen, wußte er für einen Moment nicht, wo er war und warum er sich so verdammt gut fühlte.

Er schlug ein Auge auf, sah das Moskitonetz, und plötzlich fiel ihm ein, weshalb er sich heute wie ein König fühlte. Er hatte Jade von ihren Dämonen befreit.

Mit einem selbstzufriedenen Lächeln auf dem unrasierten Gesicht rollte er sich herum, um ihren süßen Körper in die Arme zu schließen und um eine weitere Runde der Dämonenaustreibung einzuläuten.

Doch das Bett war neben ihm leer.

Alarmiert schlug er das Laken und das Netz zurück. Er rief nach Jade, doch ihr Name verhallte ungehört an den Wänden des verlassenen Hauses. Dillon stolperte zum Fenster. Es gab keine Vorhänge oder Gardinen. Sein Blick suchte den Hof ab. Angst schnürte ihm die Brust zusammen.

Als er Jade entdeckte, seufzte er erleichtert auf und lehnte sich dann gegen das Fenster, um ihren Anblick zu genießen. Sie war bekleidet, aber barfuß. Auf ihrem Haar tanzten Sonnenstrahlen. Er rief sie.

Jade schaute zum Fenster hoch. »Guten Morgen!« Ihr strahlendes Lächeln machte der Sonne Konkurrenz. Sie hatte ihren Rock zusammengerafft, um Pfirsiche darin zu sammeln. »Willst du einen? Frisch vom Baum zum Frühstück. Sie sind köstlich – ich habe schon einen probiert.«

»Nicht so köstlich wie du«, sagte er zu sich selbst. Schon machte sich ein Ziehen in seinen Lenden bemerkbar. Er ging ins Zimmer zurück, entdeckte seine Jeans am Fußende des Bettes und streifte sie hastig über. Er machte sich nicht die Mühe, sie zuzuknöpfen, bevor er in die Halle lief und durch die Eingangshalle stürmte.

Der Hof war leer.

»Verdammt!«

Plötzlich fiel ihm ein, wo er sie finden könnte. Er lief durch den Garten und fand sie hinter dem Haus auf der Schaukel unter der Lebenseiche.

Als er bei ihr ankam, war er völlig außer Atem, jedoch nicht vor Erschöpfung, sondern vor Erregung. Er hielt die Seile fest und beugte sich zu ihr hinunter, um ihr den ersten Kuß seit Tagesanbruch zu geben.

Ihre Lippen glänzten vom Saft eines Pfirsichs, und obwohl sich nur ihre Lippen berührten, wurde es ein erregender Kuß. Seine Augen waren voller Lust, als sie sich wieder voneinander lösten. Jade hatte die Bluse unter der Brust zusammengeknotet, jedoch, wie er mit Freude bemerkte, nicht zugeknöpft. Er konnte den Spalt zwischen ihren Brüsten sehen.

»Sie sehen entzückend aus, Mrs. Sperry.«

Er ließ, trotz der förmlichen Anrede, die Hand unter den Stoff gleiten und streichelte ihre sonnengewärmte Brust. Wenn Jade zur Arbeit erschien, wirkte sie immer wie eine Frau von Welt, eine Geschäftsfrau auf dem Weg nach ganz oben. Und sogar jetzt, so leger gekleidet, strahlte sie diese Professionalität aus.

Sie machte ihn wirklich an, mit ihren nackten Füßen, dem glänzenden Gesicht und dem zerzausten Haar. Sie legte die

Stirn auf seinen Arm, und seine freche Liebkosung ließ sie wohlig seufzen. »Ich konnte meine Unterwäsche nicht finden.«

»Die wird schon wieder auftauchen. Eigentlich gefällst du mir sehr gut so…«

Ihr Wangen nahmen dieselbe Farbe an wie die reifen Pfirsiche in ihrem Schoß. Dillon lachte, und es fühlte sich sonderbar an… sonderbar gut. Es war ein Lachen, als hätte er über Nacht hundert Pfund verloren. Er fühlte sich so leicht und frei. Er war glücklich. Und er war, wie ihm klar wurde, schrecklich verliebt.

Die Umgebung erschien unwirklich. Das leere, große Haus war romantisch, eine Insel für ihre Liebe. Die Vögel schienen verschlafen, und selbst die emsigen Eichhörnchen hatten wohl ihren freien Tag. Die Luft war feucht und stand. Es war ein verschwommener, verträumter Morgen, an dem alles, was lebte und atmete, Liebe zu versprühen schien. Er wünschte, er könnte die Zeit für hundert Jahre anhalten und jede einzelne Minute mit Sex verbringen.

»Steh mal auf und laß mich.«

»Und wo soll ich dann sitzen?« schmollte sie.

»Auf meinem Schoß.«

Die Idee schien ihr zu gefallen, denn sie stand sofort auf und setzte sich dann auf ihn. »Pfirsich gefällig? Einer der letzten der Saison…«

Er biß in die Frucht, die sie ihm anbot. Der süße, klebrige Saft spritzte heraus, rann über ihre Hand, über sein Kinn und tropfte auf seine blanke Brust.

»Gut?« fragte sie.

»Mmh-hmmm.« Er schlang den Arm um ihren Nacken, beugte ihren Kopf zurück und küßte sie mit ungehemmter

Leidenschaft. Dann seufzte er: »Sehr gut«, nahm ihre Hand und führte sie an ihren eigenen Mund. Sie nahm einen Bissen. Er zwang sie zu einem weiteren und noch einem, bis ihr Mund voll war und der Saft ihr über den Hals lief.

Dillon sah zu, wie er ihr auf die Brust tropfte, und leckte ihn dann ab. Er knotete die Bluse auf und bot ihre Brüste dem Sonnenlicht und seinen Lippen an.

Jade vergaß den Pfirsich, schlang die Arme um Dillons Nacken, lehnte sich zurück und bot ihm ihren Hals und die Brüste dar. Er küßte sich seinen Weg bis zu ihren Lippen hinauf. Als ihre Münder sich trafen, stöhnte er vor Verlangen auf.

Er drehte ihren Kopf zu sich und bedeutete ihr, die Beine um seine Hüften zu schlingen. Die Küsse und das Gefühl ihrer Schenkel machten ihn wahnsinnig.

Sie murmelte: »Würdest du es für dreist halten, wenn ich…«

»Nein, gar nicht.«

Ihre Hand verschwand unter dem Rock, der um ihre Hüften gerafft war. Als ihre Fingerspitzen ihn berührten, stöhnte er auf. Als sie seine Hoden in die Hand nahm, stieß er eine Mischung aus Gebeten und Flüchen aus. Und als sie seinen Schwanz aus den Jeans befreite, küßte er sie wild. Sie führte ihn langsam, jeden harten Zentimeter, in sich ein.

»Sag, wenn ich dir weh tue«, flüsterte er.

»Es tut nicht weh, aber ich spüre mehr von dir als gestern nacht.«

»Ich bin tiefer in dir.«

»Ja. Ja.«

Sie schaukelten sanft, und jedesmal, wenn sie anzuhalten drohten, gab Dillon ihnen einen kleinen Schubs. Er war früher bereit zu kommen als sie, doch er hielt es zurück. Er senkte den Kopf und leckte ihr über die Brustwarze. Dann saugte er heftig, bis er spürte, daß sich ihr Körper wie eine samtene Faust um ihn schloß. Sie stieß eine Reihe kleiner, abgehackter Schreie aus, als sie in einem langen Orgasmus zerschmolz.

Sie klammerten sich lange aneinander, verschwitzt und klebrig von Sex und Pfirsichsaft. Nach einer Weile hob er den Kopf und sah sie an. Er strich ihr die feuchten Strähnen aus dem Gesicht. »Heute morgen bin ich aufgewacht«, begann er leise, »und bevor ich überhaupt wußte, wo ich war, habe ich mich gewundert, warum ich mich so wohl fühle.«

»Ich fühle mich auch wohl, Dillon. Ich kann gar nicht ausdrücken, wie dankbar ich dir bin für das…«

Er legte ihr den Finger auf die Lippen. »Das Vergnügen war auf meiner Seite.«

»Nicht *nur*.«

»Es war großartiger Sex, Jade. Aber es war mehr als das.« Er verschränkte die Hände in ihrem Nacken. »Ich mag es, wenn du neben mir schläfst.«

»Das mag ich auch«, sagte sie heiser. »Sehr sogar. Ich habe zum erstenmal neben einem Mann geschlafen. Ich wußte nicht, wie sicher man sich fühlen kann. Kein Wunder, daß die Leute so viel Getue darum machen.«

»Kein Wunder.« Er grinste und zog sie an sich.

Sie legte den Kopf auf seine Schulter. »Dillon?«

»Hmm?«

»Gestern nacht, als ich, du weißt, zum erstenmal…«

»Ja?«

»Da hast du gesagt: ›Nein, Jade.‹ Warum?«

»Ich wollte mir erst ein Kondom überstreifen.«

»Oh, daran hatte ich gar nicht gedacht.«

»Na, das solltest du aber. Jetzt, da es passiert ist, kann ich dich beruhigen. Du kannst schlimmstenfalls schwanger werden.«

Sie hob den Kopf und sah Dillon an. »Ich würde dich niemals mit einem Baby erpressen.«

Er sah ihr tief in die Augen. »Ich könnte mir nichts Schöneres vorstellen.«

Sie schnappte nach Luft, dann fragte sie: »Willst du damit sagen, daß du mich liebst?«

»Genau das will ich damit sagen.«

»Ich liebe dich auch, Dillon. Oh, ich liebe dich auch.« Sie küßte ihn sanft, bevor sie den Kopf wieder an seine Schulter legte.

Die einzigen Geräusche, die darauf folgten, waren das leise Quietschen der Seile und ihr Herzschlag. Es dauerte noch lange, bis die Schaukel endgültig zum Halt kam.

* * *

Myrajane Griffith parkte den grauen Ford Sedan in der halbkreisförmigen Auffahrt vor Ivan Patchetts Haus. Neals Einladung zum Brunch war völlig überraschend gekommen. Myrajane war vor zwei Jahren in Rente gegangen. Seit damals hatte sie die Patchetts weder gesehen noch von ihnen gehört. Schon oft hatte sie gedacht, daß es ziemlich schäbig von ihnen gewesen war, sie nach fünfunddreißig Jahren in ihrem Betrieb mit einer Goldnadel und einem Handschlag abzufertigen.

Aber es war ganz allein Lamars Schuld, daß die Leute sie mieden. Wer wollte schon mit einer Frau gesehen werden, deren Sohn in einer verruchten, heidnischen Stadt armselig ums Leben gekommen war? Nicht, daß sie auch nur ein Wort von dem, was die Leute sagten, glaubte. Lamar war kein *Perverser* gewesen. Er hatte keine dieser unaussprechlichen Sünden begangen, die ihm nachgesagt wurden. Er war an einer Lungenentzündung und an einer seltenen Form von Hautkrebs gestorben.

Bis zu diesem Tag weigerte sie sich zu glauben, was er ihr auf dem Sterbebett gestanden hatte. Sein Verstand war von den schmerzstillenden Medikamenten und der Gehirnwäsche dieser Mediziner dort verhext gewesen. In San Francisco hatten alle so panische Angst vor AIDS, daß man jedem Kranken sofort sagte, er hätte es.

Und offenbar schenkten die Patchetts diesen Lügen auch keinen Glauben, denn sonst hätten sie sie wohl kaum eingeladen. Als sie auf die beeindruckende Fassade des Hauses blickte, um das sie Ivan immer beneidet hatte, streifte sie sich ein Paar weiße Handschuhe über. Ihre Hände waren vor Aufregung und Erwartung ganz feucht.

Was konnte Ivan nur von ihr wollen? Neal hatte angedeutet, daß es äußerst wichtig und dringlich war. Doch eigentlich war es ihr egal, was Ivan wollte. Sie fühlte sich geschmeichelt, daß man sie gerufen hatte.

Ihr weißes, geblümtes Voilekleid war perfekt für diesen Anlaß. Es hatte zwar schon einige Saisons hinter sich, doch das Material war erstklassig. Ihr Daddy hatte immer gesagt, es sei besser, ein Stück von Qualität zu besitzen, als ein Dutzend minderwertiger. Wann immer Myrajane in die Stadt fuhr, war sie entsetzt, wie die Frauen heutzutage herumliefen. Sie schienen überhaupt keinen Wert auf ihr Äußeres zu legen. Die anständigen Leute konnte man immer an ihrer Kleidung vom Abschaum unterscheiden.

Anstand und Bescheidenheit gehörten der Vergangenheit an – genau wie die Cowan-Dynastie und der Familiensitz. Er war kürzlich verkauft worden, hatte sie gehört. Die Gerüchte besagten, daß die Bank froh war, das Haus los zu sein. Myrajane hatte bittere Tränen geweint.

Traurig, daß manches unersätzlich war. Sie würde niemals wieder in ihrem Elternhaus wohnen, aber sie würde bis zu ihrem Tod an den großen Traditionen festhalten, wie zum Beispiel, niemals Hosen in der Öffentlichkeit zu tragen und niemals zu einer Gesellschaft ohne Handschuhe und Taschentuch zu gehen. Auf dem Weg zu den Verandastufen rückte sie den breitkrempigen Strohhut zurecht, der bis fünf Uhr nachmittags angemessen war. Eines konnte man den Cowans nicht nachsagen – daß sie nachlässig in Fragen der Würde und der Erscheinung wären. Als die letzte noch Lebende ihres Clans hielt es Myrajane für ihre Pflicht, dem Ruf ihres Mädchennamens Genüge zu tun.

Als Ivans Haushälterin die Tür öffnete, reichte ihr der Gast eine geprägte Karte. »Myrajane Griffith. Mr. Patchett erwartet mich.«

* * *

Als sie am Haus ankamen, fragte Jade Dillon, ob er mit hereinkommen wollte. »So, wie ich rumlaufe?« protestierte er. »Ich bin unrasiert, und meine Brusthaare sind ganz verklebt vom Pfirsichsaft.«

»Na und? Du siehst nicht schlimmer aus als ich. Bitte komm mit rein, ich mach' dir auch Frühstück.«

»Ohne daß ich dich gestern vorher zum Essen ausgeführt habe?«

»Was meinst du mit ›vorher‹?«

Er lachte, als er das Funkeln in ihren blauen Augen sah. »Okay, auf eine Tasse Kaffee – aber eine kurze…«

Arm in Arm gingen sie durch die Vordertür. »Woher willst du wissen, daß Cathy und Graham nicht drinnen mit geladenen Gewehren auf uns warten?«

»Sie werden glücklich sein über das mit uns beiden«, sagte sie und lächelte ihn an.

»Wieso bist du da so sicher?«

»Weil ich glücklich bin.« Jade ging vor und stieß beinahe mit Cathy zusammen, die gerade hinausstürmte. »Guten Morgen.«

»Gott sei Dank, daß ihr da seid«, sagte die ältere Frau ganz außer Atem. »Als ich eben aufgewacht bin, lag dieser Zettel von Graham auf dem Tisch. Er ist mit dem Fahrrad zur Baustelle unterwegs und will dich bei Dillons Trailer treffen.«

Jade ignorierte die kleine Spitze am Ende des Satzes. »Er weiß doch, daß er samstags nicht einfach zur Baustelle raus darf, wenn ich's ihm nicht ausdrücklich erlaubt habe«, sagte sie verärgert. »Dafür kriegt er eine Woche Stubenarrest.«

Dillon legte ihr die Hände auf die Schultern und drehte sie zu sich um. »Vielleicht hat er sich Sorgen um dich gemacht. Hast du mal darüber nachgedacht? Es war gedankenlos von uns, nicht anzurufen. Wenn Graham zum Gelände raus ist, werde ich ihn auf dem Highway treffen.«

»Ich dachte, du würdest noch auf einen Kaffee bleiben?«

»Das war vorhin.«

»Aber…«

»Ich kann doch schon vorfahren und nach Graham schauen. Warum kommt ihr zwei nicht nach? Ich lade euch auf eine Runde Pfannkuchen im Waffelhaus ein.«

»Klingt toll.« Jade konnte nicht anders als lächeln. Sie konnte auch Graham nicht wirklich böse sein, nicht an diesem Morgen. »Cathy?«

»Ich stimme dafür.«

»Gut«, sagte Dillon. »Dann bis gleich.« Er hob Jades Kinn mit dem Finger und gab ihr einen zärtlichen Kuß. Verträumt schaute sie ihm nach, als er den Rasen überquerte und in seinen Pickup stieg. Er winkte zum Abschied. Als sie sich umdrehte, bemerkte sie Cathys durchdringenden Blick.

»Na, ich bin überrascht«, sagte sie. »Ich hätte nicht gedacht, daß es jemand wie Dillon sein würde.«

»Wie meinst du das?«

»Der Mann, der dich befreit. Ich hatte mit jemand vom anderen Ende der Macho-Skala gerechnet, jemand, der nicht ganz so kräftig ist.«

»Dillon ist sehr sensibel.«

Cathy streichelte Jade liebevoll das zerzauste Haar. »Das muß er wirklich, wenn er dir helfen konnte, deine Angst zu verlieren.«

»Er hat mit seinen eigenen Dämonen zu kämpfen, seit seine Frau und sein Sohn ums Leben gekommen sind. Ich habe ihm so gut getan wie er mir. Das ist das Beste daran.«

Mit einen skeptischen Zwinkern schloß Cathy Jade in die Arme. »Bist du sicher, daß *das* das Beste daran war?«

Jade lachte laut und kehlig, was gestern noch völlig untypisch für sie gewesen wäre. Es war großartig, endlich ein ausgewachsenes Mitglied der menschlichen Rasse zu sein.

Catyh hatte die Antworten auf all ihre Fragen offenbar in Jades funkelnden Augen gefunden. Ihre eigenen glänzten unter Tränen. »Du siehst absolut blendend aus, Jade.«

»Ich bin auch glücklicher, als ich es jemals war.« Das war eine reine Feststellung.

* * *

Der Ausflug ins Waffelhaus fand an diesem Morgen nicht statt. Cathy und Jade erreichten das Gelände vierzig Minuten nach Dillon. Loner umkreiste bellend den Jeep, voller Freude, sie zu sehen. Sie versuchten gerade, ihn zu beruhigen, als Dillon aus dem Trailer kam.

Jades Herz setzte eine Sekunde lang aus, als sie ihren Geliebten nach der kurzen Trennen wiedersah. *Geliebter*. Das Wort war eine merkwürdige Erweiterung ihres Wortschatzes. Mehrmals wiederholte sie es im Kopf und versuchte, sich an seinen Klang zu gewöhnen. Stolz wuchs in ihrer Brust, und Freude entsprang der Quelle einer neu gewonnenen Liebe.

Dann sagte er: »Graham ist nicht hier, Jade.«

Ihre Stimmung kippte um: »Er ist nicht hier?«

»Großer Gott«, murmelte Cathy. »Das ist alles meine Schuld. Ich hätte nicht verschlafen dürfen.«

»Jungs treiben sich oft rum. Ich bin sicher, es geht ihm gut.«

Jade erkannte an der Falte auf Dillons Stirn, daß er selbst nicht an seine Worte glaubte. »Wo kann er bloß sein?«

»Ich weiß es nicht. Ich bin die übliche Strecke gefahren, aber er war nirgends. Ich dachte, ich treffe ihn, wenn ich hier bin, aber er war nicht da. Loners Napf war leer, deshalb glaube ich nicht, daß er überhaupt schon hier war. Graham füttert immer als erstes den Hund, wenn er kommt. Ich bin das ganze Gelände abgefahren. Nichts zu sehen von ihm.«

Jade verschränkte die Arme vor der Brust, obwohl die

Sonne bereits hoch stand und es viel zu warm war, um zu frösteln. »Vielleicht ist er angeln«, sagte sie hoffnungsvoll.

»Vielleicht. Ich wollte gerade los und am Kanal nachsehen, als ihr gekommen seid.« Er drückte ihr beruhigend den Arm. »Ihr beiden haltet hier die Stellung. Bin in fünf Minuten wieder zurück.« Er brauste mit dem Firmenpickup davon.

»Laß uns ins Büro gehen und warten«, schlug Cathy vor.

Jade ließ es zu, daß Cathy sie in den Container mitnahm, doch drinnen fand sie nicht die Ruhe, sich zu setzen. Sie stellte sich an das Fenster und sah alle paar Sekunden nach draußen, ob Dillon mit Graham zurückkam.

»Könnte es sein, daß die Nachricht, die du gefunden hast, gefälscht war? Oder unter Druck geschrieben?«

»Ach was«, entgegnete Cathy. »Graham hat den Zettel unter meiner Tür durch geschoben und eine offene Packung Cornflakes auf dem Küchentisch stehenlassen. Ich glaube, er wollte zu euch, genau, wie er geschrieben hat.«

»Und wo ist er dann?«

»Vielleicht ist ihm was eingefallen, und er hat irgendwo angehalten?«

»Ich habe es ihm aber verboten, auf dem Weg hierher anzuhalten.«

»Du weißt doch, wie Kinder sind. Sie hören manchmal einfach nicht.«

»Nein.« Jade blieb stur. »Und Graham ist auch kein Kind mehr.« Ihr kam ein neuer Gedanke. »Meinst du, er war wütend, weil ich die Nacht mit Dillon verbracht habe?«

»Das bezweifle ich. Er liebte Dillon schon lange, als du noch überhaupt nicht daran gedacht hast.« Jade warf Cathy einen scharfen Blick zu. »Was überrascht dich daran, Jade?

Daß Graham den Mann liebt, oder daß du ihn liebst? Oder bist du überrascht, weil mir schon lange vor euch beiden klar war, was zwischen euch ablief?

Ich habe es Dillon am ersten Tag angesehen, was er für dich empfindet. Und genauso offensichtlich war es für mich, daß auch du dich in ihn verliebt hast. Und so aufgeweckt, wie der Junge nun einmal ist, glaubst du wirklich, daß es ihm entgangen wäre? Er ist völlig vernarrt in Dillon. Ich bin sicher, er ist hocherfreut, daß ihr endlich zusammen seid.«

Jade wurde von einem Geräusch abgelenkt. »Er ist wieder da.« Sie rannte aus dem Büro, gerade, als das Telefon läutete. »Cathy, gehst du ran?«

Graham saß nicht im Truck. »Ich habe ihn nirgends gefunden«, sagte Dillon. »Ich bin den halben Kanal abgefahren. Keine Spur von ihm oder dem Fahrrad.«

Jade preßte die Hand an die Lippen. Dillon schloß sie in die Arme. »Keine Panik. Er muß ja irgendwo sein. Wir werden ihn schon finden.«

»Jade«, rief Cathy aus der offenen Tür. »Telefon für dich.«

»Ich rufe zurück!«

»Es ist Neal Patchett.«

Kapitel 30

Dillon achtete nur auf eines beim Fahren – auf möglichst hohes Tempo.

»Diese Hurensöhne. Wie haben sie es gemacht? Ihn direkt von der Straße weg gekidnappt?«

»Ich weiß es nicht. Hat Neal nicht gesagt.« Jades Blick war starr auf die Fahrbahn gerichtet. »Er hat lediglich gesagt, daß Graham und Myrajane Griffith bei ihnen sind, und daß es mich sicher interessieren dürfte, worüber sie sich unterhalten.«

»Myrajane ist...?«

»Lamars Mutter.«

Dillon nahm ihre Hand und drückte sie. »Sie können dir nichts mehr anhaben, Jade.«

»Sie haben meinen Sohn.«

»Sie werden es nicht wagen, ihm ein Haar zu krümmen.«

»Vielleicht nicht physisch. Aber sie wissen, wie man jemanden verletzt, das kannst du mir glauben. Du kennst sie nicht so gut wie ich.«

Neal hatte die beunruhigende Nachricht noch nicht ganz ausgesprochen, da hatte Jade schon eingehängt. Sie war an den kleinen Safe gegangen, hatte etwas herausgeholt und war aus der Tür gerannt.

»Ich komme mit«, hatte Dillon gesagt. »Cathy, schließ bitte das Büro ab. Nimm Jades Wagen und warte zu Hause auf uns. Wir rufen an, sobald wir können.« Dillon hatte Jade in ihrem Jeep abgefangen und sie zu seinem Pickup geführt.

»Dillon, das ist meine Sache. Mein Kampf. Ich werde schon damit fertig.«

»Ich komme mit. Laß uns nicht diskutieren, steig einfach ein.«

Jetzt war sie froh, daß er mitgekommen war. Seine Anwesenheit war beruhigend. Abgesehen davon, fuhr er schneller und aggressiver, als sie es gekonnt hätte.

Sie erreichten das Haus der Patchetts in Rekordzeit. Jade sprang aus dem Pickup, sobald sie angehalten hatten. Sie lief die Stufen hinauf und über die Veranda. Dillon war direkt hinter ihr, als sie zur Tür hineinstürmte.

»Graham!«

Ihr Schrei hallte von den hohen Wänden wider.

»Er ist hier.«

Die Szene, die sich ihr im vorderen Salon bot, erinnerte an einen harmlosen Kaffeeklatsch. Dampfender Tee, Kekse, Marmelade, frisches Kompott und ein Teller hauchdünner Scheiben gebackenen Schinkens standen auf dem niedrigen Couchtisch. Doch niemand rührte etwas davon an.

Myrajane Griffith thronte auf einem Ohrensessel. Das Blumenmuster ihres Kleides biß sich mit dem karierten Polsterstoff. Sie hatte zuviel Rouge aufgelegt, so daß zwei bizarre, münzengroße Kreise auf ihrem blassen, runzeligen Gesicht aufleuchteten. In ihrem Schoß lag ein Paar weißer Handschuhe, sie trug einen absurden Hut... und warf Jade einen mörderischen Blick zu.

Ivan, in seinem Rollstuhl, sah wie ein unförmiger Klumpen aus, der von einem schlechtsitzenden Anzug zusammengehalten wurde. Seine eingesunkenen Augen wirkten wie Fenster zur Hölle.

Nur Neal schien, trotz seiner geschwollenen Nase und dem zerbeulten Kinn, aalglatt und geschniegelt wie immer. Er trug eine graue Leinenhose und ein pinkfarbenes Oxfordhemd, lehnte lässig, einen Ellenbogen auf den verschnörkelten Sims gestützt, am mormornen Kamin und schwenkte seinen Drink, Bloody Mary im Highball-Glas.

Jade erfaßte die Szene mit einem Blick und konzentrierte sich dann auf ihren Sohn, der abseits auf einem Stuhl saß. Sie ging zu ihm. »Graham, bist du okay?«

Er sprang auf, ging um den Stuhl, so daß er zwischen ihnen stand, und klammerte sich an die Lehne, in die eine Blüte geschnitzt war. »Laß mich. Geh weg. Ich hasse dich.«

Jade erstarrte. »Graham! Was sagst du denn da?«

»Du hast ihn sterben lassen! Ich hätte ihm helfen können, aber du wolltest es nicht, und deshalb mußte er sterben.«

»Wer?«

»Hutch«, informierte Neal sie. »Er ist von uns gegangen.«

Für einen Moment war Jade sprachlos. Donna Dee kam ihr in den Sinn, und sie tat ihr leid. »Hutch ist tot?«

»Donna Dee hat gestern abend spät angerufen und uns die traurige Nachricht mitgeteilt.«

»Du hast ihn auf dem Gewissen!« rief Graham.

»Sprich nicht in diesem Ton mit deiner Mutter!« sagte Dillon scharf.

»Sie, Sie haben mir gar nichts zu sagen«, stotterte Graham. Er hatte Mühe, die Tränen zurückzuhalten. »Sie ist eine Hure, und das wissen Sie auch. Wahrscheinlich hat sie es Ihnen die ganze Nacht lang besorgt!«

»Das reicht!« bellte Dillon.

»Ich war so ein Idiot! Ich hatte gehofft, daß ihr heiratet, und ich wollte heute morgen zu euch und sagen, daß ich's okay finde. Aber jetzt weiß ich, daß meine Mutter eine Hure ist!«

Jade sagte: »Graham, hör mir zu, ich…«

»Nein. Ich will von dir nichts hören. Du bist gemein. Du hast einen Mann sterben lassen, der vielleicht mein Vater war. Ich hätte ihn retten können, aber du hast mir ja noch nicht mal was gesagt!«

»Wozu denn auch? Vielleicht war er gar nicht dein Vater!«

»Das macht dich ja zur Hure!« Er deutete auf Ivan und Neal. »Sie haben mir gesagt, daß drei Männer als mein Vater in Frage kommen. Sie haben gesagt, du hast es mit allen dreien getrieben. Zwei sind schon tot, und ich kannte sie noch nicht mal. Diese alte Lady ist vielleicht meine Großmutter, und du wolltest auch nicht, daß ich sie kennenlerne.«

»Nein, ich wollte nicht, daß du diese Männer kennenlernst.«

»Und warum nicht?« rief er.

»Weil sie etwas sehr Schlimmes getan haben.«

»Etwas Schlimmes?« wiederholte er. »Das glaube ich dir nicht.«

»Es ist aber wahr.«

»Du lügst. Du hast mir nie von meinem Dad erzählt, weil du dich geschämt hast! Ich werde dir niemals wieder glauben. Niemals!«

Noch gestern hatte Jade angenommen, ihre Feinde seien geschlagen, doch das waren sie nicht, und sie waren clever genug, sie mit dem zu erpressen, was ihr am meisten wert war – Graham.

Sie konnte eine Mischung aus Angst, Zorn und Verwirrung in seinem jungen Gesicht erkennen. Für ihn war eine ganze Welt zusammengebrochen, und das Bild seiner Mutter war durch bösartige Lügen zerstört worden. Wenn sie ihn nicht sofort zurückgewinnen konnte, hatte sie ihn auf immer verloren.

Und nur die Wahrheit konnte ihn zurückbringen.

»Was sie dir erzählt haben, ist wahr, Graham. Jeder von den drei Männern könnte dein Vater sein. Weil sie mich vergewaltigt haben. Du wurdest bei dieser Vergewaltigung gezeugt.«

Er schnappte mit offenem Mund nach Luft.

»Ich wollte nicht, daß du es jemals erfährst, damit du nicht mit dieser Tatsache leben mußt. Ich wollte nicht, daß du dir für etwas die Schuld gibst, das nicht deine Schuld ist. Es war *ihre* Sünde, Graham. Ihre. Nicht meine, und ganz sicher nicht deine.«

Sie trat einen Schritt auf ihn zu. »Ich hätte es dir auch jetzt nicht erzählt, wenn nicht das Risiko bestünde, daß ich deine Liebe und dein Vertrauen auf immer verliere. Du mußt mir glauben, Graham. Diese drei Männer haben mich meiner Unschuld und Jugend beraubt. Sie haben meine erste große Liebe zerstört, einen Jungen namens Gary Parker. Er hat sich wegen dieser Sache das Leben genommen. Und deine Großmutter hat uns deshalb verlassen.«

Sie streckte ihm die Hand entgegen. »Ich kann es nicht zulassen, daß sie mir auch noch dich wegnehmen, Graham. Sie haben die Tatsachen verdreht, um mich schlecht zu machen, aber ich war nie schlecht. Und du auch nicht. Ich liebe dich. Und ich weiß, daß du mich liebst. Und weil du mich liebst, mußt du spüren, daß ich dir die Wahrheit sage.«

Er warf einen mißtrauischen Blick auf die Patchetts und sah dann wieder zu Jade. »Du wurdest vergewaltigt?«

»Ja. Als ich achtzehn war. Und das einzig Gute, das daraus entstanden ist, bist du.«

Graham zögerte einen Moment, dann stieß er den Stuhl beiseite und warf sich ihr in die Arme. Sie hielt ihn fest, so fest, als wollte sie ihn niemals gehen lassen.

»Er hat mich auf der Straße angehalten. Er hat gesagt, du bist hier. Und daß du willst, daß ich mitkomme.«

»Ich weiß, wie überzeugend er sein kann.«

»Es tut mir leid, daß ich diese Sachen zu dir gesagt habe. Ich habe es nicht so gemeint.«

»Ich weiß.« Voller Abscheu starrte sie Neal über Grahams Schulter hinweg an. »Wir lieben uns, und daran wird niemand etwas ändern können. Niemals.«

Dillon legte einen Arm um sie beide und sagte: »Laßt uns hier verschwinden.« Zu dritt gingen sie zur Tür.

»Nicht so eilig«, sagte Neal. »Ich habe etwas mit Jade zu besprechen, das Sie nichts angeht, Burke.«

Jade kam Dillon zuvor. »Wir haben gar nichts zu besprechen, Neal. Außer vielleicht, daß ich dich möglicherweise wegen Kindesentführung anzeige.«

»Sein eigenes Kind kann man nicht kidnappen«, sagte Neal.

»Was meint er damit, Mom?«

»Ich wette, du möchtest deinen richtigen Dad kennenlernen«, sagte Ivan zu Graham. »Stimmt's? Möchtest du deinen Dad und deinen Grandpa kennenlernen?«

»Schluß!« rief Jade. »Habt ihr denn nicht schon genug angerichtet?«

Grahams Blick fiel auf Neal. »Sie waren der dritte, nicht wahr? Sie haben meine Mutter vergewaltigt, oder?«

»Das behauptet sie«, erwiderte Neal spöttisch. »Aber du siehst doch, wie Frauen lügen, Sohn.«

»Ich bin nicht Ihr Sohn.«

»Es war nicht ganz so, wie sie gesagt hat, Graham. Stimmt's, Jade?« fragte er sie mit einem Zwinkern.

»Du bist Abschaum.« Jade nahm Grahams Hand und wandte sich zum Gehen. Plötzlich stand Myrajane auf und ergriff zum erstenmal das Wort.

Sie zeigte mit ihrem langen, dürren Finger auf Graham und sagte: »Er ist ein Cowan! Er sieht aus wie mein Vater. Das ist Lamars Sohn, und ich will ihn haben!«

»Nun, Sie können ihn aber nicht haben.« Jades Blick wanderte zwischen Ivan und Neal hin und her. »Warum habt ihr sie da mit hineingezogen? Nur, um alles noch schlimmer zu machen?«

Ivan sagte: »Wenn er Lamars Junge sein sollte, dann hat Myrajane ein Recht auf ihn. Genau wie Neal und ich, wenn er Neals Sohn ist.«

Myrajane kam mit irrem Blick auf sie zu. »Er ist mein Fleisch und Blut! Er ist ein Cowan. Er ist einer von uns.« Sie zischte Jade an: »Wie konntest du es wagen, mir dieses Kind all die Jahre vorzuenthalten? Wie konntest du mich im Glauben lassen, daß unsere Dynastie ausgerottet ist!«

»Die ist völlig irre.« Dillon zog Jade am Ellenbogen. »Laß uns verschwinden.«

»Ich würde euch nicht raten, den Jungen mitzunehmen«, sagte Ivan. »Ich würde euch auch nicht raten, ihn vor uns zu verstecken. Wir gehen damit vor Gericht, wenn es sein muß!«

»Und mit welcher Begründung?«

»Sorgerecht.«

Jade sah ihn ungläubig an. »Kein Gericht in diesem Land würde den Fall überhaupt annehmen.«

»Aber denk an den Wirbel!« Ivan kicherte. »Einen Skandal kannst du dir doch nicht leisten, oder? Ich bezweifle, daß dein Yankee-Juden-Verein es gerne sehen würde, wenn die Zeitungen voll wären mit Stories über dich und deine drei Freunde von der High School, die du gebumst hast.« Myrajane schnappte nach Luft, als sie die obszönen Ausdrücke vernahm, doch niemand schenkte ihr Beachtung.

»Daddy – waren es nicht vier? Du hast den guten Gary vergessen«, frotzelte Neal.

»Lassen Sie meine Mutter in Ruhe!« Bevor Dillon oder Jade es verhindern konnten, stürzte sich Graham mit erhobenen Fäusten auf Neal. In letzter Sekunde zog Dillon ihn zurück.

»Der erste Schlag gehört mir«, murmelte er.

Jade trat zwischen sie. »Ihr beide geht raus.«

Graham wand sich in Dillons Griff, um Neal an die Kehle zu gehen, und auch Dillon selber sah aus, als wäre er bereit zu töten. »Wir sollen dich mit denen allein lassen? Vergiß es, Jade.«

Sie legte ihm die Hand auf den Arm. »Bitte. Wartet draußen. Ich muß das hier allein zu Ende bringen.«

»Mom, schick mich nicht weg«, protestierte Graham.

»Graham, ich muß es tun. Bitte.«

Dillon überlegte fieberhaft, er suchte Jades Augen.

»Bitte«, flüsterte sie flehend. Schließlich gab er nach und schubste Graham zur Tür. Graham wehrte sich, aber Dillon nahm darauf keine Rücksicht. Bevor sie hinausgingen, drehte Dillon sich um und zeigte warnend auf Neal. »Wenn du sie auch nur anrührst, bringe ich dich um. Ich würde nichts lieber tun.«

Als Jade hörte, wie die Tür hinter ihnen ins Schloß fiel, ging sie in den Raum zurück. Dies war vielleicht die wichtigste Partie in ihrem Leben, und sie betete zu Gott, daß sie gut spielen würde.

Hab niemals Angst, Jade.

»Es wird zu keiner Verhandlung kommen«, sagte sie in ruhigem, ausgeglichenem Ton zu Neal. »Du hast keinen Anspruch auf meinen Sohn.«

»Vielleicht ist er aber auch *mein* Sohn.«

»Das wirst du niemals erfahren.«

»Genetische Fingerabdrücke.«

»Werde ich nie zulassen. Außerdem würde das einem Eingeständnis der Vergewaltigung gleichkommen.«

»Mein Sohn hat niemanden vergewaltigt!« zeterte Myrajane.

Jade wandte sich zu ihr um. »Doch, das hat er, Mrs. Griffith. Als Sie zu Mitch Hearons Beerdigung kamen, hat er sich bei mir sogar dafür entschuldigt.« Ihr Blick schweifte zu Neal. »Nur zu, geh vor Gericht, wenn du willst. Ich werde als Zeugin auftreten – ich werde bezeugen, daß ich von euch dreien damals vergewaltigt wurde.«

»Das würde dir keiner abkaufen.«

»Vielleicht nicht. Aber, wie dein Vater schon sagte – denk an all den Wirbel.«

»Ja, für dich.«

»Und für dich. Erinnerst du dich an eine Frau namens Lola Garrison?«

»Wer, zum Teufel, soll das sein?« fragte Neal gelangweilt.

»Nun, sie erinnert sich noch sehr gut an dich, Neal. Sie sollte Brautjungfer sein, bei der Hochzeit, die wegen des Unfalls nie stattgefunden hat. Kurz bevor du damals zu deiner Junggesellenparty aufgebrochen bist, hast du mit ihr in der Damentoilette Sex gehabt. Na, dämmert es langsam?«

»Ja, und?«

»Mrs. Garrison ist jetzt freie Journalistin. Sie hat mich vor ein paar Wochen für die Sonntagsbeilage interviewt.«

»Habe ich gelesen«, Neal gähnte. »Und?«

»Sie erwähnte mir gegenüber, daß die einzigen Leute, die sie in Palmetto kennt, die Patchetts sind. Sie hat dich einen schleimigen Bastard genannt, den sie nur zu gern in die Finger kriegen würde.

Anscheinend hast du, nachdem die Verlobung gelöst wurde, deiner Ex-Braut gegenüber geprahlt, daß du ihre Brautjungfer und beste Freundin quasi unter ihren Augen gevögelt hast. Damit war die Freundschaft zerstört.«

»Schöne Freundschaft«, schnaubte er. »Lola, oder wie auch immer sie hieß, war diejenige, die scharf auf mich war. Was für eine Freundschaft soll das sein?«

»Es geht nicht um die Freundschaft zwischen den beiden Frauen. Ihre Väter waren Geschäftspartner. Der Bruch stellte sich für Mr. Garrison als ziemlich kostspielig heraus. Er hat sich davon nie wieder erholt – weder finanziell, noch emotional. Und Lola macht dich für seinen Ruin verantwortlich. Ich bin sicher, sie würde meine Version von jenem Abend am Kanal geradezu verschlingen.«

Ein gespanntes Schweigen folgte. Ivan ergriff als erster wieder das Wort. »Ich bin es leid, mich mit Ihnen herumzuschlagen«, sagte er. »Wenn Sie eine Schlammschlacht in den Zeitungen wollen – fein. Wir sind dabei. Wenn diese Braut über Blowjobs in öffentlichen Toiletten schreibt, verklagen wir Sie wegen Betrugs.«

»Wegen Betrugs?«

Neal übernahm für seinen Vater. »Du hast den Preis für die Parker-Farm hochgetrieben, ohne sie jemals ernsthaft kaufen zu wollen.«

»Beweise es, Neal«, forderte sie ihn heraus. »Otis Parker kann bezeugen, daß ich eine Option über zehntausend Dollar hinterlegt habe. Wie also willst du beweisen, daß ich nicht vorhatte, die Farm zu kaufen?«

»Ich habe ihm eine Million bezahlt!« schrie Ivan. »Otis wird schwören, daß seine Eier Pfirsiche sind, wenn ich es ihm sage!«

»Sicher. Nur, daß die zehntausend Dollar auf ein Sperrkonto eingezahlt wurden. Dafür gibt es Belege. Und denken Sie nicht einmal daran, diese Belege verschwinden zu lassen – wie damals die Beweise für die Vergewaltigung. Das Konto läuft über meine Bank in New York.«

Vater und Sohn tauschten beunruhigte Blicke. Sie wirkten wie zwei Männer in einem Rettungsboot, das bereits undicht ist. Das wenige, was sie noch in den Händen hielten, schien ihnen zu entgleiten. Jade konnte ihre Angst förmlich riechen. Es war ein süßer Duft.

»Ihr seid finanziell ruiniert«, sagte sie. »In ein paar Monaten muß eure Fabrik aufgrund mangelnden Kapitals schließen. Eure Arbeiter werden sich nicht länger erpressen lassen, denn sie werden bei TexTile einen Job unter besseren Konditionen und mit höherer Bezahlung angeboten bekommen. Ich selbst werde dafür sorgen, daß ein ehrlicher Mann auf Hutchs Posten gesetzt wird. Ihre Tage als Diktator von Palmetto sind vorbei, Ivan.«

Sie sah Neal an. »Und du hast nicht mehr die Macht, Menschen zu verletzen. Dein Charme hat sich schon vor langer Zeit erschöpft. Ich persönlich fand nie, daß du überhaupt je welchen besessen hast.«

Er bewegte sich schnell wie eine Schlange und packte sie am Arm. »Ich kann trotzdem noch Graham beanspruchen. Das allein wird dich in die Knie zwingen.«

Sie befreite sich aus seinem Griff. »Ich sage es noch einmal. Der einzige Weg, Graham zu beanspruchen, geht über das Eingeständnis der Vergewaltigung.«

Neal schnaubte. »Na und? Das dürfte schon lange verjährt sein.«

»In diesem Fall würde ich Zivilklage gegen dich einreichen. Und das kannst du mir glauben – ich würde nicht davor zurückschrecken, ganz egal, wie groß der Skandal sein würde. Weißt du, Neal, bislang bin ich immer davon ausgegangen, daß ich nicht vor Gericht gehen kann, wegen Graham. Jetzt, da du mich gezwungen hast, ihm die Wahrheit zu sagen, ist das kein Hindernis mehr. Komm ihm noch einmal zu nahe«, drohte sie, »und du wanderst wegen Vergewaltigung ins Gefängnis.«

»Dein Wort würde gegen meines stehen«, höhnte er.

Jade öffnete die Handtasche und holte ein Videoband heraus. Sie hielt es hoch. »Ich habe dieses Band in meinem Safe aufbewahrt, seit ich wieder zurück bin. Eine weitere Kopie ist in der Bank von Palmetto und eine dritte in meiner Bank in New York deponiert. Außer mir hat nur mein Anwalt Zugang. Es ist nicht schön anzusehen. Ich hoffe, daß ich es niemals benutzen muß, aber ich werde nicht eine Sekunde zögern, sollte ich dazu gezwungen sein.«

Neal applaudierte ihr. »Guter Auftritt, Jade. Mir schlottern schon die Knie vor Angst. Was soll da denn drauf sein?«

»Lamar.«

Myrajane wimmerte wie ein verletztes Tier.

»Er hat es ein paar Tage vor seinem Tod aufgenommen. Auf seine Bitte hin wurde es mir nach seinem Tod von seinem Lebensgefährten zugesandt. Der Inhalt ist eindeutig, ich will es so umschreiben – Lamar ist voller Reue für das, was er mir, zusammen mit dir und Hutch, angetan hat. Er gesteht ein Verbrechen – dein Verbrechen, Neal.

Ein sterbender Mann bittet um Vergebung und bangt um seine Seele. Er sagt, dieser Abend hätte ihn sein Leben lang verfolgt. Es ist äußerst eindrucksvoll. Wer es sieht, würde keine Sekunde daran zweifeln, daß er die Wahrheit sagt.«

Sie legte das Video auf den Couchtisch und wandte sich Myrajane zu. »Was sie heute mit Ihnen getan haben, ist typisch für die Patchetts. Sie haben Sie benutzt. Sie hätten von all dem nie etwas erfahren müssen.

Aber selbst jetzt, da Sie es wissen, würden Sie Graham niemals für sich beanspruchen, Mrs. Griffith, denn Sie haben noch nicht einmal Ihren eigenen Sohn geliebt. Sie haben aus Lamar einen schwachen, verklemmten und leicht manipulierbaren Menschen gemacht. Es war ein leichtes für Neal, ihn damals zu der Vergewaltigung zu überreden. Und darum fühle ich mich auch nicht schlecht bei dem Gedanken, ihren Familiensitz für mein Unternehmen gekauft zu haben. Er wird restauriert und wieder bewohnt werden – aber nicht von einem Cowan.«

Myrajanes ohnehin eingetrocknetes Gesicht war zu einer Hexengrimasse verzerrt. »Das Blut ist stärker als alles«, sagte sie giftig.

»Das hoffe ich nicht, Mrs. Griffith. Jedenfalls nicht für meinen Sohn«, entgegnete Jade leise.

Sie drehte der Frau den Rücken zu und betrachtete Ivan, der keuchend in seinem Rollstuhl saß. Nicht nur sein Körper war zerfallen, auch seine Würde und Macht. Sie befand ihn eines Kommentars unwürdig.

An Neal gerichtet sagte sie: »Versuche, mir meinen Sohn wegzunehmen, und du gehst ins Gefängnis. Versuche, mir Ärger zu machen, und ich verklage dich für das, was du Gary und mir angetan hast. Dein Verbrechen würde doch noch ans Licht kommen, und du würdest dafür bestraft werden. Ich kann dir nur raten: Gib gleich auf!

Ich kam mit dem Vorsatz nach Palmetto zurück, dich ins Gefängnis zu bringen. Und ich hätte es tun können. Mit diesem Videoband. Doch in den letzten Monaten habe ich erkannt, daß es Wichtigeres gibt, als mich an dir zu rächen... und auch weit Befriedigenderes. Ich habe ein neues Leben, eine neue Liebe und meinen Sohn. Sie sind jetzt mein Lebensinhalt – und nicht Rache. Von jetzt an ist mein Blick nach vorn gerichtet, nicht zurück.

Fünfzehn Jahre lang habe ich mein Leben auf *dich* ausgerichtet.« Sie sagte es in bedauerndem Ton. »Du bist nicht einmal eine Sekunde meines weiteren Lebens wert. Du bist erledigt. Und damit ist es gut. Es ist vorbei.«

»Den Teufel ist es! Ich habe vor dir und deinen Drohungen keine Angst!«

»O doch, das hast du, Neal«, antwortete sie ruhig. »Ich bin dein schlimmster Alptraum – jemand, der absolut keine Angst vor dir hat.«

Sie warf einen letzten Blick auf sie, drehte sich um und ging zur Tür. In der Eingangshalle waren bereits die ersten Anzeichen des Verfalls zu sehen. Die Patchetts hatten ihre besten Tage hinter sich.

Mit einem Lächeln ging sie auf Dillon und Graham zu, die unruhig im Pickup auf sie gewartet hatten. Graham lief ihr entgegen, mit offensichtlicher Besorgnis. Die Wahrheit hatte seiner Liebe zu ihr nichts anhaben können. Jade war froh, das bedrückende Geheimnis los zu sein.

»Mom, was ist passiert?«

»Ich habe ihnen gesagt, daß es ihnen leid tun wird, wenn sie dir noch einmal zu nahe kommen.«

»Das war alles?« fragte er enttäuscht.

»Schon, im großen und ganzen.«

Er sah sie ernst an. »Du hättest es mir sagen sollen.«

»Ja, vielleicht hätte ich das, Graham.«

»Hast du gedacht, ich würde es nicht verstehen?«

»Nein, das war es nicht. Ich wollte dich beschützen. Ich wollte nicht, daß du dir wegen dem, was dein Vater getan hat, schlecht vorkommst – wer immer er war.«

»Dillon sagt, ich bin ich. Ich brauche nicht zu wissen, wer mein Vater war.«

»Ja, du bist Graham Sperry«, sagte sie gerührt und streichelte ihm die Wange. »Das ist alles, was *ich* wissen muß.«

»Gilt auch für mich.«

»Und nur, damit du es weißt – ich bin zu Hutch gegangen, kurz bevor er starb. Er wollte nicht, daß du eine Niere spendest. Er weigerte sich sogar, überhaupt darüber nachzudenken. Du brauchst dich also nicht schuldig zu fühlen.«

Er blickte zurück zum Haus. »Diese Patchetts... Ich wünschte, du hättest Dillon und mich gelassen. Wir hätten sie verprügelt.«

Lächelnd schloß sie ihn in die Arme und sah hinüber zu Dillon. »Ich weiß das Angebot zu schätzen.«

Dillon beugte sich vor und küßte sie sanft auf den Mund. »Du bist wirklich ein Teufelsweib.«

»Das verdanke ich dir... Wenn ich an die letzte Nacht denke.«

Sein breiter Schnurrbart verzog sich zu einem Lächeln. »Fahren wir nach Hause.«

Mit offenen Fenstern fuhren sie den flachen, schmalen Highway entlang, der zu beiden Seiten von Lebenseichen und Pinien, die sich zum Himmel reckten, gesäumt wurde.

»Weißt du, was mein Vater immer zu mir sagte, Graham?«

»Grandpa Sperry?«

»Hmm-mmh. Er sagte: ›Hab niemals Angst, Jade.‹ Ich

dachte immer, er würde vom Tod sprechen. Doch heute wurde mir klar, daß er etwas anderes meinte. Er wollte mir sagen: Hab niemals Angst vor dem Leben. Sterben ist verglichen mit dem Leben einfach. Mama hat ihr Leben nicht ertragen, also ist sie davor weggerannt. Und Daddy hatte nie den Mut zum Leben. Ich habe ihn.«

Mit der Unbeschwertheit und Sorglosigkeit der Jugend drehte Graham am Radio und hörte gar nicht wirklich zu.

Dillon jedoch hatte zugehört und jedes Wort verstanden. Er langte zu Jade hinüber und wischte ihr eine Träne aus dem Gesicht, die erste Träne in fünfzehn Jahren. Sie küßte sie ihm vom Daumen und legte dann die Wange in seine Hand.

Als sie zu Hause ankamen, sagte sie zu Graham: »Richte Cathy bitte aus, daß alles in Ordnung ist und daß wir zum Essen wieder da sind.«

»Wohin fahrt ihr denn?«

»Dillon und ich müssen noch etwas erledigen.«

»Was denn? Kann ich nicht mit?«

»Nein, du bist nicht eingeladen.«

»Ach, ihr wollt doch bloß rumknutschen und so...«

»Raus mit dir!«

Graham grinste Dillon noch einmal von Mann zu Mann an und stieg dann aus. Dillon sagte: »Stell schon mal das Schachbrett auf. Wir spielen dann nach dem Essen eine Partie.« Graham lief freudestrahlend ins Haus. »Er hat es unbeschadet überstanden, Jade.«

»Ja, Gott sei Dank«, flüsterte sie.

»Das vielleicht auch, aber hauptsächlich dank dir.«

Sie wartete, bis Graham im Haus verschwunden war, und sagte dann zu Dillon: »Ich möchte, daß du mit mir dorthin fährst.« Er mußte nicht fragen, wohin sie wollte, sondern lediglich, wie er fahren sollte. Sie sagte es ihm.

Während die Landschaft an ihnen vorbeizog, wurde Jade bewußt, wieviel sie von dem naiven Mädchen trennte, das damals, an jenem frostigen Februarabend, mit ihrer besten Freundin dieselbe Strecke gefahren war. Und sie war auch nicht mehr die ehrgeizige Karrierefrau, die sich in einer Männerwelt auf Gedeih und Verderb behaupten mußte. Sie hatte ihr Ziel erreicht und mußte nun nichts mehr beweisen.

Die beiden Facetten der Jade Sperry verschmolzen zu einer, wie sich einzelne Zutaten zu einem Gericht vermischen. Es war eine außergewöhnliche Mischung, einmalig in Geschmack und Struktur. Und sie bekam langsam Appetit darauf.

Nach Jahren des Stürmens auf ein Ziel hin, war sie wieder dort, wo sie begonnen hatte. Die Leute in der Stadt sahen in ihr nicht mehr das Mädchen, das Palmetto unter skandalösen Umständen verlassen hatte. Sie behandelten sie mit Respekt für das, was sie heute darstellte. Und für jene, die sie nicht von früher kannten, war sie eine Heldin, die Großartiges für ihre Gemeinde tat.

Alles, was Jade zu hassen geglaubt hatte, war ihr plötzlich lieb geworden – das für die Gegend typische Essen, das Leben in der Kleinstadt, die Sommerluft, die zu schwer zum Einatmen war, und die sanften Brisen mit ihrer betörenden Mischung aus süßem, schweren Blütenduft und Salzwassergeruch. Die Region konnte nichts für die vereinzelten schlechten Menschen, die sie hervorgebracht hatte. Geschäftsfrau, Mutter, Freundin, Liebhaberin – was immer sie war, sie blieb eine Frau aus dem Süden. Ihr Herz schlug im pulsierenden Rhythmus ihrer Heimat.

Die Reifenspuren, die vom Highway abgingen, waren längst überwuchert. Lange Zeit war niemand mehr hier gewesen. Jade gefiel der Gedanke, daß seit diesem Abend vielleicht niemand mehr hierher gekommen war. Im Tageslicht sahen die Böschungen des Kanals anders aus, und das leise Schwappen des Wassers klang nicht bedrohlich. Es gab keine furchterregenden Schatten oder unheimlichen Bewegungen in der Dunkelheit.

Dillon verharrte geduldig in der Nähe, während Jade umherwanderte, sich erinnerte – und vergaß. Schließlich blieb sie vor ihm stehen.

»Liebe mich, Dillon.«

»Hier?«

»Ja.«

»Warum?«

»Ich möchte diesen Ort nicht für den Rest meines Lebens als den Ort der Vergewaltigung sehen. Immer, wenn ich das tue, kehren die Erniedrigung und die Angst zurück. Ich will ihn als einen Platz sehen, der sonnig ist und warm, und an dem ich mit dem Mann, den ich liebe, zusammen war.«

Er strich ihr durch das Haar. »Ich möchte, daß du mich liebst. Aber bist du dir ganz sicher, daß ich es bin, den du liebst, und nicht das, was ich für dich getan habe?«

»Ich habe angefangen, dich zu lieben, als ich dachte, ich würde es niemals zeigen können. Und wenn es so gewesen wäre, hätte ich dich trotzdem weiterhin geliebt.« Sie legte die Hände auf seine Wangen. »Ich liebe dich. Der Sex ist nur ein Bonus.«

Er seufzte ihren Namen, zog sie an sich und schlang die starken Arme um sie. Ihre Münder vereinten sich zu einem leidenschaftlichen Austausch körperlichen Verlangens und in einer Liebe, die der Seele entsprang. Sie zogen sich gegenseitig aus, ließen die Kleidungsstücke ins Gras fallen. Ihre Hände forschten und erregten. Er hob ihre Brüste an den Mund und hinterließ ihre Knospen steif und gerötet. Sie liebkoste sein hartes Geschlecht.

Dann legte sie sich ins Gras und zog ihn zu sich herab.

Dillon kniete zwischen ihren Schenkeln und legte sich langsam auf sie. »Wenn du es nicht magst, sag es mir«, flüsterte er.

»Liebe mich, Dillon.«

Er drang langsam in sie ein und ließ jeden Stoß zu einem kleinen Liebesakt werden, glitt fast aus ihr heraus, bevor er sich erneut tief in ihr versenkte. Jedesmal, wenn er sie ausfüllte, war es so erregend, daß sie ihm die Hüften entgegenreckte, um seinen langsamen Stößen zu begegnen. Er steigerte das Tempo, und Jade schlang instinktiv die Beine um seinen Rücken. Ihre Hände fanden seine Pobacken, und sie zog ihn enger, näher, tiefer an sich.

Als sie kamen, bog Jade den Rücken durch und bot ihren Hals seinen Lippen und den heiser geflüsterten Schwüren der Liebe und der völligen Hingabe dar.

Sie zog sein geliebtes Gesicht an ihren Hals und streichelte sein Haar. Durch erlösende Tränen schaute sie hinauf zur Sonne, spürte die warmen Strahlen – und lächelte.

Eine prickelnd-heiße Liebesgeschichte in den Bayous von Texas und ein raffiniert eingefädeltes Komplott!

448 Seiten. ISBN 978-3-7645-0811-1

»Schlafende Hunde sollte man ruhen lassen.« Nach Meinung von Arden Wallace ist diese Lebensweisheit in ihrer Familie viel zu lange befolgt worden: Sie will endlich wissen, was in jener Nacht geschah, als ihr Vater nach einem Raubüberfall spurlos verschwand, und beginnt selbst zu ermitteln. Hat vielleicht Ledge Burnet etwas mit der Sache zu tun, der Ex-Soldat mit den stahlblauen Augen und dem Unendlichkeitstattoo? Immer wieder versucht er, ihre Nachforschungen zu sabotieren, trotz der explosiven Anziehungskraft zwischen ihnen. Dass sie der Wahrheit schon gefährlich nahegekommen ist, sie niemanden vertrauen kann, wird ihr erst viel zu spät klar …

Lesen Sie mehr unter: **www.blanvalet.de**

Ein Mann mit verschiedenen Identitäten. Acht spurlos verschwundene Frauen. Und das nächste Opfer steht schon fest …

576 Seiten. ISBN 978-3-7645-0740-4

FBI Agent Drex Easton hat ein Ziel: den Betrüger Weston Graham zur Strecke bringen. In den letzten dreißig Jahren hat dieser acht wohlhabende Frauen ihres Vermögens beraubt, bevor sie spurlos verschwanden. Drex ist überzeugt, dass die Frauen ermordet wurden, aber Grahams zahlreiche Identitäten haben ihn bisher entkommen lassen. Der attraktive Jasper Ford hat vor Kurzem die viel jüngere, erfolgreiche Geschäftsfrau Talia Shafter geheiratet. Drex schleicht sich als vermeintlicher neuer Nachbar unauffällig in das Leben des Paares ein, denn er ist überzeugt: Jasper ist Graham, und Talia sein nächstes Opfer. Doch auch Talia hat Geheimnisse …

Lesen Sie mehr unter: **www.blanvalet.de**